U0117362

满族口头遗产传统说部丛书

女真谱评

（上）

马亚川 讲述
王宏刚 程迅 记录整理

吉林人民出版社

图书在版编目（CIP）数据

女真谱评：上下册 / 马亚川讲述；王宏刚，程迅
记录整理 . -- 长春：吉林人民出版社，2019.5
　（满族口头遗产传统说部丛书）
　ISBN 978-7-206-16914-4

　Ⅰ . ①女… Ⅱ . ①马… ②王… ③程… Ⅲ . ①满族—
民间故事—中国 Ⅳ . ① I277.3

　中国版本图书馆 CIP 数据核字（2019）第 293939 号

出 品 人：常　宏
产品总监：赵　岩
统　　筹：陆　雨　李相梅
责任编辑：赵金玲　葛　琳　崔　晓
装帧设计：赵　谦

女真谱评（上下册）
NÜZHEN PUPING

讲　　述：马亚川　　　　　记录整理：王宏刚　程　迅
出版发行：吉林人民出版社（长春市人民大街 7548 号　邮政编码：130022）
咨询电话：0431-85378007
印　　刷：吉林省优视印务有限公司
开　　本：720mm×1000mm　　1/16
印　　张：47.75　　　　　字　　数：860 千字
标准书号：ISBN 978-7-206-16914-4
版　　次：2019 年 5 月第 1 版　　印　　次：2019 年 5 月第 1 次印刷
定　　价：165.00 元（全两册）

出 版 说 明

　　满族口头遗产传统说部是具有较高社会价值和文化价值的满族文化的百科全书。整理发掘满族说部的项目工作被文化部列为中国民族民间文化保护工作试点项目，并被国务院批准列入第一批国家级非物质文化遗产名录。

　　"满族口头遗产传统说部丛书"是千百年来满族各氏族对祖先英雄事迹和生存经验的传述，一代一代口耳相传，保留下来的珍贵的满族遗存资料。经过近三十年抢救整理，从二〇〇七年到二〇一七年的十年间，根据整理文本的先后，我社分四次陆续出版了五十部说部和三本研究专著。此套丛书无论从社会价值和文化价值来看，都是一套极具资料性、科研性和阅读性融为一体的满族文化的百科全书。

　　此次出版对以下两个方面做了调整：

　　一、在听取各方专家建议的基础上，对原丛书进行了筛选，选取最有价值、最有代表性的四十三部说部，删去原版本中与文本关系不紧密的彩插，对文本做了大幅的编辑校订，统一采用章回体表述方式，并按照内容分为讲述萨满史诗的"窝车库乌勒本"、讲述家族内英雄人物的"包衣乌勒本"、讲述英雄和历史人物的"巴图鲁乌勒本"、讲述说唱故事的"给孙乌春乌勒本"等，突出了说部的版本特色。

　　二、保留研究专著《满族说部乌勒本概论》，作为本丛书的引领，新增考古发掘的图片和口述整理的手稿彩色影印件。

　　特此说明。

吉林人民出版社

编　委　会

冯骥才

任何民族的文学都包括两大部分。一是个人用文字创作的、以书面传播的文学，一是民间集体口头创作的、口口相传的文学。后一部分文学是前一部分文学的源头，是根性的文学。中国作为东方文明的古国，口头文学的历史去之遥远。就像西方文学始于古希腊罗马的神话故事，我国文学史上第一部作品是《诗经》，即民间口头文学集，这表明口头文学是一个民族文学的源头。在漫长的历史中，这两部分文学一直同根并存，相互滋育，各自发展，共同构成一个民族文化与精神的极为重要的支撑。

中华民族有着巨大文学想象力和原创力。数千年间，各族人民以口头文学作为自己精神理想和生活情感最喜爱和最擅长的表达方式，创作出海量和样式纷繁的民间文学。口头文学包括史诗、神话、故事、传说、歌谣、谚语、谜语、笑话、俗语等。数千年来，像缤纷灿烂的花覆盖山河大地；如同一种神奇的文化的空气在我们的生活中无所不在；且代代相传，口口相传，直到今天。

我们的一代代先人就用这种文学方式来传承精神，表达爱憎，教育后代，传播知识，娱悦生活，抚慰心灵；农谚指导我们生产，故事教给我们做人，神话传说是节日的精神核心，史诗记录文字诞生前民族史的源头。它最鲜明和最直接地表现中华民族的精神向往、人间追求、道德准则和价值取向。中国人的气质、智慧、审美、灵气、想象力和创造力，充分彰显在这种口头的文学创造中。

这种无形地流动在民众口头间的口头文学，本来就是生生灭灭的。在社会转型期间，很容易被忽略，从而流失。

特别是在这个现代化、城市化飞速推进的信息时代，前一个历史阶段的文明必定要瓦解。口头文学是最脆弱、最易消亡。一个传说不管多么美丽，只要没人再说，转瞬即逝，而且消失得不知不觉和无影无踪，所以联合国教科文组织把口头传统和表现形式，包括作为非物质文化遗产媒介的语言列为非物质文化遗产之一。

在中国，有史诗留存的民族并不很多，此前发现的有藏族史诗《格萨尔王传》、蒙古族史诗《江格尔》、柯尔克孜族史诗《玛纳斯》、苗族史诗《亚鲁王》。作为满族民族历史和文化传统的重要载体——"说部"，是满族及其先民世代相传的极其宝贵的精神财富。它最初用"乌勒本"（满语 ulabun，为传或传记之意）指称，后受汉文化影响，改称为"说部"或"满族书""英雄传"。说部最初用满语讲述，至清末满语渐废，改用汉语并夹杂一些满语讲述。在漫长的历史进程中，满族各氏族都凝结和积累了精彩的"乌勒本"传本，如数家珍，口耳相传，代代承袭，保有民族的、地域的、传统的、原生的形态，从未形成完整的文本，是民间的口碑文学。"满族说部迥异于其他文类，不仅涵盖了口头传统，也吸纳了民俗学中多种民间文艺样式，包容性极强。"

我以为，对于无形地保留在人们记忆与口口相传中的口头文学，抢救比研究更重要。它是当下"非遗"工作的重中之重，要清醒地认识到文化和文明于人类的意义。当社会过于功利的时候，文化良知就要成为强音，专家学者要在抢救非物质文化遗产中勇于承担责任，走进民间帮助艺人传承与弘扬民间艺术，这也是知识分子的时代担当。

让人感到欣喜的是，经过吉林省的专家学者近三十年的抢救、发掘和整理，在保持满族传统说部的原创性、科学性、真实性，保持讲述人的讲述风格、特点，保持口述史的原汁原味的基础上，将巨量的无形的动态的口头存在，转化为确定的文本。作为"人类表达文化之根"的满族说部，受东北地域与多族群文化的影响，内容庞杂，传承至今已逾千万字。此次出版的《满族口头遗产传统说部丛书》为四十三部说部和一本概论。"说部"分为讲述萨满史诗的"窝车库乌勒本"、讲述家族内英雄人物的"包衣乌勒本"、讲述英雄和历史人物的"巴图鲁乌勒本"、讲述说唱故事的"给孙乌春乌勒本"四大部分。概论作为全套丛书的引领，从学术研究的角度对乌勒本产生的历史渊源、民族文化融合对其的影响、发展和抢救历程等多方面深入思考。

多年来"非遗"的抢救、保护、研究和弘扬，已取得卓越的成就。但未来的路途依然艰辛漫长，要做的事情无穷无尽。像口头文学这样的文化遗产的整理和出版，无法立即带来什么经济利益，反而需要巨大的投资和默默无闻的付出，能在这个物质时代坚守下来，格外困难。

文化传统和传统文化不是一个概念，我们的终极目的不是保护传统文化，而是传承文化传统。传统文化是固定的、已有既定形态的东西。我们所以要保护它，是因为这些文化里的精神在新时代应以传承，让我们的文化身份不会在国际资本背景下慢慢失落。

现在常把文化自觉与文化自信并提，这两个概念密切相关同时又有各自的内涵。文化自觉是真正认识到文化的重要性和自觉地承担；文化自信的关键是确实懂得中华文化所具有的高度和在人类文明中的价值。否则自信由何而来？

对传统文化的抢救与整理，不仅是为了传承，更为了弘扬。我们的民族渴望复兴，复兴的重要精神支撑在我们的传统和文化里，让我们担负起历史使命，让传统与文化为民族的伟大复兴发挥它无穷的力量。

冯骥才

二〇一九年五月

目录

上　册

下　册

《女真谱评》传承与传播

王宏刚

　　一九八二年，笔者在哈尔滨松花江流域的满族聚居地采风，在双城结识了锡伯族农民诗人高凤阁和文化馆的高庆年先生。在他们的推荐下，笔者与当地满族说部的传承人马亚川先生相识，并与程迅先生多次拜访他。当时马先生五十四岁，居双城县城，原隶满洲镶黄旗，满姓马富费氏。

　　马亚川的故乡双城至相邻的阿城有两条不出名的河流——阿什河与拉林河。八百年前，这两条河叫安出虎水和涞流水。在这两条河的流域里，孕育了一个强大、英雄的部落——女真完颜部。完颜部英雄在涞流水聚集两千五百女真族勇士起兵反辽，一举灭了辽国，建立了雄踞中国北部长达一个多世纪的大金国。虽然随着时光的流逝，金朝早已成了历史的一页，但在完颜部的故乡，在女真人的后裔——满族人中，仍流传着许多悲壮而又动人的女真英雄传说，诸多的民族英雄仍活在后辈族人的"口碑"之中。马亚川先生搜集的满族说部《女真谱评》《阿骨打传奇》等就是金源地区①女真故事的杰出代表。

　　《女真谱评》是大金国建立前的完颜部部落英雄的系列传说，它从九天女与函普经过一段神奇的经历结为夫妇，被完颜族人敬为始祖起始，历述了德帝乌鲁、安帝跋海、献祖随阔（绥可）、昭祖石鲁、景祖乌古迺、世祖劾里钵、萧宗颇剌淑、穆宗盈哥、康宗乌雅束、太祖阿骨打各个时期的历史传说，止于金朝建立。

　　从远古的神话、群婚、石器时代，到奴隶制的萌生、完颜部的形成、发展，直到阿骨打推行新制度——对奴隶的部分解放以及战胜辽朝都有生动细致地描绘与解说②。

---

　　① 金源地区：即金朝发祥地。
　　② 《女真谱评》的题目就表明其中有简明的历史评说，反映了人民的伦理观、审美观，内容十分精彩。

在说部中，金太祖完颜阿骨打占了一个显要的地位，从他的神奇出世，与七位娘娘的奇遇，和辽宋的巧妙周旋，到统一女真三十五部而起兵反辽，建立大金的系列故事中，我们可以看到一幅幅波澜壮阔的有声有色的历史画卷，堪称女真族的无韵史诗。这部分史料不仅史籍上可提供的资料寥若晨星，屈指可数，而且在我们已经搜集到的满族传说故事的口碑资料中已属凤毛麟角，所以马亚川先生搜集的这部满族长篇说部，填补了满族民间文学史上的重要空白。该说部通过历代民间故事家与民间文人的润色，语言十分优美，尤其是大量女真语、满语与民间方言的应用，使故事生动活泼。它和牡丹江地区的满族民间故事家傅英仁先生搜集的满族说部各具异彩，交相辉映。

在我们的满族说部调查中，马亚川与傅英仁属于不同类型的传承人。傅英仁的《老将军八十一件事》传讲的是同宗先人的英雄故事，它的传承以氏族为基盘。而马亚川传承的是民族故事，其本身与讲述对象无血缘联系，所以马亚川的传承经历也饶有兴味。让我们考察他的传承过程。据采访资料，一九二九年，马亚川未满周岁，其父因家境贫困，积劳成疾去世。不久，其母被卖到松花江北岸，后被地主打死。马亚川从小被外祖父赵焕收养。赵焕也是一个满族人，这位走南闯北的厨师见多识广，生性诙谐，特别善讲本族的先祖——女真人的故事。马亚川的外祖母赵沈氏、大舅父赵振江都是讲故事的能手，乡邻中也有一批善讲故事的人。那时，广大东北农村很少有其他文化活动，女真人留下"讲古述祖"的古俗成了满族人的主要文化活动，在漫长的冬季，族人们围炕而坐，边搓苞米边讲"古趣儿"。在这样的环境下，少年马亚川成为一个故事迷，常常听到半夜也不肯睡觉。民间文学、民族文化的乳汁滋育他幼小的心灵，给他上了人生的第一课。天长日久，他也成为一个小小的故事家，讲故事成了他家经久不衰的家风。

马亚川十二岁时小学毕业，考国民优级学校总分第一，却因交不起学费而辍学。十三岁时学油画，十四岁时替舅舅到绥芬河当劳工。坎坷艰难的生活经历使马亚川自幼接触各个行业的劳动群众，熟悉他们的生活，听到他们讲的各种各样的传说故事，马亚川本人又聪敏好学，记忆力过人，所以在他的童年时代，头脑里就积累了大量生动而又丰富的民间传说故事。

一九四六年日本投降时，马亚川的大舅父在哈尔滨市平房做工，带回日本人用中国人做试验的病菌，致使三十五天内，家里连续死了五口人，只有马亚川和外祖父等四人死里逃生。在这场劫难中，外祖父赵焕将一批珍藏的家传古书交给了马亚川，其中最有价值的就是手抄本的《女真谱评》。

《女真谱评》本是一部女真——满族的历史传说，虽然清太宗皇太极于天聪九年，在给他父亲努尔哈赤修《太祖武皇帝实录》时，下旨禁本族称诸申（即女真），只称满洲，并把女真族改名为满族。但在金源故地，不少满族人仍称女真，所以《女真谱评》的故事内容实际上包括：女真起源、完颜崛起、大金兴亡、后金风云、清朝盛衰等整个女真——满族发展史，这部传说手抄本共分十册，是用毛笔撰写的，虽然它是由氏族英雄、部落首领、皇朝君臣为主干的一段段故事组成的，但溪流成河，气势宏大，带有某种史诗的意味。后来为了便于阅读，将女真起源、完颜崛起的历史传说定为《女真谱评》，其余根据各自特点定名。

《女真谱评》的撰写者是马亚川的外祖父赵焕的表弟傅延华，他是一位蒲松龄式的人物，光绪年间的落第秀才，一直生活在民间。当时，清王朝江河日下，使他日益忧虑国家的命运，民族的前途。他想从民族的历史中，寻求民族振兴的道路，从民族的英雄传说中，汲取振兴民族的精神力量。所以他对本民族族源传说和英雄故事有一种特殊的感情，不仅刻意搜集这方面的传说故事，而且把它整理成文，并在一些重要的传说故事后面写上自己的评价，故起名为《女真谱评》。

《女真谱评》传到马亚川手里后，成了的心爱之物。马亚川仔细阅读后感到，小时候听外祖父和其他族人讲的许多故事在手抄本里都有，自然产生强烈的兴趣，爱不释手。《女真谱评》成了马亚川的启蒙教科书，他从这里学语文，又从这曲折动人的英雄故事中学到了本民族的历史与文化。虽然，这本书已失落多年，但它的内容已深深地印刻在马亚川的脑海里。现在马亚川讲起《女真谱评》里的故事仍能脱口而出，出口成章，如数家珍，写这类的故事也是挥笔就成，这除了马亚川记忆力强的因素外，还因为这些民族英雄传说凝结着他深沉的民族情感。

一九四六年，马亚川在韩甸区政府参加了革命工作。后被送到双城县兆麟中学行政专修班学习。党和政府的关怀使马亚川提高了政治觉悟，他更加刻苦学习。学习结束后，他被分配到省公安厅工作，后转到海林县公安局工作。在这期间，他深入机关、企业、工厂、乡村，甚至在穷乡僻壤、深山老林中都留下了他的足迹。生活地位的改变，并没有减弱他对民间文学的热爱，他每到一处，就讲故事，听故事，搜集故事。广阔深入的公安生活使他搜集到更多的丰富多彩的民间故事，当然，其中最使他感兴趣的仍是本民族的传说故事。

马亚川在公安系统工作一段时间后，组织上又送他到省商业干部学校计划班学习。学习结束后，他一直在商业系统工作，直到离休。

一九五七年，马亚川在双城副食品商店工作，创造了"干部参加劳动，职工参加管理，群众参加监督"的"三参一改"的民主管理企业的先进工作方法，受到中央和省委的重视，该商店被评为"全国红旗商店"，马亚川被任命为商店经理。后来，马亚川被调到食品公司任工会主席。

一九六〇年起，马亚川在广泛搜集民间故事的基础上，创作出《蒲草的故事》《宋春燕》《零号》等三十多篇具有一定地方特色和生活气息的小说，先后发表在《黑龙江日报》《北方文学》《哈尔滨日报》等报纸杂志上。

党的十一届三中全会以后，马亚川被选为县政协委员，为省政协写了十万字的文史资料《莫德惠生涯》，又写了《花园酒香》《催春》《保证》等作品。

一九八二年秋，笔者与程迅一起拜访了离休在家的马亚川先生，我们在和马先生交谈后，发现他知识广博，尤其对女真历史的故事、英雄传说相当熟悉，他搜集的这部分满族民间文学的口碑资料，不仅有较高的文学价值，还有较高历史学、民族学、民俗学等多学科的研究价值，便约他写三十篇稿。马亚川先生一口气写了一百篇，其中有一部分和采访者合作，共同整理，发表在上海文艺出版社出版的《满族民间故事选》及《民俗报》《长春日报》等报纸杂志上。已发表的女真族源故事、女真婚俗传说很快引起了学术界的重视，被引用到某些学术论文中。

自那次采访后，马亚川先生手中的笔，一发而不可收。夏日他冒酷暑，冬日他顶严寒，除了政协的一些活动外，他几乎终止了一切社交活动，总是闭门在家，奋笔疾书。甚至在马夫人动手术住院时，他仍抽暇写作。他要将先人用心血汗水写成的《女真谱评》重新流世，将这份民族的文化遗产挖掘抢救出来，献给他的民族和祖国，献给党和人民。他的汗水已经结出头一批硕果，在三年多时间里，他已经写出了三百多万字的满族说部资料，包括清太祖努尔哈赤、康熙、乾隆的历史传说，长白山的风物传说，满族的风俗传说以及萨满教神话传说，等等。一九八六年中国民间文艺出版社出版了《康熙的传说》，这是一个近百篇的传说集，其中编入马亚川先生搜集并参加整理的康熙故事二十余篇。

这里有宫闱秘闻、公案故事和反映康熙朝重大事件的历史传说，情节动人，各具风彩。

我们为考察马亚川的满族说部流传状况，曾经多次在双城周边的金源地区进行考察，发现这里蕴藏着丰富的女真故事①，可见地域的历史文化蕴藏也是满族说部产生的重要成因之一。

从马亚川传承的《女真谱评》《阿骨打传奇》等满族说部的代表作来看，满族说部的形成和传承与大量满族的民间文人的参与有关。到了清朝时代，满族的整体文化素质有了很大的提升，这是满族说部产生并发展的文化土壤。

二〇〇七年七月于上海

---

① 详见于又燕、王禹浪、王宏刚:《女真传奇》，时代文艺出版社，1989第1—6页。

第一章　九天女斩蛇追渔郎

自从九天女和猎鱼青年被黑龙救下天池，从长白山西北，开辟出一条粟末水①，他俩就在粟末水旁定居下来。猎鱼青年利用土崖挖个山洞，便和九天女生活在洞中。九天女心灵手巧，每当猎鱼青年进粟末水里打鱼时，她没事就弄几块石头互相磨呀磨，磨得火星乱冒。天长日久，她用石头磨成刀、凿、斧、锥等器皿。在磨石头时，蹦跳的火星，一下子将干草引着了，这火越燃越大，九天女吓得嗷嗷哭叫。猎鱼青年惊吓得从粟末水跑回来，见这大火也吓得直眉瞪眼。忽见一只兔子被大火烧得蹦几个高，被烧焦倒在地上。他俩心疼地到跟前一看，一股香味扑鼻，猎鱼青年拎起烧焦的兔子，吭哧就咬一口，香得他卡了个跟头，瞪着眼睛对九天女喊："香，真香，火是宝哇！"九天女一听，也抢过兔子尝了一口，香得她身子直晃悠，好似喝醉了酒。就这样，九天女和猎鱼青年拽起一块正在燃烧的树枝，放在洞前，又拣些干柴树枝放在火上，一堆篝火继续燃烧着。从此，猎鱼青年把打来的鱼、兔子、狍子都用这火烤熟了吃。这火真成了他俩的宝贝，不仅能烤食物，晚上还能照亮，还能防备野兽。但凡老虎哇、狼啊，见着火苗，都吓得嗷一声就飞跑了。更使他俩高兴的是，火还给他们带来了温暖。这年冬天，他俩将火移进洞里，烤得身上直冒汗珠。

九天女把大鱼皮用石刀剥下来，将皮边割成鱼皮线，晾干后，用大鱼刺儿做成针，裁缝成鱼皮衣裳。九天女越缝越巧，冬天还用厚兽皮缝成毛朝外的皮衣裳。

九天女和猎鱼青年过着相亲相爱的夫妻生活，头胎生个女孩，第二胎生个男孩。男孩生了不久，突然祸从天降。

这天正是春暖花开的时候。猎鱼青年和往常一样，准备进粟末水猎

---

① 粟末水：即松花江。

鱼。他刚从洞里出来，走不远，就听哇呀哈呀一片狂叫声，他开始一愣神儿，突然从草丛里飞跑出一群赤身裸体的女人，个个像饿狼一般扑向猎鱼青年，七手八脚地将猎鱼青年绊倒后，抬着就跑。等九天女从洞里急忙跑出来，这群女人抬着猎鱼青年已跑出很远了。九天女一边飞跑去追，一边喊着："放下！把他给我放下！"这群女人连头也没回，飞似的向西南跑去，转眼淹没在深草之中。

九天女见猎鱼青年被抢走，赶忙回到洞中，怀抱小男孩，背着女孩，腰中带着石刀、石斧，朝着这群野女人逃走的方向，尾随追去。由于背抱孩子，又带些石器，一天走不了多远。但她下定决心，非找到猎鱼青年不可。

解冻后的春水按照不同的方向，沿着成千条水道迅疾地奔流。这些水道弯弯曲曲地延伸，它们在那湍急的不可阻遏的奔流中的姿态又是千变万化的啊！在这些给春之神铺平道路，使大地获得新生命的溪流中，在它们那急遽的奔流和响亮的淙淙声，快乐的喧哗和可怕的澎湃声中，含有某种特别的魅力。它们起先是细小的，微弱的，难以察觉的，像泪水一般在地面上淌着。组成无数条曲曲折折的细流，接着一步又一步地积聚力量，壮大、拓宽河流。在它们的前进路上要碰到多少障碍和意外，每一块冰、每一个石块、每一道土坎都会阻挡着前进的方向，但是它们不可遏止地奔流着，毫不休止地前进着。有的地方流得快，有的地方流得慢，有时候绕过障碍物，有时就干脆把障碍物也一起冲走。它们一直向前奔流，直到汇集成汹涌的大河，直到扫清地面上的积雪，用强有力的春汛，打开走向新生活的广阔道路。

九天女顺着猎鱼青年被抢走的方向窥寻着，真是痛苦哀伤。她向周围一看，被天上的太阳照暖了的每一小块土地上，都住着快乐的复活的生命。绿色植物吐出了它们的第一批新芽。小小的蚂蚁，各种甲虫、瓢虫，都活动起来了，它们非常幼小，必须仔细地观察，才能在每一块被阳光爱抚的泥土上，在干枯的草茎上，在早已腐朽的树木的表皮上，看到它们快乐的、无忧无虑的活动。空中充满了鸟类的喧闹声和求偶的鸣声，飞来了双双对对的鸟儿，它们筑起巢来，准备居住和哺养小鸟。九天女被鸟儿惊呆了，一屁股坐在地上，两眼直瞪瞪地望着鸟儿筑巢。望啊，望啊，她心里像开锅的水翻着花儿，心里想，鸟儿能用树枝筑巢，我们也会用树木筑房，在这里住着不比土洞好吗？这个发现驱走了她的悲伤，她高兴地跳了起来，两手紧紧搂抱孩子，亲吻着，说："找到阿玛①，咱也筑房给你住。"九天女真是乐不可支，本来两腿发木，已不听她使唤了，自从发现鸟儿筑巢，在她脑海里猎鱼青年被抢走的悲哀情景也消逝了，她只有一个念头，赶快撵上猎鱼青年，咱俩也得筑窝。她心急嫌腿慢，快步加小跑，向前飞追，恨不得一步追上，拽着猎鱼青年说："咱俩也得像鸟儿似的，筑窝、筑窝，繁殖后代，生命不息。"九天女好似双腿生烟、两脚不沾地儿，就听"唰、唰、唰"，如飞一般向前追去。

　　追呀，追呀，正追赶高兴的时候，忽听唰的一声，前面草丛一分两半，接着嘎的一声长鸣，九天女举目一瞧，只见一条长蛇，如搂粗，长丈余，扬脖吐芯拦住去路。她一见真是怒从心中起，胆从怒中生。见毒蛇扬脖向她猛扑过来，她急忙从腰中解下石斧，对准毒蛇砍去，只见毒蛇毫无惧色，唰的一声飞扑而来。九天女将身一闪，躲过蛇头，抄向蛇尾，拦腰就是一石斧，砍得毒蛇丝丝连声叫，扭过头来，又向九天女猛扑。九天女这时已经狠狠拽住蛇，蛇想用尾抽打九天女。可是九天女已把蛇尾攥死扣了，蛇尾摇摆，拽扯着她随着摇摆，这就给毒蛇尾巴增加了个累赘，摇摆越欢，拽扯蛇身的威力越大，又摇摆几次，蛇身被九天女给拽扯脱节了，尾巴再也翘不起来了，只能昂头口吐红芯丝丝直叫。九天女又狠劲儿向后拽下蛇尾，蛇嘎的一声，连头都抬不起来了，只见蛇身似蚯蚓一般，只能起伏弯曲而已。九天女一见，好啊！你这条毒蛇，是自取灭亡，她抢起石斧，照准蛇头砍去，只听咔嚓一声，将蛇脖子砍进土里多深，毒蛇将眼睛一翻愣，收回口中的红芯，张着扁扁的嘴儿往外冒凉气，身子仍然起伏弯曲着。九天女说："好啊！你装死，反过来还要害人。"她抢起石斧，对准毒蛇的头颅砍去，咔嚓一声，一斧砍在蛇头上，又从蛇颅顺左眼砍了一斧，蛇头被砍成两半，左眼冒出眶外。但蛇身起伏弯曲得更频繁了。这就是女真斩蛇追渔郎的民间故事传说，也就是历史上留下的断蛇崖的由来。

---

① 阿玛：满语，父亲。

第二章　女真起源

　　九天女砍断毒蛇之后，已累得筋疲力尽，一屁股坐在地上，一动也不动了，她的两个孩儿哇哇哭叫。突然一片嗷嗷号叫声从山崖而下，一群赤身裸体的野女人，蜂拥将九天女围得水泄不通。九天女急忙手握石斧，怒目观察这群野女人的行动。

　　"哎呀！是你呀！"

　　九天女随着叫声一看，从一群野女人中挤进来的正是她追赶的猎鱼青年。九天女跳起来喊叫："渔郎！"一把将渔郎抱住，渔郎脸色苍白，身上冒着虚汗，气喘吁吁地一句话也说不出来了，九天女摇晃着喊叫，"渔郎！渔郎！"

　　原来猎鱼青年被抢之后，这群野女人走得不快，抬一会儿，歇一会儿，边抬边看，然后将他抬到山顶上。这群野女人好似一群发情的畜生，争着要猎鱼青年和她们发生关系，争来争去，其中有个领头的，将这十几个野女人排成号，轮流和猎鱼青年发生关系。赶路时，她们抬着他一到宿地接着就与猎鱼青年发生关系。猎鱼青年被这十几名野女人缠得已经精疲力竭，奄奄一息了。这天她们抬着猎鱼青年来到毒蛇崖，被毒蛇拦住去路。躲藏在山崖上，她们亲眼瞧见九天女与毒蛇搏斗，直到砍断毒蛇，她们才抬着猎鱼青年从崖上飞跑下来。

　　这群野女人为啥要抢夺猎鱼青年哪？那时候还处在原始时期，这群野女人，在春暖花开之际，和大自然其他生物一样，处于发情期，为寻找配偶，各处奔跑，后来发现猎鱼青年，不但人品出众，长得俊美，更令她们奇怪的是他穿着鱼皮衣裳，便将猎鱼青年当成神仙抢走。今天发现九天女，不仅长得妖娆出众，而且手持武器与蛇搏斗，终于将蛇砍断，又见猎鱼青年他俩是天生一对儿，这群野女人唰的一声，全跪在九天女面前叩头。九天女瞧瞧这群野女人，泪如雨下，将手一扬，让她们起来。她急忙放下猎鱼青年，拣些干柴树枝，用石斧、石刀互相摩擦，不知磨了多长时间，终于磨出火来，燃起篝火，火越燃越旺，吓得野女人哇的一声就跑。九天女大喊："站住！别跑，这火就是宝！"九天女领着这群野女人，将蛇皮剥下来，蛇肉放在火上燃烤，一股清香之味，香得她们跟头把式的。烤熟后，九天女先喂猎鱼青年，可是猎鱼青年瞪着眼睛，气喘吁吁，牙关紧闭，已不能吃东西了。

这群野女人饱餐一顿之后，九天女拿着石斧砍树，率领野女人们学习雀鸟筑巢，这就是女真起初筑的房屋，是非常简陋的，就是用几根树木搭起的窝棚，但这种简陋的窝棚，流传相当久远，现今东北不论山区或平原仍然存在，如看地的瓜窝棚、护路的小窝棚、护林的窝棚等，到处可见，传说就是从女真那时候留下的。后来又将火引进窝棚内，筑成土火炕，都是从那时开始的。这群野女人见九天女真有本事，又一齐给她跪下，称她为"女真"，当时的含义就是"神仙"的意思。

没过几天，猎鱼青年死去。女真就领这群野女人建起寨子，教她们制造石器、狩猎、捕鱼，用鱼皮、兽皮缝制衣服等。到年底，这群野女人大部分生了孩子，人也繁衍起来了，这就是流传的女真起源。

第三章 神仙点化

传说女真到老年的时候，日子过得并不好。虽然女真族发展得很快，远近千八百里全是女真族的旗号，大伙儿也像对"活神仙"似的对待女真，但女真反而面无喜色，经常忧愁流泪。特别是见着她的孙儿孙女，更加伤心落泪，为啥哪？据说她的一男一女长大之后，姐弟俩相亲相爱成为配偶，女儿不和任何男性发生关系，而男孩也不和任何女人去发生关系，总是和姐姐睡在一块儿。女孩长得像女真一模一样，而男孩长得跟猎鱼青年一模一样。这姐弟俩又生下一男一女，长大后，全是傻子，啥事不懂。为此，女真常常愁苦悲伤，面容一天比一天憔悴，人也渐渐老了，整天哭泣想念猎鱼青年。

单说有这么一天，外面来了一个白胡子白头发的老头，见着女真惊叫地说："哎呀！你是女真吗？"

女真惊讶地瞧着老头问："你怎么知道我叫女真？"

"哈哈，这就好了，我是来救你的呀！"老头说着就跟随女真走进屋里，老头坐下后，就对女真说，"不相信吗？我要是不救你呀，咳咳，女真你就要断后了！"

女真一听不高兴地说："谁说我断后了，我有女儿还有儿子，他们又生儿女，这样继续生下去怎么能断后哪？"

"嗨，嗨，"白胡子老头说，"你的孙女、孙子全是傻子，长大了啥也不能干，再生儿女还是傻子，将来不就断后了吗？"

女真一听，老头真说到她的心病上去了，泪流满面地给老头跪下，哀告说："诚然你点破我的心病，我正为此发愁，眼看就要忧愁死了，你快救救我吧。"

老头说："起来，起来，我就是为搭救你不断后而来的。"接着老头告诉女真，"明天，你要带黄狗到山里捉住两头黑色的猪，要一公一母，可千万要记住，要全是黑色的猪，一丁点儿杂毛不许有，抱回来饲养繁殖。在明年这时候，也就是九月初九重阳节，你在西墙上，用树皮画个猎鱼青年像供上，把我这个包儿夹在像的后边。再杀头黑猪，把猪头和猪心肝供在像的下边，千万不要点火亮，要背灯供奉，供奉后再将猪肉烤熟送给大伙儿吃。大伙儿吃的时候也不要点火亮，从此逢节都要这样做，猎鱼青年就会保佑你不断后。一直到你听到画像后的这个包儿掉下来，你打开包儿一看，便有救你的办法了。"老头说完，让女真重复一遍，并千叮咛万嘱咐，让女真一定要记住，随后将一个用树皮包的包儿交给女真说，"平常可千万不准打开看啊。"说着老头走出门外，女真刚送出门口，老头说，"你看，你身后不是猎鱼青年吗？"女真回头一看，哪来的猎鱼青年？可她再回过头来，白胡子老头已不见了，女真明白了，这老头就是神仙，赶忙跪地下磕几个头。

第二天，女真领着黄狗，骑着千里驹，这回她没带海东青大鹰，就奔树林里去寻找黑猪。一连几天，各处寻找，也没见黑猪的踪影。但她不死心，继续向前去寻找，猛然听到吱的一声叫唤，黄狗突然狂吠着蹿过去，她催马紧紧跟过去，见一只大灰狼叼着全黑的猪崽儿向那边跑去，黄狗向灰狼狂吠着扑上去。

女真心里想，狼叼一头猪崽，猪绝不能只下一头崽子呀？于是，她就向相反的方向寻去，走不多远，果然见到惊恐的两头全黑毛猪崽吱哇嚎叫。她跳下马赶忙捉住这两头猪崽，抱回去饲养。

她从林子里弄块树皮，用石刀在树皮上刻画猎鱼青年的像，刻画好了，把像供在西墙上，将老头给的包儿夹在后边，天天晚上祈祷猎鱼青年保护她。

转眼到第二年重阳节，她饲养的黑猪已繁殖十多头，就挑肥大的杀了，夜间背灯供奉，领着女儿、儿子跪拜祈祷。这样，又过了三个年头，此时女真已六十岁了。这天晚上，她又在猎鱼青年像前祈祷，就听吧嗒一声，像后边的包儿掉下来了。女真是又惊又喜，赶忙拿过树皮包儿，到外面火堆旁打开一看，里边用树皮画了两幅画儿：头幅画儿是让女真领着儿女上山顶上，后边有波浪滔天的大水追赶她们；第二幅画儿，画着她骑着千里驹，身后跟着黄狗，肩上落着海东青大鹰在汪洋大海里向东南漂泊而去。她正在看画儿的时候，突然，阴云密布，狂风大起，雷雨交加，不一会儿黄狗狂吠，向山崖跑去，又回来呼唤她，千里驹也咴咴直叫，海东青大鹰也飞向天空，不一会儿又飞回来嘎嘎呼叫。女真联想树皮上的画儿，知道要发大水了，赶忙吹起树皮哨儿，呼唤大家快骑马上山。

在一片慌乱中，她的女儿、儿子托着孩子骑着马往山上奔跑，眼看快到山上了，说也奇怪，两个孩子全从马上掉下来。女真在后边催促，见孙儿、孙女滚落地下，就大声喊着："你们快跑，我带他们上山。"刚要下马去救孙儿、孙女，就听山崩地裂一声，山啸①了，洪水像野兽一般，不仅两个孩子随波逐浪无影无踪，女真骑着千里驹也被冲进波涛里翻滚。好在千里驹会水，海东青大鹰忽儿飞上天空，展翅在前边盘旋，忽儿落在她的肩上。黄狗愣怔着双眼，用前爪紧紧拉住女真，随波逐浪向前翻滚而去。

女真骑着千里驹在大水里不知走了几天几宿，水退了，她流落到一个水边，一头从千里驹上栽下来，昏迷过去，不知过了多长时间，听到狗吠声，她才苏醒过来。她睁开眼睛一看，一条河水哗哗流淌，心里纳闷儿，这是什么地方啊？忽然见河水那边一个白胡子老头，站在一根木头上，飘飘摇摇地向河这边而来。女真仔细一看，这老头好面熟，慌忙站起来。这时白胡子老头已经漂过对岸，她才看清楚，这个老头不就是指点她的神仙吗？赶忙跪在地上向他磕头。

白胡子老头笑呵呵地走到她跟前，用手扶起来说："这就好了，女真又有救了。"

女真哭哭啼啼地说："就剩我一个人，什么有救了，还不如死去省心。"

白胡子老头说："这个地方叫安出虎水②，北山上有个好人，他就是猎鱼青年的再生，名叫函普，住在山洞里。你就到那找他，在洞口喊山洞、山洞你快开，女真找函普来。洞门一开，函普就认你啦。你们俩还有情分，今后你还能生二男一女。"

女真一听摇头说："我已六十岁了，还能生育吗？"

白胡子老头说："这是天意，你将来就会明白。记住北山上，山峪中，朝南有棵松树，树后边便是山洞，你到那儿一喊，函普就会出来的。但有一条，今后再生男女不能兄妹相配偶，只能找异部落的异性去配婚，女真就后继有人了。"说着老头大喊一声，"不好，虎来了！"女真惊愕地转头望去，真有只老虎在河东吼叫跳跃，等她回头再找白胡子老头，早

---

① 山啸：东北方言，即山洪暴发。

② 安出虎水：今黑龙江省阿城区境内的阿什河。

已无踪无影了。

女真赶忙骑着千里驹，领着黄狗，海东青大鹰仍落在她的肩上，按照老头指的方向而去。她来到北山，往里走哇走哇，果然见一个山峪前有棵松树，可是松树后边严丝合缝儿，也没有山洞啊！心里怀疑，没有山洞哪来的函普啊？女真又一想，得相信神仙的话，待我喊来。她就大声喊叫："山洞、山洞你快开，女真找函普来！"女真的话音刚落，就听咔嚓一声巨响，果然洞门大开，从里边笑嘻嘻地走出个青年来，女真一见，长得跟猎鱼青年一模一样，惊讶地说，"是你！"

函普飞奔过来，双手搂住女真说："你可来了！"他俩这个亲啊，亲得女真心花怒放，一刹那，女真又变成像个大姑娘似的，白皮嫩肉的。两个人在此重建家园，相亲相爱，果然又生二男一女，改称"生女真"，大男孩长大后，在救一名美丽姑娘时，斩除了九头妖，获得炼铁图和宝剑一口。从此生女真发展起来，也就是起初的完颜部。

第四章 乌 鲁

说的是九天女找到函普，见函普长得跟猎鱼郎一模一样，勾起旧情，别看她已六十多岁，还像年轻初见猎鱼郎时，春情荡漾，似火灼心，将函普紧紧搂在怀中。这时天已黑了，九天女与函普在交欢的时候，突然外面霞光万道，瑞气千条，像白天似的，一片亮光。还传来"咚咚、呱呱、嘎嘎"的欢笑声。函普吃惊地"啊"了一声。九天女搂着函普说："别怕，金乌贺喜来了！"

函普与九天女交欢后，走出山洞，见一只身形高大三足的金乌，放射着金色的光芒，将夜空照得通亮。它张着嘴在欢唱，唱的声调像敲鼓似的"咚咚、咚咚"，那声响可大了，在山野里回荡。在它两边有乌鸦、鹊雀扇着翅膀"呱呱""嘎嘎"和"咚咚"声和谐在一起，嗬！还真是好听的音乐哪！

函普惊疑地问："萨尔干①，唐阿哩②？"

九天女告诉函普说："它是金乌，是从太阳里飞来的，给咱俩贺喜来了！"函普听后乐了，从洞里取出肉食招待金乌和乌鸦、鹊雀。

九天女与函普结婚，金乌贺喜，惊动了这周围的民众。那时候人们还不知道建筑房屋，夏天都蹲在树上。这天晚上见山前忽然大亮，霞光万道、瑞气千条，还传来"咚咚、呱呱、嘎嘎"的叫声。人们听了感到很炸耳，咦，啥玩意儿？正在人们惊疑的时候，忽听有人高喊："哎呀！妖怪来了！妖怪来了！"这一喊不要紧，有的咕咚一声从树上摔到地下，摔得嚎叫，有的随声附和："快跑啊，可不好啦，妖怪来啦！"在这山中居住的人们，立刻乱了，恰如鬼哭狼嚎一般。男的好说，撒腿就跑，可这妇女就困难了，得背抱孩子呀。那时候，人只知有母，不知其父，所以孩

---

① 萨尔干：满语，妻子。
② 唐阿哩：满语，"它是啥"的意思。

子都得由妇女照应。孩子哭，老婆叫，乱成一锅粥。

"不要跑！不要跑！有妖怪不怕，咱们消灭它！"大伙儿借着金乌放射的亮光，顺着喊声一瞧，在小山顶上站一大汉。他身高有一丈七八，膀大腰圆，比一般人高出半截，人称离苔台。他身旁有个姑娘，惊吓得紧紧搂着他的腰不撒手，意思让他保护她。说也怪，人们听到他的喊声，就壮了胆，过去人们怕他，现在人们又仰仗他，降妖伏怪的希望全寄托在他的身上。因为大家都知道他胳膊粗力气大。

前些日子这地方来个妖怪，那家伙傻大黑粗，长得像熊瞎子。熊瞎子是四足落地行走，可这个妖怪，头像熊瞎子，身子像人，有手有脚，跑起来带风声，喊叫似虎啸，专抓人吃。把人吓得四处逃跑，大家管它叫"吃人精"！

这天人们正在山里打猎，忽听一片喊声："可不好啦，吃人精来了，快跑啊！"随着喊声，人们就各处奔逃，乱哄哄的，哭叫连天。人们惊恐万状，吃人精果真来了。就在这危急万分的时刻，离苔台好像从天上掉下来似的，他手持石刀，大喊着："吃人精你哪里走，我在这儿等你多时了！"他举着石斧迎着吃人精砍去。吃人精嗷嗷叫着扑向离苔台。人们吓得都爬到树上向下观望。见离苔台将身子一闪，吃人精扑个空，离苔台将身子往回转，啪地就是一石斧，正砍在吃人精的后背上，嗬！只砍道白印儿，连皮都没破。大伙儿在树上吓得身上直哆嗦。离苔台也倒吸口凉气。就在这一眨眼的工夫，吃人精和离苔台厮打一块儿了。人们见离苔台一点儿惧怕的意思也没有，都暗暗佩服。离苔台跟吃人精厮打翻滚起来，一会儿吃人精将离苔台压在底下，刚要张口吃离苔台，离苔台猛一用劲，又将吃人精翻滚在底下……不知他俩翻滚多长时间，将周围的树木都咔嚓、咔嚓压倒了。见离苔台越打越勇，有的男人在树上看着、看着，心想，吃人精听着可怕，可人要是真跟它干，它也没啥了不起的。有几个胆大的，就从树上跳下来，去帮着离苔台打吃人精。离苔台在几个男人的帮助下，终于将吃人精打死了。

人们欢叫着从树上跳下来，将离苔台围住，夸赞他是个英雄。他立刻成了受众人尊敬的人头儿。可是人们又都怕他，因为这离苔台愿和哪个女人睡觉就和哪个女人睡觉，谁也不敢惹他。这事很快就传开了，所以人们都怕他。最后离苔台抓住一个名叫蒲忽儿的女人——就是刚刚一直抱着他腰的那个女的。蒲忽儿和他睡觉后不仅不跑，还怕离苔台扔了她和别的女的去睡觉，离苔台走一步她跟一步，寸步不离离苔台，而且想尽一切办法，让离苔台喜欢她。离苔台也真喜爱她，感到这么多女的，也没有蒲忽儿合他心。

今晚上他正欢欢乐乐地和蒲忽儿在山洞里睡觉，忽听外边人声嘈杂，呼喊妖怪又来了，他往洞外一看，外边通明像白天一样，就跑出来了，见众人要逃跑，才将众人喊住。离苔台拎过石斧，高声喊道："不怕死的跟我来，捉妖怪去！"

人们对离苔台打死吃人精有印象，当时就有些青年男人跟着喊："我不怕，跟你去打妖精！"

离苔台要下山去打妖精，蒲忽儿抱着他不撒手，哭哭啼啼地说："你要去，我咋办啊？我怕！"

离苔台安慰蒲忽儿说："别怕，打死妖精我就回来。你可千万别动地方，就在这儿等我。"说完他领着八九个有力气的男青年，急忙忙地奔下山，向函普住的地方冲去。

函普正高高兴兴地招待金乌、乌鸦、鹊雀，它们来给他贺喜，用它们那张巧嘴儿为九天女和函普结欢伴奏着欢快的音乐。

忽然传来："捉妖精啊！捉妖精啊！"而这声音越来越近。金乌收起了歌声，扬起头听着，乌鸦、鹊雀扑棱棱亮开翅膀飞到树上。

函普见有伙人向他这儿冲来，就大声喊叫："喂！别误会，我是好人，不是妖怪！"任凭函普喊破嗓子，也没人听他的。离苔台领着这伙人，离老远就向函普这儿抛石头。

九天女见势不好，担心打坏函普，就放出海东青和神犬。海东青飞在空中，神犬狂吠一声向离苔台扑去。忽然一块石头子儿正好扔在金乌身上，金乌身上立刻蹦跳起无数火花。可将金乌激怒了，它腾一下飞在高空，在离苔台头上盘旋着，将离苔台晃得都睁不开眼睛。金乌向下猛扎，啄瞎离苔台一只眼睛而去，疼得离苔台哎呀一声倒在地上。跟来的那几个人，被海东青有的啄瞎双目，有的啄坏喉头，说不出话来，还有的被神犬咬瘸了腿，从此在女真族留下瞎子、哑巴、瘸子。离苔台吓得领着蒲忽儿逃跑到孩懒水居住。他留下的后人和函普留下的后人仍然为仇。这是后话，暂且不提。

再说，众人见离苔台跑了，见山下住着函普和九天女，只见他俩虽然年岁大，但是长得还那么俊美。使众人惊奇的是九天女和函普都穿着用鱼皮、兽皮做的衣裳，还有海东青、神犬和马儿，就把他俩当成阿布卡恩都力①，跪下给他俩磕头。

九天女又给他们讲解女的要找个男的，成个家，她解释说："你们看，那雀儿还成双配对，何况人呢，不能乱来，乱来咱们人就要完蛋啦！"还将她从前儿女因为互相婚配，留下的后人全是傻子，被水淹死，变成乌鸦、鹊雀，又来到自己身边的经过一一细说。从此，渐渐地，女的找个男的，像雀儿似的，筑个巢，在一起生活，生孩子也有男人供给吃的。九天女还教给她们缝衣服。

九天女怀孕了，肚子一天天大起来。在生孩子头天晚上，九天女做了个梦，梦见这金乌又飞来了，直向她的怀里扑来，将她一下惊醒了，原来是一场梦。这时她就觉着肚子疼，原来要临产了，将函普乐得嘴儿都拼不上了。九天女和函普婚后，头一个就生个小子。一算，这孩子还真是头天晚交欢时就有的，想起金乌来贺喜，又梦见金乌扑在怀中，生的这个男孩，就起个吉利的名字叫乌鲁。

① 阿布卡恩都力：满语，天神。

第五章　菜花儿

九天女和函普非常疼爱乌鲁，乌鲁也很聪明。这时，安出虎水一带的民众都聚到九天女、函普这块儿定居。一切事儿都是九天女说了算，因为她会造窝、会取火、会做衣服、会种地、会做饭……九天女在人们眼中是天仙女，即女真。

乌鲁三四岁时，和一帮孩子玩，多数孩子都听他的，他说咋玩，就咋玩。只是有个孩子名叫野烈，他不听乌鲁的，两个小孩在一起经常打仗，这野烈就是离苔台留下的孩子，野烈是他额娘①被离苔台强迫后怀孕生的，当然野烈不知道。当时不知道阿玛是谁的孩子太多了，也只有九天女和函普结为夫妻，生养的孩子知道父母，其他都属于群居杂交。但九天女和函普很快将人们的生活习惯改变过来了，这是因为人类的发展有这个要求，很快就被人们接受了。

还说这乌鲁和野烈，他俩分成两伙与小孩玩耍。乌鲁领小孩玩，弄几根树枝，学骑马打猎、抓鱼摸虾玩。而野烈则相反，唆使小孩，屙泡屎，用土面盖上，诱使乌鲁这伙小孩踩，等看到有人脚上踩满屎。他领那几个孩子看着哈哈笑。或者藏在犄角旮儿，口里含着水，等乌鲁领他这伙小孩过来，突然出现，把嘴里的水喷在乌鲁他们的脸上。有的孩子被喷得嗷嗷哭叫。乌鲁用手将脸上的水一抹，眼珠一转，说："哭啥？走！"将他这帮小孩领到一边，小声说，"他用水喷咱们，咱们用土面儿眯他们眼睛。"出完主意，就领帮孩子，每人悄悄地攥把土面儿，藏起来，等野烈这伙人过来，冷不防地向野烈他们脸上扬去，眯得他们哭叫。乌鲁还想出办法，屙泡屎用土面掩盖上，他领帮孩子猫②起来，等野烈跑过来，冷丁用木棍一绊，将野烈弄个狗呛屎，乌鲁领帮孩子高兴地跑了。

---

① 额娘：满语，母亲。
② 猫：东北方言，躲藏。

随着年龄的增长，乌鲁和野烈双方由暗坏变成公开殴打。双方有时用土坷垃或石子儿互相抛打，或棍棒相互攻打，有时竟打得头破血流，致使大人互相厮打。但是九天女一出面，就压服住了。可人和人之间的仇火疙瘩不是那么容易解开的，这就为内部相互厮杀留下了隐患。

单说到了乌鲁十三岁的时候，九天女让他领帮孩子到山上去修理、栽植树木，将一些乱蓬蓬七枝八杈的树木修得直溜溜的，树枝扛回来留着烧火。九天女还向人们说："我们不仅要学会种谷，还要学会养树，有树才能有飞禽走兽，才能让咱们子孙后代，代代过着幸福生活！"

她的这些话，很受人们的拥护，人们都高兴地让孩子们跟乌鲁去修理、栽植树木。乌鲁领着这帮少年，从这山修理到那山。单说这天，乌鲁领帮少年刚来到一座高山上，不知谁大喊："快来呀，啥玩意儿，这么香啊！"

大伙儿一下子都跑过去，用鼻子一嗅，香馥扑鼻，嗅来嗅去，这香味儿，是从山崖下边飘上来的。是啥东西发出的香馥味儿，谁也不知道。这香馥味儿将这帮少年迷醉了，一个个呆愣愣地用鼻子嗅着。特别是乌鲁，好像喝醉了酒，呆愣愣地站在山崖边上，探着头，用鼻子狠劲儿吸着，越吸越香，感到身上就像要腾空似的。野烈见乌鲁这痴傻的样儿，两只脚又站在山崖边上，就来了坏主意，嘴没说心里话儿，香就是臭，准是"吃人精"①发出来的香气，勾引人吃。有了，我向前一挤，用别人的身子将他挤下崖去喂吃人精吧。野烈打好了坏主意，他嘴里大喊："哈，太香了！"冷丁往前一撞。可坏了，人撞人，一下将乌鲁撞下崖去，惊得大伙儿七吵八喊："乌鲁掉崖了！乌鲁掉崖了，快救哇！"

乌鲁掉下山崖的时候，就见从崖下边升上来一股金光，野烈大喊："不好，吃人精要上来啦，快跑啊！"他撒腿就跑了。这帮少年也一窝蜂似的跟着跑回来了，七吵八喊："乌鲁掉在山崖里，被吃人精吃了！"

九天女顿时吓得脸色煞白，身上直哆嗦，嘱咐次子斡鲁说："好好看护妹妹注思版，额娘去找你哥哥。"说罢她牵过千里驹，领着神犬，带着海东青，快马加鞭奔山崖去了。

九天女来到山崖，将千里驹拴在树上，望着山崖下边，见白云飘绕，什么也看不见，眼泪扑簌簌地往下掉，悲哀地对神犬和海东青说："少主人掉在崖下，你俩快下去将他救上来吧！"

---

① 吃人精：此处指一种野生植物的名称。

神犬摇头摆尾听后，腾地跳下崖去。海东青扑棱棱，展开翅膀，先飞向天空，只见它张开翅膀盘旋几下，忽然将翅膀一收，猛然扎下崖去不见了。

九天女两眼流着泪水，大声喊叫："乌鲁，额娘来了，神犬、海东青去救你，不要害怕！"

"乌鲁，额娘来了，你在哪儿，回一声，额娘就放心啦……"九天女的声音在山谷中回荡，山崖里静悄悄的，一点儿回音也没有。

这时，安出虎水的人们七喊八喊地都跑来，围在九天女身旁，跟着叹息着急。九天女眼巴巴地望着山崖底下。不知为什么，神犬和海东青下去半天，连一点影儿都没有，这更使九天女心急火燎，难道崖下真有妖怪？将海东青、神犬也……她简直不敢想了。正在九天女心慌意乱的时候，就听人们喊："海东青回来了！"

九天女问："在哪儿？"

一个人说："那不，从西边飞回来了！"

这时，大家才望见海东青从西边飞回来，口里还叼束花儿，眨眼工夫，飞到九天女跟前落下，将嘴里叼的小黄花放在九天女手上。九天女感到奇怪，这是啥意思？就赶忙问："见到少主人了吗？"

海东青将头一点："啊！啊！"接着海东青扑棱飞在高空。九天女明白，海东青是要带她去找乌鲁，她赶忙拉过千里驹，翻身上马尾随海东青向西找去。

惊疑的人们像涨潮的水在后边连跑带颠地跟着，心里都有些不相信，这么深的山崖，掉下去，还摔不死？这就更增加了人们的好奇心，都想看个究竟。

原来，乌鲁觉得忽悠一下子，身子已经腾空了。当人们发现一片金光的时候，是金乌将乌鲁托住，从崖下向西飞去，飞过两座山，见前面山沟里有一片黄花，在花里有个穿着青衣白裙的美丽的姑娘。金乌悄悄对他说："那亮红朵子①里的格格②就是你的萨尔干！"接着金乌还对他说，"格格名叫菜花儿，是王母娘娘身旁专管菜吃的使女，故名菜花儿。因她思念红尘，将王母娘娘菜盘儿打碎了，王母娘娘一怒，将菜花儿贬下红尘来，让她给你做萨尔干，实际是王母娘娘惦念九天女，才打发菜

---

① 亮红朵子：东北方言，红花。

② 格格：满语，姑娘。

花儿下凡的。快去吧，菜花儿在等你！"金乌说完就飞走了。

　　乌鲁扭扭捏捏，像个大姑娘似的，站在菜花儿身旁，低着头，一动不动地瞧着菜花儿出神。

　　金乌躲在山上偷看，把它笑得不停地抖动着翅膀。就在这时，海东青和神犬找上来了。别看神犬和海东青都是哑巴禽畜，可通人性啦，它俩这闻闻，那嗅嗅，就找到这来了。见乌鲁站在菜花儿身边低着头出神，又望望菜花儿，就奔菜花儿去了。神犬见菜花儿偷偷望着乌鲁抿嘴笑，它就一屁股坐在地下，前爪着地，昂着头望着菜花儿出神，接着汪汪叫，意思是："乌鲁在那儿，快去说呀，连九天女还是主动找函普的，结为夫妻，你还有啥磨不开的呀？"

　　海东青在菜花儿头上盘旋，叨叨说："新娘子，欢迎啊！新娘子，欢迎啊！"

　　菜花儿脸色绯红地用手挥着白菜花枝儿说："去，去，去你的！"白菜花枝一下被海东青叨走了，慌忙去给九天女送信儿。

　　九天女跟着海东青翻过两道山，来到菜花儿沟旁，见菜花沟边上站着乌鲁，沟里边站个姑娘，仔细观瞧，好像在哪儿见过，正在她疑惑的时候，见这姑娘着急忙慌地奔她来了，撩开罗裙趴在地下给九天女叩头说："九天姑在上，菜花儿拜见！"

　　九天女想起来了，原来是王母娘娘的使女菜花儿，惊疑地问："你怎么来了？"

　　"思姑才来的。"说着脸色绯红。

　　金乌飞来了，对九天女说："思姑下凡来了！还是由我来道喜祝贺！"它又欢乐地唱起"咚咚"的歌声。

　　安出虎水的人赶来了，听说天宫的菜花儿下凡给乌鲁做媳妇，都随着金乌的歌声欢跳起来，将菜花儿迎回去成亲。从这以后，就留下迎娶媳妇的风俗。

　　野烈听说乌鲁没死，还娶回个天宫里的菜花儿做媳妇，又羞又臊又气，再也不能在这儿待了，只好逃到别处安身。传说从野烈直到他的后裔腊醅、麻产始终和女真为敌。乌鲁和菜花儿婚配后，九天女给菜花儿改名为"思姑"，意思是"思念她，继承她创建女真族"的含义。

　　从此思姑给女真带来了白菜籽种，开始种白菜，这白菜长起来，都称它为翡翠白菜。这个山沟，人们称为"菜儿沟"，一直流传至今。

第六章　九天女怒逐乌鲁

别看九天女快八十岁的人了，身体依然健壮。在安出虎水定居下来的民众，都把她看成"女真"，即天仙女。当时这百十多口人，都听她指挥。虽然居住分窝，但他们统一进深山密林去打猎，统一到河里去捕鱼，统一种地，得到的劳动果实统一分配。大伙儿感到集体才有力量。不像过去一个人去猎取食物，有时就被野牲口①吃了。有的妇女，为了生存，出去猎取食物，只好将孩子拴在树杈上，猎取食物回来，孩子已被野牲口吃了；还有的妇女去猎取食物被野牲口吃了，孩子拴在树杈上被活活饿死了。定居后，这种悲惨的事情没有了，而且发挥了集体抗御野兽的力量。

九天女为了让大伙儿生活得好，还订出几条约法：一是没病没灾，身体好的都得参加统一干活，才能分到食物；二是妇女生孩子时，暂不参加干活，鱼和肉食要比一般人多分点儿；三是年老体弱不能参加干活的，照样分得食物。这些约法，将散栖在树上的民众，统一在一个大家庭里过活。每天猎取的鱼、狍、猪、兔、山鸡、水鸭都是供大家食用的。这样，大伙儿都干得很起劲儿，过着无忧无虑的生活。

单说这天，九天女将大伙儿猎取的鱼肉按人口分配，就听有人私语："哼，她的儿子乌鲁和媳妇不参加干活，跟咱们一样分，还得大伙儿养活他们！"

九天女听到这话，心像被揪一样难受。吃惊地想，约法是我立的，而自己的儿子违犯，还照样分得果实，这样还咋去约束别人？也怪自己偏袒子女造成的。确实自从乌鲁和菜花儿结婚后，每天蹲在窝里不愿出来，整天和菜花儿缠绵，也不愿干活了。九天女还认为刚结婚，小两口热火几天，她心里还感到美滋滋的。函普他俩谁也不去惊扰，老夫妻俩

---

① 牲口：东北方言，野兽。

既要忙活糊口，还要处理部落民众的生活，对儿子就疏忽了。今天听到有人说闲话，才唤起九天女的警觉，感到乌鲁这样下去，不仅对部众有影响，长大了，也将养成好吃懒做的坏习惯，那可就坏了。这有负天意，还怎能去为部众谋生？

九天女心情沉重地回到家里，问女儿说："你大哥呢？"

女儿说："我一天也见不到他们的影儿！"九天女心想，这小两口在窝里蹲个老实。忽然看见她烧煮的狍子肉小两口一口没吃，端回放在那儿了。她大吃一惊，怎么？乌鲁贪恋色情，得了病，饮食不进？这样下去不得丧命嘛，不能不管了。九天女提心吊胆地闯进乌鲁窝内，见乌鲁和菜花儿肩靠肩，膀靠膀，坐在窝内大吃大喝，面前摆着山珍海味及一些叫不上名的美酒佳肴，气得九天女顿时脸色煞白，身上发抖，一气之下，将酒菜全给摔了。在她摔酒菜的时候，发现乌鲁面前有个宝葫芦，她心里明白了，这宝葫芦准是菜花儿从王母娘娘那儿偷来的。一把将宝葫芦夺在手中，喝问："这是哪来的？"

乌鲁和菜花儿都给九天女跪下了，菜花儿结结巴巴地说："这，这宝……宝葫……葫芦……芦是在，在下凡……凡时未交，让我……我带……带来了！"

九天女明白，这宝葫芦是天宫之宝，要吃啥就能来啥，被这孽障带到民间，这还了得，岂不给人养成好吃不劳的恶习？想到这儿，九天女怒冲冲地说："你们俩跟我来！"

九天女将乌鲁和菜花儿领到外面一棵树下，用手指着大树说："你俩看，小乌鸦在做啥？"

乌鲁抬头望望，见几只小乌鸦轮流叼回虫儿，正在喂蹲窝里的两只老乌鸦，就说："它们喂老乌鸦！"

"为啥要喂老乌鸦？"

"这……"

九天女冷笑说："这叫乌鸦反哺，是报答父母养育之恩。因为它父母把它喂养大了，身体老弱，小乌鸦就反过来喂养老乌鸦。而这乌鸦全是我从前留下的子孙，他们淹死后，变成乌鸦前来跟随我……"九天女气愤地说，"乌鸦尚且如此，你都不如乌鸦，你俩凭着天宫的宝葫芦，坐享其成，忘了父母，忘了族众，只管自己，不管别人，要你何用！"九天女说到这儿，啪地将宝葫芦摔个粉碎，大声喝道，"你们俩马上给我滚！立刻离开我，去找坐享其成的地方吧！"九天女气得浑身直哆嗦。

　　乌鲁和菜花儿吓得全跪在地上了，菜花儿哭哭啼啼地说："请额娘饶恕我们吧，不怨乌鲁，都怪我不好，是我没让他出去干活！"她一边哀告一边给九天女磕头。

　　乌鲁呜呜哭着说："额娘，让我上哪儿？我从小到现在没离开过你，离开你我能活吗？额娘，你能忍心让孩儿离开你吗？额娘！"

　　九天女见乌鲁、菜花儿边哭边哀告，心里也如同刀割一般难受，是呀，我六十多岁才生你们哥俩，总算又有后代了。拿你们像宝贝似的，从小到现在非常溺爱你们，正由于溺爱，才有今天。她想到这儿，心里立刻翻个个儿，自忖道，对乌鲁再不能柔情了，任何的放纵，都是在对人类生存和发展犯下罪过。想到这儿，九天女将牙一咬："你们俩还不快起来，自己谋生去吧！"

　　"额娘，说啥我们也不走哇！"

　　"我这儿不留好吃懒做的人，如不走，我宁可砍死你俩！"九天女说着，真从腰中抽出石斧，吓得乌鲁、菜花儿哇呀直叫。

　　函普正在窝里歇息，听外面哭叫声，惊慌地跑了出来，见乌鲁、菜花儿惊恐地倒在地上，九天女手举石斧，不知出了啥事，跑到跟前将九天女手中石斧夺下，说："你这是干什么？"

　　九天女气呼呼地说："你问他俩！"

　　"乌鲁，到底儿出什么事了？"

　　乌鲁将事情经过对父亲一说，函普这才明白，原来为了这个，转身对九天女说："乌鲁初犯，放过一次，如不改，再撵他们还不行吗？"

　　九天女斩钉截铁地说："不行！我意已决，好吃懒做的人，不出去磨炼磨炼，怎领族众生存，你不要多言，要为长远着想。"

　　正在这时候，一些族人听见乌鲁哭叫声，不知出了啥事，都惊慌地跑来了，到跟前一问，才知道为这事儿。说闲话的人感到后悔，她先带头给九天女跪下求情。大伙儿见她跪下，也都齐刷刷地给九天女跪下，哀求说："天仙女，你就饶了乌鲁吧！"

　　九天女大声喊道："现在宣布，从我本身做起，如果谁不愿参加干活，不仅不给他食物，而且把他从部落里撵走！乌鲁和菜花儿婚后不愿干活，已决定撵出部落，自己去谋生，多咱磨炼能干活或对咱部落有贡献，方能再回来！乌鲁、菜花儿，你们俩快走吧！"

　　大伙儿你看我，我看你，都不愿起来，想再求求九天女，为乌鲁说情。没想到，神犬突然扑到乌鲁面前，"汪汪、汪汪"吠叫，它也撵乌鲁：

"快走！快走！"

乌鲁见没有挽回的余地了，只好领着菜花儿哭哭啼啼地离开了家，漫无目的地向深山走去。

从这之后，九天女的约法，谁也不敢违犯，九天女的部落一天天得到巩固和发展。

第七章　乌鸦鹊雀领路

　　乌鲁和菜花儿被九天女撵走，他俩手拉着手，哭哭啼啼无目的地往前走着。菜花儿悲泣着问乌鲁："怎么办啊？咱俩奔哪儿去呀？宝葫芦被摔碎了，咱俩吃啥喝啥呀？"乌鲁埋怨菜花儿说："都怪你，弄什么宝葫芦，额娘怪罪了，将咱俩撵出来，奔哪儿去，我也不知道。"菜花儿忽然想起来了，转悲为喜，说："有了，咱俩还是到菜儿沟去，那里有我种的白菜，吃着又脆又甜，晚上咱俩就住在山崖下边的山洞里，你看行不？"乌鲁一听，心里也亮堂了，对呀！高兴地说："我还真将它忘了。走！咱俩奔那儿去。"

　　乌鲁和菜花儿手拉手转过身向菜儿沟走去。刚走出不远，忽然头上乌鸦呱呱叫，鹊雀嘎嘎叫，召唤乌鲁。乌鲁赶忙停住脚步，往天空一望，原来是家前树上的乌鸦和鹊雀。乌鸦和鹊雀见乌鲁站下了，就双双落在他的面前。乌鲁对乌鸦和鹊雀说："乌鸦哥、鹊雀姐，额娘将我撵出来了，你们看我奔哪儿去好？"乌鸦和鹊雀"呱儿嘎呀"叫唤两声，亮开翅膀向东北方向飞去。乌鲁呆望着飞去的乌鸦和鹊雀，心里纳闷儿，它咋往和我要去的相反方向飞哪？菜花儿说："走吧，咱俩还是到菜儿沟去吧。"

　　乌鲁跟菜花儿刚要走，乌鸦和鹊雀又回来了，在他头上呱呱、嘎嘎地叫，盘旋一会儿又向东北方向飞去。乌鸦和鹊雀叫唤的声音，听到乌鲁耳内是"快走！快走！"乌鲁明白了，乌鸦和鹊雀是额娘留下的后代，它让我往东北走，难道它是想保护我，帮我找个好地方？想到这儿，对菜花儿说："乌鸦、鹊雀都是额娘后代变的，它召唤咱们往东北走，准要将咱俩领个好地方，咱俩就跟它们走吧！"菜花儿哭哭啼啼地说："这下边的事儿我也不知道，你说上哪儿就上哪儿吧。"

　　乌鲁一听乐了，"好，咱俩就跟乌鸦和鹊雀走！"他拉着菜花儿的手，顺着乌鸦和鹊雀飞的方向奔去。走哇走，乌鸦、鹊雀飞一骨碌①就落在前边召唤，"在这哪！在这哪！"乌鲁就顺着声音向前走，越走林木越密，菜花儿哪受过这个苦哇？脚也走出泡了，腰酸腿疼，哭咧咧地一屁股坐在地上说："我可走不动了！"

乌鲁说："才走出这么远，就走不动了？"

菜花儿两眼流泪说："我一步也不能走了。"说着她将鞋脱下来，两只细皮嫩肉的大脚掌上，磨出水灵灵的两个大泡。还没等乌鲁细看，乌鸦、鹊雀惊慌地对乌鲁说："快跑，虎来了！"随着乌鸦和鹊雀叫唤的声音，就听身后呜呜风声响，虎啸镇山林。

乌鲁拉起菜花儿大惊失色地喊："快跑，老虎来了！"他也顾不上菜花儿了，撒腿就跑。

"等等，等等我！"菜花儿都喊岔声了，鞋也没顾得穿上，光着两只脚，跟头把式地在后边追赶乌鲁。

乌鲁在前边跑，听到菜花儿在后边喊，刚想要站下拉她走，忽然额娘的话又响在耳边："你们出去，自己谋生，好好磨炼磨炼！"这话音还在他耳边回响，菜花儿刚才的话又在耳里响起，"我一步也不能走了！"乌鲁忽然心里悟出个道儿，我不能拉她，拉她，就有依赖了。想到这儿，他回头望一眼，见菜花儿慌慌张张地追赶他，啊！原来她一步不能走，这回能跑哇，好像更鼓励乌鲁跑的劲头儿，于是更加快了飞步。这时已听到老虎撞击树木咔嚓嚓的响声，乌鲁情不自禁地大喊："快跑啊！"

不知又跑了多远，乌鲁听见后边咕咚一声，他急忙回头一望，见菜花儿摔倒在地，他急忙跑过去，一把将菜花儿抱在怀中，见菜花儿双目紧闭，心怦怦地好像马上要跳出来。乌鲁紧紧抱着菜花儿喊："菜花儿，菜花儿！"过了好长时间，菜花儿哇呀一声，才苏醒过来，哭哭啼啼地说："要知道下边这么苦，说啥我也不下凡！"乌鲁说："你可醒过来了，吓死我也！"这时乌鲁发现菜花儿两脚有血迹，一看，两个大水泡也跑破了，出了不少血。菜花儿捧起大脚，感到火辣辣地疼，哎哟，哎哟地哼唧："疼死我了，疼死我了！"乌鲁赶忙往她脚破的地方吹风。

说也奇怪，乌鸦、鹊雀忙碌起来了，它们用那丁点儿小嘴说不上从哪儿含的啥水，就往菜花儿脚上破泡的地方吐洒，一次只能含像露水珠儿似的那么一滴答，经过几次吐洒，嗬！菜花儿破伤的地方不疼了，渐

① 一骨碌：东北方言，一段距离。

渐地长层老茧，将破伤的地方保护起来了。菜花儿托起乌鸦、鹊雀说："太感谢你们了，治好了我的伤口，多咱也忘不了你们啊！"

乌鸦和鹊雀又"呱呱、嘎嘎"飞了。乌鲁和菜花儿感到又饥又渴，想要找点儿水喝，这腿已不听使唤了，又酸又疼。正在这时候，乌鸦和鹊雀给他俩叼来山梨。这山梨有拳头那么大，咬一口水灵灵，酸甜酸甜的，又解渴又解饿。

听不到虎啸声了，菜花儿躺在森林里，想要好好歇息歇息。她感到浑身上下像散了架子似的，每条骨缝儿都酸疼。刚躺下，就听见"吱吱"的叫声，乌鲁霍地坐起来说："不好，野猪来了！"急忙从腰中抽出石斧，嘱咐菜花儿说，"快上树！"野猪已从那边钻了出来，是个孤猪，这家伙有一千多斤重，张嘴獠牙奔来了。乌鲁躲在大树后边，见野猪过来，抽冷子蹿出来，咔嚓一声，石斧砍在野猪身上，哎呀，野猪身上只留下一条白刃儿，咋的没咋的，却奔菜花儿来了。

菜花儿被野猪吓得忘了身上的疼痛，惊恐地往树上爬，爬上去，掉下来了，再爬，又掉下来了。这野猪可能见菜花儿长得漂亮，挨了乌鲁一石斧，它不奔乌鲁，却奔菜花儿去了，吓得菜花儿"哎呀呀"直叫唤……眼看菜花儿要被野猪咬了，乌鸦、鹊雀落在野猪头上，用嘴将野猪的两只眼珠子啄冒了，鲜血直流，疼得野猪吱吱叫唤，恶狠狠地向菜花儿扑去。乌鲁喊："快躲开！"他喊着，急得飞跳过来，又一石斧砍在猪头上，只听当的一声，野猪头赶上石头硬了，又砍出一条白刃儿。

在这危急的时刻，乌鸦和鹊雀跳在猪下巴颏儿底下，对着猪的咽喉，用力啄呀啄，任凭野猪蹦跳，它们也不停歇，终于将野猪咽喉啄个窟窿，从窟窿里往外蹿出鲜红鲜红的血，赶上个泉眼了。猪一腔血蹿出后，四腿一蹬倒地死了。气得菜花儿说："猪哇，猪，吓死我了，今后非将这猪的肉剁成肉泥吃，方解心头之恨！"从此，女真族留下杀猪，用刀捅咽喉，将肉剁成馅包饺子的风俗；还留下将猪喉骨夹在娑腊杆顶上，供乌鸦、鹊雀啄食的祭祀。

乌鲁和菜花儿脱险后，又跟随乌鸦、鹊雀向前走去。乌鸦、鹊雀要将乌鲁、菜花儿领哪儿去，当时，乌鲁和菜花儿也不知道。通过啄猪搭救这件事，使乌鲁和菜花儿相信，它们会保护他俩，并将他俩领上幸福之路。

第八章　九天女午夜获宝

自从乌鲁和菜花儿走后，九天女的心弦上就像谁给拴上根绳，拽着她一样疼痛。虽然表面上她仍然如故，但内心里难受啊。乌鲁被她撵走，就如同从她心中摘去心肝，怎能不痛苦哪？尤其是女儿注思版总在她面前叨咕，"我大哥哪去了？我想大哥，我想大哥！"这更加重了九天女的心思。她假装镇静地说："你大哥到外边学打猎、打仗、挖宝去了，等学会了就回来。"

九天女白天好过，一到夜间，她翻来覆去睡不着觉，惦念乌鲁到哪儿去了？能不能遇到妖怪、狼虫虎豹？刮风下雨他俩到哪儿安身？她越寻思，越提心吊胆，心被乌鲁拽走了，患了失眠症。

乌鲁走后的第四天晚上，九天女忧思万缕，翻来覆去睡不着觉。函普在她身旁还总是唉声叹气埋怨她说："孩子不对，你打他、骂他都可以，干吗将他撵走，让他俩孤单单地到哪儿去呀？万一有个好歹的，咱俩肠子悔青也无济于事了！"

九天女虽然心里也有些懊悔，但她为宽慰函普，咬着牙说："咱俩生儿育女，是为人类创造幸福生活，把孩子总放在小窝里，能有啥出息？得让他到外边去闯荡，方知天地之大，世上复杂，为创造人类的新生活，必须学会本领！"九天女这话既是说给函普听，又像自我解释，自我安慰。见函普不吱声，她也就不再说啥了，但她还是翻来覆去睡不着觉。

忽然跑进一人，大声喊叫："九天女，大事不好，乌鲁被吃人精抓去，性命难保！"

九天女惊讶地问："在哪儿？"

"在怪石岭！"

"你是何人？"

九天女这一问不要紧，就见这人在地下打个滚儿，摇身变成一个头上长着两只尖角，瞪着两只有拳头那么大的眼睛，张着大口，发出"哗哞"吼叫声，用两只像锥子似的大角向九天女顶来，口吐人言说："我就是吃人精，吃了你儿子，今天吃你来了！"

九天女身上激灵一下子，醒了，原来是一场梦。她霍地一下子坐起身来，穿上衣裳，到外边一看，见天头已快半夜了，心里翻江倒海一般，回味着惊恐的梦，难道乌鲁真遇妖怪了不成？她可真放心不下了，悄悄牵过千里驹，带着海东青和神犬说："现在去找大少主，不知人往哪边去了，今晚就看你们两个，你们往哪儿去，我就跟着往哪儿去。说啥得找到大少主！"

神犬摇头摆尾地先走了。九天女对着天上的北斗星一看，这神犬是往东南方向去了。她也就带马随后相跟，海东青也按照神犬的方向在空中飞行，不时传出"嘎嘎"的叫唤声。

这天晚上是月黑头，只有天上的星星眨巴着微小的亮光，风吹草木沙沙响，神犬在前边跑跑停停，忽而往树上撒点尿，忽而冷丁站立，挓挲着耳朵，向前瞭望。这样，九天女就不能快马加鞭，只有跟着神犬前行。因为九天女心里明白，这神犬有嗅觉，乌鲁奔哪儿去了，它能嗅味儿，顺着味儿就能找到。如离开神犬，驾驶千里驹，等于瞎跑一阵，在这深山密林之中寻找乌鲁，就如同大海里捞针，上哪儿寻去呀？心里干着急，也得耐着性子尾随在神犬之后。而这千里驹也懂事儿，它知道尾随神犬行走。神犬快跑，它就快，神犬慢行，它也放慢脚步。神犬站着向前凝望，它也站在那儿，扬脖望着前方。走着走着已走进活龙窝集①。忽然见神犬伏于地上，两眼向前直望。九天女骑在马上，知道神犬发现前边有啥情况，不然不能出此状。九天女也注意前方，忽见一物像流星般在地上流窜，只见神犬冷不丁扑上去，不大会儿，咬死一物，叼着放在她的马前，又跑了。九天女跳下千里驹，借着星光拎起来一看，这动物比黄鼠大好几倍，像鼠。九天女心想神犬抓它干啥？让你去找乌鲁，谁让你出来捉这玩意儿。九天女正埋怨神犬，海东青从空中飞下来，它也捉到一只，吧嗒一声扔在九天女面前，扑棱一声又飞走了。嗬！神犬又叼回一只，九天女赶忙对神犬说："让你出来找大少主，谁让你捉这玩意儿？"神犬摇着尾巴，用嘴亲亲九天女，一转身又跑了。

九天女心想，这神犬和海东青头一次不听她的话，从来都是她咋吩咐，神犬和海东青就咋办，今天为啥要反常？九天女心里纳闷儿。她又

① 活龙窝集：女真语，深山老林。

仔细观察这几只动物，只见它们身上蹦跳着火星儿，九天女倒吸口凉气，难道这玩意儿是一个宝物，不然神犬和海东青怎么得着就不放松哪？好，让你们捉吧。九天女反而坦然了，一屁股坐在地上，等着神犬和海东青捉拿这小动物。一只又一只，到东方放亮的时候，神犬和海东青共捉二十只这种小动物。神犬和海东青在九天女跟前蹦跳着，表现出特别高兴的样子，引起九天女更加对这种小动物的注意。天大实亮，九天女才看清，这些小动物体色暗褐，头部较浅点，末端毛甚长，爪子非常尖利。九天女明白了，海东青是从树上捉的，神犬是从地上捕到的，管它是啥，先放在千里驹上，等回去剥皮再验证它叫啥名。九天女将二十只小动物捆好搭在千里驹上，对神犬和海东青说："这回该找大少主去了吧？"

神犬摇头晃脑地，向东南"汪汪"叫唤两声，撒腿就跑。海东青在森林上空嘎嘎飞翔，千里驹也放开四蹄在后面紧追。九天女俯伏在马背上，信马由缰而去。跑哇，跑，从太阳刚出来，一直跑到太阳偏西。跑到有人居住的地方，神犬才停下来。九天女一问方知这地方叫泰神忒保水。她从马上跳下来，准备弄点儿吃的，哪知，刚停下来，就有人将她围住了，人们都用惊疑的目光望着她，悄悄私语说："这位女人从哪得来这么多紫貂？"九天女才知道这小动物叫紫貂。从人们的惊疑目光判断，紫貂准是宝物，不然人们不能感到这样惊奇。

"这紫貂卖吗？"

不少人都问九天女。九天女耸耸肩膀说："不卖。"

一个牵牛的高丽人，走到九天女跟前，用惊奇的目光望着紫貂，还用手摩挲几下，稀罕地说："从哪弄这些宝贝，卖吗？"

九天女说："不卖！"

高丽人又问："用这牛换呢？"

九天女两眼早盯在牛身上，想起梦见的妖怪，那脑袋跟这个一模一样。难道天意让我获得这大动物？想到这儿就问："咋换法？"

高丽人两眼眨巴半天说："你那二十只小玩意儿给我，我这大的牛给你行不？"

九天女心想，二十只小动物能换一头这么大的牛，还真行啊。正在她寻思的时候，有位年岁大的老玛发①说："你真能唬人，一头牛换一只还差不多。"

---

① 老玛发：满语，爷爷。

九天女明白，这老玛发是在点拨她。九天女灵机一动地接过说："你留着你那头牛吧，咱不换。"九天女说着拉出要走的架势。高丽人垂涎三尺，拉住九天女马缰绳说："别走，老玛发说了，一头换一个吧，行不？"

九天女说："不行，两头牛换一个。"

老玛发接过说："那你又说高了。我一手托两家，这样吧，她给你二十只貂，你给她二十二头牛，怎么样？"

老玛发见高丽人犹疑不决，又说："这二十只貂到外国可值钱了，合适！你这牛谁要啊？"

高丽人说："好，我正好牵来二十二头牛，就换你这二十只貂吧。"

九天女换回二十二头牛，由神犬和海东青押着，九天女骑着马在后边赶着，回来了。

九天女有说不出的高兴。忽然牛炸群了，全跑了……

第九章　五道神搭救九天女

　　九天女得了二十二头牛，心里真有说不出的高兴，虽然没找到乌鲁，而捕获到紫貂，换回这些庞然大物，该有多好啊。这一头杀了，能出多少肉哇？越想越乐，尾随在牛群后边，瞧见这神犬管束着大牛，哪头牛不走正道，它就跑过去"汪汪"叫几声，那老牛就乖乖地跟随大帮走。前后彼此还不时地发出"哞！哞！"的吼声，在深山密林里回荡。这二十二头老牛就像久离家园似的，昂着头排成队，跟着神犬颠颠蹽得可快了。九天女骑马在后边紧跟。

　　忽然这牛不听神犬的指挥了，跟神犬岔道儿而跑，任凭神犬狂吠，牛按照自己要去的方向蹽杆子①。九天女一见，不好，赶忙快马加鞭地飞驰在牛群前边去拦截，可你拦住一头，那些从旁边气昂昂而过，被拦住的这头牛转几个迷罗②，而蹽大帮去了。神犬跟在牛群屁股后追赶着，狂吠着。这老牛开始慢慢腾腾，跑不起来，神犬在前边跑会儿就将牛拉很远，还得站在那儿回头"汪汪"几声，召唤老牛快走。没想到现在跑起来还真赶上飞的一般，将树木撞得咔嚓咔嚓山响，有的小树干脆给撞折了。这群牛将熊瞎子、野猪都吓得望风而逃。

　　九天女见这二十二头老牛炸群了，截是截不回来啦，只好让它们跑吧，跑到天边也要将你收回来。忽然想起海东青，任凭她怎么呼唤，连影儿也不见了。莫不是海东青飞在牛群前边去了？她骑着千里驹和牛群一样飞跑，好像在和老牛竞赛，看谁蹽得快。九天女眨眼工夫，千里驹驰在牛群前面，忽然千里驹唉的一声长鸣，竖起前蹄，九天女差点儿从马背上摔下来。

　　九天女举目一看，前面森林密布，山脉屹立，难穿难行，她高兴地

---

　　①　蹽杆子：东北方言，跑去。

　　②　迷罗：满语，转圈。

说："老牛，这回看你还往哪儿蹽？"她说着还特意望着跑来的牛群。

这牛群在后边哞哞叫着跑过来了，跑到山的跟前儿，见前面无路，刚一愣神儿，忽然从山峰上飘下一个巨人，冷眼一看，他上挂天下挂地，浑身上下长满了长毛，那根根毛发就像长在他身上的黑色树木一般，根根竖立。更使九天女奇怪的是，见这高大巨人从山峰飘下来的两只大脚，脚后跟长在人体的前边，脚趾头向后。她暗想莫非是什么妖怪？慌忙摘下弯弓，就在这时，这巨人已站在前头的老牛身上，他唔了一声，忽然狂风大作，牛群和九天女骑的千里驹都腾空而起，在这一望无际的树海顶端，像在地上跑一样，马蹄仍然发着"嘚嘚嘚"的踏地声。九天女甚感诧异，莫非这是哪位神仙来救我？她想要跟这巨人说个话儿，这巨人骑着牛，在牛群最前边跑，牛群在后边跟着飞跑，而她不论怎么催千里驹也追不到前边去，始终在后边跟着，她的神犬在后边跟着飞跑。九天女低头往下边一看，她们真是在空中飞行，只见座座高山、树木、河流，都在脚下飞驰而过。奇怪，谁也没长翅膀，怎能在空中飞行？难道他是妖怪，将我们用妖法驾走？不能，要是妖怪，神犬非吠叫不可，你看神犬还非常高兴地在后边跟着。

九天女胡思乱想在后边跟着，在空中飞跑很长时间，忽然见下面空荡荡的，山和树全不见了，只是一片绿地，高高的青草，将大地铺成绿色的草原，数不清的鸟儿，忽起忽落，欢叫着。草地上哗哗的流水声，清脆悦耳。只见那个巨人又唔了一声，九天女感到轻飘飘地落在水边上。她赶忙跳下千里驹，奔向巨人，跪在地下磕头说："多谢，阿布卡恩都力！"

巨人将手一摆说："唔，唔，不是，不是，我乃专管山、土、河、树、道的五道神是也。"说罢腾空而去，九天女往空中再拜。

九天女起来，见这群牛个个瞪着眼睛"哞哞"吼叫。不一会儿，从深草中发出同样哞哞吼叫声，没过一会儿，从深草中又跑出来一群牛。见着这群牛，相互又舔又叫，表现得非常亲近，而且每条牛都流着豆粒般的大眼泪，唰唰往下掉。九天女明白了，这群牛是从这儿被高丽人掠去的，不然它们不能奔这方向跑，见面也不能这么亲近。她一查，在草原里有三十三头牛，共计五十五头牛。她明白这些牛是五道神保佑赠送的，暗自感谢。九天女高兴之余忽又长叹一声，这次出来，没见着儿子乌鲁，另一个是海东青丢失了，无影无踪，它能自己飞回去吗？九天女想要赶回去，寻找海东青，可见这群牛亲近后，贪恋地吃着青草。她想，让它们吃饱后再走吧，将千里驹也松了肚带，让它饱餐青草。

九天女举目观望这一望无边的草海，波浪翻滚，周围群山环抱，越往远望越美丽，整个地面形成一片绿色的海洋，其中点缀着各式各样的花儿，空中回荡着千百种鸟鸣。天是那样的蓝，日光是那样的明媚，就像这草原景色终年在被夏日的风光笼罩着。草上的鲜花飞上飞下，好似被大气的静谧熏醉了似的。热气在青草上面跳跃，四面八方都洋溢着一种柔和的嗡嗡声，天地相连，这草原多么美啊！九天女简直陶醉了。

忽然从远处飞来一群海东青，好似从天上飞下来，飞出云层，扇动着翅膀，嗡嗡地响着，从远方渐渐飞近了。九天女一眼看出飞在前面的正是她那只海东青，褐色的翅膀，锈色的前胸，琥珀色的，有着黑圈的眼睛，笑眯眯地向她飞来，离老远就嘎嘎鸣叫，告诉她"我回来了，回来了，将我的家族全找到了！"一只，两只，哎呀！后边跟着十五只。九天女高兴地狂跳起来，高声喊叫："海东青！海东青！"她的那只海东青从空中一下扎在她的怀里！

九天女抱住海东青，用脸儿和海东青的头贴着，亲昵地说："你可把我想坏了！"海东青嘎嘎叫着，跟来的十五只海东青，排着队，一个一个地走到九天女面前，将头点三下，"嘎嘎"叫两声。

九天女明白了，这是海东青将它的家族找到了，全领来了。她对这群海东青说："好，都跟我回去吧，咱们共同生活在一起。"

神犬摇头摆尾表示对海东青亲近，对新领来的海东青表现出热烈的欢迎，一只一只地走到跟前摇头晃尾，还用鼻子嗅嗅。

九天女见天色不早，准备往回走，就对海东青和神犬说："天色不早了，咱们回去吧，还得你们俩领路，这草原我没来过……"

九天女的语音没落，忽听"咴咴"一片马儿嘶叫声。神犬挓挲起耳朵，海东青扑棱棱飞在天空，只见从北面飞驰过来一群壮马，红的、黑的、白的、黄的，像受惊若狂似的，飞驰而来。

正在吃草的牛群，一个个扬起头，瞪起它们那牛眼睛，望着飞驰而来的马群哞哞叫唤，并且立即散开，拉成个弧圈形。

九天女望着，感到怪有意思，牲畜之间也很有感情。她正在思索，见这群壮马飞奔入老牛拉开的弧圈内，它们挓挲着鬃毛，扬着脖子嘶叫，好像对老牛说啥。这群老牛立刻将这群马围在当中，昂着头，亮着头上两只像石尖锥似的犄角，拉开要搏斗的架势。九天女心想，准是有什么野兽要追吃马儿，才受惊吓跑到这里来。忽然从北边又传来马儿咴咴嘶叫声，九天女顺着声音望去，只见又跑来两匹马儿，马身上都有人骑着，但这马儿不服骑，竖巴掌尥蹶子，转迷罗，骑马者艰难地向前驱驰。九天女仔细一看，是一男一女，再一看，好像是乌鲁和菜花儿。就在这时，只见两人都从马背上栽下来，不知死活。九天女惊得哎呀一声，倒在草丛里。

第十章　乌鲁得马

乌鲁和菜花儿跟随乌鸦、鹊雀一连走了好几天。这天眼看天色黑了，乌鲁和菜花儿强挪脚步，已经迈不动步了。可是乌鸦和鹊雀仍不停歇地在前边引路，而且还钉架催促乌鲁、菜花儿"快走、快走"。他俩这几天跟随乌鸦、鹊雀走，知道乌鸦和鹊雀是有灵验的，任何停歇都会招来不幸，咬着牙继续跟着向前走。走到快小半夜的时候，忽见前面山根儿底下有隐隐约约的亮光，乌鸦和鹊雀就奔亮光飞去。乌鲁悄声对菜花儿说："你看，前面有亮，有亮就有人，乌鸦、鹊雀这回算将咱俩领到地方啦！"

乌鲁这一说，不仅他自己立刻感到浑身有力气，菜花儿看见有奔头，迈步也觉着灵便了。

乌鸦、鹊雀不时地在前边"呱呱、嘎嘎"召唤着。乌鲁、菜花儿手拉手加快了脚步。又走一会儿，在这漆黑的夜晚，突然有人在前面迎着他俩，打着千儿说："德帝，思皇后，恕我迎接来迟，当面恕罪！"

乌鲁听这说话声，像是位老玛发，但老玛发当时说的话，一句听不懂。他感到高兴的是，走了好几天，头回见有人跟他说话，又是乌鸦、鹊雀引他来的，绝不是妖怪，这点他心里是托底的，就"嗯哪、嗯哪"两声。老头说："请随我来！"这回他听懂了，就随老头进了点着灯的屋里。进山洞后，老头早已给他们准备了各种肉食，既有牲畜肉，又有飞禽肉，乌鲁和菜花儿好几天没吃到东西了，像饿狼一样，狼吞虎咽，大口大口地吃起来，撑得肚子疼了才算住嘴。乌鸦、鹊雀也吃个饱。

白胡子老头见乌鲁和菜花儿吃饱了，才自我介绍说："我是土地，奉谕旨，在此恭候德帝，思皇后，并让我转达天意，明天是马王爷生日，群马朝拜，天意授给女真快马五十匹。但要记住，两匹金黄色的马，就是你俩的马，各抓住一匹，不管这马儿咋样撒欢尥蹶，攥住它的长鬃，不要撒手。任凭马儿自己飞跑，只要跑到地方就有人接你们俩了。这是你们俩得马赎罪，应受此次惊险，才能知道创业的艰辛。你们俩多亏乌鸦、鹊雀引路，对乌鸦、鹊雀，你们世世代代不要忘了它们的恩德。"土地说着，还神秘地对乌鲁说，"女真之兴，在于五国，五国宝地，牢记牢记。"

乌鲁不解地问："何谓五国？"

土地说："将来这个地方人们要设立五城，一名剖阿里，二名盆奴里，三名奥里米，四名越里笃，五名越里吉。此五个部落称为五国城，皆女真完颜部之宝地也。此是后事，天机不可泄露。"

乌鲁又问："马王爷在何处？"

土地说："就在此山后，明日便知。"

蹲在旁边的乌鸦、鹊雀像懂人语似的，一动不动地听着，听土地说完，它们才"呱呱、嘎嘎"叫了一声。

土地笑哈哈地说："乌鸦、鹊雀说，它们明天就回去了。"

乌鲁才明白，乌鸦、鹊雀已将他俩领到地方啦，瞧着乌鸦、鹊雀说："回去告诉我额娘、阿玛，我带着马群回去。"说着他打个哈欠。

土地说："你们睡吧，我还得巡逻去。"说完走了。

乌鲁和菜花儿睡醒后，像做个梦似的，原来他俩躺在个山洞里，四边空空，什么灯儿、石桌，全不见了，乌鸦、鹊雀也无影无踪啦。但他俩仍然感到肚子吃得饱饱的，慌忙走出洞外，嗬！就听四面八方传来马儿咴咴嘶叫声。他俩赶忙往山后奔去。转过高山，只见一片草原。各种颜色的马儿，撒欢炮蹶往这山奔跑。乌鲁举目向四周山上瞭望，见这周围山顶上站着不少身围树叶的男男女女，他们望着一群一群的马儿，流露着惊讶的神色。这时，就听咕咚一声，冒出一股蓝烟，从这山底下的洞里钻出一个高大的身形，人体马面。他望望乌鲁，直接奔乌鲁来了。乌鲁、菜花儿吓得直躲。可能马王爷见乌鲁害怕，他站下了，面对乌鲁打个千儿。接着他将脖子一扬，咴咴咴一声长嘶，数百匹野马，立刻都同样地嘶叫后，才将蹄子放下。这时有两匹金黄色的马，皮毛像丝绸一般闪光，它们长着又密又长的好看的鬃毛和尾巴，四只蹄子又黑又亮，宽阔的胸膛吸起气来呜呜响，一双鹰眼又明又亮。这两匹马来到马王爷面前，将两只前蹄往青草地上一跪，撅着后屁股像给人叩头一般。站起来又将两只前蹄竖起，咴咴咴长嘶。将前蹄落地后，在马王爷面前摇头摆尾撒欢。

马王爷又咴咴嘶叫两声，两匹马挓挲着耳朵听。见马王爷用手往乌鲁这边一指，两匹马乖乖地奔乌鲁和菜花儿跑来。

乌鲁喊声："快！"他首先蹿上去，抓住头前这匹黄骠马，飞身跃了上去。菜花儿也不怠慢，抓住第二匹黄骠马，翻身跃在马背上。忽然，这马群就炸山了，咴咴地四处逃窜。这时，山上看热闹的族众被乌鲁和菜花儿抓马的举动吓得目瞪口呆，看他俩骑上马，这些人齐刷刷地跪在山上磕头，高喊："阿布卡恩都力！"

两匹黄骠马见乌鲁和菜花儿骑在它们的背上，又竖巴掌又尥蹶子，乌鲁和菜花儿牢记土地嘱咐的话儿，紧紧拽住长鬃不撒手。两匹黄骠马撒一阵欢儿，忽然像腾云驾雾一般，撵奔一群马飞驰而去。

乌鲁和菜花儿两手紧紧拽住长鬃，将身子匍匐在马背上，任凭马儿奔跑。就觉着耳边风声响，吓得他们不敢睁眼睛。不知跑了多长时间，才跑到这片草原上，两匹黄骠马撒欢尥蹶，他俩拽住马鬃的手都麻木了，不知不觉从马上摔了下来。

九天女见马上摔下来的人，像是乌鲁和菜花儿，赶忙抓过千里驹，飞身上马，跑了过去。到跟前一看，正是乌鲁和菜花儿，慌忙跳下马来，喊叫："乌鲁、菜花儿。"

乌鲁和菜花儿苏醒过来，听到九天女的喊叫，睁眼一看，是额娘，慌忙跪下，给额娘磕头，眼泪扑簌簌地往下掉，激动地说："额娘，饶恕孩儿，让孩儿回去吧！"

九天女说："你俩咋跑这儿来了？"

乌鲁将他和菜花儿出来，乌鸦、鹊雀领路遇虎逢猪，多亏土地指点，马王爷施马等前前后后诉说一遍。最后哀求地说："额娘，今后我俩再也不敢好吃懒做了，要率领族众发展女真，占领五国宝地！"

九天女一听，甚喜。逐走乌鲁，不仅教育了他俩，而且获得了这么多牛、马、海东青，还发现紫貂是宝物，可领大伙儿捕貂，何愁不发展？她越想越高兴，说："儿呀，额娘还获得这么多老牛和海东青，咱们一同赶回去吧！"

乌鲁和菜花儿骑着黄骠马在后边，神犬和九天女在前边领路，海东青在天空中飞翔，赶着牛马兴高采烈地回去了。

后来这片草原叫随水草。乌鲁得马的那座山名叫聚马山。在女真族还留下马王爷生日的风俗。传到后来，定五月二十三日这天为马王爷生日，杀猪祭祀。

第十一章 完颜部的来历

自女真经过仙人点化，历经千难万苦和渔郎的化身函普婚配后，她虽是六十岁的人了，可还是生了二男一女，孩子长得挺健康，眼瞅着一天天长大了，她和函普兴高采烈，重建家园。这回他们建的房屋比从前更进步了，甩掉了瓜窝棚式的房子，举架更高更宽了，里边还垒上火土炕。后来又领孩子们学会了耕种各种农作物。但他们平时还是以狩猎捕鱼为主。别看女真年岁大了，当时人们还把她当"活神仙"来尊敬，向她学习狩猎耕种。

又过了很多年，大儿子王颜（又名乌鲁，后音译完颜）已二十多岁了，女真按照白胡子老头的指点，再不能和同血缘的人婚配了。

这天，王颜又上山去狩猎。他穿山越岭，正往前走着，忽然一股大旋风，上挂天下挂地呜呜山响，顺着山谷刮来。王颜一怔，这大旋风转眼工夫由远至近，他刚想往旁边躲一躲，就听从大旋风中传来尖叫的女人声音："救命啊！救命啊！"王颜听到这喊声，赶忙奔旋风扑去，在旋风中见有一个高大的九头妖怪抱着一个姑娘向东逃去。他快步撵上前，对准九头妖的脑袋，用石斧猛地砍去。那石斧嗖地飞向九头妖，只听哇呀呀一声怪叫，风借妖威，妖借风力，九头妖随旋风急驰向东南刮去。

王颜赶忙去捡石斧，低头一看，石斧旁边还有一只鞋，从石斧的东南方向还哩哩啦啦滴点着血迹。他赶快捡起石斧，收起鞋，扭头往家走。刚走到山下，见一群人围着一位老年妇女。那老年妇女坐在地上哭哭啼啼地喊着："我的宝贝呀，心肝呀，你被妖怪捉去可咋好哇，谁要是能搭救我女儿艳娘啊，就给他做媳妇！"王颜挤上前去，询问说："这里发生了什么事情？"

众人七嘴八舌地接过说："这老太太的姑娘叫艳娘，是全部落最漂亮的美人。""咳！真可惜，这么好的姑娘，被九头妖抢去了。""万恶的九头妖，可把这地方坑苦了。""害得我们每天黑夜不得安宁。"

王颜听了大家的话，忙从怀里掏出鞋子说："这只鞋可是艳娘姑娘的吗？"

大伙儿一看，"是呀，正是艳娘姑娘的鞋呀！"老太太一听鞋，霍地站起来，抓过鞋一看，哇一声又哭叫起来："我的儿呀，你还活着吗？"

王颜见老太太哭得可怜，就毅然地对她说："老人家不要悲伤，我救你女儿去！"说着他提着石斧向山上跑去。就听老太太在后边大声喊："救回我姑娘就给你做媳妇！"

王颜来到岭前，顺着血迹找去。他心急似箭，"嗖！嗖！嗖！"只听耳边风声作响，树木都向后跑去。不知经过多少时辰，不知走了多少路程，来到一座高山面前，被拦住了去路。这大岭山峰孤峭，凌云摩霄，秀润光洁，好似一位仙女亭亭玉立。峰顶草木锦簇，似如山花插鬓，峰后两岩相依，恰如侍女伴随，堪为奇观。王颜无心观看山景，忙低两目寻找血迹，可怎么找再也见不到一点儿血迹了。山峰四周，一个洞穴皆无，这九头妖藏在何处了呢？他左转右拐，急得直打转。经一阵紧跑快赶，他见山峰下有块石桌，就坐下来休息。他一边歇气，一边琢磨寻找九头妖的办法。他想着想着，就像喝醉酒似的，忽下子就睡着了。恍惚间有一位白发苍苍的老太太，笑吟吟地站在他的面前，问道："你要找九头妖吗？"

"对呀，我就是来找九头妖，为民除害的呀，您老咋知道啊？"王颜对老太太恳切地问。

老太太说："你敢找九头妖？那可是白来送死，在这里别说你见不着九头妖，就是待在这儿时间长了，让守门的巨蛇知道了，也得将你吞了！"

王颜说："我不怕，蛇来，我就砍死它。"

老太太将脸一沉，说："年轻人吹啥牛，你真不怕蛇？"

王颜说："要怕就不来找九头妖算账啦。"

老太太将脸一绷，阴森森地问："你真不怕？好，我就是来吞你的呀！"说着，只见她摇身一变，变成一条有一搂多粗的大长虫，张开血盆大口，奔他扑来。王颜沉着冷静地举起石斧，身子向外一斜，嗖下子躲过蛇头，又将两脚往上一跳，身子悬在空中，往下一落，准备骑在蛇身上用石斧砍死大蛇。可身子刚落下来，那大蛇往上一蹿，一股白烟，又变成刚才白发苍苍的老太太。

王颜一见怒从心头起，大喝一声："好你这个妖怪，变成人形，我也砍死你。"说着举起石斧向老太太砍去。

老太太不慌不忙地一把攥住王颜持石斧的右手脖子，说："我不是妖怪，我是来救你的呀。"

王颜大喊着说："你别骗我啦，我非砍死你不可。"说着要抽手去打老太太。老太太略一用劲儿，王颜右手腕子像折了一般难受。

老太太严峻地对王颜说："我刚才是考验你，见你胆量还行。现在，听我教你捉拿九头妖的方法。可千万记住，要想找九头妖，得先砍死山峰的毒蛇，因为毒蛇是把守大门的。进大门还得用金钥匙开，这把开山的钥匙，就在蛇身第五节肚子里。这把钥匙怎么会跑到毒蛇肚子去的呢？很早很早以前，这座山峰叫玉泉峰，玉女们会到玉泉里洗澡，不洗的时候就将峰前的石门关闭。那时这把开山钥匙是由在这把守的两个侍女带着。后来这俩侍女贪玩，离开石门，一不小心就被山顶蹿出来的毒蛇吞了，从此这把钥匙就留在蛇肚子里了。后来九头妖住进山洞，洞口在峰后两岩处，那洞口你进不去，即或进去，没有镇妖的法宝，也别想出来。今天，你要捉拿九头妖就必须持有镇妖的法宝，这镇妖的法宝就在石门里。你要想打开石门，就必须先打败毒蛇，取出金钥匙。这毒蛇就在山峰顶上，一般人很难上去，必须将它引下来。怎么能将大蛇引下来呢？在山峰后边的草丛深处，你用手将草扒拉开，那里边有个黑洞，洞里是些沙子，长蛇下的蛋就在里边埋着，估计现在已孵出小长虫啦，你将小长虫捉住，点上干柴，用火一烧，大长虫就从山上跳下来了。这毒蛇可不能小看，特别凶猛，要多加小心，记住闪头夺尾，只要能将尾巴拽住，长虫就会腰折失威。将长虫砍死之后，立将肚子第五节剖开，取出钥匙，速到南峰下光滑的石壁上，找到'玉泉'两个大字，字的中心，有个圆孔，向外如同滴落眼泪，将钥匙往里一插，说：'玉泉、玉泉，堵塞万年，单等完颜，玉泉再开，完颜来开，快开，快开！'"老太太又重复一遍，让王颜牢记。接着老太太又对王颜说，"玉泉开了之后，顺水溪向左拐，有玉石匣，站在石匣前面说：'石匣、石匣开，只等完颜来，完颜来了，还不快开！'石匣开了之后，那里边有玉泉宝剑一口，神弓一张，箭一囊，天书一卷，要按天书炼钢铁，造刀剑。这是后事，等你得到这些法宝时，赶紧背上弓箭，手持宝剑，揣好天书，石匣开处，就是通往九头妖的住处，你要麻利地进去，过了时辰它又自动关闭了。千万记住，九头妖当中这颗头是正头，只有将这颗头砍掉，九头妖才能死去。你杀死九头妖，救出姑娘，将来她就要给你做媳妇，以后永远要牢记异姓同婚，男耕女织。"老太太叮嘱再三，说完，狠劲儿捏下王颜的右手腕子，就听王颜哎哟一声，从梦中醒来，老太太的言语，仍然响在耳边。王颜牢牢记住，往空中叩拜神仙保佑，就按老太太的指点，到峰后去寻小蛇。

王颜来到峰后一寻，果然有片蓬蒿高草。他用手轻轻拨开一瞧，见有搂粗一个黑洞，借外边照进的光一看，洞里沙子上边，蠕动着十几条小长虫，他眼疾手快，一条一条拎起尾巴，兜在衣襟里，转眼工夫，就带到外边。他划拉一些干柴点着了，将小长虫放在火上一烧，烧得小长虫吱嘎乱叫，一股青烟飞上天空。不一会儿，从山上传来嘎嘎号叫声，大长虫口喷雾气，从山峰上下来了。

它扬着头，口吐红芯，都说它是草上飞，它在峭壁上也如同在草上一般，飞驰而下。王颜迅速从兜里掏出石弹，向毒蛇打去，可是都无济于事。眨眼工夫大毒蛇下来了，张着大口向王颜扑来。王颜双足点地，来个旱地拔葱，跳跃而起，闪过蛇头，扑向蛇尾，没等他脚沾地，蛇尾差点儿将他卷去，他就势将身子一收，迅速来个空中旋转。蛇尾抽卷落空，蛇又转扑过来，要吞食王颜。王颜爽急麻利地闪过蛇头，跳在蛇背上，用尽全身气力咔嚓就是一石斧，正好砍在蛇的第五节的背上，疼得蛇一弯曲，将王颜从蛇背上颠起多高，他就势跳闪在蛇尾，趁蛇疼痛劲儿没过，尾也卷不起来的时候，狠劲儿拽住蛇尾向后抻，越抻蛇越脱节，尾巴越不听使唤了，他才撒开手。然后照准腰节又砍一猛斧，疼得蛇直蹦。接着王颜对每个蛇节都砍一石斧，蛇头也抬不起来了，最后才照准蛇头砍去，将蛇砍死。他从第五节取出钥匙，这把金钥匙在蛇肚里保存这些年仍然闪光锃亮。他顾不得蛇还能不能复活，跑到山峰南面的光滑石面上，找到两个大字中间的那个石孔，一看，果然顺石孔往外滴答水珠儿，吧嗒、吧嗒响，将下面的石头滴出很深的坑洼，里面积着清澈如镜的水。王颜见水，才感到口中干渴，他用手捧口水喝，真是甘甜可口，喝个饱，才将钥匙插进孔内，叨念说："玉泉、玉泉，堵塞万年，单等完颜，玉泉再开，完颜来开，快开！快开！"

"叮当、叮当"，从里边传出悦耳乐曲声，随着就是轰隆一声响，光滑的石壁不见了，里边放射出耀眼的万道金光，紧接着就听哗的一声，一股泉水像股瀑布而下。王颜急忙向左一闪身，闪进洞内，见洞前方一个大石匣堵塞着，上边写的字，他一个也不认识。他站在石匣前，口中又念道："石匣、石匣开，只等完颜来，完颜来了，还不快开！"他的声音还没落地，就听叮里逛荡连声响，石盖飞空，石匣坠地，只留下金光闪闪的玉泉宝剑一把、弓一张、箭一囊、宝书一部。王颜慌忙跪在地上三拜九叩头，感谢上天施武器和天书之恩，然后背上弓箭，挎上宝剑向洞里走去。开始还有点儿亮光，越走越黑，伸手不见掌。仗着宝剑闪光，还能看到路，他走啊走啊，走了很长的路程，见前面闪出个像井口似的光亮。等他走出井口似的洞门，像山外的大地一样，到处亮堂堂的。仔细一瞅，原来是一个宽绰绰的院落，有好几间房子，忽听有一女子嘤嘤哭泣之声。他蹑手蹑脚地走到窗前，往里一望，见一姑娘坐那儿鼻涕眼泪地哭得十分悲哀，就悄声问道："你是艳娘吗？"

姑娘吃惊地说："我是艳娘，你是何人？"

"我叫王颜，是前来救你的呀！"王颜说着一步蹿进屋内，见艳娘长得确实漂亮美丽，忙问，"九头妖呢？"

艳娘说："妖怪抢我走在路上，被人将头砍破，现在又包伤口去了。"她话音没落，外面传来哇呀呀的喊叫声："好大的生人气，生人气呀！"王颜一瞧这九头妖，有四丈高，身腰像面墙，宽大的肩膀上扛着九个脑袋，当中那个头最大。他赶忙闪到门旁。九头妖刚一进来，在它冷不防的时候，王颜手举宝剑向前一蹿，照准中间的大脑袋嗖地削去，只听咔嚓嚓连声响，这一剑不仅削去中间的大脑袋，连右边的四个小脑袋也滚落在地。九头妖的身子晃了几晃，咕咚一声栽倒在地，只有左边这四个头上的嘴咧咧着。王颜以为砍掉了九头妖当中的头就没事了，没防备那剩下的四个头，它们忽地张口吐出许多黏糊的白沫来，落在脸上，好不难受。王颜赶紧擦掉黏液，照准那四个小头又是一剑，噗！一股腥气蹿出来，只见九头妖蹬两下腿，一命呜呼。王颜喊声："艳娘快跟我走！"王颜杀了九头妖，救了艳娘，又获得宝剑、弓箭和天书。女真族完颜部落迅速建立起来，很快就成为远近颇有名气的部族。

据说玉泉就是如今阿城区的玉泉镇。

第十二章　喜鹊与乌鸦

女真自从和函普婚配，两人相亲相爱，况且女真又是聪明伶俐的女中魁元，不论啥事儿，只要搭眼一过，便知其中之意。因此，她和函普很快在此山^①建立新的定居之地，加上她有千里驹、黄狗、海东青大鹰，为当时稀世之宝，所以没过多久，远近各部落的人，就把女真和函普当"活神仙"看待。

单说这天早上，女真还没有起来，就闻听外面传来"报答、报答"之声。她起来出外一看，是两只白肚囊白脖颈儿的大雀，朝着她屋门口点头叫唤"报答、报答"。女真眼瞧两只雀儿发呆，它为啥要叫"报答、报答"之音，这是何意？再说，这些年来，她从南至北，穿梭很多森林山谷，见过上千种鸟儿，还从来没见过这样的雀儿。莫非其中有何隐情？女真想到这儿就对雀儿说："雀儿呀雀儿，你为何朝我叫唤'报答、报答'之声，难道你是我儿我女的再生吗？要是，你就要听我呼叫，叫你一声，你点头；叫你二声，你跳三跳；叫你三声，你落地叫！"女真朝着雀儿连连嘱咐三遍。你要不是，你既不点头也不跳，不落地儿也不叫，展翅飞去就算了。女真越说越情有所动，可心里更加悲伤。

她自从被洪水冲击之后，孙儿、孙女被狂涛巨浪卷没淹死的情景是她亲眼所见，至今仍历历在目。而女儿和儿子自分手后生死存亡未卜，为此始终挂在心上。这说明自古以来所说的猫养猫疼，狗养狗疼，真是一丁点儿不假。女真也不例外，她始终在心里惦念着自己身上的"掉"下的肉，做梦都梦见她的儿女被水淹死了。还有一次梦见儿子、女儿变成两只雀儿，飞到她的身旁，叫着"额娘，我变成雀儿报答你来了！"忽而，两只雀儿又变成海东青大鹰，嘎嘎叫着，"我就是你女，我就是你儿！"

---

① 后称帽儿山。

今天她听见这两只鸟儿的叫唤，就如同梦里的雀儿一样"我是你女，我是你儿"。她感到心里揪痛，才对雀儿说出这番话儿。

她说完这一番话，好像雀儿都听明白了，就等她问呢！她就接着对两只雀儿说："是儿是女三点头。"两只雀儿一听，一齐三点头。

女真又问："是儿是女在树枝上跳三跳。"

雀儿一听，在树枝上连跳三跳。

女真又问："是儿是女落在地下叫。"

两只雀儿轻悄悄地从树枝上飞落在地上，点头叨嘴儿连声欢叫："报答、报答。"

女真这时两只眼睛被泪水糊住了，哇的一声哭叫起来："我的儿呀，我的女呀……"她这一哭叫，两只雀儿扑棱一声，飞到树枝上。

女真为了让自己的信念得到证实，忽然想找一个证人。因此，她又想起她的宝儿——海东青大鹰，就一步蹿到屋里，因为海东青大鹰始终睡卧在她的寝室里。她进屋抱起海东青大鹰嘱咐说："海东青啊，海东青，外边来两只雀儿，朝我叫唤'报答、报答'，我端详过来端详过去，好像我的儿、我的女再生雀儿，前来找我，我就提出三项考问，结果都应答了。但我还不相信，人有人言，禽有禽语，如果是我女，是我儿，你去一认便知。如果不是，你将它俩全给我啄死，省我心烦意乱。你听到没有？"

海东青大鹰像懂人言似的站在那儿一动不动听女真向它说话，一直听到女真问它听到没有？它才连声嘎嘎（啊啊的意思），扑棱棱展开翅膀，扇达两下，从门口突噜噜向外边飞出去。海东青大鹰没有直接飞向两只雀，而是飞向天空，在落着两只雀儿的松树上盘旋。

两只雀儿见海东青大鹰在空中盘旋，突噜一声，从树枝上飞起，向海东青大鹰身旁一穿而过说："海青！海青！"海东青大鹰也将膀儿一抈挲说："嘎嘎、嘎嘎"，即欢迎、欢迎。几个盘旋之后，飞回女真面前，嘎嘎欢叫。女真见海东青大鹰不但没捕捉这两只雀儿，反而相互说话，就明白八九分了。又见海东青大鹰飞落在她的面前嘎嘎直叫，验明了她的儿女已再生为雀儿，向她前来报恩。她感到又悲又喜，她刚想再过去唠唠离别情，就在这时候，又来两只乌黑的雀儿，也落到松树枝上，"呱呱"直叫。女真听在耳里好似通过辨音器似的，却是"傻呀，傻"，女真抬头一望，两只黑雀落在鹊雀蹲着的树枝底下，叫唤着"傻呀，傻"，喜鹊点头回答"愿我，愿我"。

女真见这情形，就对海东青大鹰说："你看，是不是我的孙女、孙儿来了，叫唤：傻呀傻。只要是，你就答应'啊啊'；如果不是，你就飞上天空，将它俩啄死。"女真说完之后，海东青大鹰扇扇翅膀对她说："嘎嘎，是你孙女、孙儿，别问了。"海东青大鹰叫唤过后，飞在女真头上，对着喜鹊、乌鸦说："团聚、团聚啦！"

这时女真才知道这鹊雀与乌鸦是她的后代转世再生，才知道他们在洪水中全被淹死了，心情更加沉痛悲伤。不过好歹是又见面了，尤其是此后经常见面。这样每当见着鹊雀和乌鸦时就如同见着她的后代一般，因此在精神上总算得到点儿安慰。

就在这年春天，喜鹊与乌鸦在女真居住的山坡上，说不上从哪儿用口含来的各类种子，种植上苞米、谷子、高粱。这些庄稼种上之后，喜鹊和乌鸦就监视保护，怕害虫前来侵害，遇到害虫就啄食消灭。这庄稼长得非常茂盛。到秋后，女真把粮食粒煮熟了一尝，很香，和肉汤配着吃更有滋味。女真就把它当宝贝保存下来。从此为女真留下了珍贵的财富——农作物的种子。

女真是个细心的人，她见喜鹊和乌鸦都啄食这些粮食，因此，每逢收获后，都往部落旁的空地上撒一些。后来就用木头做个斗子，装上粮食，放在院中心，看着喜鹊和乌鸦来吃。可是一到冬天喜鹊和乌鸦便飞向南方，找暖和地方去避冬。女真也是很想念它们，就在院庭内立根木杆，用树皮制成喜鹊与乌鸦的模型，拴在上边，下边仍设方斗，盛着粮食，象征着喜鹊与乌鸦没有离开她，始终和她在一起。而女真也永远没有忘记它们，丰收的粮食始终供应给它们。

这事一直流传到清初，太祖①遇难时，也是喜鹊与乌鸦救了他。女真后人为永远怀念喜鹊与乌鸦之恩，将原来立的杆子，改名为索伦杆子，和祭神连在一起，这个风俗习惯在满族中一直流传下来。

---

① 太祖：指努尔哈赤。

第十三章　立法练武

九天女经过多次商量，最后确定将获得的牛、马、海东青按能干活的男子进行分配。从此，家家都饲养牛、马、海东青作为私有财产。上山打猎骑着马儿，除使用弓箭矢石外，还有海东青、猎犬协助捕猎野兽，这是当时女真出产的最珍贵的物品。

九天女为繁殖牛、马、海东青，还规定牛、马、海东青和人一样分得劳动果实，这就鼓励和保护发展了牲畜。九天女还提出："咱们已经完美无缺，还得选个主事的，不然像盘散沙，也过不一块儿去呀？"

大伙儿异口同声选九天女主事。九天女说："那咋行，咱们分配牛、马、海东青都是按男的能干活分的，怎么能选我这个到岁数的老女人？不行，得选个男的。"大伙儿一听，九天女说的在理儿，私下一嘀咕，又异口同声选函普为主事的。主事的选出来了，还得起个名，咱们这嘎珊叫啥名儿，大伙儿叽里咕噜，九天女才说，咱们完美无缺，就叫美完部吧。函普一琢磨，"美"字好是好，听着不好。颜色是美的象征，咱就叫"完颜部"吧。大伙儿一听，齐说好！从此，女真住的地方就叫完颜部。

函普说："大伙儿选我主事儿，可有一宗，得听我的，大伙儿看，行不行？"

"行！"

函普当上完颜部的头儿，感到最头疼的是群众之间经常发生纠纷，经常打仗，这仗越打越凶，甚至因为在附近放牧，牛、马吃草多少也引起纠纷打仗，而一打就往死里打，打死个人像打死一只雀儿那么容易。他就琢磨用什么办法来制止随便打死人。这天晚上，夜静更深的时候，函普刚躺下，忽听有人喊："不好了，懒狗儿将泥娃子打死了！"

函普穿上衣服，跑去一看，泥娃子被懒狗儿一石斧将脑袋砍个大窟窿，脑浆子都淌出来了，直挺挺地躺在那儿不喘气了。泥娃子父母跑来，非要打死懒狗儿，懒狗儿毫不惧怕，叫号说："你们谁敢来，来，我让你和泥娃子一路去！"

函普唬住懒狗儿，又劝阻泥娃子父母，才问懒狗儿，为啥打死泥娃子？

懒狗儿毫不在乎地说："我要娶春妹子做媳妇，泥娃子也要娶她做媳妇。我说，我先看中的，他说，他先看中的。你说气人不？我看这事儿不好，因为我看中了春妹子，今晚要拉春妹子去给我做媳妇。泥娃子偏在春妹子家门口看守着哪，一见他在这儿，我这火就上来了。好个泥娃子，你胆敢争我看中的人，要不揍你，也不知道我的厉害。我问他，你在这儿干啥？泥娃子将大眼珠子一愣，就说看我媳妇！那是我的媳妇！我的媳妇！我的，我的……就这样，我俩打起来了。嘿嘿，泥娃子小样的，他哪是我的个儿？被我几拳就打倒了，你认输得了，可他不干，还逞强，起来又奔我来了。我一石斧，泥娃子脑袋也薄，还没树皮厚，倒在地下就冒脓了！"

函普见懒狗儿打死人这洋洋得意的样儿，差点儿将他气个跟头。他刚要问春妹子，就听人们七吵八喊："可不好了！强盗来啦，强盗来啦！"

立刻完颜部乱成一锅粥，夜间黑灯瞎火的，不知来了多少强盗，人们都往家跑，顾自己的牛、马、海东青。

函普大声召唤："不要乱，抓活的！"任凭函普将嗓子喊哑，没人听他的。函普突然听见前面传来九天女和乌鲁的喊声："抓住他，抓住他！"猎犬狂吠，海东青在空中嘎嘎叫。函普向喊声跑去，等快跑到跟前的时候，见一个黑影向他这边奔来，招呼他说："离答罕已跑，咱们咋办？"函普心里明白了，黑咕隆咚的，这小子将他错认为是他们的同伙。函普来个将计就计，冷不丁扑上去，将这小子抱住，一个破绊，将强盗绊倒。函普按住强盗大喊："抓住一个，快来人，抓住一个！"

人们听到函普的喊声，急忙跑来了，有的还拿来火把，大伙儿七手八脚地将强盗捆缚住，这个一拳，那个一脚，将强盗打得鼻青脸肿。

函普制止说："别打，打死咋问他们为啥到咱这儿来？"

众人听函普说得有理，才住手。大伙儿连拖带推，将强盗拽到函普院子里。这时九天女和乌鲁也回来了，他们也各抓住一个强盗。

院内火把照得通亮，三个强盗跪在地上，众人围成圈圈。函普问："你们到完颜部来干啥？"

一个强盗说："抢夺马和海东青！"

"你们来几个人？"

"五个。"

"谁领头来的?"

"离答罕。"

函普一听是离答罕,倒吸口凉气:"啊! 他怎么让你们跟他来的?"

"他说,他和乌鲁有仇。乌鲁获得不少马、牛、海东青,我去报仇,你们跟我去抢马和海东青。"

函普一听气炸肺了,暴跳如雷地说:"将这三个恶人,给我活埋了!"

"不! 阿玛,待我问他。"乌鲁将手一摆,接着问:"你们从什么地方来?"

"活刺浑水。"

"离答罕咋跑你们那儿去了?"

"他仗着胳膊粗,力气大,大伙儿都怕他,就将活刺浑水占了,都得听他的。"

乌鲁说:"阿玛,不能埋他们仨,留着他们像牛似的给咱们做活,当奴隶,还可留做凭证,等抓住离答罕再活埋!"

函普采纳了乌鲁的意见。从此,产生了奴隶。

离答罕为啥跑了? 因为离答罕胳膊粗力气大,要是凭打,一般人真不是他的个儿。可他最怕海东青,他一只眼睛已被啄瞎,所以他才趁晚上来偷袭。哪知,海东青是夜眼,晚上更灵敏,又见九天女、乌鲁骑马,他步行,怎能打过呢? 不战,吓跑了,丢下三个平民跟着受罪。

函普根据这天晚上发生的两起事件,重新制定约法:谁要杀死人,得去一成年人到被杀者家去当奴隶,还得陪送一牛一马。如果不愿做奴隶,可用双倍的牛马赎罪。这个约法制定后,谁也不敢杀人了,因这牛和马是他们生活的命根子。函普还规定同部落人不准通婚。

函普还组织大伙儿每天抽出时间练武,骑马、射箭、使棍棒等武艺,来保护完颜部的财产。

九天女给大伙儿重新制作了树皮哨子。别看她已是近八十岁的人了,仍然老当益壮。为发展完颜部,她不辞辛苦,带领大伙儿骑着快马,穿山越岭,吹着树皮哨子,驱使着海东青、神犬,捕猎着梅花鹿、貂,很快就富起来了。

完颜部的发展,引起了人们的注意和眼热,有的愿和完颜部合并,有的仇恨完颜部,想方设法要消灭完颜部。女真,在发展中受到了新的考验。

第十四章　铁离山

有一天，函普非要进山去打猎。他的子女都不同意，说他年纪大了，儿女也长大了，还用你出去干啥呀，在家享受晚年幸福得了。可他不论谁咋劝，都阻拦不住，非进山不可。

人心隔肚皮，共事两不知。函普要进山，他不是去狩猎，而是去寻宝。因自从他大儿子在玉泉山获得"宝书"后，他和儿子们简直是着了迷。这部书的篇页，全像树皮里边的白皮儿，可薄了，但它又不是树皮。页篇上画的图，不看则可，越看越发蒙。这些图别说没见过，连做梦都没梦见过。旁边的字儿，弯弯曲曲，越看越闹心。因为他们全是睁眼瞎子，还不知道啥叫文字哪，怎能看明白书中之意。但是他们父子把天书当成至宝，认为这是老天爷赐给的，所以天机不可泄露，除他们自己看，绝不外传。函普常对子女说："不是咱们不识，没到天时，天时一到，全都知晓。"

函普口是这么说，但他心里却是白天黑夜都琢磨画图上的意思，琢磨得饭吃不下，觉睡不好，简直要发疯了，可还是不解其意。

这天晚上，他似睡非睡，做了一个梦，梦见自己骑着马去深山中狩猎。这千里驹突然就不听他使唤了，他感到这千里驹好像长了翅膀，腾空而起，耳边只听风声响，树木横倒而过。不知跑出去多远，来到一处望不见天日的地方，耳听虎啸狼嚎，惊天动地，吓得他毛骨悚然。

正在这时候，突然他的神犬狂吠向前扑去，他就尾随而去。走着走着，突然前面一片火海，映照得天地像红云一般。他从来也没见过这样的情景，吓得他再也不敢往前走了。就这工夫，站在离火光这么远的地方，还烤得浑身上下像要着火一般难受。他正望得出神，猛听"哈哈！哈哈！"大笑声，随后又听见有个声音喊："红火照铁离，专解天书迷！"函普一听，顺着声音找去。找啊，找呀，忽见一个高大、上挂天下挂地、乌黑的身躯，张着大嘴，从嘴里往外吐火，吐出的好像树木杆子，刺啦、刺啦不断地流。函普一见，惊喜地喊："跟图一样，跟天书一样！"他这一喊不要紧，就见这个铁塔人忽然一变，嘴也不吐火了，变成个张嘴獠牙的怪兽，似猛虎一般，向函普扑来，嘴里还喊着："函普哇函普，这回你往哪里跑？"

函普一慌神，从马上倒栽下来，哎呀，哎呀地喊叫，腿像瘫痪一样，想跑也跑不动了。函普转脸四下望，想找个逃路，眼瞅见大儿子站在那边瞧他笑。他大喊："儿啊儿，快来救命啊！"直喊得嗓子哽咽了，大儿子还是在那儿望着他笑。再转过脸来就见张嘴獠牙这个怪物，张着火红大嘴，慢腾腾地奔他而来，"呀呀呀！函普哪里跑哇……"

函普只觉眼前一黑，忽悠一下子，被怪物吞了。

"哎呀！哎哟！"函普狂叫不停。女真闻声将他推醒，函普醒过来，出了一身冷汗。

女真问他："你咋的了？吓死我啦！"

函普翻身坐起来，才知是一场梦。梦境犹新，他想告诉女真，又一想，不能说，天机不可泄露。他就守口如瓶，说："没啥，魇着啦。"随便搪塞过去了。但他翻来覆去一宿没睡，暗中琢磨梦境，决心去寻找"铁离"。

第二天早晨起来，函普就张罗进山去狩猎，子女们横拦竖挡，他说啥也不听，因他相信梦境，这是神仙点化，非找到"铁离"解开天书之谜不可。在临走的时候，悄悄向女真说："我去铁离！"

函普腰挎石斧，手持石刀，囊揣石弹、石锥等暗器，坐上千里驹，口吹树皮哨，神犬、神鹰相随，快马加鞭，按照梦境朝西北方向驰去。这周围几百里都是熟悉的地方，所以他紧催千里驹，向西北遥远的地方奔去。

这千里驹也真像飞起来一般，向西北飞驰。函普心中真是高兴极了，像做梦一样，两耳只听风声响，树木忽闪一下倒向后边。不知跑出去多远，他也计算不出来，一直跑到人地生疏的地方才勒住千里驹，缓慢向前行走，逢人便问："请问，铁离在哪儿？"人们听后，摇头说："不知道！"问谁谁都说不知道。他心里甚是纳闷儿，为啥谁都不知道啊，还是没到地方？他自然催马奔西北方向去找。

函普不知走了几天几夜，这天来到遮天蔽日的大森林。他心里乐了，可能就是这儿。他勒住马跳下来，将马拴好，用石刀割些青草将马喂上，自己采些山果吃着。心想找个人问问，这是啥地方，可他东西撒目半天，连个人影儿也没见着，只听呜呜风刮大树声，甚是吓人。他歇了一会儿，见马也吃饱了，他又骑上马，继续往前走。刚走出不远，冷丁传来"嗷"的一声惊天震地的吼叫声，惊得千里驹腾空而起，神犬也噌地一下子蹿在马屁股蛋上，两爪紧紧抱住函普的腰。他扭头顺着声音一瞧，从森林里蹿出一头长毛狮子，向他扑来。可这千里驹早飞开四蹄，腾云驾雾般飞驰，使他不敢睁眼睛，只好信马由缰地向前逃命而去。

函普也不知又跑多长时间，直到感觉千里驹站在那儿竖起前蹄，咴咴狂叫，而神犬也狂吠，他才睁开眼睛一瞧，只见一片青石连山，山秃地绝，草木皆无，热乎乎的，令人喘不上气来，真似火烤一般。函普向四周一看，石山重叠起伏，只见东面有座山，青烟四起，烟中闪着火光。这一发现，乐得函普咕咚一声，从马上栽在地下，他发疯似的高喊："天哪天，我可找到了。"他狂欢跳跃，又飞身上马。这回千里驹不听他使唤了，说啥也不往里去，还转头要往回走。函普急了，用力将马头拉过来，可这畜生不仅不走，还直竖巴掌，咴咴直叫。神犬也一反常态，掉过头来向他狂吠乱叫。神鹰飞向云霄，像只燕子似的盘旋。函普瞧见这些反常情形，心里暗想，难道真有妖魔鬼怪吗？不行，这是天意，机不可失，失不再来。想到这儿，他对千里驹和神犬说："宝贝，你们要不愿去，就在此等着我。我要是遇害了，你们可千万回去送信。"说完，他跳下马独自向烟云缭绕的石山走去。

千里驹真是被他驯服出来啦，见主人走了，它竖起来咴儿咴儿直叫。神犬跑过去用嘴含着他的衣襟儿，用爪蹬地儿狂吠。这些都是反常现象，因为函普过去带着神犬，不论走到啥地方，神犬总是前蹿后跳，忽而跑他大头前去，用鼻嗅着跑着，探视着前方有无敌情，忽而又跑回来，跟函普撒欢儿，意思告诉主人你前进吧，无敌情。通告完了，又撒欢向前跑去窥探敌情。他的海东青大鹰，俗称神鹰，平时出猎，一会儿高翔于天空，一会儿低飞盘旋，一旦猛地扎下去，即表示捕猎到野畜。而今天，它却从低空逐步攀高，而且来个燕子钻天，飞向云层里边向下盘旋。这一切都是反常。可是函普被"专解天书迷"所诱惑，哪还顾得这些反常现象。他顾不得地烫石烤，空气扑来如火燎，跟头把式地向冒烟的青山跑去。跑呀跑，嗓子眼儿冒烟了，口腔里似起火一般，烧得他嘴干、舌破、嘴唇裂。卡倒了，爬起来，再卡倒，再爬起来，数不清的跟头把式，好不容易跑到冒烟的山前。就在这节骨眼儿，猛听轰隆隆一声巨响，震撼得大地直颤悠，震得天昏地暗日无光，冒烟的青石山两半了。就在这档儿，像块吸铁石似的，嗖地将函普吸进两半的山中，接着，腾的一声烈焰腾空，照得天地间一片红。就在这一刹那的时候，函普知道不好了，才想起狠劲吹口中的树皮哨子。他这一吹，神犬不顾生死狂吠着扑来，神鹰也从天空中猛扑下来。眨眼工夫，函普和神犬、神鹰一起化为烈焰。

千里驹还在竖蹄咴咴直叫，当它看到主人已化成火焰，它咴儿咴儿长鸣几声，大眼泪像豆粒似的滚落下来，转过头，腾空而去。

再说函普的子女们，自从函普上山狩猎，个个都有些提心吊胆。特别是女真更感到心惊肉跳，整天坐不稳站不安。她年纪很大了，自六十二岁以后又生二男一女，现在孩子都长大成人了。可平时谁问她多大岁数？她总是回答"九九"。按年岁她老了，可是看上去，只不过六十多岁，还经常说："老了骨棒硬实，砸不碎打不断，将来给你们做针垫。"但自函普进山，她常常屋里屋外走过来走过去，流露着心慌意乱的情绪。

函普一连出去好多天了，音信皆无，女真可有些沉不住气了，喊声："备马！"子女们可惊坏了，齐刷刷跪在地上问："额娘！您老要干啥去？"

女真迟疑片刻，说："你阿玛让我今天接他去。"

子女们齐声说："接阿玛，我们去，还劳您老干啥？"

女真将脸一沉，说："叫你们备马，你们就备马，天机不可泄露，不要追根刨底儿。"

子女们一听，谁也不敢再问啥了，因为他们知道，额娘过去说要出去必有新的所得，所以赶快将千里驹备好。女真带好防身武器，口吹树皮哨儿，她的神犬、神鹰相随出发了。临走的时候，对大儿子说："我到铁离山去找你阿玛。"说完催马加鞭也朝西北方向飞驰而去。

女真只记得函普告诉她去"铁离"，她又加个"山"字告诉大儿子了。但究竟铁离山在哪儿，她也不知道，就骑马找去。千里驹马不停蹄地向前跑呀，跑啊。

这天，正当女真继续催马加鞭向前飞跑的时候，忽听前面传来千里驹的咴叫声，女真骑的这匹千里驹也竖起耳朵咴咴咴地回叫。女真一听，心放下了，从传来的千里驹的咴叫声听出是函普的千里驹。她赶忙勒住千里驹，缓慢而行，让她这匹千里驹唤叫，好互相传音相遇。想到这儿，她狠劲儿吹起树皮哨子，给函普传递信号。她吹呀吹，吹出她心里欢笑的曲子，吹出了她来迎接函普的欢迎曲，一边吹一边等候函普的回哨声。可是，不论她怎么吹，从那边传来的仍然是千里驹的咴叫声。女真听不见函普的回哨声，可有些慌了，加劲儿吹哨催马前寻。不一会儿，函普的千里驹终于跑过来了，空驹一个，站在女真面前竖起巴掌咴咴哭叫。女真一见，明白了，这准是函普出事了。她想到这儿，对她的千里驹说："你和神犬回去送信，让乌鲁快来。我与函普的千里驹，带着神鹰去救函普。"说完她骑上函普的千里驹，说，"走吧，找你主人去！"千里驹飞驰一般，回转而去。

自从女真找寻函普而去，乌鲁很不放心，也尾随而来。这天他正催马加鞭向前追赶，忽见额娘的千里驹和神犬回来了。一见面狗吠马叫，乌鲁心里明白，准是阿玛出事，千里驹回来送信，路遇额娘，换乘千里驹前去援救。他就改乘女真的千里驹，让自己的千里驹回去送信儿。乌鲁快马加鞭不顾一切地向前追去。

等乌鲁追到时，只见千里驹在这青石山边上哭叫，并不见女真和函普。青石山周围像热火石锅能将人烤化。千里驹不能进去，他也甩掉了千里驹，自己步行，进去寻找。走进去不远，乌鲁像进火海一般，眼看他身上就要起火了，忽然雷雨交加，将青石浇凉了，青石山上的火也浇灭了。等他来到起火的青石山下一瞧，一座炼铁炉还在燃烧，炉这边有个大铁砧子，旁边有把尖嘴钳子，一把铁锤。他各处寻找，函普和女真全不见了，见这情形，想起"天书"的头幅图来，画的也是这情景。他明白了，图旁的字就是：天书之谜，全在铁离，函普化炉，女真化砧，鹰变尖钳，狗变铁锤，冶炼钢铁，完颜有责，奠基后裔，兴金灭辽，天机勿泄，记牢记牢！

女真其他子女赶来，先哭后笑，在山前舞跳，祈祷函普、女真以示祝贺之意，后来发展成祭祖跳单鼓的礼仪。

完颜部从此发展采掘铁矿，大搞冶炼，制造枪、刀、剑、戟各种兵器和铁式农具、器皿。（可是这神鹰和神犬感到委屈，意思是不跟着你函普，我们能死吗？每逢打铁的时候，便可听到"叮当叮，该打，该打；叮当叮，该打，该打"的发泄声。据说这声音就是神鹰与神犬的泄气之音。）

从此，这个山取名为铁离山。

第十五章　跋　海

　　跋海是女真第三代人。乌鲁的大儿子，为啥叫跋海这个名哪？小孩没娘——说来话长了。

　　女真建立完颜部后，有马、牛、羊、鸡、犬、豕，还有海东青，别的部落见着眼馋，都拿完颜部当块肉，想方设法掳掠点儿。而完颜部本身并不太富裕，还有五国宝地需要开发好，这样自己才能发展壮大。这是乌鲁被九天女怒逐之后，来到五国剖阿里时土地神告诉他的，他始终牢记在心，经常带人去猎取宝物。那里的人亲眼看见乌鲁和菜花儿穿着衣服，还敢骑马，都把他们当阿布卡恩都力看待。而乌鲁经常到这块儿，帮人们筑窝。啥叫"窝"呀，就是靠山根底下或丘陵底下挖个深洞，里边铺上草，人在里边能坐起来，这就叫窝。那时候还不会盖房子，这窝还是跟雀儿学的。雀在树上筑巢，人在地上挖窝。可这简单的事儿，五国这地方还不会呢，乌鲁又教他们怎样做衣服，怎样取火，怎样做熟的吃食。一来二去五国这块的民众，都跟乌鲁一条心，拿乌鲁当活神仙看待。

　　哪承想海龙王也相中这五国之地，他想方设法想侵占这些地方。借海水涨潮之机侵吞一大块地，再涨潮再侵吞，吓得当地的人哭哭啼啼一门儿往后躲。

　　这一天，乌鲁到这地方来了，群众就给他跪下了，口呼："阿布卡恩都力，快救救我们的命吧！"

　　乌鲁大吃一惊，惊疑地问："发生什么事了？"

　　人们将海龙王侵占土地的事儿，从头到尾一说，气得乌鲁浑身直打战，率领群众亲自去看。到那儿一看，大片土地被大海给吞去了。气得乌鲁站在海边上大骂海龙王不讲理，不该侵吞我们的土地。越骂越气愤，越气愤越骂。他骂着骂着，摘下身上的弯弓，搭上箭，猛拉弯弓，唰唰唰连射三箭，未解心头之恨。

乌鲁这三箭射出去之后，可不好了，惹起一场大祸，立刻狂风骤起，掀起的海浪有好几十丈高。浪从风起，风借浪威，就听如同山崩地裂一般，哇哇号叫，铺天盖地向乌鲁他们扑来。乌鲁搭箭在弦上对着扑来的巨浪又连射三箭，不仅没煞住巨浪，反而更厉害了。他回头一看，人早已跑光，这巨浪眼看扑打在他的头上，他才飞上千里驹，猛加一鞭。女真族的马都会浮水，不过这么大的海浪一穿而过，这还是头一次。千里驹穿过海流，腾跃在山峰之间，穿梭而过，将海龙王掀起的巨浪抛在后边，乌鲁才安全脱险而归。

海龙王又吞去不少土地，还将剖阿里的一个漂亮姑娘抢走。这姑娘名叫姐儿，年方十六，长得如花似玉，谁见谁夸，青年小伙子见着她都要瞅她几眼。不少人暗下决心，要是能娶上这么个媳妇，不枉托生一回人。

乌鲁骑马回到家中，愁眉不展，长吁短叹。大儿子问乌鲁："阿玛，为何事愁眉不展？"

乌鲁长叹一声："咳，谢五（生下大儿子时，九天女给起的名字），海龙王欺咱太甚，大片土地被他吞去，又将美女姐儿抢去，怎不令人生气？不夺回土地，我女真亡矣！"

谢五说："阿玛不要犯愁，待孩儿去将海龙王捉住。他要不将侵吞的土地退还给咱们，我就剥他的皮，抽他的筋！"

乌鲁一听，谢五话儿虽不多，但说出了女真族的骨气，办到办不到，听着痛快，就鼓励说："你这话，阿玛听着就乐。不过，你年岁还小，到海里去捉海龙王，谈何容易？"

谢五一听，阿玛信不着他，自尊心受到损伤，脸红脖子粗地说："嘴说为空，待孩儿捉住海龙王你就相信孩儿了。"谢五说完，转身出去，牵过千里驹，飞身上马，真去了。

乌鲁见谢五去了，放心不下。菜花儿还埋怨他，十六岁的孩子咋能去捉海龙王，回来就不应该说。乌鲁也感到后悔，虽然谢五会水，从小就喜爱到江河里去捉鱼，在水里能待很长时间。但这是海呀，怎能和江河相比，所以他也赶忙骑马追去，制止谢五别冒险。等他赶到时，谢五已经钻入海中，惊吓得他直跺脚。

单说谢五跳进海里后，他在海里游啊游，像盲人骑瞎马一般，东冲西撞，也不知海龙王住在何处。游着游着，忽然遇见一条好几十丈长的达发哈鱼，迎着他问："谢五，你要找海龙王吗？"

谢五说:"是呀,找他算账,不将侵吞的土地退还,我就剥他的皮,抽他的筋!"

达发哈鱼说:"谢谢你,要成功啦,我们也断不了后啦!"

谢五纳闷地问:"这话怎讲?"

达发哈鱼说:"我们生在乌苏里江,长在大海里,乌苏里江被海龙王吞了,我们还到哪儿去繁殖后代,你这一来,也救了我们!"

谢五说:"可我不知海龙王在哪儿呀?你知道吗?"

达发哈鱼说:"知道,知道,我送你去。"

谢五一听,乐了:"谢谢你,领我去吧!"

达发哈鱼说:"你这样去不了,他的虾兵蟹将不能让你进去,只有我送你去。"说着它将大嘴一张,说,"你得藏在我这肚子里!"

谢五疑惑地说:"那,那行吗?"

达发哈鱼说:"你来救我们,我还能害你吗?实话对你说吧,我是达发哈鱼王!"谢五一听乐了,向达发哈鱼嘴里一游,游到达发哈鱼肚子里去啦。里边宽宽绰绰的,热热乎乎的,比自己家的窝还舒服。

达发哈鱼藏好谢五,就直奔海龙王宫游去。

再说海龙王抢来姐儿,要拜堂成亲。姐儿说啥不干,海龙王给姐儿摆了很多宝物,想方设法哄她,一件一件向姐儿介绍他的宝物,求得姐儿欢喜,好拜堂成亲。姐儿哪样宝物也不稀罕。就在这时候,达发哈鱼王含着谢五来了。龙宫里的把门的问他干什么?他说给海龙王贺喜,就放他进来了。进到宫里,悄悄对谢五说:"你出去就爬到这龙宫的横梁上,在那儿蹲着。等捉住海龙王,逼他要闭海针,将闭海针夺到手,就往外跑,我在这儿接应你。"

谢五说:"闭海针有啥用啊?"

达发哈鱼王说:"这闭海针可厉害了,将闭海针往地下一插,海水就退了。"

谢五又问:"这闭海针怎么落到海龙王手里的?"

达发哈鱼王说:"听说天使在造天设地的时候,将这闭海针丢在海里,被海龙王拣去,说啥不给了。"

谢五牢记在心,达发哈鱼王在僻静处将谢五吐出来,他用身子挡着,谢五腾腾爬上龙宫横梁上,达发哈鱼王慢慢腾腾游到一边等候海龙王拜堂好去贺喜。单说谢五躲在横梁上往下观望,见海龙王正给姐儿亮宝。亮着,亮着,为讨姐儿喜欢将闭海针也亮出来了,海龙王说:"你看这玩意儿好玩不？"

姐儿也不吱声。海龙王又说："这叫闭海针，别看这是一根长针，要叫你们世人得去，往地上一插，我这海水就得退下来……"

海龙王的话还没说完，只听咔嚓一声巨响，吓得姐儿哎呀一声，往旁一躲。就在海龙王惊得举目观看的工夫，横梁随同谢五落下来，一下子砸在海龙王的身上，将海龙王砸昏过去了。谢五一把夺过闭海针，喊叫："姐儿快跑，我来救你！"姐儿一看是谢五，高兴地奔过来，往这横梁上一迈，说也奇怪，这根黑木横梁腾下子起空了，眨眼工夫蹿出海面，像箭一般，从海面上飞驰而去。等海龙王苏醒过来，发兵追赶的时候，谢五和姐儿已漂过海。黑木到陆地边停下了，这时，海风呼啸，海浪翻天，海龙王的兵将已追来。谢五将闭海针往海水里狠劲一插，这海水哗一下子全退回去了。谢五一看，正是原来的海边，他就将这闭海针牢牢埋藏在土地里，由于他插了两次，后来就留下个渤海湾。

乌鲁率领众人跑来了，将谢五抬起来，欢喜跳跃，不知谁说："跋海英雄！"从此谢五就改名叫跋海，姐儿做了他的媳妇。

后来群众流传民谣曰："金沅天启帝星明，虎踞龙盘蔚上京，黑木龙兴廓帝业，白山天做拱王城，献祖还营安出虎。"

从此，女真族留下供奉乌木主的风俗，用乌木主代替供奉祖先。

第十六章　随阔创建纳葛里

民谣里的"献祖还营安出虎","献祖"是谁啊？他就是跋海的长子，名叫随阔。因为他生在随水草，是片辽阔的草原，起名随阔。姐儿咋跑那儿生孩子去了？还得从跋海说起。

跋海抢回闭海针，将大海制服后，就和姐儿结了婚。姐儿是剖阿里人，乌鲁为守住九天女和他获得牛、马、海东青的繁殖地，就让跋海与姐儿从春到秋守住随水草，冬天搬回来。因为从春至秋耕是野牲畜繁殖期，守住随水草，就守住女真财富了。女真族获得马匹、牛、海东青，源源不断。这随水草离剖阿里不太远，姐儿就将她父亲薄聂找来共同获得这些产品。薄聂见这是块宝地，就在北边上建立了薄聂部。

姐儿在这生第一胎时就生个男孩，还是她姥爷给起的名儿叫"随阔"。随阔懂事后，就表现得好学多问，好刨根问底儿，有时问得乌鲁和菜花儿呲儿他几句，但他还是问。特别是对那根黑木头，他非常感兴趣。本来这根黑木已成"神物"，不许小孩多嘴多舌总问，忌讳这个。大人越对这黑木保密，他越感兴趣，好奇地琢磨这根黑木头。为这个他挨了好几次耳光了。有时跋海喝点儿酒高兴了，就讲起他闯海龙王宫抢闭海针的故事，随阔可爱听了，因为三讲两讲就讲到这根黑木头上了，这根黑木头如何带着他和姐儿飞上天空，穿越大海……随阔对这些并不感兴趣，他感兴趣的是，这根黑木头在龙宫里是怎样放着的，为啥能掉下来？龙宫是啥样儿，跋海有时被他问得没有办法，只好瞎编几句应付他。一直问烦了，才算结束。

随阔从小就淘气，他经常爬树看雀窝，气得跋海说："你爷爷让你太奶撵走，获马而归，我抢回闭海针，夺回土地，看你能创造点儿什么事业。要是总这么淘气，啥业绩创不出来，不准你再回来！"

跋海说的虽是气话，但随阔可当真了。这年他才十一岁，给跋海磕个头，转身就走了。跋海以为他到随水草去了，等他和姐儿到随水草一看，随阔没去。姐儿可着急了，谁身上的肉，谁不心疼？哭咧咧地要去找，被跋海制止了。"找他干啥？十一岁了，还能丢了？我们女真讲的是创业，不让他创，就靠老人这点基业能行吗？别找他，创业后就找咱们来了。"话是这么说，可心里都提溜着。有一天，跋海又发现一群马匹，他就骑着马去圈，到马群里就属于他的马匹了。可这群小马非常野，一圈就炸群。他骑马绕着圈儿往回圈，跑呀跑，直绕到草原南面，忽然发现一只海东青从水里叼起一条大鱼向南面树林飞去。他勒住马一愣神儿，见树林边上一股青烟直冲云端，心里纳闷儿，难道这块地被别人占去了？赶忙一提缰绳，这马从水面一蹿而过。当他来到冒烟处一瞧，气得他浑身颤抖。不是别人，正是他宝贝儿子随阔在这儿摆小家玩哪，在烟火旁用泥盖了不少有巴掌高的各式各样的小房①，土堆里外还做些小泥人，反正嘎三马四地用泥做了不少样儿。跋海气冲冲地喊："好啊！随阔，让你出来创业，跑这儿摆小家玩？"

这时候随阔早已在那边直溜跪着哪，直劲儿给跋海磕头。

跋海从马上跳下来，一蹬脚将随阔用泥做的这些玩意儿全踢碎了。飞身上马，咬牙切齿地说："不成器的东西，你要回去，将腿儿给你砸折了！"连头都没回，催马加鞭又圈那群马去了。原想将随阔在树林里摆小家玩这事儿对妻子姐儿说说，一想，说后姐儿非去找他不可，一个不成器的孩儿找回来多碜②，不如在外边由他去吧。跋海不仅没对姐儿讲，回家也没对乌鲁和菜花儿讲，就说不知他到哪儿去了。

随阔见阿玛扬长而去，从地上起来，见他用泥做成的房子、泥人全被阿玛踢碎了，心疼得哭了。他一个一个收拾，突然发现在一座房子里的姑娘全胳膊全腿，一丁点儿没坏，把他乐的，双手抱起来贴在脸上亲啊亲。他的眼泪扑簌簌地掉在泥人上。他费很大劲儿，和泥揉搓一遍又一遍做成人形，费这么大的劲儿，保存下来一个姑娘，他咋不高兴啊，这是他的劳动成果，能不心疼吗？

随阔十一岁了，男孩子还摆小家玩，确实令他阿玛生气。实际随阔在搞他创业的模型，他从小就对跋海骑回的那根黑木头感兴趣，于是他就日夜琢磨要能盖出像海龙王住的那样的房子多好。直到他十一岁，才用泥做出各式各样的房屋模型。捏的泥人分男女，男的在外边种地、种

---

① 这是后人为让人能听懂而加的，当时跋海根本叫不出是什么玩意儿，反正和泥用手堆成的一堆一堆，里边是空的。

② 碜碜：东北方言，丢人。

树、打猎、捕鱼；女的在房子里缝衣裳、做饭。这是随阔想出来的，也是这样摆布泥人的。在跋海看来，这是几岁小孩摆小家玩，随阔都十一岁了，还摆小家，怎能不生气？用脚全给毁了，这对随阔来说，也是个鞭策，决心非盖成真房子。他拿着石斧咚咚地一斧一斧砍树木，砍乏了坐下来歇息，就拿出这唯一剩下的泥人姑娘，托在手上端详。晚间睡觉也将这泥人放在身旁。除泥人外，随阔还有个伴儿就是一只海东青。他的海东青非常理解主人，每天都出去给随阔捉取食物。随阔做好了和海东青一起吃，还给泥人姑娘摆点儿，对泥姑娘说："吃吧，等着，我给你盖房子，盖上房子，你做饭。"小泥人能吃东西吗？给泥人摆点食物，虽然她不能吃，但对随阔来说，感到吃着更香，活得更有意思。

树砍倒了，怎么往回运，他年岁小，也弄不动啊！将他愁的呀，饭也吃不下，觉也睡不好。正在他犯愁的时候，海东青给他牵来一头老牛。这事别人一听，又是玄天二地的了，真的呀！海东青牵牛更有办法，它落在牛脑门顶上，将它那特有的钩尖嘴往牛鼻子里一插，紧紧勾住不放，老牛不按它要走的路走，就狠劲用嘴儿挟牛鼻角；按道走它就用嘴儿衔着，这是它从随水草找来的。不知它费多长时间，花费多大力气，经过多少曲折，不论咋说，给随阔牵回一头牛。可将随阔乐坏了。他将在草边上早收集的拉哈①搓成粗绳，又搓点儿细绳，按海东青牵牛的方法，给牛穿上鼻角，这牛就老实了。然后在粗绳子一头拴在木头上，一头拴在牛身上，让牛往回拉大木头。大木头拉回来，弄些土掺些草，垒墙。垒不高的时候，就将大木头一根一根往上扔，扔在墙上，再往上垒墙，垒起一段再往上垒。说时容易做时难，一个十一岁的小孩子，就他自己，真赶上神话了。随阔像小燕叠窝似的，只用一根横梁盖成了土房，在当时来说真是奇迹，这是独一无二的房屋。

房子盖上了，这火堆仍留在外边，刮风下雨都不好办，随阔就将火堆挪到屋里，冒一屋子烟，呛得他直咳嗽。见烟从缝隙往外冒，他一琢磨，要是在顶上、棚上、地下挖个洞，在房头地底下挖个窟窿，这烟从洞里出去，就不呛人了。别看他年岁小，他咋想就咋干。在屋里靠一头挖个深坑，坑旁边挖一溜洞儿，上边用和的泥，拍些泥糊在棚上，火坑上边也用土糊上，只留填柴火的门洞儿。经他一试，这烟真从房头往外冒，经火一烧，他用手一摸烟洞顶上，烫手，随阔又改名为火炕。这就是随

---

① 拉哈：女真语，缓麻。

阔为女真族创造的头一个有火炕的纳葛里①。随阔决心不回去了，要在此扎根，他又把这头牛后边拴块尖石头，绑上木夹子，夹子里压些大石头，让老牛拉着翻地，将他房前房后树林子一点儿一点儿全翻起来，将草翻到底下，用新土将树培育上。

　　这天，随阔植树回来，刚走到房前，就闻到屋子里香喷喷的，感到奇怪，我没烧烤肉食，哪来的香味儿？他往屋里一瞧，屋里坐个姑娘，惊得他目瞪口呆。

---

① 纳葛里：女真语，居室。

第十七章　树女嫁夫

随阔见屋里坐着一位俊俏美丽的姑娘，将他吓愣住了。姑娘见随阔回来了，慌忙迎出来，向随阔施礼说："少主请进屋歇息。"

随阔见姑娘白皙的面颊上，两只水灵灵的大眼睛，好像在哪儿见过，一时还想不起来，惊疑地问："你是哪儿的人，到此做啥？"

姑娘嘿嘿一笑说："少主，你咋将我忘了？不是你说的，盖上房子，让我做饭！"

姑娘这一句话，差点儿将随阔吓死。他明白，这话是对泥人说的，那只不过是顺嘴胡嘞嘞，拿泥人开心，说着玩的话，现在真变成大姑娘，他能不害怕吗？转身撒腿就往树林里跑，认为泥人成精了。他跑啊跑，实在跑不动了，见身后姑娘没来追他，才平静下来，坐在一棵老松树下，他的心像打鼓似的怦怦跳得欢。

随阔坐那儿后悔，留个泥人干啥？这时候他又非常感谢阿玛趿海，全靠阿玛将泥人踢碎了，不然那么多泥人都成精，那还得了吗？他坐在那儿又琢磨起这泥人为啥要成精？小时候做那么多泥人，咋没成精，今天泥人咋会成精呢？反复找原因，冷不丁想起来，对了，那天我中指划出血，一下子滴在这泥姑娘身上。哎呀，中指血这么厉害，滴在泥人身上会成精，今后中指出血，滴在哪儿都要挖烧它。①他望着这片被他修葺整理栽植的树木，长得葱绿、水灵灵、直溜溜的，长叹一声说："树啊树，我诚心做出好事，用你们盖成房，寻思别瞎了栋梁之材，也让人们有个漂亮的房子住，没想到，好心没有好报，泥人变成个妖精，占据了我的房子，我上哪儿住？"他自言自语地哭了。

"她不是妖精！"

吓得随阔一蹦高，抬起屁股要跑，却卡个前趴子，两眼向前后左右

---

① 在女真族一直流传中指血滴在什么东西上，什么东西就要成精的传说。

一找，没个人影儿。这憨不隆咚的话儿是谁说的？难道这森林里也有妖精？他更害怕了，这地方不能待了，站起来刚要跑，又听见"她不是妖精！"这喊声就发自面前这棵老松树。奇怪，树还能说话？他仔细一瞧，见这棵老松树影影绰绰地变成一个白胡子邋遢的老头，笑呵呵地对他说："随阔不要害怕，我是树木爷爷，见你能为人类和树木造福，奠定基业，为感谢你，特让我孙女去恭敬你，侍候你，给你做媳妇。你俩一起更好地为人类和树木造福！"

随阔一听，心里纳闷儿，明明她向我说的是泥人变的，怎么成了树爷的孙女儿了？想到这儿，大着胆子问："树爷爷，你说你孙女儿，她在哪儿呀？"

"嗨嗨！"松树爷爷笑呵呵地说，"不说，你心总不落底儿。我的孙女儿，就是你那个泥姑娘变的。没有你那个泥姑娘，我孙女儿咋能由树变成人啊？"

"那泥人咋能变成人哪？"

"那是因为你捏的泥人，有人形，又有你的中指血和眼泪浇灌，经过日月精华的照射，我孙女儿才能借体施魂，变成人。你不要怕，她一定会和你做好多事的！"

随阔正和松树爷爷对话的时候，松树爷爷的孙女儿，由随阔的海东青引路来了。

松树爷爷说："你看，我孙女儿来了。正好，你俩在我面前拜堂成亲，我的好朋友全赶来了，为我孙女儿的喜事，前来贺喜！"

松树爷爷话音刚落，静悄悄的森林里立刻奏起世上最美的乐曲——百鸟齐鸣曲。原来松树爷爷说的好朋友，就是这鸟雀，它们早就飞来了，落在树丫上，等候喜时的到来。听松树爷爷这一说，这些鸟雀好像得到旨意，一齐哨叫起来，哨得那么和谐，清脆悦耳。

松树爷爷喊道："恭敬，还愣在那儿干啥？还不快过来，趁此吉日良辰，拜天成亲！"

恭敬姑娘顿时脸上浮起红霞，羞答答，笑滋滋，扭扭捏捏地低着头，一点一点地挪动脚步走过来，偷着瞧一眼随阔，流露出幸福的神情，站在随阔的身旁。

松树爷爷高声喊道："一拜天地，二拜木主，夫妻双拜，福寿绵长！"

海东青高兴地为配合百鸟鸣奏的乐曲，吹起"喇叭"，不过它这喇叭是用它那嘴吹出来的。就听"叽叽，嘀嘀拉哒，哩呀唏"，百鸟和声"嘟哩拉嘎"。美好的音乐，直冲云霄，将森林里的一切野兽都听醉了，一动不动地欣赏着这美妙的旋律！

恭敬和随阔结婚后，恭敬将木头用石刀削成个粗尖儿，上边安上一根大立木，拴上套绳，让老牛拉着耕地，将森林里的树木全用土培上根，顺看成垄，斜看成行，这树木长得更茂盛了。恭敬还使随阔懂得，有森林就得有雀儿，树能养雀，雀能吃虫，保护树木，树儿离不了雀儿，雀儿离不了树这个道理。后来他规定谁也不准打雀儿。

恭敬还和他一起又盖座比随阔盖得更宽绰漂亮的房屋，周围还垒起院墙，准备接爷爷、奶奶、阿玛、额娘全到这儿来住。

再说，跋海两三年没见随阔回家，心想，难道我儿子只会摆小家玩，别的啥也不会，没脸回来啦？还是远走高飞，或者……他不敢往坏处想，可心里却惊恐起来，越惦念越感到是回事儿，于是骑着马兜个圈子，绕到森林里，想用森林挡住身子，偷看一眼。如果还在这儿摆小家玩，干脆死心塌地，就算没有这么一个不能创业的儿子，说啥不能让他回去，给我淄色。

当跋海进到森林的时候，让他吃了一惊。这森林侍弄得干干净净，连根草刺儿都没有，黝黑的新土培育着树木。越看越惊奇，这沟是怎么来的，谁手有这么大劲儿，能将这么大一片森林挠出这么深的沟啊？除非是神仙，凡人办不到！跋海他连往随阔身上想都没想，从马上跳下来，扑通跪在地下，磕头说："草死土翻，神威大焉！愿借神威，种地亦然。"祈祷完，他牵着马，小心翼翼地慢慢走着，欣赏这神威的力量，很怕触犯了神威。

当他走到森林边上时，映入他眼帘的是个庞然大物，吓得他身上哆嗦一下。这块儿咋平地起鼓呢？是啥玩意儿？跋海他从来也没见过院墙里边还有房子呀。进龙宫只见到龙宫里边，因他在达发哈鱼王肚子里，怎能看到外面呢？他蹲在横梁上，也没有细看。这是咋回事儿？他边琢磨边试探往前走，随阔从院内出来了，准备去接家里人，哪知他阿玛来了。

"随阔！"跋海见儿子出来了，心里明白啦，不怪我儿子摆小家，真摆成了个大家！

随阔听见喊声，回头见是阿玛，慌忙跪下说："孩儿正要去接阿玛、额娘、爷爷、奶奶，搬这儿来住，没想到阿玛来了！"说罢给跋海磕头。

跋海乐得嘴都合不上了，我儿子真有志气，真有志气！这是他心里话，并未说出口，就随着随阔走进院内。儿媳妇恭敬见随阔领进一人，嘴没说心的话儿，八成是阿玛？树女也非常灵通，就赶忙出来了，随阔说："恭敬，阿玛来了，还不快上前拜见！"

恭敬恭恭敬敬地跪在地上说："不孝儿媳妇拜见阿玛！"

乐得趿海说："嗨，快起来，快起来！"

后来女真就搬到这儿来定居，随阔建造房屋的方法很快在女真族所属的部落推开了，大家都模仿随阔盖房样式盖起居室，而且越盖越好，使女真族由冬猫窝、夏随草，变为定居。

随阔媳妇恭敬，她给女真族留下很多礼节相传至今。

第十八章　黄豆与黑豆

　　九天女第五代玄孙石鲁，是树女寄魂泥姑娘转变成人与随阔婚配后，头生之子。树女为忌泥姑娘这个"泥"字，给儿子起名时想到最坚硬的东西莫过于石头，故名石鲁。就在她生石鲁的同时，完颜部另一家也生一男孩，也取名石鲁。两个石鲁因年同月同日同时生，又都起一样的名儿。从小他俩就要好，长大后拜为"把兄弟"。两人磕头盟誓说："生在同部落，死则同谷葬。"

　　随阔的长子石鲁为人心直性耿，勇猛异常，骑射武打很熟练，人称勇石鲁。而那个石鲁狡猾奸诈，人称奸石鲁。他俩形影不离，奸石鲁给勇石鲁出了不少坏点子，勇石鲁就带头干坏事儿，不务正业，将随阔差点儿气死。女真留下的后代，一代一代都为人类创造了事业，没想到，这一代要出个"败家子呀"，随阔也想学习老辈将石鲁撵出去，不创出事业，休来见他。嗨嗨，这服药在石鲁身上不灵了，根本不听他的。石鲁抱着"你说你的，我干我的，撵我不走，打我挺着，打死这条命豁出来了"的想法。这就使跋海和随阔毫无办法。

　　勇石鲁整天和奸石鲁鬼混。一天，他俩发现蜀束水有两个美女，大的叫达回，小的叫滓赛。为抢这两个美女，奸石鲁领勇石鲁装神鬼，用欺骗人的办法，终于将两个美丽的姑娘抢到手。真姐俩嫁给假哥俩，没想到，达回嫁给勇石鲁后，为人非常贤顺，对老人，对小叔子、小姑子非常有礼貌，婆母恭敬甚爱之，全家都称呼她贤顺。

　　单说这天，贤顺去给婆母送水，走到窗外，听见婆母恭敬和奶婆母姐儿俩哭泣之声。她吃惊地停下脚步，心想，出啥事儿了？站在那儿听声。

　　"我知道他不学好，可有啥办法，撵不走，打不动，像个硬鳖肉，把他阿玛都要气死了！"

　　贤顺听出，这是婆婆恭敬说的话儿，她心里咯噔一下子，这准是说丈夫石鲁。又听奶婆婆接过说："撵也不是办法，撵走石鲁我还舍不得孙儿媳妇哪，贤顺多好，你能舍得呀？我看，你和贤顺说说，让她常劝着点儿，能改好！"

贤顺端着水回到自己屋里，眼泪唰一下子掉下来了。她心里非常难受，丈夫和奸石鲁整天东游西逛，非游逛坏了不可，我们姐俩将来得受罪！特别使贤顺心里难过和着急的是，听说祖上九天女六十多岁才留下后，为子孙留下了牛、海东青和捕获鹿、貂之宝，还为人类留下火，穿衣服吃熟食；祖乌鲁留下马；爷爷跋海，夺回土地；阿玛、额娘耕树种地建造了房屋……可石鲁会干什么，给后人留下什么？想起这些她更着急了。刚才奶婆让婆婆想让我劝石鲁，难道我不知道吗？这石鲁不进言语啊！贤顺想用什么办法让石鲁学好，想得她坐不稳站不牢，一下子将小木桶碰倒了，哗啦一声，撒了一地黄色和黑色的豆粒。这是她从山上采摘的，准备收留着，也不知是什么豆粒。贤顺蹲下拣豆粒，忽然灵机一动，有了，何不用这黄、黑两种豆粒教育石鲁，他做件好事儿我就给他扔个黄豆儿，做件坏事儿，就往里扔个黑豆，他要问我……哦，有话答对他。贤顺在墙台上放个小木桶，站在那儿想：嗯，两个石鲁合伙抢我们姐俩，算件坏事儿，吧嗒，扔里一个黑豆粒。他游手好闲，东游西逛算件坏事，吧嗒一声，又扔里一个黑豆粒。啊！阿玛撵他不走，不听老人话，坏事儿，吧嗒，又扔个黑豆粒……贤顺正在按照石鲁做的好、坏事儿用黄、黑豆粒做标记的时候，忽见有人慌慌张张地进院就喊："不好了！乌萨扎部要活埋大少主石鲁！快去救吧……"

贤顺一听，面目失色地跑出屋外，见婆婆、奶婆均惊慌失措地跑出来："这可咋办？随阔、跋海都没在家！"

"我去！"贤顺说着，拉过马匹，翻身上马，狠抽一鞭，提缰起奔乌萨扎部去救石鲁。她心急嫌马慢，不断地用鞭抽打胯下马。这马"嘚嘚嘚"亮开四蹄，如飞的一般，不一会儿就赶到了。离老远差点儿将贤顺从马上惊吓得掉下来，不为别的，她看见在乌萨扎部外，围着很多人，不用说，可能石鲁已被活埋了。她又加一鞭，马快跑到跟前的时候，只见一匹快马飞奔到人群外面，马上坐一老人，手持弯弓，箭在弦上，大声高喊："嚓，石鲁是我兄之孙儿，非常有能耐，我们完颜部仗他治理发展。你们谁敢坑杀他，我箭不容也！"他喊罢，"嗖"，就是一箭，射在架着石鲁的一个人的发辫上，吓得那人一撒手，哇呀一声就跑了。他这一跑可就乱营了，人们忽地一下子将石鲁扔下全逃跑了。贤顺才看清是五爷爷谢里忽，便慌忙跳下马，跪地口呼："多谢五爷拯救石鲁，我这儿给您老人家磕头请安、称谢！"说罢磕头。

谢里忽手抚长须说："还不快去解开石鲁的绑绳！"

贤顺才敢站起身来，走到石鲁面前说："你东游西逛，惹出祸来，还让五爷跑来为你分心！"

谢里忽已从马上跳下来，听见贤顺说石鲁东游西逛，很不高兴，脸色一沉说："达回，这话是你说的，还是乌鲁、跋海说的？说的都不对。石鲁是个好孩子，有雄心，有大志。我支持你石鲁，你想得周到，做得对！在完颜部应该立条法，没有条法，都想说了算，谁不服谁管？家中不和外人欺，将来咋办？现在这些老头子我能对付，将你的条法在各部落立起来。你爷爷和阿玛如要限制你，你就说是我说的，我支持，我让你这样干的。达回，你听到没有？"

贤顺说："听到了！"

谢里忽又说："达回，你回去向老人学说我这些话儿，趁我活着，要看到石鲁立条法成功！听到没有？石鲁，完颜部的希望，就寄在你身上了！"

贤顺听在耳中，闷在心里。石鲁所作所为，连阿玛、爷爷都反对，为啥五爷赞成，难道游游逛逛还能出息人吗？这是她心里寻思，并未说出口，就给五爷跪下磕头说："五爷的话儿，我牢记在心，一定转达！"

石鲁也跪下给五爷磕头，感谢救命之恩。

在回来的路上，贤顺实在憋不住了，就问石鲁说："他们为什么要埋你？五爷为啥要救你？"

石鲁打个唉声说："你妇道人家上哪儿知道呀，我在干一番前人所没有干过的大事儿！"

"呀！"贤顺惊讶得差点儿卡个跟头，嘴没说心的话儿，你也不怕风大闪掉舌头，整天东游西逛，言谈话语把老人全贬了，这话说过头有罪呀！想到这儿接着说，"虽然我是女的，但也懂得世道，你口气虽大，我目中不见啊！难道你会妖法不成？"

石鲁惊疑地望望贤顺说："啊！没想到你能帮个大忙！"

贤顺更感到摸不着头脑，疑问地说："我能帮你啥忙？"

石鲁笑呵呵地说："你说的东游西逛的话帮了我的忙。"石鲁说到这儿，立刻收敛笑容，严峻地对贤顺说："达回，连你都认为我东游西逛，你上当了！你不知道，我在做主宰乾坤的大业。咱们祖先九天女六十多岁留下一帮后人，本来是立志造人类之福，兴民族之业。可是子孙众心不齐，争雄霸部，守旧维生，只见眼前，不想将来。沙不聚金，女真亡矣！"石鲁说到这儿放悲声痛哭。贤顺这才明白立法的重要，安慰石鲁说："是我错怪了你，认为你东游西逛，不像祖辈抓点实东西。现在我明白了，众人齐心，黄土变金。如果都倚老卖老，各霸部落，势孤力单，经不起风吹雨打呀！"

石鲁一把攥住贤顺的手说："对了！现在反对我立法的，就是女真后代。你看，太爷、爷爷留下的后代，现在分布在各部有三十多人，他们要不服管，咱们完颜部还能统一吗？我立法主要是对他们，他们要遵法了，咱们女真就发展壮大了！"

贤顺和石鲁回到家，贤顺赶忙将黑豆变成黄豆，黄豆变成黑豆。

石鲁不解地问："你在干什么？"

贤顺扑哧笑了，白了一眼石鲁说："我给你记好坏弄颠倒了，再给你颠倒过来！"

从此留下黄豆与黑豆记善恶的风俗。

第十九章　难中结姻缘

石鲁到各部落去立条法，这天来至流门水附近的山谷之中，忽听前面有喊杀之声，急忙催马，离远一看，五个壮汉骑着马围住一个姑娘厮杀。只见这女的调转马头，手舞石刀，上下翻飞，青光闪耀，冷风嗖嗖，力敌五人，将人看得眼花缭乱，暗暗佩服女人的好武艺。

好虎架不住一群狼。战着战着，这女人只有招架之功，没有还手之力。就听一个壮汉喊："捉活的，别伤着她！"

石鲁暗自思忖，他们到底儿是咋回事哪？正在他心中纳闷儿，忽见一壮汉，紧提马缰绳，从女子身后，跃马至前，伸手去捉女子的时候，他嗖地就是一箭，正射在壮汉的手上。壮汉哎呀一声，将手往回一缩，鲜血淋漓。石鲁这一箭，惊动了女子，慌忙喊叫救命。石鲁将马一催，迎上前去，协助女子战斗。女子告诉石鲁这五人全是强盗，拦截抢她。石鲁听着更来气了，抢起石刀就砍，不一会儿将这五名强盗打得落花流水，大败而逃。

女子从马上跳下来，跪在地上给石鲁磕头，感谢石鲁救命之恩。

石鲁问道："你叫何名，哪里人氏，为何单身一人在此，他们抢你作甚？"女子说："我是高丽人，名叫金姬，从小随父做买卖，来此换物资。不幸前些日子因我患病，父亲单身一人出来，被强盗掳掠一空，命丧黄泉。我出来寻找强盗报仇，不想在此遇上强盗，多亏贵人相救，不然我命休矣！贵人的恩德，终生难忘！"说罢又给石鲁磕头。

石鲁疑惑地问："你家住在高丽，单身一人跑这么远来？"

金姬说："我父在泰神忒保水又给我找个女真族妈妈，在此安家了。"

石鲁明白了，这姑娘实际是泰神忒保水人，心中大喜，说："我正好去泰神忒保水去。"

金姬问："你是哪里人氏，去泰忒保水作甚？"

石鲁将他立条法的事儿前前后后一说，金姬惊得面目失色地说："原来你就是阿布卡恩都力石鲁哇，失敬失敬！"她彬彬有礼地再拜石鲁，拜后说，"你要去多加小心，听说他们都反对你立条法，不愿听完颜部指挥！"

石鲁一听，恳求金姬说："这就望你暗中帮助了。"说罢他俩奔泰神部而去。该部听说石鲁来立条法，当时就遭受到部落里老人的反对，他们秘密串联，要将石鲁处死。金姬听说后，吓得赶忙去给石鲁送信，让石鲁赶快逃跑。石鲁还犹豫不决，金姬一把将他拉到外边说："快，快跑吧，晚了，你命休矣！"

石鲁骑上马，在黑夜中逃出泰神部。刚出该部落不远，见后面一片灯笼火把，部民七吵八喊："抓住石鲁，别让他跑了！"追出很远，见石鲁已跑远，人们笑呵呵回来了。事后部落里人都说金姬办了件好事，她要不给送信，石鲁哪能这么快跑了。原来部落里上岁数的人要杀死石鲁，部落长说："想什么办法撵跑最好，杀死就要结下生死冤家，都不得安全。"哪知金姬给石鲁报信，催促石鲁迅速逃跑，反而使部落人背后称赞她。这是石鲁立条法，没有武装，第二次差点儿丧命。

事隔三年后，石鲁带了二十多人马又去泰神忒保水立条法，晓行夜宿。这日走进一条狭长的峡谷，两岸都是高山峻岭，古木阴森，绝无人烟，只闻猿声不断，令人惊恐。石鲁催马急行，突然猛听身后"轰隆隆"连声响，石鲁大吃一惊，回头一望，从峡谷岸上滚下很多滚木巨石，堵住后路。他惊讶地啊了一声，就听前面喊叫："石鲁，你哪里走！"一股人马在峡谷前拦住去路。

石鲁大吃一惊，说："前有截兵，后路已断，我命休矣！"正在他进退两难的时候，忽然见前面这股强盗"哎呀，哇呀"嚎叫，阵脚已乱，石鲁抖擞精神喊，"快冲出去呀！"他带头向敌人冲去。兵丁也个个奋勇争先，和前面敌人相遇时，见人就砍。可敌人退着退着又回来了，石鲁才发现前面有一女子堵住谷口，拦截厮杀。

他仔细一看，是金姬，就大喊："金姬，别放跑了敌人！"不一会儿，就砍倒三四个，其他敌人跪在地下投降了。石鲁让兵丁将这五个人五花大绑，带出谷外，石鲁从马上跳下来，要给金姬跪下谢救命之恩。

金姬早用手拦住说："贵人使不得，折杀奴家了，折杀奴家了。"

石鲁没办法，打千称谢后，问道："你怎知道我来？"

金姬说："昨天晚上，半夜我做个梦，我又骑着马儿，出来望你，担心你来，有人暗害你。我望啊望，忽然见你骑马从老远那边飞驰而来，心中埋怨你，怎么又自己来了？可这马到跟前，仔细一瞧，是位白胡子老头，笑呵呵地对我说，你望石鲁哪？问得我面红耳赤，答不上话来。他说，姑娘，别害羞，我是月老，特来给你送信儿，石鲁明天早晨太阳出一竿子来高就到神忒峡谷，需要你去救他，但是要辨清真假石鲁。真石鲁身上揣着……"

石鲁笑嘻嘻从怀中掏出一股黄线说："一股黄线！"说着亮给金姬看。

金姬吃惊地也拿出一股黄线，两股黄线一模一样儿，惊疑地问石鲁："你怎么知道的？"

石鲁说："我也做了个梦，和你的梦差不多。这位白胡子老头对我说，他叫月老，是给世人联姻的。他告诉我，'金姬自你走后，她天天到山上张望你，心长在你身上啦，这是前世姻缘，今日成佳偶，我成全你们俩这桩好事儿，明天见着她，你拿出这股黄线，她就明白了。'"

金姬脸红得像苹果，羞臊地说："月老这么说，那你哪？"

"我呀！"石鲁用手指着自己的鼻子说，"我天天都梦见你，恨不得一下飞到你身旁！"

从此留下月老给世人联姻的传说。

当下石鲁与金姬并列提马，押着五名强盗来到泰神部。部里人大吃一惊，不是别的，这股强盗在此为非作歹多年，谁也剿治不了，今日被石鲁活捉了，真乃阿布卡恩都力也，人人心里吸着凉气。

石鲁在部落长院内，审问五名强盗。强盗供认，他们有一名强盗昨天晚上到前边去划绺子^①，看见石鲁带人前来，明天会从神忒峡谷路过，为报前仇，故在此埋伏，欲杀害之。

石鲁气得三煞神暴跳，五雷嚎风腾空，大声骂道："作恶多端的强盗，要不是这月老的指点保护，险些命丧你们之手！"石鲁说着，从怀里掏出黄线，他让金姬也掏出黄线，向部众诉说昨天晚间月老托梦给他俩，不仅联姻，还让金姬相救，详细诉说一遍，部众更加哑然。石鲁将月老托梦说完之后，喝道："也是这伙强盗恶贯满盈，才有今日，打发你们下地狱吧！"他一怒，用石刀亲手将五名强盗全砍死，吓得有的妇女用手捂着脸哇呀哇呀喊叫。

石鲁砍死五名强盗后，大喊说："我石鲁又来立条法，而且有辽帝之封，你们还要砍死我吗？"

---

① 划绺子：女真语，踩线（侦察来往客商）。

众人唰的一声跪在地下，齐声说："不敢！愿听石鲁盟长指挥！"

石鲁哈哈大笑说："你们不要害怕，不是来算旧账，你们接受条法，归顺也就是了，过去的事就让它过去，往前看吧。"

原来反对石鲁的人，心才落了底儿。

就在这天晚上，石鲁与金姬拜天成亲。可勇石鲁啊，你咋不想想九天女定有"女真不与外族人通婚"的宗规族法！阿玛随阔能允许你吗？

第二十章　石鲁活埋兴得

　　勇石鲁立条法开始时失败了，却赢得了妻子贤顺的支持。这天贤顺和石鲁去她妹妹淬赛家。正好奸石鲁在家。见贤顺来了，奸石鲁笑呵呵地说："没想到，姐姐还能登我这奸石鲁的门儿！"羞得贤顺满面儿通红，接过说："我来给你更名，不叫你奸石鲁，叫你贤石鲁。妹妹，你看好吗？"

　　淬赛笑嘻嘻地说："他啊，奸得屁股长尖了，为给姐夫捏点子，都坐不住炕了！再来个咸，还不得鼬死啊？"

　　勇石鲁说："说正经的，妹夫，你看下一步咋办？"

　　贤石鲁说："昨天我想了一天，琢磨着要想统一立法，就得豁出去，非来个杀一儆百不可。我认为，现在绊脚最大的就是你那个二爷兴得，他以老辈自居，独霸五国。为发财，他已私通辽国，将海东青、马匹、紫貂全跟辽国换东西了，要将他治服了，立法就好办了。"

　　勇石鲁说："怎能制服他？"

　　贤石鲁说："说出来你可别生气！"

　　勇石鲁笑了，说："你为我立法出道儿，我生啥气？"

　　贤石鲁说："要想成大事，心得狠，手得毒，不敢下手，手软不行。我的主意是，他再拦阻立法，不归完颜部统一管，就坑杀他！这就叫杀一惊众。大伙儿见你将这个反对者坑杀了，谁还敢不服？"

　　勇石鲁低头不语，心里沉思，这事好吗？将自己的亲叔伯爷爷活埋了，族人全得骂我呀！不杀他，想要立法也真困难。

　　贤石鲁见他低头不语，又接过说："如果你下不得手，你可不露面，我打着你的旗号出头露面，宣布条法，他不服，犯抗拒知法罪，坑害杀之。你带人在外边听着，如果有人动武，你带人攻伐，直到制服为止。何愁大事不成？"

　　勇石鲁一听，这招儿高，就笑呵呵地说："真有你的，你咋想得出来？

好！量小非君子，无'毒'不丈夫。明天，咱们就带人前往。"

贤顺说："我们姐俩也去，多个人多分力量。"

贤石鲁说："不仅要去，今天就得分头去组织人，要带着弓箭和拽棒、石斧、刀等武器，不服就打！"

勇石鲁说："还有个事儿，你替我去宣布条法。你得有个名儿，叫啥好哪？"他冷不丁想起来了，这事需要猛，条法是安，想到这儿说，"你就叫猛安，是领兵的头儿。"

贤石鲁拍手说："起得好！从现在起，我就是你的带兵头儿——猛安！"

商量好他俩就分头下去组织人，准备第二天去征越里吉。

第二天，勇石鲁组织起四十人，都是强壮勇猛的小伙子，他们身背弯弓，腰带石斧、石刀，骑着快马，浩浩荡荡奔越里吉而去。

勇石鲁组织起来的这四十人，是女真族诞生的第一支军队，尽管当时勇石鲁没命名为军队，实际是他组织起来的武装，而且还有了武装指挥官猛安贤石鲁的指挥。

这支武装队伍来到越里吉后，由贤石鲁带领二十人冲进嘎珊①。勇石鲁领二十人骑着马，在嘎珊四周来回奔驰，观望等候贤石鲁的消息。

单说贤石鲁冲进嘎珊后，高声喊叫："我乃完颜部落长石鲁军队头头儿猛安，今天带兵到此宣布条法……"

还没等他宣布完，兴得白胡子邋遢挂着个棍儿奔他来了，气得头上的发辫和胡子一起撅搭，颤抖着身子来到贤石鲁身旁喝道："大胆！有我老头在，谁敢在我头上立什么法儿？真是抗天灭地，还管到我头上来啦。休想！趁早给我滚，滚！"

贤石鲁没在乎，高声喊道："不论谁，不服从条法的，坑杀之！"

差点儿将兴得气个跟头，他哆哆嗦嗦地移动着身子，嘶哑地喊着："你说什么？坑杀，我让你坑杀！"喊着举起棍子就打贤石鲁。

贤石鲁将身子一躲，喊声："给我拿下，捆缚坑杀之。"

贤石鲁一声令下，跑过来四名壮年小伙子，如猛虎一般，扑在兴得身旁，夺下他手中的棍子，撂倒在地，用绳就捆。

吓得众人齐声喊叫。有人要动手厮打，就听贤石鲁又高声喊道："如果有不服者，或动武厮打者，均按反抗罪，坑杀之。不信，你们看，石

_____
① 嘎珊：满语，部落、屯子。

鲁的大兵，已将你这嘎珊包围了！"

众人听贤石鲁这么一说，都惊疑地往嘎珊外面观望，尘土飞扬，兵马准是无其计数。他们哪知道勇石鲁只领二十人骑马，断开档，围着绕圈儿打马飞跑，带起的尘土飞到空中，土雾弥漫，上挂天下挂地，谁知道有多少人马？吓得要动手打的，身上一哆嗦，老实了，都直眉瞪眼，我望你，你望他，敢怒而不敢言。

贤石鲁见镇压住了，就又高声喝道："你们到底听不听从石鲁的条法？要听从为啥不盟誓！啊？再不盟誓，就让大兵打进嘎珊！"

这下群众可害怕了，忽地一下子全跪在地下，齐声喊叫说："我们听从石鲁条法！"

贤石鲁说："不听，咋办？"

"坑杀！"

"不能听啊！辽兵马上就来了！"兴得见众人跪地下服了，气得大声喊叫。贤石鲁听说辽兵要来了，知道这里有事儿，就命令兵士说："立即将抗法者兴得坑杀之！"

四名兵丁一听便要拉兴得走，兴得坐坡，说啥不迈步。众人齐声呼叫："饶恕兴得老人，我们服也就是了！"

贤石鲁高声喊道："立法不执法，还叫啥法？抗拒者非坑杀不可！快将他托在马上，到南山根坑杀之！"

兵丁将兴得托在马上，在兵丁押送下，向嘎珊外面走出。嘎珊里的人，流着眼泪，在后面跟随。兴得在马上仍骂不绝口。

不一会儿来到南山根下，众兵丁七手八脚很快就挖个深坑。坑挖好后，将兴得抬进坑内。兴得才老泪横流地喊："挞儿，挞儿，为阿玛报仇啊！"

他的喊声没完，人们七手八脚用土将兴得活埋了。众人在兵丁外面，哇地全哭叫起来。就在这时，忽见西南方来股人马，马蹄"嘚嘚嘚"响成一片，尘土遮天蔽日。不知谁喊了一声："辽兵来了！"

原来这兴得早已和辽国勾搭上了，将完颜部盛产的海东青、马匹、貂、鹿等珍贵物品供给辽国，个人还能换取东西。前些日子石鲁又到此立条法，被兴得连骂带打驱逐出去。可兴得心里没底儿，就让儿子挞儿去勾引辽兵前来保护。可惜，来晚了，辽兵来时，兴得已被活埋。

贤石鲁高声大喊："兴得不仅抗拒条法，而且出卖部落，叛逆民族，应碎尸万段。"贤石鲁说到这儿，牙咬得咯咯山响，又下令说，"辽兵来了，是侵略咱们来啦，要勇敢地将他们打回去，谁畏敌退后，杀头！"

辽兵已快到跟前了，贤石鲁举起石刀，大喊一声："杀呀！"带头冲去。兵丁一看贤石鲁这样勇猛，也一齐冲上去。

勇石鲁仍在那边观望动静，见西南方来股人马，不知咋回事儿，正在呆望，听见贤石鲁喊声"杀"，带领兵马迎上去，他也就大喊"杀呀！"带领二十人马冲杀上去。

辽国也只派二十几个兵马前来保护兴得和掳掠海东青，没想到能动起武来。这二十几名兵马，哪是两个石鲁的个儿，没等动起手来，就跑了十几个，其余全被活捉。挞儿也被贤石鲁一石刀砍于马下。

石鲁活捉七名辽兵，押回去当奴隶。这下子众人可服了，这五国地方谁也不敢反抗了，石鲁的条法立下了。

再说辽国听说完颜部出个勇石鲁，想要征伐，又都居在深山密林，没办法，只好加封石鲁为惕隐的官儿，笼络石鲁。勇石鲁有这个"惕隐"的官衔，立条法更合法顺利了。很快，条法在各部落立起来了，为女真族的发展开创了新路。

第二十一章　夺尸之战

石鲁带领人马东奔西走，历经二十多年的时间，白山、耶悔、耶懒、土骨伦和五国[1]等大大小小嘎珊，都听完颜部石鲁的指挥。尚有孩懒赖水、苏浜水、耶懒水等一些部落不听从。

这年他又带领人马去讨伐苏浜水、耶懒水。出发前，他第三房老婆金姬哭得最厉害，拉着他的手，哭哭啼啼地说："你要走了，不知你什么时候才能回来？将我扔在家里，我可咋过呀！"

金姬为啥这样悲痛，因为她嫁石鲁后，在家中引起大乱。不仅石鲁大老婆、二老婆反对，特别是随阔暴跳如雷不让金姬进门。在随阔看来，女真族不能与外族人通婚，通婚就是背叛。而石鲁竟敢领回一个高丽人做小老婆，这咋能不气坏随阔？当时随阔手持石斧站在门里气势汹汹地说："你领进屋来，我就将你们俩全砍了！"

石鲁和金姬在外边直溜儿跪着，哀求随阔饶恕。从太阳出来一竿子高直跪到傍晚，随阔气还没消，说啥不让领进家来。

贤顺见这样坚持下去，让部落里人笑话，石鲁还咋立条法发展巩固完颜部呀？应该从大局着想。她就领着儿子乌古迺给随阔跪下，哀求地说："阿玛息怒，按宗规族法，石鲁不应与高丽人通婚。但事已至此，只是个妾小，就饶了他吧。何况他已受辽朝加封，为女真完颜部扩大发展，奔波立法，而且完颜部辖属越来越大，他的名望越来越高，如只因一女人，逼出事来，岂不坏了咱女真大事？望阿玛三思！"

十一岁的长孙乌古迺也哀求说："爷爷，饶恕阿玛吧！这样下去，传了出去让人家笑掉牙。我阿玛这头人还咋当啊？"

随阔见贤顺和长孙乌古迺说情，气消了一半儿，长叹一声，"唉！看在贤顺和长孙的面上，起来吧，今后如谁违犯，即犯悖逆宗规族法罪，

---

① 五国：越里吉、越里笃、奥里米、盆奴里、剖阿里。

杀头。"

石鲁才领金姬磕头，谢阿玛饶恕之罪。石鲁将金姬刚领进屋里，二老婆胡泼就撒开泼了，领着儿子跋黑，指狗骂猪，大骂贤顺和乌古迺，说他们装好人为讨石鲁欢喜，今晚去上你那睡。越骂越撒野，还将她儿子黑子、里安打得直嚎。石鲁越听越不像话，来他那个犟劲儿了，过去劈头盖脸将胡泼好顿揍，打得她狼哭鬼嚎。还是贤顺跑过去说情，石鲁才罢休。

从此石鲁总不到她那屋去睡。金姬回来时间不长生了孩子。原来石鲁走到哪儿，金姬跟到哪儿。现在石鲁要去征伐苏浜水，金姬刚生孩子不久，怎能跟去？金姬感到非常悲痛，一是担心石鲁走后，胡泼给她气受，二是她发现石鲁身体越来越不好，经常心痛冒汗。依她之见，暂不去征伐，等身体恢复恢复，她与石鲁一起出去征伐。因金姬骑马射箭，百发百中，武艺高强，曾经救过石鲁，所以石鲁才纳为妾。

石鲁解释说："不行，趁早讨伐，势如破竹，人皆归之，夜长梦多，恐有他变。汝勿挂心，她们不会亏待你的。有事多找贤顺姐，她会热情对待，她真乃贤人也。"他安慰金姬后，走出屋来，拜别父母，父母也洒泪说，"你身体不好，要多加小心。"

乌古迺跪送石鲁说："孩儿愿随阿玛同往！"

石鲁说："你年岁尚小，在家勤学苦练武艺，我死后，你好继承父业！"石鲁说着见贤顺在旁边流泪，嘱咐说，"贤顺，我又要离开家了，你要好好管教乌古迺练习武艺，并要分心照料金姬，她是我的救命恩人！"

贤顺说："请你放心，望你早日征伐胜利归来！"她哽咽地说不出话来。这时，有人催促，兵马已集合好，只等出发。石鲁转身出去了，乘马随军向苏浜水进发。

一〇三五年，石鲁出兵，计划先征伐苏浜水、耶懒之后，回兵征伐乌林答部。没想到他兵至苏浜水、耶懒，不战自服，愿接受石鲁条法，随属于完颜部统一指挥。转年他带兵回来，绕路去征伐乌林答部，这天行军见天色已晚，他已感到浑身无力，甚是疲倦，着急歇息。见前面有一嘎珊，奔去歇宿。他见这地方山峦重叠，树木稀稀拉拉，山上的怪石凸凹不齐。石鲁越看越像山上长些疙瘩疖子，千疮百孔一般，心里甚忌之。当他来到嘎珊后，问此地何名？当地人告曰："此地乃仆魇^①也！"

石鲁心里惊悸，啊的一声，嘴没说心里想，我见这地方像千疮百孔一般，果然叫此地名，说啥不能在此歇宿，忙命令兵丁说："不在此歇宿，速往前赶，另找地方歇宿。"

兵丁心里也埋怨，天都这般时候了，人困马乏，不在此歇宿，还往哪儿赶啊？埋怨是埋怨，得听从命令，兵丁都知道石鲁的脾气，沾火就着啊。还是狠加一鞭，马蹄嘚嘚，穿过此嘎珊，又往前赶路。

那时候，人烟稀少，嘎珊和嘎珊之间相距很远。大概二更时分，石鲁率领人马来到姑里甸旁边的一个小嘎珊住下。兵丁弄些吃的，将马也喂上了。忽见石鲁大汗淋漓，气喘吁吁，兵丁见之惊恐万分说："部落长，你病啦？"就在这时候，忽听外面吵喊："可不好了，来强盗啦，来强盗啦！"

石鲁想要领兵丁打强盗，但他感到已支持不住，急忙说："快，快将我扶上马，速往家里赶路！"

兵丁将他扶上马，石鲁咬着牙，在马上说："我们不征伐乌林答部了，赶快回家！"半夜他带病领兵往回赶路。石鲁趴在马上，不住地鞭打马匹，恨不能一下子飞回家去。哪知天刚亮，来到逼刺纪村时，他从马上掉下来，已经死了。兵丁都放大悲声痛哭。石鲁六弟撒里辈跟随，将石鲁尸体抬进村中，弄几根大木头做成棺材，将石鲁入殓，用几匹马驮着棺材往回走。

石鲁死讯迅速传到乌林答部，乌林答部部落长石显一听，欢跳着说："阿布卡恩都力助我成功也！"他跪地下就磕头，祈祷说："阿布卡恩都力保佑，让我夺到石鲁尸体，这联盟部长的官儿就是我的啦，都得听我的，归我管了。我天天给你烧香磕头！"石显磕罢头，忙命兵丁集合出发，拦截石鲁尸体，退后者杀！

一声令下，领着二十多人，快马加鞭拦截石鲁尸体去了。

撒里辈领着兵马载着石鲁的尸体正往回赶路，忽然从山谷中跃出一股人马，喊声震天，七吵八喊："留下石鲁尸体不杀！"眨眼工夫，来个措手不及，石鲁的棺材被石显的兵丁抢去。

石显哈哈大笑说："你们以为石鲁有能力应当推选他当盟长，现在他被我得到了，盟长是我的啦！"

---

① 仆魇：女真语，恶疮。

撒里辈见兄长尸体被抢走，哭叫着对兵丁说："兄长尸体被抢走，咱们回去咋交代呀！豁出死，也得夺回来！"他带领兵丁冲上去。兵丁个个奋勇争先，乌林答部的兵丁哪是久经战争考验的完颜部兵的个儿，石显的兵被完颜部的兵打得落花流水，不一会儿被打落马好几个，其他兵丁见势不好，往回就跑。石显拦阻不住，他也跑回去了。石鲁的尸体被夺了回来。撒里辈不敢停留，催促兵丁速往回赶。他们迅速从加古部而过。加古部部落长薄虎听说后，马上带兵追赶，也要夺石鲁尸体，想当联盟长。他们追出很远，连影儿也没见着，只好垂头丧气而归。撒里辈终于将石鲁尸体运回完颜部。

第二十二章　女奴——可怜儿

在完颜部里有这么一对哥俩，大的名叫乌雅贤，娶妻名叫真淑。二的名叫乌雅黑，娶妻名叫赦姑。老大媳妇真淑，为人贤惠，通情达理。老二媳妇赦姑，又刁又蛮，心狠手辣，哥俩上山打猎，猎回貂啊、鹿呀，见啥好猎物，得先拿个够，自己收留攒小份子。老大看在眼里，恨在心上。老大媳妇真淑就背前背后，劝乌雅贤，千万不要和老二媳妇一般见识，让她拿吧，也不是外人，都是一奶同胞，还有什么分斤掰两的。老大被媳妇劝得有些开窍了，也就忍气吞声，不再说啥了。

有一次，完颜部在对外战争中，掠来一些女人。当时，凡是两族战争抢掠来的人，都得做奴隶。这回分给他哥俩的是个小姑娘，年方十四岁，长得俊俏聪明。大媳妇真淑很喜欢她，可二媳妇却很嫌恶她。小姑娘刚来，赦姑从早到晚支使她脚不沾地儿，稍有不到之处，赦姑就拳打脚踢，大喊大骂地说："别忘了，你是奴隶，我们是主人，我们可不能白养活你这个活人，不好打死勿论。"小姑娘经常被她打得浑身上下青一块紫一块的，每次挨打还不准哭出声来，一哭出声来，赦姑就没完没了地打。所以，小姑娘只有背后悄悄哭泣。

大媳妇真淑看在眼里，疼在心中，常常暗中流下可怜的泪水。有时真淑悄悄将小姑娘搂在怀里，哭泣着说："可怜儿，你有多苦啊！"她也暗中给小姑娘一些好吃的。小姑娘从此得名叫"可怜儿"。

可怜儿一年小两年大，她过着牛马不如的生活，几次想寻死上吊。又一想有大夫人对我这么好，我要是死了，也对不住她呀。不死吧，活遭罪，多久才有出头之日呀？因此，可怜儿每天像个泪人似的，可她越这样越显出娇姿可爱。老二见此情就起了歹意，想要奸污这可怜儿。但可怜儿得遵守赦姑的约法，进屋干活，不准抬头，更不准用眼瞧看他的男人乌雅黑，如果偷看一眼，就割舌挖眼睛。这约法她哪敢违犯，每进赦姑屋里，像耗子见猫，浑身直颤，头不敢抬，眼皮儿不敢挑，只顾闷唠闷唠干活。

这天，可怜儿又到赦姑的屋里去干活，赦姑没在，正赶上乌雅黑在屋。乌雅黑见可怜儿进来了，立刻垂涎三尺，心里火烧火燎，就嬉皮笑脸地说："可怜儿，让我稀罕稀罕你！"说着动起手脚，摸下颏，捏脸蛋儿，吓得可怜儿大叫一声："妈呀！"

正在这时候，赦姑进来了，一见这情形，好像生铁热锅倒凉水——炸了，大吵大嚷地喊叫："好哇！你这个不要脸的东西，敢勾引主子，按《约法》岂能容你！"赦姑喊着，随手拿过一把尖刀，吓得乌雅黑结结巴巴地说："是，是呀，你，你勾，勾引，我，我……"

赦姑咬牙切齿地喊："今天，我宰了你！"说着就过去一把将可怜儿的头发抓住，往后一拽，可怜儿将脖子一扬，闭目等死。此时，可怜儿既没有哭，又没有叫，她想的是，你把我杀了才好，何必过着这披人皮，不如牛马的日子，还不如死了，省着活遭罪！赦姑将尖刀往起一举，刚要刺下的时候，突然听到"住手！"大媳妇真淑一步蹿进屋里，一把攥住赦姑持尖刀的右手腕说，"你要干什么？这可怜儿是归你自己所有吗？说杀就杀、说剐就剐，这是全家的财富，你说吧，得拿出多少财物再杀！"

赦姑一听，两眼一眨巴说："好哇，你总护着她，就给你吧，你拿出多大财物，咱们分家，从今以后，一刀两断。"

真淑一听也急了，这家不分也不行啦，可怜儿早晚得死在她手，想到这儿，就说："分就分，可怜儿我要，你要啥吧，依你！"

赦姑一听，乐得心肝差点儿跳出来，就将脸一绷狠狠地说："家存的貂皮、鹿茸、鹿胎、马、牛，全归我，只给你这可怜儿。"她原以为这一说，真淑非不干，没想到被真淑叫住了。

"中，行，一言为定！"真淑毫不犹豫、斩钉截铁地答应了。

就这样，哥俩分家了。马、牛和珍贵的貂皮、鹿茸、鹿胎全归赦姑了，乐得她屁颠屁颠的。

真淑对可怜儿就像对待自己亲生女儿似的，好吃好穿都给可怜儿用，又与可怜儿以姐妹相称。可怜儿也真能干，起早贪黑干活。没过一年，老大的日子过得可红火了。

赦姑见可怜儿既能干，模样儿又俊，帮助老大将日子过得像盆火，她的眼睛气得发紫，整天琢磨怎样才能除掉可怜儿，方能了却她心中之恨，不然抬头不见，低头见，气也气死她了。她想啊，想呀，到底儿想出个坏主意，按《约法》奴隶可以随时买卖，反正可怜儿是奴隶，把她卖了吧。狠心毒辣的赧姑暗中将可怜儿卖了，并对买主说："这是偷着卖的，因为老大暗中与可怜儿有勾搭，有失主人的尊严。"又领买主暗中偷看了可怜儿。买主同意，将赧姑要的东西全拿来了，就趁"可怜儿"出外头的时候，偷偷将"可怜儿"抢走了。

乌雅贤、乌雅黑哥俩从山上打猎回来，见三匹快马，其中一匹马上驮一女子，口里大呼："救命啊！救命啊！"

乌雅贤一听，毫不犹豫地打马加鞭追去，大喊："放下！放下！"

乌雅黑呆愣愣地望着，心里琢磨，对，我也得追去，把这个女子救下来可做奴隶，若不愿要，还可以卖，能换很多财物。于是，他也打马追去。

买可怜儿的人，见有人追来，怕抢去造成人财两空，就快马往前飞奔。他们一前一后，马蹄翻飞，尘土飞扬，老远就听见马蹄儿"嘚、嘚、嘚"山响，在山谷里回荡。

买可怜儿的三匹马正在往前飞跑，忽听"呜、呜"虎啸，一阵风声，只见一只斑斓猛虎扑下山来，吓得他们惊慌失措，从马上扔下可怜儿，扬鞭打马逃命去了。

乌雅贤见前边飞跑的人将女人抛下，逃命去了，又见老虎下山，心想，这女人要丧命，我不去救，谁去救她？想到这儿，紧加一鞭，飞马去抢救女子。乌雅黑也看得真切，见哥哥飞马去救女子，他嘴没说心里想，你还不让老虎吃了？他调转马头向家跑去。

乌雅贤不顾生死去救女人，快到跟前的时候，他拉弓要射老虎。可他见老虎张着大口，龇着牙齿，从口里往外流着口水，撅着屁股对女子吼叫。乌雅贤停弓张望，看了好半天，见老虎也没吃这个女的，还是这种姿势。他看着看着，仗着胆子骑马奔上前去，高声喊："咳！"老虎不仅没跑，反而也向他做这种姿势，乌雅贤仗着胆子问，"老虎，莫非你有冤枉事不成？"老虎真像懂人语似的，眼泪扑簌簌地往下掉，站起来用爪子向嘴里挠了两下，又将两只爪向前匍匐，张着大口叫。乌雅贤心里咯噔翻个个儿，莫非老虎口里有啥玩意儿，让自己救它？想到这儿，胆子就更大了，他从马上跳下来，蹲在地下用眼仔细往老虎口腔里一瞧，虎的咽喉上有金黄一物，横扎在老虎嗓子眼儿上。乌雅贤对着老虎用手比画着问："你是让我将你嗓子里东西掏出来？"

老虎点点头。

乌雅贤也真来了胆子，他将手伸进虎口里，慢慢地活动，将扎在老虎嗓子眼儿里的一枝金钗取出来。老虎鸣声吼叫，大眼泪像珠子一样滚落下来。接着老虎对乌雅贤前爪向前匍匐，像磕头作揖的样子，然后站起来，鸣地的一声旋上山去。

乌雅贤这才转眼一瞧，见女人不是别人，正是可怜儿，可将他吓坏了，急忙近前一看，可怜儿吓得晕过去了。他赶忙叫唤"可怜儿！可怜儿！"叫了好半天，可怜儿才苏醒过来，一见乌雅贤哇声哭了。乌雅贤劝她说："别哭了，逢凶化吉，遇难呈祥，连老虎都不吃咱们，快回家去吧。"

可怜儿止住哭泣，刚要随同乌雅贤回去，就听鸣的一声，老虎又从山上旋下来了，见老虎口中还叼个大包袱，吓得可怜儿哎呀一声，手腿一麻，瘫痪在地。

乌雅贤劝慰说："可怜儿，别害怕，老虎给咱送东西来了！"话音没落，只见老虎已蹿奔过来，将大包儿放在乌雅贤面前，又将前爪向乌雅贤匍匐一下表示拜谢，又腾空而去。

乌雅贤高兴地说："可怜儿，快起来，看老虎给咱送的啥玩意儿？"

可怜儿也惊讶地站起来，和乌雅贤将大包袱打开一看，嗬！全是绸啊，缎呀，他们见都没见过哪！赶忙将包包好，放在马背上，还没等捆好，见老虎从山头上鸣的一声，又来了。可怜儿这回也不怕了，她一望，尖声喊道："你看，老虎叼个大箱子来！"

还没等可怜儿将话说完，一眨眼工夫，老虎又腾跳在他们面前，老虎将箱子放在乌雅贤面前，又将两只前爪对着乌雅贤匍匐一下后转身而去。

乌雅贤和可怜儿将箱子打开一看。嗬！里边装的是一台纺织机，可将他俩乐坏了，赶忙跪在地下磕头，祷告说："是神佛保佑，让我们逢凶化吉，遇难呈祥，获得财宝，感谢上苍！"拜毕起身，将木箱子也抬在马背上，捆好。乌雅贤让可怜儿骑在马上，他在前边牵着，离开安出虎水，向家奔去。

再说乌雅黑快马加鞭，一气儿跑回家中，见赧姑就说："大哥被虎吃了！"

赧姑一听，惊讶地问："咋吃的？"

乌雅黑就将如何遇到三匹骑马的人，抢驮一女子，呼喊救命，哥俩如何追赶去救，追到安出虎水，遇虎，将女子扔在地上，大哥奔去，连同女子他俩全被虎吃了的事，述说一遍。

赧姑一听，乐得她"扑哧，扑哧"直放屁，拍手打掌地说："你知道那女子是谁吗？"

乌雅黑说："不知道啊！"

赧姑乐得跳高说："她就是可怜儿。"接着将如何暗卖可怜儿，偷着抢走，真淑一点儿不知道，对乌雅黑学说一遍，最后乐得她说，"这叫一举两得！"

乌雅黑不明白地问："咋叫一举两得？"

赧姑说："可怜儿卖了，咱得些财物，你大哥被虎吃了，将真淑再卖了又得财物，这片家产全成咱们的了。"她只顾高兴，信口开河说话儿，这话全被真淑听见了。真淑一听，气得肺都炸了，一步蹿进屋来，哭哭啼啼地向赧姑要人。

赧姑一听也来横的了，将眼一瞪说："要人，和老虎要去吧！"

乌雅黑也将牙一龇，嘿嘿冷笑着说："真淑，这回该挪窝了吧，我哥已被虎吃了，你是跟我还是另嫁别人？"

"嫁人？"赧姑将眼皮一挑，冷笑着说："太便宜了，得卖去当奴隶。"

乌雅黑两手一拍说："对哟！当奴隶，我还忘这个了。"

赧姑用命令口吻说："赶快找个主，将她卖了！"

真淑气得用颤抖的声音说："你，你们，敢，敢！"扭头就回到自己屋里哭泣去了。

第二天乌雅黑果然将真淑卖了去当奴隶，正来领人的时候，忽听人喊："乌雅贤回来了！乌雅贤回来了！"

大伙儿抬头一看，只见乌雅贤牵着马儿，上边坐着可怜儿，鞍子两边拴着大包袱、大箱子，人们一拥跑去迎接，簇拥着乌雅贤来到屋里。赧姑惊吓得躲在一边，等人们都进屋她才站在门后听声儿，就听乌雅贤说："你们看，这包全是绫罗绸缎，这箱子里装的是纺织机，全是安出虎水那只老虎送给我们的！"

赧姑扒门缝一瞧，眼馋得差点儿将眼珠子掉出来，转身赶快跑回去，催促乌雅黑说："快，快备马，咱们找老虎取东西去！"

乌雅黑不信，刚出屋遇见从他哥哥屋里出来的人一打听，果然是老虎送给他哥哥绫罗绸缎，还有纺织机。他一听，二话没说，急忙备两匹快马，与妻子赧姑悄悄地骑马奔安出虎水找老虎取东西去了。

赧姑心急嫌马慢，直劲叫喊："快，加鞭！"两匹马四蹄翻飞，顺着去安出虎水的道路跑啊跑，终于跑到了。赧姑对乌雅黑说："我在这儿瞧着，你找虎要去。"乌雅黑一心想找虎要东西，忙不迟疑地加鞭奔山峰驰去，还在马上高喊:"老虎,我来取东西来了!"忽然就听呜的一声老虎从山上奔腾而下,向乌雅黑扑去。

赦姑见乌雅黑被虎叼走,掉转马头就跑。刚跑不远,就听有人喊叫:"快抓住她,让她给咱们做奴隶去!"

赦姑一惊,抬头一看,原来是买可怜儿的人。她刚要分辩,没容分说就被抢走了。她也不住嘴地喊:"救命啊!救命啊!"任凭喊叫,无人搭理。

再说乌雅黑被虎叼去,正在这时,就听有人高喊:"唉!嘟!"

老虎一听声音,好熟啊,放下乌雅黑,抬头一看真是恩人来了,赶忙前爪匍匐,乌雅贤催马赶到跟前,对老虎用手指着乌雅黑说:"他是我弟弟,饶了他吧。"老虎将前爪又向前匍匐一下后,腾空而去。

乌雅贤这时再看看弟弟乌雅黑,早成了一摊泥,一点儿也不能动弹了。乌雅贤将乌雅黑领回家中,没见赦姑回来,就赶快寻找。找呀,找,好不容易才打听到,赦姑已成为奴隶。原来在家支嘴惯了,啥也不会,让人打得皮开肉绽。那也不行,没黑天白日地让她干活。她又羞又臊,又受折磨,眼看要支持不住的时候,忽然,见真淑和可怜儿来了,和主人一说要买回去,价码要得可高了。可怜儿说:"不论要多少财物,也得将赦姑买回去。"可怜儿跟真淑回去没隔几天牵来马和牛,带着貂皮、鹿茸,还拿些绸缎,主人才将她放回来。从此,她再也不敢使坏了,老老实实地持家过日子。

第二十三章　乌雅贤

老大乌雅贤这下可出了名，连老虎都不吃他，这还了得。远近部落都拿他当活神仙看待。再说自他获得一部纺织机之后，可怜儿凭着心灵手巧，一摆弄就会，很快成为一名神机手，纺织的纱线和布匹可好了。乌雅贤常利用交易的机会，从南方换回棉花生丝等物，供可怜儿织布。打这时起，老大一家子的日子一天比一天富起来。

老二媳妇赧姑，虽然表面不说啥，内心里总感到说不出的难受，真是眼馋心酸。偏偏就在这时候，大媳妇真淑患病不起，一命呜呼。老大决定让可怜儿做自己媳妇。赧姑一听炸了："按老人函普给咱留的《约法》，奴隶不能和主人结婚。"

可怜儿早就爱上乌雅贤了，现在一听，赧姑要破坏她这美满婚姻，真赶上杀她一般。想起自己，平日总是以德报怨，还是换不回一个好，再也忍无可忍。可怜儿收起温顺的笑脸，用手指着赧姑说："谁是奴隶？《约法》中规定，奴隶可以赎买，真淑姐早就将最好的貂皮、鹿茸、鹿胎、牛马将我买啦，这些物你全得了。"可怜儿越说越有气，一把手从兜里掏出一团绳，当众展开说，"大家看，空口无凭，立字据为证。"

可怜儿亮出凭证，大家一看，齐声说："对呀，可怜儿有凭据，为啥还说人家是奴隶？"

可怜儿接着又从腰中拔出一块树皮[①]举着说："还有，这上边记载，赧姑将我卖了，得了财物，我差点儿被老虎吞了，多亏乌雅贤救了我。可赧姑被买我那家抢去，做了奴隶，又是真淑姐拿的重物将她赎买回来的，这是人所共知的吧？"这下可将赧姑羞臊苦了，被大伙儿说得她再也抬不起头来了。

可怜儿和乌雅贤举行了婚礼。在婚礼上，乌雅贤给可怜儿改了名，

---

① 当时没有文字，刻符号为字。

叫真姬。赧姑连婚礼都没脸参加，后来就和丈夫搬到她娘家土骨伦部落去了。

乌雅贤和真姬不仅自个儿亲亲爱爱过活，他俩还组织女人在家纺织，带领男人进山打猎、种植、捕鱼，指挥大伙儿到外地进行实物交换。这样全部落很快就发展起来了。大伙儿有啥事儿都找乌雅贤商量，都称乌雅贤是部落里的谋克[①]。

赧姑虽然搬走了，但她人在土骨伦，心却在完颜部，总想要杀害乌雅贤和真姬，方解心头之恨。为此，她经常挑拨哥哥赧拔儿为她报仇。开始赧拔儿不同意，后来终于被赧姑用财物说活心了，暗自寻思：如果能抢来纺织机、绸缎，他也就发了。

有一天，赧拔儿领伙人，夜间摸黑去抢劫。他们骑着马，一下子冲进完颜部。刚进去，猎狗狂吠，神鹰飞翔，专门啄他们的眼睛。完颜部心齐呀，大伙儿出来拼死进行反击，赧拔儿不仅没抢去东西，差点儿丧了命，狼狈而归。

这时真姬已生一子，起名叫乌古迺。这孩子生下来就很聪明，乌雅贤和真姬都非常疼爱。他俩私下商议，孩子长大后，一定让他把部落发展起来，不受欺侮。

再说，赧拔儿偷袭失败，贼心不死，他暗中勾结耶懒、统门小部落联合对完颜部进攻抢劫。有一天晚上，赧拔儿仗着人多势众又偷袭进来，这次抢走好多马匹、牛和其他重要物品，还杀死好几个人。乌雅贤痛哭流涕地说："光顾狩猎交换不行，还得组织起来保护生命和财物。"自第二次遭受侵袭后，乌雅贤也出去串联，和白山、耶悔等部落联合起来了，并通过与南方交换，换取些刀枪弓箭作为防护武器。为了提高战斗力，乌雅贤带领老部落的男女习功练武，并加强了防备。

有一天晚上，乌雅贤组织一些人去偷袭土骨伦，他还暗中指使人活捉赧拔儿和赧姑，为死难者报仇。

当乌雅贤领人攻进土骨伦，真是杀个措手不及，将赧拔儿、赧姑全活捉而归，抢掠不少马匹等物。

胜利归来后，将赧拔儿挖心祭灵，并将与赧拔儿同谋者几个人活埋了。唯独将赧姑留着，给她戴上用铁砸的脚镣和手铐，让她当奴隶。从此弟兄俩也结下深仇。

---

① 谋克：女真语，部落长。

乌雅黑眼看着自己的亲戚和媳妇被乌雅贤抢去后，恨得咬牙切齿，气得眼珠子都要冒出来。他想要报这个仇，就出外串联。但这次统门、耶懒不仅不跟他们联合，而且派人与完颜部的乌雅贤联络在一起了。最后他与居住在阿跋斯水的温都部联络在一起。就这样，女真族开始了自相残杀。

一天晚上，真姬看完乌古迺练习武艺，才回房睡觉，可她怎么也睡不着，心里总惦念乌雅贤。自从他这次出门交换，总觉放心不下，有时自己也感到好笑，老了，老了，还离不了老头啦。今天晚上，她又翻来覆去想念乌雅贤，会不会被人暗害啦，会不会有病啦，会不会遇到强盗啦……净往坏处想，稀里糊涂地，昏昏晕晕地翻过来倒过去……大约后半夜，真姬就听有人招呼："真姬，我回来了！"

真姬抬头一看，见地上站着一人，浑身上下挂满黑灰尘，人不像人，鬼不像鬼，惊得她大喝一声："你是何人？"

站在地上的那人说："怎么，连我也不认识了？我是乌雅贤！"

真姬从声音听出来了，正是丈夫乌雅贤，就惊讶地问："你为何弄得这般模样儿？"

乌雅贤说："我几次想从门进来，都进不来，最后没办法，从烟囱上边爬进来，从灶坑钻出来的，你没看我这身黑灰吗？"

真姬又问："你为何不招呼我哪？"

乌雅贤说："我已被赖拔儿的儿子环暗中杀害啦。记住，让乌古迺替我报仇！还要乌古迺记住要想方设法与辽朝结好。辽朝现在是天兵，不能反抗。还有，我要筹集一些钱，千万要记住。你们只要在烟囱根下烧包袱，里边包上纸钱我就能收到，逢年过节我都到这取。好保护咱们的子孙后代发达。"

真姬刚想再和乌雅贤说几句话儿，一眨眼不见了，她就大喊："乌雅贤！乌雅贤！"一下子喊醒了，原来是一场梦。这时已快亮天了，她更睡不着了。

第二天早晨起来，还没等真姬言说梦中的事儿，她儿子乌古迺过来也说昨夜一梦，梦中的情景和真姬的梦一样儿。娘俩未免伤心落泪。乌古迺要去寻父探听消息，真姬说啥不准。正争论间，一匹快马飞奔而来，原来正是随同乌雅贤出门的人，下马后，进屋就哭诉说："额婶，大事不好！我阿叔被暗箭穿心身亡。"

真姬忍住悲伤问："如何受暗箭细和我说。"

原来乌雅贤领大队人马去辽国交换实物，马队驮了很多貂皮、鹿茸、鹿胎、虎骨、达发哈鱼、鳇鱼、白鱼、人参等贵重实物，还有保护交换的卫护武装人员。大队人马向辽国进发。这时候，乌雅贤已和辽国有了频繁的接触关系，不过乌雅贤属生女真，还没有直接属辽国控制，用乌雅贤的话说，他们还是"野马"。这天乌雅贤领着大队人马来到金山，突然从山谷中连射数箭，都是对准乌雅贤射的，其中一箭，正好射在乌雅贤心上。当时，栽于马下而亡，武卫队进山搜寻追赶，由于山路不熟，没有追上，现在已将乌雅贤尸体运回，随后就到。

真姬和乌古逎一听，放声大哭，静等尸体到来。

尸体运回后，举行了追祭仪式，将已瘫痪的赧姑剜心祭灵，随后安葬。

因为乌雅贤已托梦于家，但等乌古逎将来报仇。真姬按照乌雅贤托梦所嘱，买些纸钱，叠包袱，装上纸钱，在烟囱根底下焚化，并哭叫三声："给你送钱来啦！给你送钱来啦！给你送钱来啦！"

从此，在女真族留下烧包袱的风俗。后来发展到除在烟囱根底下烧外，上坟也烧包袱。

第二十四章　乌古迺找媳妇

　　乌雅贤被刺杀后，其妻真姬更加紧教练儿子乌古迺练习武艺，刀枪剑戟，拉弓射箭，让乌古迺刻苦学练，尤其是祖传的玉泉山宝剑。天长日久，乌古迺练得剑法出众，闪光掠影，上下翻飞，只见剑光，不见人儿，真可谓绝技盖世，无人比拟。

　　俗话说，男大当婚，女大当嫁。乌古迺已经十八岁了，尚未婚配，当母亲的哪有不着急的？真姬就各处托人为儿找媳妇。

　　乌古迺人品出众，武艺高强，比其父更有谋事之略。一听说他要选媳妇，很多姑娘都脑瓜削个尖儿，巴结乌古迺，托人提亲要给他做媳妇。一下子门庭若市，接待不暇。

　　真姬乐得嘴都合不上了，为儿子挑选起媳妇来了。相了这个，相那个，连相几个都没相中。这天，真姬相中一个，是又白又胖，团脸大眼睛，越瞧越令人喜爱，就让乌古迺相看。乌古迺一看，摇着头说："不中，太胖了，体胖身虚，能吃不能干，谁养活吃闲饭的？"一下子吹了。

　　真姬又相中一个，这个姑娘长得窈窕，身材挺好看，两目含情有神，行为飘洒，纤细娇娆。又让儿子乌古迺相看。

　　乌古迺一看，又摇头说："纤细娇娆，经不住风吹霜打，找个摆设干啥？"又吹了。

　　就这样，乌古迺相看好多姑娘，都没成。真姬可有些犯愁了，这孩子的媳妇可不好找啊。

　　乌古迺见母亲犯愁，就劝慰说："额娘！你不要愁，我的媳妇已经有啦！"

　　真姬吃惊地问："在哪儿？"

　　乌古迺笑嘻嘻地说："她娘给养着哪！"

　　逗得真姬哭笑皆非，后来将脸一摞，说："儿呀，你是额娘的心肝，娶了媳妇，娘就放心了，别让娘这颗心总提溜着啦。"

重阳节这天晚上，娘俩在烟囱根下为乌雅贤烧包袱，齐声呼叫说："给你送钱来啦，给你送钱来啦，给你送钱来啦!"烧完包袱，娘俩心情非常沉重地各自回房睡觉去了。

夜静更深的时候，娘俩同做一梦，梦见乌雅贤全身披挂甲胄，威风凛然回来了。说他已成为阴司里的"神威将军"，今天特意回来为儿子乌古廼找媳妇。让他们按他说的去找，接着告诉娘俩四句话："此去此行，乌金山下，滴水声中，寻金兴宗。牢记、牢记!"说罢扬长而去。

第二天，娘俩一见面，同做一梦，甚感蹊跷。共解其中之意后，娘俩决定，按梦意去乌金山找媳妇。

这天，真姬与儿子乌古廼披挂整齐，乌古廼腰挎宝剑，身背箭囊，手持大刀，坐乘千里驹，威风凛凛带领随从和母亲真姬出发了，向北方而去。周围几百里都是他们的狩猎围场，山路均熟，根本没有乌金山，说明这山是他们没有到过的地方，所以快马加鞭向北急驰而去。

海东青大鹰早蹿在高空为乌古廼探路。如果不见海东青，口中树皮哨一吹，就能看见海东青大鹰在高空中盘旋引路。他们向北跑了不知多少路程，才来到这人地生疏的地方。始见苍柏林立，山峰起伏，虎啸狼嚎，百鸟齐鸣，山清水秀，又一番景象。

乌古廼逢人便问："乌金山在哪儿?"人们都摇头晃脑说不知道，使乌古廼娘俩非常迷惘。

这天，突然发现海东青大鹰不见了，他赶忙吹哨呼唤。吹呀，吹呀，任凭呼唤，还是无影无踪。这使乌古廼娘俩甚是着急，只好再次吹哨呼唤。忽然海东青大鹰从西北方向箭一般飞驰而来，在乌古廼头上打个旋儿，突然直扎而下。飞到乌古廼面前，才发现它口中含有一粒金光闪耀之物，吐抛在乌古廼手掌之上。乌克廼高兴地喊："额娘! 金子!"他的话音没落，只见海东青大鹰腾空而起，又向西北方向飞去，飞出不远，旋转回来，盘旋一次，和乌古廼母子打个照面，又向西北方向飞去。娘俩明其意，海东青大鹰已找到乌金山了，立刻催马加鞭，尾随而去。千里驹密林里飞驰，又跑出好远，见海东青大鹰在一座山上盘旋。乌古廼举目一看，这座山高入云端，青松翠柏环抱，幽雅别致，真如仙境一般。他勒住马向山下观望，只听流水声恰如乐曲，听之，有心旷神怡之感。缓缰向前而行，只见溪流旁有一老翁，手持筛箩，里盛沙子，在用水冲沙。他急忙下马，让额娘和随从稍等，他去问老翁，乌金山在何地方。随从将马接过，乌古廼来到溪旁，向老翁施一躬，说："借问翁爷，乌金山在何处？"

老翁放下筛箩，惊疑地问："你怎么知道有乌金山？"

正在此时，就听真姬大喊："小姐，手下留情，我的神鹰！"

乌古逎抬头举目一看，见山腰中有一女子，英姿俊俏，背插雕翎，胯佩宝剑，手持弯弓，正要射海东青，听真姬一喊，停弓飞下山来，大喊地说："何处狂徒，敢来密探山情？"说着拔出宝剑，奔乌古逎来了。乌古逎一见也起无名火，拔剑相迎。只见他俩剑光飞舞，寒气袭人，当杀得难解难分的时候，姑娘忽然卖个破绽，将身一闪，跳跃一旁，一转身将手一扬说："看暗器！"

乌古逎正杀在兴头上，见姑娘诈败，正在一怔的时候，忽听喊暗器，匆忙用剑向上一拨，只听当啷一声，暗器铁丸被碰在地下。姑娘一见，惊愕得面红过耳，不是别的，因为触及她的隐情。

这女子姓金名花，曾在玉泉山跟玉泉真人学得一身好本领，刀枪剑戟样样精通，特别是她这甩头一子，百发百中。玉泉真人告诉她，你这甩头一子，只有你丈夫的宝剑能降，其他都抵挡不住。同时还告诉她玉泉剑分雌雄两把，你丈夫带的是雄剑，将来就以此剑为凭。在金花临下山时，师父让她在乌金山等候丈夫，这乌金山别人不知道，也是玉泉真人给起的名，因金花爷爷受玉泉真人指点，在此淘金而得名。今天乌古逎说出乌金山，金花爷爷就感到蹊跷。金花也听得真切，才以射鹰为诱饵，出来与乌古逎较量武艺。见其剑与己剑相同，才又用暗器试探，果然是丈夫无疑。金花想到这儿，又想起在她下山时玉泉真人还嘱咐她见丈夫时的四句话，"欲问郎君，宝剑金雄，雌雄相配，金宗定兴"。金花想到这儿，大声问："我问你，你的宝剑可刻有'金雄'二字？"

乌古逎惊讶地问："有！正是这两字，你怎么知道啊？"

金花脸红得像苹果，又问："你到此作甚？"

乌古逎说："梦中阿玛指点，牢记此行，乌金山下，滴水声中，寻金兴宗。"金花一听，举着宝剑来到乌古逎跟前说："你看，我这宝剑刻有'金雄'二字，不怪师父说：'欲问郎君，宝剑金雄，雌雄相配，金宗定兴。'"

真姬跑过来说："媳妇，可找到了！"

后来果真建立了金朝。

第二十五章　寻　剑

乌古廼夫妻俩的玉泉宝剑远近闻名，都将他俩当成英雄，各部落纷纷和乌古廼联盟，推选乌古廼为"诸部长"。

单说这天晚上，乌古廼在别的部落喝醉了酒，回来倒在炕上人事不知了。媳妇也睡着了。等他醒酒一瞧，玉泉宝剑不见了，立刻大惊失色，忙推醒金氏，说："我宝剑呢？"

金氏一听疑惑不解地说："不在你身上带着吗？"

乌古廼惊慌地跳到地下，见房门已被撬开。他一步蹿出门外，就听"哎呀"一声，见神犬已被人用箭射死！这一惊非同小可，知道来了歹人。正在这时，他媳妇金氏从屋内蹿出来了，见神犬死在门口，也"妈呀"一声，惊得心里直打战儿："妈呀！这是咋的了？"

乌古廼急忙将手一拍，暗示金氏不要声张，急忙将箭从神犬咽喉上拔下来，慌忙走进屋里，回头对金氏说："射死神犬，就是为了盗窃宝剑，你说对不？"金氏沉默片刻，疑惑地问："盗宝剑的人，为啥单盗你的，没盗我的呢？还有，他为啥只拿你的宝剑，而没有结果咱俩的性命呢？"一连串的问号在金氏脑海里翻腾，疑惑不解，向乌古廼发问。听话听音，为啥乌古廼丢失宝剑，神犬被箭射死，两人开始惊慌，后来都冷静下来了。

金氏走进屋之后，对今夜发生的盗剑事有些怀疑，不是别的，在她看来，这剑定被乌古廼的情人所盗。根据啥说的，因为金氏自从生一男孩之后，发现乌古廼经常不在家。耳闻乌古廼到哪个部落去，女的都将他围上，这她也没在意，围上怕啥，他是诸部长嘛，当然都得尊重他了。后来金氏听说耶懒部有个美貌的姑娘，将乌古廼缠住了。乌古廼也真入了迷，每天教姑娘剑法、刀法、棍法，有时两人并马挽缰去深山里练习骑射，好似天生的一对儿。这话开始传到金氏耳中时，金氏毫不介意，因为金氏知道，乌古廼不是那种人。话虽然这么说，架不住天长日久做醋的人①多了，金氏心里也真感到酸溜溜的。有这么一天，金氏见乌古迺一天一宿没回来，心里的酸味儿就更大了，赶忙将孩子交给别人料理，她佩上宝剑，骑上千里驹就奔耶懒部落去了。

那时候，人烟稀少，部落之间可远啦，骑马也要跑上一两天。金氏赶到耶懒部落一打听乌古迺，人们就告诉她，乌古迺领劾姑娘进山学骑射摔跟头了。金氏一听，就觉着脑袋嗡的一声，两眼直冒金花儿。她赶忙抑制住自己的心情，冷静半天，才恢复神志，轻声问："他们到哪个山去了？"人们告诉她，上南山去了。金氏二话没说，撒开千里驹，奔南山而去。

金氏的心由原来的醋酸心，忽然变成了火烧心，这团火烧得她七窍生烟，火冒三丈，如果捉住他俩有乱七八糟的事儿，我非剥这丫头的皮，抽她的筋，以泄心头之恨。金氏越想越气，啪啪抽打千里驹几鞭，千里驹被打得暴跳如雷，向南山飞腾而去。

当金氏千里驹飞驰进山后，就遇到很多巡山的人，问："喂！你是哪来的？随便闯山，要处死的！"因为自从女真族分成部落后，土地、山林、江河都按各部落划分了，谁也不许侵犯其他部落，这是盟约规定的，所以见到生人必须拦截，这是各部落看山人的职责。当他们拦截乌古迺妻子金氏的时候，见金氏身佩金光闪闪的宝剑，心里就惧怕三分，不是别的，那时候完颜部仍然是使用石器，他们知道只有乌古迺神仙和妻子金氏神女得到雌雄玉泉二宝剑，其他人摸都没摸过。今见金氏佩带金光闪闪的宝剑，也就猜到七八分了。果不然见金氏剑眉一竖，厉声问道："见乌古迺奔向何方？"

守山的人一听，果然是"神女娘娘"到，赶忙跪在马前，结结巴巴地说："神……神女……娘娘，他奔……奔东……东南……南山……山去……去了！"

金氏一听，果然如此，又问："他和谁同行？"

守山人说："他……跟劾姑娘……去了。"

金氏一听，差点儿将肺气炸了，银牙咬得咯咯响，暗自骂道："好你个乌古迺，竟喜新厌旧，和个姑娘搞上了，今天我要容你非人也！"想到这儿，快马加鞭向东南山而去。千里驹在密林里穿梭，只听树木呜呜响，不见乌古迺的人影儿。她找呀找，还是大海里捞针，枉费心机，没办法才打马往回来。越走天色越黑，这时，金氏悔恨，此次寻找乌古迺忘带

---

① 做醋的人：东北方言，指背后说坏话的人。

神鹰和神犬，漆黑之夜，如何辨路？但事已至此，信马由缰地去吧。这马往回跑呀跑，金氏忽然见前面有一火光，暗想在这深山密林之中，哪来的火啊？她勒住马，奔火光之处缓缓而行。这火光越来越近，到跟前才见是座山洞。洞里明堂烛亮，"咴儿，咴儿"同时几匹马儿咴叫，金氏才发现那边树上拴着两匹马，其中一匹正是乌古逎骑的那匹马。金氏立刻眼冒金星，牙咬得咯咯响，嗖地抽出金光闪闪的宝剑，暗骂乌古逎不该和劝姑娘跑到深山密林里来胡扯，今晚岂能容得？非杀死勾引乌古逎的小骚丫头不可，让你看看我的厉害！

金氏将马拴好，手持宝剑气势汹汹地钻进山洞。她刚要高声喊叫，被洞里的情景惊得目瞪口呆，两腿不由自主地扑通一声跪在地上。

金氏为啥跪下啦，因为金氏手持宝剑刚要喊：胆大的骚妖精，勾引乌古逎胡扯六拉……还没等她喊出口，见洞内正西面石壁上立着一个佛像，佛像前石桌上端坐一位女菩萨，两眼紧闭。在她下边跪着的正是乌古逎，乌古逎后边跪着劝姑娘。金氏见这情景，赶忙双膝跪在地上。就听乌古逎好像没见金氏进来一般，仍跪在那儿，口里叨念着说："求菩萨指点，解我心中之谜。"金氏才明白，自己错怪了乌古逎，原来他天天到此祈祷。可她又一想，为啥要领劝姑娘来呢？对金氏来说，在心里仍是不解之谜。

乌古逎跪在菩萨那儿，说这遍，又那遍，哀告祈祷。可这女菩萨连眼皮都没挑过。金氏今天来了，才跪下来不一会儿，就见菩萨忽然将眼一睁，像两支强烈光线射出来，刺人眼睛。就听菩萨慢条斯理地说："玉泉赐宝剑，铁力开了锁，乌金成双配，钢峰铸为金。要想成此业，玉雄为媒介。链锁枉心机，劝姑锁钢峰。"说罢用目瞧着乌古逎出神。乌古逎又重复一遍，菩萨才将眼睛闭上。这时劝姑娘出洞去了。

金氏今晚见丢失宝剑，心中暗想十有八九被劝姑娘盗去了。但她也太狠，盗剑为啥将神犬射死？她想到这儿，二话没说，牵过千里驹，鞴上鞍子，攀登上马，去找劝姑娘要宝剑去了。

乌古逎出了洞，拿着射到神犬咽喉上的这支箭，琢磨会儿，他带上海东青大鹰，骑着马儿也出去寻找宝剑。他对海东青大鹰说："神鹰啊，神鹰，这回就看你的啦。我宝剑被人盗去，十有八九被'钢峰'所盗，但钢峰在哪儿？就看神鹰你的啦。"神鹰"嘎嘎"两声，飞在天空，又"嘎嘎"叫着给他引路，向东南方飞去。飞呀飞，乌古逎骑马在地面追呀追，心急嫌马慢，不分昼夜向前追赶。这天，乌古逎追着追着，神鹰不见了，急得他没办法，从兜里掏出树皮哨，吹哨呼唤。这一吹不要紧，只见一小群梅花鹿奔他来了。其中有头梅花鹿身中两箭，跑到离他不远的地方倒地而亡。乌古迺下马，从鹿身上拔下箭一看，正与射死神犬的箭一样，证明盗他宝剑的人，准住在这一带。这时已从前方传来呼叫声："是什么呼叫声，将鹿儿唤走了，快捉住他。"乌古迺见势不好，又见神鹰在高空中，往东方向盘旋，他赶忙快马加鞭向东飞驰而去，脱离受当地人包围的危险。千里驹四蹄飞腾，眨眼工夫，离开狩猎场的喊叫声。见神鹰在烟雾缭绕的上空盘旋。乌古迺勒住马，跳下来，将千里驹拴好，登在高山上，向烟雾缭绕处瞭望。他搭眼一望可扎眼了，原来是一片冶炼之地，高炉好几个，铁花四溅，红光映天。不怪神鹰盘旋那么高，原来如此。乌克迺长叹一声："人上有人，天上有天，真是一点儿不假呀！只承想祖宗给我留下的冶炼炉，就觉得了不起啦，还以为天下独一无二。今见这块冶炼之处，我们的冶炼也太逊色了。"

乌古迺正看得出神，见神鹰突然往地面扎去，眨眼工夫，叼着他那口雄字玉泉宝剑如同箭打一般向他飞来。也就在这时，冶炼处钻出一个小伙子，拉弓搭箭射向神鹰，只听当啷一声，箭正好射在宝剑上，虚落飘零而下。那小伙子急眼了，跑步追赶神鹰而来。

乌古迺一见，怒从胸中起，腾地奔下山来，口里自语：好哇，你盗我宝剑，还射我神鹰。乌古迺刚跑下山，正好和这追鹰的小伙子打个照面。小伙子只顾迎脸望鹰，冷不防被乌古迺一个腿绊子绊倒在地。没容他缓口气，从兜里掏出手扣子，就将小伙子双手扣上了，随后又掏出脚镣给小伙子戴上。神鹰已将宝剑交给他，佩带身上，他怕有人来抢救小伙子，赶忙将小伙子扔在马上，也飞身上马，猛加一鞭，任凭小伙子呼喊，也无济于事，绕山间背道而回。

再说金氏快马加鞭到耶懒部去找劾姑娘。她赶到那儿，劾姑娘才起来，见金氏来了，赶忙跪在地下请安，口呼："不知神女娘娘驾到，有失远迎，当面恕罪！"金氏气愤地问："我问你，为何要盗窃乌古迺的宝剑？"

劾姑娘惊得面容失色地说："娘娘，这说的哪里话，我就是有天胆，也不敢偷盗活佛乌古迺部落长的宝剑啊！"

金氏又严厉地问："那你为啥总勾引乌古迺进深山，干啥？快讲！"

劾姑娘一听，面红耳赤，两眼落泪，说："娘娘有所不知，是奴婢上山学习骑射，马忽然虚惊，勒缰不住，飞跑至以前所见的山洞，将我跌落马下，才发现石壁上有佛像，石座上还有菩萨静坐，奴婢赶忙叩拜而归，偷与乌部落长说了。因为你们都是神仙化身，不同凡体，我告诉乌部落长后，乌部落长说天机不可泄，让我天天和他去祈祷。部长也真心诚，从白日跪到黑夜，一直跪到七七四十九天，也就是娘娘你去的那天晚上，菩萨才睁眼开口，说了那么几句话儿。到现在咱也不懂，这就是真情话，如有他意，娘娘咋罚咋领。"

金氏又问："从那天晚上以后，你又去过山洞没有？"

劾姑娘说："实不相瞒，又去过一次，可惜菩萨不见了，只剩下石壁上的佛像。"

金氏一听，吩咐劾姑娘说："快备马，咱俩到山洞去。"她俩到山洞一瞧，果然菩萨不见了。在山洞转悠一圈，金氏跪在石壁佛像前，暗暗祈祷说："神佛有灵，夜里托梦。"祈祷后，也没让劾姑娘回家，陪她同回完颜部。见乌古迺未回，俩人甚是担心。金氏反复推测琢磨菩萨所赐八句言语。

这天，乌古迺马上驮了一小伙子飞奔而归。下马后，即审问小伙子，问小伙子叫什么名字。小伙子说，他叫钢峰，在温都部专搞冶炼，制造枪刀剑戟、世上奇剑，为此才前来盗剑，准备按剑钢口，制造同类型的宝剑……

乌古迺听后，非常气愤："大胆的奴才，敢前来盗我宝剑，今天非杀了你不可，让你尝尝我宝剑的厉害！"说着，唰地抽出宝剑，向钢峰刺去。

"剑下留人！"

大喊者正是金氏，她在里屋听得明白，赶忙蹿出来，抓住乌古迺的右手腕儿说："不能杀他，何不留他给咱们造剑、造兵器。"

乌古迺余怒未息地说："不看夫人面上，今天非宰你不可！这样吧，留着你给我造剑、造兵器，暂时按奴隶待你，造好再说。"

就这样，钢峰带着手扣脚镣，横眉怒目，离开乌古迺，被送往铁离山去造兵器。可想而知，钢峰带着沉着的手扣脚镣，如同囚犯一般，他能给乌古迺造兵器吗？任凭打骂，钢峰倔强地说："杀剐随便，就是不给你们造！"

这话传到金氏耳中，金氏自从乌古迺将钢峰抓来，心里添块心病，第二天辗转不安，把钢峰和菩萨的八句言语相联系。这天，她听说钢峰说啥不肯造兵器，心里忽扇一下子，她重新解八句言语之谜："'玉泉赐宝剑'，这是明显的啦，雌雄二剑是玉泉所得，'铁力开了锁'，这句准是指冶炼而言。'乌金成双配'是指我和乌古迺成双配对，'钢峰铸为金'，这钢峰准是这小伙子，将来可帮金立天下，所以下句才有'要想成此业'之说。'玉雄为媒介'是指乌古迺这把雄字玉泉宝剑，被钢峰盗去，才提钢峰。'链锁枉心机'是指乌古迺用链锁，锁不住钢峰的心。'劲姑锁钢峰'，这是让用劲姑娘去与钢峰成婚配才能锁住他的心，为我们出力。"金氏越琢磨越对，就悄悄将劲姑娘找来，对她如此这般一说，劲姑娘羞得面红过耳，迟疑不答。金氏进一步解释说："这是天意，你忘了菩萨末尾之句'劲姑锁钢峰'吗？已点出你俩的婚姻关系，只有这样才能锁住他。但这事要绝对保密，不要轻易泄漏佛意。"

劲姑娘来到铁离山，每天做好吃的给钢峰送去，钢峰连眼皮儿都不抬，有时还将食物倒在地上，拒绝食用劲姑娘送来的食品。劲姑娘毫不生气，按时给钢峰送食物。有一天，劲姑娘将食物放下之后，站在一边抽泣暗哭，自言自语地说："人非草木岂能无心，钢峰之心钢铁铸成。枉费神女温暖之情，劲姑再热难以熔解。"

钢峰一听，霍地坐了起来，问劲姑娘："你说什么？"

劲姑娘将这话重复一遍，洒泪而去。钢峰心里却像开锅的水，翻花儿了，翻来覆去琢磨这几句话儿。实际钢峰见劲姑娘俊俏美貌，温柔热情。这个想法在他脑里一闪，赶忙咬牙摇头，自己是奴隶，怎能胡思乱想，可今天劲姑娘这一说，钢峰动了心。这些天来，劲姑娘对他的无微不至关怀照顾，自己反而发脾气，越想越爱劲姑娘，恨不能劲姑娘马上到他这屋来，要问个明白。心急时长，这一宿钢峰赶上几宿过，干盼也不亮天。可下子将劲姑娘盼来了，见劲姑娘来了，脸一红，反而不好开口了，几次下决心，才从牙缝里挤出一句："劲姑娘，神女是谁呀？"劲姑娘这才打开话匣子，诉说乌古迺祖传玉泉雄字宝剑，神仙托梦，乌金山与神女相配，两人武艺超群，盖世无双，各部落推为"诸部长"，当活神仙相待，在南山遇菩萨点化后，钢峰你盗去宝剑，连人带剑齐来，正应菩萨所点，神女暗嘱我前来陪伴，等你醒悟，去掉扣锁链，咱们齐心造兵器，为神女做贡献……

劲姑娘一席话，使钢峰如梦方醒，斩钉截铁地说："放心，从今天开始，我造宝剑！"

劲姑娘笑吟吟地说："空口无凭，令人难信。"

钢峰说："海枯石烂心不变，要有三心二意五雷轰顶！"

劲姑娘赶忙用手捂住钢峰的嘴说："言重了！"说着将钢峰手扣、脚镣撤去，两人拥抱泪水告慰。不久，劲姑娘与钢峰结婚，乌古迺从冶炼铁发展到冶炼钢，才引起完颜部与温都部一场战争。

第二十六章　虎驮啥不怕

　　唐括部有个小伙子，名叫沙布伯，大伙儿都叫他"啥不怕"。啥不怕这小子才虎哪，真可说上不怕天，下不怕地，老虎鼻子上敢玩把戏。这话一点儿不假，为啥这样说呢？寨里的人曾为此试探过他。说这话还是前年的事儿，唐括部的人们进山狩猎，突然遇到一只斑斓猛虎，有的人别说打呀，刚听虎啸，就吓得闻声而逃。剩下几个胆大的，也均躲在暗处，借机射猎。可这只猛虎毫不示弱，它有刀剑不入之功，那身上好似铁打钢铸一般，吓得胆大狩猎的人们也大气不敢哈①，隐匿躲过斑斓猛虎罢了。这啥不怕被人唆使来了劲儿，你们不敢与猛虎搏斗，看我的，我啥也不怕。大伙儿一听更哈哈取笑，明天让啥不怕去抵御猛虎。这本是开玩笑的话，可啥不怕却信以为真。第二天早晨，他披挂整齐，早早地就在集合点等着，好去拿获猛虎。

　　寨里的人见此情况，人人瞠目，个个惊疑得交头接耳，议论说："这事可开不得玩笑，啥不怕翻脸不认人，如果听说和他开玩笑，他岂能善罢甘休？一个寨子住着，弄不好伤了脸皮，反伤了和气。"

　　懂事的这一说，提醒了大家，认为对呀，啥不怕是直肠人，一条道跑到黑，和他说玩笑话儿，那还了得？只有实打实凿，他方能信服。还有好心的人说："即或实话实说，让啥不怕去战猛虎，如果有个一差二错，我等岂不意欲将啥不怕置于死地，于心何忍乎？"众人一听，此人说得有道理，如果啥不怕战胜猛虎，或者将猛虎打死，我等庆幸；反之，啥不怕被猛虎所害，我等何颜见人，岂不说我等故意加害啥不怕也？此言说得众人哑口无言，认为这人说得有理。

　　又有一人接他话茬儿说："汝为何不早说，尔今啥不怕耀武扬威于街头，不战死猛虎誓不罢休，谁能阻止？如能阻止啥不怕，等于劝猛虎不

---

　　① 哈：东北方言，大出气。

食人也。"

众人一听，言之有理。啥不怕已跃街头，何人敢制止乎？这才叫公说公有理，婆说婆有理。哑言无声，面面相觑而已。

正在众人面面相觑，无计可施的时候，忽听有人大喝一声说："咄！你们这些人，只会背后捅尿窝窝，起哄是你们，怕事还是你们。啥不怕就是啥不怕，却将你们吓傻了，有种的跟我来，啥不怕敢去杀猛虎，我等站脚助威还怕，还叫男子汉大丈夫吗？不是男子汉大丈夫的在家守老婆，够男子汉大丈夫的，随我来，站脚助威，助啥不怕一臂之力！"

这人号召力确实大，经过他这一呼叫，谁没有自尊心，连站旁边卖呆儿都不敢，还够两撇①乎？为此，青年小伙子们才像一窝蜂似的齐声回答："我们同去，谁不敢去就是个大王八！"经这人一说，众人纷纷报名愿往。一窝蜂似的随啥不怕去捕杀猛虎。

啥不怕催马加鞭前行，寨中青年武勇之士随后相跟，马跑鸾铃叮当响，四蹄翻飞尘土扬。就听马蹄嘚嘚，一条土龙似的向深山密林中急驰而去。大约跑出去有七十里之遥，就听这只猛虎在深山里长啸，惊吓得众人毛发竖起。有的人开始勒马向后躲闪，暗想，这可不是闹着玩的，一旦猛虎冲击过来，躲闪不及，岂不一命呜呼？胆小就是胆小，自古以来都说胆小不得将军做，意思是胆小干不了大事儿。可啥不怕却不信这个邪，不然也不能叫"啥不怕"呀。他不仅没有放慢丝缰，而且听到虎啸之后，一提马缰，猛加一鞭，就听他这匹烈马，咴咴嘶叫一声，前蹄一蹬，后蹄腾空，如飞一般，顺着虎啸的声音，腾空飞驰而去。

跟随的寨中勇士，见啥不怕跃马飞驰而去，有胆大和啥不怕交情厚的，七吵八喊地说："不能让啥不怕孤身去战猛虎，我等速去相护！"也都一提丝缰，尾随而去。胆小的则缓缰尾随而行。可虎啸的声音越来越近，吼叫声震撼得地动山摇一般，连树叶都被撼动得唰唰而落。啥不怕催马顺着虎啸的声音猛扑过去。正好和冲下山来的猛虎相遇。猛虎见啥不怕迎截于它，它似股大旋风一般向啥不怕扑来。啥不怕早有准备，拉好弓弦，见猛虎扑来，一箭射去，他是瞄准猛虎前额射去的，嗖的一声，箭支刚近虎身，只见这虎将头一摇，吧嗒一声，箭支落地。这虎毫无畏惧地向啥不怕扑过来了。啥不怕见势不好，忙摘下大刀，准备和猛虎决一死战。当猛虎扑过来的时候，他抢起大刀就砍。刀光掠影而下，猛虎似

---

① 两撇：东北方言，指人。

跳跃山崖一般，躲过刀锋，用虎爪一扫，就听咔嚓一声，啥不怕的刀杆一折两截。啥不怕往起一抡，见剩半截刀杆，心里一慌，虎已跃至面前，吓得他赶忙啊的一声，来个钻马肚式，钻到马肚底下藏身。这猛虎也真厉害，没扑到啥不怕，血盆大口一下咬住马头后，往起一跃，将啥不怕从马肚底下带起多高，飞在空中，猛虎咬着马头一晃荡，就见啥不怕从空中落下来，不偏不倚，正落在虎背上。啥不怕来个爽神麻利快，骑在老虎背上，伸出两只大手，一下子拽住老虎的两只耳朵。老虎一甩身子，差点儿将啥不怕从虎背上甩下去。老虎没甩掉啥不怕，又感觉到啥不怕骑在它背上，咔吧一声，将啥不怕骑的马头咬下来一口吞入腹中。啥不怕缓下手，要捏虎的咽喉，准备将虎掐死，哪知，虎一悬空，驮着啥不怕飞越山谷，向北飞跃而去。

"啥不怕快跳下来！"

后边跟随的人们看得真亮[1]，情不自禁发出呼叫声。任凭人们怎么呼叫，眨眼工夫，啥不怕被猛虎驮去消失在山林中。

"可怜的啥不怕呀！这回你性命难保呀！"

"啥不怕呀！我们咋救你啊？你不该骑在虎背上。"

人们七吵八喊均替啥不怕惋惜。猛虎没打死，啥不怕反被猛虎驮去，这可如何是好？有和啥不怕相好的哥们一合计，不行，杀人杀个死，救人救个活，啥不怕被虎驮去，不知死活，说啥得尾随去看个究竟，不然回去咋向啥不怕额娘交代，也不够哥们义气。商定后，几个人按照猛虎飞驰的北方催马加鞭跟下去了。

这些人向北越走，森林越密，不知这虎驰跃何方，啥不怕连个踪迹都寻不见。可他们不死心，哪怕找到猛虎食剩下根骨头，拣回去也好交代，赤手空拳而回，不仅对不起啥不怕的家人，而且也无面目去见寨里人，说咱们是些怕死鬼，不够哥们意思。由于这种想法，这些人毫不气馁，说啥也要找下去！

单说这些人骑马继续往北追寻，这日忽听前面密林中，有嘈杂喊叫之声，侧耳听之，似哭嚎，他们惊疑地勒住马缰缓行，边走边思之。又走一段路程，其哭嚎之声断了。他们正在惊疑的时候，突然，扑棱棱震撼得树木唰唰直响，举目观看，飞起一群老鹞鹰，其鹰甚大，在空中忽闪着大翅膀，在他们头上盘旋。这几个人感到奇怪，这地方咋这么多老

---

[1] 真亮：东北方言，看得清楚。

鸱鹰啊？

"你们看，这树顶上是什么？"

突然有人高声喊叫，众人抬起头来，往大树顶端一瞧，树的枝丫顶上放着死尸，心里纳闷儿，这树顶上哪来的死尸？他们互相议论说："能不能是谁将人打死了，放在树丫顶上？"说着他们勒住马，从马上跳下来，仰望着树丫上的死尸出神。其中有一人名叫梭子的说："待我上去看看，是被打死的还是咋回事儿。"说着，他两手搂着树干，两脚往上一蹬，嗖嗖地向上爬去。大伙儿在下边望着，梭子刚爬到顶端，离死尸不远的时候，嗖的一声，从北面飞来一箭，梭子将身子往后一仰，这箭射在树枝上。哪知，就在梭子往后一躲的时候，又飞来一箭，梭子从树上栽下来，惊得众人面目换色，不知所措！

这时，草丛中跳出一人，将他接住了。大伙儿一看，正是啥不怕——沙布伯。大家刚要拥上去，只见四周十几个箭上满弓的黄毛野人已将他们团团围住。沙布伯双手高举，喊道："不要放箭，他们，他们是我的阿浑德①。"那些人望着沙布伯，手里的弓箭放下了。

沙布伯说："这是我家乡的兄弟，为了找我，到这里来了，真是天意。"这一说，黄毛野人围了上来，又抱又亲的，把他们迎进了自己的住地。

---

① 阿浑德：满语，兄弟。

第二十七章 匹配成婚选为群长

沙布伯一伙进了黄毛野人的住地，没有见到什么房屋，只有一堆大篝火，大家围在那里喝酒吃肉。沙布伯说道，是猛虎将他驮到这里，正好碰到黄毛部落死了一个巴图鲁[①]，沙布伯与他们一起进行了树葬仪式，那大树是通天的宇宙树，是已故巴图鲁的灵魂上天的天桥。沙布伯指着自己的乡亲说，这神圣的宇宙树，你们岂能随便攀登。说得他们直行礼道歉。黄毛野人中的一个长者还礼，说："不知不罪。他骑猛虎来到我们这里，是阿布卡恩都力派来的，你们都是我们的阿浑德。"说罢，大伙儿有说有笑，又唱又跳地喝开了。

说的是大伙儿兴趣刚起的时候，一位年岁大的从腰上摘下哨子，"突啦，突啦"一吹，有人哎呀一声，喊道："大事不好！"

惊吓得众人鼓停舞止，呆愣愣地不知出啥事儿了。就在这一刹那的时候，有心眼的姑娘可就下手了，就在这些人脚跟还没站稳的时候，十几个姑娘冷不防，将唐括部这十几个青年小伙子全拉倒在地，和他们滚在一起。她们紧紧拽着不撒手，姑娘们选到了自己的配偶。

当人们弄明白是黄毛女真人饲养的梅花鹿，听到笛声后生情交配而引起人们的惊动。笛声一停，梅花鹿也就抻起脖儿瞧着姑娘们寻到配偶而卖傻呆儿。

"哈呀！哈呀！"人们转过向来，见转舞的姑娘们已选好配偶，和新选的青年小伙子在地上滚在一起。黄头发姑娘，一个个都有股悍劲，按照当时黄毛女真的风俗，选好配偶，需要戏耍调情。她们戏耍调情的方法是与男子滚在地上的时候，洒脱地将男的按在地上，用手胳肢男的胳肢窝儿，胳得男子哈哈嬉笑，笑得上气不接下气儿，多咱被胳肢的告饶哀告说："饶了我吧，饶了我吧，别胳肢我啦。"这时姑娘才亲亲热热地吻

---

① 巴图鲁：满语，勇士。

一下男的，配偶就算成啦。今天这些黄发姑娘格外卖力气，将这十几个青年小伙子胳肢得乱翻乱滚。他们越滚，这些姑娘越在胳肢窝、脖颈处用手戏痒，戏痒得青年小伙子一丁点儿气力都没有，嘻嘻哈哈笑得眼泪扑簌簌，上气儿不接下气儿，气喘吁吁地说："饶了我吧！"姑娘们才撒手，亲亲热热地在男子的嘴巴上吻了一口，才站起身来。女的拍手打掌欢笑，男的击鼓吹哨，表示祝贺。

这时候黄头发女真人那个年岁大的才喊道："请新人进室做客。"将唐括部这些青年小伙子让进棚子里。当他们踏进棚子里举目观瞧时，暗自惊讶，这哪是棚子啊，这是住家呀，这屋子好大呀，难道这些人是一户人家？他们真猜错了。当时黄头发女真人的风俗，一个部落，百八十户人家，就盖这么一个大棚子，过着群居生活。实际他们已迈进一步了，过去是栖居在树木的枝丫上，在栖居树木枝丫上垒窝而栖的启发下，想出这种办法。采取在大树顶上，连枝结底为床，连枝结扎为壁、盖，留个小洞口为门，白天下地捕食，夜间则栖树丫之上的窝里。窝里铺着厚厚的禽雀的羽毛，冬天则钻进山洞里或树窟窿里栖居。后来黄头发女真人的数量多起来，才在扎赉托罗河畔盖成这样的棚子，一群人居住在一起，预防野兽的侵害。这种生活方式与当时生女真人相比，还很落后，所以他们见着很眼生。

唐括部的青年小伙子们走进棚子里后，见地下摆着各式各样的山果，鲜艳好看，清香扑鼻。黄毛女真以西为大，让唐括部人坐在西面，黄头发人围成个圆圈儿，落座后，黄发姑娘们手捧扎赉托罗河水，让他们喝一木碗，表示她们的敬意。小伙子们也真渴了，接过来一饮而干，嗬！这水喝着凉爽醋甜，沁人心脾。喝完水报名认亲，就算订婚啦。

晚上，举行结婚仪式，用现在的眼光看很简单，在当时社会人类发展情况看，既热闹又隆重，其他群居的黄头发女真人也赶来祝贺欢庆。扎赉托罗河岸旁，立刻沸腾了，堆堆篝火，在漆黑的夜晚显得格外明亮，火苗一蹿老高，将天空都照得通亮。用鱼皮蒙的大鼓，咚咚山响，口哨声、人们的欢笑声、扎赉托罗河的浪涛声交汇在一起，奏出一曲美好的幸福乐章。

篝火堆四周都支着一个大架子，上面挂着滴了嘟噜的狍子肉、鹿肉、野猪肉、兔肉和各种飞禽。被烟火熏烤出的肉香味直打鼻子，发出刺刺啦啦的响声，从肉上滴在篝火上的油点儿，像爆竹一般，火花四溅，蹦跳出红的、蓝的、黄的各式各样的火花，煞是好看。

当黄头发女真人聚集得差不多的时候，新娘子在一群黄发妇女簇拥下走过来了。别看她们还不会缝做衣衫，可新婚的黄毛姑娘身上打扮得非常漂亮。只见一个一个新娘打扮得像一朵朵鲜花儿。

头前走的是沙布伯的新媳妇，只见她黄头发挽成两髻儿，两边插着两朵大荷花，这是她名讳的标志，她就叫荷花姑娘，因为她像荷花那么漂亮。荷花发髻后面扎着两根野鸡翎子，又长又大，随风飘摇。身上是用野藤缠扎猪毛松，青绿色的炸散着，远看好似一身绿纹波滚的华美衣裳。下身是用百鸟羽毛织成的恰如罗裙，五光十色的在夜间篝火的映照下，闪闪发光，随风飘荡，恰如百鸟朝凤一般，又好像这荷花姑娘从天而降，一下子将人们惊呆了！啊！多么漂亮的姑娘，不是天仙宛如天仙，如花似朵飘然而至。后边相随的是马兰花、马莲花、喇叭花、卷莲花、苦菜花、丁香花、玉兰花、月季花、迎春花、柳桃花、兰草花等，都按自己的花名，打扮得如花似朵，各有特色。

群芳的到来，吸引着黄头发女真人的欢蹦乱跳，欢笑、口哨、鼓点响成一片，达到了新婚的高潮。霎时翩翩起舞，歌声此起彼伏，欣喜若狂。

这时候由年岁大的老太婆，手捧花瓣儿和松树子，迎至近前，给新媳妇身上撒花瓣和松树子，意味着花儿长开，早日得子，像苍松翠柏，万古长青！大伙儿翩翩起舞。她们随着新娘在篝火旁起舞的时候，一群黄头发老人，也相继而至，扎散着黄胡子，满脸笑容地伴随老太太舞着。

唐括部这群青年小伙子——也就是今晚上的新郎，他们见这些情景非常陌生，一个个愣怔着双目，站在那儿干卖呆儿，因为他们不懂黄毛女真的风俗，愣呵呵地站在那儿。不一会儿，他们变成一群展览品了。人们将他们围上，观看这些与黄头发不同的人，交头接耳议论纷纷，有的说："哎！怪呀，他们为什么将身体裹上了？"有的说："他们身上套些啥呀？能得劲吗？"有的说："他们全是黑头发，多难看啊！"当时这些黄头发女真人，连衣服还不认识哪，认为穿衣服不利索，干活能得劲吗？产生很多疑问，站在那儿品头论足。

正在唐括部这些人发愣的时候，这些新媳妇来了之后，各奔自己的情人，拉着就跳舞。这时扎赍托罗河两岸男女老少均跳起欢乐舞，庆贺黄头发姑娘与"天神"之人婚配。

跳了一会儿舞，接着食篝火肉。大伙儿围坐在篝火旁，每人手中持一石刀，在篝火上熏烤的各种肉类割而食之。刀割处，直冒血筋，人们送到嘴里嚼的时候顺嘴角直流血。黄头发女真人向唐括部人介绍说："食在火头上，嚼在血筋上，品在喷香上，酒浇兴头上！"说着取过他们自制的山果酒喝，酣甜适口，香醇浓厚。黄头发女真人，一个个如狼似虎，狼吞虎咽，不一会儿将架上的各种肉一扫而光，接着还连歌带舞，篝火更旺。篝火的架子上又重新吊上各种肉类进行熏烤，准备再食。直到半夜时，食三回肉，跳三回舞，方拜黄毛女真群长，群长就是那位年岁大的，名叫扎赉罗。

新郎新妇参拜群长后，扎赉罗手捋黄胡子说："今日我宣布，群长让位给天神之人的英雄沙布伯居之。从今以后，我等都要听他的，由他领我们过幸福的、快乐的、美满的，像天神女真人那样的生活！"他的话音刚落，黄头发女真均跪在地上给沙布伯磕头，祝愿他幸福长寿。

当沙布伯随同黄头发女真人归宿于大棚内，见人们群居于棚内，挤挤擦擦，男女颠倒而卧，男女行事均暗窃之，这不得劲哪！从此，他下定决心，要按照生女真的风俗改变黄头发女真的生活。

由这十几个生女真人的参与，留下后代，互成配偶，才将黄毛女真逐渐改变成黑头发。后来成为生女真完颜部征战时的冲锋在前的主力军！

第二十八章　沙布伯误入塔塔尔

　　沙布伯在黄头发女真定居后，将额娘也接来了。她额娘每天教黄头发妇女缝制衣服，使黄头发妇女很快学会利用鱼皮儿缝制成衣服。沙布伯还领大伙儿拆群居的大棚，改为扎赉托罗河岸之单立房，分开居住，改为沙布寨。

　　单说有一天，忽见一个黄发青年吁吁带喘从外面跑进来报告说："我们在森林里发现一群马！"沙布伯一听，高兴极了，现在多需要马呀！他就赶忙呼叫唐括部来此的十几个人，骑马去追赶马群，务必将这群马赶回来。他们按照青年说的方向，撒马前去追赶。大概追出去有二十里之遥的时候，他们的马咴咴一叫，就听见前边也有马群发出一片咴咴叫唤声。沙布伯大声喊道："快追，马群就在前边！"猛加一鞭，一马当先追出去了。他这匹马穿山越岭是非常快，比他原来被虎咬死那匹马快多了。这匹马是唐括部落长送给他的，当初是乌古迺送给他老丈人的，是匹快马，但部落长不敢骑，穿山越岭驰速如飞，骑着害怕。听说沙布伯在黄头发女真人中定居，又是猛虎将他驮去的，知道沙布伯将来定有出息，故赠给这匹快马为念。

　　沙布伯骑着快马，不一会儿追上马群。他这马又咴咴一叫，这一叫不要紧，群马炸群了，咴儿一叫，甩头炮蹶子，咴咴向西北方向而去。沙布伯仔细观察，这群马最少有二十匹，心想，这群野马是从哪来的？非将它们捕获赶回，也急忙掉转马头追赶下去。这回他才发现，这群野马匹匹都似千里驹，只见那马儿前蹄点地，身子飞跃，腾空而起，一跃就是十几丈远，他这匹快马也甘拜下风了。

　　为了不让这群宝马跑掉，他不顾一切地催马加鞭在后边追赶。不知跑了几个时辰，他的马浑身上下像水洗的一般。他骑在马上心中暗想，这样追下去，不是要将我的快马累死吗？忽然想起，我何不吹吹树皮哨儿，能否将野马唤住？想到这儿，他从怀里掏出树皮哨儿吱吱吹起来了。说也奇怪，他这一吹不要紧，这群野马真的放慢了四蹄，抻脖竖耳张望。沙布伯高兴了，更狠劲儿吹起来了，恨不得一下子将马全吹站下。果然不出他所料，这群野马忽然全停蹄咴咴嘶叫。沙布伯以为是树皮哨的力量，他边吹边驱马上前，想捉住马头。啥叫马头？就是这群野马的领头的，只要将它捉住，其他的马就会跟着而来。想到这儿，他驱马前行，忽听一片鹿鸣之声，举目观看，见野马群的前方，有数十只梅花鹿拦住马群。他才明白，是他吹树皮哨儿，将鹿群唤来，助他拦住这群野马。他非常高兴，不管咋说，这树皮哨没有白吹，终将马群吹站下了，再说马和鹿是好朋友，亲如手足，马鹿不分家，在山上吃草都互相有让，马见鹿不毛①，鹿见马不跑，活该我得这群野马。沙布伯越寻思越高兴，越高兴越狠劲儿吹他口里的树皮哨儿。手里早已挽好套马绳，快速向野马群的头马奔去，冷不防将绳套儿往空中一甩，正当这马咬口草将脖子往起一抬的时候，绳套正好套在马脖子上。这马头一惊，往起一跳，他忙喊"吁！吁！"这一喊不要紧，鹿群一惊，呼啦全炸群而逃。可他两手紧紧握住套马绳子。这马头一惊，扬蹄欲跑，这绳套勒得它喘不上气来，就地直竖巴掌。那些马刚一惊，见马头在此竖巴掌，它们不知咋回事儿，围着马头嘶叫。就在这时候，忽听有人高声喝道："呔！哪里来的强盗，侵我山林，惊散鹿群，套我马匹，还不束手就擒，不然让汝死无葬身之地！"

沙布伯听后，嘴没说心想，好大的口气，你的山林，你的马匹，哼！我套着就是我的了。沙布伯没有回话，他将着套马绳一点儿一点儿往头马跟前凑。而且使尽全身力气，将马勒得都喘不过气儿了。他爽神麻利地给马头带上笼头，套上嚼子。马头一要惊炸，他就狠劲儿勒紧嚼子。眨眼工夫，这匹野马在他面前有些驯服了。

"呜，呜呜！"

沙布伯刚将这匹马弄得有些驯服了，猛听呜呜响声，心想，啥玩意儿响？他抬头一看，见不远处有个骑马之人，嘴角上放个牛角吹着发出的响声。随着这响声，眨眼的工夫，就听这四面八方马儿咴咴，马蹄嗒嗒，来了不少骑马的人。

沙布伯骑着马在野马群中，举目观看，只见来人已将他包围了。这些人全是黝黑的脸膛，个个膀大腰圆，头戴马皮扁帽，垂着发辫，个个

① 毛：东北方言，慌乱。

身穿裘葛。他们齐声喊叫："强盗，还不下马受缚？"

沙布伯是有名的啥不怕，他根本不在乎，便哈哈大笑，态度端正，说："强盗不是我，是你们。你们不是强盗，为何将我围上，欲抢我马乎？"

围着沙布伯的人，被沙布伯问得张口结舌。其中有一人喝道："这群马分明是我山林之马，汝来抢夺，不是强盗是什么？还嘴硬！来呀，将他给我拿下马来！"

沙布伯见这说话的人，年龄也就四十上下，知道是这群人的头儿，心中暗想，这是什么地方，这群人又是什么人？他们的衣着打扮和我女真人也不一样啊！不管他是什么人，我女真人有骨气，不能被他喝唬住。想到这，沙布伯的胆子更壮了，大声喊叫说："你说的话岔了，这群马是从我家乡追赶至此，怎么成了你山林的马？难道你没长眼睛吗？汝山林的马能跑出这么多汗水，比水洗的还湿，毛管都打绺了，你们没看吗？话又说回来啦，要将我拿下马来，不知你长几个脑袋，你的眼睛看错了，我不是好惹的。汝若不信，咱先将你的扁帽儿打掉！"因为沙布伯在答话的时候，两手已做好准备，搭箭拉弓，话音刚落，两手向上一扬，只听嗖的一声，一箭射去，射得正着，只见箭头擦着对方的小扁帽而过，像股巨风似的，他的小扁帽就滚落在地。喊话的人脑门直冒凉气，因为这是冷不防，再说他仗着人多势众，根本没把沙布伯放在眼里，故而当众出丑。见扁帽落地，他也从马上下来，高声喊叫："把阿秃儿①饶命！把阿秃儿饶命！"

围着的人，见喊话的人跳下马求饶，又见把阿秃儿一箭将他扁帽射落在地，吓得一个个心惊胆战，脑袋直冒凉气，知这把阿秃儿不是好惹的，来者不善，善者不来，也都纷纷下马高喊："把阿秃儿饶命！"

沙布伯见众人下马求饶，自己一箭降服这帮人，心中甚喜，感到自己为女真人长了志气，但他马上感到不能以此为豪，要平等待人，人抬人高，自尊自贵，这是我女真人的美德，人家都下马了，自己也不能再坐在马上，也忙从马上跳下来，施礼说："诸位受惊了，我在此赔礼啦！"

有人要问，这不玄天二地吗，野马群能这么老实吗，他们说话，野马还不早跑啦？前头已说，这群野马被沙布伯追逐，已跑得筋疲力尽，这实际就是驯服的过程，从古至今，马是驯服的工具。已被驯服，它自

---

① 把阿秃儿：蒙语，勇士。

然乖乖的了。何况野马里的马头不走，其他马自然不动，这是野马的戒条吧，大概也叫人有人规，畜有畜律，兽有兽法，禽有禽约吧。

闲言少说，沙布伯还礼相待，这群人更是惊讶，说此人非比寻常，被射掉帽子的人忙施礼问道："把阿秃儿是何方人，叫何名讳？小人请把阿秃儿示教！"

沙布伯回答说："小人是生女真完颜唐括部人，名叫沙布伯，现居沙布寨。因群马炸群逃散，追赶至此，多有冒犯，望海涵！不知此地何处？贵人何族何名，小人领教！"

那个人听后，惊疑地问道："汝是生女真完颜乌古迺节度使下的部落长乎？"

沙布伯说："乌古迺是我都太师，我不过是一酋长耳！"

那人忙施礼说："原是天女后裔，失敬！失敬！小人是塔塔尔部中的一额毡①，名叫斡鲁赤斤。今领众人来此狩猎，忽然鹿群惊散，冒犯贵人，望恕罪！"

沙布伯一听，忙说："岂敢！骚扰贵地，甚感过意不去，请额毡自选几匹好马留下吧！"

额毡说："谢谢！汝不知我塔塔尔产马乎！今日把阿秃儿能来此地，是我地之幸也！恭请把阿秃儿到我帐中做客！"他说到这儿，高声喊道："来呀，请把阿秃儿驱马去帐篷啊！"

沙布伯忙说："谢谢！不打搅了。"可不容分说，塔塔尔这帮人一哄而上，牵着马驱赶马群就走。

"何人敢驱赶我们的马群！"

忽然从东边传来一片叫喊声，使人们大吃一惊！

---

① 额毡：蒙古语，头人。

第二十九章　塔塔尔敬迎沙布伯

　　沙布伯也大吃一惊，嘴没说心想，这是谁呢？他抬头举目观瞧，只见东面山林里十几匹快马，嘚嘚向这边驰来，震撼得树叶唰唰直响，快到跟前的时候，喊声："杀呀！不能将马群丢了！"沙布伯这才看清楚，原来是他那十几个小兄弟，忙大喊说："休得无礼，有我在此！"

　　十几个小兄弟一听，是沙布伯的声音，驰马近前一看，果然是沙布伯，个个滚鞍下马，齐声说："不知兄长在此，多有冒犯。"说着齐给沙布伯施礼。这些人的举动，更加抬高了沙布伯的身价。斡鲁赤斤额毡倒吸口凉气，他见追寻来的这十几名把阿秃儿，英武强悍，精神抖擞，肘下弯弓利箭，手持枪刀，非比寻常，均是些能征惯战的把阿秃儿。他惊讶地想，不怪辽朝如此重视女真完颜部，真乃天神的后裔，全是把阿秃儿也！不可等闲视之。当即施礼说："沙布伯把阿秃儿，今日来的均是些把阿秃儿，全请到帐中相会，一定要赏脸哪！"

　　沙布伯见斡鲁赤斤是出自真心，也不推辞，当即对他这些小兄弟们说："既然额毡热情欢迎咱们为客，咱们就不能推辞了，前去交个朋友吧！"

　　众人齐声："遵命！"随即牵马前往。他们随着塔塔尔的额毡，穿过山林之后，见前面一片草原。草原上星罗棋布一般，支架着数十个帐篷。当中有个大帐篷，比周围的要大两倍多，来至近前方知是额毡的帐篷。

　　额毡斡鲁赤斤将沙布伯众人全让到他的帐篷中做客。当沙布伯走进帐篷举目观看，见帐篷里非常宽敞，地当中铺着虎皮，周围鹿皮相衬，甚是壮观。在帐篷西端陈列着刀枪剑戟。门两旁站立了一些女子，笑脸相迎，一点没有腼腆之意。

　　斡鲁赤斤将沙布伯等人让进帐篷后，让他们围坐一圈儿，他嘱咐合兰①将都里因古温②全唤来。不一会儿都里因古温全来了，里边掺杂很多塔塔尔的姑娘。这些人进来后，额毡让姑娘陪伴沙布伯等人而坐，并解释说："诸位把阿秃儿不要介意，这是我们塔塔尔的规矩，来客人必须让姑娘陪着。"沙布伯等人互相看了一眼，意思是这有多不得劲儿，可客随主便，主人咋安排都得听从。

额毡说："今日是神的安排，将天神女真完颜部的把阿秃儿们引到咱这来，与咱们相会，真乃万幸也，为此请到帐中做客，叙谈相识永结友好之情。"塔塔尔都里因古温齐声欢呼："欢迎！欢迎！"

这时候，塔塔尔的合兰们，手端着木盘，里边放着雕刻花纹的木碗，恭恭敬敬地在沙布伯等人面前献上碗。沙布伯用目往碗里一瞧，见是乳汁，知道塔塔尔以乳汁待客，如同用茶待客一般，但不知这是啥乳汁，还辨别不清。

合兰将乳汁献过之后，额毡说："诸位把阿秃儿，请饮一碗忽速思③洗尘。"大伙端起碗来喝，方知是马乳汁。沙布伯暗想，说明塔塔尔养马之多也。

忽听有人高声喊叫："别乞④到！"众人呼啦一下子全站起来了。沙布伯等人也随之起立，见从帐篷外走进一位年岁约五十开外之人，由一壮士搀扶而进。别乞两手一摆说："请坐！诸位请坐，我来迟了，请把阿秃儿们见谅！"

额毡将别乞拉至身旁落座，跟随的壮士在一旁坐下。别乞用笑眯眯的眼睛扫视一下沙布伯等人后，说："听我儿说，今天来的天神女真人把阿秃儿中，有猛虎驮送到我们近邻黄头发女真中的把阿秃儿沙布伯，不知哪位是？"

沙布伯听别乞这一问，慌忙站起说："在下便是！"

沙布伯这一说，塔塔尔的都里因古温霍地全站起来了，用惊愕的目光望着沙布伯，肃然起敬。

别乞走至沙布伯面前施礼说："失敬，失敬呀！神安排汝去教化黄头发野女真人，今神又安排汝驱马迢迢来至塔塔尔，是塔塔尔民族之幸也。来呀，为神的信使、虎的驯服者把阿秃儿祈祷，祝福塔塔尔与天神女真

---

① 合兰：蒙语，奴隶。
② 都里因古温：蒙语，平民。
③ 忽速思：蒙语，马乳。
④ 别乞：蒙语，长老。

永结友好!"他这一说,从外面拥进几名萨满,他们身穿"神衣",腰系腰铃,手持单鼓,击鼓歌唱舞蹈而进。

塔塔尔的都里因古温全随萨满一齐歌舞。沙布伯等人对塔塔尔的舞蹈有的明白点儿,有的舞步感到生疏,尤其是萨满之舞,更感陌生。从此,塔塔尔信奉的萨满很快传入生女真中,反正沙布寨信奉萨满教早而深。他们边舞边向沙布伯祈祷,后来女萨满神附体后,歌唱沙布伯,说他是神的化身,有降龙伏虎之技能,神派他至黄头发野人中感化成为生女真人。塔塔尔都里因古温听后,齐跪地上给沙布伯磕头,祈祷他为塔塔尔赐福!将沙布伯弄得晕头转向,已经飘飘然,跟来的人们更视他为神的寄托者,暗想不怪猛虎驮送他,他到哪儿,哪儿都欢迎他,连野马都被他驯服,原来他是神的化身!

塔塔尔的都里因古温把沙布伯当成活神仙一般,这是他们早有耳闻的。因为别乞的儿子经常去黄头发女真族,私下里彼此交换物品,他从黄毛女真人口中听过沙布伯的事,回到塔塔尔后,就当神话一般向塔塔尔都里因古温传播。塔塔尔都里因古温早有耳闻,但不知来者中就有沙布伯,是他从黄发女真人口中听来的,慌忙赶回,说于他父亲,他父亲是别乞,受塔塔尔都里因古温尊重的人。因此,都里因古温们对沙布伯更加尊重了。当即大摆酒宴欢迎沙布伯这位"活神"。

塔塔尔自制的青稞酒,其酒清香沁人,而且塔塔尔人的酒量都大,他们对沙布伯等人频频劝酒,喝一会儿,便起来唱歌跳舞,歌舞后再喝。这是塔塔尔的习俗。可沙布伯早留有心眼儿,他想,塔塔尔的人们均将我当成"神"的化身,我要喝尿裤子了,这人可就丢透了,还咋见塔塔尔的人?自己丢人现眼不说,岂不把我生女真的整个人都丢到塔塔尔了?坏了我生女真人的名声,这事儿说啥不干。人抬人高,自尊自贵,要时刻保持头脑清醒。对待今日之友情,沙布伯不仅自己如此,还暗向同伙们传递眼色,让他们不要过量,留有余地。而塔塔尔的都里因古温的习俗,将酒给客人斟上,只顾自己抻脖而干,不去注意客人喝了多少,而他们干后,趁酒兴就起立而舞,这就应了沙布伯的想法。有时还没等他们端酒碗饮酒,塔塔尔的姑娘们自己干完酒就立刻拉他们起舞,使沙布伯等人少饮不少酒,他们都没有过量,直到夜半方散。

按照塔塔尔的风俗,外来的客人均由塔塔尔的姑娘陪睡。沙布伯见此风俗甚是担心,怕同伙闹出意外,由于他头脑非常清醒,悄声对身旁的人嘱咐说:"我们女真人要保持民族的尊严,不论姑娘如何,我们都要自戒其身！如有犯者，我定不饶!"沙布伯让这人将他这个暗令，一个传一个，传到所有的来人耳中。

这天晚上，塔塔尔挑选一个最美的姑娘，让她陪睡沙布伯。这位美丽的姑娘，年约十六七岁，红润的脸膛，两只明亮的大眼睛。她酒没少饮，显得更加活泼，柔情可爱。她将被褥紧紧贴在沙布伯的身旁，两只多情的眼睛，总是笑眯眯地盯着沙布伯，内心感到能与"神"的化身陪睡，有多么幸运啊！可她又想，这位神的化身能否爱我呀？越想她春心越动，暗中对沙布伯鼓秋①，可沙布伯鼾声如雷，如同身旁没有这位美丽的姑娘存在。

天亮后，按照塔塔尔的风俗，客人没等起床，由主人端给每位客人一碗凉水，以此甄别客人的品行好坏。②如果喝了，是个好人；如果不敢喝，说明是个坏人。③故而他们对沙布伯也以此试之。沙布伯等人没有一个犹豫的，均接过碗一饮而干。

就在这时，忽听外面一片叫喊："不好了！马群炸山啦!"

人们一听，大吃一惊！

---

① 鼓秋：东北方言，暗中活力。
② 传说发生两性关系的人，不敢喝凉水。
③ 这里的"坏人"是指与其陪睡的姑娘发生关系。

第三十章　骑野马姑娘从嫁

　　说的是沙布伯等人，清晨均按塔塔尔的风俗，饮干一碗凉水。塔塔尔的人见沙布伯等人毫不犹豫地均喝干一碗凉水，心中更加佩服天神女真人。可塔塔尔的姑娘却个个冷眉阴脸，暗自恨怨，都说今生有幸能陪睡天神女真人，没想到这些人全是冷血动物，一群傻瓜，是没心肝之人，蜜蜂见花儿还不放过，他们连蜜蜂都不如也。这些姑娘冷在心笑在面，不管咋说，奉额毡之命陪伴天神女真人，得陪伴到底，不能半途而废，怠慢岂不有失塔塔尔的体统？

　　有人听后定有疑问，哪有姑娘陪睡陌生人的，如果真要那样，一旦受孕如何是好？岂不知当时塔塔尔就是这种风俗，如果真在家中就怀上娃子，她很快就可找到配偶，意思是这女子有生育能力，都争着要。可反过来说，他们的习俗还有矛盾，这就是一碗凉水品人心的习俗，他们既让姑娘陪睡，目的让成年姑娘受孕生娃好寻配偶；反之，又用凉水试人的品行。如果客人不敢喝这碗凉水，他们既不强迫客人喝，也不因不喝凉水，与姑娘发生关系而仇视或制裁，这都没有，只不过对敢喝凉水的人，更加敬重，认为姑娘如果嫁给这样的人，老诚可靠，终身幸福。

　　闲言少叙，当沙布伯等人均喝了主人的凉水后，塔塔尔的人，相互递个眼色，暗自惊奇，称赞这些把阿秃儿才是真正的老诚人，让这姑娘引者①而去，一生中不会遭罪的。这是他们心里话，并未说出口，正在人们羡慕她们的时候，猛听外面一片叫喊之声："可不好了，马群炸山了，马群炸山了！"

　　沙布伯一听，大吃一惊，暗想如果他追赶这群野马，上哪儿撵去，岂不枉费他一场追赶之力？不管咋说，不能让这群野马跑掉，这是我建设沙布寨的命根子。想到这，他不顾一切，跳起身来，大声喊叫说："快

---

　　① 引者：蒙语，出嫁。

快追回来！"喊叫着一个箭步从帐篷中跑了出去。沙布伯跑出去一看，方知，由于他的野马头跳圈，混踢乱咬，将塔塔尔的马群也搅炸群了，一圈炸群，圈圈相跟。人们才七吵八喊："马群炸山了！"炸山之意，是全炸群了。

沙布伯还见塔塔尔的都里因古温有些人骑马追去。说也奇怪，塔塔尔饲养的马匹，炸群应该往它久牧的草场跑吧，今天恰恰相反，均随沙布伯的野马群而去。沙布伯一见，这还了得，因为这群野马，将塔塔尔打搅够呛，没给人家争光道喜，反给增添这么大的麻烦，真是过意不去，势将野马群圈回，将主人马群带回，方能对得起塔塔尔对我们的热情款待。为此他毫不迟疑地大喊说："弟兄们，快将马群追赶回来！越快越好！"他一边喊着，一边赶快拉过自己的快马，飞身上去，猛加一鞭，马蹄不沾地一般飞驰追赶下去。

当沙布伯快追赶上的时候，见塔塔尔有一壮年，已驰马赶在野马群的头前。只见他从鞍子上摘下套马杆，对准野马头套去。塔塔尔不愧是牧马的能手，杆儿一扬一落，正好套在野马头的脖子上，秃噜噜套绳像放线一般，随野马头拉开了。按照塔塔尔牧人用套马缰绳拉遛一会儿马头后，马头定然听候拉者驱使，让它往哪个方向去，它就往哪个方向去。今天塔塔尔的都里因古温中的一位老牧马人，套拉马头的能手，快马加鞭追在最前头。他一方面不让塔塔尔的马群随天神女真人马群去得更远，同时他也要在众人面前，尤其是在天神女真人面前露一手，看看我塔塔尔套赶马头的技术。当他将野马头套住后，遛了一程，按塔塔尔牧马经验，遛一程后，冷丁一拽套杆，立刻将马头勒住，他随即将胯下马一转弯，快马加鞭，拽着拉杆往回走，其马头必然相随而来，其他马也必然向后转，紧紧相随马头而归，这就是他的老经验，当他将胯下马一拨，扭转头要往回走的时候，这野马头不仅没转身，相反，将身子往起一竖，冷不丁将身子往空中一蹿，一下子将套马人从马上拉下马来。这野马头飞驰一般又向前跑，拉着套马人，套马人两手紧攥套马杆，像拉茬子似的而去。塔塔尔的都里因古温七吵八喊："快撒手！快撒手！危险！"不知套马人是晕过去了，还是想要从失败中取胜，任凭人们怎么呼喊，他都紧攥套马杆不撒手。

沙布伯见此情形大吃一惊，暗想这野马头决不会奔崖飞驰，一定要向山林里驰去，驰进山林，被拉的这个人可就凶多吉少，性命难保，我得快去相救。他打马扬鞭向野马头飞驰而去。追至野马头跟前，他猛喝一声："吁!"说也奇怪，他这一声，野马头浑身打个战，立刻停蹄向他咴咴嘶叫。沙布伯见此情形，毫不迟疑地，两脚离镫，下身站立在他骑的这匹马鞍子上，两脚蹬鞍，用足气力将身往上一拔，飞在野马头身上，攥住马鬃，骑在野马头光滑的脊梁上，洒脱地将套马绳摘下，拽着鬃毛，两脚一蹽，这野马头乖乖地转头飞驰回来了。

塔塔尔的人们如观仙境一般齐声喝彩。只见这马四蹄翻飞，一跃多高如腾云驾雾一般，它在前边"飞"，群马在后边跃，眨眼工夫"飞"回塔塔尔的草原上。这匹马这一飞跃不要紧，相比之下，塔塔尔的马群却逊色了，它们撒欢尥蹶子，仍被抛在后边远远的，跟随不上。更使人们奇怪的是，这野马头好似蜂王一般，它在前边飞驰，塔塔尔的马群不用人驱赶，自然相跟。塔塔尔的人们便感到惊奇，更把沙布伯看成神的化身，这马行驰这么快，没有鞍子，一般人谁能受得了，还不得硌屁股呀？沙布伯骑光秃马这手也把人心给拢住了。

沙布伯骑在马上，心想，这才是一匹宝驹哪，比我现在骑的那匹强多了。更使他奇怪的是，这马好似他饲养多年的一匹坐骑一样听他使唤。当他骑到地方，手拽鬃毛口呼："吁!"这马乖乖而立。

额毡不住口地夸赞说："真乃宝驹也，宝驹也!"他说到这儿，令人将那颜①新送给他的马鞍子取来。给这匹宝驹备上。将马鞍子备好，沙布伯说："请额毡试骑此马。"

额毡还礼说："谢谢，待我试试此宝驹。"说吧，他接过马缰绳，攀鞍上马，刚一提丝缰，这马咴咴嘶叫，就地尥开蹶子，幸亏额毡久骑烈马，不然早给摔于马下。他轻轻给马一鞭，哎呀，可坏了，这马没往前走，将脖一扬咴咴嘶叫，好似武术旱地拔葱一般，弯曲着两只前蹄，蹿在空中，将额毡惊吓得紧紧伏于鞍上，吓得众人呼叫："额毡快勒住马! 勒住马!"额毡伏在鞍上，嘴没说心里想，能缓过手来吗？霎时，这马从空中来个翻滚而落，大头朝下从空中扎下来了。惊得众人眼冒金花，心跟着折个儿，人人头上冒汗。

沙布伯见此马如此烈性，怕惹出事来，他迎着马大声喊道："吁!吁!"奇怪不奇怪，这马立刻停蹄站立，浑身打战。沙布伯赶忙向斡鲁赤斤说："额毡受惊了!"

额毡满脸通红地说："此马之烈性，我未见过。"说着从马上一跃

---

① 那颜：蒙古语，官人。

而下。

吃罢早饭，沙布伯等人告辞回去时，忽然在他们面前跪下十几个姑娘，一见均是昨天夜间陪睡者。沙布伯暗吃一惊，嘴没说心里想，这些姑娘要做什么？是不是陪睡要偿给人家啥物件？糟了，我除这群马，别无他物呀！就惊愕地问道："汝等有何要求，请速明言！"

十几个姑娘两眼流泪地说："把阿秃儿，我等唯一的要求是，愿随把阿秃儿引者而去！"

沙布伯一听，惊恐地说："这，这万万不可，如此，让我等何颜于世也！"十几个姑娘哭泣说："把阿秃儿如不引者，我等也无颜于世，都里因古温耻笑于我等，只有一死弃绝于世也！"

沙布伯一听，暗想糟了，这些姑娘将我们讹上了，给凉水也喝了，证明我们清白无事。你们这一来，岂不有心砢碜我们女真人吗？你们自己明白，我们多规矩呀，好心倒换出你们这等情肠，真是岂有此理！沙布伯想到这，愤怒地说："汝等此举，有意砢碜我们吗？"

姑娘们磕头说："不是的，不是的，这是我等发自肺腑，把阿秃儿呀！"

额毡明白了，知道沙布伯错怪姑娘们，忙施礼说："把阿秃儿，姑娘们不是这个意思。她们见汝等均是当世上的把阿秃儿，又是天神女真人，品德良好，真是世上难寻的憨厚善良人，故而提出情愿引者而去。"

姑娘们又齐声哀告说："我等去后，把阿秃儿让我等为合兰也心甘情愿。"

沙布伯一听，这些姑娘宁当奴隶也愿随去，这是真心话，无法，只好答应吧。这才将十几个姑娘带回沙布寨，与自己妻室同样对待。从此结下友谊，彼此经常往来。

第三十一章 得宝驹招引祸患

沙布伯辞别塔塔尔额毡和诸都里因古温，骑着宝驹，携带着塔塔尔的美丽姑娘回来，真是兴高采烈地凯旋呀。

这事很快传到唐括部。唐括部落长听说后，亲自前来观看。他见此马大吃一惊，观其色，黄如金，毛骨精，光而明，四只蹄，色如银，体形长，膘肥壮，乃是一匹飞龙驹也！见后真是垂涎三尺，紧吧嗒嘴儿地说：“真乃是一匹飞龙驹也！”他非要沙布伯将此马换给他。沙布伯好容易获得这匹好马，能干吗，干脆拒绝了唐括部落长的要求。

部落长心中恼怒，好小子，都太师乌古迺送给我的好马，我都送给你啦。你得匹好马，却舍不出来，来而不往非礼也，这小子不够意思。这是他心里话儿，并未说出口。他见沙布伯拒绝了，冷在心笑在面，寒暄而去。唐括部落长越想越不是味儿，说啥得将这匹飞龙驹弄出来，即或我骑不着，也不能让他获得此宝驹，让我女婿乌古迺骑吧。他就骑马去完颜部找女婿乌古迺诉说此事。

乌古迺听老丈人诉说飞龙驹一事开始并未动心，只是嘻嘻一笑。当老丈人诉说沙布伯在塔塔尔还获得一个漂亮的姑娘，这姑娘长得非常俊俏，是她自己愿意从嫁而来，将她当作奴隶都心甘情愿。乌古迺迟疑地问：“汝说什么？还弄个姑娘来？”老丈人说：“是呀，姑娘虽然长得俊美，能不能是塔塔尔打发来里应外合掠掳我女真财物呀？”乌古迺对飞龙驹没感兴趣，对塔塔尔从嫁来的姑娘甚是惊讶，马上就动心了，当即说：“汝先请回，待婿前去看来，如果真美……”乌古迺自知说走了嘴，马上更正说，“如果真是一匹飞龙驹，他要啥我给他啥，千金难得一佳人！”说后又知走嘴了，立刻更正说，“不，千金难得一良驹也！”言罢立刻吩咐备马，带领八名武士催马奔扎赉托罗河而去。

乌古迺走后，乌古迺媳妇小嘴噘得老高，埋怨阿玛吃饱喝足没事干了，跑这来说什么飞龙驹呀，美的姑娘啊，逗引得乌古迺去了，何苦来的，这一去又不知几日才能回来！

不说乌古廼媳妇埋怨阿玛多事，单说乌古廼率领八名武士，催马加鞭直奔所赍托罗河黄头发女真而来。他骑在马上，心中暗想，这塔塔尔的姑娘是什么模样儿？大概也得是长头发下面一张脸，大眼睛双眼皮，俏白脸蛋上无有个麻子，令人越看越爱看，那模样儿一定能逗人！是了，美人身上的虱子都是双眼皮。他越想越嫌马慢，不住扬鞭催马，恨不得立刻赶到扎赍托罗河畔。

快到扎赍托罗河畔的时候，离老远就听林木上空有嬉笑之声。乌古廼暗吃一惊，怎么男女混合声音跑到林木上空去了？他举目观瞧，啥也没看见，心想，奇怪啦，难道我耳听邪了？就在他勒马缓行，要侧耳细听的时候，跟随他的武士，有人哎哟喊叫说："哎呀！快看哪，树梢顶上有个飞骑，坐着一男一女，马踏树梢如平地，真好看啊！"他边说边用手指着。

乌古廼勒马观瞧，一恍，果见树梢上有一飞骑，上坐一男一女，那女的美如天仙，俊俏无比，在那男的怀抱中，骑着飞马，嬉笑之声，在山林中回荡着。乌古廼立刻被这美女勾引住了，心想，不用说，这准是我岳父说的沙布伯携带塔塔尔的俊姑娘骑着飞龙驹游玩哪。立刻大声喊叫："喂，沙布伯快下来，乌古廼来看你！沙布伯快下来，乌古廼来看你！"

他喊叫半天，只有他的喊声在山林中回荡，沙布伯与美丽的姑娘嬉笑声一丁点儿也听不见。乌古廼心急如火，催马加鞭，迎奔扎赍托罗河。当乌古廼来至扎赍托罗河畔时，见沙布伯率众人正在等候乌古廼。因为他在树林上空已瞧见乌古廼率领武士前来，乌古廼不认识他，他认识乌古廼，心里一琢磨准为这飞龙驹而来，要是好说好商量，就将这匹飞龙驹给乌古廼，因为他是我女真族的都太师，这飞龙驹理应他骑，好为生女真的兴旺发达做些事情。如果硬要，这事可得另说，这叫顺着好吃，横着难咽，以都太师的权威来压，咱不干。沙布伯这种想法是来自他的性格，因为他生来就啥也不怕，都太师咋的，汝都太师也得讲理儿。但不论咋说，都太师乌古廼亲临扎赍托罗河，得以礼相待。因为他不仅看见乌古廼，而且也听见乌古廼的喊叫，怎奈无法勒住飞龙驹，所以回来后，马上召集大伙儿列队相迎。

乌古廼来至近前，见沙布伯列队相迎，慌忙下马，早有武士将马接过。他一撒目，果见刚才与沙布伯骑在飞龙驹上的女子就站在他的身旁。

沙布伯这边还站一黄头发女人，与塔塔尔的女人一比可逊色了。不怪我老丈人说是位美女，我见多少美人，还没见过这样浅红似白嫩皮嫩肉的美女子。

有人要问，乌古迺之说，岂不贬低了女真人的女子吗？不过，乌古迺之说，却是如此。因为塔塔尔当时以乳酪为食，人们长饮马乳，人哪能不又白又胖，肉皮细腻的？故而乌古迺一眼就看出塔塔尔的女人不同，肉皮细腻白嫩。这一看不要紧，乌古迺目不转睛，如同瞎蠓一样，眼睛盯在塔塔尔从嫁于沙布伯的美姑娘身上。

沙布伯迎上前来，施礼说："小的不知都太师驾临，有失远迎，恕罪！"

乌古迺嬉笑地说："罢了，听说汝在塔塔尔得一美……"乌古迺自知又说走嘴了，马上改口说，"得一飞龙驹，特来欣赏！"他的话儿当即引起人们的暗自发笑。

沙布伯回答说："禀都太师，此马是在我山林中发现，追至塔塔尔而得，并不……"

"哈哈哈……"还没等沙布伯将话说完，乌古迺哈哈大笑，边笑边用两只滴溜乱转的大眼睛，打量沙布伯身旁站立的塔塔尔的美女说："真乃我完颜女真人之幸也！飞龙驹引来一凤凰也！"

沙布伯说："全仗我天神女真之神佑，都太师之洪福也！才能如此天赐也！"乌古迺两只大眼睛在美女子身上翻滚，笑嘻嘻地说："我昨夜梦见汝为我找到一匹飞龙驹，上驮着一位美丽的塔塔尔的少女，故而前来领取。今果应梦矣！哈哈哈，天神之灵，果然如此。"

沙布伯一听，心中不悦，都太师咋能用梦来唬我，分明是你老丈人来索取飞龙驹，我没答应，他转告给你，你可倒好，不仅前来硬要飞龙驹，还要塔塔尔从嫁于我的美女，真是岂有此理！这不是以大压小吗？他想到这儿，强压火气，冷笑地说："都太师此言差矣。飞龙驹是我不顾生死，冒险而得，咋能太师做个梦就要飞龙驹哪？再说，塔塔尔的姑娘，甘心从嫁于我，已与我婚配。都太师要她，岂不违背宗规族法吗？让塔塔尔知道，岂不耻笑掉大牙啊！"

这时塔塔尔的美女已听明白，哭哭啼啼，扑通跪在地上说："把阿秃儿，我引者于汝，已婚配有孕，他人要来抢夺于我，汝能忍心吗？再说我塔塔尔没引者之前可随意陪睡；引者后，他人调戏，都无脸自容，当初认你为人世中的把阿秃儿，如今我还仍认为汝是把阿秃儿！"

塔塔尔的美女一席话，说得沙布伯面红耳赤，怒气横生，斩钉截铁地说:"都太师,想要夺我飞龙驹与美女,妄想! 知道我叫'啥不怕'不? 急眼了可上天摘月,老虎口里拔牙,谁也不在乎!"

沙布伯的话可激起了乌古迺的愤怒,大喝一声:"大胆! 汝乃一个小小的平民,敢与我辽朝的节度使,女真人的都太师顶撞违抗? 来呀,将他给我捆缚起来,听候发落!"乌古迺这话并不是吓唬人,他确有生杀之权,生女真再没有比他官大的了,如同皇帝一般,金口玉牙说啥是啥。他一声令下,武士们岂敢违抗? 就在这一刹那的时刻,塔塔尔的从嫁美女一把拉着沙布伯悄声说:"快,惹不起还躲不起,快乘飞龙驹逃跑吧!"

塔塔尔的从嫁美女一下子提醒了沙布伯,暗想,对呀,不能抗拒都太师,还是躲之为妙。因为飞龙驹就在他身后,他一转身拉过飞龙驹,高声喊道:"快上来!"塔塔尔的美女也是久骑的熟手,将身一转,往上一蹿,蹿在飞龙驹上,沙布伯搂抱住后,对飞龙驹猛加一鞭,可能这鞭太重了,飞龙驹咴咴嘶叫,腾空而起,飞跃而去,惊得众人目瞪口呆!

第三十二章　抗权贵，沙布伯飞遁

正在乌古迺刚一发火令武士捉拿沙布伯时，沙布伯已骑上飞龙驹，霎时武士一拥而上的时候，他已催马腾空跃起。气得乌古迺忙取弓搭箭，想要射死沙布伯已来不及了。眨眼工夫，沙布伯乘飞龙驹向东北方向飞逝而去。

乌古迺可红眼了，忙说："追！"说着，他翻身上马，率领八名武士追赶而去。不说乌古迺追赶沙布伯，还说沙布伯骑上飞龙驹，由于心慌，他也没辨别方向，正应该向塔塔尔躲去，却向相反的方向飞驰而去。在飞龙驹上，他紧紧抱住塔塔尔从嫁的美女，信马由缰飞驰。由于鞭挞太狠，飞龙驹好似生了翅膀，只听耳边风声呼呼响，这飞龙驹如同腾云驾雾一般，沙布伯想要收缰勒马，万想不能。好似飞龙驹气恼了，你用鞭抽打我，打得太重了，非将你带到天边不可。它四蹄翻腾，使沙布伯感到如同流星闪电一般，暗想，这飞龙驹要将我驮向何方？

飞龙驹跑呀跑，它一口气儿不知飞驰出去多少里，它大气不哈，四蹄奔波，越驰越快，如同空气吹的似的，行驰如飞云一般。塔塔尔的美女担惊受怕地说："咱们跑出多远啦？快勒马落地吧！"

沙布伯也感到，飞龙驹跑的方向不对。他左右观瞧，山山水水均很陌生，已感到跑出很远，不然咋能不知跑向何处呢？当听到美女劝他勒马落地时，他才如梦方醒，急勒缰绳，口里喊着："吁！吁！"任凭他勒缰呼吁，这飞龙驹好似发疯一般，越勒越飞跃，越喊越不停蹄。它甩头摇身，越驰越快，简直不听从沙布伯的呼唤了。

沙布伯见飞龙驹如此奔驰，心里也有些发毛。这飞龙驹飞驰起来，不听我的呼唤，如果撞在悬崖峭壁上，我和美女的性命不都玩完，这便如何是好？想来想去，只有一个办法，拼命勒紧嚼子，非勒住不可，不然任它飞驰下去，即或不撞悬崖峭壁，将我送到人生地不熟的地方，也是九死一生。想好之后，对美女说："汝能否拽住马鬃，我要强迫飞龙驹落地停蹄。”

美女说：“我已骑马熟练，搜鬃毛万无一失，担心汝蹬镫不牢，闪落下去，可不是闹着玩的，千万小心！”

沙布伯说：“我，你就不用担心，久骑烈马已习惯了，何惧它飞驰不停，看我治服于它！”说罢，他撒开手，喊声，“搜住马鬃！”随之两脚蹬镫而立，用尽全身力气，拉紧嚼子，立刻将飞龙驹勒得扬脖吱吱喘叫，可它蹄飞如故，沙布伯心想，这可怪了，怎么紧勒嚼子，反而行也如故，难道我没勒紧吗？他倒了一下嚼绳，猛地使劲往后一拉，就见这飞龙驹蹄撞悬崖，迸出的火星乱冒，吓得他身子一闪，只见这飞龙驹更腾跃如风，他低头往下一看，吓死人也，只见一片汪洋，水浪滔天，咆哮翻滚，他再也不敢看了，叫美女说，“汝千万搜住马鬃不撒手啊！”喊罢，一屁股坐马鞍上，伸手抱住美女说，“事已至此，只好凭命由天了！”

美女见马下波浪滔天，吓得她浑身发抖地说：“我让汝逃到塔塔尔前去躲避，如今这跷哪儿啦？一片汪洋大海，咱俩何处归宿？”美女说到伤心之处，在飞龙驹上呜呜哭泣起来。

沙布伯反感地说：“哎！哭什么？何处不归宿，这一片汪洋大海，更是美好的归宿之处，我领你去龙王爷那里归宿！”

美女一听，止泣迟疑地问道：“把阿秃儿，汝认识龙王爷吗？”

沙布伯冷笑一声说：“我不认识他，他认识我！”

美女一听，幼稚地睁大眼睛，疑惑地道：“他咋能认识你呢？”

沙布伯自信地说：“他咋能不认识我，因为我啥也不怕！你们塔塔尔我也不认识，可你们认识我，若龙王爷听说我啥不怕来了，还得大开龙门接我哪！”

美女还不解其意地问道：“为什么？”她说到这儿，马上又摇头，不信任地说，“我不信，龙王爷还能接你？”

沙布伯说：“你不信！他非接我不可！”

美女说：“他接你，为什么要接你呀，别唬我啦！”

“真的！”沙布伯脸上流露自豪感，斩钉截铁地说，“因为他怕死，我连死都不怕，还怕他龙王爷！他不接我，我砸碎龙宫，打碎他那身龙骨头！”

美女好似听出点儿味道，将毛茸茸的两只大眼睛眨巴两下，望着沙布伯说：“要你这么说，什么龙王、阎王、土地，你不怕他，他就怕你呀？”

沙布伯一听，高兴地说：“对了！对了！你真是我的妻呀，世上就是这么个规律，不是你怕他，就是他怕你。我啥不怕，自然都怕我！"

美女又接过说："谁能和你比，你是'神的化身'，咱是凡体肉胎。"

沙布伯哈哈大笑说："你的话更错了，什么'神的化身'，全是鬼话，你心中无鬼，你怕什么呢？有鬼自然怕鬼，而且还怕一切！"

美女不解地问道："啥叫心中有鬼啊？"

沙布伯说："鬼，就是你行的事儿不正大光明，于心有愧，愧者鬼也，因为不敢见人，不敢公于世面，这叫心中有鬼，自然怕鬼，连打雷都心惊胆战；如果你行的事正大光明，于心无愧，敢公于世面，你心中不仅无鬼，而且心安理得而自豪，你还怕什么呢？就像我决心去杀猛虎，因猛虎残害人，我不怕它，它怕我，才将我驮送到黄头发女真中，那里，解脱其身而逃窜！这匹飞龙驹，像一头大狮子，撒欢尥蹶子，显示威风。可我决心不获它决不罢休，它被我驱赶得驯服了。汝之额毡对我威风凛凛，要捆缚而杀之，我毫无惧色，一箭射掉他头上的扁帽，吓得他跳下马来，俯伏于地，称我为把阿秃儿，这些难道汝还不明白吗？"

美女一听，转悲为喜地说："叫你这么说，到任何时候都要啥不怕，不怕才能自安！"

沙布伯一听，紧紧抱着美女，在飞龙驹上他又吻下美女说："真是我聪明的妻子呀，记住，到任何时候，都要沉着冷静，将死置之于度外，连死都不怕，还怕什么呢？只有这样坚石般的信念，自然一切有灵感的东西，它都怕你。你就可征服一切，一切都属于你！"沙布伯说到这儿一停，反问美女说："我的话你听懂了吗？"

美女说："听懂了，不仅听懂了，而且从中悟出很多道理，汝真不愧为把阿秃儿呀！"

沙布伯又说："你懂，我就放心了。就拿现在咱俩儿的命运说吧，这飞龙驹是个哑巴畜生，可它要将咱俩儿带到何方？可能将咱带进天堂，也可能带进地狱，不论带到何处，只要我们抱定一个志向，啥不怕。要怕，在天堂也可能过地狱生活；不怕，在地狱也可能过天堂的生活，就是这个理儿。为此，我们要有坚强的信心，如果咱俩儿离开一个，剩一个人也要抱定这个宗旨活下去，活下去决不要丧失信心，为活着的人去拼搏，去争取一切……"

沙布伯在飞龙驹上正劝导塔塔尔从嫁美女，说明沙布伯对他们的前途心有预测，无有远虑必有近忧，才向从嫁美女说明，让她心里有个防备，万一发生不幸，使她不至于感到突然。

正在他开导的时候，飞龙驹突然咴咴长嘶，他举目向前观看，心里一惊，只见波浪翻滚的前面，兀地矗立着直冲云霄的一道悬崖峭壁，好似一座隔绝于世的绝世崖。飞龙驹的嘶叫，立刻使沙布伯感到，这是飞龙驹向他发出的信号，意思是说："主人，下面是波涛翻滚的大水，前面有直冲云端的悬崖，怎么办？是落水同归于尽，还是冒险冲崖？主人，主人，汝决定吧！"沙布伯心里一琢磨，不敢冲崖落水等于自杀，死了也是狗熊，冲崖撞死也是英雄，因为在勇士面前，是无所畏惧的！对！就是这个主意。他立刻精神抖擞地大声喊叫说："飞龙驹呀，飞龙驹！我与你宁可闯崖撞死，也不能被这波涛翻滚的大水吓死，自溺于水中，你如果称得起飞龙驹就冲过去吧！"

他的话音刚落，飞龙驹已驰在悬崖跟前，只见这飞龙驹一鼓作气，顺崖飞向天空。沙布伯只听风声呜呜响，两眼迷茫睁不开，霎时霹雳震天地，昏晕过去啥都不知了！

第三十三章　勇士陷入女国

沙布伯在飞龙驹上，面对险途，坚定了一个勇士的信心，宁肯闯中死，不愿屈服活。他这种信念，感动了飞龙驹，在它已经精疲力竭的时候，一鼓作气，拔高而起，蹿入云端。沙布伯只听风声呜呜响，茫茫的雾气使他睁不开眼睛。猛听轰隆隆一声霹雳一般，震撼得他两耳欲聋，眼冒金花，觉得忽悠一下子，失去了知觉，啥也不知道了。不知过了多长时间，他才渐渐地清醒过来，还没等他睁开双目，两耳里就听喊喊喳喳像一群家雀似的，叫喳喳地乱成一团，听不出个声来。鼻孔里、气嗓中有股腥臭难闻的秽气，使他喘不上气来。暗想，我是在哪儿？他冷不丁狠劲睁开双目，见黑乎乎的暗淡无光的处所，屋不像屋，洞不像洞，而他的身旁围着一群赤身裸体黝黑的妇女，蓬乱的头发上，绑扎着一些光亮的石头和鱼骨头之杂物，珠不是珠，簪不是簪的东西，龇牙咧嘴，瞪目观望着他。沙布伯才明白，这腥臭之味来自这群人的身上，心想，我闯崖没闯过去，真的死了，这群人全是鬼？塔塔尔从嫁的美女哪去了？飞龙驹在哪？沙布伯想到这，霍地翻身要起来，没想到他的身子已摔伤了，可他不顾伤口的疼痛，咬紧牙关，坐起身来。

霎时屋内这群妇女一片欢叫："飞崖客活过来了，飞崖客活过来了！"

沙布伯从这群妇女叫喊中，使他明白了，他没有死，这群妇女不是鬼，他已经闯过悬崖，可能这是另一个天地，从这群赤身裸体的妇女中断定，这是野人所居之地。当往自己身上一看，大吃一惊，这群妇女赤身裸体，自己也浑身上下无根布丝呀！我的衣服哪里去了？他挣扎要起来，可力不从心，他又昏晕过去了。

又不知过了多长时间，沙布伯又苏醒过来了。他刚睁开眼睛，还没等他转过向来，几个野女人按着他就往他嘴里灌血，可以说是硬灌，腥腻味使他直劲反胃，就觉着嗓子眼一痒，他情不自禁哇地一口将灌进去的血全呕吐出来。可这几位妇女毫不泄劲，见他吐了再灌。灌得他气都喘不上来了，说也奇怪，自从他吐了后，再灌血他也不呕吐了，感到浑身有劲了。这时，沙布伯心想，作为一个勇士需要的是坚强，这些赤身裸体的妇女，看样儿对我没什么恶意，往我嘴里灌的可能是鱼血。大概见我昏迷不醒是饿的，别的东西以为我食不进去，只有给我喝鱼血了，不能辜负这几位妇女对我的好意。想到这，沙布伯心情豁亮了，他好似一只饿狼，从妇女手中夺过石碗咕咚咕咚将血全喝干了。

几个妇女见沙布伯如此，乐得直跳高儿，叽叽咯咯那个笑呀，有位妇女回身又取来一些鱼肉片儿，全是生的，用手拿过一块就往沙布伯口中塞。沙布伯也确实感到饿了，他能不饿吗？好长时间水米没打牙，又昏迷一天一宿，现在知觉恢复过来，需要的是食物，什么生的不生的，嚼着还怪香的哪。他狼吞虎咽填饱了肚子，用手一抹嘴丫子，放下手一看，全是鲜血。他一愣，马上明白了，这是吃生鱼片嚼出的血啊，说明这几名妇女是给他全部鲜鱼肉吃呀。填饱了肚子，头部和屁股摔伤的地方还有点儿疼痛，疼也得挺着，这是啥地方，我那从嫁的美人哪？飞龙驹呢？都急需弄明白。

这时从外面进来一位年约三十岁的女子，也是黝黑的身体，光秃秃的身子，浑身上下长着茸毛，不过这妇女两只眼睛明亮有神，进来就问："飞崖客如何？"

屋里的妇女回答说："他不仅将鱼血全喝了，还吃很多鱼肉哪！"

年岁大的妇女说："这就好了，你们出去吧，让我陪他唠嗑！"

几位妇女相互瞧瞧，说声"是"，蹑手蹑脚地全走了。

沙布伯心里想，这妇女要陪我唠嗑，大概能告诉我美人和飞龙驹现在何处。好，我正需要探明此事，就要站起身来。但他马上脸红了，自己还光腚哪，想找啥遮遮丑儿，什么物件没有，情不自禁地用手捂上了。妇女对沙布伯这副模样，嘻嘻好笑。她嬉笑着挨着沙布伯坐下了。沙布伯不好意思地将身往一边躲躲，他躲她就往身上挨，有这么几次，沙布伯一看，别躲了，再躲岂不躲到南墙上啦，还是赶快问明情况要紧。还没等他问，妇女先开口了，她问沙布伯说："飞崖客，你好点儿了吗？"

沙布伯一怔，心想，什么飞崖客？听不懂啊！就摇头说："你说的什么，我听不懂啊？"

妇女嘻嘻笑着，用手拍在沙布伯的身上，说："你就是飞崖客！"

沙布伯摇头说："我不叫飞崖客，我叫沙布伯，不，叫'啥不怕'！"

妇女一听更笑起来了，用手一搂沙布伯，说："你叫飞崖客，是从高高、高高的大石崖上面飞过来的客，飞到我们女人国来了，不叫飞崖客叫什么？你就叫飞崖客。有了你，我们女人国就有了一切！"

沙布伯从这位妇女谈话中了解到，他蹽女人国来了，不怪竟是些赤身裸体的妇女，原来这是女国。他又一想，这女国没男的，这女人从哪来的呀？刚这么一想，赶快咽口唾沫，将念头压回去了。现在不是问人家这事儿的时候，得赶快问明白美人和飞龙驹。忙问道："我的美人和飞龙驹哪？"

妇女一听，嘻嘻一笑，将头往沙布伯怀里一扎，用手一拨弄，将沙布伯捂丑的手扒拉一边去了，撒娇地说："我就是你的美人，女国都是你的美人！"

啥不怕这回心里可有点儿害怕了，从她的言谈中可以断定，这女人国一定没有男的，没有男的，全是女的还不将我吃了！他头上冒汗了，心惊肉跳地说："我问你，我的妻子和我的飞龙驹在哪儿啊？"

妇女大笑说："飞崖客，这女国里的女子全是你的妻子，不过得先从我开始！我的飞崖客呀！"她说着动手动脚的，弄得沙布伯哭笑不得，心想，这可咋办？作为勇士，面临此境，咋能弄清我是怎么到这来的呢？这女国要将我缠住，我如何脱身？沙布伯心里正琢磨道儿，可这位妇女刻不容缓，抓着不撒手，而且力量过人。心想硬的不行，得采取软的，就哀告说："姐姐，你得先将我是怎么到这来的，我的妻子和我的飞龙驹现在何处告诉我后，你让我咋的就咋的，不然说啥不从！"

妇女仍笑嘻嘻地对沙布伯说："不行，你得先依我，然后才能告诉你，不仅告诉你，我还领你去看。"

沙布伯摇头说："不行，得先告诉我，不然说啥不从！"

妇女仍笑着说："飞崖客，你要知道我们女国有规矩，男的不从，马上就将你撕成一片一片的，妇女拣你一小块肉带在身上，要是从啦，妇女都恭敬你，给你好的吃，啥不用你干，有多好啊！"

沙布伯哀求说："我的好姐姐，只要你告诉我，我的妻子和飞龙驹在哪儿，我马上就依你！"

妇女一听更嘻嘻地笑起来了，将脸往沙布伯脸上一贴，说："实对你说吧，已被撕成一片一片的啦。我们女国最反感那玩意儿，认为是妖怪，只有你现在这样，女国所有的女人都能看得着，瞧得见，你才能安全，谁都保护你！供养你！"

沙布伯越听越糊涂，她说些什么呀，难道我说的话她听不明白，她说的又是什么？她说撕一片一片的好像不是说我的妻子和飞龙驹，她们将她撕成一片一片的做什么？他冷不丁又想起来，我的衣服呢？就忙问道："大姐姐，我的衣服呢？"

妇女立刻收敛了笑容，满面怒容说："你这个飞崖客，你快从我，从我之后，我领你先去看看，然后再到这女国各处看看，开开你的眼界，你就是我们女国的飞崖客！"

沙布伯心里很难过，暗想，我无意中获一宝驹，又得到塔塔尔美女从嫁，真是双喜临门，哪想到喜事变成忧事。这飞龙驹为啥要将我送到这女国？它又哪去了，美人又在何处？我什么时候能脱离女国？唉！真是好事变成坏事呀！但他马上又想，这种悲观念头不是勇士想的，难道勇士还怕女国的女人吗？不能，绝对不能，她们也是人，需要人来感化她们，提高她们，让她们从野人变成能耕能织，能会缝衣服的人！这一想，他感到飞龙驹将他送到这来，是天神的安排，只有他这样的勇士，啥不怕才能承担这开辟人类的重任！

"他到底从不从，不从就撕了他吧！"

忽然外面群女一片叫喊，沙布伯心内一惊，浑身直颤！

第三十四章　立志改变女国

话说沙布伯猛听外面妇女一片叫喊之声，可将勇士啥不怕吓坏了，他心惊肉跳啊。要说啥不怕他生来确实这样，不怕天不怕地，不怕狼虫虎豹，不怕妖魔鬼怪。用他的话说，死都不怕，还怕什么？这话就矛盾了，啥不怕他今天却怕起女国的妇女来了，那还叫什么啥不怕呀？他确实怕了，别的不怕，他从心里往外就怕女的，因为他已尝到苦头，塔塔尔从嫁美女他领回之后，伤了不少脑筋，他暗自思忖过，勇士勇士，最怕女的；女的一缠，勇士名完。躲避女的，勇士保全；宁要一妻，别娶二妾。正因为这样，他今天陷入女人堆里，能不着急害怕吗？要是这些女的一拥而上，不将他吃了才怪呢！吓得他连声说："从，从，我从，从了！"

纠缠他的这位妇女将嘴一撇说："哟！要是早答应，何必费这么多的唇舌，惹众姊妹发急，她们都等着你这位飞崖客哪！"

沙布伯心中暗笑，真是女国，干这事儿她们还着急，又一想，一个地方一个风水，要是唐括部妇女说这话都张不开嘴，可这女国公开当成脸面的事儿哪！他心中立刻想到自己能现身于女国，这是天神命我来改变女国的，我要大显身手，这是我的天职！

沙布伯拿出勇士的精神，云雨后，惹得外面围观的妇女称心如意嬉笑而散。沙布伯方见陪他的这位妇女显得格外精神了，对他更加缠绵不休。沙布伯心想，我得将她的兴致引到诉说这女国的来历上。随即一方面安慰她，一方面用话引诱地说："你们女国为啥没有男的呢？"

这位妇女毫不思索地说："谁说没男的，有啊。"

沙布伯说："我咋一个没看见呢？"

妇女长叹一声说："唉！我这断了，其他地方还有，不过男的少，还小。"沙布伯疑惑地问道："咋叫少而小呢？"

妇女真被沙布伯将兴致引到沉思上来了。她说："在我们女国里，有

131

八个妇女群，现在只有五个妇女群里还有几个男的，大的不过十一二个青青，小的只有八九个青青。而我们这个女群里已快一个青青没有了。"

沙布伯惊疑地问："男的哪去了？"

妇女说："死了，都命短，活不到二十个青青就死了。"

沙布伯又问："你们是什么人呢？"

妇女说："我们是女真人，要不咋说女国呢？"

沙布伯一听是女真人，他霍地坐起来，追问说："你咋知你是女真人呢？"

妇女说："老年人流传下来的。传说我们是野女真留下的后代。当九天女与猎鱼郎婚配后，我们祖先抢走了猎鱼郎，猎鱼郎留下很多后代。有年发大水，我们的祖先在汹涌波涛里翻滚挣扎，忽然大水里漂着很大很大一个树叶子，离远看着很小，等漂到眼前一看，这树叶可大了，树叶上还有棚子，我们的祖先，也就是一群妇女，拖儿带小爬到树叶顶上，钻到棚子里，又避风还防寒，任凭树叶漂呀漂呀，不知漂了多长时间，树叶停止不前了，一声巨响，棚没了，变成这块水岛之地，前面有巨大的石崖挡着，不信明天你看，这地方就像个大杨树叶子。祖先就在此定居下来，女的多男的少，不是女国是什么？后来五国城鄂罗木有几个男人被海东青驮送至此，故而又形成八个妇女群，互相交换男的，我为杜鄂哈，共有大小女人二十八个。你这飞崖客就属于我这二十八个女人的啦，我为长，先与我婚配三天，随后依次婚配两天，再返到我这，你明白吗？"

沙布伯又问："鄂罗木来的男人哪去了？"

妇女一听，大笑说："哎哟！我的飞崖客，那是哪个青青的事儿了，早死喽。不过听说，他们都不是勇士，在此没过几个青青就死去了，但留下不少后代，可惜，还是生女多，生男少，至今男的无有几人，没想到天降汝这个飞崖客，被我们杜鄂哈获得，我这女群有希望啦！"

沙布伯才明白妇女叫他飞崖客，八成是说我从悬崖上飞过来的吧？赶忙引诱地说："你叫我飞崖客，我是咋飞过来的呀？"

妇女说："那天我们杜鄂哈女群正在捕鱼，猛听这秃壁悬崖轰隆隆巨响，见其崖顶上倒塌，大石头翻滚而落，烟雾弥漫，在雾气中有个大怪物飘然而落，吓得我们全趴在地上一动不敢动。一直等到一点儿动静没有了，我们才跑去观看，见石崖倒塌多半截，往这边一看，吓得我们哇呀就跑，因为那怪物长条条躺在地上。我们的狗不是好声地对它狂吠，离老远观看，那怪物一动不动，又大胆近前去看，见那怪物不喘气，才发现你和那个可恶的人。摸摸你们的胸口还喘气，大伙儿手忙脚乱地将汝的身上包裹捆绑的那东西撕扯成碎片，才发现汝是个宝贝疙瘩，那个是可恶的人。将汝抬回，可恶的人送到草窝里去了。随后大伙儿好不容易将那大怪物拖到大海里去了。"妇女正讲得津津有味，猛见飞崖客眼泪扑簌簌地往下掉，她惊疑地问："飞崖客，我的宝贝，你咋的了，为啥要哭呀？"

沙布伯说："你说的那可恶的人，就是我的妻子美人啊。"

妇女问："啥叫妻子呀？"

沙布伯说："我就是九天女留下的后代，叫生女真人。在海那面，那块男的女的一般多，就像刚才我和你那样后，女的就叫妻子。女的有了这个男的，就再不和别的男的去婚配，一直到死永远是这男的妻子，你听明白了吗？"

妇女说："明白啦，飞崖客永远和我婚配，我就是你的妻子对吗？"

沙布伯说："正是！"可他说着更哭起来了，哭得非常悲伤，边哭边说："我的妻子要是有个三长两短，我也不能活了！"

妇女被沙布伯哭得动了心，问沙布伯说："飞崖客，要是让可恶的人回到你身边，你还能和我婚配，我还能成为你的妻子吗？"

沙布伯立刻回答说："能，只要能这样做，你将永远是我的妻子，和我妻子同样对待！"

妇女急忙又更正说："不，不只是我，我说的是杜鄂哈二十八个妇女全是你的妻子，你都能一样对待吗？"

沙布伯一听，心中暗想，别说这些野女人还真有福同享、有乐共欢的群体哪，要不应允，她也不能答应，就立刻回答说："行，二十八个，不，加上我原有的，二十九个，全是我的妻子，我同样对待！"

妇女一听，高兴得立刻搂着沙布伯说："飞崖客，你真好，我们杜鄂哈后继无忧啦！"

这时外面一群妇女齐声叫喊，一拥而进，手挽着手儿围在沙布伯周围七吵八喊："我们飞崖客，飞崖客，将为我们留下飞崖客，代代都有飞崖客！"差点儿将大草窝棚挤翻了。

沙布伯又追问说："我答应你们的要求，你们得将我带来的妻子领来呀，见不着她，我，我咋能实现你们的要求哪？"

先头的妇女说："好，你们去将那个女人领来，让她加入咱们杜鄂哈女群。"

那群妇女才呼啦一下子跑出去了。沙布伯见妇女走了，就又问："你们为啥不穿衣服，还将我的衣服扒扯下去了？"这话沙布伯重复说好几遍，这妇女不明白，直劲摇头。没办法，沙布伯用手比画他身上，又比划妇女为啥用手给扯撕了，使了半天哑巴令，这妇女才明白过来，嘻嘻笑着，还用手打下嘴巴，意思是穿那玩意儿多硌碜。她对沙布伯说："我们见你身上那些玩意儿害怕，准是妖怪将你身上缠缚上的，多不得劲呀！我们这多好，走路打鱼可得劲了，看着也美呀。我们将妖怪缠缚你身上的东西撕碎后，才将你从壳里放出来。这多好，我们女群天天能看见你的真形。"

说话间，杜鄂哈的群女们将沙布伯的妻子领来，见她也是赤身裸体，脸形有些消瘦了。她刚走进来，一眼就看见沙布伯了，大喊着说："把阿秃儿，把阿秃儿，没想到还能见到你呀！"喊着扑向前去，放大悲声哭泣。

沙布伯手扶着塔塔尔的从嫁美人说："哭什么？现在我一切全明白啦，咱俩全是把阿秃儿，天神让咱俩来改变这女国，像咱们一样去生活，才让飞龙驹将咱俩驮送至此，咱俩的天职多么光荣啊！"

后来，女国的人也随沙布伯成了女真人。

第三十五章 "字 神"

　　自从劝姑与钢峰结婚后，真把钢峰的心给锁住了，钢峰一心一意地为乌古迺制造兵器，在铁离山原有炼铁的基础上，又建造了新的炼钢炉，铸造各种兵器。这样现有的奴隶就显得不够用了，在新的奴隶没增加之前，这些奴隶一个要顶两个用，鞭打脚踢，叫苦连天，悲惨之情，惨不忍睹。

　　这天，金氏又来铁离山视察督促，加紧制造兵器，好武装部队，因为温都部时刻想吞并完颜部。完颜部为了确保安全，乌古迺特去辽国进贡，愿附属于辽，以便得到辽国的保护，但他自己得壮大兵力。乌古迺将诸部落的男性十八至三十岁以下的全组织起来，进行军事训练。制造兵器这件事就交由妻子金氏来督促监工按期完成，金氏就得经常到铁离山来。

　　这次金氏来了之后，钢峰对她说，还得想办法买些奴隶，现有奴隶每天都有饿死的，不赶快想办法，恐难按时完成制造任务。金氏告诉钢峰放心，乌古迺正派人到外地购买奴隶，很快就会买一大批回来。

　　这天晚上，金氏半夜醒来，忽然一曲悲哀的曲调冲入她的心弦，简直心都要碎了，越听越悲，她翻身坐了起来，手持宝剑寻声觅去。找来找去，原来是从奴隶棚那边传来的。她蹑手蹑脚地找去了。在奴隶棚外，树荫下，盘坐一个奴隶，手弹一物，悲声唱道：

> 北国烟云阻碧岑，亲人久阔梦中寻。
> 今生夫妇难见面，野人怎识智人心。
> 懊悔不该来探险，野人心狠胜豺狼。
> 无辜甘受奴隶苦，命在旦夕念亲人。

　　这个奴隶的歌词儿，对金氏来说，是擀面杖吹火儿——一窍不通。

135

但这悲哀的声调儿，还是刺激她的神经，为此，她大声喝问："何人大胆，深更半夜，在此呻吟？"

唱曲之人，没有正面回答，又手拨一曲，唱道：

> 奄奄一息兮，倾吐我的心。
> 风云传信兮，北国人难分。
> 残暴无情兮，果见人吃人。
> 深更半夜兮，盼望与知音。

这个奴隶歌罢，金氏虽然既不懂曲调，又不解词意，但内心感到此事蹊跷，当即又大喊一声："胆大的人儿，我在此还敢妄为？来，将他带进我的房中！"

看守奴隶的兵士哪敢怠慢，狐假虎威，厉声喝道："胆大的吴明世，你敢冲撞神女金娘娘，真是罪该万死，走！"金氏就听脚镣链子哗啷啷连声响，吴明世"哎哟，哎哟"连声喊叫。金氏赶忙吩咐说："将他抬到我的房间去。"

将吴明世抬到金氏房间后，她仔细一瞧，这人长毛邋遢，面如锅底，骨瘦如柴，三分像人，七分像鬼，真是奄奄一息的人了，就温和地问道："你为何深更半夜哀伤，扰乱众心？"金氏边问边观察吴明世的乐器，只见是用块空心木头，上面是用马尾做弦而成的一种玩意儿。她用手轻轻一拨，当啷一声，将她惊得手一颤，就听吴明世说："实不相瞒，听说神女娘娘来此，我才大胆拨曲唱词儿，就是为给神女娘娘听的！"

"大胆！"金氏厉声喝道，"你咋知我来此？"

吴明世毫无畏色地说："是劲姑对我说的。"

金氏一听，劲姑对他说的，心里立刻翻个个儿。因为金氏自从弄明劲姑与乌古遒的事儿之后，又得钢峰炼钢铸造兵器，认为劲姑非比寻常之人，已结为姊妹，亲如手足。又发现劲姑处事心细，并能提出很多治理部落安民族的好建议。今听吴明世说出劲姑，使金氏格外留神盘查此人，定有不平常的来历。金氏想到这儿，让人给吴明世搬个座位，让吴明世坐下。吴明世说啥不肯，在没弄清他的身份前，说啥不坐。

金氏问道："你咋接近的劲姑？"

吴明世说："劲姑对奴隶非常同情，见有人打奴隶，她都摆手制止，在她的影响下，钢峰也逐渐转化，只是这些头目，心肠太狠，对奴隶不如对待牛马。神女娘娘，你是神的化身，我一说就透，攻其貌，不如攻其内，心是感化来的，不是打出来的，劲儿是内心发出来的，打其皮肉，岂能焕发精神之火也。我见劲姑非比寻常，特弹一音调让她听。岂知，果遇知音，她找我，让我再弹一曲，并让我写出曲词儿。她告诉我，神女金娘娘，最爱歌词曲词儿，她再来时，我告诉你，夜间弹唱给她听，她非闻声而来寻找你不可。为此，奴隶才胆敢冒犯神女金娘娘的威严，弹唱小调儿，诉奴隶心中之苦也。"

金氏已明白八九分，准是劲姑发现此人与众不同，就弹唱而言，完颜部也是独一无二呀。她想到这儿，就亲切地问："听你语音，不是此地之人，为何要充当奴隶？"

吴明世长叹一声说："神女娘娘，有所不知，我乃中原人士，自幼苦读诗文，不愿为官，专想遍游天下，考察人类和地理环境，来为人类沟通开发。没想到，被温都部当作别国派来的密探，将我打为囚犯，后来又将我当奴隶卖给完颜部。使我遭受如此涂炭，眼看快被折磨死的时候，幸遇劲姑和神女金娘娘，我有救也。"

金氏说："好！从今以后，你暂不参加劳苦之活，专练弹词儿，等有机会，我召你，给乌古迺弹词一番，若得到他的赞赏，你就有出头之日了。"金氏说完，将吴明世仍送回奴隶棚内。

第二天，金氏将劲姑找来，问道："劲姑，奴隶棚内，有一南方人，会弹唱，我昨晚听后，才知是你的吩咐，为何不与我明言？"

劲姑一听，惊慌失措，双膝跪地，口称："神女金娘娘姐姐，有所不知，自我发现他之后，甚觉此人奇异，能用几根马尾弹出悲哀之调，别说没见过，闻也未闻过，但又一想，我乃凡体肉胎，不似神女的金身，故让他等你来后，弹唱一曲儿，如能入耳，再言明；如不入耳，让他从此罢休。这就是我的实言相告。"金氏一听，赶忙用手搀起劲姑，称赞说："我妹细心，选人特长，我不如也。"随吩咐，从今后让吴明世苦练弹词儿，以便欣赏。

劲姑这才从兜里掏出吴明世写的弯弯曲曲的词谱，递入金氏说："这是吴明世画的。他说，他就按这个弹的，遇到智人，让他一看便懂。"

金氏接过一看，白纸画些道，横竖不知道。看过来掉过去，不知啥玩意儿，便对劲姑说："放我这吧，但对吴明世要好生照料，听我信儿。"说罢金氏回去了。金氏对这件事只装在自己肚子里，回去也没和乌古迺说。

这天，乌古迺练兵回来，忽然有人向他报告说："辽国派人前来有要事要见乌部长。"乌古迺赶忙接见，只见来人，手持一封信儿，他交给乌古迺说，"国王让我前来送书，见乌部长拆看。"说着将书信递给乌古迺。乌古迺心惊肉跳接过书信，嘴没说心里想，辽国国王诚心砢碜我，我们女真族哪有一个识文断字的呀？祖传的天书至今还不解其意，下书给我，让我如何是好？但他仍然假装能看懂似的，拆开后，倒拿书信，眨巴着双目，观看纸上的字儿，真是白纸画黑道儿，越瞧心里越发闹。冷静一下，问来人道："嗯，国王让你来，还有何话说？"来人将腿儿一伸，恭敬地说："国王说，要说的事儿全在书上，让你看后，回封书信给他。"

乌古迺一听，脑袋嗡的一声，差点儿晕倒在地，暗想我的额娘啊！这白纸画黑道，曲拉拐弯的，说些啥呀？我只会刻画些记号，代替字儿，绑些圪达给他捎去，他也不懂。这事儿，让我咋办呢？乌古迺沉思半天，对来人说："这样吧，你先住下，让我考虑考虑再说。"乌古迺说到这儿，吩咐将辽国下书之人，好生招待。

晚上，乌古迺回到家中，唉声叹气，金氏不知那葫芦装的什么药，就问："你咋的了，闷闷不乐？"

乌古迺听她这一问，从怀里掏出辽国的书信，往炕上一扔，说："你看！"

金氏接过一看，面带惊色地说："你怎么知道的，谁交给你的？"金氏以为是奴隶吴明世的词谱儿，被乌古迺知道了，才这样问乌古迺。

乌古迺愁眉苦脸地说："什么谁交给我的，是人家送来的。"

金氏问："谁送来的，是劰姑？"

乌古迺说："哎呀！你扯到哪去了？是辽国派人送来的。"

金氏拍手打掌地说："哎哟，辽国也会这词曲儿，咱和他对对。"

乌古迺一听挺不高兴，用眼白了一下金氏说："你疯了，说些什么乱七八糟的，词啦谱啦，这是辽国国王给我送来的！"

金氏嬉笑地说："这更好了，他国王会词曲儿，咱完颜部也会，送给他比比。"金氏说着从怀里掏出吴明世的词谱儿举在乌古迺面前说，"你看看，咱这画道儿比他少吗？"

乌古迺接过一看，也是白纸画黑道儿，比辽国画得更花花，吃惊地问："这是谁画的？"

金氏说："别问谁画的，你看比辽国画得好不好吧？"

乌古迺说："哎呀！急死我啦，这是辽国给我下的书信儿，国王对我说的话儿，全在纸上，我一个大字不识，谁知他说的啥呀。来人等着让我回信儿，这不急死我啦，幸好你手中还有这画字的纸，是谁画的，请他来看看这书信，认识不认识。要认识，让他代我回信儿，今后辽国也不敢小瞧咱完颜部的乌古逎。"金氏这才明白原来如此，就将她在铁离山奴隶中发现的吴明世诉说一遍。乌古逎一听喜出望外，急忙派人骑千里驹，星夜将吴明世接来。

吴明世来了之后，展开辽国书信一看，对乌古逎说："辽国让你进攻温都部，他们派兵协助，如果同意，约定日期，共同出兵。"

乌古逎一听，赶忙跪拜说："原来你是'字神'，恕我肉眼不识'字神'，有罪，有罪！"

吴明世当即给辽国写了回信，从此成为乌古逎的"字神"，后来结合汉字为女真创造了女真文字，并开始产生了乐器和歌词。

再说金氏见吴明世是个"字神"，当即与乌古逎说："明天再去铁离山，问奴隶中还有何能人，只要有贡献，就解除奴隶，作为上宾。"金氏在铁离山宣布之后，又发现不少人才，其中最显著的是有个奴隶名叫魏能，会制作木犁杖，从此，女真族开始用弯钩犁耕种土地，使女真族逐渐发达起来。大伙儿称赞金氏对人不分贵贱和民族，爱才选用，为女真族奠基立业，后来才建立起金朝。

第三十六章　珍藏秘方"字神"丧命

　　乌古廼自从在奴隶中发现"字神"，回了辽朝书信，辽朝皇帝大惊，不敢轻视乌古廼。乌古廼被召到辽朝，辽朝封其为生女真部族节度使称号，承认他部落联盟长的职位。这时候乌古廼发现文字很重要，就让"字神"传授汉字，并计划让"字神"结合女真记法创造女真文字。可是将近三十年，没有造出女真文字，连汉字也没推开，直到阿骨打建立金朝后，才创造出女真文字。事出有因，是因为乌古廼为珍藏秘方，导致"字神"丧命。

　　一〇四二年，乌古廼由于外侵内乱，里外受攻，顾头又顾脚，每天累得筋疲力尽，虽有金氏神女辅助，还是得内外操劳。天长日久积劳成疾，病倒不起。他的症状是胸脘胀满，食欲不振，肝郁气滞，四肢无力。乌古廼病倒了，可愁坏金氏神女。生女真族的一切都落在她的肩上，一方面需要组织兵马去打仗，保卫女真族不受侵犯；另一方面还要组织捕猎，制造兵器。对女真族的管理，还要组织和辽宋交换商品。仗着金氏神女天资聪明，还算支撑住了。对乌古廼患病的消息严加封锁，外人都不知道。金氏神女除千方百计求医弄药，想尽一切办法扎古①，始终不见病情好转。金氏神女天天焚香，祈祷阿布卡恩都力保佑乌古廼早日病愈。可是乌古廼病势不减，反而日重于一日，面黄肌瘦，骨瘦如柴。金氏神女每天暗中悲泣。真是叫天天不语，问地地无声。

　　单说这天，金氏神女又到玉泉山去跪拜祈祷。曰：

> 天意灭乌金，为何施雌雄。
> 乌金虽双配，半路欲夭折。
> 神威究何在，乌金受折磨。

---

① 扎古：东北方言，医治。

天意诸申兴，病魔离乌身。

振兴安出虎，感恩玉泉神。

雌拜心欲碎，血泪湿衣襟。

　　金氏神女祈祷后再拜，拜后再祈祷，从早上跪到夜幕降临，不知她念了多少遍，眼泪在地下流成小河。眼泪流呀流，流淌到夜间就成了鲜红的血泪了。金氏神女还仍然跪祷不起。大约在三更时分，突然咔嚓一声巨响，如同山崩地裂一般，震天颤地，玉泉山上立刻金光缭绕，五彩缤纷，照得天地金光闪耀相连，香馥沁人。金光缭绕处，显现出一位俊俏美丽的女子，她身穿绫罗，腰束纱裙，五色飘带随风摇舞，头上的金环珠矾，霞光四射，金花怒放，银花争娇，翡翠夺目，环佩叮当响，绚丽闪彩光。女子站在金光中，对金氏神女说："金氏神女莫悲伤，九天仙女奉上苍，晓谕后裔诀八句，免灾除病须牢记：玉泉金光闪，雌雄安出虎。天机解不透，灾殃浸肌腹。病魔虽缠身，天书自解除。欲问天书意，'字神'解其诀。"九天仙女现身念完八句诀言后，就听轰隆隆连声响，好似滚雪闪电一般，眨眼工夫，金光收敛，天空月星交辉，平静如故。金氏神女如梦方醒，慌忙再拜，感激女真祖先九天女示教。拜罢，才乘马回去。

　　金氏神女回到寨子，天已大亮，急忙奔进屋去，见乌古迺精神有些恍惚，昏昏沉睡。她没有惊动乌古迺，蹑手蹑脚地将祖传的天书翻出来，手捧天书，热泪滚滚，自忖道：祖先九天仙女示教得明白，天机解不透，这天书遗留这么多年，当宝贝存放，看都不看，何谈解字？因此灾殃才浸入乌古迺肌腹之内。祖先九天女又说，病魔虽然缠在乌古迺身上，这天书就可解除病症，天书咋能解呢？必须请"字神"解开其中的秘诀。金氏神女想到这，她没敢拆封，慌忙供奉在祖宗凳上。转身自己亲自动手打扫一间屋子，收拾得干干净净，现请木主[①]，沐浴更衣后，焚香供奉，随将天书已供奉在木主前。备办妥当之后，金氏神女才请"字神"沐浴更衣，到此屋来解天书。"字神"随同金氏神女向木主和天书行三拜九叩礼后，跪解天书。但金氏神女预先已吩咐，只解能治乌古迺病的部分，其余天机不可泄露，叮嘱再三，"字神"对此天书更感奇异注目。他拆开封皮后，打开扉页，立刻倒吸一口凉气，惊异得两眼发呆变颜变色。金

―――――――

[①]　木主：是女真族供祖之木牌。

氏神女跪在一旁，看得真切，想要问其意，泄露天机，不成大事，懊悔莫及。想到这儿，她又嘱咐"字神"说："无关治病的要免看，小心五雷轰顶。"

"字神"虽然点头应诺，但他如获珍奇异宝，手捧天书，逐页翻阅，了解其意。金氏神女心急如火，担心"字神"全部理解，泄露天机，是自己罪过，不让翻阅，治病的秘诀究在哪页，不看又怎能解？此时金氏神女如坐针毡，万针穿心，眼睁睁让"字神"将天书全翻遍，她又催促道："还没发现？"

"啊！在这页上。""字神"吞吞吐吐地说，"天机奥妙难测，在下学疏才浅，得一点儿一点儿推测琢磨呀，稍不慎重，疏忽大意，罪责难卸。"金氏神女还真让"字神"唬住了。实际她毫无办法，这天书，弯曲撇钩，越看越糊涂，只能靠"字神"，这如果天书有秘诀，"字神"硬说没有，岂不更加误事？这是金氏神女心里话儿，转念到这儿，金氏神女就更谨慎了，面颊上转急为喜地说："'字神'，虽然天机莫测，让你阅解，这实质乌古迺拿你比手足还重，既然你阅过这天书，就可略知女真族的兴盛实乃天意，你和乌古迺共图之。"这一席话，说得"字神"转惊为喜，他虽然不能一下子理解天书全意，但女真将成为统治者，这不能不使他惊讶。听到金氏神女这一说，"字神"欣喜若狂地感到，乌古迺要当皇上，我定是宰相，一人之下，万人之上，享不尽的荣华富贵。这一高兴，他更认真起来，仔细推敲阅读。他翻过来掉过去看，逐页逐字进行视阅，终于喜笑颜开地对金氏神女说："恭贺盟主洪福，天书确有秘记住，待我念来，请女神细听，'要长寿，必谨记：胸宽广，戒淫乱，益寿汤，坚服用，持之恒，见效益'，并告诉了益寿汤秘诀方，'茯苓安神，白术益气，当归补血，白芍疏肝，砂仁消食，莎草理气，延年益寿，秘方牢记，养身传代，耀宗兴族'。"

"字神"反复叨念三遍，金氏女神不仅心中牢记，而且用绳结扣为字记载下来。收回天书，叩拜天地、祖先，又再三叮嘱"字神"千万不可泄露。"字神"拜辞匆匆而去。

金氏神女送走"字神"，心里好像多块心病，总感到让"字神"翻阅天书，前八百年后八百年让他知晓这还了得。想到这儿，她赶忙派心腹之人，监视"字神"，一不能让他逃走；二要监视回去后的行动；三不准和外人接触。分派完之后，方觉心里安神一下，这才吩咐人去速找劲姑前来议事。劲姑来了之后，金氏女神将购买这些药品交给了劲姑，让她带领心腹速到辽，如辽没有便进关购买，但金氏神女对益寿汤秘诀方只字未提。

劾姑带人将药品买回来，水煎后给乌古迺按时服用。说也奇怪，这药服过几次，乌古迺渐渐地恢复了健康。金氏神女才将她如何在玉泉山祈祷，祖先九天仙女——女真显圣、示教说了一遍，回来如何让"字神"阅解天书从头至尾说了一遍。

乌古迺吃惊地问："怎么！天书全让他看啦？看后有什么行动？"

金氏女神接过说："翻阅天书时发现他看得非常仔细，我就暗中注意，事后布置人监视，发现他出去后，连饭都没顾得吃，刷刷点点写什么。"

"哎呀！"乌古迺惊得跳了起来，说，"准是将天机秘诀抄写下来了，要是泄露出去，岂不坏了大事！他，他能不能逃跑了？"

金氏女神笑吟吟地说："看把你急的，我已将'字神'扣押起来了，想逃也逃不了啦！"

乌古迺点头称赞金氏神女真有熟思远虑之谋。这"字神"不可久留，立即砍头，免去后患。就在这天晚上，偷偷将"字神"杀了，并将"字神"所有的抄写资料一火焚之。可怜"字神"忠心要为女真贡献他的才能，尤其是阅天书后，梦想当宰相，连夜规划如何壮大女真力量，创造文字，创办教育，在女真族普及文化，扫除文盲……这一切心血付之一炬，反将自己送上了断头台，推迟了女真文字的创制。

传说乌古迺活到五十三岁死去，那时候活这么大岁数的也少见。另有传说，乌古迺因东奔西杀，没能坚持服用，要坚持经常服用还能多活几年。他儿子劾里钵时断时续服用，活了五十五岁。传到清朝，按此秘诀坚持好的是康熙、乾隆、道光，最好的是慈禧，活了七十三岁。从此这个益寿汤成为御方流传于世。

第三十七章　金氏遇宝

劲姑生一男孩后，就流血不止。可急坏了钢峰，采各种药也调治不好。钢峰也苦熬得面黄肌瘦，眼看要支持不住了，强打精神，每天侍候劲姑，他还要照顾生产兵器。因为已定下来了，完颜部与温都部要打仗，兵器赶不出来，这仗咋打呀，更何况，温都部当时比完颜部发达。钢峰连着急带上火，这天也病倒炕上。

乌古迺的妻子金氏听说，赶忙前来探望，见劲姑与钢峰病得非常严重，心里暗暗吃惊。表面安慰劲姑和钢峰安心养病，神佛会保佑你们很快好起来的，随后并立即吩咐人好心侍候，待我进山采药。

金氏说罢，带领海东青大鹰与神犬，只身一人奔深山密林而去。她骑在马上暗自踌躇，菩萨点化钢峰能助金业，现在夫妇俩病成这个样子，如何是好？金氏想来想去，还是得到山洞去拜佛祈祷，拯救钢峰夫妇。她拿定主意后，就快马加鞭，直奔原来劲姑与乌古迺祈祷的山洞而去。穿山越岭，急驰赶路。心急懒观路途景，急事在身火燎心。本来她已去过两次山洞，偏偏这次还寻找不到了，理应是熟路，当她冷静之后，仔细一看傻眼了，这是啥地方啊？越着急，眼越花，简直不知东西南北了。金氏已经转向了，赶忙勒住马，东瞧瞧，西望望，不知往哪儿奔好。正在金氏头昏脑涨的时候，才想起她的海东青大鹰和神犬，全不见了，究竟什么时候失踪的，她也记不清了。这才赶忙掏出树皮哨儿，吹呀吹，任凭她吹破树皮哨儿，神鹰和神犬还是无影无踪。金氏可心急了，它俩全失踪了，她咋没发现呢？赶忙又使劲儿吹，吹了一遍又一遍，吹得千里驹咴咴号叫，帮助主人呼唤。但是，神鹰和神犬还是无踪无影啊！眼看天黑下来了，金氏长叹一声，暗想，自己进山，从来没有过今天这样狼狈。菩萨山洞没找到，还丢失了神鹰和神犬，自己还迷在深山中，难道劲姑与钢峰没救了，才让她走上迷路？她想到这儿，就对千里驹说："神鹰和神犬都不见啦，我又迷失了方向，东西南北都辨不清了，现在就看你的啦，将我送回去吧。"

千里驹好似懂人语一般，将脖一抻"咴咴"长叫。正在这时候，神鹰和神犬全回来了。神鹰口里叼个小雀儿，吧嗒一声落在金氏手掌心上。再瞧神犬，口里也叼个小雀儿，摇头摆尾地示意要给她小雀儿。金氏借着月光一看，两只小雀儿一样。金氏就对哑畜说："难道这雀儿能治劲姑和钢峰的病？要能治病，快头前带路，赶回救命要紧。"她话音没落，神鹰"嘎嘎"两声向正东飞去，狗儿也撒欢在地下随着。金氏头上沁出汗珠，心里发颤地想，娘呀，别是越过别国了吧？急忙催马加鞭，赶回铁离山。

金氏回来后，赶忙探望劲姑和钢峰，见他俩面无血色，气喘吁吁，身上冒着虚汗，见金氏回来，都用虚弱的手拉着金氏说："娘娘可回来了！"说着凄然泪下，哽咽着，"我俩是不行的人了，制造兵器任务未完，对不起娘娘和乌古逎部长。"说着俩人放声痛哭。

金氏安慰说："别着急，人不该死总有救，我已采回灵丹妙药。"说着掏出两只小雀儿，当即吩咐去毛，煮熟，连汤带雀儿给劲姑与钢峰吃。

但劲姑还是紧紧攥着金氏手说："我死后，还有一事相托，就是这个孽障，就交给姐姐你啦，你就拿他当亲生照看吧……"劲姑说到这儿，好像嗓子眼儿被一团棉花噎住，再也说不出话来了。

金氏也悲哀流泪地劝慰说："你放心，只要有我在，绝不让孩子受屈。但你要放宽心，病会好的。"

雀肉和汤端上来之后，满屋喷香。劲姑与钢峰含着泪水，勉强将雀肉吃了，连汤喝了。金氏嘱咐他俩好生安息，自己回去休息。

劲姑与钢峰吃了雀肉后，俩人睡了一觉，醒来感到精神不少，而且感到浑身比过去有力气了。金氏听说，喜出望外，没想到两只雀儿真能治病，就对劲姑和钢峰说，再到山上去猎雀儿治病。

金氏在出发前，对着神鹰和神犬说："你们俩有功，捉的雀儿能治劲姑和钢峰的病，今天咱们哪儿也不去，就去抓雀儿治病。"说完后，率神鹰和神犬出发了。这次金氏始终瞟着神鹰，神鹰往哪儿飞，她就催马紧相跟。穿山越岭，向前走啊走。越走越感到道路生疏，树茂密。不知走了多长时间，前面见一座峭拔入云端的山崖，好似从群山中凸出的一根又粗又大的棒槌，山崖当中，有一泉眼，从泉眼里流着不断流淌的泉水，流在山崖下，形成一个潭儿，潭水清澈如镜。这时，见神犬蹲在山崖下，竖着耳朵大气不哈地望着山崖上边出神儿。再找神鹰，神鹰蹲在一棵高大的松柏树枝顶上，打瞌睡哪。金氏感到奇怪，让它俩来捉治病的雀儿，来到这山崖前，一个望而不动，一个睡在树枝上，她还是第一次遇到这种反常现象。金氏也是心细的人，知道这里必有奥秘之处，冷静等待。随即将马肚带松了，让其自寻草儿吃，自己坐在松树下，观望山景。

单说黑天以后，明月当空，忽见神鹰扑棱棱高悬在空，神犬也紧张得撅起屁股做出欲猛扑的姿势。金氏一眼见个白胖娃娃，戴着红布兜兜，活蹦乱跳地撒着欢儿，从山崖上下来。他头上一群小雀儿叽喳叫："棒槌、棒槌！"神犬狂吠一声，向白胖娃娃扑去。金氏急忙牵过千里驹，勒紧肚带，翻身上马，向前追赶。因为金氏心里明白，在这样的深山悬崖峭壁之中，哪来的白胖娃娃？显然是一种宝物，所以才追了上去，非捉住这个胖娃娃不可。

金氏骑着千里驹在山崖峭壁上盘旋，追赶白胖娃娃。也就是金氏骑的这千里驹吧，一般马匹肯定上不去，连人也攀登不了。金氏边追边感到心里纳闷儿，她这神犬追兔子都不费吹灰之力，眨眼工夫都能追上。今天怎么连个娃娃都追不上？心里更感到奇怪了。她追着、追着，胖娃娃不见了，只见神犬两爪扒地狂吠着。

金氏到跟前一瞧，见一植物，伞形花序单个顶生，开着一个小花儿，很小很小，淡黄绿色，果实扁球形，红色。花儿受着半明半暗的月光照射得半湿不干。金氏赶忙下马，用刀挖掘，挖出一棵似人非人，棒槌形状，上下还生长四根枝杈，好似人的胳膊腿儿。金氏又往里深挖，再没挖到什么，才发现神鹰已啄死好几只雀儿，放在她面前。她一瞧和前天捉的雀儿一模一样，将雀儿收拾起来，将这棵植物视如珍宝收藏好，带领神犬和神鹰，返回铁离山。

金氏回来之后，叫人赶快将"胖娃娃"煮上，让劲姑和钢峰吃。几天工夫，他俩将这个"胖娃娃"连汤全吃了。真是仙丹妙药。吃后，他俩的病全好了。

这事儿金氏对"字神"吴明世一说，吴明世做了详细记载："'白胖娃娃'，即棒槌也，亦可呼人参，它喜光又怕光，喜潮湿又怕潮湿，生长在石头缝的大树周围花树荫的地方。初夏开花，花很小，淡黄绿色，伞形花序单个顶生，果实扁球形，红色。它招引棒槌雀儿，专门在夜间出来找棒槌籽吃，有棒槌雀叫唤的地方，就有棒槌。此乃宝也，能补元气、生津液，主治虚脱、虚喘、崩漏失血、惊悸，以及元气虚弱、气虚津少等病。"

从此，在女真族形成"挖棒槌"的习俗，采集的棒槌作为宝物进行交换。逐渐留下关东三宝——人参、貂皮、乌拉草，还有称人参、鹿茸、貂皮为关东三宝。

第三十八章　罕大头受骗上当

　　乌古迺死后，众人推选劾里钵为部落联盟长，乌古迺的弟弟黑子就非常生气。偏偏劾里钵给叔父黑子孛堇①这个部落长的官衔，连猛安②都没当上，就更加气恼啦。实际这不是劾里钵的意见，是劾里钵额娘的意见。因黑子与乌古迺不是一母所生，而是他阿玛与名使女发生关系后所生，乌古迺的额娘抢过来抚养长大。他长得黑，取名黑子。后来发现黑子奸恶，乌古迺对妻子金氏说过，黑子弟反骨大，不可器重，为此，乌古迺死后，妻子金氏才这样安排。

　　黑子见侄儿劾里钵不重用他，内心里鼓秋的，总想要夺劾里钵联盟长的职位，而黑子的妻子撒刁婆，好吃懒做，啥事儿占不着便宜，便可劲撒泼儿。她见黑子没得势，就经常在丈夫跟前敲边鼓，越敲黑子气越大。这天，忽见教孩子识字的字先生来了，给黑子家送来些好吃的。撒刁婆见好吃的，乐得她直蹿高。

　　字先生见黑子面罩怒气，就用话引诱说："黑爷真是宽宏大量，将联盟长都让给侄儿，真是令人敬佩！"

　　"哎哟！"黑子妻撒刁婆接过说："还不是他熊，不熊，能有今天吗？"

　　"熊？谁熊，放屁！"黑子气呼呼地跳起来说："劾里钵他当联盟长是暂时的，我誓要夺回来！"

　　"咳！"字先生长叹一声说："是令人憋气呀！劾里钵哥几个都当官啦，这还不说，这财全让他们发啦。最近赫达氏进关赶集，将大伙儿采的珍珠，卖了好几千万，他们独吞了，谁不生气呀？"

　　"你说啥？"撒刁婆吃惊地忙问，"怎么，将宝珠全卖啦？"

　　字先生也假装惊讶地反问："怎么，这么大的事儿，你们还不知道？"

---

　　①　孛堇：女真语，部落首领。
　　②　猛安：女真语，部落联盟中的军事首领。

"哎哟！我们始终蒙在鼓里呀，上哪知道这些事去？劾里钵根本不拿我们当人看待。"撒刁婆说到这儿，一跳多高，用手指着黑子骂道："你个熊蛋包，撒泡尿呛死得啦，还有啥脸活着？连个西颇部落都不服你管啦！罕大头挖到珠子你看看都不行，给赫达氏送去了吧？你还说为完颜部攒国宝。呸！咋样，现在你该明白了吧？"

字先生听撒刁婆提起罕大头，便心生一计，嬉皮笑脸地对黑子说："嘿嘿，黑爷要打算夺取联盟长，必须得先从罕大头开刀！"

黑子将两只牛眼睛一瞪，忙问："此话怎讲？"

字先生趴在黑子的耳根叽叽咕咕说了一通，只需如此这般，说得黑子眉开眼笑，点头称赞说："嗯，好，妙，照计行事！"

字先生和黑子定计之后，便赶西颇部落去了。他来到西颇部落一看，家家户户门口都贴着红纸条儿，一看便知，因为没有识文断字的人，从关内汉族传来过年贴对联，不会写，就只好贴红纸条代替对联。当字先生来到罕大头家一看，这个奴隶主家有些与众不同，门上贴的宽红纸条，上边画些歪歪扭扭的东西。字先生分析半天，才辨清画的是牛、土地、奴隶、财宝，用这个来代替对联。意思是：牛，牛越多土地越多；奴隶，奴隶越多财宝越多。字先生正看得出神，忽然罕大头出来了，见是黑子的字先生，赶忙恭敬地说："不知字先生到此，快请舍内坐。"

字先生摆着架子，大摇大摆地进屋了，寒暄后，将话扯到正题，字先生问罕大头说："还想不想当孛堇？"

罕大头一听，急不可耐地说："咋不想，连做梦都梦见当孛堇，这样西颇就可成为联盟中的独立小部落了。"

字先生说："我就为这个来的。"

罕大头一听，扑通一声跪在地下给字先生磕头，说："字先生要能帮我当上孛堇，我忘不了你呀！"

那时候人没文化，虽然有了"字神"之后，培养些识字的，称为字先生，但也只供完颜直系亲属教识文字，其他人还是享受不着。而黑子这位字先生，因为勾引乌古迺的使女，受过责备，后来分派他教黑子后代识字，他对乌古迺、劾里钵怀恨在心，后来又被温都部收买，让他在劾里钵那里集聚反抗的力量。今天此举，正为这个计策而来，傻狍子罕大头哪能明白这些，他认为字先生是完颜的亲人，说话算数的，磕头感谢。

字先生臭架子更端起来了，绷着脸说："你起来。"罕大头起来后，字先生对他说，"劾里钵将这事交给他叔父黑子了，由黑子来考核，按联盟长的命令，必须会说话的人，像你们这些人不识文断字，根本都不会说话儿，为这个我今天特来教给你三句话，明天黑子来问你，你就答这三句话儿，保证让你当上孛堇。"

罕大头一心想当部落长孛堇这个官儿，咧着大嘴，早晕晕然了，赶忙说："孛先生放心，你咋教，我咋说。"

孛先生一本正经地教给罕大头说："我们。"

罕大头重复背诵："我们。"

孛先生又教给第二句说："好动。"

罕大头又背诵："好动。"

孛先生教给第三句是："那当然。"

罕大头又背诵："那当然。"

接着孛先生让罕大头背得滚瓜烂熟，他才告辞回去。临走再次叮嘱，不论问啥都用这三句话答对，千万牢记。罕大头龇牙咧嘴施礼称是。于是他行走坐卧都背诵这三句话，一心想当这个孛堇。

单说第二天，天还没亮，黑子带领孛先生和护卫来到西颇部落寨外，慌忙打发人将罕大头从热被窝里唤了起来，带到寨外，见黑子怒目而视，罕大头心里一愣，刚要答话，就见孛先生走过来，悄声对他说："那三句话背熟了？"罕大头点头说："背熟了，我背你听听？"孛先先将手一摆说："不用，记住，现在不准你说任何话，等会儿，黑子问你，你就用这三句话答对，多一句不许说，记住没有？"罕大头说："记住了。"

不一会儿西颇部落的大部分人都来了，罕大头一瞧，心里直劲翻花儿，暗想，当个孛堇，得有这么大的举动？正在他高兴的时候，就听黑子招呼罕大头过来，罕大头赶忙走到黑子面前，见黑子忽然将他面前苫布揭起，露出一具死尸，罕大头一愣，就听黑子大声问："罕大头，这人是谁打死的？"

罕大头见孛先生用眼盯着他，赶忙回答说："我们！"

黑子又问："你为什么打死他？"

罕大头不加思索地说："好动！"

黑子说："好动就打死人，杀人偿命，你知道吗？"

罕大头咧嘴说："那当然。"

孛先生已将这一问一答，做好记录，就听黑子说："让他画上押！"孛先生赶忙拿着笔录让罕大头按手指印。当孛先生抓过罕大头的右手指沾色按印指头时，罕大头咧着嘴儿笑嘻嘻地问："按完指头，就宣布当孛菫啦？"

字先生说："比那大……"

正在这时，忽听黑子高声宣布："罕大头好动杀死人，按杀人偿命，就地正法！"

没等黑子话音落，忽地一下子上来一帮人，像抓猪似的，将罕大头捆绑起来。等他醒过腔来，只喊出一声："不是我呀……"就听咔嚓一声，罕大头的大头颅叽里咕噜地在地下滚着，两只大眼睛瞪得溜圆，大嘴仍然咧着，到阴曹地府里去当孛堇去了。

黑子大声宣布："西颇部落人等，今后都得听我黑子的，我让你们打仗，就得打仗，让你们干啥就得干啥。除我的吩咐外，连劾里钵的话也不能听，谁敢违抗，格杀勿论。"

黑子拔掉劾里钵的罕大头这根支柱，才勾结桓赧、散达起兵攻打劾里钵。

第三十九章　东　珠

　　在完颜部东南山区有道河，河东住家姓朱的，河西住家姓康的。这姓康的总烦这姓朱的，因"朱吃康"与"猪吃糠"同音，所以他们忌讳这个。那时候姓康的一心想当大奴隶主，就改名叫"宰猪列"。姓朱的一听，姓康的名叫宰猪列，便改名叫"瘟宰猪"。两家暗中争斗。

　　河东姓朱的有个男孩，人称东朱。河西姓康的有个女孩，人称西康。两个孩子年岁相仿。六七岁的时候，他俩就在这河旁护河。因为两家都要争当大奴隶主，将河也分成段，互相不能侵犯，就让这两个孩子分别看守各自河段。

　　虽然大人钩心斗角，但对天真的两个孩子来说，是不存在这种心理的，不论大人怎么嘱咐，两个孩子还是经常在一起玩耍。小西康见东朱将河岸上被人抛弃的贝珠拣扔河中，就责怪地问："东朱哥，你拣扔它干啥？我阿玛说，珠最烦人了，硬壳子，打上来多少，扔多少。你干啥还拣扔河去呀？"

　　东朱两只大眼一眨巴说："扔在河岸，珠就干巴死了。扔河里，让它长大大大大的，那时候，打上来，一放，就是个小房屋，咱们进去玩有多美呀！"小西康一听，高兴得拢不上嘴儿说："是吗？东朱哥，要能像小房，咱俩在里边住，谁也不能让进去。"东朱说："是啊，他们扔了，咱们拣扔河里，是咱们让它长大的。"别人扔的贝珠，他俩再拣扔河里。后来，小西康因为拣贝珠往河里扔，还挨阿玛两耳光子，打得她直哭。一年小，两年大，他俩到十几岁的时候见面就很少了。东朱每天也像大人似的跟着狩猎、捕鱼，或者看管奴隶干活。

　　在东朱父母亡故后，东朱家就破产了，土地、房屋、牛、奴隶全部被西康家霸占去。东朱所剩的财产，就有这么一段河流，他就搬到河边上来住。东朱的水性非常惊人，他能在水底里待上三天三宿，蹲在水底里观察水里动物的生长习性，这比他捕着一条大鱼都感兴趣。

在这个世界上，只有西康惦念他，经常偷着给他送些好吃的。从小的感情，在西康心里越扎越深。几次向东朱流露过爱慕之心，让东朱快想办法，离开此地，好成个家。可是东朱好像木雕泥塑，无动于衷，只是对她咧嘴笑笑。

单说这年春暖花开时，人们在河里捕鱼，西康也随父亲宰猪列到河里捕鱼，忽然见东朱从河水里钻出来，手举着一颗艳丽明亮光华夺目的珠子，呼喊着："西康！西康！你看，宝珠！"

西康刚接到手，被宰猪列一把夺了过去，将两只三角眼一翻愣，怒斥说："好你个东朱，敢偷我的宝珠。来呀！将他给我捆绑审问。"奴隶主一声令下，过来几个人，不容分说，将东朱像捆猪似的，五花大绑捆上了。西康连哭带号地用手指着她父亲问道："你哪来的这宝珠？连我都没见过，分明是你要霸占宝珠，为啥还要将人捆绑？还有没有王法啦？"

宰猪列瞪着蹿火的眼睛大骂西康说："贱丫头，我有宝珠还让你见着？这穷东朱，哪来的宝珠？这是我的宝珠，他偷去给你，讨好你，瞎眼东西，还不觉呢？"说着吩咐家人将东朱带到西寨。

西康见势不好，骑着马儿去找联盟长刽里钵。联盟长很多内部事务全由妻子掌握。当时刽里钵不在，刽里钵妻子名叫赫达氏，是一位精明能干的女性，也会些武艺。她听到小西康的哭诉后，骑着马前来审查此案，在赫达氏心里还多层意思，就是要弄清这宝珠的来龙去脉，好发现新的宝珠。赫达氏随同小西康来到西寨之后，才知道东朱已经逃跑，跳进河里不见了，好多人也没打捞上来。赫达氏让宰猪列将宝珠拿出来看看，宰猪列不敢违抗，将宝珠拿出给赫达氏。赫达氏见这颗宝珠，明亮明亮，艳丽夺目，赞不绝口地说："真乃宝珠也。"赫达氏举着宝珠问宰猪列说，"你这宝珠是从哪儿得来的呀？"

宰猪列龇牙咧嘴胡诌八咧地说："是，是我从一座山洞中，遇见活神仙，他慈悲地说，你为人善，不，不，他说我，为人好，给你个宝，宝贝吧。嘻嘻，就给我这颗宝珠。"宰猪列说到这儿，将牙一咬说，"没想到被，被东朱这小子偷去了，得回发现得早……"

"你胡说！"小西康再也听不下去了，眼泪已在她脸上流成河。她斥责宰猪列一声后，一把从赫达氏手中夺过珠子就往外跑，跑出去，骑上马紧加两鞭，这马飞的一般，奔河去了。赫达氏开始一惊，问声："小西康，你要干什么？"等见西康骑上马跑了，她才明白，也赶忙骑马追赶，大喊地说，"站住！将宝珠留下，将宝珠留下！"

小西康口含宝珠，伏在马上，不断加鞭，马似箭一般，霎时来到河边，勒住马，站在马鞍上，吐出宝珠，托在手上，大喊："东朱哥，我随你去也！"随着她的喊声，就听咕咚一声，小西康已跳进河里。

赫达氏在马上看得真切，她边催马，边吩咐人等下去打捞。人们来到河边，下去那么多人打呀，捞哇，只见鱼儿不见人。赫达氏可火了，斥令拿下宰猪列，为霸占宝珠，逼死两条人命，尤其是逼死得宝人，这对完颜部损失太大了，决定活埋宰猪列。

宰猪列吓得屁滚尿流，嗷嗷号叫，跪下给赫达氏叩头，情愿倾家荡产赎罪。女真族有定律，死罪可以赎。当时决定缴收全部财产，将宰猪列降为奴隶。

就在这年夏天，大雨连绵，山洪暴发，长大水了，平地一片汪洋。宰猪列在水里翻滚，号叫"救命啊！救命啊！"突然发现前面上头，明光闪耀，他才看仔细，正是东朱和西康。他慌忙大喊："西康救命啊！西康救命啊！"

东朱和西康从山顶上，像活神仙一般，轻飘飘地飞下来了，飞在水面上，两人都坐在大贝壳上，像两条小船，船向他漂来，将宰猪列救上山顶。宰猪列到山顶上一看，东朱和西康已建立起新的家庭，屋内放那么多宝珠，惊得他目瞪口呆。西康瞧着宰猪列说："阿玛，这些宝珠全是你拣的吧？"将宰猪列臊得脸那个红啊，没有耗子洞，有大耗子洞臊得他真能钻进去。

原来东朱水性最好，能在水底里待三天三宿，还能淹死他吗？他在水里等西康，他相信西康一定能来。西康刚跳进水里，东朱就用手托着西康从水底下往下游走了。就在这时，一些贝珠全来救他，一群贝珠组成一个像条船似的，让西康坐在上边，比现在的鱼雷艇还快。眨眼工夫将西康载出去好几十里，赫达氏上哪儿打捞着去？

东朱和西康被贝珠送到一座山下，两人登上山峰，筑造了房屋，建立起一处新的美满家庭。结婚后，东朱就领西康到河里去采宝珠。直到发大水，他俩又救了宰猪列。

这事很快就传到劾里钵的耳朵里，劾里钵领着妻子赫达氏来看望东朱和西康。见着宝珠后，劾里钵连声叫好，称赞东朱为女真族完颜部开创了新的宝物，这宝珠也可称为世界奇珍异宝。

随后，劾里钵和妻子赫达氏亲自观看东朱和西康采珠。见东朱与西康钻进河里去，不一会儿，他们从水里钻出来，每人抢个大珠蚌，贝壳呈椭圆形，前端短，后端长，壳面稍突，腹缘略平直，壳皮绿褐色，剥开头层为质层。东朱向劾里钵夫妇介绍说："这是珠蚌防侵蚀的。"说着他又剥开一层说，"这中层为珠蚌棱柱层。"说着他又剥第三层，见有两颗珍珠包藏在内，东朱介绍说，"这内层为珍珠层，是由壳质（珍珠质）构成。壳质可形成珍珠。"

宰猪列一听，直拍大腿，说："哎呀！过去打鱼里边夹杂着它，都被我扔一边去了，闹了半天，这玩意儿长宝珠啊！"

赫达氏笑呵呵地说："宰猪列，你不说，你得的宝珠是神仙在山洞赐给你的吗？"

宰猪列臊得脸那个红啊，赶上巴掌打的，羞愧难当地说："那是我胡说八道。"

劾里钵马上任命东朱为东朱孛堇，传授采集宝珠的方法，作为奇珍异宝和辽宋交换物品；并命西康为副孛堇，协助东朱开展采珠。

从此，东朱人称东珠，他们原住的山称为珠山，这河称为珠河①。女真族采集珠蚌取珠，起初叫"东珠"，又改名"北珠"，因为出自女真族，又称"真珠"，后来才叫"珍珠"。

---

① 珠河：今黑龙江省尚志市境内。

第四十章　苦命儿惩治恶霸

　　在完颜部里，靠松阿里乌拉①岸边有个嘎珊，居住几十户人家，有个山音阿哥②，名叫拉里。

　　寡妇额娘领他过活。拉里勤奋于布特哈③，十四岁这年春天，他在松阿里乌拉捕鱼，突然获得好几颗真珠，可把他乐坏了。依他额娘的意思，得交给穆昆达④。拉里人小心大，说啥不干，还向额娘揭露了穆昆达有欺诈、勒索行为，是个黑心肠的人。拉里没听额娘的话，悄悄带着几颗宝珠奔辽国去卖。额娘在家提心吊胆惦念拉里，经常到外边去张望。约有半月的时间，终于将拉里盼回来了，见拉里领回一个俊俏的姑娘，她粉白的脸蛋儿，两道弯眉似月牙，下衬两只毛茸茸的大眼睛，双眼皮儿，樱桃小口，一笑脸蛋上两个小酒窝儿，似笑非笑，温柔娇雅，别说在这嘎珊里挑不出这么漂亮姑娘，在完颜部里也不好找。进屋先给拉里额娘请安，经过询问才知道这小姑娘是乌津⑤所生，今年十三岁，奴隶主领她到集市出卖，拉里见小姑娘哭得怪可怜的，好说歹说，用几颗真珠将她买来。拉里当时想，这样不仅找个漂亮媳妇，又救她一命，不然这漂亮姑娘得去当奴隶。在回来的路上，拉里将心里话儿对小姑娘说了，姑娘才将心放下。拉里还答应，将来再获得真珠，再去将姑娘的父母买回来，搬到这儿一起过活，姑娘就更高兴了。姑娘见拉里的额娘也很慈祥善良，就跟了拉里。那时结婚都早，拉里额娘很快就张罗给拉里办了婚事，小夫妻非常恩爱，三口人过着美满幸福的生活。拉里每天捕鱼养家糊口，苦命儿姑娘在家养猪喂鸡。

---

　　①　松阿里乌拉：女真语，天河，今松花江。
　　②　阿哥：满语，好小伙子。
　　③　布特哈：满语，渔猎。
　　④　穆昆达：满语，氏族长。
　　⑤　乌津：女真语，奴隶生的，还得当奴隶。

这个嘎珊的穆昆达叫撒耶，年方二十四岁，长得膀大腰圆，力大气粗，就凭着胳膊粗力气大，在嘎珊里称王称霸，霸占很多土地，家里有几十个奴隶，牛马成群，成了这个嘎珊里头户有钱的奴隶主。他这钱财全是靠敲诈、勒索抢劫来的，大伙儿敢怒不敢言，背后都咬牙切齿地骂他。

有一天，正赶上拉里出外去卖鱼，撒耶将嘎珊里所有的哈哈[1]召集训练，准备打仗。一点名，拉里没来。撒耶很生气，训练完了，气昂昂地到拉里家来了。他进屋一眼就看上苦命儿了，眼睛直冒花儿，用两手揉了好几次，他有点儿不相信自己的眼睛，拉里媳妇长得这么漂亮，是人还是天仙啊？精神有些恍惚了，一肚气儿早消了，眯缝着眼睛咧着嘴儿，涎水滴答好长，活像个痴呆子，愣在那儿。苦命儿被他看得面红耳赤跑到里屋去了。

"穆昆达有事啊？"

撒耶没吱声。

"穆昆达你有事啊？"拉里额娘喊了数声，才将撒耶的魂儿从苦命儿身上召唤回来。撒耶好似从梦中惊醒，咧着嘴，"啊，嗯"半天没说出啥。因为撒耶魂儿虽然回身上来了，可他的心仍在苦命儿身上没收回来，苦命儿身进里屋去了，将撒耶的心带去啦，拽得他心疼，拽得他跟头把式地奔苦命儿屋去啦。拉里娘见事不好，赶忙用身子在苦命儿门外一挡，谁知，撒耶色胆包天，用手一扒拉，大手正触及拉里额娘心窝上，只听咕咚一声，将老太太拨倒在地上。撒耶见势不好，撒腿就跑了。

苦命儿躲在屋里，心怦怦跳，脸儿似火烧，正在心乱如麻之时，见额娘倒在地上，急忙扶起，呼喊："额娘！额娘！"呼叫半天，老太太才缓过这口气来，可是觉着胸口疼痛，从此卧床不起。贤惠的苦命儿不仅殷勤侍候婆母，还安慰劝导婆母，拉里回家来不要提这事儿，以免引起祸患，儿媳自有办法对待这个恶霸。婆母也感到儿媳的话在理儿，家有贤妻，男人不摊横事。拉里卖鱼回来，谁也没提此事儿。

撒耶跑回去，却神魂颠倒，张眼闭眼苦命儿总在他眼前。暗骂苍天不公平，就凭我穆昆达，有钱有势没摊着这样漂亮媳妇，拉里是个穷光蛋，却有这样漂亮媳妇。不行，早晚不等，非划拉到手不可！他一宿翻来覆去睡不着觉，琢磨如何霸占拉里媳妇。还没等他想出点子，劾里钵

---

[1] 哈哈：满语，男子。

下令，让他领兵去打纥石烈部。撒耶命令拉里随同前去打仗，想办法让拉里战死，回来好霸占苦命儿。

拉里是个孝子，在临走的时候与媳妇苦命儿抱头痛哭，反复嘱咐苦命儿在家好生照看患病的额娘。正在嘱咐的时候，撒耶突然来了，他龇牙咧嘴儿笑嘻嘻地对拉里说："实不相瞒，让你去，主要是我穆昆达的主意，你去我就有贴心的亲人，你又是个机智勇猛的山音阿哥，你去，我们全家都放心了。但我知道阿木巴讷讷①有病，家里生活也很困难。"撒耶说到这儿，掏出些钱放在炕上说，"这些钱就留给阿木巴讷讷治病吧。"拉里说啥不要，可撒耶笑嘻嘻的非要给。憨厚的拉里被撒耶此举感动得两眼跳动着泪花。苦命儿嘴没说心想，这是黄鼠狼给小鸡拜年，没安好心！但她还是没向拉里说明，巧妙地用言语暗示拉里说："郎啊！要记住，狼到多咱是想要吃人的，恶霸到什么时候心都是黑的，可千万要提防啊！"拉里明白苦命儿的意思，说："放心，不会上当受骗的。"说完拜别额娘，让其安心养病，不要挂念儿，说罢洒泪而别。

拉里走后，苦命儿侍奉婆母非常精心，想方设法买药医治婆母的病。夜晚就将大青狗放到屋里给她做伴。这青狗非常机灵，很通人气。苦命儿特别喜爱。后来干脆就让这青狗儿趴在她身旁，给她做伴。老太太的病经过苦命儿各处买药医治渐渐好了。约有月余，拉里打仗回来了，见额娘病已好，向额娘诉说打了胜仗了，全家团聚，皆大欢喜。没想到第二天，撒耶突来要钱，逼着拉里如果不立即还钱，就得拿人还钱。拿人还钱就是要变成他的奴隶，这是当时女真族，从乌克逊时制定的，用人作为奴隶去抵债，但还规定，有钱时还可用钱赎买回来。撒耶这招儿，拉里是没有想到的，拉里严词拒绝撒耶逼债，理由是，拉里一家人没有张口向撒耶借过债，钱是撒耶送来的。撒耶听后，狡黠地哈哈大笑说："拉里，你想得多么天真，我平白无故，干什么要送给你钱？是因为你额娘有病医病借我的钱。你额娘病好了，你小子还要打赖？好哇，非立即给钱不可。没钱拿命来！"女真族当时有规定，如果既不还钱，又不愿去做奴隶押债，真是打死勿论。

"我去押债！"苦命儿突然从里屋出来，两道弯眉拧成个疙瘩，斩钉截铁地说。因为苦命儿早已识破撒耶的阴谋，她才将计就计果断地去做奴隶押债。拉里一听，赶上一把利剑刺在他的心上，他一把手拽住苦命

---

① 阿木巴讷讷：满语，老大娘。

儿，哭咧咧地说："萨尔干①，去也不能让你去呀，还是我去吧！"苦命儿两眼流泪说："你要去了，谁挣钱赎买你呀？你得当一辈子奴隶，咱就得家破人亡。我要是去了，你能布特哈②，既可养额娘，又能攒钱好赎回我呀。""对呀！"撒耶高兴得咧着大嘴说，"放心拉里，你妻子去我不会按奴隶对待的，等你有钱还可赎回来。"

拉里的额娘哇地大哭起来："这都是我将你们累赘的呀！"

撒耶见老太太哭起来，赶忙走了，说："快去，晚了别说不给你们脸面。"

拉里全家三口抱成团儿，大哭一场，哭得邻里跟着落泪，大骂撒耶欺人太甚。不论咋说，苦命儿非去当奴隶不可。收拾东西要走的时候，见大青狗坐在地上，仰着脖儿望着苦命儿眼泪扑簌簌地往下淌，苦命儿用手抚摸着大青狗的头，还和它贴贴脸儿，说："青儿，青儿，我到撒耶家去当奴隶，你好好看家，帮主人多捕鱼儿，多卖钱快将我赎回来。"苦命儿说到这儿，眼泪也哗哗往下流。

苦命儿由拉里送到撒耶家。撒耶高兴得直跳高，将苦命儿领到一个屋里。这屋子收拾得很漂亮，根本不是奴隶住的屋子，赶上少奶奶住的房子一般。拉里心里正在纳闷儿，撒耶龇着牙，笑嘻嘻地对拉里说："拉里，放心，看在你的面上，绝不能让苦命儿受屈。活儿嘛，干轻的。饭食嘛，跟我吃一样的。就住在这间屋子里，不拿她当奴隶看待。"

拉里给撒耶打千儿说："那我谢谢你啦！"说完两眼含着泪水，悲痛地蹒跚而去。

撒耶见拉里去了，两只眼睛早掉在苦命儿身上了，龇牙咧嘴嬉皮笑脸地对苦命儿说："实不相瞒，我是菩萨心肠，让你这个美人儿到我这儿享享福气，嘻嘻。"说着两脚就往苦命儿跟前移动……就在这时候，撒耶的媳妇听说苦命儿进来了，见撒耶这个德性，气得她火冒三丈，腾地起身道："好哇，你弄美人来吸你的身子，都要散架子啦，快跟我出去！"说着伸手拽着撒耶的耳朵，一揪多长。撒耶在外边狐假虎威，在他媳妇面前像只绵羊，他哎哟，哎哟地说："我出去，你撒手我出去。"被媳妇很快拽跑了。

苦命儿气得脸色煞白，两眼流泪坐在炕沿上，心中暗想，难道我是

① 萨尔干：满语，贤妻。

② 布特哈：满语，渔猎。

奴隶生的，就是奴隶的命？不，我不能再当奴隶，而且要除掉这个害人虫，死也瞑目。想到这儿，用手摸摸怀里的刀子，这是苦命儿早已备下的，而且下了这个狠心，只要撒耶胆敢奸污她，就将他刺死。

正是初夏，夜晚，苦命儿躺在炕上翻来覆去等待不幸的时刻到来。大约初更时分，忽然窗子发出嘎吱嘎吱被啥挠的声音。她摸着黑赶忙坐起来，就听窗外又嘎吱嘎吱挠两下，发出哼哼声。她高兴地赶忙将窗子开开，霍地一下子她那只大青狗跳了进来，摇头摆尾舔苦命儿的手儿，又舔苦命儿的脸蛋儿。苦命儿用手轻轻摩挲着青狗的毛儿。就在这时，忽听门外有脚步声，苦命儿身子打个寒战，麻利地用手将大青狗按倒在炕上，扯过被子给大青狗盖上，蒙个头尾不露，赶忙蹑手蹑脚躲在墙旮旯儿。这时门已被拨开，一个黑影走进屋来，这人正是恶霸撒耶。他悄声说："让你久等了。"撒耶说话这工夫，已将衣服脱了，由于月黑头，屋里黑咕隆咚，啥也看不见。说也奇怪，他寻思苦命儿睡着了，唰地一下子将被子掀开，这时他已色迷心窍，心急火燎，真是急不可耐，就在撒耶掀开被子这一刹那的工夫，就听"哎哟"死牙赖口地不是好声的叫唤，随着咞的一声，撒耶跳在地上，咣当当撞开房门，跑到外边，咕咚一声栽倒在地上，"救命啊！救命啊！"不是好声地喊叫。

苦命儿躲在墙旮旯儿，虽然看不见出啥事儿了，心里猜准是大青狗将他咬了，赶忙开开窗子，将大青狗放出去，她若无其事地躺在炕上，盖上被子装睡。

这时外面已乱成一团，灯笼火把照得通亮。撒耶媳妇从梦中惊醒，跑出一看，撒耶光腚拉叉地倒在地上，两手染满鲜血捂着私处，赶忙举灯，将撒耶两手掰开一看，鲜血滋滋往外蹿，大腿根和小肚子沾些狗毛。大伙儿吃惊地说："怎么，让狗给咬去啦！"撒耶疼得龇牙咧嘴，用手指着苦命儿住的屋子说："她是恩都音达呼①！"

撒耶媳妇又惊又恼，惊的是美人原来是神犬，恼的是撒耶贪恋美人自作自受，活着他无用啦。她没有去想办法抢救撒耶，却急忙提灯走进苦命儿住的屋里，用灯一照，惊得她"呀"的一声。哎呀！被上有不少狗毛，被边上的鲜血未干，美人躺在那儿若无其事地睡觉。撒耶媳妇立刻脑袋嗡的一声，慌忙跪在地下给苦命儿磕头，祈祷说："恩都音达呼，您惩治了恶人，祈祷您保佑我们这些无罪之人。"咚咚咚给苦命儿磕

---

① 恩都音达呼：满语，神犬。

响头。

　　这时就听撒耶嗷的一声号叫，瞪瞪眼儿，咧咧嘴儿，由于流血过多，一命呜呼。

　　第二天撒耶媳妇拿了不少钱，前呼后拥亲自将苦命儿送回家去，临走还给苦命儿磕顿头，祈祷恩都音达呼保佑。

第四十一章　蜂姑娘

　　女真族与鞑靼，即与塔塔尔部落发生了战争，石鲁的后代石俊被塔塔尔俘虏去，决定要将他活埋。就在这千钧一发的时刻，这天夜间，石俊冷不防将看守打死，盗匹鞑靼马儿逃跑了。

　　塔塔尔人发现石俊逃跑，就撒开人马在后面追赶。石俊乘马是猛催猛打，道路不熟，借着星光，勒马只知道往东南方向逃跑，就听这马蹄翻飞，传出嘚嘚嘚一连串的响声。后边追赶他的人七吵八喊："抓住他！抓住他！"

　　女真族和鞑靼族已成为仇敌，还要活埋石俊，石俊要死里逃生，他能不急吗？他不停手地啪啪抽打马儿。当时鞑靼人的子马也是很出名的，两蹄似云雾，日行千里路。这马穿山越岭向前飞跑，后边追赶的人喊马叫仍在石俊耳边。就这样，石俊在前边跑，鞑靼人在后边追，跑了一宿，到天亮的时候，石俊回头一望，心里颤抖一下，后边有五六匹马仍在追赶他，和他只有二里多地的距离，如不小心随时都有被捉住的危险。再看看胯下马，竟已汗水淋淋，如水洗的一般。可石俊一想，不论如何得赶出这片草原，钻进前面树林就好办了。所以他又猛加两鞭，奔东南山林驰去。这时，石俊已辨清方向，穿过这道山腰，就逃出鞑靼族的地界了。

　　鞑靼人见石俊快马加鞭，也猛追上来，而且这距离越来越近。刚穿过这道山林，前面是一道山沟，宽有丈余，深有数丈，石俊心跳脑涨，嘴没说心想，我命休矣。石俊在马上望着前面深沟心里发怵的时候，在马上就觉得忽悠一下子，他两眼发花。等他冷静下来，一瞧，嗬！这马是从深沟上纵悬而过，直向山坳里驰去。刚拐进山坳，扑通一声，马失前蹄，将石俊摔在地下。

　　"呔！胆大的人儿，敢闯我的山寨！"

　　石俊刚站起来，听到这尖声细嗓大吃一惊，顺声望去，见一姑娘，身穿鱼皮衣衫，眉清目秀，齿白唇红，纤细的身材，十分娟秀。他心里暗自嘀咕，听老人说，过去他们就是穿鱼皮衣服，怎么这地方还仍然穿这种衣服呢？石俊心里嘀咕，两眼发直，愣呵呵地瞧着姑娘出神。

姑娘又问道："咋不说话呢，从哪来，到哪去？说明白，让你过去，否则想过此地，比登天还难！"姑娘说着，嗖的一声从腰中抽出一把石斧，举在手中，摇晃着说，"你听到没有？快说！"

石俊一瞧，差点儿笑出声来，嘴没说心想，我们已经使用钢铁铸成的刀枪剑戟，你现在还用石斧来吓唬我呢？但不论咋说，他现在手无寸铁，只有一根马鞭子，就向前施礼说："这位大姐请听，我乃是女真族完颜部的石俊，因与鞑靼打仗被俘虏去，要将我活埋，是我一怒夜间打死看守，逃至此处。后边他们还追赶我哪！"

姑娘又问："是劾里钵①部落的吗？"

石俊回答："正是。"

就在时候，忽听后边有人高喊："快追！不能放跑他。"伴随喊声，就听嘚嘚马蹄连声响，眨眼工夫转过山坳，已来到眼前。

姑娘举目一看，鞑靼来五个人，立马横刀来到面前。姑娘冷静沉着地对石俊说："你快闪一旁！"姑娘说着，将石斧一举，对着鞑靼追来的人说，"胆大的鞑靼，敢随便侵入我们女真边界，难道你就不怕死吗？"

鞑靼人哈哈大笑说："黄毛丫头，敢出此大言，难道你不怕死吗？快将逃犯交出，还则罢了，不然我让你马上丧生。"

姑娘一听，冷笑地说："姑奶奶要不给你们点厉害，你们也不肯善罢甘休。"她说着将身子向后一转，在山根下，她用手挪块石头，只听"嗡"的一声，一群大马蜂铺天盖地一般，从洞里钻出，姑娘用石斧向北一指，哧声，"上！"这群马蜂滚成球，向鞑靼人扑过去。

鞑靼来追石俊这五个人，根本没把姑娘放在眼里，但一听，姑娘口气不小，他们担心怕里边有兵，中了埋伏，所以勒住马，没敢往前来。又见姑娘后退了两步，迅速挪动石头，五个人看愣眼了，这是玩的啥把戏呀？这五个家伙正在发愣的时候，忽然见一群大马蜂，遮天蔽日飞来。其中有个家伙，不以为然地喊："这姑娘放蜂干啥啊？"他话音没落，这群大马蜂早糊在他的脸上，霎时脸就变色了！肿起老高，就听这五个家伙狼哭鬼叫，掉转马头就跑，姑娘抓过石俊骑来的马，翻身上马，喊声：

① 劾里钵是乌古迺的儿子，乌古迺死后他继承联盟长。

"哪里走?"随后追去。

石俊看得直眉瞪眼,见姑娘追去,他也连跑带颠地在后边跟着,大喊:"捉活的,捉活的!"

这五个鞑靼人,寻思一跑马蜂就回去了。哪知,任凭你的马儿跑得再快,这群马蜂始终在他们的脸上嗡嗡,这个蜇下子,那个再蜇下子,蜇得五个人叫苦连天。跑到山沟时,只有两个人骑马飞过山沟,有三个鞑靼人栽于马下,蜂姑娘骑马追到跟前,跳下马来,手举石斧要结果三人的性命,就听石俊在后边大喊:"斧下留人!"姑娘才将石斧放下,喝令一声:"滚起来!"

三个鞑靼人,哭嚷喊叫齐声说:"我,我怕,怕蜇呀!"

蜂姑娘哈哈大笑,说:"不给你们点厉害,你能知道女真姑奶奶的能耐吗?"她说着,将石斧一摆,嗡的一声,一窝马蜂,蜂拥而回。又喊一声,还不快滚起来,难道趴在地上等死吗?

等石俊跑到跟前的时候,这三个鞑靼人已从地上爬起来。嗬!个个脸肿得像个倭瓜。两只眼睛连个缝儿都没有了。哎呀妈呀地号叫。石俊收缴了他们的刀,牵着马儿,和蜂姑娘押着这三个家伙回山去了。

当石俊穿过刚才姑娘放马蜂的地方往里一拐,真是大吃一惊,在这深山幽谷之中,却有神奇般的场所。只见一片花的世界,周围以高大树木为屏障,里面果树成行,百花盛开,一股馨香扑鼻。其中最惹石俊注目的是:叶片长着茸毛,伞形花序,有花六七种,花的颜色,有淡红色的,还有淡紫红色的,花的边缘色泽较深……在这花的世界中,只见无数蜜蜂在花丛中穿梭。百鸟鸣哨声特为花儿斗妍、助盛,简直将石俊看呆了。

"快走哇!在那儿愣着干啥呀?"

蜂姑娘在前边呼叫,将石俊从梦中惊醒,才回过头来往前走。但他思绪中花妍未消,直吧嗒嘴儿,在偏僻山区有此美景,真是神仙向往之地。石俊边走边想,忽听一位瓮声瓮气地问:"蜂云,这是哪的人,弄成这样儿?"石俊抬头一看,见前面一位白胡白发的老翁问姑娘,就听姑娘说:"爷爷,这三个坏家伙,就是害死我阿玛和额娘的恒旦[①]人,他们追赶咱乌古迺的人。"

"往常,我们让你们欺负苦了!"老翁说到这儿,将牙一咬,"把他们锁起来"!说完老翁又问:"乌古迺的人在哪儿?"

---

① 当时野女真称鞑靼为恒旦。

石俊一听，赶忙走上前去，跪在地下，磕头说："老爷爷，今日多亏蜂姑娘救我，不然早已命丧黄泉！"

老翁急忙用手搀扶说："折杀我也，折杀我也，快起来讲话。"老翁用手搀起石俊，见他年不过二十岁，长得团脸大眼睛，双眼皮儿，两道黑眉又粗又重，生就一脸豪气，笑逐颜开地说，"可见到亲人啦，今天见不到你，最近也要打发蜂云去找劾里钵盟长，要打恒旦，我们算一份，他们可将我们欺负苦啦。"老人说着，眼泪在眼圈直转，说着将石俊让进房中。在交谈中石俊才了解到这老翁的身世。

老翁名叫厥拉里，是女真遇到的那些野女人被大水冲走后，生存者留下的后裔，流散北部深山密林中，近来听到传说，九天女女真仍然活着，后来发展成完颜部。而他们这些野女真，经常受鞑靼的欺凌。厥拉里的儿子、儿媳妇为保护自己的土地，被鞑靼人害死了。留下这个姑娘，名叫蜂云，因她喜爱养蜂而得名。她养好多种蜂子，其中蜜蜂是酿蜜的，马蜂作为防山打仗用的法宝。她养蜂还使苹果得到发展。原来这些苹果树，只开花，不结果，即或结果也很少，而且全被虫子吃了。通过蜂姑娘养蜂，蜜蜂传播花粉，使花儿受粉后，都结果了，有圆的、扁圆的、长圆的、椭圆的。果皮儿有青的、黄的、红的，滴了嘟噜的，可好看了。

老翁与石俊越唠越热乎，就又问石俊有媳妇没有。石俊说，今年才二十岁，还没找媳妇。老翁可乐坏了，当面就将蜂姑娘许配给他了，石俊也暗暗欢喜。老翁见石俊同意，决定立刻结婚！

石俊直眉瞪眼地说："这，这行吗？我，我啥也没有哇？"

老翁哈哈大笑说："要你啥呀！这里有花果山，有辛勤劳动的蜜蜂为咱造蜜，还要啥呀！"说罢哈哈哈又大笑起来。

这时，蜂姑娘端来蜂蜜招待石俊。老翁瞧着蜂云说："蜂云啊，我已将你许配给石俊啦，你们俩给我行个礼儿，就算结婚啦。"

蜂云扑哧一笑，脸没红，伸手拉过石俊，给老翁行个礼儿，随手拿起一个用鱼皮蒙的鼓儿，边跳边打鼓儿边唱……

石俊从此被劾里钵封为野女真联络使。而鞑靼被抓住的三个人中，有个是鞑靼头儿的弟弟，派人来讲和，花费很多牛马和珍贵物品，才将这三个人赎买回去。从此，他再也不敢欺负女真族了。

蜂姑娘养蜂越养越多，不仅蜂蜜是珍贵物品向外交换，连蜂也成为宝物，很多人前来购买，后来苹果也移向内地。这山被称为蜜山，是蜂姑娘的写照啊！

第四十二章　难中得宝

　　完颜部对奴隶的残酷压迫，致使很多奴隶冻饿而死。其中有一个奴隶姓溪，名叫溪伯坡。他是辽国人，也是被温都部抢掠来的无辜者，卖给完颜部做奴隶。为了反抗对奴隶的压迫，他几次想逃跑都没有机会。自从乌古迺的妻子宣布从奴隶中选拔有一技之长者，自己是啥也不是，除下苦大力外，别无特长。但他还不甘心做奴隶，同样是人，都长有鼻子、眼睛、嘴，我为啥要受你们非打即骂呢？他每天干活时，都留心如何逃出这囚笼。

　　单说这年冬天，有一天，狂风夹雪，对面不见人，眼看炼铁炉要被风刮倒，在这慌乱之时，溪伯坡将自己脚镣上的锁链子砸开，逃跑了。

　　呜呜西北大风，刮着冒烟大雪，真是雪连天，地连雪，天地之间变成雪海一般。溪伯坡在这雪海里挣扎，翻滚，真是不知东西南北了。但他意志还是清晰的，不管多大风雪，不管是否迷失方向，他抱定一个主意，向前是闯，向前就是逃脱苦海，向前就能见到光明，向前就能获得新生！溪伯坡抱着这种拼命向前逃走的心理，不顾一切地向前跑呀跑，有时摔倒了，他爬起来再跑，毫不停歇地往前跑去。溪伯坡跑呀跑，不知跑了多少路程，跑得他汗水淋淋，气喘吁吁，再也跑不动了，两腿好似千斤闸似的，勉强一步一步往前挪动，借着雪光一瞧，跑到这既无山又无树林，恰如一片雪海之中。由于不跑了，被汗水浸透的衣服，渐渐冻成冰衣了，硬邦邦的，好似披身皮一般，冰凉冰凉的，直粘他的皮肉。逐渐他感到皮肉也冻僵了，好像要冻成冰了，他才感到这西北风透骨寒啊。

　　当溪伯坡走到丘陵下，突然呜的一声吼叫，一头野兽从丘陵下边逃了出来，顶着风雪吼叫着跑了。溪伯坡被惊吓得倒在雪中。不知过了多长时间，他才苏醒过来，可身子已不由自主了，想站也站不起来了。没办法，他就往前爬呀爬，爬到岭下，见一黑咕隆咚的洞，他爬到洞口，从里边往外冒暖气儿，扑在他的脸上热乎乎的。溪伯坡到这个地步，早将生死置之度外。他想，即或这里有野兽，将我吃了，我宁做个热火鬼儿，也不做冻死鬼。想到这儿，他仗着胆子，拖着已经快冻僵的身子，费了很大的气力，爬进黑洞。他爬进去后，感到洞里暖烘烘，热乎乎的，往里再爬几步，手一下子抓在个软绵绵的东西上边，将他惊吓得身子颤抖一下，嘴没说，心里吃惊地想，这是啥玩意儿，热乎乎软绵绵的。赶忙撒手，一下子抓起一把，像棉花团那么绵软温暖。他这才把心放在肚子里，自言自语说："不是野兽就中，让我将就一宿吧。"又向前伸去，感到这软绵绵之物，越往里越厚，溪伯坡整个身子爬到这软绵绵的物体上后，就觉着脑袋嗡的一声，啥也不知道了。

当溪伯坡醒来的时候，已是第二天巳时，外面风雪已住，这才仔细欣赏他过夜这个黑洞。只见此面靠丘陵，全是黄土墙，两边全是草丛，好似用身子滚成的草墙，略微挂些霜花，洞口处全是雪白的墙，是雪筑成的洞口，洞口上边还点缀着一些细小的冰溜。再往地下一瞧，这软绵绵之物，全是开花的草，不知用什么方法，将草捣成这样，热乎乎的温暖。旁边没有捣开花的草，溪伯坡拿过一看，见这草是三棱形。他拿着这草爬出洞外，仔细一瞧，在这洞的周围，在雪地里露出来的草梢儿，大部分是这种草。溪伯坡才发现，不知啥动物造的这个窝儿，就是用这草丛筑造的，利用这草取暖。他又举目一看，在丘陵之下，有一条河流，不由得喜出望外，有河就饿不死我了。他跑到河上，凿开河冰，这鱼儿就从冰窟窿里往外蹿，蹿出老高，扑通一声，掉在冰上，蹦几蹦就冻死了。人要饿急了，谁还管它生啊熟的，溪伯坡抓起就吃啊，这生鱼越吃越香。吃饱了，将剩下冻鱼收拾起来，拣几条在洞外边留着下顿吃。

他东瞧瞧，西望望，在这雪草的世界里，只有他是生存者，根本见不着人烟，而且这是一片沼泽之地。他吃饱了就去周围拔这三棱草儿。哪知这三棱草比刀子还快，不仅没拔下来，反而将他手划好几个口子，鲜血直冒。他再也不敢拔了，两只脚冻得像猫咬一般疼，赶忙钻进洞里，将脚儿伸到草里，不一会儿就暖和过来了，两脚还直冒汗水。嗬！这可真是宝贝啊，能取暖，我何不用它编双鞋哪？溪伯坡就坐在洞里编开草鞋了，编了拆，拆了编，不知编了多少遍，才编成像个鞋，歪歪扭扭的，反正能套在脚上。嗬！感觉像把脚放在热被窝那么暖和。溪伯坡有了草鞋，他就将洞窝里划拉一捆草，顺河沿找市镇出卖。没想到，刚放下就被人抢购一光。卖的钱，买了一把刀，买的火镰、盐等物回来后，就开始收割三棱草。从此天天到镇上去卖。镇甸上有户女真族开设个小吃铺，溪伯坡经常到这个小铺买点儿吃喝东西。这小铺有个姑娘，名叫乌拉，长得非常俊美，心灵手巧。人们传说镇上出了个"草神"——当时谁能有独创，都称为"神"。乌拉非常羡慕溪伯坡，见过几次她就有了爱慕之意。见溪伯坡穿双歪歪扭扭的草鞋，心里很感不安，她想来想去，就偷着给溪伯坡缝了一双牛皮的鞋，前边还抽些皱儿。缝好后，准备送给溪伯坡穿。

这天，溪伯坡又担着三棱草来卖，刚放下挑子，忽然见一位姑娘奔他来了，那姑娘头上围着貂皮，身穿狐皮大衣，两只毛茸茸的大眼睛，胳膊上挎个包儿。溪伯坡寻思这姑娘是来买草的，刚要和她搭话，就听这姑娘低声喊："草神哥！你穿那鞋不冻脚吗？"

"不冻！"溪伯坡为宣传这草暖和的威力，特意大声喊着说，"可暖和啦！"

姑娘抿嘴一笑，将包往溪伯坡手里一塞说："草神哥，给你，不嫌的话，你穿上试试。"说完将头往旁边一扭，脸红得像苹果，浮现着幸福的微笑。

溪伯坡接着包，一愣神儿，这姑娘是谁？送给我啥东西呀？赶忙打开一看，是双用牛皮缝的鞋。说是鞋还不像鞋，不过这鞋和别人的鞋不一样，又肥又大，前边折成无数的皱纹，远看似花，近看水纹粼粼，甚是好看。但溪伯坡左看右看，像鞋不是鞋。

乌拉姑娘在旁边偷眼一瞧，见"草神"哥爱不释手，立刻心里感到热乎乎、甜丝丝、美滋滋的，恰如一股暖流，流遍她的全身。乌拉正沉浸在幸福之中，忽听溪伯坡问道："这叫啥名？"进入乌拉耳鼓的好似变声器似的，变成了"你叫啥名"？当时乌拉就觉得神经突一下子，心跳面红，不用说，"草神"爱上我啦，心里感到甜，面上却发烧，赶忙撒腿就跑，边跑边说："乌拉，乌拉！"溪伯坡听得真切，高兴得一跳多高，举着这双牛皮鞋喊叫："乌拉，乌拉！"接着他絮进去一些草，穿在脚上，真是又好看又暖和，便兴高采烈地喊，"乌拉，乌拉！"当时围了好多人，有人问他："你卖的啥呀？"溪伯坡说："乌拉！"但又一想不对，卖的是草，就赶忙喊，"乌拉，乌拉草！"

溪伯坡将草卖完，又到小铺去买食物，见乌拉姑娘正在店堂等他呢。开始一怔，怎么，姑娘是这家的呀！乌拉姑娘见他已穿在脚上，高兴地说："穿着合适吗？"

溪伯坡说:"这乌拉太好了! 穿着绵软暖和。"

乌拉姑娘听后,笑得前仰后合,笑得溪伯面红耳赤。他才明白,这姑娘名叫乌拉。

后来乌拉姑娘与溪伯坡结婚了,提起这件事,溪伯坡笑嘻嘻地说:"乌拉就是你,你就是乌拉,穿在我的脚上,暖在我心窝里。"

从此留下"乌拉草"这个名称,而且被称为关东三宝之一。乌拉也留下来了,人们用猪、牛、马皮缝制乌拉,一直延续至今,而且据说当时的集镇是现今的吉林市乌拉街。

据传说:"溪伯坡舍近求远与乌拉结婚,女真族又增加个西颇族部落。还有的说西颇部落,即乌拉部,'乌拉'译音为'兀刺'。"明海西女真四部之一,分布于乌拉河畔,建有乌拉城——今吉林市乌拉街。

第四十三章　兰　洁

　　早些年温都部有个青年人名叫赫虎。他娶妻名兰洁。兰洁聪明伶俐，还非常贤惠，而赫虎为人奸诈。为啥兰洁能和这样的人结婚呢？因为赫虎救了兰洁。

　　兰洁的阿玛早就故去了，额娘领兰洁过活，将家产一点一点变卖了。后来兰洁的额娘也病倒了，无钱治病，兰洁就到深山中采药医治额娘的病。

　　有一天，兰洁又到山中采药，她听说人参能治额娘的病，就到山上寻找人参。一个十五岁的小姑娘，她也没挖过人参，只听别人讲述的样儿，盲目地去寻找。那能好找吗？找遍多少个山头和树林，也没寻找到人参，累得她实在走不动了，就坐下来歇息。刚坐下，就听呜的一声，一只老虎蹿过来，惊吓得她哎呀一声，站起来就跑，可老虎对她毫不放松，又猛扑过来。正在这危急时刻，就听"嗖"的一声，一支箭射在虎的耳朵上，老虎向空中一跃，呜的一声，腾跃而去。可兰洁早已惊得瘫痪在地，成了一摊泥一般，手脚都不听支配了。这时，过来一个手持弯弓的青年，他笑嘻嘻地走到兰洁身边说："是我救了你！"

　　兰洁听说是他赶走猛虎，救了自己的生命，两眼流着热泪说："多谢这位哥哥救命之恩。"姑娘话音没落，这青年见兰洁姑娘长得俊美，趁兰洁被惊吓瘫在地上之机，就将兰洁姑娘强奸了。等兰洁恢复正常，大放悲声痛哭地说："我这命好苦哇，你这位哥哥救了我了，又害了我，我有何脸面活在人世上？家有患病的额娘，我死后，何人照料啊？"她哭得很痛心。青年劝她说："小妹别哭，这是咱俩的缘分。我也是黄花郎，咱俩正好配成双，我又啥人没有，还缺少个家，你要同意，到你家共同侍奉你额娘。"

　　兰洁脸色绯红地说："还有啥不同意的，连身子都被你……但你的话是真的吗？"

青年扑通跪在地上说："我赫虎要有半句假话，天打五雷轰！"

兰洁姑娘一听，心疼得赶忙用手扶起赫虎，白他一眼说："谁让你说这个，言重了！"

兰洁与赫虎成为夫妻，共同侍奉患病在床的额娘。兰洁额娘也很高兴，认为这是女儿孝心感动了天和地，老虎为媒，配上如意郎，她死了也放心啦。赫虎对兰洁的额娘也处处表现孝顺之意，夫妻和睦恩爱，兰洁的家又有了新的生气。可是额娘的病却不见好，反而日渐沉重，不久死去。

后来兰洁生了个男孩，日子过得也一天比一天好起来。有一天赫虎去赶集，回来时领回一位四十岁的老太太，告诉兰洁是个买的奴隶，虽然年岁大点，身板结实，价格便宜，好给看孩子、做饭、喂猪。兰洁一听也很高兴，但她见老太太愁眉不展，问啥话也不说，只是用眼泪来回答。兰洁感到奇怪的是丈夫赫虎对老太太横眉立目，威胁吓唬，管得甚严。并叮咛老太太只能干活，不准乱说乱动，不准到别家去串门，如有违背，打死勿论。为这事，兰洁背后没少劝赫虎，干什么对老太太这样严，虽说是买的奴隶，也是被生活所迫，怨她无儿无女。假如我额娘不死，身板结实，那天我被老虎吃了，额娘也得走这条路。拿人心比自心，咱心何忍？

赫虎听兰洁这样一说，眨巴几下眼睛，悄声对兰洁说："你不知道，这老太太可损啦，她死了丈夫，和野男人乱搞，被亲生儿子发现，将亲生儿子害死啦，逃跑在外，不然能这么贱吗？这话我应烂在肚子里，一想，还是对你说了。要防备她，不要可怜她，只让她干活，别和她唠嗑，要记住！"

兰洁听赫虎这么一说，也咬牙切齿怨恨这老太太心肠太狠，应该让她遭点罪，从此，她也对老太太严格起来。

不久，温都部和完颜部的黑子秘密勾结，要打完颜部，赫虎也被召集去训练，准备进攻完颜部。这天兰洁一脚门里一脚门外，就听老太太抱着她那孩儿，哭述说："孙儿，你长大别学你阿玛，要孝顺你额娘。世上哪有你阿玛这丧尽天良的狗东西，没杀死我，还让额娘给他做奴隶。他，他不得好死！"

兰洁听得真切，心里咯噔一下子，一步跨进屋，追问老太太刚才说的啥？老太太吓得浑身筛糠，战战兢兢地说："我没说啥呀？"

兰洁说："别瞒着了，我听得清楚。你儿子为何要杀你？"老太太见瞒不住了，哭哭啼啼对兰洁说了实话。原来这老太太也是中年丧夫，是野女真族的人，就守个儿子过活，苦熬苦业将儿子拉扯到十七岁。一天晚上，儿子忽然要强奸她，将她吓跑出去了。第二天她让邻居到她家探听动静，见她儿子磨斧，磨完斧子走了，明白要杀死她。邻居给她出道儿，让她用葫芦灌些血水，绑上假头发，放在枕头上。她儿子夜间回来，错当她砍了也就跑了完事儿。老太太见这道儿很好。邻人就帮她准备，一切准备就绪，都放好，被窝里还卷的棉衣服，像老太太在那躺着睡觉一样，然后人们都躲藏起来。大约在三更时分，儿子果然拎着斧子悄悄地回来了，蹑手蹑脚地进到屋里。屋里黑咕隆咚，他用手一摸，老太太真躺在炕上睡觉，他猛然一斧，只听咔嚓一声，将葫芦头砍碎了，溅他一身血水，便扬长而去。老太太的独生儿子就是赫虎。赫虎跑到天亮，见自己身上真有血水，以为将额娘已砍死，换上衣服，便向东南方逃去。之后在山中遇见兰洁遇虎，才挺身相助，救了兰洁成为夫妻。后来赫虎打听到他额娘没死，才想出毒辣的办法，假惺惺地去接额娘跟他来享福，用花言巧语骗来。快到家时，才威胁额娘不准承认母子关系，就说是自己买的奴隶，如果要漏出风声，非砍死她不可。老太太知道又上儿子当了，事已至此，也只好如此，所以眼泪没断过。今天听说儿子去打仗，儿媳妇又没在屋，才将憋在肚子的话儿，对不懂事的孙子倾吐出来，没想到，被儿媳妇兰洁偷听到。老太太被儿媳妇兰洁逼得无奈，心想说出也好，让他们知道，一死，也死个明白，不然这窝囊气奴隶罪也遭受不了了，才一句一泪的全对兰洁说了。

兰洁听后，扑通跪在地下，泣不成声说："额娘，我有罪，罪该万死，受了赫虎的骗，虐待额娘，天地难容！"兰洁咣咣给老太太磕着响头。

老太太赶忙用手拉起兰洁，哭哭啼啼地说："快起来，不知者不怪罪，这伤天害理的事儿，全在孽障一个人身上，儿媳知道也就罢了。为娘一死，死个明白也就是了。"说着就要撞头而死，被兰洁一把拉住，哭啼啼地说："额娘要是如此，儿媳罪过更大了。"

老太太说："我自己撞死，还比让畜生砍死强。这事让他知道，岂能容我？"兰洁说："额娘放心，儿媳自有办法。"

因为自从听说温都部要攻完颜部，她心里就翻来覆去睡不着觉儿。兰洁从小就听老人讲，她家里是生女真留下的后代。爷爷遇难时，曾被乌古迺救过，这恩至今未报。这回温都部要偷攻完颜部，提前送个信儿，让他们好有个准备。正想不出送信的办法，今天出现这事儿，兰洁决定带领婆母逃往完颜部，一来送信报恩，二来借完颜部这刀，杀了赫虎，诛掉这个伤天害理的狗东西。兰洁将心里话对婆婆一说，婆婆感到这不仅保全自己的生命，而且还为本族尽忠尽孝，真是两全其美，就同意了儿媳妇意见。当即收拾收拾，连夜投奔完颜部前去送信。

第四十四章　祭索伦杆

　　劾里钵的媳妇赫达氏接到兰洁报的信儿，当时可急坏了，因为劾里钵和国相颇剌淑均领兵在外，部落里已无兵把守，如果派人找回劾里钵已来不及了。尤其她身怀有孕又快临产，已不能征战。在这危急关头，赫达氏沉着稳重，计谋如何应付动乱局面。她终于想出个两全其美之策，一面派人火速送信给劾里钵，让他领兵直接去攻取温都部，这样温都部部落长乌春听说可不战自回；另一方面她让一名使女扮作她的模样儿，携带物品，向相反方向逃去。当时人们都担心赫达氏的安危。她安慰族人，赶快逃走，她在此迎敌。并说劾里钵马上就回来了，众人才挥泪而去。众人走后，赫达氏才化装成一个赤贫的妇女模样儿，穿着破衣服，手拄根棍儿，悄悄地向荒郊野外而去。

　　草莽丛生，赫达氏不慌不忙地在草莽中假装挖采野菜向前逃遁。她走着走着，小腹发生阵阵疼痛，头上的汗珠儿像豆粒似的滚落着。她暗自惊恐，逃出不远，婴儿要临产，这可咋办啊？被叛乱者发现我母子岂不死于非命！不行，我得支持，最低限度也得逃出部落间的危险带。她咬紧牙关，不顾小腹的疼痛，蹒跚地加快了脚步，向西北方向奔逃。

　　赫达氏大约走出有十几里路的时候，身后传来马蹄嘚嘚，杀声震耳。她回头一望，尘土飞扬，人喊马叫，一片杀气腾腾的景象。她哎哟一声，摔倒在草莽之中。桓赫、散达、乌春等由黑子带领下奔杀过来。黑子还叫喊："乌古迺留下好多好多宝贵财富，打进去快抢啊！"当他们攻进完颜部落后，发现是空部落，都大吃一惊，知道是中计了，刚想要撤退逃跑，就听黑子大喊说，"不要乱！不要乱！劾里钵他们已经害怕逃跑了，逃不出去多远，你们抢东西，我去追赶他们。"黑子喊着率领人马奔劾里钵妻子赫达氏逃跑的方向追来了。

　　赫达氏倒在草莽之中，腹中剧烈疼痛，疼得她大汗淋漓直打滚儿，但她咬紧牙关不敢哼一声。这时，黑子骑在马上已离她只有二里多地远，眼看就要追到跟前。赫达氏已听见人喊马嘶之声，泪珠儿滚滚，暗暗哀叫："天哪！天哪！我死不足惜，可怜要降生的娇儿，还没见天日，就跟我一命归阴不成？"正在她哀痛的时候，忽然从四面八方飞来乌鸦和乌鹊，真是遮天蔽日，齐奔插在地上的木杆飞来，齐刷刷地落在地上，将赫达氏遮蔽。

黑子正快马加鞭奔赫达氏而来，距离不到一里地的时候，忽见铺天盖地的乌鸦和乌鹊，"呱呱、嘎嘎"叫唤之声不绝于耳，他心里一怔，赶忙勒住马，心想忽然遇见这群黑乌鸦，我又叫黑子，这是不祥之兆，心里犯疑忌。正在他发愣的时候，旁边有人劝他说："回去吧，这个方向白追，你没见乌鸦乌鹊安详地欢叫。要是劾里钵领人往这方向逃跑，乌鸦和乌鹊早就惊吓得飞向远方，还敢在此安详？"黑子一听，说得在理，正好解除心中疑忌，赶忙调转马头回去了。

就在黑子调转马头回去的时候，草莽之中传出"呱呱"婴儿啼哭之声，赫达氏生产了，生一男孩。在临产时，乌鸦、乌鹊在半空中搭成一座乌鸦与乌鹊之棚，蔽着天日。赫达氏生这男孩，就是她的次子阿骨打。

阿骨打降生后，乌鸦与乌鹊叼含草叶，在赫达氏插在地上的木杆上端垒一圆碗的形状，轮流采集野果、野菜堆放其中，供赫达氏食用。

再说劾里钵接到赫达氏的报信儿，立刻与国相颇刺淑率领人马去攻打温都部。还没等过阿跋斯水，乌春就接到信息，听说劾里钵去攻温都部，赶忙撤回救援。正赶上刮起大风，劾里钵与颇刺淑趁大风纵火烧乌春军，乌春军损失惨重，大败而逃。劾里钵趁势领军渡贴割水，抄桓赫、散达后路，袭击桓赫、散达家，焚烧了他们的房屋，砍杀百余口人。在回军中，将桓赫、散达、黑子掠夺财物拦截下来，活捉了黑子。

劾里钵捉住黑子之后，立刻追问妻子赫达氏的下落。黑子直劲摇头说始终没看见。这可气坏了劾里钵，没容分说，进行责打，打得他嗷嗷直叫。任凭鞭打，黑子也说没见着劾里钵的妻子赫达氏。无奈只好将黑子押起来，听候发落。

赫达氏自从在草莽中分娩了阿骨打之后，已病在草莽之中。阿骨打临盆之后，无有尿布包裹，夜间冻天寒地，北风刺骨，多亏乌鸦、乌鹊为其遮蔽取暖，寻觅食物喂哺。每逢夜晚刮风下雨，乌鸦、乌鹊都予以遮蔽。不知过了多少个日日夜夜，赫达氏苏醒过来了，见娇儿仍然健康活泼，忙将阿骨打抱在怀中，亲昵吻他。阿骨打生在五月初五，降生时金光闪耀，如果没有乌鸦、乌鹊所蔽，早已映红了天空，当时也照亮了草莽之地。由于黑子要捉劾里钵心盛，又听说乌古迺留下很多宝物，怕桓赫、散达将物资全抢去，为此，他调转马头，狠加一鞭，这赤鬃马四蹄翻飞，向完颜部驰去。为此，赫达氏降生阿骨打时草莽中出现的金光，他一无所知，才使赫达氏和阿骨打免遭伤害。

赫达氏抱起阿骨打，亲着嘴儿，泪流满面地说："儿呀，承蒙上天保佑，在这场叛乱的灾难中，保全了生命获得幸存，多亏乌鸦与乌鹊的保护，不然咱们早已死于非命。儿啊，你长大后如得帝位，千万不要忘记上天和乌鸦、乌鹊的恩德啊！"

阿骨打似懂事儿似的，眨巴着两只小眼睛，盯着在草莽中生养他的额娘。正在这时，就听乌鸦、乌鹊忽起忽落，发出"呱呱、嘎嘎"的欢叫声。赫达氏吃了一惊，以为又是叛贼前来捉拿于她，赶忙放下阿骨打，侧耳细听，从远方传来"嘚嘚嘚"的马蹄声，伴随着马的"咴咴、咴咴"嘶叫声，赫达氏在草莽之中仰天长叹道："天哪！天哪！不知劾里钵带兵在何处？至今未归，难道天真要绝我们母子之路不成？"说着泪如雨下。

这时马蹄之声越来越近，赫达氏在草丛中探望，只见有三匹快马直奔她这方向而来。她仔细一瞧，是完颜部的兵士，乐得她一个高儿蹿起来，放开嗓门大喊："我在这儿哪！我在这儿哪！"

赫达氏抱着阿骨打回到完颜部，见着劾里钵抱在一起放声大哭，将黑子勾结温都部乌春和桓赫、散达叛乱，多亏兰洁送信，她才死里逃生；逃奔在荒野草莽之中，狠心的黑子，带领人马追赶于她，在仓皇中，栽倒在草莽之中，多亏乌鸦与乌鹊前来搭救，才免于遇难；劾里钵接到她的信息，带兵去抄乌春后路，趁风纵火烧了乌春军的情况说了一番。

劾里钵正和妻子互诉叛乱之苦，忽有兵士来报，抢劫大批财物的贼军已被捉回。劾里钵一听，怒冲冲地说："快将贼头目带进来！"不一会儿将押送抢劫贵重物品的贼头目押了进来，只见这人身长六尺，膀大腰圆，长得很英俊，年约二十七八岁，劾里钵大吼一声，"你叫什么名字？"

"赫虎！"

劾里钵一听是赫虎，嗖地抽出佩剑，大骂道："你这个畜生，白让你披这身人皮。我问你，你家的老太太是买的奴隶吗？"

"是，是买，买的奴隶呀。"赫虎结结巴巴地说。

劾里钵上去就给他一个大嘴巴子，骂道："你要奸污额娘未遂，反起杀母之心，未成，又将你亲生的额娘作为奴隶，今让你死个明白。"劾里钵话音未落，赫虎咚地跪在地上磕头哀告饶命。劾里钵手起剑落刺死赫虎。当即决定好好安排兰洁婆媳生活，感激报信救命之恩。

从此，女真族将赫达氏手拄的木杆，称为索伦杆，逢年遇节祭祀索伦杆，回忆祖先创业之艰难。并在杆上置一方斗，里边放上猪肝、肺、肠、肚，供乌鸦、乌鹊食用。这就是索伦杆的起因。

第四十五章　伏　魔

劾里钵的妻子赫达氏被接回来之后，将黑子砍了头。平息这场叛乱后，劾里钵的势力就更大了。周围各部落纷纷归顺完颜部。可是劾里钵夫妇糟心的是次子阿骨打，每天夜间号哭不止。从天黑哭到天亮，用什么方法也哄不了。孩子哭叫一宿，赫达氏就得陪伴一宿。她四处讨药，毫无效果，仍然号哭不止。眼看赫达氏熬得红眼扒擦，面黄肌瘦，她哀叹地说："额娘我怀你十个月，多么不易啊，在你要降生时，又赶上动乱，额娘怀着你单身一人逃到荒野，鸦鹊神前来保护，才得安生。只希望你将来大富大贵，没承想你是个'催命鬼'，这样哭魔我，我命休矣！"赫达氏说毕，泪如雨下。旁边的使女们泣出声来。正在无计可施的时候，这天外边来两名"神医"，专门治疗邪病。赫达氏一听大喜，忙命请进来。

"神医"进来，赫达氏一瞧，是一男一女，均在四十开外，满脸煞气。赫达氏问："你们能治我儿的夜哭症吗？"

男的笑嘻嘻地回答说："国妃，实不相瞒，我们专能'驱魔赶邪'，凡是着魔患难与共邪的病症，我们全能治。"

赫达氏一听大喜，忙唤使女看座献茶好生款待。接着赫达氏问"神医"，我儿患的是夜哭症，从天黑一直哭到天亮，不知用何方法，能治此症。"神医"回答说："小主人究竟是中魔还是中邪，需要请神卜断。"遂向赫达氏提出备香案供祭祀果品，以备请神之用。赫达氏忙命使女备办。不一会儿，香案备好，供果摆齐，候神医备用。只见女神医洗手净面后，身换彩衣，腰束一串响铃，手举鱼皮制的单鼓，令劾里钵夫妇沐浴更衣，焚杆叩拜后，女大神则慢摇腰中的响铃，哗啷啷地响，左手举鼓，右手持着鼓鞭，咚当、咚当、咚咚当后，用鞭敲着鼓边道："哎——弟子我，三拜九叩祝祈祷着哇，啊——啊，完颜部国王次子中了邪，夜不闭眼啼哭号叫，不知为什么？请伏魔大帝慈悲，救民除害，弟子之托。啊——

唉——"，随着女大神哧哧咧咧的叨念声，女大神身上的彩衣抖搂起来，越抖越大，忽然将头摇得像拨浪鼓，当当当，单鼓也打成一个点儿，头上的髻发也摇散开了，披头散发，翻白双目，两脚一跳多高，嘴里喊着："嘿——嘿嘿。"

这时，男大神手里敲着单鼓站了起来，口里喊着："喂——唉唉唉，神鼓一敲咚咚当。"他一边敲鼓，一边手舞足蹈地躬身施礼，"弟子接拜在身旁，鞠躬施拜候驾忙，大帝请坐先喝迎风酒，问卜驱邪靠帝威。"

女大神摇舞者，听男大神唱说后，扑通一声坐在凳子上，摇着身子颤抖着，接过男大神递给的一瓶酒，嘴对瓶口，不一会儿一饮而尽。又哧哧咧咧地唱："叫'帮宾'[①] 你是听，嗬嗬，弟子为何事，将我请来哟！嗷嗬！嗬嗬！"

男大神接过来，敲着鼓儿唱："帮宾我慢打鼓儿细禀着，只因完颜国王次子他，不知中了什么邪啊，整夜号叫咋哄不睡觉，折磨得国王、国妃、小主，面黄肌瘦苦难熬，恳求弟子将大帝请，慈悲为怀，驱魔赶邪救幼主哇，完颜部世世代代忘不了大帝的恩德。"

"嗬！叫帮宾你是听，快让国妃禀告，幼主何月何日何时生嗯。"女大神唱完，还将屁股一颠多高。

男大神咚当敲着单鼓："叫国妃你听真，快将幼主何月何日何时生跪禀大帝卜吉凶。"

赫达氏慌忙跪在地上，给女大神叩头，禀告说："阿骨打是五月初五午时生。"

女大神颤颠着身子，伸着右手，用大拇指掐算着："正月，二月，三月，四月，五月，初一初二数到初五，子丑寅卯辰巳午。唉嗬！幼主生占三个五，属帝王之相自来福。可惜生在荒野，中魔，魔鬼缠身夜哭闹，百日不除必夭折！"

赫达氏一听，出了一身冷汗，慌忙磕头如捣蒜，哀求祈祷："求伏魔大帝慈悲，拯救阿骨打吧，要能将阿骨打身上的妖魔赶跑，我们世世代代供奉大帝，以报拯救之恩！"

"帮宾我煞住鼓，叩帮大帝伏魔神，嗯，哎！恳求降魔驱邪大帝呀！拯救幼主显神通。"男大神唱后又躬身施拜。

女大神拉着长声："哎——叫帮宾你是听，自然弟子将我请，降魔伏

---

① 帮宾：东北方言，跳神中大神的助手，俗称"二神"。

邪我应承，也是金朝应兴盛，才遇弟子显神通。哎——叫帮宾，你是听，降魔伏邪的东西要记住。魔鬼的替身人一个，祖传雌雄宝剑一把不能少，五把神沙装盘中，黑驴蹄子狗熊掌，样样都成双，五色系线结三丈，院内扎上八挂门，单等更深夜静时，弟女请我，我来临，伏魔驱邪显神灵。"

伏魔大帝退身之后，女大神恢复原态，询问男大神，伏魔大帝如何伏魔？男大神诉说一遍，当即令劾里钵夫妇准备伏魔用的各种东西。别的都准备了，只是魔鬼替身的人用谁呢？商量来商量去，忽然赫达氏想起黑子的媳妇来。这次黑子叛乱，就是她挑唆的，她就是魔鬼，用她做魔鬼的替身最合适。定下来之后，将黑子媳妇从牢房里提出来，给她抹上魔鬼脸，蓬松的头发，污垢的衣服，真如魔鬼一般。可是黑子媳妇不服，破口大骂。赫达氏令使女们将黑子媳妇口撬开，硬塞些碎皮子将口堵住。由于硬塞，将黑子媳妇牙花和口腔撮出血，不一会儿将碎皮子溅红，顺嘴角流血，这更像魔鬼了，令人见其面浑身寒战。然后在院内设了八卦门，万事俱备，只等夜深人静。

到夜深人静的时候，女大神披挂神衣，腰束腰铃，在供奉伏魔大帝的神位前，摇摆着腰铃，请伏魔大帝降临。

劾里钵夫妇跪在神案前，祈祷伏魔大帝下界降魔伏邪。

不一会儿，女大神抖抖擞擞请下了神，男大神敲鼓相迎，喊叫着："帮宾我三拜九叩、九叩三拜迎接大帝，大帝一路辛苦疲劳、疲劳辛苦为国为民除魔降邪，救苦济难显神灵，特备哈拉乞①为伏魔大帝来接风。"随着他的喊叫声，将烧酒瓶子递给女大神。女大神蹦跳着，口里狂喊着"嗬——嗨——"，身子一蹦高，接过酒瓶，一饮而尽。饮完接风酒，阿骨打由赫达氏抱着，女大神口里嘟嘟囔囔念咒语，右手持雌雄二剑，左手拽着黑子媳妇脖子上的铁链子，刚出房门，一掌打在妖魔替身（黑子媳妇）上，打得她一个跟跄。接着连过八卦门，妖魔替身已面目全非。女大神用雌剑刺向妖魔替身胸口，只听嗷嗷连声叫，妖魔替身头上蹿出一股黑气直冲天空，女大神大喊一声"哪里逃"，将祖传雄剑刺向黑气，只听一声巨响，黑气变成一个黑大物掉在地上，众人见了大吃一惊，原来是一头大母熊。女大神将西屋西北墙上的五色线绳拉到门外左侧的柳树枝上，上面挂着不少五色布条。五色线绳的余线拴在阿骨打脖子上，女大神用剪子剪断，喝道："锁住。"

---

① 哈拉乞：满语，即白酒。

阿骨打脖子拴上五色线绳后，赫达氏仔细瞧阿骨打并没有睡觉，两眼瞪得溜圆，望着天空出神儿。今天晚上这么折腾，他也没哭一声。女大神给阿骨打拴线绳时，发现他两眼盯住金星，拴好线绳后，女大神便唱唱咧咧地说："幼主本是金星下凡，妖魔驱除后，还需要七七四十九个夜晚，夜夜抱他看金星，从此妖魔不敢缠身，病除矣！"

从此后，赫达氏每天晚上都抱阿骨打在外面观星，并指着天空说："那是金星。"阿骨打便咧嘴一笑，观看一会儿才闭上眼睛睡觉。再抱到屋里，能一觉睡到大天亮。

从这以后，后人有分解，说这与阿骨打建立金朝，成为金太祖有关，也是女真族有关金字的起源，给女真族留下了祭祀伏魔大帝与跳家神中拉锁①换锁的风俗。

---

① 锁：这里指五色线绳。

第四十六章 赫达氏赶集

赫达氏赶集，是用今天的语言说的。赶集，就是人们到贸易市场去交易。在女真族发展起来的时候，贸易市场叫"榷场"。这榷场是由官方设立的，主要进行物资交换，同时征收捐税，为国家增加收入。为此宋、辽都设好多榷场，南北进行物资交换。

女真族发展到劾里钵时代，正式进入奴隶制高潮时代，它只入辽国籍，不服辽国管，还是处于野牧时代。更不用说它服从天朝（指宋朝）管了。但与辽、宋却始终保持贸易、物资交换的关系。

这天，人们听说联盟长劾里钵的妻子赫达氏要去赶集，都感到奇怪。因为过去赶集都是联盟长亲自前去，联盟长的妻子在家执掌内政。乌古迺的妻子金氏那么有能耐，乌古迺也没让她出去赶过集，如今劾里钵却让妻子去赶集，这葫芦里装的什么药呢？大伙儿好似蒙在鼓里。但也有知道底细的，背后窃窃私语，因为这次赶集带着奇珍异宝——东珠。赫达氏要去开开眼界，了解这东珠价值的分量。还有的猜测说："问题不在了解价值，是要保护这奇珍异宝！"

这是秋末冬初的季节，东北整个大地已是一片银白的世界，陪伴赫达氏赶集的是真珠副孛堇——西康。她俩都是身穿狐狸（皮）貂稍，打扮得非常漂亮，而且全身甲胄，背披箭囊，腰悬宝剑，手持飞云大刀，坐骑红烈马，后面有二十名兵丁护卫，前面驮运货物的马队，十分威武地向南进发。

原来赶集一般都到泰州[①]，最远到霸州[②]，而这次赫达氏准备直奔雄州。因为雄州是直接和宋朝交换贸易，而在东北交易，女真族受辽朝卡压，物品卖不上价钱，苛税大，辽人从中渔利。这次带着新产品，奇珍

---

① 泰州：今吉林省白城东南。
② 霸州：今辽宁朝阳。

异宝，直接进关贸易，目的是要摆脱辽人从中"卡脖子"。所以劾里钵要进行这次冒险行动，因为贸易本是政治，劾里钵敢明目张胆地直接进关贸易，辽朝可能用武力来征服生女真。劾里钵做了这个准备，俗话说，没有弯弯肚子，也不敢吞镰刀头。劾里钵和赫达氏做了充分准备，才由赫达氏带队亲往。

赫达氏率领浩浩荡荡的马队，驮带交换物品，晓行夜宿，这日来到龙山附近，忽然在山坳处出现马队，前来拦截物品。赫达氏率领护卫快马加鞭飞奔前去保护。"杀呀！杀！"正在赫达氏向前飞奔的时候，一片喊杀声从四面而起，赫达氏举目一看，正是劾里钵和弟弟盈哥埋伏在此，就听劾里钵在马上大声喊道："好你个腊醅、麻木，敢来抢劫我的物品！"说着与腊醅厮杀在一起。盈哥与麻产厮杀在一起，赫达氏和西康也催马前去助战。两下厮杀有一个多时辰，腊醅兵败，被劾里钵擒获，麻产逃脱，劾里钵也损失战马八匹。劾里钵顺便押着腊醅，将腊醅献给辽朝。辽朝一见大喜，因为纥石烈部的腊醅、麻产不仅是完颜部的劲敌，也是辽国的敌人。辽朝授予劾里钵节度使称号，顺利地到达了河北雄州榷场。赫达氏他们先找个大客栈将货物马匹安顿好，护卫在院子里看护货物。店主和伙计们见赫达氏率领的人马，全是北方"野人"，都感到稀奇，交头接耳，指手画脚，议论纷纷。

赫达氏初次进关，见关内汉人衣着打扮新颖、有趣，顿感羡慕，急于大开眼界，将人马、货物安顿好之后，便去逛榷场。那时候的榷场全在集镇外，有固定场地，像摆野摊似的，也是人山人海，马欢人叫。摆摊的东一片、西一片的，扁担头搭扁担头，扯着嗓子叫卖着，看得赫达氏眼花缭乱，感到晕晕然。特别是卖小食品吃的东西，别说吃呀，她连看都没看见过。传进她耳里的是："开锅的豆浆，豆腐脑热乎的；凉粉好吃又败火；杏仁茶真好喝；吃馄饨这边坐；开花馒头、枣合叶、佛手卷、碗蜂糕、糖马蹄卷、羊肉饼卷饼干、蝴蝶卷、酥火药味烧，来晚了买不着；酥皮饼、舌头饼、烧饼、糖牙子随便挑；脆麻花、蜜篦子、酥排岔、开口笑、肉馅包子、煮元宵香气扑鼻……"这些叫喊的名称，她一概不懂，不过，她决心各式各样都要买些带回去研究制作。她又走到茶叶、药材、丝织品、麻布、漆器、香料、犀角、象牙等奢侈品摊前，有的她还认识，因为过去购买过。不论咋说，赫达氏真是大开眼界啊。

赫达氏逛了一圈榷场，她和西康找个合适地方，站在那儿，掏出了东珠，托在手上，不一会儿围了好多人，对她这颗珍奇的宝珠,人们特别欣赏。一听说是卖的,当时就有人给价二百万,接着二百一十万,二百二十万,二百五十万,二百八十万,不一会儿工夫就有给三百万的。赫达氏刚有心要出售,这时过来一位三十多岁的人,趴着赫达氏耳边私语几句,赫达氏转身跟这人出来,后边这些人见赫达氏要走,也都不死心,呼啦一下子跟上来了。只见那位三十多岁的人,将手一拍说:"别跟着啦,她这珠子卖给朝廷啦!"人们才看清这人是官设榷场中一名管事的,谁敢和他抢购东西啊,人们才呼啦一下子散了。

这位榷场管事的将赫达氏领到宋朝派来的一个大官住所,这位大官相中了东珠,张口就给三百二十万。赫达氏心里暗暗惊讶,因为辽的商人最高价才给一百五十万,卖给宋朝大官比卖给辽的商人多卖一倍还多,而且宋朝官还对她说,卖给他,只要不往外宣扬,还不用缴税。赫达氏一算,里外一返,多卖不少钱,最后确定她带来的一百零三颗东珠,只要一百颗珠子钱,那三颗送给宋朝大官作为见面礼。这大官乐得都不知道姓啥了。这就是当时宋朝官员暗中走私贩运,从中大发其财之事。

赫达氏赶榷场后,从此,劾里钵与宋朝官员建立了往来,对辽产生了蔑视,也为后来灭辽、攻宋的演变奠定了基础。

第四十七章　阿骨打失踪

乌春死后，温都部由窝谋罕当头儿，他请辽朝出面与劾里钵议和，并以退还奴隶为条件，欺骗与蒙蔽了劾里钵。没过几天，窝谋罕突然带着马队，前来偷袭劾里钵。马队直冲而入，杀进完颜部，劾里钵得信息后，与赫达氏忙带兵看护阿骨打。临行时赫达氏再三叮嘱兰洁好生看护阿骨打。这年阿骨打已三岁，并命令护军好好护卫宅院，安排好后，匆忙带兵前去迎打窝谋罕。

窝谋罕带领骑兵神速向完颜部进发，因为全是挑选的精兵飞马，又是突然偷袭，真是兵过之处如入无人之境，迅速攻破部垒，直向劾里钵的寨所进发。正在窝谋罕洋洋得意的时候，劾里钵与赫达氏带领兵马拦住窝谋罕的兵马。双方压住阵脚。

劾里钵一马当先，在马上高声断喝："窝谋罕出来答话！"

窝谋罕一提缰绳，从阵营中催马来到阵前。劾里钵用长枪一指，大骂窝谋罕不讲信义："你请辽朝出面和解，把过去收纳的逃亡奴隶退还给我们，永世和好，不再争战，原来你是人面兽心，议和是假，偷袭进攻是真，背信弃义，还有何脸面活在人世上？"

"哈哈，哈哈！"还没等劾里钵将话说完，窝谋罕哈哈大笑，高声喊叫，"劾里钵你上当了，老天有眼，让你上当受骗，我窝谋罕应掌大权。劾里钵如识时务，快下马投降，免你一死，如若不然，踏平完颜部，鸡犬不留！"

劾里钵也哈哈大笑说："窝谋罕你高兴得太早了。你以为我中计受骗上当，恰恰相反，窝谋罕你中计了，我弟盈哥已带兵夺取你的老窝。还不赶忙下马请罪，一保性命，二保原议和不变，岂不两全其美？"

窝谋罕一听，火冒三丈，"唔呀呀，你还饶舌，看刀！"杀奔过来。劾里钵将马往后一提，劾里钵族弟辞不失迎住窝谋罕厮杀。只见劾里钵将旗一摇，就听咚咚鼓声震天，四面八方杀声四起；劾里钵又将旗一摇，用牛角做的号角呜呜响彻云霄，人喊马嘶从完颜部垒冲过来。窝谋罕回头一望，自己的兵马只剩十数骑相随，暗自伤悲。但他心不甘，将牙一咬，大骂劾里钵说："劾里钵呀，劾里钵！窝谋罕不报此仇，非为人也！等我重整兵马，与你决战！"他刚要率领兵马回归温都部，忽见一匹飞骑从温都部路上箭打似的而来。眨眼工夫来到近前，窝谋罕一瞧是自己的妻弟。他老远就喊："姐夫，大事不好！温都部被盈哥攻进去了！"窝谋罕脑袋嗡的一下，就听咕咚一声栽下马来。众人急忙救起，只见后面尘土飞扬，劾里钵夫妇领兵已追来了，他挥泪带领残兵，逃奔纥石烈部而去。四面八方飞来骑兵，劾里钵又将旗一摇，大喊："杀！"兵马真如翻江倒海之势，立刻将窝谋罕的阵脚冲乱。窝谋罕见势不好，不敢恋战，虚晃一刀，折马就往回逃。劾里钵将旗一挥，各部落兵马追杀前去，只杀得天昏地暗，人仰马翻。窝谋罕好像丧家之犬，慌忙往回逃去。窝谋罕做梦也没有想到，劾里钵与各部落联盟后，早已安排好，各部兵马如听鼓角之声齐奋战，分散在各部落的兵马，在完颜部中如同形成天罗地网一般，如遇到敌人入侵，使敌人立刻受到包围，自投罗网。窝谋罕这次就是自己钻到口袋之中，损兵折将，险些丧命，好不容易杀出包围圈，冲出去。

劾里钵夫妇带兵没去追赶窝谋罕，而是直奔温都部而去。到温都部一看盈哥早已攻占温都部。这事是劾里钵早有安排，令弟盈哥带兵埋伏在完颜部垒处，如窝谋罕胆敢进攻，不要拦打，放他进来后，悄悄抄其后路去攻打他的老窝。这种军事战略助完颜部已取几次胜利了。因为，窝谋罕进来如入无人之境，长驱而进，哪知盈哥悄悄带兵攻占了温都部。

劾里钵下令，将温都部所有财产均按军功大小分给参加作战的各部众兵。真是大快人心。正在这时，忽然完颜部颇刺淑派人来报，阿骨打不知被何人抢走？失踪了！劾里钵夫妇一听，大吃一惊，这里一切交给盈哥处理，慌忙带领护卫兵丁赶回完颜部。

劾里钵夫妇快马加鞭飞回完颜部，果然阿骨打失踪了。原来劾里钵带领人马出发之后，兰洁受主人之托，时刻关心看护阿骨打，形影不离。单说这天，兰洁领着阿骨打在后院玩耍，忽然兰洁要小解，就嘱咐阿骨打在茅房外面等着她，千万别动。阿骨打嗯声点头答应，兰洁连跑带颠奔茅房去了。每逢兰洁解手，阿骨打都在外边等着，这也是主人规定的，兰洁解手，不准将阿骨打带进茅房，怕冲了运气。今天，由于赫达氏在出征前，反复嘱咐兰洁好生看护阿骨打，不要有闪失。正因为这样，兰洁格外小心，怕有闪失，才叮嘱阿骨打别走动，站在那儿等候她。这等于给歹徒传递了信儿。等兰洁从茅房里出来，发现阿骨打没影儿了，心里咯噔一下子，大喊："阿骨打！阿骨打！"任凭她喊破喉咙，没有回声。兰洁可慌神儿了，东一头，西一头寻找阿骨打，问谁都说没看见，急得兰洁如火燎心，眼泪儿扑簌簌地往下掉。"这可咋办啊！少主人你到哪儿去了？"这事儿迅速轰动开了。后来终于有人发现阿骨打由叫刺猬的人背着，骑马向寨北方向去了。兰洁一听，这还了得，要有个一差二错也担当不起呀，急忙备马，不顾生死追赶而去。时过半日音讯皆无。

劾里钵一听，大惊失色，自语着疏忽哇，疏忽哇！刺猬早有反骨，他与黑子亲近，黑子被砍头时有人发现他流了眼泪，当时只想今后不重用他也就罢了，没想到打虎不死，反来伤人。今日此举，阿骨打凶多吉少，忙令快备马来！这时候赫达氏已哭成泪人，叨叨说："儿呀儿，是额娘将你坑害了！"众人劝解，菩萨保佑，小主人会逢凶化吉，遇难呈祥的。赫达氏听说劾里钵要带人去找阿骨打，也立刻表示同意。劾里钵将国相颇剌淑找来，让他主掌全盘，他和赫达氏去追赶刺猬，安排妥之后，他们也往北的方向追去。

追呀，追呀，不知跑出多少路程，问过多少人，连点影儿也没扑着。劾里钵劝赫达氏回去，大海里捞针，上哪儿寻去？他们刚要勒马回去，忽见一老翁飞奔前来，见劾里钵，深深一礼，说："盟主寻儿至此，小老儿等候多时了！"

劾里钵甚是惊讶，忙问："你怎么知我寻儿？我儿在哪儿？"

老翁笑吟吟地回答说："小主人被歹徒劫持到前面歪脖树下，所见后面一妇女飞马追来，与歹徒在树下展开生死搏斗，吓得小主人眼望天空哭叫。这时歹徒已将妇女手脚捆缚，扒开妇女裤子，要强奸妇女。小主人哭叫着，动口要咬歹徒，歹徒抽出一把钢刀，明光锃亮，只见他照小主人，手起刀落！"

劾里钵听到此，身上立刻打个寒战，赫达氏哇声哭喊："我的儿呀！"

老翁慢条斯理地将手一摆，盟主莫慌听我说呀："暴风忽然兀起，上挂天下挂地的大旋风，周围刮起的土沙里面闪耀一道金光，小主人由妇女抱着，驾着金光，随着旋风，顺涞流水向下游刮去。再看树下的歹徒，他自己的钢刀，正好捅在自己的胸口上而亡。不信，你们看看。"

劾里钵夫妇向前一看，大前方果有一棵歪脖树，但转身不见了老翁，才恍然大悟，慌忙跪在地下磕头："多谢土地保护我儿！"起身后夫妇俩带领随从奔歪脖树而去。

他们来到歪脖树下，见刺猥已尸体腐烂，臭气熏天，已成为蝼蚁之食，但钢刀仍在胸口处扎立未倒。劾里钵举目一望，此处荒芜荆棘，无有人烟，西面雾气弥漫，转头对妻子赫达氏说："雾漫处准是水流之处。"赶忙催马奔去，渐渐听见潺潺流水之声。近前一看，原是涞流水，他们按照土地老指引的方向顺涞流水向下游寻去。

劾里钵夫妇不知走了多长时间，忽见前面渺茫之处，闪出一处楼宇亭阁的形状，劾里钵夫妇甚是惊疑，在此荒野无有人烟之处，哪来的楼宇亭阁呢？难道已入蓬莱仙境？急忙催马奔去。

远望不远，可是快马加鞭，奔一程，抬头望望，还是那么远，再赶一程，抬头望望，还是那么远。不知走了多少程，才来到跟前。一望，在涞流水岸旁有个丘陵地带，只见岭上有座草房，并没有什么楼宇亭阁。劾里钵夫妇在马上怔望着岭上茅草屋出神，忽见兰洁从屋内出来，见岭下有股人马，举目一看，是劾里钵夫妇，慌忙跪在地下磕头，喊着："盟主，你可来了！"

劾里钵夫妇早已催马向岭上茅草屋奔来，高喊着："兰洁！兰洁！"

还没等劾里钵来到岭上，阿骨打已从茅房屋出来，喊着："阿玛！额娘！"劾里钵夫妇跳下马来，赫达氏一把抱过阿骨打："我的儿呀，想死我也！"泪如雨下。劾里钵让兰洁起来，安慰说："兰洁，此事不怨你，都是刺猥这个孽障，作恶多端，自食其果。"

兰洁一听，吃惊地问："怎么，盟主，你全知道了！"

劾里钵说："刺猥已死，尸腐蚁食。"说着他们走进茅草屋，只见一位白发苍苍的老太太盘腿坐在炕上，好似一尊活佛，闭目养神而坐。兰洁悄声对劾里钵说："佛妈妈打坐，不能干扰。"兰洁说着，头前带路，将劾里钵夫妇领到后院，劾里钵见到后院的涞流水波浪滔天，云连水，水连云，云雾翻滚，绿柳成荫，岭丘垒叠梯层高入云端，怪不得远瞧如楼宇亭阁，现在身在其中如在云端，真幽雅之境也。

兰洁让劾里钵夫妇落座后，才从头至尾叙述阿骨打是如何失踪的，她前后左右没有找见，快要急死的时候，才听说被刺猥骑马带走，她不顾一切骑马追赶而去。追了好几个时辰，也没抓着刺猥的影儿，急得她要自杀，才遇一老翁，说刺猥从此路向北方向而去。兰洁又往西北方向追去，终于在一棵歪脖子树下追上。刺猥逼兰洁同投塔塔尔，将阿骨打献给塔塔尔，一定重赏。到那时与兰洁成为夫妻，过个美满生活，再串联塔塔尔攻打完颜部，将完颜部攻破，他当上盟主，兰洁就可成为掌印妃子。刺猥的话，将兰洁肺子都要气炸了，力劝刺猥改邪归正。岂知刺猥生了歹心，要强奸兰洁，将兰洁捆缚在树上，裤子刚被刺猥扒下，立刻天昏地暗。风沙四起，兰洁双目紧闭，只觉忽地一下子，她睁开双目一瞧，阿骨打已坐在她的怀中，一道金光将她托在空中，只听飞沙走石，尘土飞扬呜呜响，可就是刮不进金光里来，她怀抱阿骨打往下一瞧，波浪翻滚，吓死人也。兰洁紧紧抱着阿骨打如同腾云驾雾一般，抱着听天由命，随风而去的想法。等风息平静之时，才来到此地，见一位白发苍苍老太太笑吟吟地说："金主，阿骨打，我的宝娃娃你可来了，让我等得好苦哇！"老太太说着伸手将阿骨打抱在怀中，又贴脸又亲嘴，好像久别的亲人，随后对兰洁说，"兰洁，多亏你啦，几次拯救完颜部，女真人忘不了你呀。饿了吧，快进屋，我早已给你们预备下好吃的啦。"她抱着阿骨打将兰洁领进屋里，见屋里放着用绿叶儿包着饽饽，老太太说，"吃吧，这苏子叶饽饽可好吃啦。"说着就给阿骨打拿一个，又递给兰洁一个。阿骨打边吃边喊："好吃，香！"老太太说："好吃，香，你长大就供给我这个吃，好吗？"阿骨打嗯声答应。兰洁不知咋称呼老太太好，跪下磕头说："我就称你为活神仙吧！"老太太说："你就叫我佛妈妈吧。"

兰洁正在向劾里钵夫妇叙述的时候，佛妈妈从屋里出来了，指着劾里钵说："劾里钵你可来了！"劾里钵一惊，心想，这老太太咋知我的名字啊，慌忙跪下磕头。赫达氏、兰洁也跪在地下磕头。阿骨打虽然才三岁，可懂事儿啦，他也跪在地下给老太太磕头。

老太太说："快到屋里吃饽饽，吃完饽饽快回去，部里不可无主！"说完将劾里钵等人领进屋去。

此时天色已黑，老太太说："我与你们同吃背灯肉，背灯吃苏子叶饽饽，记住，逢年遇节要想我，供这些，只要背灯，我就能吃到！"他们围在炕上，摸黑抓肉、抓苏子叶饽饽吃，吃得那个香啊。他们吃后，佛妈妈才让劾里钵拿些给外边的随从人员吃，从此留下背灯肉，亦称佛头妈妈肉，以及供奉苏子叶饽饽等风俗习惯。

劾里钵要走的时候，佛妈妈从兜里掏出一把金锁，这把锁是长圆形的，锁上拴着金链，锁正面刻着金龙戏水，后面刻些弯弯曲曲的几行小字。佛妈妈给阿骨打带在五色线绳上面，和阿骨打亲亲脸儿，老太太说："你们走吧！"

劾里钵率领众人跪在地下，给佛妈妈磕头拜别后，转身要走，就听佛妈妈高声唱着：

乾坤之大兮，九女艮坎激。
昔创粟沫兮，真裔坤乾长。
艮育之金兮，涞流兴业邦。
辽灭金兴兮，涞流胜陀师。

佛妈妈歌罢，喊声："劾里钵带领他们快走！"这声音震颤着天空。劾里钵等回头一望，只见一道金光，冲天而去。他们急忙回来看望，哪来的房屋，是一片丘陵地带。当时劾里钵哎呀一声，喊道："原来是女真神显圣！"慌忙跪在地上向空中遥拜，拜后对赫达氏说，"记住，此地就称它楼上。"劾里钵还反复暗背佛妈妈之歌，牢记心中，才率领众人连夜往回赶路。

在回来的路上，护卫人员前边引路，一下走错了路，忽然闪出一座阴森森的城池，传出鬼哭狼嚎瘆人之声，无数的披头散发张嘴獠牙的人，团团将劾里钵围住，有的向劾里钵索还性命；有的叫苦连天向劾里钵要钱。正在这时，忽然指路的老翁出现面前。劾里钵喊叫："土地老，快来救命！"土地老喝一声："咳！盟主路过此地，还不赶快闪开！"这些披头散发张嘴獠牙者虽然闪出路来，讨要钱之声仍叫苦连天。劾里钵停马高声喊："等我回去，定多焚金银纸钱悼祭尔等。"劾里钵说到这儿，又问赫达氏，"今日十几？"赫达氏回说："七月十五日。"劾里钵又说："放心，从今日起，每年七月十五日，都给你们金银纸钱。"土地老接过说："听到没有，盟主已定，每逢中元都施给你们钱。"从此，女真族留下"鬼节"，即七月十五日，直至今日。

第四十八章　阿骨打拜师

阿骨打失踪被找回来之后，劾里钵夫妇暗中时常教阿骨打背诵佛陀妈妈的歌词，这些词儿反复琢磨也理解不了，天机不可泄露，只能装在肚子里，守口如瓶。劾里钵为让阿骨打从小养成习武习惯，特制硬弩弓，让阿骨打拉练，锻炼臂力。阿骨打从小就懂事儿，每天一早就在院内练习拉弓和各种特制的刀枪棍棒。随着阿骨打年龄的增长，弓弦不断更换，手臂也越练越有力量。

阿骨打十岁这年，春暖花开的时候，赫达氏又生一子，劾里钵整天在外平息内乱，组织打仗，在家时候很少。这天，阿骨打非要去野外游山玩水，兰洁百般不允，可是阿骨打已十岁了，兰洁管不了，急忙禀报劾里钵妻子赫达氏。赫达氏开始不允，怎奈阿骨打说啥要出去，赫达氏又在"坐月子"①，兰洁接连进来禀报三次。赫达氏没办法，只好让阿骨打出去，责令护卫人员好生看护，不准远走。阿骨打一听，高兴极了，慌忙乘马和护随人员出寨奔野外去了。

出寨后，阿骨打感到心旷神怡，如出笼之鸟，啪啪两鞭，马飞驰向前，护卫人员催马紧跟。这些看护阿骨打的兵丁们也恨不得能天天领阿骨打出来，将他们整天圈在家里，也憋屈坏了。好容易今天有这机会，在荒郊野外也要玩个痛快。见阿骨打催马扬鞭向前飞驰，他们一个个也像撒欢似的加鞭相随。十几匹马，蹄声嘚嘚，尘土飞扬，顺着松阿里乌拉向下游跑去。跑呀跑，忽见前面岸边停一威呼圬墙②，上面坐一位白胡子老头。阿骨打骑在马上距离威呼圬墙还有一箭之地，这马忽然停蹄，竖起前蹄咴咴号叫，差点儿将阿骨打摔下马。护卫人员催马赶到，说也奇怪，这些马到此，全不往前行走了，都竖起前蹄咴儿咴儿嘶叫。众

---

① 坐月子：即生孩子三十天内不能出外。
② 威呼圬墙：女真语，即小船。

人皆惊慌跳下马来，赶忙拽往阿骨打的马，将阿骨打扶下马来。这些马还是此起彼伏竖起前蹄嘶叫。大伙儿甚是诧异，这马见到啥玩意儿了？为啥牵之不走，打着倒退呢？向四周瞭望，没见到什么可使马吃惊的，前面只有一只威呼圬墙，上坐一位白胡子老头。难道这马还怕白胡子老头？

护卫正在心里纳闷儿。嗬！阿骨打像个大人似的，连跑带颠踬到威呼圬墙跟前，跪在地上就给白胡子老头磕头，喊着："老玛发，给您老磕头啦！"护卫正愣呵呵地瞧着，突然就听呜的一声，好似天崩地裂一般，狂风骤起，飞沙走石平地而起，只见一只斑斓猛虎口里衔着阿骨打，随风向东北方向而去。

护卫惊慌失措地喊："可不好啦！可不好啦！小主人被老虎叼去啦！"杂乱的喊声话音没落，风已消了。护卫一瞧，小船、老头、阿骨打全不见了。再向东北方向一望，阿骨打踪影皆无，这下可将护卫们吓坏了。这还了得，小主人被老虎叼走，回去还不得杀头啊？有人主张趁早鞋底子抹油，溜了吧。有的主张散伙各奔他乡，免遭一死。有位年岁大的大喝一声说："你们都说的什么话？我们到任何时候都要讲个忠字，就是杀头，也得忠于主公，这种不仁不义的事儿，咱不能干。何况，小主人是被神仙领走，绝无闪失，应该回去报喜！"他这一席话儿，将大伙儿说醒了腔，异口同声地说："对！回去报喜去。"个个欢天喜地飞身上马往回跑去。阿骨打的马在后边相随而去。

护卫们回寨进得院门，见兰洁坐在那儿擦眼泪哭泣，大伙儿赶忙跳下马来，将兰洁围上问她为何哭泣。兰洁头不抬，眼皮儿不挑地问："小主人呢？"兰洁这一问，护卫们都惊得睁大眼睛，呆愣愣地望着兰洁问："怎么，小主人的事儿你知道了？"

兰洁也霍地跳起来，瞪大眼睛惊讶地问："小主人他，他怎么了，怎么？快说呀！"

护卫们你瞧瞧我，我望望你，大眼瞪小眼，一时不知从何说起。还是那位年岁较大的，接过话茬儿说："兰洁，小主人被神仙领去啦。什么事都是该着，不怪小主人要出去，原来小主人和阿布卡恩都力约会好啦。刚出寨，他这马如飞的一般，我们追都追不上，不知跑了多少路程，见松阿里乌拉岸边停一威呼圬墙，上面坐个白胡子老玛发，小主人到那儿跪地下就磕头，等我们到跟前刚下马，嗬！就见小主人坐在船上，忽下子飞上天空，一眨眼无影无踪，这准是被阿布卡恩都力接去了，特回来报喜！"

护卫一听，姜还是老的辣，他说出神啦，眼睁睁被虎叼跑了，他编成坐船上天啦，真有他的，这是护卫们心里话儿，还有的听他这么一说，也顺杆爬说："兰洁呀，你没听到啊，哎呀，眼见威呼圬墙飞上天，就听天上，咚将哒哇吱扭的，吹打弹拉唱迎接小主人！"又有个人接着说："天门都开啦，五彩缤纷招展，天仙女儿排队站班，八成又让小主人挑个仙女来下凡？"

兰洁瞪他一眼说："别胡说八道了。"她说着慌忙跪在地下，两手合拼在前胸，嘟囔，"观世音菩萨，阿布卡恩都力保佑小主人平安，早日回还！"说罢一叩三拜而起，说，"我进去报喜！"刚转身被一人拉住，"等等，兰洁，小主人被神仙领去你怎么知道的？"

兰洁将眼睛向四外一撒目，悄声说："小主人走后，我去收拾屋子，见炕上放着小主人的锁，吓了我一跳，这把金锁谁也打不开，始终戴在小主人脖子上。今天为啥开啦，放在炕上？我小心翼翼地赶忙进去报告，将金锁交给赫达氏。她接过去一瞧，锁里塞着一块黄绸子，往外一拽，嗬！越抻越长，那么大个小锁塞那么大块绸子。绸子上画着两幅画儿，头一幅，见小主人被阿布卡恩都力拉着腾空向东北方面去；另幅画儿画着恩都力泡①远看像尊戴帽子的佛，近看，好似山戴个帽儿。山上有棵老松树，树下有位僧人，教练小主人武艺。赫达氏见这画儿，两眼流泪说：'我儿今日出游不能回来矣！'我放心不下，就在门口泣哭，若果真如此，我也就放心了。"兰洁说到这儿，将声音放得更低了嘱咐，"不准向外说，天机不可泄露，谁说割谁舌头！"她说罢两眼还是泪珠儿不断。

阿骨打虽说是被阿布卡恩都力领走学武艺去了，可兰洁放心不下呀，是她将阿骨打抱养大的呀，每天夜晚兰洁都要抱着他到外面看星星，不抱阿骨打就睡不着觉儿，冷不丁离开了，兰洁的心咋能好受啊！

再说阿骨打，他正跪在地上给老玛发磕头时，呜的一声觉着身子腾空而起，护卫们见是只斑斓老虎，而阿骨打什么也看不见，就像自己长了翅膀在金色的天空中飞翔。不知飞了多长时间，真如做梦一般，阿拉乌都②地落到活龙窝集③上。一会儿风平浪静，云消雾散。阿骨打举目观看，见这窝集的顶峰，好像戴顶帽儿的老翁，清奇幽雅迥异其他窝集。

———————————

① 恩都力泡：满语，神树。
② 阿拉乌都：女真语，糊里糊涂。
③ 活龙：女真语，森林；窝集：女真语，大山。

又向窝集下边一望，从下要攀登该窝集比登天还难，是人迹没有到过的地方。他赶忙跪在地上磕头，这是阿布卡恩都力将我送来的。

磕完头，阿骨打站起身来，忽闻"当、当、当"，钟声远出，清脆悦耳。阿骨打侧耳细听，钟声是从窝集顶峰传来，决心攀上顶峰，必有阿布卡恩都力。可四下一寻，悬崖峭壁，难以攀登，想要另寻别种路，此坡与窝集断壁悬崖，无法行动。阿骨打年仅十岁，心胸可大。他暗想，阿布卡恩都力将我送此窝集，这就是考验我的心诚不诚，长大能不能干大事。想到这儿，阿骨打浑身是劲儿。要是一般孩子早吓尿裤子啦，阿骨打可不是熊包孩子。他瞪起眼睛，"呸"，往手上吐口唾沫，往上一蹿，直奔石崖上的一棵树枝，一把手没有拽住，跌倒在地，摔得他咧咧嘴儿，屁股那个疼啊。但阿骨打霍地又跳了起来，"呸！"又往手上吐点唾沫，两眼盯着这棵树枝，运足气力，又往上一蹿，伸手拽住这棵树枝不放，打了好几个悠千，又一猛蹿，两脚才蹬在石崖峭壁上。他自言自语着："好个窝集，真难攀哪。"阿骨打手拽树枝，脚蹬峭壁，缓了口气，运足了力气，将身子往上一蹿，一下蹿到树枝上，一屁股坐在树枝上。阿骨打笑了，真好玩。窝集峰顶"当、当、当"清脆悦耳之声又传来，更增加了窝集清奇幽雅之感。阿骨打坐在树枝之上，窝集底下还传来吧嗒、吧嗒的滴水声，远处又传来潺潺流水之声。钟声、滴水、潺汨相音合，奏出一曲仙境的乐章。

阿骨打心想，这窝集峰上，定有阿布卡恩都力在等我，更增加了他攀登的勇气。向上边望望，见左上方峭壁石隙中，仍生出一枝碗口粗的树枝，而这些树全是他叫不出名的树木，可见其珍奇异常。阿骨打看准后，两脚踏在树枝之上，又将身子向左上方一悬，直奔那树枝而去。虽然身子蹿起很高，但一把没有抓住那棵树枝，随之阿骨打觉得忽悠一下子，身子坠落下来，直向深涧摔下去。眼见阿骨打要被跌得粉碎，他将身子一斜，在这个千钧一发之际，阿骨打手脚麻利地拽住另一棵树枝，他紧紧攥住不撒手，身子在空中悠了三悠，就觉着这手秃噜噜的，将树皮儿撸下来了，又摔下去了。十岁的阿骨打，身子还是轻飘飘的，恰如一片树叶一般，又被一棵树枝擎住。阿骨打坐在树枝上稳稳心，觉着这两只手哇火烧火燎的疼痛。用目一瞧，两只手像血葫芦似的，才知道刚才撸掉树皮的同时，也撸掉他两手的肉皮。

阿骨打扎挲着两只小手，"噗噗"，用嘴吹几口，眼泪像晶莹的珠儿，滚落下来。此刻阿骨打心里难受，想念兰洁。每当他玩要跌倒了，兰洁都赶忙将他扶起来，"哎哟！摔坏没有？"阿骨打伸着小手，兰洁用嘴儿噗噗吹上几口，阿骨打立刻就不感到疼了。兰洁这几口风一直吹进阿骨打的心田，热乎乎的、甜丝丝的。"今天，我手撸掉皮儿，流了这么多血，兰洁见了不咋心疼呢？"阿骨打想到这儿，泪水更多了。在他幼小心灵上还有个谜解不开，"兰洁可喜爱我啦，比额娘都关心我，为啥不让我管她叫额娘呢？等我回去，见着她非亲亲热热地喊声额娘！不，她就是我的活佛陀妈妈。"阿骨打哭鼻子想兰洁了。忽然心里一颤，不，不能胡思乱想，还是快见阿布卡恩都力要紧。阿骨打鼓足勇气，又重新向上攀登。攀上去，摔下来，他不知摔了多少次，跌了多少跤，反正浑身上下都摔伤了，衣服被刮扯得一条一块了，身上肉皮划破的道痕数不清，冒着鲜血的血筋。窝集西坡的树枝杈丫被撸掉皮的、踩断的从顶峰到谷底，栉比如疮，这是阿骨打给帽儿山留下了人类攀登痕迹，相传很久很久。

阿骨打攀上窝集峰端，举目一看，大吃一惊，该地珍禽异兽扑腾而起，好在没有侵食阿骨打的禽兽。平静下来之后，见峰平如砥，周围有十余丈，峰岗云树之间，凭瞰林木，俨成树海，岗峦起伏，沟汊绘歧，绝色之仙境也。阿骨打忘记了攀登窝集的疲惫，他在峰峦之上，好似一匹撒欢的小马，东跑西颠狂奔着。他在峰顶东面俯视窝集东侧，见东山腰另起一峰，有一石棚，探出去有九尺余，周围有十几丈空闲之地。他正在凝望出神，从山腰中传来悠扬清脆的"当、当、当"的钟声。阿骨打高兴得跺着脚儿喊："阿布卡恩都力在那儿！"阿骨打又从东坡攀登下去，他下到东山腰，见石棚前有棵古松，高有二丈五尺多，树旁有一泉眼，泉眼的水不是成流儿流淌，而是像眼泪似的吧嗒、吧嗒滴在下面的石坑之中，滴水之声不断，石棚里边有洞口，里面传出清脆的"当、当、当"的钟声，阿骨打高兴地一跳脚，"原来阿布卡恩都力就在这里。"麻溜[1]走进洞去。见洞内金光缭绕，四周壁上挂满刀枪剑戟、弓箭棒棍鞭杈铲铜十八般兵器样样俱全。正位端坐一个道家打扮的真人。这人身材魁梧，膀大腰圆，年约四十多岁，满面生辉，闭目诵经。旁边有一道禅，披发敲钟，好似有节奏似的，半天一下，"当、当"在洞内听声音并不大，在外面却震动整个窝集。阿骨打往道人上边一瞧，石壁上有四个金光闪闪的大字——艮岳真人。

阿骨打不认识字，不知写的是啥，反正不是一般人，他慌忙跪下，

---

[1] 麻溜：女真语，赶快。

向艮岳真人磕头，口称阿布卡恩都力在上，阿骨打拜见。连呼数声，艮岳真人像没听到似的，眼不睁，仍悄声叨诵经文，就连那个道童也没瞧他一眼，仍然"当、当"敲着钟。阿骨打年岁虽然小，心眼儿可不少，小心眼里一琢磨，这准是阿布卡恩都力在修身养性。这话是兰洁对他说的，阿布卡恩都力都得修身养性，不能扰乱阿布卡恩都力。阿骨打想到这儿，他直溜溜跪在那儿，小嘴也悄声嘟囔起来，他不会诵经，嘟囔啥呢？阿骨打嘟囔的是"观世音菩萨"，这五个字反复念叨，像蚊子声音，"观世音菩萨、观世音菩萨……"只有他自己能听见。他这也是和兰洁学的，兰洁说只有常念，佛陀才能保护。阿骨打变成个小真人，直挺挺地跪在那儿，闭着两只眼睛念。也不知念多长时间，反正两个膝盖跪破了，地上淤汪血。艮岳真人才将他扶起，见阿骨打遍体鳞伤，赶忙取灵丹妙药给阿骨打敷上，立即痊愈。艮岳真人收阿骨打为徒弟，传授阿骨打武艺。此山后来人称帽儿山，仙洞和石棚存在，其泉水滴入石坑，石坑水总是满满的，其不断地滴水不向外溢，后来千万人从石坑取水，其水不竭，总保持满满的，其水清澈透明，照人如镜。

阿骨打拜师学艺，直到劾里钵遇难被困，阿骨打才下山救父，使完颜部强大起来，为阿骨打建立金朝打下基础。

第四十九章 阿骨打学艺

　　阿骨打在帽儿山仙人洞里，跪在艮岳真人面前，闭目口诵观世音菩萨，他一句接着一句，好似入迷一般。也不知跪了多长时间，两个膝盖全硌破了，地上流淌着两汪鲜红的血。等他感到有人扶起他，才睁目一瞧，是长发道童，见年龄比他岁数还小。阿骨打往坐禅上一望，艮岳真人不见了，他望望道童，见道童脸容是冷冰冰的，将他扶起后，就扒他身上已一条一块的衣服。阿骨打笑吟吟地说："小师父，我自己脱。"阿骨打将衣服脱下来，道童拿过一种药膏给阿骨打身上的伤痕敷上，道童递给他一套青衣服，穿在身上一瞧，跟道童打扮一样，他又问，"小师父，你叫啥名啊？"道童像没听见一般，转身就走出洞去。阿骨打心里纳闷儿，难道他是个哑巴？阿骨打跟着走出洞去，刚出洞门，就听风声呼呼响，向那边一望，见石棚里一片银光闪耀，原来是艮岳真人在练刀，只见银光闪闪，不见人影儿。把阿骨打看得眼花缭乱，呆愣愣地站在那儿一动不动地观看。不知看了多长时间，忽见道童从山下担水回来，才将他从梦中惊醒。心里好似有根绳，被一拽，他心里咯噔一下子。暗自寻思，小师父都去担水，我却在这儿站着，师父见我懒，非生气不可。想到这儿，赶忙跟进洞去，抢过扁担，挑起水桶去担水。扁担压在他肩上，也压在他心上。阿骨打想，在家兰洁对我可好啦，我都这么大了，她还给我洗脸哪，走一步跟一步，拉着我还怕将我吓着，含在嘴里怕我化了，衣来伸手饭来张口，除练习武术玩外，啥也不让我干。唉！在这儿还得挑水。阿骨打只顾胡思乱想，担着水桶往前走。新来乍到，他也没问问从哪儿下去，一下子崴脚了，身子栽下山去，水桶和扁担咣啷啷响，随他一起滚落下去。阿骨打仗着从小练习过武术，确实起点作用，在滑落中赶忙拽住树枝，一点一点稳住身子。手攀树枝向上攀登，找到扁担水桶又回到山上。

　　阿骨打原想，他滑落山下，非惊动师父，小师父定会跑来看他，问

197

他摔坏了没有？会说：咳！你去挑啥水呀？没有想到从滑落到他上来，好像没发生这事儿似的，心里感到冷落落的。等阿骨打挑着空水桶上来，艮岳真人正站在上边，冷若冰霜地望着他。阿骨打赶忙放下水桶，咕咚跪在地上，给艮岳真人叩头说："弟子初到洞府，担水迷路，滑落山中，望师父饶恕，指明路程，以便前去。"阿骨打想，他这么一说，师父得告诉从哪儿下去，水在什么地方，他好乐颠颠地去担水。和他想的相反，艮岳真人冷冷地说："路，自己去寻；水，自己去找。"说完一甩袖子转身向南姗姗而去。阿骨打呆愣愣地望着师父的背影，眼泪扑簌簌地滚落下来。他心里好似冻层冰，他们不欢迎我，阿布卡恩都力为啥将我送到这来？阿骨打又担起水桶顺着崖岸，东瞧瞧西望望，才见那边茂密的树荫里有条蜿蜒小路，担着水桶顺着这条小路奔下山去。走进森林里，见这条小路弯弯曲曲，走了半天，仍在山崖中盘旋。他走呀走，不知走了多长时间，才走到山下。到山下一望，是一片树木丛生荒芜之地，听不到狗吠，看不到房子和炊烟，只从远处传来潺潺流水声。阿骨打心想，小师父挑水绝不能远，待我寻来，向四周一望，荒芜一片，无有足迹，连自己的脚下也是自踩之路。啊！是我走过头了。他又往回找去，走到崖下，才见树丛中往南拐有条小路，弯弯曲曲又折向山崖，才听见吧嗒吧嗒滴水之声，穿过崖边树丛，见一片光石，有一石坑，从崖上泉眼中像滴眼泪似的一滴接着一滴落在石坑中。阿骨打走近前一看，石坑中的水满满的，好像马上要溢过坑沿，但水却不往外流淌。他又发现石坑边上，有两个明显的放水桶的痕迹。阿骨打高兴了，这准是刚才小师父担水留下的痕迹。他放下水桶，见石坑里的水像蓝天一样，清澈透明。他捧起水一喝，清凉爽口。一屁股坐在石坑旁，两眼凝望着从山崖往下滴水。他望着，望着，眼睛一花，山崖变成兰洁的俊俏脸颊，从那双毛茸茸的大眼睛里往下滴着眼泪："阿骨打，我想你呀！我离不开你，阿骨打！"阿骨打望着望着，心一酸，眼泪也哗地一下子流下来，口里喊着："兰洁呀，你就是我的额娘，你是我活着的佛陀妈妈。我时刻在想你啊！"

"小主人啊，你在哪儿？可把我想死了！呜呜呜！"喊叫声，悲惨的哭泣声，惊吓得阿骨打蓦地站了起来，瞪大两只泪眼，侧耳细听，越听越像兰洁的声音。哎呀！难为她怎么找到这儿来了，顺着声音，深一脚浅一脚奔去了。走啊走，干走也见不着人，只听哭泣之声。哭泣声却越来越近，阿骨打跟头把式地向前飞跑，穿过密林，在山坳处，见一妇女坐在草丛之中哭喊，见妇女后影和衣着，正是兰洁。阿骨打激动得边跑边喊："兰洁额娘，兰洁额娘，我的佛陀妈妈，我可见到你啦。"妇女听见喊声，慌忙站起身来，转脸一望，也高声喊叫："小主人，我可找到你啦！"两人跑到一起，紧紧搂抱在一起。兰洁说："小主人，你可把我想坏啦，也吓坏了，就出来找你，今天好容易找到你啦，快跟我回去吧。"

兰洁让阿骨打跟她回去，这句话像瓢凉水浇在他心里，正在沸腾的心，立刻凉了下来。他脑中忽然闪出从楼上往回走的时候，佛陀妈妈念的词：

乾坤之大兮，九女艮坎激。
昔创粟沫兮，真裔坤乾长。
艮育之金兮，涞流兴业邦。
辽灭金兴兮，涞流胜陀师。

这些词儿虽然阿骨打不解，但其意阿玛劾里钵背后对他说过多次，"阿骨打你要好好练武，佛陀妈妈的词儿指明你长大有兴邦立国之意，但天机不可泄露。"此时他心里冷静一想，好不容易阿布卡恩都力将我送到这奇异的窝集，又遇到这武艺不凡的师父，不好好学艺，回去不就完了吗，还兴什么邦，立什么国？对了，兰洁能找到这儿，可能是阿布卡恩都力考验我学艺有没有决心，若没有决心跟兰洁回去了，阿布卡恩都力和佛陀妈妈再也不勒①我啦。阿骨打想到这儿，撒开手，对兰洁说："见到你，我很高兴，你回去告诉我阿玛、额娘、哥哥，我在这儿学艺，不学好武艺永不下山！"

兰洁哭咧咧地哀求说："小主人，你救救我吧，你要不回去，我会被杀头的，再说，你要不回去，你额娘会想死的，今天背也要将你背回去。"她说着就来抱阿骨打。阿骨打身子往后退着说："我已拜师学艺，说啥不能回去！"可兰洁两只手已伸来抱他，阿骨打猛力一推，就见兰洁仰面朝天倒下去，阿骨打后悔用力太猛，急忙去拉，一下拽住兰洁，定睛一看，哪来的兰洁，右手紧紧拽着一棵树枝儿。阿骨打慌忙跪在地上磕头："恩都力泡！海可枯，石可烂，阿骨打学习武艺的心不变，不学好这武艺绝不下山！"磕完头，站起身来，感到心明眼亮，浑身是劲儿。他来到石坑旁，抄起水桶，哗啦，哗啦灌满两桶水，瞧瞧石坑里的水，仍

---

① 勒：东北方言，不理睬。

然是满满的，一丁点儿没见少，心里转念，原来这是仙境，我要好好恭敬师父和小师父，乐颠颠地担着水上山去了。

阿骨打将水挑进山洞，见小师父已在石棚紧北边的石桌上摆放着山果和清茶。这就是吃的饭食。他见师父和小师父不跟他说话，师父和小师父他俩也不说话，心想，小师父可能是个哑巴？

这天晚上，师父冷冰冰对阿骨打说："今天夜晚你把守山洞，不能疏忽，听到没有？"阿骨打点头"嗯呢"答应着。阿骨打听到师父吩咐，不敢在洞里停留，赶忙来到洞外，坐在洞口，望着皓月和星斗，心里感到格外爽快。因他生在荒野，从小就养成夜观星斗的习惯，让他看守洞口，正合他的心意。坐在那儿就数开星星啦，他望啊，数啊，忽听嗖嗖之声，猛转脸一看，自己只顾着看星星，师父什么时候出来的他都不知道。只见师父和小师父在石棚之中，双方单刀直入，嗖嗖对砍，只见刀光不见人。阿骨打站在那儿，只觉冷风嗖嗖，寒气逼人，两眼盯在艮岳真人的刀上，见他的刀上下翻飞，前后闪耀，简直和小道童杀成一团白光，身轻如羽毛，听不到一丁点儿的嗵嗵脚步声。阿骨打心里暗暗喝彩，真是好刀法。师父和小师父练有两个时辰才停手，阿骨打刚想要搭话儿，只见两道黑影儿，眨眼工夫进入洞中，他发现师父和小师父还是谁也没和谁说话儿。

阿骨打暗下决心，非好好向师父学武艺不可。他有心进洞去取兵器，却不敢，没有师父言语，新来乍到，随便进洞取兵器，惹恼师父那还了得。啊！有啦，练习拳脚吧。阿骨打抻抻胳膊，甩甩腿儿，还没练，就听呜的一声，阿骨打一惊，还没等他转过向来，突然一只猛虎立在他面前，头上两只眼睛在夜间像两盏灯那么亮，下衬着一张大嘴儿，牙齿像手指那么粗，瞪着两只大眼睛，要一口将阿骨打吞了似的。阿骨打不仅没惊慌，反而笑嘻嘻地说："虎儿，你好啊，我祖先救过你们，不知你知道不？"老虎将头一点，嗷的一声，惊天动地，它霍地一下子，跃在空中，轻飘飘地落在石棚南面，转过头来，两只明亮的眼睛，盯着阿骨打，嗷的一声，又旋回来，好像向阿骨打扑来，阿骨打身子一动没动，老虎又轻轻落在他的面前，阿骨打见虎这情景，心里一翻个儿，对老虎说，"虎哥，莫非你要教我武艺？如是这样儿，你点点头。"老虎果然点点头儿，又一跃腾空而起，这下可把阿骨打乐坏了，赶忙将身子往下一伏，也学着老虎腾跃，但他没跳多远，两脚落地，有嗵嗵的声音。但他决心跟虎学练腾跃的本领。他想老虎站在地上又粗又大，腾跳起来却轻如树叶，它是练出来的。他就随同老虎一遍又一遍地练腾跃，一直到东方发白，老虎才腾跃下山而去。从此，每晚老虎必来，而它腾跃得一晚比一晚快，简直腾跃而起，不见虎形，只见一道金光，似流星一般，来回穿梭。阿骨打跟着苦练。

　　阿骨打跟虎学练腾跃，艮岳真人就像不知道似的，他也不问，阿骨打也不说。实际艮岳真人对阿骨打进行一系列考验，出现兰洁来拉阿骨打回去，是考验阿骨打学艺有没有恒心；让阿骨打担水，考验阿骨打能不能吃苦，并让他自己找路，自己寻水，包含着学艺也是得靠自己找门路，练功夫；跟老虎学练腾跃，考验阿骨打的胆量和智慧。见阿骨打真是机智勇敢，胆量过人，不愧为将来创建金的太祖，才真正收为徒弟，传授兵法和武艺。阿骨打在帽儿山仙人洞日夜勤学苦练。正是：

艮岳真人育龙君，
安出虎水^①兴业邦。

---

　　①　安山虎水：女真语，金水河。

第五十章　阿骨打下山救父

　　住在活刺浑水的纥石烈部的腊醅、麻产兄弟俩在进攻完颜时，被劾里钵打败，腊醅被活捉。劾里钵为清理内乱，稳住辽朝，取得辽朝的信任，就将腊醅献给辽朝。

　　再说麻产带领残兵败将落荒而逃，就听这马蹄嘚嘚嘚连声响，后面暴起的尘土铺天盖地。他快马加鞭向北逃去，不知跑了多少里路，这马儿周身像水洗的一般，张着大嘴，呼哧呼哧喘个不停，再也跑不动了。麻产将马勒住"吁吁"长呼，才翻身跳下马来。他东瞧瞧西望望，见西面是山峦起伏，烟雾弥漫，用手一指问从人："那是何山？"

　　"烟雾山。"

　　麻产一听是烟雾山，惊喜得瞪大眼睛喊一句："啊！是烟雾山！"因为麻产早就听说有座烟雾山，终年每日烟雾笼罩，不见天日，是因为山洞里有位烟雾真子，修身养性，神通广大，此山谁也不敢沾边儿。今日我麻产被劾里钵打得狼狈不堪，哥哥又被活捉去，不知生死，此仇不报，还有何脸面活在人世上？可是要报此仇，我兵弱将孤如何能抵得过劾里钵？想到这儿，麻产潸然泪下。又一转念，要报仇非请烟雾真子下山帮助我不可，如他能下山，使用神通，十个百个劾里钵也不是他的对手。想到这儿，他转悲为喜，立即吩咐兵士埋锅做饭，在此歇宿。

　　第二天，麻产下令，兵士们仍在此歇息。他带两名从人，奔烟雾山去请烟雾真子。麻产快马加鞭直奔烟雾山，不到一个时辰，来到了烟雾山，麻产勒马在山外向山里一望，真是吓杀人也。只见这山里烟雾四起，漩涡翻滚，上至天空，下至大地，乌烟瘴气，似迷魂阵一般，难辨西北东南。麻产见此情景，也觉心颤胆寒。他为求救于烟雾真子，壮着胆子也得往里闯啊，信马由缰地走进山峦起伏之中。他被烟呛得咳嗽起来，眼难睁，气难喘，眼泪扑簌簌地往下掉。麻产用手揉揉眼睛时，这马儿将前蹄往起一蹬，咴儿咴儿嘶叫，麻产赶忙勒住系缰，"吁，吁"将马儿稳住，跳下马来，将马交给从人说："此山烟雾弥漫，骑马难以行走，待我慢慢儿寻找神仙洞。"麻产说着，就像扑蚂蚱似的，慢慢移动脚步前行。虽说是大白天，要说伸手不见掌可有点玄了，反正往前视线不过一尺，前面是山崖还是树木，辨别不清。麻产这时仔细观察每迈一步的景象，发现这山好似与世隔绝，阴森森寒风刺骨，冷飕飕如进冰山，草木枯竭无生物，烟雾翻滚不见天。烟雾真子在何处？麻产心急也冒烟，他心急如火的如瞎猫一般，跟头把式地摸索搜寻。东一头西一头，不知找了多长时间，忽然听见有一童子歌唱着：

烟雾缭绕奇峰山，
修生养性几千年。
单等纥石麻产到，
重见天日共出山！

麻产听得真切，乐得他差点儿将心蹦出来。他贸然来请烟雾真子，不知能否请下山，心里正在十五只水桶七上八下提溜着，听见这歌声，烟雾真子正等他哪，此乃天意。他跪地磕了几个头，高兴地说："劾里钵啊！劾里钵，这回就有你好瞧的了。"磕完头顺着声音寻去，找到跟前一看，吓得他倒退两步，只见山洞门口，有一道童，面目长得非常凶恶丑陋，脑袋上长着红茸茸的头发，冷眼一见好似一溜火苗儿，随风摇曳，豹眼火睛，蒜头鼻子下衬个张嘴獠牙，真是一分像人，九分像鬼，但他的歌声真亮如同童子，清脆悦耳，麻产抢上一步，"仙童在上，纥石烈部麻产叩见。"说着跪下磕头。道童慌忙拉起，说："免礼免礼，烟雾真子让我在此等你多时了，快请进洞中。"道童头前引路，麻产在后边相随。

麻产走进洞里，漆黑得伸手不见掌，不一会儿越走越亮，虽然能见到人影儿，还是烟雾眯人。道童将他引到烟雾真子跟前说："请你拜见烟雾仙人。"麻产举目一看，只见烟雾真子身穿烟火袍，烟雾翻滚，凹式头顶撮撮红发，似火焰蹿出的火苗，大红脸上，黄睫毛下的两只火眼，看人好似射出两只火蛇，弯钩鼻子下面那张大嘴，活像烈火在燃烧，麻产慌忙跪倒在地，口称，"烟雾仙人在上，庶民纥石烈部麻产叩见。"说罢磕头。

"请起。"烟雾真子这一声震得山洞乱颤。烟雾真子将身子扭了好几个劲儿，"呜呼呼！好个大胆的劾里钵，欺人太甚，今日待我神去消灭你也，替麻产报仇雪恨。童儿，事不宜迟，随麻产出山去也。"

这烟雾真子为何对劾里钵仇火这么大呢？据传说，这仇恨还是从女真起源时结下的。九天女与猎鱼郎驾着天池水，随着黑龙从长白山冲下来，其水凶猛之势，实不可挡。当时这烟雾真子也占据个小山头，它是天上的火星神屙块①成了烟雾妖精，差点儿被这大水将它淹死，吓得它逃往此山。一直怀恨在心，早想报此仇，怎奈功夫不到。直至今日借麻产相请之机，出山对女真族报仇雪恨。

烟雾真子随同麻产来到歇高处一望，荆榛莽莽，荒陬无边。时值九月之际，天高气爽，秋风习习，荒芜草丛，高深过人，被秋风吹动唰唰作响。烟雾真子一见大喜，随暗与麻产定计如此这般，这般如此。麻产乐得嘴都并不上，急忙整顿人马，又奔完颜部杀去。

劾里钵打败腊醅、麻产，将腊醅献给辽朝。辽朝对劾里钵大加赞赏，又有些部落来降，正聚众部落长摆宴庆贺之际，忽报麻产又领兵来攻，气得劾里钵暴跳如雷，立即吩咐出兵，非杀此贼不可。劾里钵率领人马，迎出有三十里与麻产相遇，展开厮杀，战有十数回合，麻产即败，向北逃跑。劾里钵下令追，不斩此贼，终是后患。麻产领兵在前面跑，劾里钵领兵在后边追。

劾里钵只顾追赶，忽有人提醒他说："盟主注意，麻产奔烟雾山方向逃去。"劾里钵吃惊地下令说："停止前进！"因为劾里钵也听说此山有妖怪，乌烟瘴气，草木枯竭，生灵绝迹。劾里钵将兵收住，向前边一望，烟雾山烟雾翻滚，天地相连，忙令撤退！一声令下，后队变前队往回撤。当撤到这一望无际的荆榛莽莽，荒陬之中时，忽然四面火起，火借风力，风借火威，像爆竹一般，噼啪山响，烈焰喧天，平地一片火海，忽听烟雾真子在空中声若巨雷："哈哈，哈哈，劾里钵呀，劾里钵，你能逃出我这火海？"

劾里钵举目一看，见空中烟雾中的烟雾真子，气得他浑身颤抖，咬牙切齿大骂妖道："我与你有何仇恨，下此毒手！"说着伸手拉弓搭箭，照烟雾真子就是一箭。一箭射去，只见烟雾翻滚，不见烟雾真子。劾里钵忙命令兵士冲出火海，无奈烈焰腾空，可怜兵士冲进火海后，人马立即燃烧成火团，在火海里翻滚，叫苦连天，甚是凄惨。

火焰这样旺，是由于这荆榛莽莽的荒陬之地，从开天辟地以来一直

---

① 屙块：东北方言，屎。

荒无人烟，干枝枯草在地面上积聚好几米深。遇这烈火，燃烧起来，其火焰热不可当，只烧得火连天、天连地，一片火的世界，兵将们哭叫连天，惨不忍睹。劾里钵仰天长叹，我命休矣！

劾里钵正在危急关头，忽听一声霹雳震撼天空，将劾里钵震下马来，霎时间倾盆大雨从天而降。劾里钵慌忙率领兵将跪在地下磕头，感谢上天保佑，天降大雨。

天为啥忽降大雨？原来是阿骨打下山救父。一晃，阿骨打在帽儿山仙人洞和艮岳真人学艺三年多了。由于阿骨打精心苦练，十八般兵器样样皆通。武艺纯熟精练。这天，艮岳真人将阿骨打叫到面前，对阿骨打说："今日你学艺期已满，迅速下山救父。"

阿骨打一听慌忙跪倒在地，口遵师父："徒儿武术学得欠缺，还需苦磨苦练，为何要撵徒儿下山？徒儿有何不对之处，任凭师父责罚。"

艮岳真人长叹一声说："此乃天意，因你父有烟火之灾，被围困在烟雾山前一望无际的荆榛莽莽荒陬地带，如不速救，有性命危险。故而打发你下山，一是你学武练功期之满，二是天意。必须先回家拜母，说明下山救父，讨得你母保留的雌雄二剑，佩带雌雄二剑，骑着千里驹，务于九月初九日赶到，为师现在有锦囊一个，烧伤药品一包，到那后才能拆开，自有解救办法，速下山去吧。"

阿骨打跪而不起，泣问曰："徒弟今日下山，不知何日才能与师相见，徒弟将来如何？望师慈悲施救。"

艮岳真人略思片刻，歌曰：

金源安虎（即安出虎水，今黑龙江省阿什河）帝星明，
虎踞龙盘蔚上京（金朝的第一个首都），
众虎誓师涞流（即涞流水，今吉林省黑龙江省交界的拉林河）起，
扬旅五京（指辽朝的五个京城）全覆灭，
整部伍武元皇帝（指建立金朝的太祖皇帝阿骨打），
金太子（指还没有登上帝位时的阿骨打）握乾符策，
左秉黄钺右白旄（指皇帝的仪仗），
雷霆全辽灭延禧（指辽朝的末代皇帝天祚帝）！

艮岳真人歌罢闭目不语。阿骨打揣好锦囊，带上药品，拜辞艮岳真人，走出仙人洞，见虎儿早站在洞外等候，阿骨打跨上虎儿，只听虎儿

长吼一声，腾空而起，风驰电掣一般，刹那间将阿骨打送到完颜部。

阿骨打走进寨子，只见人心惶恐，哭叫连天，他知道大事不好，撒腿就往家里跑。刚进门守卫的兵士擦眼抹泪地说："少主人你可回来了！"阿骨打啥话不答，慌慌张张跑进赫达氏房子，只见额娘赫达氏，两眼流泪，正在披挂。阿骨打扑通跪地下，说："额娘在上，不孝儿阿骨打回来救父！"

赫达氏惊愕地问道："你怎知你阿玛被困？"

阿骨打将艮岳真人打发他下山，如此这般述说一遍。赫达氏一听大喜，慌忙率众跪拜天地，拜谢艮岳真人后，洗手焚香，拜祀后取出玉泉雌雄二剑，交与阿骨打说："我儿要按艮岳真人吩咐行事，多加小心！"

阿骨打拜辞额娘赫达氏，外边早有人将赫达氏的千里驹宝马备好，他带领护卫兵丁，快马加鞭向北驰去。心急嫌马慢，不断加鞭催马，这马四蹄飞起一般，嘚嘚嘚嘚，一溜风尘而去。

离老远就见北方火焰滔天，染红半边天，在距离十里之遥的时候，阿骨打就感到灼烤。又跑五里才将马勒住，翻身跳下马来，忙将艮岳真人交给他的锦囊拆开一看，只见上面写着：

> 玉泉雌雄安虎水，
> 专斩妖雾变双龙，
> 倾盆大雨灭火焰，
> 救父脱险免灾难！

附四字口诀真言："烟雾逞凶，只等雌雄，诛妖灭火，时刻不容，乌拉呀呸！"

阿骨打按照这四字口诀真言，抽出雌雄二剑，举在手中，大声念道："烟雾逞凶，只等雌雄，诛妖灭火，时刻不容，乌拉呀呸！"这雌雄二剑立刻腾空而起。这四字口诀真言阿骨打咋认识呢？因阿骨打在帽儿山仙人洞不仅跟艮岳真人学武艺，而且也学文字，这就为阿骨打后来创造文字奠定了基础。此是后话。

单说这雌雄二剑飞向火焰滔天的烟火之中，阿骨打仔细一瞧，雌剑变成金氏神女，雄剑变成乌古迺，阿骨打咕咚跪在地下磕头。就在这时，烟雾真子从烟火中飞向天空，大喝一声："呔！大胆的乌古迺敢破我法术不成？哪里走，看剑！"乌古迺和金氏也不答话，齐向烟雾真子扑去，只听咔嚓嘎巴一声巨响，当即烟雾真子变成无数火星点儿粉碎飘散在大地上。立刻阴云密布，雷电交加，再往空中一望，哪来的乌古迺和金氏神女？只见雌雄二龙吐云搅水，倾盆大雨而下，不一会儿将一片火焰弄得火灭烟散，阿骨打父子相会。有些士兵被烧伤，阿骨打和阿玛劾里钵领着兵士往回救护被烧伤兵丁。突然麻产领兵杀来，阿骨打赶忙迎击，没几十回合，麻产差点儿被阿骨打砍于马下，败下阵去，率领残兵向直屋铠水逃去。

劾里钵损伤了不少兵马，令兵丁将烧伤的兵丁全抬回寨去。他们走出这块荆榛黄莽之地，回头一望，烈焰又起，这才烧出一片沃野良田，烟雾山也烟消雾散，重见太阳，万物重新生长。后来人称大青山，又改名为太平山。

阿骨打随阿玛回去之后，慌忙按照艮岳真人传授的治烧伤药方，配制药品。传说，此药方是由十味药品制成散，十味药品是：天花粉、黄檗、大黄、姜黄、白芷、厚朴、陈皮、甘草、苍术、天南星。用葱汁、蜜水或麻油调敷于烧伤处，很快痊愈，故取名为金黄散。

第五十一章　春捺钵阿骨打献鱼

传说阿骨打十三岁那年的正月间，听说辽朝皇帝道宗在混同江春捺钵[1]，吃“头鱼宴”，他可就活心了，应当去看看，一来看热闹，二来看看辽朝虚实。想到这儿，他就对父王劾里钵说：“阿玛，儿听说辽朝在混同江春捺钵，我要去看看！”

劾里钵一听，赶忙摆手说：“可去不得，去不得！”

阿骨打将嘴一噘说：“为啥去不得？儿借看春捺钵之机，查看查看辽朝的虚实有何不可！”

劾里钵一听，心里大吃一惊。他用目又重新打量一下阿骨打，嘴没说心里话，这是十三岁孩子说的话吗？可他还是说：“去不得呀，要是被辽知道，汝是我的儿子，将你扣留咋办？再说，我也不放心啊！”

阿骨打说：“阿玛此言差矣，不让孩儿出去见世面，难道总放在你眼前，用眼睛看着，就能看出有用的人才吗？”

劾里钵被阿骨打说得直噎嗓子，他心里转念想，阿骨打说得对，不让他去闯荡，将来能有出息吗？何况，他又跟艮岳真人学身武艺，他要去，不能打击他的兴致，让他去见见辽朝的春捺钵，熟悉辽朝的情况也好。劾里钵说：“你和谁去呀？”

阿骨打说：“准备和我八叔去。”

劾里钵一听，心中甚喜，他知道八弟阿离合懑记忆过人，又学身好武艺，虽然只比阿骨打大两岁，才十五岁，但他像大人似的，很懂事儿，还能见机行事。劾里钵就将八弟阿离合懑召进来，叮嘱一番，让他俩去看热闹，不要暴露身份，不要惹是生非，早去早回，省着我惦念你们。阿骨打与阿离合懑才乐颠颠地出去了。

阿骨打和八叔阿离合懑一合计，两人都带着冰穿、鱼钩、绳子等工

① 春捺钵：契丹语，皇帝出行所在之地。

具，待着没事儿，也想露两手，让大伙儿看看，两人蔫不悄儿①的，骑马奔混同江（今松花江）而去。一路上见不少人，奔混同江去卖呆。阿骨打快马加鞭，恨不得飞到江边看个究竟。

当阿骨打与阿离合懑催马来到江边的时候，见看热闹的人不少，只能在江套子的堤岗上张望，据辽朝皇帝春捺钵离得很远哪，只能影影绰绰地看见人影儿，啥也看不真亮啊。阿骨打心像一盆火似的，一下凉了半截，扫兴地对阿离合懑说："八叔呀，白来了，也看不真亮啊！"

阿离合懑说："看不真亮，咱望望就回去吧，跑这挨啥冻啊。"

阿骨打骑在马上，没有回答阿离合懑的言语。他东张张，西望望，望了好大一会儿，突然对阿离合懑说："八叔，走，咱爷俩也春捺钵去！"阿骨打催马要走，被阿离合懑一把手将缰绳拉住说："上哪喀②？你没见辽兵林立，戒备森严吗？能让咱们进去吗？"

阿骨打用手一指说："你看，下面没有兵把守，到那去捕几条大鱼吃，咱爷俩也算没白出来一趟。"

阿离合懑一听，说："对，咱俩凿冰捕鱼去吧。"说着，两人撒马，催马加鞭，向辽朝春捺钵那边驰去。

阿骨打来至江边，见那边人山人海，他俩这地方冷冷清清，用目一瞧离辽朝守江的兵丁连半里地都没有。别说，在这儿真比在江套子上边看得真亮。他俩跳下马来，将马拴在江堤上的一棵老榆树上，两人站在江堤上，又望望辽朝春捺钵后，两人就下到江心，用冰穿凿冰窟窿，想捕几条大鱼带回去。

阿骨打和阿离合懑当啷啷，当啷啷地凿啊凿，凿下一块大冰块，还得搬到一边去。不大一会儿，凿下来的冰块，在江边上已堆成一座小冰山。他俩的手冻得麻酥酥的，还不时将手放在嘴边上，呵呵气儿，暖和暖和。虽然是正月间，北国仍然是寒冷的。他俩凿有一个时辰，才凿出萝卜那么大个冰坑，还没凿透，就累得膀子有些发酸了。阿骨打说："八叔，咱们歇会儿再凿吧。"

两人坐在江堤上，抬头望着辽朝春捺钵的地方，见辽朝在江心里凿有四个大冰窟窿。阿骨打说："八叔，他们就凿四个冰窟窿啊？"

阿离合懑说："四个还不全是透水的，只后边这个是凿透水的。"

---

① 蔫不悄儿：东北方言，悄悄的。

② 喀：满语，去。

阿骨打说："他们干吗不全凿透了？不凿透，有啥用处啊？"

阿离合懑说："看来你没凿过冰窟窿捕鱼，一点儿不懂。听我说，那三个为啥不凿透了，因为要想捕猎大鱼，就得先凿三个不透水的窟窿，底下留层冰，最后这个凿透它，因为鱼在水里，这一冬闷在冰底下，见不着天日，冷不丁见着亮光，就一拥而来，要都凿透了，就被小鱼拥挤堵住了，大鱼也上不来呀。所以小鱼全拥挤在没透水的冰窟窿下面，大鱼从小鱼下边游过来，见着这个透水的窟窿，它自己就往外跳，因为它急于伸头吐气啊！"

阿骨打一听，望着他俩凿的冰窟窿说："咱们也得凿四个，能凿动吗？"

阿离合懑笑着说："咱们不用，就凿一个，拣辽朝的漏，保证能得大鱼！"

阿骨打又问："那为什么？"

阿离合懑说："你不知道，辽朝头好几天就在上边，离这好几十里的地方，凿个冰沟下拦江网，将鱼堵住了，鱼全憋住了。咱凿一个，同样猎着大鱼。"

阿骨打一听，笑嘻嘻地说："说不定阿布卡恩都力赐给咱们几条肥嫩的大白鱼哪！"

两人说着来了兴劲，又跳到江里当啷当啷凿上了。他俩手不停闲地凿啊，凿啊，不知凿了多长时间，终于将冰凿透了。阿骨打拍手打掌地说："噢！凿透了，凿透了！"他们的话音未落，只听咕咚一声，一条大白鱼冷不丁从水里跳跃出来，将阿骨打撞倒在冰上，还溅了他一身水。

吓得阿离合懑赶忙跑过来，扶起阿骨打说："没摔着吧？"

阿骨打从冰上跳起来，说："没摔着！"他俩一转身，就听噼里啪啦，从冰窟窿里一条接着一条大白鱼往外跳跃，都跳跃在冰雪上，真稀罕人，清一色全是百八十斤重的大白鱼，在冰雪顶上，还直劲撒欢，不住闲地一跃多高，一直跳跃出二十几条。

跳跃出这些大白鱼，乐得阿离合懑拢不上嘴儿了。他突然见阿骨打紧锁双眉望着跳出来的大白鱼发愣，就逗弄他说："阿骨打，你可怜这些大白鱼的话，咱再将它放江里去！"

阿骨打说："八叔！我是见着这些大白鱼，心生一计。咱俩何不将这大白鱼用马驮着，给辽朝道宗皇帝送去，就说给他献贡，祝贺'头鱼宴'。虽然咱搭二十几条鱼，但舍不得孩子也套不着狼，能用鱼做个台阶，探探辽朝的虚实，咱们心里也有个底儿，将来好对付他，省着总欺负咱女真人！"

阿离合懑一听，两手一拍，说："对呀！听说辽道宗最喜爱白鱼，咱们借机见见道宗，到底儿是啥面做的？"

阿骨打和阿离合懑一齐下手，用绳子将十条鱼串成一串，托搭在马上，两个小少年，骑着马就奔辽朝去了。

阿骨打来至辽朝春捺钵，早有护卫兵丁将他们拦住。阿骨打说："烦你们通禀一声，就说女真完颜部阿骨打前来贡献白鱼，祝贺道宗皇上'头鱼宴'来了。"

辽护卫兵丁往阿骨打马上一瞧，嗬！银白色的又肥又大的大白鱼，太招人喜爱了。一个个馋得嘴里直往外淌哈喇子。兵丁又望望阿骨打两人，见是两位英俊的少年，满不过十二三岁的样子，便认为阿骨打好欺侮，就将眼一瞪说："放这吧！"阿骨打嘴没说，心想，好家伙，你们馋了，就也将眼睛一翻弄说："放这？见不着道宗皇上不交鱼。你们要是不通禀，咱将鱼带回去，将来禀奏皇上，就说卫兵不让进去！"阿骨打说着，拉马要走。被一个军官拦住了，说着："慢着，待我向上禀奏。"

阿骨打是给道宗皇帝送献贡鱼，谁敢拦截呀？何况送的又是混同江名产，当时混同江的白鱼，不仅在辽负有盛名，就是在宋盛名也很大，要不兵丁咋馋得直流哈喇子，因为他们想吃吃不到呀！

辽朝皇帝道宗，今年春捺钵使他很扫兴。因为"头鱼宴"就是皇上从冰窟窿里钩上来的头条鱼，即为头鱼宴。道宗皇帝钩出一看，是条大草根；接二连三全是大草根鱼，所以道宗很不高兴。就在这时候，萧兀纳禀奏说："皇上！女真完颜部劾里钵节度使派其子为皇上贡献白鱼，祝贺皇上'头鱼宴'！"

道宗皇帝一听乐了，忙说："传他们进来！"

圣旨一下，阿骨打和阿离合懑才进来。阿骨打学着大人的样儿，牵着马，扬着脖儿，端着个小架儿，大摇大摆在江心里直奔辽春捺钵。过了一道岗，又一道岗，才来至道宗皇帝春捺钵。阿骨打让阿离合懑牵着马，早有御侍卫们七手八脚从马上卸下大白鱼。四个人抬十条，抬到道宗皇帝面前，道宗皇帝一看，这大白鱼真是又肥又嫩，乐得他赞不绝口。

"哎哟，这才叫白鱼哪，吃一口香的啊，得顺嘴丫子淌油！"

阿骨打偷着用眼一瞧，在皇帝身旁站着一位如花似玉，年纪不过二十唥当①岁的女子，心里寻思，这准是道宗新选进宫的坦思皇后了，长得确实美貌无双，可惜道宗年岁大了，有点不相配。

道宗皇帝见坦思皇后也高兴，他更乐了，因为这是自坦思当皇后的第一个春捺钵。能让新皇后高兴，他更高兴了，就问萧兀纳说："送鱼的使者呢？"

阿骨打才跪在道宗皇帝面前说："女真完颜部劾里钵次子阿骨打，奉父之命，前来贡献混同江白鱼，祝贺皇上'头鱼宴'。愿皇上万岁，万万岁！"道宗皇帝用目打量阿骨打，年纪不过十一二岁，还是个孩子，长得很是有神，就问道："你这鱼什么时候猎的？"

"回皇上，刚才猎的……"阿骨打话音未落，突然大白鱼在冰上一蹦跳，吓得皇后哎哟哎哟地说："这鱼活啦！这鱼活啦！"

阿骨打说："禀娘娘，这鱼是刚才在下游猎捕的，全都是活的！"

"你会捕鱼吗？"

阿骨打见问，忙转头一看，是位年纪不超过二十岁的大军官，笑呵呵地问阿骨打。阿骨打不知他是谁，只顾打量他，没有回答他的问话。

站在阿骨打身旁的萧兀纳，对阿骨打说："他是皇孙梁王延禧！旗鼓拽剌②也！"

阿骨打一听，忙施礼说："原来是梁王，失敬、失敬！"才又回答说，"小民自幼就会捕鱼捉虾，所以父才令我为皇上捕猎鲜鱼也！"

延禧一听，高兴地说："你能再为我捕猎一条大白鱼吗？"

阿骨打说："托梁王的福，让我试试吧。"阿骨打说着，就拿出鱼钩在辽朝凿的冰窟窿里要钓鱼。阿骨打的举动，吓得站在外面的阿离合懑一身冷汗，心里埋怨阿骨打多事，你父嘱咐再三，不让多事，你吹什么会捕猎鱼？要是捕猎不到，岂不当众丢丑，让辽朝官员耻笑！可他干着急不能进去呀。

阿骨打撸胳膊挽袖子，走到冰窟窿跟前，他将鱼钩咔嚓往里一伸，为啥咔嚓一声，因为江水已被冰碴儿封住了。他将钩伸进去这么一捡弄，还没等他将钩取出来，腾地从水里果真蹿出一条大白鱼。这条白鱼有百十多斤重，吓得阿骨打拔出鱼钩向后一闪，坐个大腚蹲儿③，大白鱼正好跃在冰上，活蹦乱跳哪！人们都以为是阿骨打钩上来的，真该他露脸，

---

① 唥当：东北方言，左右。

② 旗鼓拽剌：契丹语，勇士尊称。

③ 大腚墩儿：东北方言，屁股着地。

连大白鱼都为阿骨打捧场。

　　辽帝孙延禧惊讶地说："阿骨打你果然是捕鱼的能手！"

　　打这儿，给延禧留下印象，阿骨打只会捕鱼捉虾。

第五十二章　辽朝宫廷内乱

　　阿骨打和阿离合懑吃完辽道宗皇帝摆设的头鱼宴，在回来的路上，他俩并缰而行。阿离合懑称赞阿骨打胆识过人。阿骨打就同阿离合懑说："道宗皇帝为啥选这么一个年轻的美人为娘娘啊？"

　　阿离合懑说："你不知道，这不是选的，是耶律乙辛一伙安插在宫里的一根钉子。"

　　接着阿离合懑向阿骨打叙述起坦思皇后的来历：

　　"这些年来，辽朝总闹宫廷内乱，自从道宗皇帝立宣懿皇后的儿子浚为太子，就遭到耶律乙辛的反对，就想方设法要害死太子浚。经过多次密谋，耶律乙辛才想出个巧妙办法，先害死宣懿皇后。宣懿皇后会弹琵琶，还会编歌词儿，没有这两下子道宗能喜欢她吗？有一年也是道宗出春捺钵，让宣懿皇后同行。宣懿说她身体不爽就没有去。她在宫里待着烦闷，就令人将乐官赵唯一找来了，让乐官赵唯一唱她编的回心曲儿，她弹琵琶。弹得优雅，唱得动听，两人正弹唱起劲的时候。突然，耶律乙辛带领御侍卫军，闯进宫来，将乐官赵唯一按倒在地，扒光袍服，五花大绑，推拥就走，后边跟着耶律乙辛，吵喊着说：'怪不得你总到宫里来唱歌，原来和宣懿唱到一块儿去了。今日被我捉住，汝有何说！'嫔妃宫女都跑出来偷看，一见乐官光腚拉叉①地被绑着，都脸红地用小手将脸捂上。闹了半天，妃嫔宫女都从手指缝中往外看，交头接耳，信以为真。耶律乙辛就是要给大家看，因为只有这样，大伙儿才能相信啊。耶律乙辛这边捉拿赵唯一同时，打发人给道宗皇帝送信，让皇上速速回宫。

　　"道宗皇帝回来听说出了这事儿，自己当上了绿盖的王八，差点没气死，一问宫奴人等，都亲眼见赵唯一赤身裸体被耶律乙辛带出宫去，而且还有人说宫婢单登见到多次。道宗就将单登召来一问，她说已见过好

―――――――――

　　①　光腚拉叉：东北方言，光屁股。

几次。赵唯一以唱歌为名，与娘娘私通。并交给道宗一个'十香词儿'为凭证，这词也是耶律乙辛早已编好的，硬说是娘娘编的。道宗展开一看，里边全是娘娘写的怎么爱赵唯一的词儿。道宗皇帝一怒，就将赵唯一诛灭全族，满门斩首，下旨让宣懿皇后自缢身亡。宣懿死了之后，耶律乙辛才向皇上推选萧侠魔之妹坦思进宫中，立为皇后。"

阿骨打又问道："宣懿儿子太子浚为啥不替母报仇？"

阿离合懑说："浚想要报仇，没等报，反被耶律乙辛杀害了。听说耶律乙辛为操纵宫廷，还特意将自己儿媳妇坦思的妹妹鲁干也送进宫里做道宗的妃子，作为他的耳目，接着就想出一个杀害太子浚的招儿，指使护卫太保耶律察剌向道宗皇帝，假奏耶律撒剌和北枢密院使事的萧树散等阴谋废皇帝立太子。道宗一查问，没啥证据，只将耶律撒剌和萧树散调出朝去。此计未成，耶律乙辛又想出一计，暗使牌印官萧恶独干去向道宗自首，谎说废皇帝立太子他参与了，怕受连累，特向皇上自首。道宗皇上信以为真，就责成耶律乙辛审问此案。耶律乙辛定的计谋，又让他审理，太子还能有好吗，就假造供状，欺骗道宗皇上，把太子浚囚禁起来。耶律乙辛又派人将浚暗中杀死，他欺骗道宗说是患暴病突然而亡。道宗皇上听后，非常悲伤，两眼落泪，要召见浚的妻子，想和儿媳妇唠唠嗑儿，狠心的耶律乙辛又将浚的媳妇暗中杀死，达到了他杀人灭口的目的。接着就清除异己，顺耶律乙辛者存，逆耶律乙辛者亡，杀的杀，押的押，调出的调出，整个辽朝大权落在耶律乙辛手中了。耶律乙辛阴谋实现了，才向道宗建议立鲁干所生的儿子淳为太子。遭到宣徽使萧兀纳和夷离毕萧陶怀的反对，他们暗中向道宗说，放弃自己的嫡系不立，不是将国家送给别人了！可道宗老糊涂了，还不能毅然决定。直到去年，道宗出去打猎时，耶律乙辛让道宗将皇孙，也就是浚的儿子延禧留下，意欲将延禧再杀害了，好斩草除根。正当道宗要将延禧留下的时候，宣徽使萧兀纳向道宗说：'听说皇上去打猎，要将皇孙留下，如果要留下皇孙，臣请也留下，由臣侍从皇孙左右。'道宗才醒过腔来，让延禧随他同行。从此，才将耶律乙辛调出朝去，立皇孙延禧为梁王。"

阿离合懑口若悬河，滔滔不绝地向阿骨打介绍，阿骨打听得直劲儿出神。阿骨打问阿离合懑说："八叔，你听谁说的？"

阿离合懑说："听大伙儿讲的。"

阿骨打称赞阿离合懑说："你的记性真好，啥事一入你耳朵里，就不会忘的。不怪都说你记性好，能存事，真是一点不假呀。"接着阿骨打又说："这么说，辽朝宫廷内乱，还得继续下去，无休无止呀！"

阿离合懑说："耶律乙辛，不能死心，还得想方设法回来，因为有坦思架着他。"

阿骨打说："那么将来接位的就是延禧的啦！"

阿离合懑说："现在道宗是这么个打算，耶律乙辛还不得将延禧害死呀！"

阿骨打接过说："我看延禧是个酒色之徒，不被杀害，也是个昏庸之辈！"

两人说说唠唠，快到部落了，阿离合懑说："阿骨打，今天咱俩为辽送鱼的事儿，对不对你阿玛说啊？"

阿骨打说："干吗不说，咱俩做得光明正大，我阿玛还得说咱俩做得对哪。"

阿骨打两人见到劾里钵，将他俩去见道宗的事儿说了。

劾里钵非常称赞阿骨打，认为阿骨打将来能降伏契丹。

第五十三章　阿骨打脱险

阿骨打救阿玛劾里钵回来之后，劾里钵规定，只准阿骨打精心习文字，练武术，暂时不参与国事。为此，阿骨打每天还是和兰洁住在一个院落里。兰洁每天还要看护阿骨打的两个小弟弟。阿骨打非常心疼兰洁，担心把她累坏了，背着额娘赫达氏，经常管兰洁叫"额娘"，有时还叫"佛陀妈妈"，在阿骨打心里感到，最疼爱他的还是兰洁。如果有什么好吃的食物，阿骨打宁可自己不吃，也偷偷地送给兰洁吃。他怕兰洁累着，几次向额娘赫达氏提出来，要找个可靠的人儿，帮助兰洁照管家务。终于把赫达氏说活心了，就和小叔子国相颇剌淑说了，让他给物色一个可靠的人儿，协助兰洁料理家务。这事被倅什二[1]赛剌烈听说啦，赶忙见国相颇剌淑说，他有个妻侄女，名叫阿娣，不仅长得俊俏，而且聪明伶俐，推荐她去帮兰洁料理家务如何？颇剌淑一听，赛剌烈又是宗弟，他的亲属当然可靠啦，让他领来，叫赫达氏看看，如果同意，就让阿娣进府去。

赛剌烈喜出望外，因为他推荐阿娣有他的打算，一是他只当个倅什二，没职没权，想通过阿娣做台阶，往上升级；另一个打算，他听说阿骨打不凡，将来定能大富大贵，要是阿娣能给阿骨打做媳妇，自己也好沾光。这些想法让他恨不得马上将阿娣送进府去。

赛剌烈将阿娣领来让赫达氏看，赫达氏见这姑娘不仅俊美，而且两眼有神，问话对答如流，甚是喜爱，便留在府中，交与兰洁，协助兰洁料理家务。

阿骨打听说额娘给兰洁派来个帮手，甚是高兴，急忙跑过去一看，见是个姑娘。这姑娘杨柳细腰，一张雪白的团脸上，两只水灵灵的大眼睛格外有神。阿骨打正在端详这姑娘，兰洁笑吟吟地说："来，给你介绍

---

[1]　倅什二：女真语，是管兵马的一个副职小官。

一下，这姑娘还是亲属哪，比你大两岁，就管她叫阿姐吧。”阿骨打笑笑，转身出去了，他心里很不高兴，暗中埋怨赫达氏糊涂，不该派个姑娘来，花枝招展，妖妍袅娜，能帮兰洁干啥？再说，弄这么个姑娘来，我到兰洁那屋也不方便，咋去说个话儿唠个嗑儿，长了让别人好说不好听的。他闷闷不乐地回到房中，有心向额娘提出来再换个岁数大的，又不好意思，心中暗想，反正兰洁有个帮手，他就放心了，今后少过去也就是了。

兰洁见阿骨打笑吟吟地走了，一句话儿没说，又见阿娣粉白的脸蛋儿，浮上一层红润，水灵灵的大眼睛脉脉含情，阿骨打好似块吸铁石，她眼神儿和魂魄儿都被阿骨打吸去了。阿骨打走出去，阿娣的眼神儿就跟走了，阿骨打走进屋去，她还呆愣愣望着哪。兰洁心里咯噔一下，暗想少主人已经十五岁了，这姑娘已十七岁啦，长得又俊美，能不能赫达氏有心将此女做阿骨打的媳妇呀？要留心观察。兰洁想到这儿，笑吟吟地说：“阿娣！阿娣！”连唤好几声才将姑娘的魂儿叫回来。阿娣从呆愣愣中惊醒过来：“啊！”转过头来，脸儿绯红地抿着嘴儿，低下头，两手撕扯着衣襟儿。

兰洁笑嘻嘻地说：“阿娣，见到了吧，你今后就和我一起照顾好少主人，这是盟主的心肝啊！”

阿娣低头口里“嗯，嗯”答应着，可她的心怦怦跳起舞来，周身发抖，纱罗衣衫直颤。因阿娣来时，她姑母就对她透了此情，嘱咐她进府去要好好照看阿骨打，要能和阿骨打婚配，将来有享不尽的荣华富贵。阿娣被姑母说得羞臊难当，推了姑母一把，小嘴儿一噘：“姑妈，你说的些啥呀？我不去啦！”这句话可把姑母吓坏了，乖乖长乖乖短地劝说阿娣，阿娣扑哧又笑了，把她姑母弄得啼笑皆非。实际阿娣被姑母说动了心，不愿意是假，她心眼里也早就灌满了阿骨打，恨不能长双翅膀飞到阿骨打身旁，现在听说让她进府去协助兰洁照顾阿骨打，内心里乐得差点儿将那颗春心蹦跳出去。暗谢天地，真是天赐良缘机会难得。正由于这样，她见阿骨打心跳得就不成个儿了。仔细瞧看阿骨打，只见他天庭饱满，地阁方圆，浓眉虎目，炯炯有神，仪表非凡。又见阿骨打进来，两只炯炯的目光直射在她的脸上，当她的目光与阿骨打目光相碰时，她的心忽地一下子悬空起来，要没有咽喉搪塞，可能早蹦出来了。当兰洁介绍后，阿娣心想阿骨打非施礼致意，她准备还礼，没料到阿骨打笑吟吟地走了。按理说阿娣应该嗔怪阿骨打这不仅是对她的难堪，而且也使兰洁尴尬。偏偏阿娣心里没这么想，她以为阿骨打的直视是在相看她，没施礼笑吟吟而去是对她渗透相中之意，笑吟吟的是满意含情而去，因此阿娣的心已被阿骨打掠去了。阿骨打已在阿娣心中扎根。

这天晚上，阿娣睁眼闭眼，阿骨打的身影在她眼中不消。从此阿骨打需要什么，阿娣都亲自送去。可是阿骨打头不抬，眼皮儿不挑。阿娣要和他说话，阿骨打只说声，"放这吧"，脸容和口气都是冷冰冰的。按理来说，阿娣应该寒心，可阿娣反而更加爱阿骨打，在心眼里钦佩阿骨打不是酒色之徒，是个有志气能成大业的人儿，对阿骨打就更加谨慎小心。她见阿骨打读书或练武，从来不惊扰于他，特别是阿骨打练武，阿娣在暗中偷着学习，熟记他的招法儿。一有空闲就悄悄地练刀、练剑。俗语说熟能生巧，世上无难事，只怕有心人。阿娣练武是背着阿骨打进行的。

阿骨打虽然不和阿娣说话儿，但他对阿娣是很满意的，认为阿娣对兰洁非常体贴，发现有啥事儿抢着干；还感到阿娣越来越持重，不像个轻浮女子。这些印象阿骨打也尽量让它尽快消逝，阿骨打认为自己年纪轻，正需要努力刻苦学习，不能因为一女子牵扯自己精力。因而他抱定宗旨，不能和阿娣单独接触。

阿娣的姑母想法就不一样啦，恨不得马上让阿娣与阿骨打成亲。每逢阿娣回去，姑母都过问这事儿，当她听阿娣介绍阿骨打连话都不跟她说，姑母的心渐渐有些凉啦，但她还鼓励阿娣多接近阿骨打，并告诉阿娣：赛刺烈已托国相颇刺淑做媒提亲。只要劾里钵答应，婚事就算定下来。阿娣心中也暗暗欢喜。

阿娣进府将近一年啦，这事儿也没定下来，国相颇刺淑已回答赛刺烈了，劾里钵拒绝了婚事，赛刺烈心中不满。这天他心情不高兴喝了好多酒，酩酊大醉后，就拿士兵和奴隶撒气，暴打奴隶和士兵。这天半夜有几十名奴隶和士兵不愿受他的虐待，携带马匹和物资逃跑了。等他醒酒天已大亮，听到报告，士兵已跑远，追也追不上了，懊悔莫及。这事儿很快被劾里钵知道了，撤销了他倅什二的职务。从此他对劾里钵怀恨在心。这事儿很快被麻产知道了。因麻产逃到直屋铠水后，收纳逃跑的奴隶，建造营房，操练人马，伺机报仇雪恨。赛刺烈逃跑的士兵和奴隶也投奔麻产去了。麻产听说赛刺烈被撤职，就暗派投他来的赛刺烈的兵丁一名，让他回去找赛刺烈，如果赛刺烈能将阿骨打的人头和雌雄二剑盗来，不仅酬谢千金，而且共图大事。事成之后，推选赛刺烈为王，他甘愿做赛刺烈的胡鲁①，如果赛刺烈同意，就派刺杀手接应。麻产对这名兵丁叮咛再三，让其化装成猎人到完颜部找赛刺烈。

赛刺烈正在恼恨劾里钵，又是一心想当官的人，听兵士这一说，真将他乐坏了，立即应诺下来。让兵士速回复麻产，派人前来共同行事。麻产立即挑选五名武艺高超的将士，前来行刺。

一〇八三年初夏，由于纥烈石等部落又来进攻完颜部，劾里钵率领长子乌雅束领兵前去迎敌打仗，国相颇刺淑和赫达氏共掌国事。阿骨打仍然专心致志练习武术和汉文，每到晚上，他都格外小心。单说这天晚上，阿骨打巡逻一遍，见护卫兵士警戒严密，没发现任何敌情，回到院落见兰洁、阿娣屋内已熄灯，院内静悄悄的。阿骨打又来了练武的兴趣，脱去外衣，在院内耍起刀来。夜静更深，天上乌云密布，真是伸手不见五指。阿骨打舞起大刀呜呜响，银光闪烁风飕飕。按照刀数刀法练完之后，听听天已快交三更，他才回到屋里去睡觉儿。

阿骨打熄灯躺在炕上，感到屋里闷热闷热的，将窗子打开，躺在炕上一时睡不着，他心里翻腾起，为啥这些部落要与完颜部为敌？今日打，明日闹，啥时候才能平定呢？用什么办法能制服各部落？阿骨打正在琢磨，忽听院内有动静，这是谁呢？这院除我练武并无别人呀。他霍地坐起来，阿骨打从小练就夜眼金睛，一看是阿娣，他倒吸口凉气，怎么？她还会武艺，而且剑法的路数和他差不多。阿骨打坐在炕上，看出神了。一直看完，天已交三鼓，阿娣已进屋去，他才躺下，心想，有机会我指点指点她，将来还真是女中魁元哪！阿骨打忽忽悠悠进入梦乡。正在睡得酣甜之际，突然一声尖叫："少主人，有贼！"将阿骨打惊醒，接着又听见一声"有贼！"，阿骨打才听出是阿娣的声音。原来阿娣进屋去并没有睡，这几天夜晚三更以后，她都要出来在院内巡视，担心劾里钵领兵出去打仗，少主一旦有一差二错如何是好，她就暗中在院内保护阿骨打。这天晚上她练完剑回到屋内，略事休息后，她持着剑就出来了。阿娣不仅聪明伶俐，胆魄也确实过人，一个十七八岁的姑娘半夜三更敢出来巡视，一般人是不敢的。她持着剑悄悄出来后，站在院中倾耳细听，突然从墙外传来嗖的一声，随后又传来嗖的一声，她心里虽然颤颤一下，但马上镇静下来，用目顺着声音望去，由于月黑头，又阴天，啥也看不见。这时从墙上传来微细的声音。阿骨打就住正房西屋。阿娣明白了，不是

---

① 胡鲁：女真语，统领官。

刺客就是贼。她慌忙蹑手蹑脚地来到阿骨打窗外，大声喊叫："少主人，有贼！少主人，有贼！"阿娣喊第二声，话音没落，忽然身后有人将她嘴捂住，扒她耳根子悄声说："喊啥？我是赛刺烈！"

阿娣一听，吃惊地想，他来干什么？准没好事儿，不是偷就是杀，不然不会这时候来。她有心想喊，嘴已被赛刺烈用手捂住，两只胳膊也被拉住。这时就听阿骨打屋内"哎哟，咕咚"之声，吓得阿娣周身一颤。赛刺烈惊得两手也一颤，阿娣借机用力将身子一挣，挣开赛刺烈两只手，身子向后一闪，反转身嗖地就是一剑。由于黑夜，一剑刺空。赛刺烈喊叫："你刺谁？阿娣！"

"刺的就是你！"阿娣说着又是一剑。赛刺烈也火了，"唔呀！你不帮我，反敢用剑刺杀于我"！他说着望着黑影儿就是一刀。阿娣和姑父杀在一块儿。

再说阿骨打听到阿娣的呼喊，从梦中惊醒，霍地从炕上跳起来，躲在炕旮旯处，闪烁他那夜眼金睛，往外窥视，见一人夜行打扮，直奔他这窗户而来。来人在明处，阿骨打在暗处，何况阿骨打从小练就的一双夜眼，他对敌人看得真切，敌人看不到他。当奔窗户来的这个家伙用脚尖儿一点地，腾空而起，从窗而入，还不等站稳脚跟，阿骨打唰地就是一刀，砍在这小子左肩上，他哎哟一声，咕咚栽倒在炕上。阿骨打使用一个饿虎扑食之势，从窗子蹿出去，站在院心，发现阿娣正和她姑父赛刺烈厮杀，他刚举刀跳过去砍赛刺烈，猛听身后呜的一声响，赶忙来个就地十八滚，滚出去有二三步远，然后霍地站起来，往这边一看，有四个敌人正向他屋摸去，阿骨打不慌不忙尾随其后跟去。没走几步远，走在后边的敌人转过身，照阿骨打一刀砍来。阿骨打手疾眼快，将身子一躲，回手一刀，两人厮杀在一起。

这时守卫的兵士已发现，灯笼火把四起，将院落围个风雨不透，就听齐声呐喊："抓活的，抓活的！"

在一片喊叫声中，就见完颜部的仓库火起，全完颜部人声嘈杂："不好啦！失火啦！"

这把火原是赛刺烈让他儿子放的，为了让人们把注意力都集中在失火处，他们好提着阿骨打的人头和雌雄二剑逃走，没想到被发现了。赛刺烈见燃起大火，更来劲儿了，他叫喊着："现在不快快行事等待何时？"

这时赫达氏已披挂出来，协助阿骨打来战敌人。阿骨打边杀边喊："额娘，快去救火，这几个贼子就交给孩儿吧，让孩儿杀个痛快。"

"我儿要多加小心，别让他们跑啦。"说完她赶忙奔火场和国相颇刺淑组织救火去了。这时护卫的兵士已跳进院内，有的举灯呐喊："抓活的，抓活的!"有的协助厮杀，院内照耀得如同白日一般，兵士们感到最惊奇的是阿娣手持剑与她姑父赛刺烈刀剑相迎展开生死搏斗。企图进入阿骨打屋里的三个敌人，也早被兵士们包围住了。阿骨打十几刀就将敌人砍得晕头转向，头昏目眩，只有招架之功，没有还手之力。有一个敌人见势不好，将两脚一点，刚要蹿墙逃走，阿骨打呜地一刀，将这小子右脚削掉，他"妈呀"一声，跌倒在地。兵士们跑过来将他缚住。

赛刺烈见情况不妙，对阿娣喊："阿娣，快救姑父!"话音未落，被阿娣一剑刺倒在地。

天大亮的时候，企图进入阿骨打屋里的四个敌人和勾结敌人的赛刺烈一个都没跑掉，还被阿骨打砍死一个，火已被扑灭。完颜部虽受些损失，还是转危为安。阿骨打脱了险，这才到阿娣面前深深施一礼，感谢阿娣的救命之恩。阿娣刚一还礼，两眼一黑，倒在地上。阿骨打慌了手脚，赶忙让人将阿娣抬进屋去医治。原来阿娣几天几宿没睡好觉，刚才与赛刺烈紧张地厮杀，疲劳过度昏迷过去。

阿娣通过这次护救阿骨打，使阿骨打脱险，从这之后阿骨打向她传授武艺。后来成为刀马纯熟的一员女将。

第五十四章　树　神

完颜部西北方，有个小子叫莫勒恩，他霸占这地方之后，拥有了大批奴隶，周围几十里的零散的部落都归他管，都得给他献贡。其领地按他的名字叫莫勒恩寨，他居住的东南有条河，亦称莫勒恩河。他的势力越来越大，存心养兵蓄锐，有机会杀死劾里钵，好夺联盟长的职位。

乌古迺死后，劾里钵继承联盟长，撤换了国相雅达，莫勒恩就极力反对。雅达的儿子桓曾经找他联结，共同攻打劾里钵，他口头答应了，却按兵未动。他想，如果我出兵打仗要打胜了，这联盟长也轮不到我头上，还是桓父子的，那不白出力了？不如稳兵不动，坐山观虎斗，你们两下打，均得损兵折将，减弱自己的力量。果然双方损失都很大，最后桓被劾里钵打败。但他认为时机还不到，得壮大自己的力量，为此他终日训练兵马，购买奴隶为他种地。莫勒恩确实毒辣得狠，怕奴隶逃跑，把为他种地的奴隶的双脚全带上脚链子，每天天不亮就把他们轰下地，还不给饱饭吃，直到天擦黑儿才准许回来。奴隶被折磨死不少，真是叫苦连天怨声载道。

这天听说背阴坡出一美女，背着老婆去寻美女，如果真是美丽的姑娘，就抢回来，将来当上联盟长，好做压寨夫人。他换上新衣服，骑骏马，带领护卫出发了。这天天气非常炎热，他带着草帽儿，骑在马上，热汗还直流。但他一想到美人儿，心里美滋滋、甜蜜蜜的，乐得他在马上直颠腚。走出有二里之遥，举目向北一望，发现给他在地里锄草的奴隶们在一棵大树下乘凉，心里立刻起火啦，好啊，不干活，在树下乘凉，岂能容得？他骑马直奔这棵大树驰去。他骑马快到的时候，奴隶们才发现，赶忙唤醒监工的，奴隶们叽里咕哩地到地里锄草去了。莫勒恩骑马来到树下，跳下马来，噼啪一顿马鞭，将监工抽得鼻青脸肿，气得他呼哧呼哧直喘。大骂监工，你吃我喝我的，领着奴隶不干活儿，在树下歇凉，真是岂有此理。他一气之下，命令监工的赶快将这棵大树砍倒。

　　说也奇怪，在这一片荒原上，唯一长这么一棵大树，这棵榆树说不上长了多少年，粗得并排站三个人背面都看不到，真是树粗叶茂。莫勒恩立马要亲眼瞧着将这棵大树被砍倒。此刻他连美人都忘了。监工哪敢违抗，忙骑马回去取斧子。莫勒恩端详这棵树直立在丘岗上，下面是他耕种的土地，树下面这片地呈凹形，周围的庄稼苗儿顶属这洼地里长势好。莫勒恩想，如果没有这棵树，长得会更好。对这棵树就更有气，当当就踢两脚。这第二脚刚踢完，他咧着大嘴儿，扑通坐在地上，两手抱着脚嗷嗷直叫，疼得他大汗珠子像豆粒似的往下滚落。"哎哟！哎哟！疼死我啦！疼死我啦。"奴隶们锄草，听到莫勒恩的哀叫声，低头这个乐呀，都在心里转念："该！杂不把他的脚踢掉下来！"

　　不一会儿，监工取来好几把大斧，莫勒恩脚疼得如猫咬一般，但他咬牙站了起来，跛着脚，抄起大斧，当当就砍上了，来解他脚疼之恨。他一斧接着一斧，砍有十几斧，在树根上边砍出个窟窿，就听哗的一声，一股急流从树而出，将莫勒恩冲倒在地。他连滚带爬躲在一边，浑身上下全是泥水，活像只落汤鸡。从树孔里冲出的水就不断流了，如山泉一般，向树下洼地中流去。惊吓得莫勒恩变颜变色地喊："快！快带马。"护卫们将马牵过来，莫勒恩吓得连马都上不去了，由护卫将他扶上马。

　　他一捏系缰，啪一鞭，骑马飞奔，边跑边喊："不好啦，大树发水了！"奴隶们见莫勒恩和监工的都跑了，奴隶们一合计，趁这机会咱们砍断铁链，逃命去吧。叽里咕噜往树下奔，来到树下，抄起这几把大斧，互相将脚上的铁链砍断，一窝蜂似的逃跑了。

　　当莫勒恩快跑回寨子的时候，忽然见前面一队人马，眨眼工夫和他碰头了，莫勒恩勒马一瞧，是阿骨打带领一小队人马。阿骨打见莫勒恩这副模样儿，吃惊地问道："孛堇，你咋的了？怎么弄成这个模样儿。"莫勒恩将砍树这事儿对他一说，阿骨打马上让莫勒恩领他去看。莫勒恩已经吓掉了魂，犹疑不去。阿骨打说："你得罪了神树，还不快去祈祷免罪，将来把你土地全淹没了，你何处存身？"阿骨打这话儿提醒了莫勒恩，这才领阿骨打去看望这棵出水的树。

　　原来阿骨打此次前来，一方面是巡视莫勒恩部落，听他父劾里钵说莫勒恩有反心，正在积聚粮草，训练兵马，大批收买奴隶，青壮年编入兵营，年纪大的为他种地。势力越来越大，不可不防。阿骨打才带领二十几名骑兵前来察看，又正赶上莫勒恩不在寨中，他带领随从将莫勒恩兵营仓库全看了，使阿骨打暗暗吃惊，训练的兵丁有三百多人，粮草囤积充足，确有反意，此人早晚不等必成劲敌。阿骨打从兵营绕过来，正好遇见莫勒恩这副模样，听莫勒恩一说，又勾起他一件心事儿，就是兰洁患病了，浑身浮肿，他千方百计寻药医治不见效果，今天出来，特嘱咐阿娣好生护理。他巡视莫勒恩部后，准备去寻药医治兰洁的病症，听莫勒恩这一说，阿骨打心中暗想，这准是神树，祈祷施药治好兰洁的病症。

　　阿骨打随同莫勒恩来到树旁一瞧，树下的洼地已成一片汪洋，可这水仍从树孔里哗哗不断往外流淌。阿骨打翻身下马，急步来到树下，双膝跪在树旁，小声念叨说："神树呀，神树！莫勒恩砍伤了你，如果神树有灵，停止水的流淌，我马上惩治莫勒恩，为神树解恨。"阿骨打叨念完了，给神树磕头，果然这树孔不往外流水了，阿骨打心里这个高兴就甭提了，马上又磕头，口里叨念说，"伺候我成长的佛陀妈妈兰洁浑身浮肿，寻用百药不见其效，如果神树有灵，施给一药，兰洁病好，我四季祭祀神树！"祈祷后又磕头。磕完头，突然啪的一声，从树洞蹦出一个包，阿骨打拆开一看，包里包着像鸡腿似的有几根，包上有字，写着：乌金心肠好，触树树木心，金雀根熬水，兰洁病离身。

　　阿骨打跪在树旁这些举动，早让莫勒恩等人看得目瞪口呆，因为离他很远，说的啥他们都没听见。莫勒恩见水真停了，使他倒吸口凉气。暗想："好厉害呀！不怪说他学艺帽儿山，下山救父灭了烟雾真人，今天亲眼所见，真是名不虚传。我被树儿涌流儿吓破了胆，惊魂失魄地往回跑，阿骨打跪地祈祷水就停流了。"莫勒恩想到这儿，对阿骨打既敬佩又惊恐，别看年岁小，却不可等闲视之。正在莫勒恩胡思乱想之际，见阿骨打再拜磕头，从树孔里蹦出包裹来，阿骨打拆开瞧看，莫勒恩身子一颤，眼睛瞪得溜圆，自忖着，"真乃神树也，给阿骨打何物？"就在莫勒恩被这情景弄得神魂颠倒之际，忽听阿骨打喝道："莫勒恩还不速来向神树请罪，还在那儿愣着干啥？"

　　莫勒恩身子一颤，感到这身子已不听他使唤了，强挪脚步，一挪一蹭地向神树移动，好不容易蹭到树神旁边，扑通一声，似一摊泥，瘫在地上。因为从他砍树冲出水来到停水，再到蹦出包裹来，早将他吓傻了，自己侵犯神树，神树要怪罪下来，这还了得？他心里正在怦怦跳的时候，又猛听阿骨打高声喊叫，惊得他魂飞骨疏，倒在树下，都直不起身来了。

　　阿骨打高声说："莫勒恩听真，神树停水是有条件的，必须老老实实向神树认罪，下面我念一句，你跟念一句。"

"莫勒恩侵犯神树有罪。"

莫勒恩跟着重复一遍。阿骨打喝道："大点声儿！"

"惩罚应该，心甘情愿！"

莫勒恩这句刚跟着念完，阿骨打嗖的一声，抽出宝剑，一剑将莫勒恩结果了性命，随后高声喊道："阿骨打我反复向神树求情，神树才开恩，停水免灾，不然将莫勒恩寨都变成汪洋大海，鸡犬不留，但是众生灵可免，莫勒恩杀戮之罪难逃，杀他一人，免去众人，经我再三祈祷求情，神树一怒扔出敕令，如我不执行，立发大水！"阿骨打说到这儿，将包皮一展说，"你们看，这就是神树最后的敕令！"其实这是阿骨打欺人，他面对这些目不识丁的人才玩出这番把戏，但也说明阿骨打聪明伶俐，借机行事，不费吹灰之力，将一个后患除掉，可能莫勒恩到阴曹地府也得承认，心甘情愿。

阿骨打又高声说道："只要将莫勒恩恶人除掉，树神将保护众人生活幸福，并在敕令上写着，此部落由兰洁的儿子孝顺掌握，而且神树还写到兰洁是贤孝的佛陀妈妈，兰洁患重病，神树还施药抢救。"说着将金雀根举给大伙儿看。众人一见，都扑通跪在地下给神树磕头。从此留下这棵神树，下面的水，名为神树泡。

据《双城县志》记载："神树泡在双城东南，拉林城西南之多欢站旁，有神树一棵而得名，一年四季均有致际。"

第五十五章　黑鱼泡

阿骨打借神树的名义，杀死了莫勒恩，除掉一个内患，他的名声也越来越大。劾里钵就决定让阿骨打以巡察的名义，了解民情，发现叛逆，及时诛之，免生后患，战争就由劾里钵领其长子乌雅束负责。

这天阿骨打巡察到蒲西部落，见无数民众围在一户奴隶主门口，议论纷纷。他离老远就下马啦，让护卫们牵着他的马在此候等。他单身一人，挤在人群之中，见人群里地上坐一少年，长得英俊，坐在那儿流泪，围观的人有跟着流泪的，有说气不公的说："这真不合理，这么点的孩子啥也不分，不得饿死吗？"正在这时候，部落长蒲西萨来了，后边跟着好几个彪形大汉，神气十足地奔院子里去了，人们也忽地一下子跟了进去。阿骨打混在人群里也随大流进去了，谁也没注意他。人们进院之后，将西屋窗子围个风雨不透。见部落长蒲西萨坐在地中央，在他面前站立着三男三妇。蒲西萨望着三个男的说："黑鱼律呢？"

头个男的转过头喊："黑鱼律，快进来呀！"随着他的声音进来一个男孩，阿骨打一瞧正是刚才在门口坐着的那个男孩，他皱着眉儿，噘着小嘴，低沉着头儿，站在男子中的第四位上。蒲西萨望着这哥四个问："你哥四个全在，先说说你阿玛是怎样给你们分的家？有什么凭据，老大先说吧。"

老大摊财哩先咳嗽两声，打扫一下嗓子，将胸脯一挺说："我老阿玛临危时，将我们哥四个全叫到他跟前，对我们说：'你们哥四个都在，我是不行的人了，你额娘早丧，这家多亏摊财哩夫妇里外支撑，日子越过越兴旺。但是树大没有不分枝的，趁我没咽气，这家产要给你们分个明白。'老阿玛说到这儿从枕头底下拿出四卷画说：'这四卷画，你们哥四个每人一张，上面画的啥，就是分给你们的啥。恐日后争吵，特以此为凭。'老阿玛说完，给我们哥四个每人一卷，叮嘱我们说：'要保存好，不准丢失，不准争吵，以此为证。'老阿玛说完，两眼一闭归天去了。"摊财哩说着声音颤抖，两眼还挤出几点泪花，并从怀中掏出画儿递给蒲西萨。蒲西萨仔细观看半天，嗯了一声，将画儿放在木桌上，又问老二掳不够，还没等老二答话儿，摊财哩一把手将画儿夺在手中，很怕飞了。

掳不够对蒲西萨说："我大哥说的全是实情。"他说着也从怀里掏出一张画儿，递给蒲西萨。蒲西萨接过仔细看了一遍，嗯了一声，将画儿放在桌子上。刚撒手就被掳不够夺过去了。蒲西萨瞧瞧他，略皱一下眉头，又问老三萨拉罕。萨拉罕说："我大哥虽然说的是实情，内含有隐情，我不得不说。在老阿玛病重的那几天，经常将我和弟弟唤到他跟前，用手拽着我哥俩手说：'阿玛有那天，就惦念你哥俩呀，特别是黑鱼律，是我的心尖儿。他年岁尚小，你要多照看点儿呀！'萨拉罕说到这儿，两眼的泪水流成线儿，颤巍巍地接着说，"阿玛还对我小哥俩说：'大哥二哥奸诈心狠，你俩要多加小心啊！我有那天，立即分开，各挑门户。'这是阿玛向我们哥俩说过几遍的啦。在临危时交给我们哥四个每人一卷画儿，我想，可能阿玛病糊涂了，交时交错了，将四弟的画儿交给老大了。不然不能这样分法儿，就给四弟一个水泡子，他年纪还小咋活呀！"萨拉罕说着呜呜哭。

蒲西萨接过说："将你的画儿拿来我看看。"萨拉罕将画儿掏出递给蒲西萨。蒲西萨仔细看了一番，放在桌子上。老二赶忙拿起来递给老三说："你拿着哇！"老三将身子一扭，说："我不拿，放那里。"这时，老二媳妇在老二身后，捏了一把老二，悄声说："狗咬耗子多管闲事儿！"老二才又将画儿放在桌子上。

蒲西萨又问黑鱼律，黑鱼律说："三哥说的都是实情话儿。"他说到这儿，从怀里掏出画儿递给蒲西萨说，"你知道，那水泡子里是阿玛将打捞没人要的黑鱼放在水里，一文钱不值，分给我有啥用啊！"

蒲西萨接过画看完后，将画儿往桌上一扔，气昂昂地说："这样分法不合理！由我决定，你们哥四个重新分家，我来做主！"

"那可不行，阿玛有遗嘱，已分好了，你给重新分能行吗？"

"怎么不行，我就给你们重分！"蒲西萨啪地将桌子一拍说。

这时，老大、老二撸胳膊、挽袖子，瞪着两只冒火的眼睛大喊大叫地说："谁敢重分，砸碎他的脑袋！"

蒲西萨蓦地站起来说："嗬！你还反了，不服从将你送到联盟长那去惩治！"摊财哩将脚一跺，大喊说："联盟长劾里钵来，也分不了我的家！谁要重分，我就和谁拼命！"说完转身要走，就听有人大喊一声："你站住！"将大伙儿吓了一跳。因这喊声若铜钟，顺着声音一瞧，从人群钻出一少年，身材魁梧，两目有神，腰间佩剑，仪表非凡。正在大伙儿愣呵呵的时候，这少年已走进屋中，蒲西萨才认出是阿骨打，慌忙站起，鞠躬致礼说："不知少主人到，有失远迎，有罪，有罪！"

阿骨打两拳一抱："岂敢，岂敢！"

蒲西萨急忙让座。这时外面可就乱了，人们纷纷议论："啊！他就是阿骨打呀！长得多英俊，天庭饱满，地阁方圆，目大有神，耳大有福，贵人之相，与众不凡。"大伙儿越馋馋越挤，都想要好好看看这阿骨打。屋里这摊财哩和掳不够惊吓得脸色煞白。

阿骨打坐下后，对蒲西萨说："我在外边听部落长断此分家之案，摊财哩不服，说联盟长来都断不了此案。我认为很有道理，为此进来要看看奇特的画儿。"阿骨打说到这儿，笑嘻嘻地瞧着摊财哩说，"先看看你都分的啥，好吗？"摊财哩赶忙将画儿递过去说："嘻嘻，这是阿玛分给我的。"

阿骨打接过放在桌子上展开一看，画中一轮红日照射下，影儿向西的院落，三间房子，院子里还有牛、猪、鸡、狗、奴隶等，在每个画的家畜后边点了些数点，点五就是五匹，点十就是十个。院西有地一片，这是分给摊财哩家的地。又看掳不够的画儿是东向，说明东院落是分给老二的，也是马、牛、猪、狗、鸡、奴隶，多少以点数为凭，院外东侧有片地，说明东边的地分给老二了。阿骨打又拿过老三的画儿一瞧，很简单，上边只一座破房，影儿向北，说明南向有这座破草房，既无院落又无牛、马、猪、鸡、狗、奴隶，在破房的南向画着一小片土地。阿骨打一边看，一边心里纳闷儿，嘴没说心想，哥四个老三分的与老大、老二差的悬殊，差别为啥这样大呢？他又拿过老四的画儿一看，惊得他目瞪口呆，画上只有水泡一个，里边有些黑鱼在水面上飞跃，其中有条大黑鱼，画了两个头。阿骨打冷笑一声，自忖着，哪有一条鱼长俩头的？阿骨打瞧着，瞧着，耳边响起老三的话语："阿玛有那天就惦念你哥俩呀，特别是黑鱼律，是我的心尖儿，他年岁尚小，你要多照看点儿呀！大哥二哥奸诈心狠……"这些话使阿骨打倒吸一口凉气，老人这样惦念老儿子，为啥要这样分呢？老儿子还没娶媳妇，房、地、马、牛全不给，只给水泡子，里边是黑鱼，这黑鱼是贵贱无人要的鱼呀。阿骨打想到这儿，他心里咯噔一下，好似将疑团拨开，没人要的鱼，他为啥要养？又拿起画儿观看一番，这黑鱼，尤其是那双头大黑鱼，跳跃起多高，口吐银光，像活的一般。阿骨打看到这儿，又赶忙拿起老三的画，仔细观瞧。见房子东北角上单画个凸形，不仔细观瞧，真察觉不了。阿骨打是聪明心细的人，他刚看到这儿，摊财哩咧着嘴苦涩地一笑说："少主，虽然阿玛这样分啦，看在一奶同胞面上，我舍出一马一牛给老弟……"他还没说完，老婆在后边拽他一把："听着得了，多啥嘴儿。"摊财哩马上闭口无言。

阿骨打笑吟吟地将画儿还给哥四个，说："按理说，老人分得太不公平了，不过老人可能考虑到这家业是老大和老二挣下的吧，所以全分给老大、老二……"

老大、老二一听，高兴得嘴都合不上了，扑通跪在地上给阿骨打磕头："你真是阿布卡恩都力！"老大、老二媳妇也跪下给阿骨打磕头。老大一边磕头一边说："这家业全是我和老二挣下来的。"

"呸！不知膘，是你抢来的！""盗来的！""偷来的！""掳掠来的！"外面围观的群众像开锅的水儿，翻花了。

"静静，静静！"蒲西萨站起来喊了老半天，才将沸腾的喊声压服住，不过人们对阿骨打的看法不好了，心中暗骂他将来是昏官、糊涂虫，欺软怕硬，用愤怒的眼光盯视着阿骨打。阿骨打假装没看见似的继续说："老人的遗嘱任何人不能改变，这将成为女真的约法，改变者格杀勿论！"

阿骨打这席话儿，把个蒲西萨气得脸红一阵、白一阵的，敢怒不敢言。外面的群众气得牙咬得咯咯响，埋怨阿骨打判得不公平，暗骂老人偏心眼子。阿骨打又问："你们哥四个还有啥说的？"

老大、老二夫妇跪在地下磕头说："违背阿玛遗嘱，就是等于逆天一样，得受五雷轰顶……"

老三、老四低沉着头，痛哭流涕，外面有的人也跟着甩鼻涕，泪一把，鼻涕一把鸣不平。

阿骨打大声说："摊财哩，掳不够，你俩起来，同意这样分法，不后悔吧？"

"嘻嘻，阿玛的凭证在此，我们听阿玛的。"老大、老二齐声说。

阿骨打说："好吧，同意，你俩在小哥俩画上按上指头印吧。"

老大、老二乐颠颠地在老三、老四的画上按上了指印。这时，他俩有些疑惑，他俩分得多，为啥要在老三、老四画上按指头呢？正在纳闷的时候，阿骨打高声说道："萨拉罕，黑鱼律，你们俩不要哭泣。我再问你，老四为啥叫黑鱼律？"

"额娘生他前，梦见黑鱼扑在她怀里，故名黑鱼律。"

阿骨打又问："你阿玛在水泡里养黑鱼是生老四前啊还是生老四后？"

"在生老四前就往泡里送放黑鱼，那时放得少，生老四后放得多。还说，谁要伤害黑鱼，就等于伤害老四！"

这时外边的群众静悄悄地听着，连大气都不喘。

阿骨打又高声说："萨拉罕！"

萨拉罕站在那噘着嘴儿没吱声。

阿骨打大开嗓门喊："萨拉罕！你听到没有，为啥不答应？"

萨拉罕有气无力地说："听到了！"

阿骨打说："你阿玛分给你的不是少，而比大哥俩多得多。现在我替你阿玛宣布，你速到破房子东北角去，地面上凸处挖宝去！"

阿骨打的话使外面人大吃一惊，连老大、老二都惊得睁大眼睛啦。可老三好像不相信似的，仍然低着头。

阿骨打又喊："萨拉罕听到没有，快去吧，我在此等你！"

老三半信半疑地出去了，人们也七吵八喊地跟去了。不一会儿，老三随众人乐颠颠地回来了，捧着两坛子金银财宝累得他满头大汗。老大、老二一见傻眼了，心里直痒痒啊！

阿骨打又说："黑鱼律，你阿玛给你留的黑鱼，全是宝啊！我和你一同取去。"阿骨打说到这儿，又对蒲西萨说，"咱们一同去吧。"

黑鱼律见他三哥真起回财宝，对黑鱼是宝也相信了，扛着网乐颠颠地来到水泡岸边，撒网打捞上来全是黑鱼，哪来的什么宝啊？当时心凉半截。

阿骨打伸手拎过一条黑鱼，用尖刀剖黑鱼腹，里边藏着光闪闪的珍珠啊！大伙儿七手八脚划开膛一看全有珍珠。

阿骨打又吩咐说，再打捞，有大黑鱼，长了两颗头，里边藏有双珠。打捞到最后，真打捞上一条大黑鱼，长了两颗头，膛里藏了四颗珠子。老大、老二分得的财产放在一块儿，也没有这些珠子值钱哪！经此阿骨打的名声在蒲西萨部扎下了根，从此这个泡子就叫黑鱼泡，一直流传至今。

黑鱼律得到这些珠子，把老大、老二气的，馋的，眼睛全红了，才引起一场血战。据《双城县志》记载，黑鱼泡在双城堡东南。

第五十六章　血染蒲西部

　　这天夜晚天阴得连一点儿星光都不透，黑得像口大锅扣着，对面不见人儿。掳不够望着这天空暗自高兴，天助我也。他蹑手蹑脚地奔前边这两间破草房来了。离老远见草房里透出一丝灯光，心想老三和老四准在家呢，他加快了脚步，乐颠颠地奔去。

　　掳不够夜奔这两间破房子是他阿玛分给老三萨拉罕的，阿骨打从画判断，房东北角地下埋藏着的宝物已挖出来了，老四没分到房和地，从黑鱼泡子里养的黑鱼腹中取出好几十颗珍珠，立刻变富。这样一来，老大、老二反倒减色了。这事发生后，老大、老二都想将四弟黑鱼律拉回家中，答应给找个漂亮媳妇。甜言蜜语说了好几车，黑鱼律哪儿也不去，就跟他三哥。从此黑鱼律就住三哥家。两人规划买奴隶、牛、马，盖新房修院落。哥俩越想越美，但是精神超紧张，怕坏人来抢他哥俩的财宝，整天提心吊胆，为此费了不少心血，伤了不少脑筋，藏这儿不行，藏那儿也不行，想来想去，决定将财宝埋在阿玛的坟头上。他老人家给咱哥俩留的，埋藏在那儿，老人家还能给咱哥俩看护。老三媳妇不同意全拿去埋藏，一样留一半儿，埋藏在炕角底下。老三、老四一听，也有道理。这天晚上趁月黑头，又是阴天，对面不见人，真是好机会。哥俩悄悄地抱着财宝，扛着铁锹，奔阿玛坟墓去了。老三、老四刚走不一会儿，老二掳不够来了。他走到窗户外，听屋里一丁点儿动静没有，只有盏油灯呼啦呼啦的火苗儿在窗上摇晃。掳不够干咳一声："咳，老三开门！"

　　老三媳妇一听，是老二来了，慌忙将炕梢儿旮旯放的财宝，又扔上一床破被盖上。原想说老三不在家打发走得了，可她心里又转念一想，来得正好，老三、老四说不上什么时候回来，我自己怪害怕的，要是来了强盗，剩下这一半财宝白被抢去，弄不好我这条命还得搭上。俗话说：是亲三分向，是火热其炕。打仗亲兄弟，上阵父子兵。老三媳妇想到这儿，就问："谁呀？"

"我！"

"啊！二哥呀！"老三媳妇答应着啴啴奔外地，咣当一声，开了房门，笑吟吟地将老二迎进屋来。老二走进屋，一撒目^①，老三、老四全不在，心里画着魂，嗯，他哥俩干啥去了？

老三媳妇见老二手里还拎个大包裹，就笑吟吟地说："二哥，坐呀，房破屋脏，二哥不嫌弃，晚上还来看看，真是一奶同胞的情肠难舍啊！"老三媳妇的话儿，将老二说乐了，一屁股坐在炕沿上："他哥俩干啥去了？"

"找部落长谈买奴隶、建房的事儿去啦。"

老二不高兴地说："这事不找我们哥俩，找他干什么？"

老三媳妇用眼溜一下老二，灵机一动地说："谁说不是，他们哥俩还想将财宝全送你那去存放，白天送去显眼，也怕给你招惹风波，决定今儿晚上送你那儿去。还没等走，来了四名护卫，说阿骨打来了，让将财宝全带去，买奴隶、建房等项，阿骨打全包了，听意思还要给老四个官儿。"老三媳妇瞎编这套嗑儿，两层意思：一是让老二知道财宝已走，没在屋里放着，别惦记啦；二是用阿骨打将老二吓唬住，这小哥俩有阿骨打保护，你想欺负不行。她说到这儿停顿一下，用眼溜一下老二，见他变颜变色的，就在油锅里放把盐，"二哥呀，我还拦挡他哥俩，先不能去，找二哥商量一下再定。哎哟！二哥呀！那四个兵，将眼睛一瞪说：'和他商量个……'"老三媳妇还故意用手把脸一捂，绯红地说，"让咱学不上口来，还说这珠子等着给辽国送去？就这样，他哥俩被推推搡搡的，像罪犯似的被押走啦。我正着急，二哥你来了，看这事儿咋办哟？"老三媳妇认为老二一听，就得吓闪粘^②，因为上次在阿骨打面前，他像耗子见猫儿，麻爪了。今天又提阿骨打，他准闪身不管，财宝不在手，这大哥俩也就死心了。没想到老三媳妇自己越说越有味儿的时候，老二腾下从炕沿上跳起来："好你个阿骨打，欺人太甚，胆敢勒索财宝，不杀阿骨打，非为人也！"掳不够说着，将身旁的包儿打开露出一小坛子酒，还有一大块烤狍子肉，放在炕上，说，"等他哥俩回来，我宰了阿骨打，共同喝欢庆酒。"说完转身要走，老三媳妇拦住说："二哥呀，你不能惹是非呀，阿骨打是盟主的儿子，弄不好家破人亡啊！"

---

① 撒目：东北方言，环视。

② 闪粘：东北方言，躲避。

"谁的盟主？杀了他，我还是盟主哪！"老二气呼呼地走了。

老三媳妇瞧着老二背影，将嘴儿一努，还敢去杀阿骨打？找死去吧！这是在嗓子眼里的话儿，转过身将酒、狍子肉全摆在桌子上，等他哥俩回来，喝点儿酒解解乏儿。老三媳妇这时候担惊受怕、恐惧的心情消散了，感到自己做了一件最聪明的事儿。

过了不长时间，又有人问："老三在家吗？"

老三媳妇一愣，心也一悬。

"老三在家吗？"

这声她才听出来是老大摊财哩来了，心想财宝动人啊，老二才走，老大又蹽来了，财宝撩屁股，都紧颠哒。她赶忙去开门，边走边说："是大哥呀！"她将老大迎进屋来。在灯光下一瞧，老大满脸杀气，身上不少血迹，吓得她"哎呀"一声，差点儿倒在地下，浑身颤抖地往外挪着身子。可这双脚好似千斤闸儿，不听她支使了。老大冷笑地问："他三婶你咋的了，见我吓这样儿？"

"你，你，你身，身上的血！"老三媳妇斜愣着身子，趔趄着，用手指着老大结巴巴地说。

"哈哈……"老大哈哈笑着说，"我当啥事儿，这血是刚才有个奴隶逃跑，被我撵上杀了，溅可身血，没换衣服，我就到这来了。担心小哥俩这财宝被别人抢去，还是送我那儿存放安全。他俩哪去了？"老大说着一屁股坐在炕沿上。见桌上摆着酒，还有狍子肉儿，肚子里正好咕噜咕噜直劲儿叫唤，伸手就将酒坛打开，一股酒香扑鼻，抱起酒坛咕咚咕咚就喝。老三媳妇站在地下，颤巍巍的语声，将刚才对老二说的话儿，又对老大学说上了。老大根本没细听，举着酒坛儿不离口，就听咕咚、咕咚一口接着一口，差点儿把这坛酒全灌在肚里。刚将酒坛子放下，他像饿狼似的抓过一块狍子肉大口大口地吃上了。刚吞两口，就听外边扯着嗓门喊："可不好了，奴隶反啦！"随着这喊声，就听嗵嗵紧急的脚步声跟头把式地跑进一人，"大爷，可了不得了，奴隶反了，将大奶……"跑进这人话音没落，摊财哩一愣眼，咕咚一声栽倒在地，七窍流血身亡。

原来这老大比老二先来的，老三、老四和老三媳妇议论藏宝这事儿，全被老大听去了。老大暗自高兴，好啊，这回这些财宝就是我的啦！他就先走一步，准备躲藏在阿玛坟地。贼人胆虚啊，他一想，要是阿玛的魂灵变成鬼，还不将我捏死呀，于是就在离坟老远的路上等着。他等啊等，忽听嚓嚓脚步声，摊财哩高兴啦，真来了，快到跟前的时候，老大个黑影儿，又有脚步声，以为是老三过来，嗖地就是一刀，夜静更深就听当嘟一声响，将老大都吓一跳，眼睛直冒金花儿。老大做梦没想到老三、老四这小哥俩有小哥俩的道儿。他俩商量，老三扛锹在前头走，老四抱着财宝在后边跟着，两下距离有两三步远，老四要听到前边有动静，赶快匿在草棵里别动弹，说啥不能让人将财宝夺去。老三在前边走，别人扛锹，铁锹头在肩后，老三这招儿更绝，他举着锹往前走，所以黑夜里老大拿锹头当人了，嗖地就是一刀，正轮在锹头上，当嘟一声，老三"哎呀"一声，扛锹绕道就跑。老三当时想，在这块打离老四太近，想把坏人引远一点，就找不到老四了，同时还能发现几个坏人。老三在前边跑，老大在后边追，跑出去有半里地，咕咚一声，老三被啥绊倒了，老大赶到跟前，咔嚓就是一刀，将老三砍死了。老大在老三身上和周围找遍了，就一把铁锹，别的啥都没有。这时老四抱着财宝匿在深草丛里，连大气没敢喘。老大上哪儿找老四去，两手空空回来了，又奔老三家来了。因他听得真切，家里还留一半，准备藏在炕洞里，进屋见着酒水，他也真饿了，老大想吃饱肚子，将老三媳妇也杀死，夺到财宝才是真格的。老大没想到，这酒是老二放的。老二阴险地将酒里放上毒药，企图神不知鬼不觉地将小哥俩药死，这财就成他的了。他到老三家来之后，听老三媳妇瞎编这套嗑儿，将他说火啦，他这火全燃烧在财宝上。火气冲天地将药酒放下就走了。

　　老二走出老三家，在路上一琢磨，这事得让老大出头带人去打阿骨打，要是阿骨打将老大杀死，老三、老四喝药酒毒死，这些财宝全是我的啦。他慌慌张张地去找老大，老大不在家，老二就将老三媳妇的话说了一遍，老大媳妇一听，气得直跳高儿说："老二你说，咋打，我去！"

　　老二说："你我不行，身单力孤，咱们要将奴隶的脚链子打开，领他们去打，谁要是能杀死阿骨打，抢回财宝，不仅不做奴隶了，而且和我们称兄论弟了。"老大媳妇一听摇头，说："那可不行，奴隶就是奴隶……"

　　老二抢过说："咳，话不这么说，谁去给你打仗！"

　　捞不够将奴隶脚镣子全去掉后，每人发给刀棒，大声对奴隶说："今晚上去打阿骨打。有退后不上者，杀！勇猛杀敌者，赏！立功者可不做奴隶，能杀死或活捉阿骨打的不仅不做奴隶，而且和大爷、二爷我平起平坐，称兄论弟，财产均分……"

　　"苦弟兄们，我们不能上当，他家的财宝全是我们大伙儿用性命挣来的，就连那珍珠，也是我们从水里得的，现在不反，等待何时？"

还没等老二转过向，被奴隶嗖地一刀，像砍大萝卜似的，脑袋被砍落在地，仍然眨巴着眼睛嘎巴着嘴儿，像有啥话儿没说完。老大媳妇被奴隶一把扯乱发髻，满把搂拽着头发，唰地一刀，将头割下，悬挂在门上，奴隶们对这个毒辣的妇女倒在地下的臭皮囊又戳了几刀。奴隶们一窝蜂似的将老大、老二两家大小人等全杀了。这时才跑出个监工到老三家报告，见老大七窍流血倒地死了，老三媳妇身上打个寒战，明白这是老二来害小哥俩的，结果害死老大。这时外面七吵八喊："找到老大，剥他皮、抽他的筋！"在一片喊声中，拥进一帮奴隶，吓得老三媳妇直筛糠，奴隶对她说，"老三媳妇别怕，没你的事儿，你们两口子还有黑鱼律都是好人，不过财宝得给我们一些。"

老三媳妇吓得结结巴巴地说："全在……在炕……炕梢……梢呢……呢！"

早有眼疾手快的奴隶掀起炕梢的被子，将财宝装上，抱着，说："杀完再分。"有几个奴隶将摊财哩拽走了，痛恨地说，"非剥他皮、抽他筋不可！"

老三媳妇见奴隶出去了，才哆哆嗦嗦地抬起头，见窗户通亮，强挪脚步，到外边一看，后边老大、老二的房子已成火山了，就听奴隶们七吵八喊杀奔部落长那儿去了。

前后不过一个小时，蒲西部奴隶全反了，他们杀奴隶主，抢财物。就在这时候，阿骨打率马队赶来了。因为阿骨打断定哥四个分家产后，老大、老二对他心怀不满，这哥俩早晚必反，同时还担心小哥俩的安全，就回去取兵，驻扎在这儿，观测动态，还可继续巡视其他部落。没想到事情发生这么快，见火起，赶来才知道是奴隶反了。可怜的奴隶被阿骨打的骑兵杀的杀，砍的砍，但奴隶也杀死不少奴隶主，使蒲西部血流成河，尸体满地。这是在女真族中发生的第一次奴隶集体反抗奴隶主，被阿骨打消灭了。

平定后，黑鱼律和她三嫂成为夫妇，黑鱼律后来还成为阿骨打的一员勇将哪！

第五十七章　阿骨打智收肖达户

　　劾里钵让阿骨打巡察各部落，主要是让阿骨打熟悉各部落的地形、部落状况，治理内乱，以便集中力量打击主要敌人。自从麻产占据直屋铠水，收买奴隶为兵，建筑营房，准备与完颜部再战，阿骨打就到暮陵水一带各部落巡察。

　　这天阿骨打带着骑兵往北进发，忽见路上携儿带女，牵牛拉马，哭天喊地的群众扯成一道人河，向南逃窜。阿骨打勒住马，询问为啥逃跑，方知道北面有强盗，抢劫财物，强奸妇女，造成民不安生，故而纷纷逃命。阿骨打一听，气得浑身发抖，就问："你们部落长为啥不组织打强盗？"

　　一位老玛发流着眼泪说："咋没打，这帮强盗武艺高强，将部落长劈成两半，人让他杀死不少啊。人们才纷纷逃命的啊！"阿骨打慌忙下马，对老玛发说："我是劾里钵的二儿子，特来杀强盗，救你们来啦，请老玛发召唤众人都回去，保你们过安生的日子。"

　　老玛发一听，乐得老泪横流，拽着阿骨打说："原来你就是少主哇！我们的阿布卡恩都力。"说着就要给阿骨打磕头，阿骨打一把扶住他，说："老玛发不要这样，请召唤大伙儿都回去吧。"

　　老玛发骑到马上大声招呼："喂！咱们不要逃跑啦，盟主派少主阿骨打，我们的阿布卡恩都力救我们来啦！"老玛发连喊三遍，才将逃难的人群喊站住，大伙儿一听是阿骨打来了，虽然没见过，但早就听过传说，他简直是个活神仙。听说他来了，人们高兴地众口同声喊："阿骨打——阿布卡恩都力，'空齐！[①]空齐！'"人们欢天喜地地随同阿骨打回嘎珊去了。

　　阿骨打来到部落一看，死尸遍地，物件散乱，甚是荒凉凄惨。立即令大伙儿掩埋尸体，重整家园。随即挑选两名熟悉敌情的人，陪同阿骨

---

　　① 空齐：祝贺语，有长寿之意。

打观察强盗栖居之地和来往的去路。引路的人将阿骨打领到部落东北的高岗处，用手指着高山说："强盗就是从这山上下来的。"说着用手一指，说，"你看，路上还拉着粮食和物品，就是从这条荒路奔山上去的。"

阿骨打举目一望，见这硕多库山，山高四十余丈，峰云相连，林木重叠，山崖起伏，东西山峦相连，恰如一道天然的屏障，向西北绵延无边，真乃活龙窝集①也。

阿骨打又问："强盗有多少人马？"

"大约有五六十人。"

"他们使用什么兵器？"

"刀、枪、棍、棒，啥都有。"

阿骨打查看强盗回来，独自一人思忖，这强盗是从哪来的？他们占此山的目的是啥？是长期占，还是行路抢劫？阿骨打分析过来琢磨过去，决定单身探险，不入虎穴焉得虎子。阿骨打想到这儿，又考虑是白天探山，还是夜晚探山，想来想去还是夜晚探山，因阿骨打从小练就夜眼，别人看不见的，他都能看见。决定之后，阿骨打悄悄将护卫的头头儿找来了，密告他要上山去探强盗，让他严守秘密，不要让任何人知道。护卫的头儿说啥不让阿骨打去，担心有个一差二错没法向劾里钵盟主交代。经过阿骨打反复说明不去探明，无法离身，强盗不灭，女真各部落生命财产无有保证，又将他在玉泉学艺的本领述说一番，这小小毛贼，岂是自己的对手，放心，万无闪失，才将护卫头儿说服了。但是，是阿骨打自己去，还是带人去？是骑马去，还是步行去？在阿骨打心中反复斟酌，带人骑马怕打草惊蛇，不骑马路程远，行走不便。阿骨打还是决定，不骑马单身探敌保险。随后向护卫头儿附耳叽咕这般如此，如此这般。护卫头儿笑逐颜开而去。

阿骨打饱餐晚饭后，悄悄梳洗打扮，换上衣服，佩带宝剑。天刚黑下来，溜出嘎珊，直奔硕多库山而去。阿骨打行走如飞，大约天交三更时刻，阿骨打来到硕多库山下，他停住脚步，侧耳细听，山上除蛙叫虫鸣外，别无其他动静。心里产生疑惑，强盗是马队，这夜间哪有一点儿动静没有之理？哎，反正来了，到山上去便知分晓。想到这儿，阿骨打紧紧腰中丝带，施展起老虎传授给他的悬山跳崖之技能，这种悬山跳崖之术，比阿骨打平地行走快得多了，几个悬腾跳跃，阿骨打已悬上山腰。

---

① 活龙窝集：女真语，深山老林。

轻轻落在一棵树下，听听还无动静，又用夜眼寻找路径。见条小径围山腰向北而去，阿骨打心里一怔，暗想这马儿从何处而过，一个马蹄印儿没有？也不能将马骑上山峰啊？可能是跃过了马道。他又步下山腰，往下走有四五丈远，见一条马道向西而去，他顺着马蹄印找去。走着走着，这马道从这道山梁折向北，翻山砬子见下面树木稀少，一片青石陡峭，马道就是奔那而去。阿骨打夜眼留神地找去。果然，在一片黑石砬中，几十匹马儿在那儿饲喂。阿骨打飞跃在一块石砬上，将身子伏在石砬上，观察动静。见这石砬子形成一个石砬子门，过石砬子门便是天然院落，院内马儿都在打瞌睡。静悄悄的一点儿动静没有。阿骨打暗想，强盗宿在什么地方呢？刚想要往石砬那面去观察情况，忽听有人打哈欠，他顺着声音望去，见马群这边石砬子下面蹲个人儿，阿骨打明白了，这是强盗的岗哨。他伏在石砬子上未动，见这小子站起身来，伸个懒腰，望望天空，向北面走去。阿骨打一动不动地伏在石砬子上盯着这小子，见他向石砬后面走去，不一会儿又领过来两个小子，就听手拎刀这小子说："得喂马了，将马饱饱喂着，亮天还得打仗哪！"

喂马的一个小子接过说："打仗？哼，能打过阿骨打？听说这小子本事可大了，连烟雾妖怪都被他揉成碎末儿，咱这人马刀枪能是人家的个儿？"

拿刀那小子接过说："瞎嘞嘞啥？肖达户也不是好惹的，别说阿骨打，就是劾里钵来了他也不在乎。"

喂马的哨兵议论的话儿，使阿骨打心中纳闷儿，他们怎么知道我来了？一转念，是了，我将逃亡的群众截回来，强盗们在山上哪有看不见之理？准是派人下山，打探了消息，知我领兵前来，我要采取智取，不要单纯以武力相拼。阿骨打伏在石砬子上，仍然未动。见两个喂马的给马添完草料，又转回石砬子后面去了，阿骨打知道强盗们全住在石砬子后面。他一撒目，发现那个哨兵又畏缩在石砬子下面。阿骨打又施展他腾跃的技能，轻轻落在哨兵石砬上，蹑手蹑脚地将哨兵的刀抽夺在手中后，来个猴儿旋地法，轻轻地飘落在哨兵面前，眼疾手快地将刀按在哨兵脖子上，悄声说："不许喊叫，要喊叫马上让你脑袋搬家！"

哨兵正依着石砬子养神，忽然凉飕飕的刀按在脖子上，惊吓得身子打个冷战，睁眼见面前一个人，刀按他脖子不准他喊叫，他哪敢动弹一点儿，就听阿骨打悄声问道："我问你，你们从何而来，有多少人马，领头是谁？为啥要抢劫，伤人命？你悄声实话告诉我，不然马上砍了你！"

哨兵身上筛着糠①，用手一摸刀没了，心里也就明白了。他战战兢兢悄声对阿骨打说："我们是从直屋铠水过来的，共有四十多兵马，路上又拦截十几名奴隶，为我们煮饭喂马，领头的名叫肖达户，在直屋铠水肖家寨居住。麻产被阿骨打打败，他强占直屋铠水，我们部落长肖达户不服，被麻产打败，逃亡至此，准备在此歇住些日子，奔往苏滨水。昨天见前面有嘎珊，肖达户才领大伙儿抢些粮食等物，见群众逃亡，肖达户准备占据嘎珊，没想到此处是完颜部所管，阿骨打打来了，肖达户要会会阿骨打，如果打败了，立刻离开此山。这就是真情实话儿，一点儿虚假没有。"

阿骨打又问："肖达户住在哪儿？"

哨兵用手一指："他住在后山腰。"

阿骨打说："不准你走漏风声，我乃是阿骨打派来的密探，如果走漏风声，回来找你算账！"

哨兵连说："不敢，不敢！"阿骨打将刀往地下一扔，两脚点地，腾跃在石砬之上，又一腾跃，离开黑石砬子，已钻树林之中。等哨兵站起来，举目张望时，阿骨打的影儿他都没摸着，吓得这小子毛骨悚然，阿骨打派来的密探都来无影儿去无踪，那阿骨打武艺就更不用说了，得留点心眼儿，见势不好，得快逃命。这小子真是后怕，他怎敢声张，可他像怀里揣只兔子，嘣嘣乱跳，担心肖达户能不能被阿骨打害了？

阿骨打找到硕多库山后面，果然发现一山洞，两脚一点地，腾跃在山洞上面的一棵歪脖子树上，来个金钩倒挂，两脚钩在歪脖树上，头搭在洞口上面，用夜眼向洞里一瞧，山洞不大，里边躺着三个人，边上一大汉，年约四十来岁，里边有一位妇女和一个年轻的姑娘，和衣而卧，酣睡在梦中。如果阿骨打轻轻钻进洞里，马上可结果肖达户的性命。可阿骨打一想，无论此人武艺如何，得将他收服过来，将来攻打麻产就有带路的向导了，何况他还有这五十多人，要收服过来，完颜部就增加一股力量。阿骨打想到这儿，翻转挺身，顺着山崖腾跃到山峰之上。见这山峰之上，树木挺拔苍翠，花香扑鼻，怪石崎岖，真乃仙境也。阿骨打在山峰休息到天空发白，整理一下戎装，从山峰上飘然而下。一路阿骨打吟歌曰：

---

① 东北方言：发抖。

山连天来天连水，
硕多库山景色美，
乾坤艮定肖达户，
乌金完颜添栋材。

肖达户早晨刚起来，钻出山洞，正在活动胳膊腿儿，忽然从山峰上传来清脆的歌声，一惊，顺着声音一瞧，只见从山峰白云缭绕之中飘下一位道童，披发仗剑，犹如仙人一般。他侧耳细听其歌词，甚是惊恐，这是仙人指点我占据此山，要归顺完颜部啊！他正想要喊住仙童问个究竟，却见仙童飘飘然转向南坡而去。正在这时，突然兵丁连跑带颠吁吁气喘地向肖达户报告，阿骨打带兵已将山包围了。肖达户一听，大吃一惊，命令说："备马，打下山去！"

原来阿骨打在上山时就和卫兵头儿定好，让他天一亮，率兵赶到山前。阿骨打见兵马已到，忙进入阵中，卫兵头儿将阿骨打发绾上，打扮一番。不一会儿，肖达户带领人马冲下山来。阿骨打列成阵式，让护卫头儿勒马在阵前高声喊叫："哪里来的强盗，胆敢掳掠完颜部的嘎珊！"

肖达户勒马于阵前，高声回答说："我乃直屋铠水肖达户也，因麻产强占直屋铠水，使我无有安身之地，携家带兵逃亡至此，饥饿难忍，故而掳掠嘎珊，不知是完颜部落，侵犯后追悔莫及。"

阿骨打卫兵头儿，怒目而视曰："好你个大胆流窜强盗，胆敢侵犯完颜部落！"说着催马来至肖达户面前就是一刀，二马盘旋杀在一起。阿骨打在阵中见肖达户刀法纯熟，武艺精湛，肖达户阵中，肖达户妻子和女儿也都骑马横刀，严阵以待，又见卫兵头儿眼看被杀下阵来，他一提丝缰，来到阵前，喝一声卫兵头儿说："不得无理，还不退下！"随着迎对肖达户笑吟吟地说，"原来是友人到来，实为不知，多有冒犯，望乞恕罪！"

肖达户一怔神儿，见一名英俊少年在马上礼貌待人的答话，心想难道是阿骨打吗？遂欠身答曰："岂敢！不知少将军贵姓高名？"

阿骨打说："在下阿骨打是也。"

肖达户一听，慌忙滚鞍下马，跪在地下说："不知是少主，多有冒犯，当面赔罪！"

阿骨打也慌忙跳下马来，扶起肖达户说："何出此言，我们同受麻产之欺，同仇敌忾，自然是朋友。"

肖达户说："如蒙少主人不弃，肖达户情愿归顺完颜部，牵马坠镫，赴汤蹈火，在所不辞。"说完又要拜。

阿骨打扶住说："肖将军如不嫌完颜部，我们可共谋大业，消灭同敌麻产……"

肖达户从此归顺完颜部，阿骨打禀明劾里钵，劾里钵同意阿骨打意见，肖达户在硕多库山当部落长，成为阿骨打后来攻打直屋铠水时的一员勇将。后来此山又称为肖达户山。

第五十八章 红顶子

阿骨打平息硕多库山后，忽有人来报，锡勒寨锡勒蓄意谋反，不知从哪儿勾引来红顶子，住在山里，每天骚扰周围部落，进行掳掠，无恶不作。阿骨打问护卫长，锡勒寨离此多远？护卫向他介绍，离此有五六十里路程，是和硕多库山一个山脉。阿骨打遂派人前去打探，探清情况再定攻取策略。不几天探子回来报告，言说锡勒早有夺取谋反之意，只因兵力不足，不敢轻举妄动。最近锡勒去交换物品回来，不知从哪儿领些人马，有三十多人，住在山上。这些强盗每人都戴着红顶帽子，群众称为红顶子强盗。强盗中有个头儿，因他个人名叫"红旗杆"，使一把钢叉，有万夫不当之勇。这些强盗来了之后，各处掳掠财物马匹、奴隶，奸淫妇女，群众难以安生，纷纷向各处逃奔。锡勒正筹备在山里建造房屋，等兵力充足时，反进完颜部，企图夺取联盟长。

阿骨打听后，三煞神暴跳，五灵豪气腾空，他唔呀呀大叫一声："好你个大胆的锡勒，胆敢勾引强盗，意欲造反，岂能容得？"立刻派人回部向国相颇刺淑报告，一面率军前去征剿，命肖达户夫妻及女儿为先锋，浩浩荡荡向锡勒部进发。

这天锡勒正和红旗杆饮酒议论如何扩充兵力，如何掳掠更多的财物，以备攻取劾里钵之用。忽有人来报，不知何处的兵马，从硕多库山向咱这儿开来。锡勒说声再探，便慌忙与红旗杆带兵迎战。锡勒走出寨子，骑在马上，向东南一望，尘土飞扬蔽日，心甚疑惑，这是何处人马，来此为何？不得不防。急忙催马迎去。在山前宽阔地带相遇，锡勒勒马高声断喝："何处兵马，来此为何？"

肖达户勒住马向前一望，只见锡勒豹头环腮，膀大腰粗，手持青月刀端坐在马上，便怒目而视曰："我奉阿骨打少主之命，特来取汝叛逆头颅，还不赶快下马受缚，等待何时？"

锡勒假装惊疑地说："何出此言，锡勒一向服从于劾里钵，叛逆不是我，而是你，你叫何名，有何为证？"

肖达户说："我乃是肖达寨部落长是也，特随阿骨打少主前来征剿逆贼。"说着就是一刀，锡勒忙招架相迎，二马盘旋杀在一处。这时阿骨打已赶到，在马上观看肖达户的武艺与锡勒不相上下，可是肖达户越杀越猛，眼看锡勒只有招架之功，无有还手之力。正在这时，突从山上发出一片号叫之声："杀呀！杀呀！"如同山崩地裂、海水咆哮一般冲下山来。

阿骨打只顾观看肖达户与锡勒的厮杀，猛听号叫之声，转头一看，从山上飞下一标人马，一片红顶似的飞下山来，为首的骑在马上，真如旗杆一般，红顶帽儿还佩两个红飘带。这马队冲下山来，由于来得突然，阿骨打的兵没有精神准备，所以一下子被冲乱了。这红顶子见人就砍，逢人便杀。阿骨打迎住红旗杆厮杀，可兵士不战自乱，使红顶子占了优势。阿骨打兵大败，多亏肖达户妻和女儿迎住厮杀，且战且退。就在这时，肖达户的马腿被红顶子砍断一条，咕咚一声，马失蹄将肖达户摔在地上。锡勒举刀刚要结果肖达户性命，阿骨打抛下红旗杆，催马至前迎住锡勒，肖达户妻女救起肖达户败下阵去。阿骨打也虚晃一刀，败下去保护肖达户。

锡勒喊声："追！"锡勒、红旗杆带领红顶子追杀下来。阿骨打的兵马伤亡惨重，锡勒、红旗杆快马加鞭追上阿骨打，两打一个，阿骨打力敌二将杀在一起。追杀阿骨打败兵的红顶子忽然掉转马头，折回来将阿骨打团团围住进行厮杀。好虎架不住一群狼，使阿骨打只有招架之功，东挡西杀。眼看阿骨打性命难保，在这危急的时刻，忽然红顶子兵大乱，原来是肖达户父女妻子又杀奔回来救阿骨打。肖达户杀进重围，力战锡勒，肖达户妻与女儿肖阿妹被红顶兵围住厮杀。正在这时，东南西三处，传来一片喊杀声，锡勒部落的各嘎珊男男女女全杀来了。

当时女真族的完颜部共分十二个部落，各部落还分若干嘎珊。遇有敌人侵犯，部落长就可下令召集各嘎珊民众前来反击侵略者。今天阿骨打来征剿叛逆，锡勒就拿出木牌，派人到各嘎珊传令，召集前来助战，因当时还没有文字，各部落都自制木牌传令，违者部落长有权处罪。各嘎珊谁敢违抗？男男女女全赶来了，喊杀之声震耳，将阿骨打团团围住，杀得阿骨打筋疲力尽。眼看阿骨打有被擒的危险，这时又杀进来一大汉，身高八尺，膀阔肩宽，锡勒虚晃一刀闪在一旁高兴地喊："斡忽烈你可来了，快帮我捉拿阿骨打！"

斡忽烈吃惊地问道："谁是阿骨打？"

锡勒用刀一指说："他就是阿骨打！"

斡忽烈大刀一举，高声喊道："阿骨打少主，斡忽烈救你来了！"话音没落，一刀将锡勒砍于马下。斡忽烈高声喊道："大家听着，锡勒叛乱，勾结红顶子抢掠群众财物，阿骨打来打红顶子，锡勒反助红顶子强盗打阿骨打，被俺砍于马下，趁此机会，还不快杀红顶子等待何时！"斡忽烈这一席话儿，将大伙儿说醒了腔，都掉转刀枪，齐声高喊："别让红顶子跑了，杀呀！"红旗杆见势不好，虚晃一招，想要冲出重围，被阿骨打一刀砍于马下。可怜四十多个红顶子不一会儿全被杀掉。使阿骨打转危为安，转败为胜，平息了锡勒阴谋叛乱之患。

阿骨打感谢斡忽烈救命之恩。原来斡忽烈是锡勒部落里小嘎珊里的居民，为人憨厚直爽，好打抱不平，从小练就一身好武艺，今日听说打阿骨打来了，才明白锡勒叛乱，将他砍于马下。阿骨打决定让斡忽烈做这个部落的部落长。

从此，这山名叫红顶山，一直流传至今。

第五十九章　莲　花

　　颇剌淑自从当了国相，权势一天比一天大，很快就成为大奴隶主，家里有好多好多奴隶。那时候奴隶越多财势越大，因为奴隶和牛马一样可以买卖。在奴隶中有个莲花姑娘，长得漂亮，聪明伶俐，颇剌淑没让她做苦力劳役，让莲花姑娘每天侍候他。莲花姑娘很殷勤，能看颇剌淑眼目行事儿。以前颇剌淑只忙于争权打仗，因他当国相，是从原国相雅达手中夺来的，引起雅达的儿子桓强烈反感，几次兴兵打劾里钵和颇剌淑，每天只忙于应付打仗，别的心思没有。这年劾里钵经常领兵出去打仗，让颇剌淑在部里掌握日常事务，经常在家，莲花侍候他，接触见面的机会就更多了。同时莲花也由小姑娘变成大姑娘，已年方十七岁了。这天莲花又来给他送茶，颇剌淑忽然端详起莲花，没话逗话儿，缠住莲花。他见莲花口齿伶俐，语言柔和，一张团脸上的眉儿，细溜溜长而弯弯，密丛丛浓而翩翩；那双眼睛，黑白二色，格外分明，黑眼珠儿比黑水晶还黑还亮，在顾盼中闪烁一晃一晃的火焰，眼白比白玉硬润，更水灵，致使眼圈圈的一侧边缘，仿佛渗出碧蓝的水印儿，以炫示青春的醇美的彩绘，童贞的圣洁的色素，但微扁而梢飞，内外眼角略略呈斜线，真是蛾眉凤眼。颇剌淑仔细一瞧，眉是皱皱巴巴，紧紧地，仿佛锁住那样，好像没有什么钥匙可以把它打开似的。长睫毛遮蔽着的眼儿和偶尔一闪的眼波，光灿灿，水漾漾，掺和着一种什么苦汁，一种什么毒液，还敷着一层稀薄的似隐似现的愁云晦气。莲花被颇剌淑瞧得一愣神儿，在她那煞白的贫血的脸上，掠过一抹浅显的红晕。她隐秘地眨一眨眼，娇羞地扭一扭头，避开颇剌淑的正面视线，怯声怯气地说："还有事吗？"

　　颇剌淑两眼发直，唔唔半天才答复出一句话儿："没啥事儿！"莲花一扭身从颇剌淑眼前走了，将颇剌淑魂儿也带走了。坐卧不宁，心长在莲花身上。他反复琢磨，怎样才能将莲花弄到手呢？赎买，让她做自己的妻子？不行，自己是国相，买奴隶做妻子，成何体统？再说，妻子也不能答应啊！那咋办哪，这美人在我眼前……他想来想去，决定暗中给莲花准备间房子，别让妻子知道，让莲花做他的秘密情人。主意拿定，就让下人在相府旁边倒出间房子，别人也不知道咋回事儿。房子安排好了，颇剌淑找莲花去了，前院后屋找遍了，也没见着莲花的影儿。颇剌淑心里纳闷儿，她到哪儿去了？他信步来到奴隶房，听见屋里有人唠嗑儿，站门外仔细一听，正是莲花和一个男子说话儿，就听莲花说："你得快点儿想办法，咱俩得赶快离开这地方。"颇剌淑一听，差点儿将他气个跟头，慌忙闯门而入，见莲花偎依在巧哥的怀中。

巧哥十八岁，因为父母双亡，颇剌淑硬说欠他的债，拉来当奴隶的，他比莲花早来一年。莲花也因父母双亡，颇剌淑拉来当奴隶偿还债的。莲花被拉来之后，整天哭泣，还是巧哥背后将她劝好的，莲花就把巧哥当成亲人。巧哥为人心灵手巧，他随同颇剌淑去关里交换物资，在那见耕地使用犁杖，一见就学会了，回来就给颇剌淑制作犁杖，从此他才有个名儿，都称他巧哥。当时在女真族耕地全用镐，颇剌淑第一个使用犁杖，颇剌淑也拿巧哥当成宝儿，很怕别人学去，就在奴隶院中单给他盖个房儿，别的奴隶挤在一个屋，唯独巧哥自己一个屋，并规定其他奴隶不准到那屋去，外人也不准和巧哥接触，只有莲花按时送水送饭。由于经常接触，随着年龄的增长，他和莲花产生了情愫，两人在为自己的命运担忧。当时女真规定，奴隶是不许结婚的，他俩每逢见面就琢磨怎样逃跑出去，去过自由幸福的生活，因为看护得严密不易脱身，总也没有想出个道道儿来。今天莲花发现颇剌淑的两只眼光好似凶猛的野兽，要将她一口吞掉，一种恐惧可怕的阴影，立刻笼罩着她的心窝，她找巧哥催促赶快想办法逃出牢笼去。这对可怜的青年人，做梦也没想到颇剌淑能来，真是惊得他俩目瞪口呆。就在这一刹那的时刻，颇剌淑抽出随身的佩剑，银光闪烁地直向巧哥刺来。因为此时颇剌淑心里完全装的是酸溜溜儿的醋，直冲他的嗓子眼儿，暗骂巧哥，这个小兔崽子，你无爹娘，是我发了善心，将你拉到府上，供你粥饭，你不思报恩，反将我的美人儿搂在怀中，今天不宰了你，将来你还要搂我的妻子。颇剌淑咬牙切齿地刺去一剑，巧哥这时才如梦方醒，将身一躲，闪过此剑。莲花手疾眼快地一把手抓住颇剌淑的右手腕子，高声喊道："刺我吧，给你！"莲花说到这儿，将头往前一伸，"给你，刺呀！"

颇剌淑见莲花如此行为，身上立刻瘫软如泥，他嘿嘿一笑说："宝贝儿闪开，我非将巧哥这奴才宰了方解心头之恨。"莲花攥着颇剌淑右手腕子不撒手。就在这时，巧哥才醒过腔来，暗骂颇剌淑，好哇，你这吃人肉喝人血的野兽，将我们拉来给你当牛马，你还任意蹂躏我们，拿我们不当人看待！巧哥想到这儿，随手抄起个木棒子，冷不防啪嚓一下子打在颇剌淑的脑袋上，只听他哎哟一声晕倒在地。巧哥刚想夺剑结果颇剌淑的性命，这时就听外面有人喊："见到国相没有？"吓得莲花一把手将巧哥拽倒在地。巧哥爬起来，慌忙出去，见是国相府的总管，刚要开门，正好和巧哥碰头，匆忙问："国相到这来了？"

巧哥惊愕地摇头说："没，没见他来呀！"

总管一听慌忙走了。这时莲花跑出来说："事已至此，咱俩快逃走吧。"巧哥心慌意乱，来到马棚牵出两匹马，备上鞍刚要走，管马的前来阻挡。巧哥心一慌无言答对。还是莲花机灵，忙接过说："国相病重，命我去取药，特让巧哥陪伴。"管马的一听，信以为真，因为刚才闹哄哄的国相长，国相短，八成病了，再说莲花虽说是奴隶，可是国相的贴身侍候奴隶。他想到这儿，就放过了巧哥与莲花。

再说为啥闹哄哄地找国相呢？原来是因为有紧急战事情报，急需国相处理。各处都没有找到，最后才听管马的惊疑问道："国相不是病了吗？"总管慌忙问道："谁说他病了？"

管马的结结巴巴地说："是……是莲花，和……和巧……巧哥说的！"

总管又问："莲花和巧哥呢？"

管马的说："他俩骑马给国相取药去了！"

总管一听，这才急奔巧哥房屋去找，见颇剌淑正倒在地下，慌忙大叫国相！

颇剌淑被巧哥一棒击倒在地，晕过去了，这时已苏醒，听到有人喊他，霍地坐起来，睁开晕目昏花的眼睛，就听迎辽官报告说："国相大事不好，桓、撒达联合别部打来了！"颇剌淑霍地站起来，瞪起冒花的眼睛问："莲花咋的了？"

总管一愣，嘴没说心想，大敌当前，问莲花干啥？他不知道国相被巧哥打了，以为是真病了，就忙回答说："莲花和巧哥给你取药去了。"

颇剌淑一听，咆哮如雷地喊："取什么药？快给我追！"他喊着，跑出屋去，吩咐说，快备马点兵，莲花往哪儿跑啦？务必追回来。总管赶忙传达国相的命令，由胡鲁①点兵按照巧哥逃跑的方向随同颇剌淑追去。

---

① 胡鲁：女真语，统领官。

再说巧哥与莲花，两人乘马经过守卫盘问，刚出寨子就往西北方向快马加鞭逃走。

颇剌淑率领人马追出寨子时，已搭上莲花的影儿了。颇剌淑紧加两鞭，马跑如飞地向前追去。一直追有一百二十余里终于追上了，眼看相距半里之遥，颇剌淑一红眼，抽出一枚箭，在飞马中搭弓一箭，不偏不斜正射中巧哥后心窝上，他哎哟一声咕咚栽下马来。莲花大吃一惊，猛勒住马，喊："巧哥！巧哥！"连喊三声，无有回声，跳下马来拉起巧哥喊叫，见巧哥已气绝身亡，莲花哭喊着说："巧哥啊，阳世人间咱俩没成为夫妻，死后咱俩也得成为夫妻，你等着我，咱俩一同去阴曹地府。""莲花！莲花！"这时颇剌淑已快追到，高声喊叫着莲花。莲花放下巧哥慌忙上马，继续向西北跑去。这时后边兵丁已赶到，颇剌淑下令："抓住莲花，不要伤了她！"迅速将莲花包围起来。莲花见逃不出去，前面有个水泡子，将马勒住，高声喊叫："巧哥你等我，咱俩同去阴曹地府！"喊完咕咚一声，跳进水泡之中。

颇剌淑骑马赶到，忙命令兵丁下去打捞。就在这时桓、散达领兵攻来，将颇剌淑打个措手不及，损兵折将往回逃跑。眼看颇剌淑要被桓活捉，在这危急时刻，劾里钵打胜仗归来遇上了，救了颇剌淑，将桓、散达等再次打败。

莲花淹死在泡子里，奴隶们利用劳动的机会，想要寻找莲花的尸体，准备和巧哥葬在一起。当他们来到泡子一看，惊得目瞪口呆，始见泡子中开放出一朵雪白带着红润的大荷花，馥香扑鼻，它昂着妍姿向人们表示：我重生啦，自由啦！

从此这个泡子取名为莲花泡，流传至今，《双城县志》对此做了记载。

第六十章　一撮毛

　　阿骨打平定锡勒部后，他的名声越来越大。这天接到土骨伦部的报告，言说在庙儿岭后山上出现一股强盗，为首的强盗右腮上长有一撮毛，绰号"一撮毛"。这股强盗抢男霸女，无恶不作。部落长土骨哈赤，曾领兵与一撮毛交锋，连吃败仗，故请阿骨打前去援救。阿骨打接到报告后，当即率兵前往。阿骨打来到土骨伦部，土骨哈赤将一撮毛如何凶恶，抢去多少奴隶、马、牛等物资，还抢去少女若干名，人人痛恨，几次交锋都被打败了，这伙强盗更加猖狂，故而请少主前去征剿细说一遍。阿骨打正听土骨哈赤介绍一撮毛情况，忽然进来一位年约四十岁的老人，哭哭啼啼进来就给土骨哈赤跪下，悲泣地说："部落长快救小女的性命吧！"

　　这老人是庙儿冈的人，名叫列木颠，他小女名叫赛花儿，今天随同家人去庙儿岭庙上烧香还愿，被一撮毛看见，抢上山去，列木颠听说后，哭哭啼啼来找土骨哈赤去救女儿。

　　阿骨打听后，安慰列木颠说："你放心，我们一定想办法将你女儿救出来。"列木颠磕头而去。列木颠走后，阿骨打将肖达户夫妻和女儿肖阿妹找来，商量诱敌办法。让阿妹母女扮作上庙烧香的女子，肖达户、阿骨打扮做家人一同前往。打扮完之后，母女骑马，阿骨打、肖达户步行跟着，奔庙儿岭而去。离老远阿骨打即举目观望庙儿岭，这哪是岭啊，都是挺拔入云的高山，这山无有单独的山峰，好几十丈高的山，一漫漫的有二十余里山峦，好似一道长墙，矗立在地面上。阿骨打心想，可能因为有庙，故称庙儿岭。

　　阿骨打随同肖达户刚走到庙前，见楹门外有两个贼眉鼠眼的小子，将他们上下打量一番，贼头贼脑地向庙后溜去。阿骨打走进庙院一瞧，好大一座庙宇，正殿三楹，庙院西南角土地祠一楹，钟鼓楼各一座，马殿有山门三楹，东西配庑各三楹。阿骨打陪同肖阿妹来至观音殿，焚香叩拜，道士陪诵经文。施舍毕，肖达户向道士施礼说："道长慈悲，我们是远道而来，到贵庙烧香还愿，日已西沉，愿借宿一宵，明日黎明即去。"

道士听后，面露难色，思忖片刻为难地说："敝庙虽有东西配庑各三楹，久无人宿，简陋难堪，还请另寻借宿吧，抱歉请谅。"道士说完双手合揖，长吁一声。

阿骨打施礼说："人地生疏，何处求宿，望道长慈悲，容我等借宿一宿。"

道士说："实不相瞒，因近日此山不得安宁，恐惊扰贵客，贫道吃罪不起。"

阿骨打接过说："道长放心，别说无事，有事由我们自己承担，与道长无关。"

经过阿骨打、肖达户苦苦哀求，道士无奈答应他们在西配庑楼借宿一宿。肖达户妻和女儿住在北楹，阿骨打与肖达户住南楹。吃罢晚餐，便各自安寝，静候强盗的动静。

大约在二更时分，突然庙门外人喊马嘶，咣咣敲打庙门。小道士将门开开，拥进一伙强盗，大吵大喊："进香的姑娘在哪里？快快放出，我家大王让她做压寨夫人。"

这时老道士慌忙迎出来："阿弥陀佛，敝庙荒凉冷清，哪来的香客？请回禀山大王，白日进香女子已回去了。"

"放屁！西厢住的何人？"说着为头这小子拎着灯笼直奔西配庑而去，后面跟有十几个人，吵吵嚷嚷拥进西配庑。这些人还没等迈进屋，只听提灯笼那小子哎哟一声，咕咚倒在地上，后边这些强盗见势不好，扭过头来就跑，口里喊着："可不好了，杀人啦！"乱哄哄地退出来了。

"哪里跑，看刀！"南面从窗子跳出肖达户，北面跳出肖达户之妻，飞在院中，拦截砍杀。肖阿妹杀死拎灯笼的头儿后，也从屋里杀出来了。三人杀得这些强盗哭叫连天，十几个强盗不一会儿被杀死有八九个，剩两个溜出庙门，向山上逃命去了。肖达户领着妻子、女儿向山上追赶而去。

为啥没见阿骨打哪？阿骨打吃过晚饭，天刚黑下来，他就单独一人奔山上去了，一来救赛花儿，二来探清强盗实情。这是他与肖达户定的计策。阿骨打跃上庙墙，轻轻地跳下去，施展腾跃之术，不一会儿来到山上，见山后面的山坳中，灯笼火把，七吵八喊张罗下山抢人。阿骨打溜下去蹾到一棵大树上，举目向下张望，见强盗全是用木头靠山坡支的棚子，几个山坡下都是一溜一溜的，唯独在西山坳中，盖一木房子，与众不同。阿骨打想，这可能是一撮毛住的。想到这儿，就奔这大房子去了。阿骨打穿树越林，来到大房子跟前，将身子向上一腾，腾跃在房顶之上。这时从房内走出两人，手提灯笼，阿骨打赶快伏在房上，见这两人提着灯笼向房后而去。阿骨打在房上转旋着身子，用目紧盯二人的去向。这两个家伙来到房后山坡下，高声呼叫开门。阿骨打明白了，山下有一石洞，这里边也住着人啊。他心里转念，刚要前去看个究竟，从山洞里传出女子的哭叫声，见二人从山洞里拖出一女子，哭哭啼啼奔大房子来了。阿骨打心想，莫非这女子就是赛花儿？他一动不动地仍伏在房上。这两个家伙提着灯儿，将女的拖进房子里，从屋子里传出哈哈哈怵人的笑声。阿骨打刚要从房上跳跃下来，见拖女的那两家伙从屋内出来，嘀嘀地向东面跑去。阿骨打轻轻从房上跳到地下，他两脚刚沾地，屋内传出："你到底儿从不从？如果不从，我立刻宰了你！"阿骨打一听，刚要迈步进屋去。忽听从东边跑过一帮人，号叫着，"可不好啦！全被杀了……"阿骨打一听，慌忙两脚点地，将身子一跃，飞到房子顶上，喊叫的人群快到房子跟前的时候，突然从屋内蹿出一人，见这小子有二十八九岁，中等身材，西葫芦脸的右腮上长一撮黑毛，有三寸多长。两眼瞪得如牛一般，声若沉雷："你们号叫什么？"他的话声刚落，嗖的一声，一撮毛将身子一闪，他哎哟号叫，抽出胯旁刀，高声喝道，"胆大狂徒，敢暗箭伤我！"随着他的话音，身子已飞到房上。原来是阿骨打到房上暗射一撮毛一箭。一撮毛耳朵灵敏，躲闪得快，这箭才射在他的后脊梁上。一撮毛连箭都没拔，跃在房上来战阿骨打。

这时各山根下的棚子里都嗷声喊叫："敌人杀进来了，敌人杀进来了！"

阿骨打已从房上跳下来，一撮毛也跟着跳下来，两人在房前刀对刀，叮当山响，银光闪闪，寒气袭人，杀得只见银光不见人。这时又传来："可不好了，来人真厉害，连女娃杀人都不眨眼啊，快请山大王啊……"

一撮毛与阿骨打杀得难解难分，听到这些喊声，心里暗暗吃惊，刀法一乱，加上脊梁箭伤疼痛，略一慌神儿，被阿骨打一刀将左膀砍掉，他哎呀一声，栽倒在地。山盗见一撮毛被砍死，七吵八喊："山大王被砍死了，快逃命去吧！"不一会儿剩下的盗贼一哄而散，逃跑了。

阿骨打和肖达户一家会面后，赶忙进屋去救赛花儿。见赛花儿手脚被捆绑在炕上，肖阿妹割断绳索，一问方知山洞里还有六七名姑娘，这万恶的一撮毛对这些平民姑娘强奸够了，就交给下边的头儿，头儿奸淫后，再换新的，将原来的再给贼兵轮奸，被害而死的已有几十名。

阿骨打领肖达户与肖阿妹母女来至山洞，洞门已大开，用灯一照，见洞内七名妇女如同囚犯一般，被绳索绑于洞内。肖阿妹母女砍断绳索，才使这些妇女死里逃生。她们痛哭流涕地跪在地上给阿骨打磕头，感谢救命之恩。阿骨打让肖阿妹母女扶起受难女子说："随我们下山回家去吧。"

阿骨打离开山洞，令肖达户和妻子一伙，他和肖阿妹一伙，受难女子随同，去各棚子搜索，搜出受害妇女十三人，还搜出不少衣物、金银财宝等。阿骨打将这些金银财宝衣物全分给受难妇女。妇女百般不要，推让再三，才跪受后给阿骨打磕头致谢。阿骨打与肖达户将山坳里的棚子、房屋全用火焚毁，立刻变成一片火海，火光冲天。土骨哈赤亦率兵来至山下。

阿骨打领受难妇女来至山下，就听"当、当、当"钟声清脆入耳，勾起他在帽儿山学艺时敲钟的情景，产生他敲钟的趣感，加快了脚步，向庙奔去。

阿骨打来至庙门一看，老道领几名小道士跪在地上，敲打着木鱼儿，口里嘟哝着经文。土骨伦部群众见阿骨打平息强盗下山，齐刷刷地跪在庙前，称阿骨打为阿布卡恩都力。

受难的妇女哭爹喊娘，各找亲人拥抱，痛哭流涕。

土骨伦部不少人家从此供奉阿骨打，焚香祭祀。

这个山，后来人们就称为"一撮毛"，一直流传至今。

第六十一章　夜观天象

一天，阿骨打一觉醒来，已经黑天了，自言自语地说："嗬！睡了一小天。"

这几天阿骨打为挞不留被杀案，几天几宿没睡好觉，今天算他捞稍①了。有人端来晚饭，一问，方知阿娣随额娘串门去了。阿骨打吃过晚饭，独自走出寨外，在荒野之中练一会儿剑法，就坐在土丘上观望天象。他仰望天空的四方之主钧天，环视苍天、变天、玄天、幽天、颢天、朱天、炎天、阳天，四面八方环绕于钧天。九大行星，互映互烁。望东方角宿、亢宿、氐宿、房宿、心宿、尾宿、箕宿，构成青龙悬腾翻转，忽明忽暗；望北方斗宿、牛宿、女宿、虚宿、危宿、室宿、壁宿星团闪烁，玄武身穿青衣，披发仗剑，从者手执黑旗，踏在龟蛇上，耀武扬威，闪烁光辉；望西方奎宿、娄宿、胃宿、昴宿、毕宿、觜宿、参宿，构成如猛虎欲腾跃之势，光明耀眼；望南方井宿、鬼宿、柳宿、星宿、张宿、翼宿、轸宿构成如同朱雀展翅，姐妹星黯然，鬼魔星龇牙瞪眼，阿骨打蓦地站起身来，哎呀一声说："不好！鬼星明，有瘟情。"

"少主，夜观天象，为啥长吁短叹？"

阿骨打回头见是阿娣来了，长叹一声，用手一指说："你看，鬼星明，有疫情！"阿娣顺阿骨打手看半天也不明白，问道："那些星星都很亮啊？"

阿骨打解释说："鬼宿本身是四颗巨蟹座。"说着他用手一指说，"阿娣，你顺我手看，那四颗星星称为鬼宿，那边叫爟、天狗、外厨、天社、天犯等星官名儿，鬼宿有星团叫'积尸气'的四颗星同样发光闪亮。"

阿娣又问："那是啥呀？"

阿骨打解释说："那叫黄道十二宫，它依次为白羊、金牛、双子、巨蟹、狮子、处女、天秤、天蝎、人马、摩羯、宝瓶、双鱼共十二宫，还有

---

① 捞稍：东北方言，放松。

南斗星、北斗星；左青龙、右白虎、南朱雀、北玄武之分。"

阿娣还想要问，忽见北方一股黄烟冲上云端，惊得她哎呀一声："少主！你看哪来的黄烟啊？"

阿骨打大吃一惊，惊讶地说："哎呀！不好，有瘟鬼降临！"

阿娣惊疑地问："少主你说什么？"

阿骨打长叹一声："天道荒荒，内乱招鬼魔，此股黄烟之处，乃瘟鬼降临之兆，必有瘟疫降于民。如不及时灭除，疫情蔓延，我民族亡矣！"

阿娣说："白天你睡觉的时候，国相颇剌淑派人来说，耶懒部北山区一些嘎珊近日发生人吐鲜血而亡，不知何故？让少主前去察看。"

阿骨打大惊失色地说："你为啥不招呼我呀？"

阿娣说："你睡得那么香甜，怎好意思招呼你。"

阿骨打说："险些误了大事，快备马，我得连夜去访察疫鬼。"

阿骨打和阿娣回到寨子，备好马匹连夜往耶懒部北山而去。阿骨打与阿娣连夜赶奔耶懒部落，到耶懒部落已经半夜了，可是家家户户灯光明亮，都没有睡觉。阿骨打心里纳闷，天到这般时候怎么还没睡觉？他领着阿娣来到姥姥家一看，嗬！院内院外，屋里屋外全是人，将阿骨打吓了一跳。出啥事儿了？他慌忙下马，一问方知巫人正在驱逐疫鬼。阿骨打悄声对阿娣说，咱俩将马拴上，偷瞧驱逐疫鬼。他俩将马拴在门外，阿娣还拎着赫达氏交给她那包儿，两人混入人群之中，观看热闹。

阿骨打向屋内一瞧，见屋内供奉伏魔大帝，香烟缭绕。伏魔大帝前置一机，上边陈放着魋头^①、打糕。巫师身穿驱疫服，面戴魋头手持驱鬼刀，用刀挑符条焚烧后，从室内抢起驱鬼刀，口中叨念咒语，一边驱逐一边四壁张贴符条，威然之势甚是吓人。阿骨打站在人群中一直看完。巫师又到别家驱疫鬼去，他才与阿娣拜见舅父耶懒挞劲，方知道这北山一些嘎珊均发生瘟疫，病的症状是头天烧，二天泄，三天吐血就死亡。为防止瘟鬼，他们特将阿骨打的伯父请来驱鬼。阿骨打伯父是出名的巫师，各地驱邪逐鬼都请他。阿骨打将他夜观天象所见，鬼星明，降瘟情说了一遍，决定连夜去寻找瘟鬼，早日解除瘟情。阿娣还要跟去，阿骨打劝阻，说啥不让她去，让阿娣回去报告国相颇剌淑，他灭瘟鬼去了。阿骨打只带四名护卫，直奔北山而去。

阿骨打来至北山一带，各嘎珊叫苦连天，哭天号地，活蹦乱跳的人

---

① 魋头：驱疫时用的面具，即脸蒙熊皮。

儿，头天病，三天亡，求医问卜，弄不明所患何症。阿骨打为弄明瘟情，他亲自到患病者家中访问，发现新患病的人，身上像火炭似的，都烤人，浑身抽搐，第二天泻肚，便赤色，第三天吐血身亡。当族人听说阿骨打是来灭瘟鬼的，人们都跪拜祈祷，诉说发病起因。阿骨打询问黄烟起处，有的年岁大的人介绍说："每当山起黄烟人就遭瘟，但都比较轻微。今年则发生大瘟，据说这山里藏个瘟鬼，长长的头发，长得甚是凶恶，浑身长黄毛，身粗头小，两眼大如碗，尖嘴巴猴，夜间口喷黄烟，嗅着烟味者，就患此症。"

阿骨打由几个知情的老年人陪着，察看此山，有阴森森之感。发现山中有很多动物也死在山坡上，到处可见，尤其是鼠类动物，死得最多。寻找到后山坡时，发现一个洞穴，穴口有一搂来粗，周围连草都不生。人到此处，即嗅到有股烟气味儿，吓得老人转身要跑，阿骨打唤住说："别跑，无妨，我这儿有解毒丹，服下后瘟鬼难以侵身。"说着从怀里掏出个葫芦，倒出几粒，每人一粒含在口中。阿骨打发现这穴口后，决定夜间观察，看这瘟鬼到底儿如何喷烟放瘟。他将马拴在山下，令护卫照看，独自一人蹲在一棵大树上，监视着洞穴。阿骨打在树上蹲了一宿，既没见着黄烟，又没见着从洞穴里钻出瘟鬼，白蹲了一宿。

天大实亮后，阿骨打下得山来，跟护卫往嘎珊去休息。忽然听见后边有人喊："少主！少主！"阿骨打赶忙勒住马，回头一望，见后边跑来一位三十多岁的男人，来到阿骨打马前就跪下磕头，说，"听说少主来灭瘟鬼，可把众族人乐坏了，家家焚香，人人祈祷，共祝少主为民除瘟鬼，免疫灾。可是，少主要灭瘟鬼，你得见到瘟鬼，不然咋灭啊？小民特来提供瘟鬼的行迹。我家六口人，死了五口，只剩下我自己。而这瘟病先从我家引起的，我家还是从我妹妹身上引起的。那天晚上，我妹子听说她未婚夫随同盟主去打仗，战死了，她就哭呀哭，谁劝也不听，哭得死去活来。快半夜了，人们都睡觉了，我妹妹还是抽抽搭搭哭个没完。半夜的时候，我妹妹惊呼一声：'哎呀！妖精！'当时我们似睡没睡，阴一半，阳一半，这喊声听到了，可谁也没过去看。因为呼喊后就没动静了，也不哭也不叫了。后来她没好声呼叫，大伙儿才过去看她。她哭哭啼啼引来个妖精，粗身子，小脑袋，浑身全是黄毛，两只眼睛如碗大，尖嘴巴猴，满嘴喷烟，将我妹妹吓昏过去，被鬼强奸了。接着就发烧，身上热得直冒火，第二天拉稀，第三天吐血，然后就死了。妹死后，我额娘患同样病，三天亡故，接着我阿玛、妻子、孩子全患这种病死了。由我家开始，其他家也发现这病，又从这嘎珊发展到那个嘎珊。这瘟鬼模样是我妹妹说的，确实不假，特来禀报少主，为民灭掉瘟鬼吧！"说完呜呜痛哭不止。

阿骨打根据这个人说的情况，他想来想去，决定用一女子夜间哭叫引诱瘟鬼出来。可这女子用谁呢？平民女子也不敢去，再说，深更半夜自己怎好领个姑娘上山。想来想去，有些后悔，不让阿娣回去好啦，让她去还能协助我消灭瘟鬼。正在阿骨打着急的时候，忽然有人说阿娣来了。

阿娣回去后，向国相颇剌淑和赫达氏将阿骨打如何灭妖断案一一述说一遍，又言说进山灭瘟鬼，可将赫达氏吓坏了，令阿娣速赶来阻止，以防惹起更大的祸灾，令阿骨打回去，另请灭瘟大师诛灭。阿娣述说一遍，阿骨打笑着说："哪有见民受苦不管之理？瘟鬼诛灭不了，何谈治国？"阿骨打说到这儿，瞧着阿娣说，"你回来的正好，灭瘟鬼成矣。"阿骨打对阿娣附耳说只需如此这般，这般如此行事。阿骨打吃过晚饭，天刚黑下来，就与阿娣领着护卫奔山而去。来到山下，仍然让护卫在山下看护马匹，阿骨打领阿娣来到山上。阿骨打仍攀登到树上监视穴口，手持弓箭等候。时值二更多一点儿，阿娣坐在树下假装放声痛哭，拉着长声："我的天哪，我好命苦也……"这哭声在深夜里显得这么悲哀凄楚，在山谷中回荡。说也奇怪，不一会儿见从穴口中冒出缕缕黄烟，眨眼工夫，变成高大身粗的人形，小脑袋，尖嘴巴，两只大眼睛又大又亮，黑夜中像两盏灯。它龇牙咧嘴奔阿娣来了，边走边说："别哭，我来给你消愁解闷儿。"这黄烟从它口中而出，一溜烟气奔阿娣而来。只听嗖的一声，阿骨打一箭射在瘟鬼的咽喉上，它嗷的一声，回头向洞穴跑去。嗖，嗖，一连二箭射向瘟鬼。阿骨打又射一箭，正中在瘟鬼的后脑勺上。阿娣射一箭，中在瘟鬼后心窝上。瘟鬼哎呀呀号叫，惊天动地，咕咚一声倒在地上，只见一道黄光腾空而起飞上天空。阿骨打潇洒地从树上飞跃到瘟鬼跟前，它刚现原形，阿骨打嗖地一剑将瘟鬼挥为两段。认清瘟鬼是个大眼贼，亦称黄鼠，成精后施放的毒气。这大眼贼身长有三尺，粗有一尺，死后两只大眼睛还转悠半天。

瘟鬼消灭后，阿骨打又仰望天空高兴地对阿娣说："你看，鬼宿星团暗淡无光了，而姐妹星团发光闪亮了！"

从此，这山取名为太平山，一直流传至今。

第六十二章　阿骨打献海东青

阿骨打少年时候好胜，他十六岁那年，听说辽朝道宗皇帝春捺钵时，举行捕猎天鹅比赛，看谁捕猎的多，捕猎多的为优胜者，皇上赐奖。阿骨打听说，又活心啦，以他好胜的性格，想要去露两手给辽朝官员们看看。请示父王之后，他又和他八叔阿离合懑去了。

辽朝这次春捺钵，捕猎天鹅是选择在达鲁河畔进行。因达鲁河东面靠海，是天鹅栖居之地。捕天鹅也是辽朝历代皇帝春捺钵的老习俗了。不过今年道宗皇帝变个花样，进行捕获天鹅比赛，就更吸引人罢了。要不阿骨打能张罗去嘛，再说，辽朝春捕鹅鸭，夏打麇鹿，八九月份，追捕虎豹。这已成辽朝历代皇帝老习俗了。今年道宗皇帝举行捕猎天鹅比赛，是因为他清除奸臣后，为庆贺这个胜利，才想出这个花样儿。

闲言少叙，话说阿骨打和阿离合懑催马加鞭，直奔达鲁河方向驰去。离老远就见辽朝官员拥护着道宗皇帝向达鲁河奔驰。就见这辽官们，有的骑着猎马，马背上还蹲坐只猎豹，有的蹲着一只鹰鹘，还有不少妇女前来捕猎天鹅。

阿骨打见这些新奇怪状，就向阿离合懑说："八叔，他们带着豹干啥？豹不咬人吗？"

阿离合懑说："他们携带的豹都是驯服出来的，捉着小豹崽之后，就进行驯教，让其追捕野兽，像咱们女真人猎犬一样，捕猎时经常携带之，用豹捕猎，在辽朝可有年头了，契丹平民百姓，凡捕猎的都养豹。用豹捕猎，不仅不咬人，而且豹可怕人啦。虽然用豹捕猎，但还是辅助捕猎，他们主要是以骑射为主。"

阿骨打和阿离合懑缓缰而行，又问阿离合懑说："听说契丹人捕猎鹿还撒盐，真看他们盐多了。"

阿离合懑说："撒盐是为了引鹿在鹿群经过的地方，撒上盐，半夜间鹿从此经过，饮了盐水后，它就抻着脖儿长鸣，人们就吹牛角，仿效鹿叫之声，就将鹿引到一起来了，猎人聚而歼之，叫作'舐咸鹿'。"

阿骨打一听，嘿嘿笑了。阿离合懑对阿骨打说："你笑什么？"阿骨打说："我笑契丹人还是笨，又察看，又撒盐，吹牛角呼唤再歼之，真是脱裤子放屁，费两道事。咱们女真人多省事，弄块树皮儿一吹，鹿就闻声而至。"

他俩说说笑笑，来到辽朝春捺钵的边上，选择距离辽朝文武大臣有一里之地的地方，勒住马，两人下得马来，隐蔽在那儿。因为阿离合懑懂得辽朝春捺钵的规矩，先由人到天鹅栖居之地察明，人们将它围起来后，举旗为号，人们一齐敲打扁鼓，将天鹅惊飞起来，聚歼天鹅。天鹅坠落地上，用刺鹅锥，将天鹅刺死。捕获后，皇上举行"头鹅宴"，和文武百官共食之，表示庆贺，所以阿离合懑和阿骨打打算在此捡漏。

阿骨打与阿离合懑坐那等有半个时辰，突然扁鼓声响成一片，震荡着天空，随着扁鼓的响声，天鹅呼啦一下子，好似朵朵白云，飞向天空，在天空盘旋，咯嘎乱叫。辽朝的官员大显身手，将他们带的捕猎天鹅的鹰鹘放出，这鹰鹘好似万箭齐发，一齐向天鹅扑去。

阿骨打和阿离合懑抱着海东青在此观望，就见辽朝放出的鹰鹘太笨了。它们把天鹅追得忽上忽下，也捕猎不着天鹅。有些天鹅往下一扎，冷不丁又往高空一蹿，直向阿骨打他们这飞来了，眼看快飞到头顶上了，阿骨打他俩才将海东青放出去。两只海东青好似疾驰的箭支，嗖嗖钻上天空，像饿虎捕食一般迎头将两只打头飞的天鹅捕猎着了，用它那两只锐爪一抱，带着天鹅一下子扎落下来。海东青将天鹅扔在主人面前，又嗖的一声，飞向天空。阿骨打和阿离合懑也爽急麻利快的，按住天鹅，用绳儿将天鹅翅膀绑上。刚绑好，两只海东青又捕猎回来了。惊吓得天鹅又向南飞去。辽朝官员见北面有两个捕天鹅能手，就七吵八喊向北面拥来。阿骨打他们的两只海东青，大概知道今天主人的意思，也格外大显神通，它俩捉了一只又一只。捉着捉着，两只海东青也采取新的战略，这个飞回来，那个飞上去，意思怕天鹅飞跑了，轮流堵截捕获。将阿骨打乐得嘴儿都合不上了。不到一个时辰，他俩捕猎天鹅四十余只。

这时延禧已跑到跟前，认出是阿骨打他们俩，大喊着说："我当谁呢，原来是捕鱼能手阿骨打呀！这么说你捕猎天鹅也有两下子了？汝能不能和我用箭比赛比赛，看谁射猎得多？"

阿骨打赶忙施礼说："梁王，臣民箭法拙笨，怎敢与梁王比试？"

延禧说："小将军别客气了，听说你捉麻产，降妖破案，收服女真诸部，是女真中的出名的小英雄。现又相遇，咱俩以猎天鹅相试，多者为胜。"

延禧一番话，将阿骨打好胜之心激起来了，谦逊地说："梁王，臣民献丑了！"说罢，他拉过马来，飞身上马，摘下弯弓，拔出雕翎箭，两拳一抱说，"梁王，请！"

辽朝延禧在前，阿骨打在后，两匹坐骑，马跑鸾铃，哗啷啷地响，四蹄翻飞，向南驰去。

他们俩为啥奔南去了？因为北有阿骨打他们两只海东青拦截，吓得天鹅惊慌失措，大多数向南逃窜。他俩奔向南面，可将天鹅再赶回来，让海东青捕获。他俩从南往北赶，骑射天鹅能拉开架式。阿骨打与延禧这么一来，将辽朝的文武官员的目光全吸引过来了，均眺望着他们俩。

延禧坐骑跑至南面后，将马往回一旋，他迎着天鹅，在马上拉满圆弓，嗖的一声，一只雕翎箭飞向天空，在一只天鹅身旁擦身而过。箭落空了。

阿骨打见延禧的箭支落空了，他高声喊叫："天鹅，你往哪里飞？待咱射瞎你的右眼！"阿骨打的声音未落，一支箭嗖的一声，好似流星一般，一眨眼的工夫，一只雪白天鹅，右眼睛上带着箭支翻滚而落。

惊吓得辽朝的官员们，齐声喊叫："好箭法！神箭法！"

延禧见阿骨打说哪射哪，他脸红脖子粗的，又发一箭，仍然落空。

阿骨打第二支箭喊声射左眼，一只天鹅左眼带箭落了下来，第三支箭喊叫射向咽喉，果刺在咽喉上，天鹅翻滚落地。

延禧连发三箭，三箭落空。阿骨打喊哪射哪，连射落三只天鹅，无一箭落空。

延禧勒住马说："阿骨打汝真乃神箭法，我输给你了！"延禧今天说的话儿，可真应验了，后来真将辽朝输给阿骨打了，此是后话不提。

阿骨打听延禧这么一说，慌忙滚鞍下马，跪在地上说："请梁王恕罪，臣民只是托皇上和梁王的洪福，捕猎几只天鹅为皇上和梁王祝贺也！"

别看阿骨打才十六岁，他能随机应变，这叫给辽朝延禧一个安心丸，礼多人不怪。阿骨打这一来，不仅驱散了延禧没射着天鹅的烦恼，而且还洋洋自得地想，你箭法再好，也得给我下跪，我是未来的皇上，你阿骨打多咱都是我的藩属，得为我纳贡。这就叫狂妄自大。

延禧连马都没下，洋洋得意地说："起来吧，今后要多猎些天鹅送来！"

这时候，道宗皇帝和辽朝文武官员全过来了，阿骨打参拜了道宗皇帝。道宗皇帝对阿骨打箭法没咋在意，却对阿骨打的海东青关心起来，便向阿骨打说："阿骨打，你捕天鹅的大鸟是啥？"

阿骨打说："回禀皇上，是海东青！"

道宗皇帝又问："怎么叫海东青呢？"

阿骨打就说有个渔猎的八岁孩子叫海东，在海里拣只受伤的大鸟，拿家饲养，伤好后能捕获大鱼，还能捕猎禽兽，又找个雌鸟和它一样，产卵抱崽，取名海东青，也有叫海东的，流传下来，现在女真人家家饲养。

道宗皇帝称赞说："怪不得像鹰不是鹰，我以为是神鹰哪，原来是这么回事儿。我说在辽地没有见着过嘛！"

阿骨打见道宗皇帝很喜爱，就对道宗皇帝说："皇上如喜爱，就将我那只献给皇上吧！"

道宗皇帝一听，正合他的心意，高兴地说："那太好了，朕谢谢小将！"

延禧一听，忙跑过来拽住阿骨打说："将那只送给我吧！"

阿骨打说："那只是我八叔的，如梁王喜爱，我可以做主，让八叔献给梁王！"这一来不要紧，辽朝得寸进尺，从皇上到官员，都向女真人勒索海东青，才引起海东青之争，后来才起兵反辽。

第六十三章 孽龙潭

阿骨打在巡察中剿盗、伏魔、除妖、灭怪、神机断案这一系列奇特事件，使他的名望在完颜部生女真族众心中深深扎下了根。人们都把他当成"活神仙"。

这天，阿骨打听说北山又出一妖怪，白天变人，坐在山峰上咕噜咕噜抽烟袋。这烟袋说大能上挂天下挂地。他在山上抽烟，这烟遮天蔽日，人们连点儿阳光都见不到。烟袋这头耷拉在山根下，哗哗冒水儿，这水一天比一天多，将地都淹没了。这妖怪还相当骚，见着漂亮的姑娘、媳妇就迈不动步，使股妖风就将它相中的姑娘、媳妇刮到山上去了。现在被害的有六个姑娘、四个媳妇，如不快去除灭，不知有多少女子将被它吞掉。

阿骨打率领护卫就奔此山来了。他老远观望，山峰里黑云翻滚，在黑云中有个怪人，他足蹬手舞，口含一杆咕噜噜响的烟袋。阿骨打一边看心里一边琢磨，怪物是什么东西成精啦？按阿骨打分析，黑烟为云，黄烟为怪，白烟为妖，青烟为魂。这冒黑烟为云，云者龙也。难道黑龙在此作怪？不能，黑龙是开创我们祖先的恩人，是保护着我们祖先的恩人，它始终保护着我们女真族。此怪是何物？待我夜间上山探视便知。

吃晚饭的时候，阿骨打询问族众是怎么发现怪物的？才知道怪物的来历。

这山下有几十户人家，靠猎鱼为生。有个渔民叫达布，他的女儿长得非常美丽。每天和阿玛到松阿里乌拉去打鱼。这天格格正和阿玛猎鱼，忽然阴云密布，狂风四起，格格慌忙摇船靠岸。船刚靠岸，就听格格没好声呼叫："阿玛，快救命啊！阿玛，快救命啊！"他阿玛起初听女儿在岸边喊叫，第二声在空中喊叫。他抬头一看，当时吓个跟头，只见黑云翻滚，上挂天下挂地的大黑柱子，打着旋儿向北山疾驰而去，格格微弱的呼喊声，仍可听见。她阿玛爬起来向山上追去。跑呀跑，跑到山跟前，就往山上爬，爬到半山腰忽然被大水冲下山来，接着就从山顶上插下来这么个大烟袋。妖怪天天抽烟，下边冒水，将山下已变成一片汪洋大海，可怜达布淹死在水中。从此这怪物就抢姑娘、媳妇，吓得大姑娘、小媳妇都不敢出门儿。

夜静更深的时候，阿骨打领着护卫奔这座高山而来。在山下，阿骨打让护卫牵马等候，他自己上山去察看妖怪。还没等他上山，大雨倾盆而降，呛得人喘不上气儿。阿骨打冒着大雨，向山上腾跃。他飞上山峰时，雨下得更大了。阿骨打身上早被雨淋透了。他各处寻找，没见着任何痕迹，心里想，这怪物住在何处？阿骨打从这坡找到那坡，从前坡找到后坡，连个鼠洞都没发现。奇怪，这怪物哪去了？阿骨打一直寻找到亮天，也没见着怪物踪影儿。他来到山下，见山下的水已有好几尺深。护卫们躲藏在石砬子后边。阿骨打让护卫们回去休息，他待在山上继续观望怪物。

阿骨打独自又来到山上，在众人介绍怪物抽烟的地方，找棵树大枝茂能隐住身子的树杈，坐等怪物的出现。他等呀等，一直等到辰时，见从东南方刮来一股黑云，真是山摇地动，黑云翻滚，像股大旋风似的，奔这山而来，差点将阿骨打从树上刮下去。阿骨打仔细观瞧，黑云里翻滚着一条黑龙，来到山峰后，黑龙翻滚着身子，轻飘飘地落在山峰上，细看已化作一个人，浓眉大眼，将嘴一张吐出一根管子，往下一插，用嘴一抽，咕噜咕噜响。这响声惊天动地，随着这响声，下边哗哗流水，从它两只大眼睛里呼呼往外蹿黑云。阿骨打看得真切，急忙摘下弯弓，搭上箭，嗖地就是一箭，正射在黑龙的左眼睛上。它嗷声号叫，腾空而起，立刻风雨交加，山摇地动，只听咔吧咔嚓连声响，将树刮折不少。阿骨打从树枝上坠落下来，它赶忙搂住大树不撒手。阿骨打往山下一瞧，吓得他哎呀一声，只见房子、人、牛、马、石头全刮到空中，随着向东南方向而去。好大会儿才风消雨停。阿骨打慌忙下山一看，山前达布嘎珊所有的房子和人全刮跑了。他放声大哭："罪过呀，罪过！是阿骨打将你们害了。"气得阿骨打肝胆欲裂，顺着黑龙逃跑的方向寻去。

阿骨打翻山越岭，一路上见摔死的人、马、牛，感到非常痛心。找到一座山下，有一石门，阿骨打不顾生死钻进石门。他刚钻进去，就听身后有人高喊："阿骨打留步！"阿骨打回头一看，吓了一跳，只见一个黑人，黑发黑须，浑身上下如墨一般，正在发愣的时候，老头已走到他跟前，抱歉地说，"阿骨打息怒，是我对子孙管教得不严，竟出此孽龙子孙!"

阿骨打是非常灵敏的人,听老者这一说,他心里明白了,这老者准是黑龙王,慌忙跪下磕头说:"不知龙王爷来,阿骨打多有冒犯,请龙王爷恕罪。"

黑老头拉起阿骨打说:"哪里,是我子孙伤害九仙女子孙,罪在我身。"黑老头说到这儿,将手搭在阿骨打肩上说,"九仙女之后能出你这样为民除害的少主,我们都感到高兴。今天才发现孽龙在此作恶,我慌忙赶来,再晚来一步,少主命休矣!"接着黑老头说,"这孽龙由我在此看管,它跑不了啦,少主快去寻找根铁索,将孽龙锁在此,省它再去作恶。"

阿骨打磕头起来,赶忙去找铁索。找根又粗又大的铁索后,骑着马儿飞奔而来,来到山前,见黑老头坐在石门等着他。阿骨打又拜见黑老头。黑老头看看铁索点点头说:"中。"他说着从兜里掏出一粒仙丹,让阿骨打吃了,嘱咐说,"少主跟在我身后,看我将孽龙抓住,你下手将它锁上。"说毕黑老头在前,阿骨打在后,见这洞里黑洞洞的,伸手不见五指。他们走啊走,嗬,越走越亮堂。只见一潭,潭水深碧,树影婆娑。黑老头走到潭边,大声高喊:"孽障还不快点儿出来!"这潭水立刻翻滚,冒起一股黑烟,一条黑龙从水中飞腾出来,左眼已瞎,见阿骨打便龇牙咧嘴,要将阿骨打一口吞了,这时黑老头将眼睛一瞪,"嗯!孽障还不伏锁?"这小黑龙乖乖地蜷曲于地下,黑老头说,"快锁!"

阿骨打哗啷一声,抖开铁索,洒脱地将小黑龙锁上。黑老头用手一提,轻轻地将小黑龙拎起,对阿骨打说:"少主,走,咱俩将孽障押到水牢里去。"阿骨打一听,吓得脑袋嗡的一声,心想,这黑老头要害死我呀,潭水这么深,下去非淹死不可,想到这儿,扑通跪在地下,磕头说:"龙王爷啊,是我冒犯你老人家,将你子孙射瞎一只眼睛,你老要杀要砍均可,我不愿做淹死鬼呀!"黑老头一听,哈哈大笑说:"少主多疑了,刚才不给你一粒仙丹吗?这粒仙丹名叫避水丹。你下去,水不浸身。"阿骨打这才将心放下。黑老头扑通跳进水里,阿骨打也跟着跳进潭里,跟着黑老头。嘿,阿骨打才亲自体会到在水里走路的滋味儿,只见这潭水向两边一分,中间闪出一条路,像在陆地上走路一样。这黑老头手拎着小黑龙行走如飞。走哇走,走了好长好长的路程,才走到这潭底儿。只见潭底下有座青石房屋,外边有两名虾兵把门,见黑老头来了,吓得他们浑身发抖,跪在地下磕头。黑老头说:"孽障做坏事,你俩为啥不报?

啊？"两个虾兵哆哆嗦嗦地说："不敢，要报，小龙爷就要杀我们。"

黑老头又问："屋里的女子全活着呢吗？"

两个虾兵说："死俩，还有七个活着。"

黑老头说："你俩速将七名女子送出潭外，在潭口等我，听候我对你们的发落，快去吧。"

两个虾兵磕头说："是，遵命！"连跑带颠地进屋去，将七个妇女领出来，顺着道儿向潭上走去。

虾兵走后，黑老头提着小黑龙，走进石屋，只见屋内五光十色，各种宝物齐备。金、银、琉璃、砗磲、玛瑙、珍珠、玫瑰、珊瑚等应有尽有，人间有啥呀，水里生活的动物也有啥。阿骨打正看得出神，黑老头放下黑龙，口里不知念叨些啥词儿，阿骨打也听不懂，见黑老头念完词儿，将袖子甩三甩，这五光十色的宝贝全锁进黑老头袖筒里，屋里立刻啥也没有了。黑老头让阿骨打拽着铁索链子，走出屋门，见黑老头将嘴一张，呸一声，吐在屋里，屋里立刻黑水翻滚，说也奇怪，这黑水一丁点儿也不往外流淌。黑老头嘴里又念念有词儿，"咣当"一声，大青石门将房子关得严严实实。黑老头领阿骨打按原路回来。阿骨打在前边走，心里想，这潭这么深，铁索才多长啊，满潭水，往哪上拴呀？嗬！他在前边走，黑老头在后跟着，嘴里钉架①叨叨词儿，嗬！这铁索链儿随着老头的词儿，噌噌往长里长，一直扯到潭水外边。见两个虾兵在潭水门口那儿跪着，黑老头走出水面，阿骨打拽着的铁索链儿，还长出潭水面很大一块儿。黑老头拔下一根黑发，他用口一吹，这根黑发在空中三飘两飘支支棱棱变成一根大木头，唰地一下子立在潭水边上。黑老头对阿骨打说："你将铁索链儿就拴在这上吧。"

阿骨打将铁索链儿缠在木头上，黑老头向木头吹口气儿，只听咔嚓一声完全刻在木头上啦。黑老头怒气冲冲地对两名虾兵说："你俩立刻离开这里，到松阿里乌拉口去防守，没有我的命令，任何兵将不准到这儿来，听到没有？"

两个虾兵尊声"是"，奔松阿里乌拉口去了。黑老头领阿骨打走出山洞，来到石门，他狠劲吹口气儿，就听咔嚓咣啷一声，如同山崩地裂一般，震得高山晃三晃颠三颠，一个大石门将山洞封上了。黑老头用手指头在石门上一划拉，石门上立刻出现"孽龙潭"三个大字儿。黑老头

---

① 钉架：东北方言，一直。

才笑吟吟地对阿骨打说："感谢少主不斩孽龙之恩。他日难满后，将报答女真族的恩德，弥补伤害民众之失。"说罢将手一扬说了声"后会有期"，腾空而起，回黑龙江去了。据传说这条孽龙一直被锁到努尔哈赤要建立清朝时，一天夜间，忽然霹雷闪电，大风暴雨中，木头被雷劈断，将孽龙铁索也劈开啦，才放孽龙出去，孽龙出去奉老黑龙之命，报效努尔哈赤去了。

从此，这座山称为龙潭山，这潭人称孽龙潭。阿骨打发现小黑龙的山称会龙山。小黑龙兴妖作怪的水，人称烟袋泡子。一直流传至今。

第六十四章　石人泡

　　阿骨打锁孽龙之事很快传到各部落，越传越离奇，简直将阿骨打说得神乎其神了。阿骨打的名字在人们心中扎下的根，越扎越深，族众对阿骨打寄托着很大希望。单说这天阿骨打率领护卫奔马鞍山一带去巡察，路过挞沟寨，见民众冒面子①往寨外跑。阿骨打离老远将马勒住，惊疑地问："出什么事儿了？"说着他跳下马来，护卫们也全下马了。阿骨打立刻派护卫长前去询问。护卫长去不多时跑回来向阿骨打报告说，挞沟寨出桩奸淫案，奴隶主的格格和奴隶通奸，格格怀孕被判死罪，午时三刻人头落地。阿骨打听后，心中甚是疑惑，他略思片刻，让护卫们在此放牧休息，不要骚扰民众，待他改扮装束，挤在人群中观察。

　　阿骨打改扮成一般民众模样儿，大步流星地奔刑场去了。来到刑场见民众围成圈，连周围嘎珊的族众也赶来看热闹。他挤在众人中，向刑场里一看，里边埋了两根木桩子，捆绑着一男一女。女的年约十六七岁，披头散发，脸不擦粉自来白，嘴唇儿不抹胭脂自来红，显得十分俊俏。男的年约十七八岁，身体魁梧结实，脸色苍白，闭目等死。围观的族众说啥都有。有的说，可惜，多么好的一对儿，年轻轻的就被脖齐②，可怜小命儿啦，跟奴隶有啥不好，这法立得不公平；有的口吐唾沫儿，呸，不知臊，小小的年纪就偷鸡摸鸭子，罪有应得，这样的人不砍她，留着也丢脸；也有的怀疑说，这奴隶老实巴交的，干不出这事来，格格最终不承认。也有人反驳说，她不承认，那肚里的孩子是哪来的，难道是热炕焐出来的？旁边又有个接过话茬儿悄声说，格格承认孩子是做梦有的。嗨嗨，她不那么说咋说，自己给自己遮羞呗。

　　正在人们议论纷纷的时候，部落长骑着马后边跟些武士来了，族众

---

　　① 冒面子：东北方言，一起。

　　② 脖齐：东北方言，杀头。

立刻闪出一条道。部落长下马后，后边武士手持光闪闪的大刀，威风凛凛、杀气腾腾地走进刑场。人们都鸦雀无声，倒吸口凉气。

部落长腰挎宝剑，挺胸腆肚儿来到格格面前，大声断喝道："娃妞，午时三刻快到了，你还有什么说的？"

格格将低沉的头往起一抬，两道月牙眉拧成个疙瘩，丹凤眼里喷射着火苗儿，尖声尖气地喊："有话，我死，不冤！冤枉的是牛娃，他，他是无辜的人，为啥要砍他？我要替他喊冤！"娃妞格格说到这儿，放声大哭，"天哪，天，你为啥不长眼睛，奴隶就不是人吗？奴隶就应遭受不白之冤吗？天哪！都说少主阿骨打是阿布卡恩都力，我暗中向你祈祷过，可你，咋不来显显你的神威，查清真相啊！我明白啦，全是假的。"娃妞哭到这儿哽咽一下，又喊叫着，"石人哪，石人，你能与我同婚，现在我要和你永久，永久同生活。可你为啥不出来，当众说清，洗清牛娃的不白之冤啊……"

"住口！"部落长听不下去了，怒发冲冠地说，"你疯啦，死到临头还胡说八道。"部落长说到这儿，将袖子一甩，离老远有张桌子，他往桌子里边的凳子上一坐，桌子前面立一木杆，他用眼瞧瞧木杆的影儿，突然下令，"准备动刑！"

武士里跳出两名刽子手，大步流星地走到两名罪犯身后，手举大刀，听候命令。

"刀下留人，阿骨打来也！"阿骨打喊着从人群中跳进刑场，将外衣脱下向旁边一甩，胯侧的宝剑金光闪烁。人们一听，都一愣神儿，连部落长都惊得目瞪口呆，好半天才转过向来，慌忙离座走到阿骨打身边施礼说："不知少主驾到，有失远迎呀，望乞当面恕罪！"

阿骨打说："请求部落长对娃妞奸淫案处决暂缓执行，待我重新审理！"说到这儿，阿骨打嗵嗵地走到娃妞面前，大声说，"娃妞，我听到你的呼唤，特赶来审理你的案情，你要对我如实说来。"说罢亲解其缚绳。民众一看，忽地一下子全跪在地上啦，齐声高喊："少主，阿布卡恩都力，空齐，空齐！"很多人激动得两眼流着热泪。

娃妞被解开缚绳后，不知是激动的还是惊吓的，扑通一声倒在地上，经过很多人呼唤，才苏醒过来，哎呀一声说："苦死我也。"说罢跪在地上给阿骨打磕头说，"民女终于将阿布卡恩都力盼来了，我死也就瞑目啦！"说罢又磕头。

阿骨打说："娃妞起来，待我问明案情，再找你，先歇息去吧。"

众人推推搡搡地将娃妞、牛娃押回部落，分别送进牢里。

阿骨打来到部落里，首先听部落长将娃妞与奴隶牛娃通奸，被其继母和管事捉住，捆绑归案，按法犯砍头之罪，故而定于今天行刑述说一遍。阿骨打听后，决定问娃妞继母。有人将娃妞继母找来，进屋就给阿骨打磕头，阿骨打说："站起来讲话。"娃妞继母站起身来，阿骨打见她年约二十五六岁，鸭蛋脸上长双滴溜转风流大眼睛，虽然有几分姿色，却长一脸骚疙瘩，阿骨打严肃地问道，"你是咋样捉住娃妞与牛娃通奸的？要如实说来！"

娃妞继母黑眼珠儿叽里咕噜一转说："那天我找娃妞做针线，到她那屋她不在。上哪儿去啦？忽然想起来，这娃妞总和牛娃眉来眼去的，而且已身怀有孕，显怀啦。追问几次，娃妞咬定是后庙石头人暗中与她结婚，才身怀有孕的。这话糊弄三岁小孩也不能相信啊。我就留心啦，悄悄地到牛娃那屋去找，冷不防闯进屋去，哎哟，差点儿没把我吓死，他俩，他俩正在，正在……哎哟，这话儿说不出口啊。我就将管事的欢撒喊来，让他俩穿上衣服，我俩用绳子捆绑上了，就送部落长这儿来了。就这么回事儿，要是有谎言天打五雷轰。"

阿骨打又问："你丈夫呢？"

娃妞继母说："他出去赶榷① 去了。"

阿骨打又问："出去多长时间了？"

娃妞继母说："两个多月了。"

阿骨打又问："你成婚几年啦？"

"十来年啦。"

阿骨打又问："娃妞额娘死多少年啦？"

"娃妞十岁那年死的。"

"娃妞，今年多大岁数？"

"十六岁，哎哟，看我说话颠三倒四的。娃妞额娘死后，我过的门儿，还说十来年啦，才六年呗。"娃妞继母脸色绯红自我解释说。阿骨打没再追问。让她下去，又令人传管事的欢撒。欢撒进来也给阿骨打磕头。阿骨打让他站起来讲话。阿骨打端详欢撒，身体棒棒的，一脸煞气。经过一问，欢撒与娃妞继母说的一样，让他下去。接着阿骨打传带娃妞。娃妞进来给阿骨打磕头，阿骨打让她站起来讲话。阿骨打见娃妞气色精神

---

① 赶榷：女真语，赶集。

面貌比在刑场时好多了，就温和地说："娃妞，你不是喊我来吗，我来了，你要说实话，虚假话儿我可不容你，讲！"

娃妞未曾说话，泪珠滚滚，抽泣地说："我十岁那年，额娘和阿玛在涞流水里打鱼，可我额娘却掉水里淹死了。没过几天，继母就过门啦，我想额娘，经常哭泣，继母不是掐就是打，不许我哭叫，打得我身上青一块紫一块的。在家不敢哭，我经常跑到后庙哭去。有时到庙里磕完头，我就走出庙，庙左右各有石头人一个，我就经常依在左边石头人哭泣，哭够了才回家。还发现家里奴隶牛娃，经常挨打受骂，在背地里哭泣，他啥也吃不着，我就背地里偷着给他送点儿吃的。今年春天，我又依在石人身上哭泣，我哭着哭着，感到石人动弹，将我吓了一跳，回过头一看，这石人眼泪也扑簌簌地往下掉。我对石人说，石人呀，石人，没想到，你还能可怜我呀，说着我一把搂在石人的脖子上，痛痛快快地哭个够儿。就在这天晚上，像做梦似的，石人变成个英俊的小伙子，说他就是石人，和我前世结下的姻缘，今世又相配了，问我爱不爱他。我说，世上只有你石人可怜我，疼爱我，我不爱你，爱谁呀。梦中我与石人结为夫妻。从此，石人天天晚上都来和我同床。后来我发现已经身怀有孕，这事儿不能再瞒着啦，我就对继母讲了，哪知差点儿将我打死。我就寻思自缢身死，到阴间去与石人做公开的夫妻，那有多幸福哇。也该有事儿，这天我起得特别早，刚走出屋门，就听继母那屋叽叽咕咕说话儿，我偷着听，就听继母说：'别怕，一个小奴隶牛娃子他命不在咱们手心里攥着吗？告诉他今天不许出去，牛让别人放，将饭里下上毒药，药死就完了。'听到这儿，我心都跳不成个儿了，着急忙慌地去给牛娃送信儿，让他赶快逃跑吧。我刚跑到牛娃屋，继母和欢撒就追来了，不容分说将牛娃我俩痛打一顿，硬说我俩通奸。可怜的牛娃遭此不白之冤，我才祈祷少主，听说少主你是阿布卡恩都力，断案如神，真将你盼来了，能将此案断清，我死也就瞑目了。"说罢泣不成声。

阿骨打令人将她带下去，又传带牛娃。牛娃进来也给阿骨打磕头。阿骨打也让他站起来讲话。阿骨打见牛娃憨厚老实一脸稚气，就和气地对他说："你要将与娃妞的事儿如实说来，不许撒谎，是不是实话，我会知道的。"

牛娃说："我阿玛为给奶奶治病，欠下他家债，卖身来做奴隶。他累死后又将我额娘拉来做奴隶，额娘不知咋死了，说她自己跳河啦，我连尸体都没看到，就将我拉来做奴隶。我十二岁来给他们放牛，因为想阿玛、额娘，经常流眼泪，他们见着我就打骂，还不给饱饭吃，饿得我直哭。有时娃妞偷着送给我点儿吃的。我每天得一早起来，起来后先给当家奶奶倒尿罐，倒完尿罐，才能去放牛。这天早晨我又去倒尿罐，走进屋将我吓一跳，见管家欢撒和当家奶奶睡觉，我端起尿罐一着急，将木凳咣当一声绊倒了，端起尿罐就走，倒完尿罐回到屋里，我这心还跳得不成个儿。不一会儿，娃妞上气儿不接下气儿跑来了，还没等和我说啥，当家奶奶和管事的也跑来了，将我俩暴打一顿，捆绑上送到部落长的牢里，逼我说与娃妞通奸。我也不知啥叫通奸，便要砍头，这就是以往实情话，要砍就砍吧，好找我额娘、阿玛去，省着扔下我一个人遭罪。"

阿骨打审理后，可犯愁了，这案子如何结啊，石人不说话是没法结论的，这石人能说话吗？想到这儿忽然心里一亮，珠儿能说话，难道石人不能说话吗？可阿骨打担心，石人如果不能说话咋办？想来想去，决定夜间先去预审石人，它要真能说话，这案子就好结了。

这天晚上夜静更深的时候，阿骨打独自一人，悄悄来到后庙，见是座土地庙，庙左右各竖石人一个。阿骨打走到左边这个石人跟前一瞧，这石人塑刻得眉目清晰，就悄声问道："大胆的石人，你与民女娃妞暗中通婚，使其身怀有孕，遭此不白之冤，洗不清身，使无辜牛娃牵连受害，你却安稳在此，于心何忍？你到底儿能不能敢作敢为，当众说清？否则我就斩了你！"阿骨打说到这儿，唰地抽出金光闪闪的宝剑，举在空中。这时，石人冒股青烟，摇身一变，变成英姿飒爽的青年小伙子，跪在地上给阿骨打磕头说："少主手下留情，我乃屈死的冤魂，阴曹地府无名不准进，大庙不收小庙不留，死逼无奈，借此石人藏身。也是我与娃妞前世姻缘被割断，今世结姻在梦中。阳世难留幸福爱，涞流之中情永存。"

阿骨打只顾要石人的口供，对石人这套嗑没细琢磨，就问："你能当众说明此情吗？"

石人磕头说："不是不露面，玄妙等时机。少主来断案，石人面诉之。天机早已定，石人岂敢逆？少主神威显，民心自顺服。"

阿骨打一听心中大喜，又问石人说："那么明天在此审问你？"

石人说："天有意来魂有情，少主神威坐大庭。传带石人石人到，威慑民众立乾坤！"

阿骨打一听，喜出望外，忙给石人施一礼，说："石人之情，我不能忘，建祠祭祀，留芳人世。"他的话音没落，见石人复了原形，阿骨打又施一礼，悄悄返回寨中。

第二天，阿骨打传令，在部落长院中，审问石人。这消息一传开，立刻成为奇事，人们争先恐后来亲眼见阿骨打怎样审问石人。只听说阿骨打夜审海东青，那只是奇闻相传，这次要亲目所见，哪有不招惹人的？周围嘎珊有些好信儿①的人，很怕来晚了赶不上，都骑快马赶来参加，族众挤成人海。只见在部落长庭前，放一桌子，阿骨打和部落长并排而坐，东面站着娃妞的继母和管事的欢撒，西面站着牛娃和娃妞。人们都用惊奇的眼光瞧着，有些人心里画魂儿，石人在庙上，他怎么审啊？

天交巳时，阿骨打突然大喊："带石人！"

围观的民众都感到愕然，不知所措，四处撒目寻找，哪有石人的踪影啊？

阿骨打又大喊一声："速带石人！"

就在这时候，人们听见呜呜风声响，抬头一看，吓杀人也，这石人从空而降，轻轻落在阿骨打面前，那么大个石头人，落下连丁点儿动静都没有，惊得人们直眉瞪眼。

阿骨打威然正色地问："石人，是你和娃妞结为夫妻吗？"

石人原形未变，将石嘴一张说："前世姻缘今世成，少主神威作证凭。阴世阴曹无归宿，涞流水中是门庭。"

石人话音刚落，娃妞向石人怀里一扑说："真相大白，速归门庭！"随着娃妞的话音，只听呼一声响，石人抱着娃妞腾在高空，向涞流水腾跃而去，人们忽地一下子随后跟随。只见石人和娃妞双双落在涞流水的泡子中。这泡子每逢汛期水溢满，秋后再退入涞流水中，一些鱼儿均繁殖在此。退汛后，石人在泡中就显露出来。汛期石人全淹没在水中。后人将拉林河这个河叉子取名为石人泡。这个村子名叫石人村。现属吉林省榆树市，在拉林河南，一直流传至今。其村名仍叫石人村。后来阿骨打在土地庙旁又修一石人庙，让人们四季祭祀。

---

① 好信儿：东北方言，好奇。

第六十五章　夜访石头

阿骨打断清娃妞与石人确实成婚，石人与娃妞同返涞流水。族众亲眼所见，将阿骨打当成真的阿布卡恩都力，家家焚香，户户供奉。可阿骨打反添了个心病。石人案清了，欢撒和娃妞继母的奸情怎么办？他感到这里边大有隐情，牵扯到娃妞额娘的死，是真掉涞流水淹死啦，还是被人害死啦？牛娃额娘又是咋死的？必须断个水落石出。

这天，阿骨打和部落长来至娃妞家，惊得娃妞继母变颜变色，阿骨打见三间正房，娃妞继母住西屋，娃妞住东屋。他直接来到西屋。屋里陈列却不一般，一个奴隶主比部落长摆设都齐全。阿骨打想，这可能和他们经常赶榷有关，以物换物交换来的。阿骨打将屋内扫视一遍，突然发现北墙上有口痰，这痰是从南炕上吐下来的，将痰的位置与炕上一衡量。这痰是躺着吐的，证明这痰是男人所吐，女人没有这么大的气力。从痰的现状看，吐的时间不超过七天。阿骨打暗暗记在心中。阿骨打坐定后，问娃妞继母说："牛娃额娘是咋死的？"

娃妞继母扑通跪下说："肉眼凡胎看不出神鬼，错认娃妞胎儿是牛娃的，大人不见小人怪，我给你磕头了。"说着磕开响头，咚咚咚，磕头如捣蒜。阿骨打内心这个笑哇，真是贼人胆虚，所答非所问。阿骨打想要吓唬她两声，一想不可，没吓唬她都要尿裤子啦，吓唬两声还不得屙屎呀，就躲避她与管事的欢撒通奸之事，和颜悦色地说："你站起来讲话。"娃妞继母哆哆嗦嗦站起来，两只风流眼不断地转。

阿骨打等娃妞继母精神安稳下来才问："我问你，牛娃额娘是咋死的？"

娃妞继母惊得变颜变色，风流眼溜溜转了半天，才结结巴巴地说："听……听说……是……是被……被娃妞……额娘……拽下水……水淹……淹死……死的。"

阿骨打察言观色，心里明白，牛娃额娘肯定有隐情，娃妞继母是知道的。如果追问下去，这淫妇今天说了，明天推了，好似我逼她似的，倒显得我无能，想到这儿，阿骨打说："我顺便问问，这回总算将娃妞的事儿弄清，你们全家并不丢脸，这是天意已定，天意难违呀！"

阿骨打这一说，娃妞继母反而抽抽搭搭哭上了，说："我想娃妞，虽然不是我身上的肉，比我自己亲生的都疼啊！"呜呜呜又哭起来。

阿骨打离开娃妞家，回到宿处，反复思索也没有琢磨出个道道儿来。吃过晚饭，到寨外散步，夜幕已经降临，满天星斗，交相辉映。他习惯夜观天象。突然发现西北方向，缕缕青烟冲上云端，他一怔，这是股冤气。阿骨打为验证自己的想法，好奇地向青气处走去。他越走这青气就像在眼前似的，可他往前走，这青气也像往前移动。阿骨打走啊走。走着，走着，青气没有了。啊，这青气咋没了？往前一瞧，只见前面一块大石头，在夜间闪烁着青灰色的光。阿骨打走到石头跟前儿，这光亮又不见了，只是一块三圆四不扁的有几百斤重的大石头。阿骨打在端详石头的时候，听到哗哗流水声，说明这块石头离涞流水不远。阿骨打在这黑夜之中，他对大石头说："你有何冤枉，何不向我说来？"回答阿骨打的只是远处的哗哗流水声，阿骨打加问数声，沉默的大石头始终不语。阿骨打失望地往回走，他离开石头后，回头一望，这石头又闪出青灰色的光来，他走到跟前儿，这光亮就不见了。阿骨打试了几次，都是如此，阿骨打对石头说，"你有何冤枉不说，我咋会知道？此时不说，你等待何时？"任凭阿骨打再三询问，石头还是块石头。阿骨打无法，回去了。

这天夜间，阿骨打做了梦，梦见这大石头飞在天空，就在他头上盘旋，哗啦一声，扔给他一张字条儿，上边写着"石头为啥青辉闪，移开石头便分明"。只见这大石头从空中向阿骨打砸来，将阿骨打惊醒，原是一梦。阿骨打慌忙起来，听听外面，天正交三更。阿骨打心想，石头底下有什么呢？不论是啥，将石头移开便知。

第二天，阿骨打带领护卫和部落长悄悄来到大石头处，不让人们知道，偷着将大石头移动一旁。见石头底下扣个大木槽子，一股尸体的臭气直打鼻子。护卫们一个个捏着鼻子将木槽掀开，见里面是一具男死尸，下面有两具女尸，只能从头上辨认，而这具男尸刚腐烂。部落长用手捂着鼻子，辨认出这男尸就是娃妞的阿玛活垓，吃惊得啊一声说："他去赶榷，怎么会死呢？奇怪！"

阿骨打听说是娃妞的阿玛，他更加仔细观察，见是被刀捅死的，而且是没有反抗，冷不防被人捅死的。阿骨打不顾臭气熏人，他亲自检验尸体，终于在活垓尸体怀中，发现个小包儿，已被血水染红。阿骨打小心翼翼地一点一点慢慢揭开血液粘连的布包皮儿。将布包打开，见里边有个字条和一团绳扣儿。阿骨打将字条打开，见上面写着几行汉文小字是："命门火衰，精气虚耗，阳痿滑精。需温壮肾阳。服用鹿茸、狗肾、仙茅、锁阳、韭菜籽。"阿骨打又将绳团打开，用手一摸绳扣儿，当时惊得他面色煞白，倒吸一口凉气。你道绳扣何意？原来记载着欢撒勾结麻产，在涞流水牧马，窃机巧取完颜部。阿骨打急忙将这团绳扣记事攥在手中，只将字条儿念给部落长听，并解释说："从三条人命判断，均死在欢撒之手。既然石头将欢撒告了，咱们明天在此审理此案。"

第二天，族众听说阿骨打审问大石头，又当成奇闻传开了。一传十，十传百，很快远近部落全知道了，都赶来看热闹。

阿骨打随同部落长回到宿处，见屋内绑着一人，惊疑问道："此何人也？"

护卫说："你让我们监视欢撒，见欢撒派这人往涞流水去，被我们暗中捉住，从腰中搜出这个绳扣儿。"

阿骨打接过绳扣儿，用手一摸，绳结意思是：阿骨打兵不足十，速来，里应外合，一击便破。阿骨打心中暗骂，好啊，欢撒你死到临头，还卖国，岂能容得？但他压住心头怒火，冷静沉着地亲自将绑绳解开说："你不要害怕，其罪全在欢撒身上，只要你说实话，我不仅不杀你，反而赏你。"说罢坐下。被抓来的人见阿骨打这样对待他，跪地给阿骨打磕头，说："少主，我知道的全告诉你。"阿骨打说："你站起来讲话。"

这小子站起来后，对阿骨打说："我名惟恬，是欢撒的弟弟。我哥欢撒原在腊碴手下，腊碴死后，逃回家。后来就给活埒当管事的。现在他又暗中勾引麻产，让麻产兵化装成族人，在涞流水牧马。今儿个让我去送信儿，让这些兵今晚来攻打你。这就是实情。"

阿骨打说："惟恬，我放你，你还送信去。"

惟恬将头摇得像拨浪鼓说："不，我不去啦。"

阿骨打说："你去，敌人今晚真来，我赏你；如不来，我再抓住你，就杀了你。如果不去，我也杀了你。你去不去，由你。"

惟恬将眼睛转悠半天说："那我去！"

阿骨打说："可有一宗，你去不许说我将你捉住的事儿，更不能让你哥哥知道。"

惟恬说："你放心，我一定将敌人引来。"说罢而去。

欢撒自从阿骨打断清石人案后，总感到心惊肉跳，坐不安宁。但见阿骨打并没找他，心里想，纸包不住火，这事早晚得露，不如先下手为强，才打发弟弟去给麻产牧马的兵送信，夜间来偷袭，将阿骨打杀死，免去心头之患。刚派走弟弟，忽然传来，阿骨打明天要审问石头，一问是审涞流这边的大石头，差点儿将他吓个跟头。慌忙备马，想要逃跑，先到涞流水，后去直屋铠水。刚备好马，还没等跑呢，阿骨打护卫已将他围住，不容分说，手扣脚镣都给他砸上了。他刚被砸上手扣脚镣，见娃姐继母已被兵带走，他长叹一声："完了。"

这天晚上，寨子里静悄悄的，约有二更时分，惟恬勾引麻产牧马的兵偷袭而来，当他们摸到寨子时，见寨子里静悄悄的，无人接应。兵的头儿就问惟恬是咋回事儿，可前后一找惟恬也无影无踪了，知是中计，说声不好。霎时，寨内寨外，一片喊杀之声，来有五十多骑兵，死伤过半。阿骨打乘胜追至涞流水，麻产牧马兵全逃回直屋铠水，获得好几十匹好马而回。

第二天，阿骨打按原计划，在大石头前，审问大石头。在石头西面放张桌儿，阿骨打和部落长坐在桌子后面，欢撒和娃姐继母跪在桌子东面。

阿骨打问大石头说："你夜托梦于我，控诉欢撒与淫妇，因活垓发现欢撒暗通麻产收取完颜部而被杀害，又控诉欢撒强奸牛娃母未遂将其杀害以及淫妇暗害娃姐额娘一事，今将凶手捉拿归案，你还有何话说？"阿骨打说到这儿，从怀中掏出活垓遗留的药方和结扣为字的凭证，扔在欢撒面前，说，"这是石头托梦时交付于我的。"

阿骨打的话音没落，就见这大石头青烟四起，轱辘辘向涞流水滚去，露出石头底下的木槽，一股强烈的臭气而出。人们都赶忙用手将鼻子捂上。阿骨打吩咐卫兵将木槽打开，人们捂着鼻子向里观看，见三具尸体俱在。族众用愤怒的眼光再瞧欢撒与淫妇，早已像摊泥，瘫在地上。

阿骨打问完口供，将犯人就地砍头，为死者祭灵。正是：

善恶到头总有报，
只是来早与来迟。
石头灵气留金史，
少主涞流共流长。

这大石头滚过之处，留有一米深的深沟，后来人们称为石头沟，一直流传至今。

第六十六章　王八碴子

阿骨打在巡察中，听说前面有个王八碴子，因那地方尽长些大黑石头。不知什么时候来了一男一女，他俩靠这石碴子盖上房子，背靠松阿里乌拉，以猎鱼为生。有天早晨起来，他媳妇做饭，到水缸里去舀水，见水缸里有好几个龟鱼，将她吓了一跳。从此，每天早晨起来见水缸里都有龟鱼。为弄清这龟鱼是哪来的，男人夜间守夜，偷着瞧看这龟鱼的来历，才发现这龟鱼全是他养那条狗叼来的。因为龟鱼夜间从松阿里乌拉出来，到这石碴子后沙包里产卵被狗就给捕来了。从此人称它"王八"。这王八日子越过越好，招来不少居民在此建房居住，日子一天比一天幸福美满。哪承想在这幸福的时刻，来个妖怪，自称胡三太爷，轮流到各家吃饭住宿，还得搂着姑娘、媳妇睡觉。谁要是不同意，家里不是主人死亡，就是房屋被火烧尽。有的见势不好，就偷偷搬走，走在半路上，男的口说胡话死亡，女的疯疯癫癫地又回来了，闹得王八碴子人心惶恐，叫苦连天。

阿骨打听后，很生气，在这光天化日之下，妖怪如此明目张胆行妖作怪那还了得？便带着护卫去找部落长。到部落长家一看，全家正在哭叫连天，一问方知部落长去降妖，妖怪见他去了躲都不躲。部落长大喝妖怪说："你好大的胆，敢如此欺侮族众，岂能容得？"照准妖怪就是一刀。这刀眼看就砍在妖怪身上了，可这刀突然弹回来了，一刀将部落长自己脖子抹了，死于非命。

阿骨打一见，这还了得，待我去捉妖问罪。说着马上要去，陪室一把拉住，劝阻阿骨打，事要三思，不可莽撞，先弄清是什么妖怪，再采取对策。阿骨打听着也有道理，刚要离开部落长家时，忽见部落长媳妇哭着，霍地跳起来，哈哈大笑说："谁敢惹我胡三太爷，我让他全家灭亡！"说着左右开弓，啪啪自己打着自己嘴巴子。部落长的子女们全吓坏了，忽地一下子全跪在地下，哭泣喊叫："胡三太爷饶命啊！胡三太爷饶命啊!"部落长媳妇身上哆哆嗦嗦,披头散发,摇头晃脑,还直劲蹦跳,啊嘿啊嘿,喊叫着。阿骨打走近跟前说道:"胡三太爷,你看都给你跪下磕头,你就饶了他们吧。"

部落长媳妇两眼一瞪说:"要我饶恕他们,可有一宗!"说到这里,她拉长声音和她浑身颤抖声形成一个谱,她继续说,"得供奉我胡三太爷,天天焚香叩头,祈祷你们的罪过,如谁再敢要谋杀我,我定要灭他全家,一个也不让他活。"

阿骨打又问:"让他们供奉,但你得告诉他们家在哪里,他们好祈祷啊!"

部落长媳妇又拉长声说:"问我家呀,我也有哇,啊嘿。不是无名少姓的,啊!野游仙。家住在西方西角啊,黑石洞里边。黑石洞里边,胡仙堂,修身养性,炼成仙。今天先饶恕你们,谁要再惹我和他没完……"

阿骨打半信半疑,离开部落长家,准备按部落长媳妇刚才说的方向去寻找妖怪的栖居之处。一问族人,才知道在这西北方有个黑石砬子,阿骨打就奔黑石砬子去了。来到这黑石砬子一看,这大黑石头好似有人摆弄的一样,高高矮矮的参差不齐,好似用墨染的一般,全是黑绿色。在这旷野荒凉凄清的,四周一望无际,全是荒地。除了这望不穿的大黑石砬子和叫不破的寂静以外,一无所有。这矗立的黑石砬子,使它四周的东西都呈现出愁惨的景象。几棵矮树摇晃枝杈,仿佛要追捕什么人似的。阿骨打正在凝望黑石砬子,忽然见一只狡猾的狐狸跳跃在一个黑石砬子上,站在那里望着阿骨打。它的红尾巴搭在黑石砬子上,黑色的尖鼻颤动着,望着,望着,突然跳下石砬拖着尾巴走了。阿骨打尾随着,见它向西北山根去了。山根下有一石洞,阿骨打奔洞口去了。狡猾的狐狸就在洞口望着阿骨打。阿骨打不停步地往前走,它似乎满不在意地瞅着他。阿骨打一怒,抽出一箭射之,狐狸将身上毛一挓挲,钻进洞去。阿骨打的箭射在石洞口上,当啷一声,火星四溅,一股臊气熏得人简直喘不上气来,阿骨打慌忙往回跑。真是没打着狐狸,惹股骚气。阿骨打跑出很远,躲在一石砬后面,用眼观察狐狸洞。

不一会儿,钻出个老狐狸,它东张张西望望,伸长脖子叫。阿骨打在石砬后,拔下一支箭,拉满弓弦,向这老狐狸咽喉射去,正射在咽喉上,它在地下打几个滚儿死了。忽然狂风大作,一霎时,飞沙走石,铺天盖地,扬尘播土,倒树摧林,乾坤昏荡荡,日月暗沉沉。万窍怒号天噎气,飞沙走石乱伤人。在狂风中,一个妖怪从空而来,大声喊叫:"何人大胆，敢伤我子孙，非让你粉身碎骨不可！"说着直奔阿骨打而来。阿骨打急忙抽出宝剑，准备迎斗，就听呜嗷一声吼叫，一只斑斓猛虎腾空跃来，直向妖怪扑去。这妖怪一见虎，就像耗子见猫一样，麻爪了。正在空中耀武扬威、龇牙咧嘴的妖怪，却扑通一声跌在尘埃，叽里咕噜，现了原形，原来是只红尾巴黑嘴巴的狐狸精。它用两只火红的眼睛，盯着老虎，腾跃着，使老虎几次扑空。虎气得咆哮如雷，怒吼着又向狐狸精扑来。狐狸精张着血盆大口，突噜噜好像鱼儿往外吐出的水泡儿，一连串的火球围着狐狸周身闪烁着火焰。老虎见这些火球儿，它不近前，反而扑通一声两爪落地，呜嗥长吼。这狐狸精见老虎败仗了，耀武扬威，带着火球向老虎扑来。阿骨打见势不好，眼见师兄要吃亏，他急忙搭弓射箭，向狐狸精射去一箭，这一箭没射着狐狸，正射在围着狐狸转的一个火球上。只听扑哧一声，这火球炸开了花，变成一团熊熊烈焰腾在空中，被风一吹，向阿骨打猛扑过来。正在这危急的时刻，忽然一位真人手捧葫芦，掐诀念咒，说也奇怪，这些火球全收在他的葫芦里。阿骨打举目细看，此真人乃师父艮岳真人是也，慌忙跪在地下给师父磕头。此时师父只顾降伏狐狸精，对阿骨打此举，如同没看见一般。

　　艮岳真人将狐狸精吐出的火球全收在宝葫芦里，狐狸精可害怕了，咕咚一声，跌在尘埃，匍匐在地。艮岳真人降落在地上，将手一扬，一道金光射向狐狸精，将狐狸精用金锁锁上，严厉地对狐狸精说："只想你在此修生养性，出古洞四海扬名，为广大民众造福，没想到你在古洞修炼养骚，出古洞奸淫民女，罪大恶极，怎奈天宫与你说情，你们狐狸王国，还能为人类有所贡献，故赦罪于你。今后只能协同子孙造福人类，治邪从善，如有不轨，天诛之。"

　　狐狸精乖乖地跪在地上，大气不敢喘了。你知为啥？这艮岳真人乃受皇封，东北艮岳，也就是东北整个山脉全归艮岳真人所管。谁若不服，消灭绝迹，让它永不生存，谁不害怕呀。狐狸精特别狡猾，艮岳真人施给它的神火球，是让它用来驱怪逐邪的，它却用来火击民众。今被收去，它一切都失灵了。狐狸精儿眼泪扑簌簌地往下掉，哀求艮岳真人说："艮岳大帝，可怜我修炼这些年，要将我置于死地，岂不可惜也。"说罢放声痛哭。

　　艮岳真人手持宝剑，压在狐狸精的脖子上，断喝一声道："我问你，今后能否改邪归正，还跑不跑骚啦？"

　　狐狸精眼泪扑簌簌地往下掉，哀泣地说："不仅我不跑骚了，子孙后代从今以后也不许跑骚了，连自身交配也公开于民众，只见火光闪，狐狸在炼丹。"

艮岳真人说："好！金锁将你锁在狐狸洞，见你能避邪为正，请求天宫，再赦罪于你。"

狐狸精说："从今以后，我子子孙孙，代代相传驱邪扶正。可有一宗，民众中邪，我岂能知焉？"

艮岳真人哈哈大笑说："今日实乃你炼魔道归正果，少主在此，未来的乾坤主宰者，他可晓谕民众供奉于你，焚香为令，速来避邪，不得违逆。"

狐狸精磕头说："感谢艮岳大帝不灭之恩！"

艮岳真人一见大喜，大声歌唱道：

> 百年狐狸千年精，
> 骚淫民众犯天庭。
> 本应诛之顺民愿，
> 怜其千载苦修行。
> 痛改前非归正果，
> 驱邪逐鬼为众民。
> 胡仙神灵人供奉，
> 改淫为善成为仙。

艮岳真人唱罢，对阿骨打说："听到没有，此词儿也是唱给你听的，要牢记在心，付诸民，女真安之。"说罢呼唤，"徒儿还不与师弟告别，与我归山。"斑斓猛虎摇头摆尾与阿骨打相见，好似难舍难分之状，随艮岳真人归山去了。阿骨打跪拜送别。自此，在满族人留下供胡仙（狐仙）的风俗。越是有钱有势者必供之，甚至建造胡仙庙儿。而且谁家人得大邪了，都请胡仙来驱邪赶鬼。直流传于今。

这个洞人们取名为胡仙洞，石砬子取名为胡仙砬子。王八住的嘎珊取名为王八砬子，流传到现在。

第六十七章　夜得秘诀

　　阿骨打在巡察各部落发现，在女真部落中，由于内乱，盗贼恃强而起，妖魔横行，土地荒废，很多地方都是荒歉年度，唯荆榛莽莽随时封落，狐狸鼬鼯自然孳育而已。即或有些耕种的五谷也长势不好，十年九不收。很多平民过着饥荒生活，甚至仍以猎食野畜和鱼类为生。这些情景在阿骨打心中已结成疙瘩。使阿骨打更加痛心的是，在涞流水这一带，由于麻产在此牧马干扰破坏，有很多耕地荒废了。有些耕地，虽然耕种上了，快到秋天了，庄稼苗儿还没结籽粒呐。

　　这天，阿骨打询问民众为啥这苗儿不结籽粒，才知道这些地是在五月初五以后耕种的。到底什么时候下种，民众也谈不清道不明，阿骨打更是擀面杖吹火——一窍不通。阿骨打心想，没有粮咋打仗啊？将来得派人到宋朝去，偷学耕种方法。

　　这天夜晚，阿骨打带着心病，坐在野外凝望西边天空，见天空飘浮着几朵彩云，呈火红色，一会儿红，一会儿紫，一会儿霞光万道甚奇之。他从王八碇子只身一人向奇霞异彩走去。他走哇走，目不转睛地盯着天上的白云走。行过岭头，听到咆哮的松阿里乌拉滔滔水浪声。忽见祥光蔼蔼，彩雾纷纷，有座庙宇，庙门上横书"胜陀祠"三字，庙门大开。

　　阿骨打走到庙门，向里一望，只见有位道士头戴青布道巾，身穿布袍草履，腰系黄丝双穗绦，手执龟壳扇子，年约四十之上，威仪凛凛，相貌堂堂，闭目禅坐。墙壁上边也横书四个大字"有求必应"。

　　阿骨打见这道人气宇不凡，慌忙进去跪下叩头，口称阿骨打叩拜胜陀仙师。

　　道人睁开二目，惊慌失措地说："不知少主驾到，有失远迎呀，当面恕罪！"说着起身，扶起阿骨打分宾主而坐。

　　胜陀真人问阿骨打说："少主前来，有何见教？"

　　阿骨打施礼说："欲求教国以何为本？"

胜陀真人说："以我观之，国以民为本，民以耕为本。少主巡察各部，驱妖灭邪，剿盗肃正，皆属顺民心，民心顺，乾坤定。但这还不够，尚须鼓民耕，积五谷，训兵马，此谓：兵精粮足，社安民顺，方成大业。"

阿骨打又问："仙师，何谓鼓耕？"

胜陀说："鼓励民众开拓土地，谁开归谁，任意买卖。民众耕种还要耕得适时，所谓适时，就是掌握七十二候，五日为一候，三候为一气，一年分为二十四气，共七十二候。"胜陀说着递给阿骨打一张纸，阿骨打接过一看，见上面写着：立春、雨水、惊蛰、春分、清明、谷雨、立夏、小满、芒种、夏至、小暑、大暑、立秋、处暑、白露、秋分、寒露、霜降、立冬、小雪、大雪、冬至、小寒、大寒二十四节气，下面还配有歌谣：

打春阳气转，雨水沿河边。

惊蛰乌鸦叫，春分地皮干。

清明忙种麦，谷雨种大田。

立夏鹅毛住，小满雀来全。

芒种开了铲，夏至不纳棉。

小暑不算热，大暑三伏天。

立秋忙打甸，处暑动刀镰。

白露烟上架，秋分无生田。

寒露不算冷，霜降变了天。

立冬交十月，小雪地封严。

大雪河封上，冬至不行船。

小寒不算冷，大寒三九天。

阿骨打看后又问："这二十四节气的起源从何而来？"

胜陀真人一听，站起来，将阿骨打领到外面，用手一指说："少主，你每晚都夜观天象，这二十四节气，就是天意降于民众耕种之二十四节气也。天意按太阳在黄道上的位置，全年划为二十四个段落，分十二中气，即雨水、春分、谷雨、小满、夏至、大暑、处暑、秋分、霜降、小雪、冬至、大寒；又分十二节气，即立春、惊蛰、清明、立夏、芒种、小暑、立秋、白露、寒露、立冬、大雪、小寒。合起为二十四节。你看黄道十二宫，从白羊春分为起点，依次为金牛、双子、巨蟹、狮子、处女、天秤、天蝎、人马、摩羯、宝瓶、双子为十二宫。以生纪为起点的大雪节气。

依次为玄枵、娵訾、降娄、大梁、实沈、鹑首、鹑火、鹑尾、寿星、大火、析木为十二次。二十四节以此作为标志耳。黄道和天赤道相交的两点为每年三月二十一日前后，太阳沿黄道由南半天球进入北半天球，通过天赤道的那点，称为春分点；每年九月二十日前后，太阳沿黄道由北半天球进入南半天球，通过天赤道的另一点，称为秋分点，这春分点和秋分点的时圈为二分圈。黄道上距离天赤道最远的两点是夏至点和冬至点。每年六月二十二日前后，太阳到达黄道上最北的那一点称为冬至点。那天地球北半球的昼最短。"

阿骨打接过话茬儿，说："原来如此，多谢仙师指教。"

胜陀说："少主牢记：王者以民为天，而民以食为天。民生在勤，助则不匮。耕适民时，允协民天。"

阿骨打深受启发，再三致以谢意。还想向胜陀请教，突然一道红光，胜陀真人不见了。阿骨打眼前一黑，等他睁开夜眼一瞧，哪来的庙宇，原来是一个大陀石。

阿骨打牢记胜陀真人的教诲，建议其父劾里钵按照仙人指示"王者以民为天"，民以食为天，鼓励民众勤奋耕种，适时下种，收割。很快将二十四节气传播完颜各部落。

从劾里钵开始，在女真族中实行受田和赋积制。受田是女真奴隶制关于土地占有的基本制度。各部落长按这个制度，奴隶主依据占有奴隶和牧畜多少，占有不同的耕地。当时女真族制度规定，凡占有耕牛一具（指三头），民口二十五，即受田四顷零四亩。民口，包括奴隶和女真部落的平民。奴隶主占有奴隶和牲畜越多，就可多占土地。后来阿骨打规定个限度，即占田不能超过四十顷。依此限度，一个大奴隶主，有牛一百二十头，民口一千，最多只能占有土地一百六十多顷。由于实行受田联合赋积，得到了大量的粮食积蓄，每个谋克①都置一仓库储存。这就为后来阿骨打进攻辽国打下了雄厚的物质基础，奠定了建立金国的基础。

后来，有人在大陀石处，立一得胜陀碑纪念，其来源就是此故事而来的，流传至今。后人有诗曰：

---

① 谋克：女真语，氏族长，后发展成基层军事编制，以及该军事单位首领官职名称。这里可理解为氏族。

陀石神灵示阿骨，
民天民将创帝业。
得胜陀碑涞河古，
陀石金视水同流。

第六十八章　初探白土崖

　　麻产在涞流水牧马被阿骨打消灭，勾起了阿骨打的心病，阿布卡恩都力不止一次示意"阿骨打建朝兴起于涞流水"，使他纳闷的是麻产为啥三番两次在涞流水牧马，趁今日来此，非巡察一番，熟悉地理环境，天机一到，以便行事。阿骨打随率领护卫顺涞流水巡察，耳边又响起"乾坤之大兮，阿骨兴业邦。辽灭金兴兮，涞流胜陀师"的歌儿，这更增加了阿骨打察看涞流水的兴趣。

　　阿骨打见这涞流水从莫勒恩河汇流转折向西，便骑马顺涞流水而下，只见涞流水两岸荆棘丛生，荒芜之景一望无边。他边走边将地形水道牢记，以便绘成图，留为备用。

　　单说这天，阿骨打来至一处，只见水茫茫一片，在白水茫茫的东面上，矗立着白土崖子，立陡悬崖，齐边齐崖，好似一壁高大的城墙矗于涞流水的水岸上。阿骨打感到蹊跷，勒住马，吩咐护卫在此过宿，让护卫寻找嘎珊。

　　护卫头儿去了多时，回来对阿骨打说，此处无有嘎珊，只有几户人家，在此猎鱼。阿骨打吩咐不要骚扰渔民，找一避风处，埋锅做饭，在此歇宿。阿骨打下马后，让护卫将马牵走，他独自一人观赏白土崖子。见这道土崖子长约五里，宽约一里。他走在崖旁，用手扣其崖土，坚固如石，咋扣也扣不动。拔根箭，用箭头挖下一块，其形如白石，但比白石疏，不如白石那么坚硬。阿骨打心中诧异，难道这地方有人建过城池，墙垣仍在。他往崖下一望，只见一片淤沙，金光闪烁，崖西是水，崖东是沙，酷似墙垣。阿骨打跳在沙丘上，又仔细观察沙丘，见沙丘方圆有五里，贴白土崖之沙，还裂着缝有二寸多宽。阿骨打好奇地将手指伸入缝中。嗬！这缝里热乎乎的，好像沙里藏着暖气。阿骨打越看越觉奇异，就单身一人去访问仅有的几户渔民。

　　渔民离白土崖子有十里之遥。阿骨打骑马来至渔民户一看，共有八家，是野女真人被麻产、腊碡掠夺时逃亡至此，仍过着野人生活，房屋简陋，生活粗野。他们见阿骨打来了，均抄起鱼叉、砍刀、棍棒自卫。阿骨打和蔼地说："不要怕，我乃完颜部阿骨打是也。"一听是阿骨打，他们扔下叉刀棍棒都跪在地下给阿骨打磕头，称阿骨打为阿布卡恩都力。当他们听说阿骨打要在白土崖处过宿，给阿骨打磕头祈祷说："阿布卡恩都力来此降妖灭怪，我们之幸也。"

阿骨打一听，心中纳闷儿，让大伙儿赶快起来讲话，细说妖怪之事。其中有位年岁大的老玛发，详细向阿骨打介绍了所见所闻："这地方一向荒无人家，传说这块儿有妖怪，谁也不敢来住。这八户野女真人家，为躲避腊碡、麻产的掠夺，无奈逃至这无人敢住的地方来居住。他们开始想要在涞流水岸边，尤其这白土崖旁建房屋，既能防风又能防水。这八家二十来口人，就在崖旁过宿，第二天好动手建房。就在这天晚上半夜的时候，突然这沙丘红烟四起，呜呜号叫，将他们全惊醒了。眼看这沙丘要开花啦，妖怪要出来了，吓得他们哭爹喊娘，跟头把式地逃跑到这来。再也跑不动了，蔫出来了，一个个瘫在地上不会动弹了。虽说腿不好使，可心里明白，都趴在地上这深草棵里，眼睛望着这白土崖子。只见这白土崖子下边的沙丘上，红光四射，发出吹打弹拉的怪声怪气儿，听着顺耳，心里却惊怕，心里转念这是什么妖怪的声音呢？有时还听马嘶、人喊、狗吠，可是见不着影儿。快到亮天的时候，一点儿动静没有了。第二天胆子大的跑那儿一看，还是那堆大沙丘，啥异样没有。更奇怪的是，白土崖这段水面不能打鱼，打鱼就翻船，也打捞不着鱼儿。这些日子更怪了，在这涞流水口，水里有两个龇牙鬼把着，白天在水里，夜间出现在水面上，吓得谁还敢去……"

阿骨打听到这些奇谈怪论，决定夜间一观天象。吃完晚饭，阿骨打让护卫们睡觉，并嘱咐说，不论听到任何响动和声音，不准起来观看，他要夜观天象。

阿骨打单身一人寻找夜间在哪儿能看得清晰明确，找来找去还是认为趴在白土崖子能观望得准。天刚黑下来，阿骨打就趴在白土崖上，等候渔民说的红光出现。阿骨打目不转睛地盯着沙丘，忽听有人大喝一声："何人大胆，敢在此窃窥天机？"这声若铜钟当当响那么洪亮，将阿骨打吓了一跳，回头一望，见一人青脸红发，甚是凶恶，阿骨打心想，难道真有妖怪在此？急抽宝剑，要与其搏斗，青脸红发者哈哈大笑说，"好啊，少主，难道还要斩你恩神，忘其夜嚎驱魔带锁乎！"阿骨打一听，忙扔剑于崖上，恐慌地跪在崖上磕头说："不知是伏魔大帝，多有冒犯，当面领罪！"

伏魔大帝哈哈大笑说："岂敢，我乃奉旨在此暗护少主，今晚少主眼见耳闻，关系极大，注意观察。牢记：寥而与天为一兮，涞水龙兴廓帝业。今观晦城启蒙兮，寥晦誓师雄一也。"说罢无影无踪了。

阿骨打跪拜祈祷，多谢伏魔大帝恩典施教。阿骨打刚祈祷完，忽见沙丘红光四起，他赶忙趴伏在岸上观看。只见这沙丘的沙子往上鼓起，丘包越鼓越大，好像一朵要绽开的花蕾，马上绽开一样，煞是好看。咔嚓一声，这沙子向四周闪去，这方圆五里，露出一座沙城，城中有城。靠崖这面是座小城，下面是座大城。不一会儿灯光明亮，金碧辉煌，照耀得如同白日一般。阿骨打仔细观瞧，城门上书"天国"两个醒目大字，下面写着"寥晦城"三个小字。见小城天国皇帝由皇后、嫔妃陪着坐赏一群歌女翩翩起舞，笙管笛箫吹打弹拉相奏，音歌舞曲直冲云霄，抑扬悦耳，扣人心弦。见大城里，武将济济，操练兵马，队伍整洁，军风威严。阿骨打正看得出神，忽所一声高喊："仙师到！"

皇帝说声有请，随着声音走过来一位身穿八卦仙衣，须发苍苍的仙人打扮的人，参拜皇帝。皇帝说："免礼，请坐。"仙人坐下后，皇帝说，"听说仙人有一新词儿，特请仙师禅诵，醒悟慧行。"

仙人笑吟吟地说："献丑了！"随后仙人将眼皮儿往上一挑，好似望望阿骨打，抑扬顿挫地朗诵道：

> 金源天启帝星明，龙盘虎踞蔚上京。
> 黑水龙头廓帝业，白山天做拱王城。
> 献祖还营安出虎，辽君荒政捕名鹰。
> 鹰管淫肆城孤势，生熟女真直尽陵。
> 白土崖旁建廖晦，志吞全辽灭延禧[1]。
> 垒营建城沿涞流，整部武任勇难制。
> 威凛挞伐黄龙扩，扬旅五京全覆灭。
> 风雄西走云中故，国空牵牛面缚来。

阿骨打越听心越颤，这词儿是对自己说的。啊！对了，刚才皇帝不

---

[1] 延禧：辽朝末代皇帝。

是说"醒悟慧行"四字，这也是在暗示自己。但他对这词儿不大甚解。正在这时，只听咔嚓一声霹雳响，震撼着大地和天空。阿骨打也惊吓得将眼一闭，等他再睁开眼睛一看，自己趴在白土崖上，微风习习，崖下的沙丘仍在沉睡。他用手揉揉眼神，望望天空，星光闪闪，月儿弯弯。啊！难道我是做梦？可刚才的一切，已经映入眼帘，历历在目，仙师的词儿仍响在耳边。他清醒地跪在崖上，磕头祈祷："感谢阿布卡恩都力的暗示，我阿骨打心领神会。"

阿骨打回到护卫寄宿的涞流水靠崖背冈处时，卫兵全没睡，见阿骨打回来了，全惊喜交加地说："少主，你可回来了，吓坏我们了，是什么这么响啊？将大地要震开花了……"

阿骨打告诉卫兵说他遇妖怪，被他降伏了，故而发一巨响。

第二天阿骨打将昨天听到的暗示，仙师的词儿写下来，观察了词儿暗示的地点，发现有一池，方圆四里，深不可测。后来阿骨打在此建立了寥晦城，人称对面城。西南方的池子取名为饮马池。阿骨打在涞流水一带训练兵马，从寥晦城誓师伐辽，建立金朝。阿骨打成为金太祖。后有人诗曰：

> 长河应认旧涞流，几叹斜阳古渡头。
> 一代兴亡悲逝水，千年城郭剩荒丘。
> 辽金霸业征尘歇，风雨孤舟暮霭留。
> 惆怅前朝多少事，欲从荒岸问沙鸥。

阿骨打在建立寥晦城同时，在白土崖建立一座庙，供奉天、地、伏魔、观世音菩萨。这座庙在清朝时期又进行复修。直至日本侵略者投降后，在土改中才拆掉此庙。

沙丘中的寥晦城在扶余市靠拉林河一带均有流传，据传说有人曾亲眼所见。在茶棚（地名）一带，流传得更神乎其神。

第六十九章　葫芦谷定亲

　　阿骨打出巡，阿娣在家除了帮助兰洁料理家务外，抽出时间就习练武艺，心里总是惦念阿骨打。阿骨打走一日，她心里结一个疙瘩，阿骨打走两日，心里结两个疙瘩，阿骨打出去这么多天，她的疙瘩结成了山，查得清，数得过来。

　　这天阿娣刚要练武。兰洁从前府过来手拎个包儿对阿娣说："赫达氏吩咐说，你父患病，让你回去探望，并让你抽空将这包送给你阿玛。你父亲好后就回来。"说着将包递给她。阿娣一听，心里乐开了花儿。她恨不能每天在野外才好呢，在这王府真将她闷坏了。她接过包转身要走，兰洁一把又将她拽住了，悄声对她说："你回家后，反正得往北去，到孛懒寨后，再多走点路，看看阿骨打去，我真惦念他呀！"兰洁说着，眼泪巴叉的，阿娣抿着嘴点头，刚要走，兰洁又将她拽住，"还有，见着阿骨打把心里话说说，你俩的事办得啦！"阿娣脸色绯红地跑了。阿娣收拾好东西，早有人将马备好，她上马，腰佩宝剑，后背弯弓，显得飒爽英姿，真像一名女英雄。骑马出塞城后，阿娣感到心旷神怡，似出笼的鸟儿，心里甜丝丝、美滋滋的。她刚出城便猛加一鞭，打马飞奔，是阿玛患病迫使她心急如火吗？不是。你看她打马扬鞭，应奔西北方的唐括部落，却向相反的方向东北驰去。姑娘大了，父病事小，心里的情人事大。阿娣此时的心里像盆火，整个心神全在阿骨打身上。她计划先见到阿骨打，将憋在肚子里的痴情话儿，竹筒倒豆子——一丁点儿不留地全倒给阿骨打。她每天晚上都如做梦似的想啊，忽儿跑到阿骨打身边，两人手挽手儿，翻山越岭，有时站在山崖下，有时傍依在树上，有时坐在溪旁，甜言蜜语，各叙情长，幸福的思绪焚烧着春心，烧红她的脸膛儿。当她镇定下来，方知是自己的情系缠绵，温柔着她的心肠。每逢这时阿娣又痛恨她的姑母，为啥要将我送到这来，这颗纯洁的心哟，被阿骨打牵扯得欲碎。想到这时，两眼流着温情的泪，阿骨打呀，你什么时候才能回来？往日的痴想，变成今天幸福时刻的到来，她能放过这个机会吗？这马儿四蹄翻飞往前急驰，可她还嫌马儿慢，在马上自言自语地说："马儿呀，马儿，你要长双翅膀多好，一下子就飞到阿骨打的身旁。"

阿娣思念阿骨打如醉如痴，一心想立刻见到阿骨打，什么路上的景啊，花呀，她连看都没看一眼，心里装的全是阿骨打，眼里见的也是阿骨打。一直到这马儿咳咳嘶叫，才将她从梦中惊醒，见黑幕已降临，心里打个寒战，埋怨自己怎不问问路儿，这跑到哪儿来了？勒住马儿，举目抬头四下观望，忽然前面传来"当！当！"清脆悦耳的钟声，阿娣心想，这钟声准是从庙儿传来的，待我赶奔前去，问明路径再走。她骑着马儿奔钟声寻去。当她来到庙门口，见寺庙里里外外跑着男男女女，人人作揖祈祷，口里叨念着："观世音菩萨，保佑少主阿骨打平安回来！"

阿娣大吃一惊，慌忙跳下马来，问道："出什么事儿啦？"跪在地下祈祷的一个兵丁听问话人声音很熟，忙问："你是何人？"阿娣说："我是阿娣，特来找少主阿骨打。"这兵丁忙站起身来说："阿娣格格，不好啦，少主被大旋风刮跑啦！"

接着兵丁详细介绍说："少主阿骨打为救族人，单身上山，砍死一撮毛，救出二十名受难妇女，下山后族人都给少主磕头，感谢他为民除害，道士也为他鸣钟祈祷。少主一高兴就登上钟楼鸣钟，这钟让他敲得好似鸣奏欢乐的乐曲，人们在下边欢跳。正在这时，忽然刮起上挂天下挂地的一股大旋风，刮得人们不仅睁不开眼睛，连站都站不稳，全趴在地下啦。不一会儿风消了，钟声也不响了，才发现少主阿骨打无影无踪啦。他讲到这里，阿娣扑通跪下啦。"他接着介绍可把大伙儿吓坏了，"据道士讲，这股旋风往西北刮去啦，肖达户率领妻女和护卫长找去啦。道士领我们在此祈祷，阿娣格格，你想，这大旋风将少主刮走了，大海里捞针，上哪寻去呀？真急死人了。据道长讲，少主人能逢凶化吉，自有人救他。"黑夜里兵丁只顾讲了，哪知阿娣惊得已昏晕过去。可把兵丁吓坏了，大吵大喊，"阿娣！阿娣格格！"

人们听到喊声，全围过来了。赛花儿跑过来抱起阿娣又呼唤半天，阿娣牙关紧闭，一声不吭，吓坏了众人。正在这危急时刻，忽然来了一位云游道人，口里念着："急火攻心火炼金，赤庄之心感动神。妖风虽险天示意，危急时刻见衷情，生死抛在九霄外，舍生救主情意深。葫芦谷里除妖孽，姻缘相连天袭合。"道士念完用手拨开众人，挤到阿娣面前，念声"阿弥陀佛"，赶忙从怀里掏出一瓶神水，向阿娣脸上喷洒后，就听阿娣哎哟一声，长吁一口气儿，霍地站起身来，在灯火照耀下，见面前一位云游道人，正在阿娣瞧着道人发愣时，道人将刚才的词儿，又叨念一遍。阿娣是一个非常聪明的女子，何况又是神的点化，她一听便明白了，慌忙撩裙跪在地下，给云游道人磕头。道人口里又念道："降妖法，记心中。牛骨精，用火攻。"道人说完飘然而去。阿娣再叩拜，感谢阿布卡恩都力。站起身来忙问："葫芦谷在何处？"

赛花儿回答说："离此地有百十余里，那里山高林密谷深崖峭，狼虫虎豹甚恶，而阴风嚎叫，瘆杀人也，故人们均不去此山，都是绕道而过，今少主，是我救命恩人，他遇难我愿陪姐姐前往。"

阿娣一听，喜出望外，让兵士给赛花儿牵过马来，两人骑马，赛花儿在前边带路，阿娣在后边紧跟，快马加鞭，奔葫芦谷而去。虽然是黑夜，这段路赛花儿熟，马又有夜眼，飞跑的速度还是很快的。大约跑了四十多里路的时候，听见前面有人喊："少主阿骨打，你在哪儿？"等跑到跟前儿一看，原来是肖达户等人，因为肖达户领着肖阿妹母女骑着马儿，走走停停，一道上呼唤着，没有目标地寻找，当然很慢了。阿娣撵上他们，将云游道人的词儿一念，他们心里也有了底，这才六匹马齐奔葫芦谷。

阿娣来到葫芦谷外，见一座高山，山下有一道深谷，如同葫芦一般，故名葫芦谷。从前人们经常到此狩猎，自从闹妖以后，人们就不敢来了。此时天已大亮。只见谷里雾气弥漫，他们站在谷口上，往下一瞧，谷深有数十丈。从雾气中寻觅阿骨打，一点儿也看不见。阿娣心急呀，就放开嗓门儿大喊："少主阿骨打！"这喊声在山峦里回荡。听听，没有阿骨打的回声，她又喊，"少主阿骨打！"连喊三声，阿骨打才从深谷里回答："哎！我在这儿哪！"因为阿骨打被妖风刮起后，他只觉得迷迷糊糊地被刮进这山谷，之后他睡着了，这是被阿娣唤醒，迷迷糊糊地不知自居什么地方，用手揉搓着眼睛，听出是阿娣的声音。他回答的声音还没落，从深谷里发出"哞——嗷"的吼叫声，震颤着天空山峰，这吼叫声立刻唤来了狼虫虎豹，齐奔山谷而来。阿娣嘱咐说："护卫好赛花儿！"随后大声高呼，"少主，我下去救你！"阿娣将身一悬跳进雾气弥漫的深谷之中，为救阿骨打，真将生死抛于九霄云外。

因为深谷拢音，阿骨打听得清晰，在谷里忙喊叫："阿娣千万不要下来！"喊声刚出口，举目见阿娣如同仙女一般，腰佩宝剑，身背弯弓，在雾气中飘然而下，可把阿骨打惊坏了。一来担心阿娣摔坏了；二来他发现"哞——嗷"之声是从深谷旁边的洞里传出的。当他发现阿娣下来的时候，同时也发现从黑洞中钻出一个傻大黑粗三分像人七分像鬼的怪物，两眼瞪得如鸡蛋大，龇牙咧嘴，在乱纷纷的长毛头上长有两根粗角。阿骨打已顾不得降妖，赶忙用手去接阿娣。阿娣一下子落在他的怀中。阿娣红着脸说："快，快放火！"妖怪已向阿骨打扑来，可是还没等扑到阿骨打身上，见阿娣跳下来，妖怪龇牙咧嘴，大舌头伸出老长，舔舔大厚嘴唇，哈哈大笑说："好啊，给我送个美人来！哈哈。"随着妖怪又一声"哞——嗷"嚎叫，从崖上飞下来毒蛇和金钱豹，妖怪说，"你们来了，那小子交给你们吃肉；美人交给我，我拉她进山洞。"妖怪的话还没说完，阿娣洒脱地将深谷里多年积聚的干柴燃着了，这火焰一蹿多高，如同火龙一般。燃得干柴噼啪山响。毒蛇惊吓得蜷曲着长身子，翘起高高的头，想往崖上爬。金钱豹嗷的一声，跃向空中，想要逃走，就听嗖嗖两支箭同时射在金钱豹两只眼睛上，这是阿骨打和阿娣不约而同发射的，金钱豹从高空跌落深谷之中。

妖怪由于被阿娣给迷住了，见火燃起来，开始一愣，见金钱豹悬跃在空中，被阿骨打和阿娣用箭射下来，它可急眼了，嗷的一声向阿骨打扑来。阿骨打怕伤了阿娣，将身子从火焰中腾跃过去护阿娣，将妖怪一下闪进火焰之中，吱啦啦，烧得它哇啦暴跳，嗷的一声飞腾在空中。只听嗖嗖又是二箭齐奔妖怪，不偏不倚，全射中妖怪的两只大眼睛，疼得它嗷嗷直叫，坠落在火坑之中。它在火焰中折几个个儿，嗷的一声，又腾在空中，又听嗖嗖两支箭声，阿骨打的箭射在妖怪的咽喉上，阿娣的箭射在妖怪的前胸上。妖怪嗷叫两声，在空中折几个个儿，坠落在火焰中，这火苗更旺了。阿骨打慌忙跃在谷崖一棵树上，喊叫："阿娣，快，快往上跳。"阿娣伸过手去，阿骨打伸手拽住阿娣的手将阿娣拉在树枝上。阿骨打又将身子一跃，跃到另一树枝上，阿娣伸手够不着，就用弓作为拉手。他俩一点一点往上倒着，下面这火苗儿像火舌，吞卷着，蔓延着，眼看快燃到阿骨打他们攀登的下边，燃烧得他身上直冒汗。阿骨打要是自己早腾跃出深谷，现在得想办法将阿娣拉上去。正在阿骨打着急的时候，见那条毒蛇被上边肖达户他们拦截的，奔他来了。阿骨打赶忙将阿娣拽到别棵树枝上，对阿娣说："看我结果它，再向上攀登。"阿骨打嗖地抽出宝剑，刚要去斩毒蛇，只听轰隆隆连声响，在毒蛇爬处，滚下很多大石头，将毒蛇砸向深谷里，惊吓得阿娣哎呀一声。阿骨打甚是惊疑，赶忙攀登去一瞧，可将阿骨打高兴坏了，只见露出一山洞，前后透明，从山洞就可以出去，不用再向上攀登了。他大喊说，"阿娣！天赐山洞，可出此谷，不用再往上攀了。"阿骨打高兴地又攀登回来，伸手将阿娣从树枝上抱在怀中，嘱咐说，"阿娣，你搂住我的脖子，千万搂住。"阿骨打左手搂住阿娣的腰，用右手向左侧一步一步攀登着，阿娣紧紧用手搂着阿骨打脖子，身子紧紧偎在阿骨打身上，两只脚儿在空中悬着，脸儿紧贴在阿骨打右脸颊上，两颗心贴在一起，同时在跳动。阿骨打小心翼翼地攀登到山洞口，一步迈进洞中，两人栽倒在石洞中。在阿娣脸色绯红，心跳得要蹦出来的时候，忽然瞧见石洞壁上几行字儿，大喊说："这里有字儿！"阿骨打急忙站起身来一瞧，口里念道：

冻死牤牛几千年，日精月华成为精。
乌金盛世妖灭亡，神风托来阿骨打。
灭妖除害兴邦业，葫芦谷里凤姻缘。
阿骨打唐括天配定，患难兴业理乾坤。

歪歪扭扭的这么几行字，阿骨打这么一念，将阿娣羞得满面通红。她从家来找阿骨打的那股子劲儿，此时说不上跑哪儿去了，脸上发火，心里发热，不瞧阿骨打，心里好似丢了什么，但眼光和阿骨打眼光相碰时，好像触上电流，抬头，低头，眼神互相交换。她准备的一肚子话，要一点儿不留的全倒出来。可她嗓子眼儿像有一种什么东西噎住了，干嘎巴嘴儿，一句话说不出来。

阿骨打这颗僵化的心，被阿娣终于给揉温开了。他感到阿娣不仅容颜美，而且是生命的寄托者，上次没有她喊叫，自己早已死于非命；今天在这危急时刻又是她救了我。原来我们俩是天配良缘。阿骨打是对阿娣越瞧越美，越想越爱，终于一把手将阿娣抱在怀里，好似重新认识似的，两眼盯在阿娣的脸上："阿娣，你爱我吗？"

"少主，你在哪呀？少主，你在哪呀？"

葫芦谷上面急坏了肖达户等人，七吵八喊将阿骨打、阿娣从美梦中惊醒。阿骨打扯着阿娣一溜风似的跑出石洞，站在山梁上，向肖达户喊："我们在这儿哪！"肖达户等人吃惊地跑上山梁，询问灭妖情况，忽听西北上，呼隆一声响，一股黑烟直冲云霄，将众人吓了一跳。

第七十章　夜审海东青

阿骨打陪同阿娣去唐括部，一路上平民百姓都把阿骨打当成"小活神仙"，焚香跪拜，要是能亲眼见到阿骨打真感到一生有福。平民百姓都知道阿骨打出巡，剿灭了强盗，除妖灭怪，拯救苍生，真是神威大振，路过嘎珊部落，百姓都口颂："阿布卡恩都力，空齐！空齐！"

这天来到唐括部，百姓欢迎更甚，家家门口供奉着木主，焚香跪接。阿骨打来到阿娣家，从院落一直到院外，挤满人群。阿娣、阿骨打拜见阿娣父亲刘速，见刘速病体已渐好，他俩就放心了。可是部落长唐括突粘来见阿骨打时，面带忧容，经阿骨打追问再三，才言说近两天出个无头案，审理不清故而牵肠挂肚。

原来唐括部有户奴隶主，名叫里拉活。今年二十五岁，他这片家业是继承阿玛的，并也学他阿玛出外经商，因额娘早亡，家里妻当家。里拉活有两个弟弟，二弟名叫拔搂罗已娶媳妇，为人憨厚老实，每天就知道领奴隶干活，媳妇更老实巴交的，一竿子都大不出个屁来，每天领女奴隶做饭、纺织，闷哧闷哧干活儿，连句闲话儿都不说。三弟名叫挞不留，年方十五岁，住在他阿玛的房子里，也是单门居住，哥仨儿他住在当中，平常不言不语，爱好打鱼摸虾，抽空儿练习武艺，一点讨人嫌的地方都没有。但就是老三这孩子夜间被人杀死，什么痕迹都没留下，经过多次询问盘查，杀人凶手无从考查，连一丁点儿怀疑地方都找不出来。部落长恳求阿骨打此来，帮助断清此案。

阿骨打牢记阿布卡恩都力点教："民心顺天，根兴业茂。"就答应要破此案。

这天阿骨打由部落长陪同，到死者屋中察看。见死者住两间房屋，外有房门，内有屋门。阿骨打一了解，死者晚上两道门全闩上，窗户也关得严实。而且死者被杀后，门窗全插得严严实实。这杀人凶手是从哪儿进去的？甚是蹊跷。阿骨打将屋全察看了，见西壁下面用木顶的架子放在地下，上边设炕，是供奉祭祀祖先的，死者死在地下，赤身裸体，头部被砍伤两刀，流血过多而死亡。

阿骨打又问："挞不留有财产吗？"

部落长摇头说："他阿玛没有单独给他留下财产，因有遗嘱哥仨儿不准分居另过。"部落长略有所思地说，"不过前些天，听说挞不留有颗宝珠，有'千金不卖'的话。这话是从他二哥口中传出来的。挞不留死后，这颗宝珠让他大嫂收起来了。"

阿骨打又问："收宝珠的事儿，是你问的，还是你看着她收起来的。"

部落长说："发现人死后，他二哥将我找来，他大嫂哭嚎对我说，挞不留像她亲弟弟一般，连得颗宝珠都让她收藏。"

阿骨打心里琢磨，她大嫂说的话儿，证明挞不留没死时，就将宝珠交给她大嫂了，那么这"千金不卖"的话儿又从何而起呢？阿骨打决定找他二哥拔搂罗唠唠。阿骨打一见，就知这个人憨厚老实，憨厚的脸皮儿，憨厚的眼神，憨厚的嘴唇，有一指多厚向外翻愣着。俗话说，一脸傻气。见着阿骨打一句话不说，灌铅脑袋一低。

阿骨打问道："挞不留被杀，你都听到什么动静啦？"

拔搂罗摇摇头说："没听到。"

阿骨打又问："挞不留什么时候对你说的宝珠千金不卖？"

拔搂罗寻思会儿说："挞不留在涞流水捞获颗宝珠，显摆[1]，问能换多少奴隶和牛？我大哥真要给他卖这颗珠子，他笑嘻嘻地摇头说千金不卖。"

阿骨打又问："你大哥咋说的？"

"我大哥劝他卖了，换来的金子全给他。他也不干。"

阿骨打问："宝珠放在什么地方？"

"放在什么地方？整天揣在怀里，怕飞了似的，一会儿用手摸摸，吃饭那么会儿，还摸好几次。"

阿骨打又问："挞不留什么时候将珠子放在你大嫂那儿收着？"

拔搂罗将嘴一咧，摇头说："不知道。含着怕化了，揣着怕丢了，收着怕跑了，恨不能一直用手攥着。嘿嘿，谁知道了。"

拔搂罗这席话儿，说得阿骨打倒吸口凉气，感到挞不留被杀的原因就在此，他又深深感到，老实人说老实话，一点儿不假。阿骨打又来找

---

[1] 显摆：东北方言，炫耀。

挞不留大嫂。这妇女年方二十岁，长得细眉大眼，也有几分姿色。不过从眼神看，见不出这女子狡诈阴狠毒辣之感，倒像很温柔贤淑的女子。她见阿骨打后扑通就跪下了，两眼泪如雨下，悲痛地说："少主要替我弟弟报仇哇，他从小失去额娘，我十五岁进门就给他缝补衣衫。没想到，他，他被杀了！"

阿骨打问："挞不留被杀，你听到什么动静没有？"

"啥动静没听到，要听到能不喊人吗？"

阿骨打又问："你是怎么发现挞不留被杀的？"

"哪是我发现的，是他二哥早晨发现海东青嘎嘎叫唤，将窗纸都扑棱坏了，不知何故，就招呼他弟弟。喊半天，也不吱声；拽门，门插着。蹬个木墩子往里一瞧，吓得他咕咚倒在地上，没好声地喊'挞不留被杀死了！'吓得我腿都不好使了，好半天才走出屋，上好几次木墩才上去，扒窗一望，哎哟，挞不留像血人似的，我两眼一黑，也倒在地上不会动弹了。他二嫂别看岁数小，人小心大，她跑去将部落长找来了。"

阿骨打又问："海东青现在哪里？"

"咳，哑巴畜生也知悲哀。自从挞不留被杀后，它不吃食了，谁抱去又飞到屋子里蹲得可老实啦。"

阿骨打又问："里拉活出去多少日子了？"

"已经快两个月了。"

"什么时候回来？"

"哪次出去都得四五个月，有时半年。"

"这宝珠什么时候让你收着的？"

"在老三被杀前两天交给我的，他让我好好收着。我还开玩笑地说，稀罕①够了，再还你。他咧嘴笑笑。因为这珠子我说过他哥哥，弟弟稀罕你就让他玩吧，干吗着急卖，稀罕够了，再换金不一样吗？"

阿骨打又问："珠儿现在何处？"

挞不留大嫂从箱子里找出珠儿，交给阿骨打。阿骨打接过一看，也就是一般珍珠，没有异彩地方，就说："先放我这儿吧。"

阿骨打问完挞不留的大嫂，就去看海东青。见海东青浑身的羽毛馇馇着，蹲在木架上，将大长嘴儿插到羽毛里，缩着脖子，紧闭双眼，一动不动，旁边放的食物原封未动。阿骨打走到近前，用手摩挲着它的羽

---

① 稀罕：东北方言，喜欢。

毛问："海东青，你咋的了？"

海东青睁开眼睛，瞧见阿骨打扑棱站起来，嘎嘎鸣叫两声。

阿骨打说："我来给你主人挞不留报仇，你能将杀人者说出来吗？"

海东青好像懂得人语似的，又嘎嘎鸣叫两声，蓦地跳在阿骨打肩上，又鸣叫两声，从两只眼睛里滚出好几颗泪珠儿，落在阿骨打的肩上。阿骨打、部落长都大吃一惊，见挞不留大嫂显露出变颜变色着急的神态，伸手去抱海东青说："那是少主，你哪能往肩上落，有罪呀！"她刚要抱下去，阿骨打说："你不能抱它，我要将它带走。"说着带着海东青离开挞不留的屋子，对部落长说，"等我琢磨琢磨再商量破案的事儿。"说完各自回去。

阿骨打带着海东青来到刘速家，对阿娣将询问经过说了一遍，并说对海东青非常感兴趣，要破此案，非海东青不可。阿骨打让阿娣参加，共破此案。

阿骨打与阿娣将海东青带到无人之处，放下海东青。海东青规规矩矩地站在那儿。阿骨打问它："是谁杀的挞不留你知道吗？"海东青嘎嘎鸣叫两声后，忽地飞在空中，向西北方向飞不远，又飞回来，在阿骨打头上嘎嘎盘旋鸣叫。阿骨打一下明白了海东青之意，立刻吩咐快备马来。立即有人给阿骨打、阿娣备好马匹。他俩骑上马，海东青向西北飞去，阿骨打、阿娣尾随其后，骑马相随。海东青在空中飞呀飞呀，它飞飞停停，停停飞飞，等候阿骨打。飞过背阴沟又向西飞去，一直飞到涞流水起源头上，落在涞流水岸边。阿骨打、阿娣赶到后，它顺着涞流水又往前飞。飞到有座漫山，像个雀嘴似的，它落在上边。等阿骨打赶到，海东青从山上飞下来，嘴含一物，落在地下吐出来。阿骨打在马上见是颗闪耀光泽的珍珠，慌忙下马。他刚下马就见这珠儿在地下骨碌碌儿地旋转，转得阿骨打眼花缭乱，眼冒金花儿。正在这时，突然这珠儿变成个美丽的姑娘羞答答地跪在阿骨打面前，两眼滚落着晶莹的泪珠儿。

阿骨打问道："你叫什么名儿，有啥冤枉，细细对我说来。"

这姑娘抽抽搭搭地回答说："我名叫珠儿，生长在涞流水，多亏挞不留救了我。"接着珠儿叙述了她被猎鱼者打捞后抛扔在岸上，忽有老鹰来啄食它的危急关头，挞不留一箭射跑了老鹰，将它救下，抛入水中，珠儿又获得了新生。相隔五年后，珠儿长成了，为了报答挞不留的恩情，它特让挞不留获得它，晚上变成姑娘，向挞不留吐露爱意，与挞不留跪在祖先面前永不分离。从此珠儿夜夜陪伴挞不留，他俩相亲相爱，挞不留才说出千金不卖的话。自从里拉活走后，挞不留嫂子夜间经常到挞不留这里纠缠，以关心为名来勾引调戏。开始从房门进来，后来干脆从地下进来。原来挞不留西墙根底下有个地洞和里拉活那屋相通，这边供祖先木主全是木架、木杌，将洞口盖上了。她晚上过来只要轻轻一挪架板，便钻进这屋。这天晚上，挞不留大嫂小半夜的时候突然又钻过来了。珠儿和挞不留睡着了，忽然听到："好啊！原来搂野女人睡觉！"挞不留惊醒，珠儿一惊，现了原形，变成光闪闪的宝珠。挞不留嫂子一把抓到手里，得到宝珠要跑，挞不留一见红眼了，跳在地上要宝珠。他嫂子说啥不给，拿宝珠要从地洞回去，挞不留拽着嫂子不撒手。他嫂子急眼了，抄起墙边上放的刀，咔嚓一下子砍在挞不留的头上，随手又是一刀，砍死了挞不留，才钻洞中将上边木板用手将洞口盖好，回到她屋。她心惊肉跳地开门出去，将珠儿扔在井中，多亏海东青将珠儿从井中含出来，飞到高空，星夜将珠儿放在荒无人烟涞流水旁的山嘴里，今日又是海东青让它向阿骨打诉苦说明挞不留被杀情由。

阿骨打、阿娣听得目瞪口呆，心里转念，原来有这样的女子呀，真是人心叵测。阿骨打想到这儿，对珠儿说："今天晚上我夜审杀人者，替挞不留报仇，你能当面对证吗？"

珠儿说："你先不审杀人者，先审海东青。这原委根由我都向你说了，虽然海东青不会说话儿，你就说它说的，接着你将我放在袖筒里，喊声珠儿，我会出来对证，看挞不留大嫂还有啥说的，当众认罪也就是了。"珠儿说到这儿又两眼流泪说，"少主，我还有要求，断清案后，千万要将我和挞不留埋在前面土丘上，我俩仍然有夫妻情分。若干年后，也就是兴金时，还给少主添员虎将，记住，他名叫乌珠，到时自有阿布卡恩都力指点于你。"说罢叩头后，还了原形。阿骨打收起宝珠，带着海东青回去后，立即通知部落长，阿骨打夜审海东青，要将挞不留哥嫂叫齐，参加阿骨打审问破案。

阿骨打夜审海东青一下在唐括部传开了，男男女女老老少少全挤在挞不留院里。这户奴隶主院落很大，正房六间，房屋里里外外点的明堂蜡烛。挞不留这屋靠北面放着桌，阿骨打和部落长并排而坐，阿娣坐阿骨打身后。正好脸朝外，将窗子全部摘下去，群众挤在窗外，真是里三层外三层，风雨不透。挞不留大嫂脸朝西站在屋门口左侧头一名，第二名拔撅罗，第三名拔撅罗媳妇，她们都面对西墙柱，柱前早已焚上香，香烟缭绕。这三人面目表情是：拔撅罗夫妻流露着心惊胆战，都低沉着头，好似他俩是杀人的凶犯。而挞不留大嫂显得非常坦然，不时地向外面围观的群众张望。

部落长站起来大喊说："大伙静静，审问海东青开始啦！"

部落长话音刚落，阿娣将海东青抱在炕边上。它站在炕边上，昂着长脖儿，瞪着两只眼睛，一动不动地候审。外面群众哗然。

阿骨打高声问道："海东青我问你，你和挞不留同住这屋子里，谁杀的他，你是最清楚了，要向我如实说一遍！"

海东青像懂人事似的，嘎嘎，嘎嘎叫。阿骨打一边记一边称赞："讲得好！讲得好！"

不仅围观的群众感到惊奇纳闷儿，部落长坐在那儿也目瞪口呆，明明是海东青嘎嘎鸣叫都是一个音，阿骨打怎么听到耳里就是话呢？真神人也，但能否断清此案，人们心里画着魂儿。

阿骨打问了半天，从怀里掏出一颗珍珠放在桌子上，问："海东青，你看是这颗珠子吗？"

海东青探探脸儿，嘎嘎几声。

阿骨打说："啊，不是这颗珠儿，好！"阿骨打说到这儿，突然将脸一扭，大声喝问道，"挞不留大嫂，你将挞不留那颗宝珠放哪儿啦？为啥用假的来欺哄于我，快讲！"

这突如其来的审问，将大伙儿都吓愣了，鸦雀无声，眼神全集中挞不留大嫂脸上了。可挞不留大嫂面不改色气不长出，温和地回答说："我也不知真的，假的，挞不留让我收留的就是这颗珠儿。"

"住口！"阿骨打霍地站起来问道："到底是挞不留让你收的，还是你抢走的，快如实讲来！"

挞不留大嫂仍然沉着坦然地回答说："确实是挞不留亲手交给我，让我收留的。"

阿骨打又问海东青说："海东青，你听到没有，她不承认，你能不能将真珠儿唤来对证？"

海东青嘎嘎两声。阿骨打大声说："好，快将真珠儿唤出来对证！"海东青抻着脖儿嘎嘎几声，就听这地上噼里啪啦连声响，闪射的光辉将屋子照得通亮，直晃人们的眼睛，外边的群众虽然没见着珠儿，闪耀的光辉是全看见啦。

阿骨打让阿娣将地下的真珠儿拾在桌子上，目的让大伙儿看看，验证我阿骨打是否在此扯谎。这珠儿往桌上一放，那颗珠子可减色了。外面哄起来了，那颗是东珠，这颗是宝珠，倒不一样噢。不怪说挞不留得颗宝珠，谁也不给看，真是宝贝哟！

阿骨打又问海东青说："你说的就是这颗吗？"

海东青又嘎嘎两声。阿骨打说："就是它。"他扭过头又问挞不留大嫂，"你听到没有，这颗才是真宝珠儿。你为啥抛扔了？从实招来！"

挞不留大嫂冷笑一声说："回少主，如果挞不留给的或者抢的也好，我再傻也不能将到手的宝贝抛扔了！"她的话引起外面有人共鸣，说得在理儿。

阿骨打断喝一声："为啥抛扔，你自己心里明白，现在让宝珠自己和你对证！"阿骨打将满脸怒容变成笑吟吟的面孔对宝珠说，"宝珠，现在是你说话儿的时候了，还不快向我如实诉来，又待何时？"他话音刚落，就见这宝珠儿在桌上骨碌碌乱转，闪耀着五光十色多彩缤纷的光辉，一下转出桌往地上落，人们瞧着心立刻悬起来了。一眨眼工夫，宝珠变成个俊俏美丽的姑娘，站在阿骨打面前，将围观的人们一个个全惊傻眼了。

这姑娘撩起衣裙，扑通跪在地上，呜呜哭泣着说："叩见少主，替奴家严惩杀我丈夫的凶手！"说罢轻盈地给阿骨打磕头。

人们又一惊，怎么宝珠还有丈夫，也被杀了？哎呀！阿骨打又多起案子。

阿骨打说："你不要啼哭，站起来讲话。"姑娘站起来后，阿骨打又说，"你叫什么名儿，你丈夫是谁？因何被杀，从头至尾详细说来！"

珠儿从头至尾将挞不留如何救她，使她才生长成才，投奔挞不留，两人相敬相爱，结为永不分离的生死夫妻。是挞不留大嫂这个淫妇，趁丈夫出外，引诱挞不留，遭到挞不留拒绝，终至发现珠儿与挞不留同眠，怀恨在心，将珠儿抢走。挞不留与其嫂争夺珠儿，狠心的淫妇将挞不留砍死，见珠儿已成人形，怕暴露她的淫性和杀人罪行，将珠儿抛进井中，多亏海东青从井中将珠儿救出等事控诉一遍。最后珠儿说："木主底下地里有洞，这是里拉活早挖的为监视阿玛金银财宝放在那儿的监视洞，如今变成淫妇偷奸杀人洞，不信，你们看！"

阿骨打当即令拔揆罗掀看验证，果然有洞，拔揆罗举着火把钻进洞中，拿出大嫂的血衣和血刀扔在大嫂面前。这淫妇一见脸唰地一下子白了，腿一软，跪在地下，汗流浃背低下了头。外面群众咬牙切齿唾骂声四起，唾沫差点儿将挞不留大嫂淹死。

阿骨打问淫妇："你还有啥说的？珠儿说的是不是实情？"

淫妇浑身筛糠地说："全……全是实……实情……"阿骨打令人杀之。

阿骨打夜审海东青名传千古，珠儿借尸变为真人，阿骨打无情珠有情，终于结成鸳鸯留乌珠，此是后话。

阿骨打按照珠儿要求将挞不留和珠儿埋葬在涞流水的山丘上后，这丘陵变出一座兀山，人们称这山为珠儿山流传至今。

珠儿山就是现今双城大桥东侧的山。

第七十一章　艮岳镇山

阿骨打向肖达户等人介绍葫芦谷里灭妖的事，正讲得有滋有味的时候，忽然从西北上传来轰隆隆连声响，震得大地直颤。阿骨打惊疑地顺声望去，只见一股黑气直冲云霄。他哎呀一声："不好！又有妖魔出现。"阿骨打马上要去察看。阿娣劝阻阿骨打说："今日人困马乏，到现在谁都没吃饭呢，还是改日再去吧。"她这番话的含义，一是阿骨打去她不放心，二来她还没有去看望父亲，也没有将阿骨打父亲给的东西送到耶懒部，内心想要拉着阿骨打同往，她没好意思说出口。阿骨打一听，阿娣说的也在理儿，决定回到庙儿岭歇息。

阿娣将毛茸茸的大眼睛一眨巴说："那，那我就不能去了？"

阿骨打不解地问："为什么？"

"你额娘让我给舅父送的东西还没送去哪！"

阿骨打说："那忙什么？"

阿娣笑吟吟地说："早晚也得送去。不如咱俩送去，一来你这当外甥的给舅父请安问好，二者咱们休息，反正也得奔那边去。"

肖达户接过说："对！我们回庙儿岭休息，你陪阿娣送东西去，我们带兵去耶懒部落找你去。"说罢肖达户等人便走了。

阿娣见肖达户走了，将嘴一努说："还说喜爱我哪，都不把俺放在心上！"阿骨打反问说："我咋没将你放心上？"

"那你为啥不陪我去看望阿玛的病？"

阿骨打才想起来，阿娣这次出来主要是看望阿玛病的，也是神仙支使，没有先去望父，而是先来找我，救了我的性命，立刻感到内疚地说："对！我陪你去看望阿玛。"阿骨打才赶忙高声大喊告诉肖户达晚来一天，并将他的马牵来。吩咐完，阿骨打马上要奔唐括部。阿娣一把手将他拽住了。阿骨打疑惑地问："你不着急看阿玛去吗？"

阿娣瞪阿骨打一眼说："我还有话要问你。"

"问吧。"

阿娣低沉着头，话儿没出口，脸先憋得通红，问道："你是真心吗？"

"哎呀！阿布卡恩都力指点，天意能违吗？"

"你阿玛、额娘要是不同意呢？"

"你放心，我说明石洞这首词儿，你又三番两次救我性命，他们心也是肉长的，哪有不同意之理？"

"那咱俩什么时候……"阿娣说到这儿的时候，脸比红纸还红噢。

"什么，什么时候，干啥？"阿骨打假装不解地反问。

阿娣急得直跺脚儿，抬头瞪一眼阿骨打："这你还不明白？"

"我真不明白你说的是啥？"

阿娣急得转身就走，边走边说："不明白，拉倒。"

阿骨打撵上去，一把拽住阿娣说："我明白了，你问的啥时候走，咱们就走！"说完大步流星向前奔去。阿娣跑上两步又一把手将阿骨打拽住："不是，不是呀！"

"是什么？"阿骨打头也没回地问。

"是妖怪！"忽然谁憨声拉气地回答说。

阿骨打和阿娣都大吃一惊，赶忙撒手顺着声音找去，见背后有位白胡子老人，笑嘻嘻地眯缝着眼睛望着他俩。他俩不好意思地全红了脸。老人哈哈大笑转身走了，边走边唱道：

> 双阿并蒂，骨娣金辉。
>
> 除妖灭怪，为民除害。
>
> 民心顺天，乾坤尧舜。
>
> 火炼真金，根深叶茂。

阿骨打听罢老头之歌词儿，慌忙撵去，口呼："愿听阿布卡恩都力施教！"扑通跪在地下磕头。白胡子老头回身惊愕地喊声："妖怪来了！"阿骨打跪在地上一回头，只听山下七吵八喊："可不好啦，妖怪来了！妖怪来了！"等他再回头，白胡子老头已不见了，又往空中磕头，感谢阿布卡恩都力教诲，站起身来，惊喜地对阿娣说："你听明白了？"

阿娣才如梦初醒，慌忙跪在地上磕头后，对阿骨打说："这是阿布卡恩都力点化咱们，要除妖灭怪，为民除害，民心归顺，成其大业，现在妖怪在此兴风作浪，看阿玛事小，灭妖怪事大。走！快去看看，是何等妖怪扰乱民众。"说罢两人下山。阿娣牵过马来，见前面又慌慌张张跑过来几个人，他俩迎上前去，拦住询问："见着何样妖怪？"

一位四十来岁的人，上气不接下气，气喘吁吁地说："刚才突然大山崩开，那大石头都飞上了天。接着冒起一股黑气。离老远看这山峰不见了，出现一个又高又大的家伙，那鼻子有一丈多长，不论翘起来还是耷拉下来，好似一个泉眼，往外喷水呀，眼看地全淹了，谁敢到跟前，吓得大伙全逃命啦！"

阿骨打问："离此地多远？"

群众说："过前面这道山崖，阴沟前面便是。"

阿骨打和阿娣同骑一匹马向前奔去。一路上见不少逃跑的民众，群众都七吵八喊地对阿骨打说："不能往前去，山崩，崩出个妖精来！"群众阻止他俩。阿骨打没有回话，因他心里正琢磨山崩，崩出个妖精来，好像在帽儿山学艺，艮岳真人对自己说过这事儿，只顾回忆这个，群众的喊声，他过耳不留。阿娣骑在马的后屁股上，内心里沸腾着，回味着刚才白胡子老头的话儿，越想越感到自己眼光不错，阿骨打将来非成为皇帝不可。她听到群众的劝阻，开始也没介意，可她心里一翻个儿，耳里响起白胡子老头的话儿："民心顺天，乾坤尧舜。"对呀，群众不认识阿骨打呀，我不说群众怎么知道。阿娣想到这，便大声招呼说："喂，你们不要恐慌，少主阿骨打救你们来啦！你们不要恐慌，少主阿骨打除妖灭怪，救你们来啦！"

阿娣这喊声，回荡在山谷和空中，热在群众的心中。逃跑的群众停住脚步，望着马上的阿骨打，心里热乎乎的，一个接一个地喊着："喂，别跑啦，少主阿骨打救咱们来啦！"互相呼喊着，群众掉转回头，又往回跑来。

阿骨打和阿娣快马加鞭来到阴沟这面停住马，举目向前面山上一望，见山崩那座秃山，变成一个庞大的家伙，脑袋看不太清楚，这大鼻子却吓人，有丈余长，摇摆着，从鼻孔里喷着大水，山下已成一片汪洋。这水哗哗地向山这面的阴沟里流淌，连阴沟都快满了。这时四面高岭上全站满了群众，众目睽睽地盯着这位久闻大名的年轻少主阿骨打前来除妖灭怪。

阿骨打瞧看多时，想要用箭射距离太远，他就骑马绕道，绕在怪物正面高岗处，拔出一箭，拉满弓弦，一箭向着大长鼻子射去。阿骨打的箭法真是百发百中，就听当啷咔嚓一声，一箭将长鼻子冒水旁边崩个豁口。可不好了，这水流得更大啦，这怪物像发面馒头似的往起鼓哇，地动山摇，隆隆直响，惊吓得群众炸山了，撒腿就跑。

"可不好啦，要天塌地陷了！"

"快跑吧，妖怪要下山了！"

阿骨打和阿娣也惊吓得面色煞白，差点儿栽下马来。随着地颤山摇，这马儿也站不稳了，蹬蹄嘶叫，眼看整个山脉要崩陷，周围群众的生命财产受到威胁。阿骨打和阿娣的生命也危在旦夕。在这紧急关头，阿娣忽然从马上跳下来，跪在颤抖的大地上，磕头祈祷。阿娣这个举动，一下子将阿骨打被惊呆了的心沸腾起来，忽然想起艮岳真人给他佩带新锁时说："你下山后，如遇到地动山摇危急时刻，将锁打开，按锁行事。切记，不遇这危急时刻，不要轻易开锁。"阿骨打一想，今天正遇到这危急时刻，也慌忙跳下马来，跪在地上。他刚下马，这马儿嘶叫一声，放开四蹄嘚嘚地逃跑了。阿骨打感到危在旦夕，慌忙从脖子上摘下金锁，打开一看，里边有个小条儿，上边有行小字："活龙窝集，摇颤欲崩，生灵危急，艮岳慈悲。"阿骨打跪在地下，高声连念三遍，磕头祈祷。忽然传来呜呜吼叫声，将阿娣吓得瘫在地上。阿骨打顺着声音一瞧，只见艮岳真人骑在斑斓猛虎上，从东南方悬跃在这道山峰上。阿骨打高兴地喊："师父，师父！"向山上磕头。阿娣听说艮岳真人来了，也向山上艮岳真人磕头。见艮岳真人手里拿着像根针似的东西，往空中一扔，变成像个大棒槌似的，后边还歪歪着。只听咔嚓一声响，恰如霹雳一般，震天动地。这根棒槌立在怪物东面丘陵上。说也奇怪，这怪物不动了，这大鼻子也不摇摆了，水也没了。看得阿骨打和阿娣直眉瞪眼。

艮岳真人骑着虎儿，跃到阿骨打面前，将阿娣吓得哎呀一声，躲在阿骨打身后。阿骨打说："别怕，这是我师兄。"阿骨打说着跪在地上给艮岳真人磕头，又让阿娣拜见艮岳真人。这时群众又从四面八方跑来，站在高处观望。

斑斓老虎见着阿骨打这个亲啊，将两爪搭在阿骨打身上，好像跟阿骨打说话似的。

阿骨打请教艮岳真人说："这长鼻子到底是何怪物？为啥能动摇整个大地呀？"

艮岳真人用手一指说："这道山脉名叫硕多库，开天辟地的时候没有这道山脉。在很早很早以前，南朝有位官儿，得罪了皇帝，皇帝一怒，将他贬在塞外严寒地带。这人名叫岳横（艮），他牵着个大象驮着东西，奔塞外东北来了。这岳横真有志气，决心要到这荒无人烟的寒冷地带生存，他骑着大象走哇，走哇，走到这里，全是冰天雪地。一天，走到这道山脉时一瞧，不知什么时候跑来的马牛，排成大队，冻死了。但这些马牛，站在这儿龇牙咧嘴，笑着而死。这年特别冷，这些马牛被冻得越冷越砌堆儿，堆成这道山脉。这位岳横牵着大象，也来到这块儿，正好这儿有个空地，它挤在这儿，一动不动也冻死了。后来火山爆发，大地滚动，石头土滚落到这些马牛象的地方，将它们全埋上了，便变成这道硕多库山脉。"

阿骨打惊奇地问："那位岳横冻死没有？"

艮岳真人笑笑说："那岳横被东北猛虎驮走，跟它共同生活去了！"

阿骨打还想追根刨底儿问，艮岳真人摇头说："我只能告诉你这些，这些畜生的骨骸经过几千年的日精月华，现在都变成了妖怪，一动全动，将会出现山崩地裂。也是你洪福齐天，镇妖压邪，来此巡察，还没等到成熟日子，它们惊吓得颤抖，才出现这个现象。现在已被我用镇山针钉住了，从今后再不会出现地动山摇了。"艮岳真人说到此，嘘一声，虎儿乖乖站在他面前，他骑上虎，对阿骨打说："我去也，后会有期。"这虎儿吼叫悬空眨眼无影无踪了。

阿骨打和阿娣跪拜送走艮岳真人。站起来后，阿骨打略有所思地说："哎呀，这岳横就是艮岳真人……"

后人将艮岳真人钉镇山针的地方取名为歪脖子岭，这象鼻出水的地方称为象鼻子岭。据说这道阴沟被象鼻子水流出背阴河，还有牛头山、马鞍山等山名。

第七十二章　阿娣成婚

阿骨打与阿娣的爱情终于得到劾里钵夫妇的同意。赫达氏非常喜爱阿娣，她不仅贤淑、聪明，而且武艺超群、智力过人。

单说择日迎娶的事儿，劾里钵经过昃官①反复核对择定于辽大安二年七月十六日为阿骨打完婚。头一两个月就开始筹办，阿骨打的嫂子与阿娣是同一部落的人，两头张罗。乐得阿骨打养母兰洁嘴儿都合不上了。各部落知道阿骨打是活的阿布卡恩都力，是不凡的人儿，听说他要成婚都想亲自前来贺喜，也是借此巴结。大伙儿张罗忙得脚不沾地儿，可阿骨打就像没有这么回事儿似的，他到仍然带着护卫到各部溜达。

眼看喜日快到了，还没见着阿骨打的影儿，兰洁可沉不住气了。这天她找赫达氏说："你将宝贝儿子藏哪儿去了？就剩几天到喜日子啦，你不让他回来，还在外边东跑西逛啊！"正说着阿骨打嫂子气喘吁吁地进来了，对阿骨打母亲说："我才从唐括部回来，阿娣的阿玛还管咱要人哪，还没成婚就将人留下不放，还让不让人家准备准备啦？"

赫达氏一听，大吃一惊，变颜变色地说："你还不知道吗，阿娣为准备婚事早就回去啦。"乌雅束媳妇说："是呀，我也这么说。可刘束伯伯说，至今未见阿娣影儿呀！"这下可惊坏了赫达氏，赶快找劾里钵询问。劾里钵和乌雅束带兵也出去了。急得赫达氏心里像盆火，都啥时候了，不给儿子张罗成婚，打仗、巡逻也不看看火候。新郎、新媳妇不知哪去了，这婚咋结啊？

赫达氏又赶忙去找颇剌淑国相，询问阿骨打、阿娣到哪儿去了。颇剌淑说："阿骨打领几名护卫去纥石烈请活离罕去了。阿娣不知道，她没跟阿骨打去。"

赫达氏一听，忙派快马一匹，去活离罕家去问。大约有一顿饭工夫，

---

① 昃官：观测天时地貌的官员。

去问信的人回来了，向赫达氏说阿骨打和活离罕进山打猎去了，要为婚礼增添点新鲜的野味儿。赫达氏忙问："阿娣也去了？"回信的人回答说："就少主自己去的，没见到阿娣格格。"

赫达氏一听更发毛①了，阿骨打和活离罕打猎去了，管咋的有个影儿呀，可阿娣哪去了？得赶快给娘家送信儿，随即又派人去唐括部送信儿。去的人回来说，阿娣全家一听都哭了，担心出啥事儿了，根本没见到阿娣的影儿。赫达氏一听找人要紧，立刻派出去十几个人，骑着快马，各处去寻找阿娣，并转告阿骨打，阿娣不见了。寻人的人打发走之后，赫达氏心还在空中悬着，忙洗浴焚香祈祷，请晃官前来。赫达氏亲占一卦，晃官一看是神卦，复卦六爻一，六爻皆阴；复卦第一爻为阳，表示阳气剥尽而复，属七日来复。随向赫达氏贺喜说："此卦甚吉。阿娣万无一失，是逢凶化吉卦，请福晋放心，近日即归。"赫达氏一听，心中稍安，随又叩头祈祷观世音菩萨保佑阿娣平安而归。

这边着急，女方更急，成婚事小，女儿失踪事大。阿娣阿玛刘速可毛鸭子②了，除打发人出去寻找外，他自己也带病骑马出去寻找。他骑在马上想，阿娣能到哪儿去呢？她有一身好武艺，一般野兽是靠不到她跟前的。刘速想来想去担心坏人暗算于她，或者遇上强盗了。想到这儿，他骑马奔磨棱梭答库活龙窝集找去。主意拿完了，刘速快马加鞭驰去。他正驱马飞驰，忽见前面飞来一匹快马，这马像箭一般飞腾而来。刘速离远端详这马上的人，像阿娣，就勒住马候等。不一会儿这马已来到刘速眼前儿，一看正是女儿阿娣，刘速埋怨说："你可将我们吓坏了！你到哪儿去啦，婚期快到了，你还没影儿了，也不和家说一声。"

阿娣勒住马，慌慌张张跳下马，向父亲问安后，将嘴巴紧贴在阿玛耳朵上喊喊喳喳，说些话儿，还没有蚊子声音大哪。她阿玛侧耳细听，越听神情越紧张。直听得脸儿煞白连身上的皮肉都紧张起来。听完话儿，他上了两次马才上去。连天、地、风、云都感到奇怪，出啥事儿了，父女俩骑着马分道扬镳，飞驰而去。再说阿骨打额娘虽然占卦问卜，晃官说是吉卦，可心里总不落底，更何况兰洁老来打听，真成了热锅上蚂蚁，坐不住，站不稳，屋里屋外打磨磨。一会儿出去望望，越望越生气，不是别的，派出去十几个人，一个也没回来，心中暗骂，都从马上掉下摔

---

① 毛发：东北方言，心里发慌。

② 毛鸭子：东北方言，心情慌乱。

死啦。正在赫达氏着急的时候，唐括部刘速打发人告诉说，阿娣已回去了，按时迎娶。赫达氏疑惑地问："阿娣这些天到哪儿去啦？"来人回答说："听说和少主进山打猎去好多天。"

赫达氏心中有些不高兴，认为阿骨打日常非常孝顺，懂事儿，到哪儿去都告诉他。要成婚了，领媳妇打猎去也不说一声呢？再者，阿娣回去了，阿骨打也该回来了，怎么还不见影儿呢？不管咋说，还得张罗，准备灯彩。成婚的气派比乌雅束成婚时气派大。赫达氏为阿骨打成婚，特到辽国和宋朝赶了两次榷场，不惜巨金，换来了世上奇珍异宝。在器皿中，有金制的，也有银制的，既有琉璃制品，又有砗磲制品，什么玛瑙、玫瑰、珊瑚、珍珠等，当时称为八宝，样样不少，将洞房布置得五光十色，色彩缤纷。

成婚的前一天，阿骨打回来了，和额娘刚照面就到国相府去了。才知道劾里钵、乌雅束全回来了，都在国相府议事。好半天才回来，一个个喜笑颜开。赫达氏刚要说几句埋怨话儿，嗬！不知从哪儿弄来一帮吹鼓手，在门口"咚锵"喇叭号声一齐响，这在当时还真是首创。头天叫"响棚"，部落里的亲友即至。劾里钵以酒肴饷客，名为"落棹"。七月十五日这天，挂彩悬灯，设午宴，名为上弓席。宴罢，阿骨打披红挂彩，列仪仗，前面有八匹对子马，阿骨打乘素辇，后有彩辇随之。彩辇里坐一小儿为压轿，后面鼓乐喧天相随，周行于完颜部落，名叫"晾轿"。晾轿后，出南门在荒郊设供桌，跪拜祖坟。十六日丑时迎娶，仪式和晾轿时相同，只是压轿者换成娶亲奶奶。鼓乐喧天奔唐括部而去。

来到唐括部刘速家，娶亲的人稍饮，等待新人易装毕，新人阿娣由阿骨打抱上彩辇后，随阿骨打素辇同行。刚出唐括部不远，阿骨打吩咐将轿停下。他和阿娣同时下轿，洒脱地脱去新装，露出里边的小打扮。和对面马上的人儿换乘后，鼓乐喧天地往回走。刚走到中途，突然四面八方传来喊杀声。阿骨打在马上高喊停乐后，他拎起大锣，"当当当"敲了三下，从怀中抽出旗来摇了三摇，猛喊一声："杀啊！"立刻从道路四面跳出无数的兵丁，人人手持弯弓，万箭齐发。敌人见中了埋伏，而且伤亡很大，急忙转头往回跑。就在这时，完颜部的骑兵从四面八方突围过来。阿骨打和阿娣也追杀上去，杀得敌人人仰马翻。

你道这是谁来偷袭阿骨打？原来是卜灰联络几个部落的人马，企图趁阿骨打娶亲冷不防打他个措手不及，将阿骨打杀掉。事有凑巧，这天阿娣回家，筹办婚事，来到这地方，离老远就听见这声，有两个骑马的在兜圈子。她心里很纳闷儿，这地方是沼泽之地，深草没棵的既不能狩猎，又不能捕兔，这两人骑马在这儿兜什么圈子？阿娣这几年和阿骨打学得也非常机灵，遇到什么事儿心里也画好几个魂儿。她就注意这两个人的行动。等她骑马到这儿的时候，这两个小子也正好兜到这条道儿上。阿娣一看，不认识这两个家伙，其中有个小子笑嘻嘻地问阿娣说："格格，哪儿去呀？"

阿娣撒谎说："接阿玛、额娘去。"

"到哪儿接去呀？"

"他们到庙上降香快回来了，迎接他们去。"

"你是完颜部的吗？"

"啊。"

"听说阿骨打要娶媳妇，是吗？"

"那还假，定于七月十六日。"

阿娣回答完，心里更画魂儿啦。心想，他问这个干什么？就不以为然地骑马过去了。她一想不对劲儿，这俩小子鬼头鬼脑的，准有隐情，便从马上下来假装紧马腰带，暗中瞟上这两个小子。这两个家伙正好往东北方向去了，她就在后边跟下去，因为奔庙儿岭也顺路。走在半路上，忽然见前面一匹快马飞奔而来，见和刚才这两个小子打个照面，飞驰而过。离阿娣不远时，阿娣才看清，是活离罕。活离罕见是阿娣，勒住马问："阿娣，你一个人要干啥去呀？"阿娣将刚才所见对他说了。活离罕说："刚才这两个家伙是不术鲁部的，其中大个儿叫卜灰，他要趁阿骨打娶亲时，乘其不备，突然袭击，这是他领人来看地形。"

阿娣吃惊地问："你怎么知道？"

活离罕笑着说："这是活的阿布卡恩都力布置我的任务，让我去私访。这不刚才回来，卜灰不认识我，我认识他呀。"

"少主咋知此事儿？"

活离罕说他在我家夜观天象，见不术鲁部有杀气，才让我来私访的。

实际阿骨打晚上在观天象时，见不术鲁部尘土飞扬，直冲云端，是卜灰在训练兵马，准备偷袭阿骨打，被阿骨打识破，才打发活离罕去私访，果不出所料，就来个将计就计。

阿娣一听就随活离罕奔纥石烈部。三人研究后，才分头秘密到各部组织兵力，埋伏于此。劾里钵、乌雅束、辞不失等组织骑兵在外圈拦截，致使卜灰大败，才引起下次复仇大战。此是后话。

打败卜灰的偷袭，赢得不少马匹，这些兵丁全成为娶亲的，鼓乐喧天，阿骨打和阿娣又换上了新衣，钻进辇里，浩浩荡荡地回到家，彩辇来至门前，门前设有火盆，令新媳妇阿娣烤手，并以宝瓶盛米，令两名少女递给新媳妇阿娣携之。将一块红巾覆在阿娣头面上，阿娣胸怀铜镜，然后扶之出辇。院庭中设天地桌，桌上放置香烛供品，并立弓矢和秤于斗中。扶阿娣踏红毡行至桌前，与新郎阿骨打同拜天地。地铺红毡直达洞房，阿骨打踏毡前行，阿娣随之，洞房门槛置一鞍，阿娣跨鞍而过时，阿骨打随手揭去阿娣盖头抛之屋顶。遂入洞房上炕，面朝吉方而坐，名曰坐福。同时有人另饰阿娣装束后，行合卺礼，吃子孙饺子，长寿宽心面。巳时，劾里钵夫妇接受各部落长和亲友以及文武官员贺礼。劾里钵大声喊着："战斗的婚礼，大家同喜！"随后设下宴席后，阿骨打偕阿娣出拜祖先，又拜灶神。然后拜阿玛、额娘，尊长，叫分大小，再拜室友，具行叩首礼。窗外鼓乐喧天。阿娣娘家送亲至，劾里钵夫妇迎之。午时，设午宴，名曰正席。劾里钵筹办得极其丰盛。劾里钵夫妇端酒到各桌敬酒，名曰要杯。随后阿骨打引阿娣拜席。晚上阿骨打与阿娣共食汤圆。是日阿娣不准便溺，否则无福。这晚阿骨打与阿娣旧情新欢自不必说。

次日，阿娣以女红献翁姑及尊长，姻娅有差，名曰散箱。从此，留下女真——也是满族的婚礼，越搞花样越多，一直流传至今。

第七十三章　掏心救主

　　说的是阿骨打和阿娣成婚后，心里凝结的疙瘩越来越大，总感到不解开，心里难受。什么疙瘩哪？就是他的养母兰洁，阿骨打从小就是兰洁抱着，哄着，擦屎裹尿，真是对他无微不至的照顾。现在兰洁才三十多岁，独守空房，有多么可怜啊。奴才也是人，别说人，禽兽还知自寻配偶，这是天性，所以阿骨打就让阿娣去和额娘说情，让兰洁找男人成婚。

　　阿娣沉思半天，说："兰洁姐要是成婚，就得离开咱们了吧？"

　　阿骨打说："人家找了丈夫，还能住在你这吗？"

　　阿娣一听，眼泪落下来了。阿骨打吃惊地问道说："你怎么啦？"阿娣说："我舍不得兰洁姐离开我！"

　　是呀，阿娣自住到阿骨打家里来，始终和兰洁朝夕相伴，从未离开过，而且兰洁对阿娣照顾又那么好，冷不丁听说要给兰洁找主，离开她，阿娣确实有些舍不得让兰洁离开，才流下泪来。

　　阿骨打望着阿娣说："我也是舍不得她离开我们。我从小就是人家将我拉扯大的。不过，我见她太可怜了，摊着那么一个败类的赫虎丈夫，将其亲生儿子害死，还要杀其母，前来告发温都部欲反和夫的罪行，卖身为奴养其婆母。我母见她怪可怜的，她抚养我这么多年，也舍不得她离开我们。可她才三十多岁的人，难道就让她总守寡吗？"

　　阿娣擦擦眼泪，说："还是少主说得对，不能只想我们自己，得为兰洁着想，独守空房，她心不怎么难过呢！我看咱俩一起去向额娘说明，额娘会开恩的。"阿骨打才领着阿娣去见额娘赫达氏。对额娘一说，她额娘赫达氏，用眼睛看看阿骨打，又望望阿娣。笑呵呵地说："我正犯愁哪，怕你们俩舍不得兰洁，直到今天，我还没对你们俩说。我已给她找个主儿，背地里透露给她，兰洁口说不同意，离不开你们俩，可我品着，也动心啦，准备再和她说说。"

阿骨打听额娘这么一说，乐得跳在炕上，一把将额娘抱住，说："额娘，你真好！我以为你非不答应，还不得说，她是奴隶，成什么婚？没想到额娘想到我头前去了。额娘仁慈之心，儿不如也！"

阿娣接过问道："额娘，但不知欲将兰洁许配何人？"

赫达氏说："此事起根发觉还不是我，是你阿玛。他见兰洁自从到家来了之后，就像自己家人似的，用他的话说，比他的妾都关心家，兢兢业业地让咱们省不少心。他想是否将她许配给管院子的赤金？他俩年龄相当，都对咱们忠诚，问我如何？你阿玛说了之后，我翻来覆去地思索好久，主要担心你们俩，怕兰洁离开你们，再找不到像兰洁这样的人，服侍你们！今天你们俩来这一说，我心里开开两扇门，咱娘们想一块儿去了，这事就好办了。这回我和兰洁挑明说说，看她的意见如何？"

赫达氏当时找兰洁一说，兰洁扑通跪在地下说："老主娘，我兰洁有何不到之处，愿受责罚！"

赫达氏慌忙拉起兰洁说："汝领会错了，这是国王之意，而又有我和阿骨打夫妻的意见，见你三十多岁守着寡，为国尽力，为你婆母卖身，品德可嘉也。让汝和老实厚道的赤金婚配，过个幸福生活，我们老少辈想到一块去了，你这不是该然如此吗？"

兰洁一听，又给赫达氏跪下了，两眼流泪地说："我身愿请老主娘做主，可我的心，得由我做主，即或将我许配赤金，我也不离开王府，愿侍候老主娘和少主终身！请老主娘答应我的请求吧！"说罢给赫达氏磕响头。

赫达氏赶忙拉起兰洁，说："我答应你的要求。"接着赫达氏又找管院子的赤金，和他一说，感动得赤金也一门给赫达氏磕头，说的话儿跟兰洁一样，好像他俩一鼻孔出气一般，串鼻子啦。赫达氏将兰洁、赤金两人的话儿，对阿骨打一说，阿骨打和阿娣乐得直拍巴掌。阿骨打说："额娘！我俩已给她安排好了，就在兰洁住的房子和赤金成婚！"

赫达氏听后，脸唰下子撂下来了，阴云密布，沉默不语。

阿骨打见额娘将脸撂下来了，就吃惊地说："额娘！这样安排，你不同意吗？"赫达氏双眉一锁，望着阿骨打，说："她是奴隶，这样安排好吗？再说，和你住在一院，成何体统？"

阿骨打说："额娘，人家自愿欲侍候您老终身，让她到别的地方去住，怎样实现她的诺言呀？再者，奴隶和我住一个院不好？额娘，我和兰洁一起相住多少年？现在兰洁仍和我们住在一个院，有什么不好？"

赫达氏被阿骨打说得张口结舌，沉思半晌说："待我与汝父王商量后再定！"赫达氏和劾里钵一说，劾里钵同意。就这么着，兰洁与赤金成婚啦。劾里钵还当着王府的官员说："兰洁、赤金两人，忠于我一家，已赦其转为平民，按我的家属对待。"感激得兰洁、赤金痛哭流涕，对劾里钵更加忠诚了。

劾里钵、赫达氏和阿骨打、阿娣都拿兰洁、赤金像兄弟姊妹似的对待，吃的、用的、穿的都一样，从不隔心。俗话说，人心是肉长的。主人这样对待他们，他俩反而更仔细了，舍不得吃，舍不得穿，只知从早到晚干活。

光阴似箭，日月如梭。这年劾里钵一病不起，劾里钵的儿女们沉痛父王病重，哭鼻子抹泪的，自不必说。要说最痛苦的还是兰洁和赤金。他俩见国王劾里钵病重，背后不知流了多少眼泪，饭吃不下，暗中祈祷阿布卡恩都力，要是能让国王劾里钵病好，就是将他俩的心掏出来，能治好国王劾里钵的病都行。两人天天夜间焚香祈祷到小半夜方才进屋就寝。

单说兰洁和赤金这天晚上又跪祷小半夜，两人才进屋睡觉。睡着后，两人同时做个梦，梦见阿布卡恩都力对他俩说："要治好国王劾里钵的病，非赤金的心不可，如果赤金肯将心掏出来，让国王劾里钵吃了，病马上会好的！"

兰洁、赤金同时惊讶得醒来，一说，两人同做一梦，甚是惊愕，两人抱头痛哭，此乃天意，也应对主报此恩德也！赤金抱着兰洁说："兰洁，我掏心报主，死而无怨，只可怜汝之命太苦也，年轻守寡，为婆母卖身为奴，承蒙国王劾里钵和少主阿骨打赦咱俩为平民，成为伴侣。十几年来，恩爱相处，共报主恩，我今掏心报主，望你自己要多加保重，精心照顾阿骨打夫妇吧！不要以我为念，咱俩到阴间时再相伴为夫妻，永不分离！"说着泪如雨下。

兰洁搂抱着赤金说："夫啊！依妻之见，还是掏我之心，救主报恩！"

赤金说："汝咋说起傻话来，阿布卡恩都力明明白白地说是掏我心救主，岂能逆天而行？望你将我心及时献给国王劾里钵，让他的病早日康复，我死已瞑目矣！"

兰洁又说："汝还有啥要求没有？"

赤金说："记住，我掏心死亡之后，要给我穿身雪白的衣服，到阴间见阎王也好说话，说明别看我是奴隶，后赦为民，可我一生是洁白的，什么错事没干过。为奴是被掠掳而来为奴的，虽然掠为奴，我也心甘，从未做过昧着良心的事儿，好心得了好报，赦我为民，与汝成婚，今奉阿布卡恩都力之命，掏心报主，我毫不迟疑，阎王决能宽恕于我，让我等你来时，再为夫妻。"

两人相抱痛哭如同泪人一般。直至东方放亮的时候，赤金才手持一把尖刀，对准前胸左侧心房就是一刀，只听咔嚓一声，将软肋豁开，单说他豁的这个正道，只见他的心腾下蹦跳出来，蹦到外边还直跳哪！兰洁事不宜迟，她双手捧着赤金的心，连跑带颠奔劾里钵寝室而去。

劾里钵正病得沉重，眼看就要断气了。只听赫达氏哭哭啼啼地呼叫说："国王！国王！你不能上天，你得等二儿阿骨打回来呀。他不回来，你上天，阿骨打会哭坏的呀！"其他人也跟着这样呼叫。

"国王你有救了！"就在这时候，忽听外面有人喊叫，大伙儿一愣，都惊疑地抬头往外观看，见是兰洁跑进来了，血淋淋的两只手里捧着一颗心，吓得人们哎呀一声，不知所措。

兰洁跑到炕前，扑通跪下说："启禀主娘，昨夜我与赤金继续为国王祈祷，赤金我俩同做一梦，梦见阿布卡恩都力对我俩说，国王吃了赤金的心，病马上会好的！所以赤金掏心报主，让我送来救国王！"

众人一听，甚为感动，尤其是赫达氏，激动得眼泪像河水似的，哗哗往下流，对劾里钵说："难得赤金，用自己的生命来救国王呀！"说着将赤金的心切成片儿，撬开劾里钵的口，说也奇怪，喂里一片，劾里钵口一动，就咽到肚里去了。气越喘越大了，等将赤金的心吃完，劾里钵霍地坐起来了。真好了。当劾里钵听说是赤金掏心救主的事儿，劾里钵两眼流泪说："赤金为我而丧命，岂不知我已五十多岁的人了，没有多长的寿命了！"

兰洁按照赤金生前的要求，给他穿身雪白的衣服埋葬了。文武官员均为其送葬。哪知，劾里钵吃了赤金的心，只多活五十天，阿骨打从辽朝回来后的第二天，劾里钵就一命归天。

劾里钵死后，兰洁一连哭晕了好几回，她后悔要知掏心救不了劾里钵，何苦让赤金掏心哪！

劾里钵出殡那天，兰洁哭死在劾里钵坟上，阿骨打也给兰洁穿身雪白的衣服，和赤金并骨了。阿骨打亲自安葬完兰洁后，他一眨眼的工夫，从坟里飞出两只白家雀，在阿骨打面前喳喳叫。阿骨打惊疑地问道："白家雀，白家雀，我问你，如是兰洁、赤金变的，跟我归家去！"

　　两只白家雀果然点头喳喳叫着，阿骨打头前走，它俩在后边飞，有时落在阿骨打左右肩膀上，一边一只喳喳叫唤。

　　阿骨打带回去，准备放在屋里饲养，谁知，两只白家雀飞到他房上，絮窝繁殖，阿骨打家的白家雀越来越多。

第七十四章　安春水

　　阿骨打有一天饭后信步来至安出虎水岸旁，见安出虎水冰封雪盖，像条玉带伸向远方，甚是好看。他站在岸上目不转睛地望着，呆愣愣地，不知在想啥。突然，阿骨打被安出虎水惊吓得哎呀一声，撒腿就跑，边跑边喊："再往上蹿，我来救你！"

　　得回是阿骨打自己，如果再有别人非吓坏不可。为啥这么说呢？阿骨打活见鬼了，还不吓人！

　　阿骨打过后自己都说，那天晌午，说不上咋回事儿，眼睁是个大姑娘在冰水里直蹿跶。

　　原来阿骨打望着冰封安出虎水正在出神的时候，冷不丁听到上游哗啦啦、咕咚的声响，将他吓了一跳。赶忙顺着声音望去，只见冰上出个窟窿，一个身穿绿衣裳的姑娘，从冰窟窿里蹿出半截身子，一眨眼又落到水里去了。惊吓得阿骨打眼睛直冒金花，心想，谁家的姑娘，怎么掉进安出虎水里去了，不赶快救她，还不得淹死吗？他才急忙跑去救人，边跑边喊："再往上蹿，我来救你！"

　　阿骨打不顾一切地跑到水窟窿跟前，只见冰窟窿咕噜噜，咕噜噜往外冒着泡儿，阿骨打惊心地喊："闭紧嘴，憋口气，再狠劲往上蹿，我拉你！"

　　阿骨打的声音未落，只听哗啦一声，水蹿起有二三尺高，唰下子开成一朵大冰花，可好看啦，又慢慢落回去了，溅得阿骨打头上、身上全是水花儿。

　　阿骨打对姑娘说："你蹿的劲儿小了，只将水顶出来，你连个影儿没见，再憋口气，往外蹿！"

　　阿骨打喊着，两只眼睛盯着冰窟窿。冷不丁在下边离这个冰窟窿有二三掏^①远处，又哗啦啦，咕咚连声响，阿骨打转眼一看，从那块又出个冰窟窿，见那穿绿衣服的姑娘，又从那个冰窟窿蹿出来半截身子，一晃就不见了。阿骨打毫不迟疑地跑过去了。

阿骨打跑到这个冰窟窿前可没再招呼姑娘往上蹿啊，往上蹿啊，他一头就扎到水里去了。

阿骨打钻进水里，举目一看，见那穿绿衣服的姑娘，被水灌得咕噜、咕噜嘴儿往外直冒泡儿，他担心绿姑娘被淹死，就奋力向前去追救。

阿骨打追着追着，冷不丁见姑娘咕咚、哗啦，将冰撞个大窟窿，还是没蹿出去。阿骨打还是奋力在后边追，追着，追着，绿衣姑娘仍然往冰上一撞，将冰撞个窟窿，还是没蹿出去。

阿骨打在后边奋力追赶，都顾不得身上、脑袋被大鱼撞得大包小瘤的，蜇辣辣地疼啊！可他心里越追越感到纳闷儿，心想，凭我阿骨打的水性咋就追不上这绿衣姑娘呢？难道是我心急手脚慢？阿骨打可就使上他水里技能了，他游泳一般人是追不上的呀，可不管阿骨打使用什么高超技术，前边的绿衣姑娘始终距离那么远，就是追赶不上。

人怕心迷一窍。按理说，阿骨打追赶不上不说，要真是姑娘落水，不早就淹死啦，她咋能淹不死呢？再说，姑娘落水，几口水不就灌蒙了，早去抓底浮了！咋还能在水中游呢？话又说回来了，一个姑娘落在水里，怎能咕咚，哗啦，隔二掏远就将那么厚的冰顶撞出个大窟窿，顶破那么多个？难道姑娘长个铁脑袋不成？阿骨打就没分析这些，只认准绿衣姑娘是落水的，非将她救上来不可，这就叫心迷一窍！

阿骨打就这样，在水里追呀，追呀，也不知他追多长时间，才见这绿衣姑娘从冰窟窿里蹿出去了，他也毫不迟疑，也从冰窟窿里蹿出去了。

阿骨打钻冰窟窿里去救绿衣姑娘，家里人不知道，见阿骨打没回来，他媳妇阿娣可就毛了，到国王府一问，没见阿骨打去，一问护卫，说他吃完饭奔安出虎水去了，就打发人到安出虎水去寻找。

安出虎水静静地躺在那儿，不时地破出个冰窟窿咕咚哗啦响，连个人影没有，上哪儿找阿骨打去？

没找着阿骨打回去了，人们更加纳闷啦，阿骨打到哪去了？听人说，阿骨打就在安出虎水岸上站着来的，阿娣一听，亲自到水边来找，见阿

① 掏：一胳膊的长度。

骨打躺在冰上，身上水淋淋的，衣服都上冰碴了。阿娣吓得浑身颤抖，心想，阿骨打这是怎么了？赶忙连声呼叫，阿骨打一声不吭，牙关紧闭，奄奄一息，只剩下一口气。

人们七手八脚地将阿骨打抬回家中，他母亲赫达氏令人赶快熬姜汤，熬好后，给阿骨打灌碗姜汤水后，阿骨打的肚子里才咕噜咕噜响，接着放几个屁，赫达氏向阿娣说："这回就好了，寒气赶出去了！"

果然，阿骨打放几个屁后，他哎呀一声，睁开眼睛问道："绿衣姑娘如何？"他额娘和阿娣不知阿骨打说的啥意思，他额娘赫达氏接过说："什么绿姑娘，青姑娘的，你干啥来的，把我都要吓死了！"

阿骨打霍地坐了起来，愣呵呵地望着额娘说："怎么，你们没有将绿衣姑娘救回来呀？"

额娘赫达氏一听，知道阿骨打准是遇到什么玄虚事情，就反问说："你先说说绿衣姑娘是咋回事儿？"

阿骨打就将他饭后到水边去溜达，忽见从冰窟窿里蹿出一位穿绿衣裳的姑娘，他咋到水里去相救的事，从头至尾对赫达氏、阿娣叙说一遍。

阿娣听后，嘴尖舌快，马上接过说："胡诌八扯，冰雪封河，怎会掉进去绿衣……"

还没等阿娣说完，赫达氏给阿娣使个眼色，不让她再说下去，赶忙接过说："阿娣不知，听兵士说，他们已将绿衣姑娘送家去了！你快躺下，出身汗，把寒气全驱出去就好了！"

赫达氏说着就将阿骨打按倒在炕上，给盖上被子捂上了，就听阿骨打自言自语地说："绿姑娘得救就好了！"

赫达氏将阿骨打按躺在炕上，悄悄将阿娣拽到一边悄声说："快打发人将萨满找来，看样儿，阿骨打是中邪了，不然他哪能跳到冰窟窿里去，什么绿姑娘，青姑娘的呀！"

阿娣的心里也早犯疑惑，心想，阿骨打这不是活见鬼吗？听老婆婆这一说，她更加提心吊胆，擦眼抹泪出去打发人找萨满。

萨满来了后，女巫请下神来，说阿骨打冲撞了一位横死门槛外的女鬼。"女鬼缠身，必有灾星！得由萨满驱赶鬼魂后，焚香烧纸病才能好。现在病人正处于神志昏迷，满口胡言乱语状态之中……"

赫达氏满应满许，只求将阿骨打病治好，咋的都行。许下之后，就到屋里去看阿骨打。阿骨打正如萨满说的，睁着眼睛胡言乱语。

"用劲往上蹿！"

"憋口气，狠劲往外蹿，我去拉你！"

赫达氏走到阿骨打跟前，阿骨打头上赶上火炭了，都烤人。就给阿骨打往上拉拉被儿，叨念说："冤死鬼！只要你不摩挲我儿，让他赶快好，我一定多给你焚烧纸钱！"

就在第二天正晌午时，卫兵给阿骨打送进来一丸药和一个字条儿。阿骨打稀里糊涂地接过来，刚接过手，阿骨打扑哧笑了，说："绿姑娘，你得救了，我就放心了……"

停了会儿，阿骨打又笑呵呵地说："啊！汝叫安春哪！我记住了。怎么，吃了这丸药，我就会好的！"阿骨打说着，将手中的药丸真填嘴里去，嚼巴嚼巴，一抻脖儿，咽肚里去了！又停了会儿，阿骨打说，"安春！你走啊，我不送你啦，有时间来串门儿……"

吓得赫达氏和阿娣身上直打冷战，悄声叽咕阿骨打在和谁说话？没听说谁叫安春呢？还是阿娣有心眼，就将卫兵拉到一边，悄声问道："你拿的药，是谁送来的？"卫兵说："是一位身穿绿衣裳的姑娘送来的。她说，听说少主病了，送来一丸药，还有个字条儿，交给我，嘱咐说，要将药丸和字条亲自交到少主手里，千万别交给别人。说完她就走了。"

阿娣听后，眼冒金花，心里扑通，糟了，女鬼公开来了，吃她的药，能不能……

阿娣三步并作两步走，跑到屋时一看，阿骨打坐在炕上，像好了似的，笑呵呵地看手里的字条哪。阿娣惊喜地问："你好了？"

阿骨打说："我原来也没咋的呀！"

阿娣将嘴儿一努说："还说没咋的，身上都烫人，睁眼说瞎话，没睡不认人，将额娘和我都要吓死了！"

阿骨打笑呵呵拿着字条说："原来我是在追安春哪！"

阿娣不解地问："谁叫安春？"

阿骨打说："我念给你听：安春安出虎，春风紧相跟。追春冰融化，冰消化安春！"

从此，阿骨打管安出虎水改叫安春水。传开以后，人们也叫开安春水了。

第七十五章　阿术火出

阿骨打在年轻的时候，自己动手，在院子里搭个凉亭子，一到夏天，屋里闷热的时候，他就到凉亭里凉快，或者睡午觉。单说有一年夏天，阿骨打在凉亭里凉快，不一会儿觉着眼皮发沉，忽悠一下子，就睡着了。他睡得那个香甜哪。阿骨打睡着后就进入梦乡，他梦见身穿绿衣的姑娘，慌慌张张，惊恐万分地跑来了。阿骨打惊疑地迎着绿姑娘说："安春，你何事这么惊慌？"

安春说："禀报少主，大事不好！"

阿骨打更加惊疑地问道："安春，快说，出啥事了？"

安春说："火崩安出虎，天翻地也覆，万物要遭劫，少主快相救！"

阿骨打吃惊地又问道："安春，你咋知道火崩安出虎？"

安春说："宋朝发现安出虎之地，五彩祥云高空照，此地要出异人，对此甚是害怕，才请了一个道长观后，采取破坏之法。这个妖道长想出一个狠毒的妖法，他发了一个火流星，落在西北山里。火流星和山里的岩石相合，摩擦变成巨大的火岩后，便可将安出虎整个崩毁，一切生物全不存在。自从火流星落山里后，昼夜不停歇，呜呜像拉磨似的，磨炼熔合，民众听后，说山里用两块石盘，磨拉金豆子，实际是火流星与岩石磨炼相熔合，现在快合成了，熔合后，马上就会爆发，崩毁安出虎，少主得赶快想办法救安出虎的万物啊！"

阿骨打吃惊地一把手拽住安春说："我有啥法儿救呀？"

安春说："少主有办法可救！"

阿骨打说："快说，我用啥法儿，可救安出虎？"

安春说："少主，汝按此行事，安出虎就能得救矣！"安春说着塞阿骨打手里一物后，狠劲用力一推阿骨打，阿骨打忽悠一下子，惊醒了，原是一梦。手中果有个字条儿，他赶忙打开一看，只见上面写着："妖法虽然妙，逆天必然夭。安春水南砬，阿术火自出！"

阿骨打手拿字条反复看了好几遍，心中暗想，真乃奇异之梦，不信吧，有字条为证，信吧，山真能将安出虎崩毁？阿骨打琢磨多时，想出个招儿，先到那座山去看看，便知分晓。阿骨打将字条收藏好，便禀报国王，言说到北山去巡察。国王盈哥说："近接民众密报，言说北面有一山，听见山里磨金豆子，山里有盘金磨还有金马驹，金马驹拉着金磨盘，呜呜直响，夜间都闪出光来了。汝顺便前去察看察看，到底是咋回事儿？"

阿骨打说："遵命！"便带着卫兵，骑马前去察看。

阿骨打刚到磨盘山界的时候，就听民众纷纷议论，说磨盘山里，金马驹这几天磨拉得更欢了，不停地呜呜响。有的更加瞪眼胡扯，好像亲眼所见，玄天二地有鼻子有眼睛地说："最近金马驹拉着磨盘不说，见它直劲儿尥蹶子，看样儿，要跳出来，让磨好的金豆子淌出来，送给民众！"

阿骨打听到这些呼声，心里暗想，无风树不响，准是有些说道。

阿骨打来至磨盘山，后夜间，让卫兵牵马在山下候等，自己便悄悄奔山上去了，用他的夜光眼，四处寻觅，忽见南坡闪耀着光亮，阿骨打直至南坡往里一看，身上立刻打个寒战，只见山里头红光照耀，哪来的什么磨盘啊，是一个圆而略扁的大火球，在一块扁石顶滴溜溜转，摩擦发出呜呜山响的声音。阿骨打又仔细观瞧，怪不得火球呈现上边略扁之形，原来，这火球下端已摩擦钻到岩石里去了，所以上面呈略扁之形。

阿骨打心里突然一惊，暗想，这火流星要是全钻到岩石盘里去，八成就是安春所说的，爆崩起来，就将安出虎崩毁了，还有什么安出虎？这是狠毒的妖法呀！阿骨打大骂妖道，汝听信宋朝之言，不顾安出虎的万物之生是阿布卡恩都力所赐，随意毁之，岂不等于要毁阿布卡恩都力嘛！

阿骨打站在山腰，俯身向山下观望，这火球离山下有二十余丈，心想，火流星钻进去，崩出来，安出虎之地得崩飞了！

阿骨打观察明白，哪敢怠慢，赶忙下得山来，带领卫兵，火速回来，直奔安出虎水。阿骨打站在安出虎水旁，心中暗想，安春说安出虎水南有石碴子，这安出虎水都被我踩出平道来了，从未见过有什么石碴子呀？阿骨打又一想，啊！字条儿写得非常明白，安春水南碴，阿术火自出！沿水边向南找，过去没有，为救安出虎，现在有了也未可知。

阿骨打独自一人，沿安春水边慢条斯理地寻去。阿骨打走着，走着，果见前面有个小石碴子，有一人多高，好像从水边新长出来的这么一个雪白的石碴子。阿骨打急步走上前去，一下子怔住了。只见这座一人来高的石碴子上边青烟缭缭，他心想，它怎么还往出冒烟呢？阿骨打贴在石碴子上一闻，清香扑鼻，是香烟之味。他想，难道有人在石碴子里边烧香？

就在阿骨打身子贴在石碴子上，两只手按在石碴子上之时，只觉着他左手按着的是坑坑洼洼的像刻的字儿，赶忙侧身观瞧，当阿骨打将左手撤下来一看，可不是咋的，好像新刻的一般，白底红字，刻着：安春石碴快要开，只盼阿骨打快来，阿术火出念三遍，爽身麻流快离开！

阿骨打按照字意心里琢磨，字刻得明明白白，这石碴子要开，是让我念三遍"阿术火出"。"阿术火出"是啥意思呢？而且下边这句爽身麻流快离开，这一定是指我说的啦。

阿骨打心里一边琢磨，两只眼睛仍盯着石碴子上的刻字。盯着，盯着，忽见在字底下空白的地方，突然冒出曲拉巴拉的小火苗，阿骨打仔细一琢磨，是火苗编写的字儿，只见写着：

> 石碴虽然小，妖道里边存。
> 行术快要满，阿术丧道身。
> 火从地道出，岩石亡其根。
> 念完真言后，速跑别回身！

阿骨打看后，心里立刻豁亮，急忙高声念道："阿术火出！阿术火出！阿术火出！"念完转身就跑，连头没敢回，就听身后咔嚓一声响后，阿骨打才回头观看，石碴子不见了，只见一个妖道被烈火燃烧得唔呀嚎叫，火焰蹿出去半里多地远，霎时焰火映天，满天通红，煞是好看。

从石碴子往外蹿火，蹿有一顿饭工夫。在蹿火时，安出虎周围的民众都跑来，离老远观看，很多人猜疑议论说："糟了，南方人将宝憋去了！"有的用手向火头指着说："没憋去啊！你没看憋宝的被烧死在里边了吗？"

"噢！对了，对了，南方人憋宝没憋好，憋出火来自焚身！"

议论纷纷，说啥的都有。一直等到火焰熄灭了，人们才试探着奔这火焰之处走来。可谁也不敢冒失跑近前去，担心再出火。人们试探往前走，忽见有一人，已走到近前去了。人们才忽地一下子，奔跑而至。

等人们走到跟前，才看清是阿骨打。人们心里明白了，准是阿骨打又破了南方人来憋宝的，就唰地一下子给阿骨打跪下了，齐声说："感谢少主，又破坏一个南方人憋宝的，保护了女真的宝物不受损坏！"

正在人们七吵八喊磕头感谢阿骨打的时候，见阿骨打对着安春水跪下了，口里喊叫说："安春水呀，安春水！多亏你托梦于我，不然安出虎草木皆变成焦土也！"

阿骨打这一喊叫不要紧，就见安出虎水哗啦一声巨响，翻起一丈多高浪花骨朵，这浪花骨朵像朵莲花蕾，向四外一闪，形成一朵白莲花。里边露出一位穿着绿衣裳的俊姑娘，跪在浪花里给阿骨打磕头说："感谢少主，救了安春水，不然安春水将与安出虎同归于尽矣！"

阿骨打说："岂敢，还是安春姑娘救了安出虎！"

安春望着阿骨打笑呵呵地说："水的根淅安出虎，金能生水五行间。邪不侵正天地定，阿术火山永平安！"说罢咕咚，哗啦一声不见了。

民众看得真真亮亮，均给安春水磕头，拜谢仙女。

当人们站起来一看，出火焰之地是个大地洞，洞口直奔水里而去。就见那洞口一点一点收缩了。再看那洞口外面，被火焰烧出一道沟，这沟像个葫芦一般。从此，管这沟叫葫芦沟，管安出虎又称阿术火出，流传至今。

阿骨打从这开始，非常相信梦，为怀念安春，将他的亭子取名叫安春亭。

第七十六章　白附子

安出虎完颜部国王劾里钵，战胜腊醅、麻产后，忽然得了个偏头疼病。这病说来也怪，要说疼，疼得他嗷嗷直叫，翻翻乱滚，急得家里人找偏方、寻药草，咋治也不见好。

将萨满请来，女巫请下神来，说是由于劾里钵杀桓赦、散达妻室儿女一百余口，这些冤魂不散，前来磨索的。萨满是"活神仙"，能不信吗？就烧香许愿，焚纸化钱，打发这些不散的冤魂，让劾里钵早日病好。可是纸没少烧，猪也杀了，愿也还啦，劾里钵的病不仅不见好，反而大发了。没办法，阿骨打对额娘说："额娘，阿玛疼得这样，我瞧着揪心，还是让我到山上去为阿玛采药草，让阿玛早日病好！"

阿骨打的额娘赫达氏用手拉着阿骨打说："儿呀，就看你这次的啦，如果真能为你阿玛找到仙丹妙草，将你阿玛的病治好，咱完颜部就有指望。如果你阿玛他一旦……"赫达氏嗓子被泪咽住，说不出话了。

阿骨打跪在额娘面前说："额娘放心，阿布卡恩都力会保佑咱们的，我一定能采到救阿玛病的仙草！"

赫达氏说："儿呀，早去早回，别让额娘惦记着！"

阿骨打拜辞额娘之后，身背弓箭，腰佩宝剑，就奔郭勒敏删延阿林[①]去了。他走呀走，过了一山又一山，过了一岭又一岭，也不知走过多少座山，翻过多少道岭，蹚过多少道水，走得他又饥又渴，抬头望见前面山坡上有个小嘎珊，住着十几户人家，阿骨打就奔嘎珊走去，想找点水喝，顺便歇歇脚儿。他走进嘎珊一瞧，见家家户户无有人烟，心中纳闷，怎么家家无人呢？当阿骨打走到紧东头时，才听到从把边上这座房子里传出一老妇干咳之声。他就走到门口向里张望，院门开着，便也没叫门就走进去了。

---

① 　郭勒敏删延阿林：女真语，长白山。

阿骨打走到窗前向里一望，见炕上躺着一位年近五十的妇女，披散着半白的头发，不时地咳嗽着。屋里再无其他人。阿骨打心里更纳闷了，便走进屋去，呼唤说："老大娘，你患病啦？"

炕上的老太太连眼皮都没挑，干咳两声说："要剐，你就剐，要杀你就杀吧，我豁出来了！"

阿骨打一听，心里更加纳闷，老太太说的什么话儿，我咋不明白呢？就又说："老大娘！我是走路的，渴了想找点水喝！"

老太太听阿骨打这么一说，才睁开眼睛观看，见阿骨打年纪不过十四五岁，是长得很英俊的少年，用炯炯有神的眼光望着她，她才惊讶地说："孩子，外屋地有水，你自己去喝，喝完快走，别在此长留！"

阿骨打一听，明白了，准是这个嘎珊出啥事了，不然老太太不能这样说，寨子也不能无人啊！阿骨打就问道："老大娘，为何要撵我速走，我走得腿发沉，已迈不动脚步了。"

老太太惊恐地说："孩子，不是我撵你，因嘎珊里出事啦。你越快越好，赶快离开嘎珊，别将小命搭上！"

阿骨打说："不是我多嘴，不知出了啥事儿，大娘能告诉我吗？"

老大娘长叹一声说："咳，孩子，汝有所不知，嘎珊中有户人家，老两口子一辈子只生一个女儿。这女儿长得水灵灵的，像朵莲花似的，老两口非常喜爱她，用嘴含着怕化了，头顶着怕吓着，可说是娇生惯养，又怕风吹着，雨淋着。姑娘长到十四岁这年，忽然，她额娘得个嘴歪眼斜半拉身子不会动弹的病。找萨满来给治疗，驱邪赶鬼，咋治也没治好。她的女儿哭哭啼啼地去到山上为额娘寻找'仙草'，盼望她额娘早日病好。她阿玛说啥也不让她去，说她娇生惯养，从来没离开过额娘，冷不丁让她自己去山里寻找药草，当阿玛的能放心吗？拽着女儿不撒手，说啥不准她去。这姑娘也真有心劲，半夜间趁她阿玛睡着的时候，悄悄离开家，就奔郭勒敏删延阿林去找'神草'。姑娘来至郭勒敏删延阿林后，她走一步磕个头儿，祈祷阿布卡恩都力赐给她仙草，赶快将她额娘的病治好。她爬一步，磕个头儿，祈祷一句。也不知她爬了多长时间，磕了多少个头儿，祈祷多少句话，衣服爬破了，身已变成血葫芦了，她也不知疼痛，仍然爬呀爬，从白天爬到黑夜，再从黑夜爬到白天。爬着，爬着，忽见天南边闪着个亮光，像颗星星似的眨巴着眼睛。姑娘就奔那亮光爬去了。爬着，爬着，就听亮光之处有人招呼她说：'找仙草，奔亮光。天南星，治病症。吃了它，嘴会正，眼不斜，身不瘫，心虔诚，感动天！'

姑娘耳里听到这样的呼唤，高兴得不顾一切地向亮光爬去。姑娘爬到亮光跟前一看，见是一棵戟状箭形的草儿，长在背山坡阴湿的地方，上边结个紫色的焰芭。那光是从草底下发出的。她高兴地大声喊叫说：'我找到仙草啦！可找到仙草啦！'急忙跪下用两手抠呀抠，抠了好半天，才从草根底下抠出个圆圆蛋来。乐得她从地下往起一跳，咕咚一声又倒在地下了。原来不知什么时候，她的左脚被啥给咬去了，都不知道，要不能滚满身血吗？这姑娘也真刚强，咬着牙，带着仙草爬回来的。"

阿骨打听到这，急忙问道："她额娘的病治好了吗？"

老太太又干咳两声说："听我说呀，她额娘吃了，果真嘴不歪，眼不斜，能走能行了。这事立刻传扬开了，被温都部猛安留窝可知道了，因他阿玛也得了这种病，非和姑娘要这仙草不可。姑娘采回的仙草全给额娘用了，还失掉一只脚，上哪儿给他再采仙草去？留窝可就威胁说：'限三天之内，如不交出仙草，要将你这嘎珊杀个鸡犬不留！'今天是第三天啦，吓得嘎珊人全跑了，就剩我这孤老婆子，反正有病，要杀就杀，要剐就剐，随他们便了。所以说，孩子你呀，喝点水赶快离开，别被这恶鬼给杀了！"

阿骨打说："大娘，你放心，我是专治恶鬼的呀，不要怕他们！"

老太太一听，立刻将眉头一皱，不满意地望着阿骨打说："咳！小小的年纪，咋能说大话哪。我凭好心告诉你，让你快走，你寻思我跟你说着玩哪？快逃走吧！"

老太太话音未落，就听外边有呼喊骂叫之声："他娘的，这人都跑哪去了？"

老太太一听，着急地催促阿骨打说："你快跑吧，从房后奔山，不然就没命啦！"

阿骨打也没顾得老太太的催促，他刚要说什么，忽然闯进两个兵丁，狐假虎威地说："知不知道采药的姑娘藏哪去了？不说实话，将你们全宰了。"

阿骨打说："汝等吵喊什么？快让留窝可来见我！"

两个兵士一听，扫一眼阿骨打，嘴没说心想，好小崽子，口大也不怕闪了舌头？便冷笑一声说："先打发你去见阎王吧！"说着，一刀向阿骨打砍去，吓得炕上老太太嗷声喊叫说："要杀就杀我吧，他是路过的孩子，杀他干吗……"还没等老太太把话说完，只听当啷啷一声，兵士的刀已被阿骨打踢落在地。另一个兵士又是一刀，也被阿骨打踢在手腕上，刀掉落在地上。两个兵士见阿骨打虽然年岁小，武艺高强，吓得窝头就往外跑，边跑边喊："可了不得啦，出个小妖精！"他俩刚跑出去，就见猛安留窝可气势汹汹地来了，问兵士说："你们叫喊什么？"

两个兵士一说，留窝可气势汹汹地喊叫说："先将他杀了！"

阿骨打已从屋里蹿出来，迎着留窝可说："杀吧，我来也！"

留窝可见阿骨打不过十三四岁，长得很精神，身背弓箭，手持宝剑，心想，这孩子是谁呢？就问道说："汝是谁家的崽子，敢打我士兵，啊？"

阿骨打说："留窝可汝好大胆，竟敢强迫民女采集仙草，不给还要杀戮全嘎珊，岂不违背完颜之法吗？还不请罪，难道还要杀人掳掠吗？"

留窝可一听，心内一惊，他是谁？一般平民说不出这种话来，肯定是有来头的，便又问道："汝是哪里的狂犬，敢出此言？"

阿骨打说："我乃女真国王劾里钵次子阿骨打是也！"

留窝可吓得身上打个冷战，说："汝就是下山救父，活捉麻产的阿骨打少主？"

阿骨打说："正是！"

吓得留窝可扑通跪在地下说："不知少主驾到，当面领罪！"

阿骨打说："汝知罪吗？"

留窝可说："知罪！知罪！"

阿骨打说："汝知罪就好。起来，马上令兵士将逃躲的平民全找回来，就说我阿骨打在此！"

留窝可哪敢怠慢，马上吩咐兵士到山上各处喊叫，终于将平民们呼喊回来，阿骨打才发现采药的姑娘像仙女一般被大伙儿簇拥抬回来了。

阿骨打迎上前去，跪在采药姑娘面前，说："我乃女真国王劾里钵次子阿骨打，特来拜见孝感动天地的姐姐来了！"

众人一听是阿骨打，惊吓得都给阿骨打跪下说："汝是'小神主'，我们就依仗你保佑生存了！"

阿骨打让众人起来，当即对留窝可说："要想赎你的罪过，今后将这孝心女子一家吃的、穿的、用的包下来，全由你供养，行吗？"

留窝可跪下说："只要饶恕我，我一定好好供养这位'仙女'。"

阿骨打方又问采药的姑娘叫啥名儿，才知道采药姑娘叫白附子。

阿骨打令留窝可用马驮着白附子到郭勒敏删延阿林去寻仙草。阿骨打也骑马在后边跟随。

白附子在山上认出她采的药草，阿骨打一看，山背阴坡，潮湿地方，一片一片的，有的是，抠出一看，跟白附子采的一样，就将药草带回去，给阿玛劲里钵熬水喝后，头就不疼了。从此，管这药草就叫白附子。温都部为纪念白附子采药失去一只脚，还管白附子叫独脚莲。

后来，辽国听说白附子能治嘴歪眼斜和头痛病，就用物向女真换白附子。女真人见白附子能换东西，发现各山背阴坡都有，才都采集白附子换取自己需要的东西。这是继"神草"人参之后，女真人又发现的一种药材，流传至今。

第七十七章　阿骨打单身探辽

一○九二年，阿骨打二十四岁，他父劾里钵患重病在床，国相颇剌淑接到情报，直屋铠水麻产联合泥庞古部跋黑，勾结辽军进攻完颜部。颇剌淑听后大惊失色。盟主病重，联合来攻，这可如何是好？国相颇剌淑背着劾里钵召开军事会议，研究如何应对危急局面。阿骨打大哥乌雅束和辞不失主张战，也有主张和的，正在大伙儿乱戗戗的时候，阿骨打说："我主张联辽伐麻，麻破跋里无患矣。"

国相颇剌淑长叹一声说："联辽，辽欲兴兵协麻伐我，而我欲将辽助我伐麻，谈何容易也。"

阿骨打斩钉截铁地说："我愿凭三寸不烂之舌前往说之。"

国相颇剌淑惊得变颜变色说："此事万万使不得。少主没出生前，辽就发现五色云气屡出东方，大若二千斛困仓之状。辽司天孔孜和惊窃私语曰：'其下当生异人，建非常之事。天以象告，非人力所能为也。'在少主出生时，五彩祥云缭绕，直冲云霄。辽、宋皆惊心动魄，惧少主耳。如去岂不自投罗网，肯放汝归然？"

国相这一说，大伙儿也七言八语，均不同意阿骨打前往。可是阿骨打执意要去。在这危急关头，如不将辽朝稳住，盟主又患重病，联兵攻来岂不亡国亡族矣。阿骨打向国相解释说："辽朝延禧（辽朝末代皇帝名字）每日荒淫沉醉于宫中，我之前见他早已忘于脑后，同时，我不去见他，只见统军曷鲁骚古陈说成破利害，麻产之联自破，而且辽统军必惧我也，这不仅解燃眉之危，也是长久之计焉。请国相和诸位放心，绝无闪失，非此之举，不能解危矣！"

国相颇剌淑斟酌再三，感到目前的危急，别无他策，只有稳住辽，联辽才能保住完颜部的稳定。但是阿骨打去确实冒险，不让阿骨打去，别人难以胜任；让阿骨打去，事关重大，不可擅自做主。想到这儿，颇剌淑说："待与盟主劾里钵从长计议再定。"原来这些危急情报都背着劾里钵，因他患重病，现在不说不行了。国相颇剌淑来到劾里钵病榻前，进行问候后，巧妙地说："盟主贵体欠安，少主阿骨打建议，担心麻产等叛逆勾结辽国前来进攻，他要亲往辽朝联结统军曷鲁骚古，一方面稳住辽军，另一方面少主阿骨打要亲自探视辽军虚实。此建议我不能擅自做主，特请盟主裁定。"

劾里钵躺在炕上，沉思良久，对国相颇剌淑说："阿骨打此举，事关重大，关系到生女真兴亡之计。此举成功，我们兴矣。让他去吧，此子聪明才智过人，绝无闪失也。"

国相颇剌淑一听大喜，盟主同意，此事是解燃眉之急，事不宜迟，当即通知阿骨打前往，问阿骨打说："你打算带多少人马？"

阿骨打说："只带四名随身护卫而已。"

国相一听惊讶地说："那怎行？总得带些兵将，住在城外，发生意外，也好接应。"

阿骨打笑吟吟地说："兵实而虚，兵虚而实。多带兵马使辽国感到我自心虚，反引起猜疑；不带兵马，辽国见之，必暗自惊恐，我意难测，反使辽国畏敬之也。"阿骨打在临行时，向劾里钵辞行。劾里钵两眼流泪攥着阿骨打的手说："汝去我放心，实乃安邦兴业之策。不过，盼汝速了此事，如能五月未半而归，则我犹能见汝也。"说罢悲泣哽咽。阿骨打说："阿玛放心，事成即归，望保重。"洒泪而出。进内室收拾行袋，准备出发。阿娣、陪室，眼圈儿都红了，千叮咛万嘱咐，让阿骨打路上小心，见到统军要见机行事，千万慎重，事成即归，不要在辽留恋等难舍难离的话儿。阿骨打也感到热乎燎的，洒泪而别。

阿骨打带领四名护卫，均束装打扮，不披甲胄。只是腰间佩带宝剑，骑着快马向上京进发。这日来至上京，见城墙高二丈，绵延的城垣有二十六七里的大城。城南的南塔巍峨壮观。进得城来，见城市里甚是繁华。商号一家挨一家，各种货架吸引了民众，车马行人汇聚成流。阿骨打先找一家僻静的客栈，将马匹安顿好。这家客栈在背街，四合院落，全是平房，收拾得倒很干净。阿骨打安顿好马，洗漱完毕，找家饭馆饱餐一顿，歇息一宿。第二天吃过早饭，阿骨打让护卫在店房等候，单身一人，去拜访统军曷鲁骚古。来到门前，守门军士向里通禀后，传见。阿骨打昂首阔步来到统军厅外，见统军曷鲁骚古坐在椅子上显露着傲慢之状。阿骨打龙行虎步而进，虎视眈眈地注视曷鲁骚古。

曷鲁骚古坐在椅子上，见阿骨打龙行虎步而进，龙颜俨雅，虎视而立。心里立刻感到颤颤一下，启口问曰："来者何人？"

阿骨打便朗声答道："女真，劾里钵次子阿骨打也。"

葛鲁骚古惊讶地说："你就是剿盗匪安部落，除妖灭魔，断案如神，夜审海东青、石头人的阿骨打？"

阿骨打说："然也。区区小事，何足挂齿耳。"

葛鲁骚古急忙站起，施礼说："不知少年英雄至此，有失远迎，恕罪恕罪！"

阿骨打才以礼相还说："岂敢！小国之邦，还望大国关照，特来拜访统军。来之冒昧，见谅。"

葛鲁骚古说："英雄太谦虚了。不知英雄到此有何见教？"

阿骨打说："奉父之命，一来拜访统军代父问候；二者父让我趁拜访之机，能识统军三生之幸也，以便今后常来讨教；三者嘛，顺向统军通牒。我父率军不日克直屋铠水，擒麻产之首献于辽帝，见女真讨叛逆之心如坚石也。"阿骨打说到这儿，略一停顿，然后说，"听说麻产向辽求援兵之事不知真假，故父让我顺便问之。并声明，讨伐麻产是我生女真内事。如辽要出兵，实属干涉侵犯生女真之举。女真完颜部绝不束手待毙，故来陈述之。"

葛鲁骚古听阿骨打之言，惊惶地说："此乃谣传耳。麻产求兵有之，而辽未应也。况辽帝钦赐劾里钵为节度使，岂能出尔反尔。"

葛鲁骚古说到这儿，略停一下，用眼扫视阿骨打窃探其词地说："何况完颜部内乱已平，兵精粮足，英勇之士辈出，完颜之兴，亦辽之兴也。"

阿骨打严肃地说："我国虽小，兵犹精。文有国相颇刺淑运筹帷幄，武有盈哥、辞不失、欢都等英勇善战之将。麻产叛逆一平，我女真泰然，视大国以礼焉。"阿骨打的一席话，说得葛鲁骚古心中骇然，只好顺水推舟地说："完颜之叛逆，亦辽之叛逆，应共诛之。如尔起兵，我以兵相援共伐之。"

阿骨打回绝说："统军之意，可转告我父，但我父意已决，麻产乌合之众，不堪一击，连我完颜都不需兴师动众，只一股之兵，擒之割首献于辽，望统军静候之。"

葛鲁骚古被阿骨打龙虎颜、善谈吐所慑，自忖道："此人非凡，不可等闲视之。"遂设宴相待，挽留阿骨打多盘桓几日，待奏明辽帝诏见之。

阿骨打心想，既来之则安之，见见辽帝也好，交谈中，窃探其虚实。宴罢仍归客栈歇息。

第二天，随同护卫游览上京市容。来到榷场一看，人乱哄哄的，叫喊叫卖的，人山人海，你挤我，我挤你，推来拥去。牲口市钉着木桩子，拴着牛、马、骡、驴等。牲口市这边紧挨着奴隶市场，奴隶也像牛马似的，绳拴绳缚，牵之而来，有的还不如牛、马，手带铐，脚带镣，稀里哗啦而来。有的奴隶还不如一头驴值钱。

阿骨打逛完榷场，感到头昏脑涨，赶忙离开榷场，信步走去。见成排的临街房户，一门挨一门，妇女搽脂抹粉，袒身露体穿着绸衫，在每个小门里挤眉弄眼。阿骨打不知这是何地，两眼正望着出神，突然一妇女，像疯子一般，从门内跑来，一把手拽住阿骨打，亲热呼声："客官，请进！"阿骨打四名护卫中，有两名年纪较大，常随赶榷场进城，市面熟悉，当即婉言拒绝说："此乃塞外武官，便装出游，你不见身佩宝剑，我四名乃护卫耳。不要拉扯，惹恼少年英雄一剑斩断手腕，岂能维生也。"吓得妇女哇呀一声，撒手跑回去了。

阿骨打心里纳闷地问："她们是干什么的？"经护卫们解释，才知是妓院。暗自好笑，真开眼界也。他们奔饭馆而去。刚走到门口，从里边走出一个醉鬼，趔趄而出，差点儿撞倒阿骨打。护卫说："他喝醉了。"这个醉鬼歪歪趔趔地大舌头唧当地说："你……你才……才醉……醉了。"护卫用手拉着阿骨打走进饭馆里悄声说："酒是夺魂水，醉人先醉腿，满嘴说胡话，眼睛活见鬼。"阿骨打一听，与他们一起哈哈大笑。

吃过饭往客栈走的时候，见街面增加了巡逻兵。阿骨打心想，刚到这儿没见这么多巡逻兵啊？怎么增加这么多巡逻兵呢？刚走到僻静之处，冷不丁有一人迎住说："好大胆！明威暗窃。"

阿骨打大吃一惊，扭头见一人，纶巾青衣，眉清目秀，气宇不凡，赶忙施礼，说："先生何出此言？当面示教。"

那人说："在下姓李名国志。现在辽司天府内行医。昨听司天孔致和谈少主前来会见统军曷鲁骚古。统军见少主龙颜不凡，启奏天祚帝欲将少主软囚于辽。怎奈辽主骄肆废弛，荒淫迷乱。也是少主洪福齐天，统军几次奏章，辽帝不诏，急得曷鲁骚古无奈，暗下令，晓谕四城门严禁，不准放少主出城，城里增派巡逻。故我特候少主，速离此地，不可久留。快随我逃走便了。"

阿骨打沉思片刻说："使不得，明人不做暗事。若如此，辽不笑我无能耳。"李国志沉吟不语，猛然想出计谋，贴在阿骨打耳旁窃窃私语，这般如此，如此这般，万无一失。说完与阿骨打分手而去。

　　阿骨打回到客栈，若无其事。夜观天象后舞剑回，安宿一宵。次日吃过早点，即到统军府向曷鲁骚古辞行。曷鲁骚古再三挽留。阿骨打破常规拒挽辞行。

　　曷鲁骚古恳切地说："将军只再候一日，如辽主无暇，将军再走不迟。"

　　阿骨打沉思良久方说："统军，只再多住一日。"说罢告辞而出。

　　阿骨打走出统军府，往客栈方向走不远，即折向奔南门的道路而去。快到南门的时候，见李国志和四名护卫在此候等。他们见阿骨打来了，大喜，乘上了坐骑，来至南门，守门军士拦住盘问。李国志迎上去，从兜内取出司天府的令牌，言说奉令陪同客人游赏南塔。军士打量半天，见有司天府令牌，怎敢阻拦，随之放行。李国志引导阿骨打出了南门，取五匹马飞驰向女真完颜部而回。快到涞流水的时候，见后面尘埃遮天蔽日，李国志告诫阿骨打说："后面尘埃飞空，准是辽军追少主来也。"

　　阿骨打哈哈大笑说："迟也。"说罢寻找渡口，只见水浪滔天，怒吼咆哮，一只船没有，如何过去？正着急的时候，阿骨打这马放开四蹄咋勒也勒不住，向北驰去。这马跑到涞流水入松阿里乌拉处，只听咔嚓一声响，笔直的涞流水劈成弯曲的傍岔支流，流入松阿里乌拉，将水面变窄，当中闪出沙丘，阿骨打这马一跃而过。从松阿里乌拉中跳出两名虾兵，高喊说："少主，我们恭候多时，后会有期。"阿骨打回头见是锁孽龙时的两名虾兵，老黑龙将他们放此守候，今日救了我。想到这儿，阿骨打说："多谢搭救之恩。"带领李国志和四名护卫快马加鞭而回。后人有诗为证：

　　　　涞流入松浪滔天，一声霹雳分两边。

　　　　乌金兴起涞流滚，斜阳遗留古渡口。

　　从此留下拉林河口子流传至今。

第七十八章　劾里钵归天

自阿骨打赴辽后，劾里钵整天挂念在心上。阿骨打走那天，劾里钵躺在炕上就问赫达氏："阿骨打走几天啦?"从此，他睡醒就问阿骨打走几天啦? 后来又问阿骨打回来没有? 病势日渐加重。赫达氏从早至晚焚香祈祷，祷告神佛延长劾里钵寿命，早日病魔退身，祈祷阿骨打平安回来。

五月十四日这天，有人进来禀报，少主平安而归，还带一名神医来。劾里钵一听，甚喜，令人将他扶起，用被子围坐在炕上，两眼望着窗外，过会儿说："阿骨打咋还没进来见我!"劾里钵正念叨的时候，见盈哥陪同阿骨打进来了。

阿骨打进来就跪地给劾里钵磕头请安。劾里钵忙令阿骨打起来。阿骨打平身后，将他去辽的详细经过，向劾里钵叙述一遍。劾里钵甚喜，事皆如意。拉过阿骨打的手，随后又将阿骨打搂在怀里，亲昵地对盈哥说："乌雅束柔善，唯此子足了契丹事，我心安矣!"

阿骨打又将巧遇李国志的事说了一遍。又说李国志不仅救他，而且是医生，能治百病，怎奈辽主不器重，故而相随而来，就请他给阿玛诊脉下药治病如何? 劾里钵一听，喜出望外地说："快请!"

不一会儿，有人将李国志请来。李国志进来先拜见劾里钵。劾里钵说："免礼，请坐。"李国志坐下后，劾里钵感谢地说，"多谢大夫舍身救儿，感恩戴德，因病不能拜谢，望谅之。"

李国志说："岂敢承受，是少主洪福齐天，故有此天意，敝人顺天而已。"客套一番，李国志给劾里钵诊脉断病。

李国志按劾里钵脉搏，两眼注视着劾里钵气色。按着按着，李国志面容流露出惊恐之状。按脉后，拜辞劾里钵到另一室对阿骨打说："少主，盟主之脉已散，属于散脉，病入膏肓，危在旦夕，速料理后事。"

阿骨打听后甚疑，心想我父精神知觉尚好，不能寿终哪? 半信半疑，问李国志说:"何谓散脉?"

李国志说:"医生讲的是三部九候二十四种脉。脉分:浮、芤、洪、滑、数、促、炫、紧、沉、伏、革、实、微、涩、细、软、弱、虚、散、缓、迟、结、代、动二十四种脉。今摸盟主属散脉,元气耗散,危候之证。"

阿骨打打破砂锅问到底儿,问道:"何谓元气耗散? 不能抢救吗?"

李国志回答说:"元气是指人体维持组织、器官生理功能的基本物质与活动能力。元气在怀胎时期已经形成,藏于命门中。命门是指右肾。人体有两肾,其实非也,其左者为肾,右者为命门。命门在人身之中,对脐附眷骨,自上数下,则为十四椎;自下数上,则为七椎。此处两肾所寄,中间是命门所居之宫,是元气之所系也。元气耗散主要七伤:大饱伤脾、大怒伤肝、久坐湿地伤肾、寒饮伤肺、愁虑伤心、风雨寒暑伤形、恐惧不节伤志。概括起来为食伤、忧伤、饮伤、房室伤、饥伤、劳伤、气伤。盟主南征北战,饥一顿饱一顿,元气耗散尽矣,无法弥补抢救,此乃天意寿终之时也。"

阿骨打见李国志说得真切,甚为钦佩,以礼待之。急忙辞别,欲禀与母知,筹备后事。刚走出来,就听有人禀报,辽派阿息保前来。阿骨打感到惊疑,忙去国相府探听,方知辽帝封阿骨打为详稳。实为稳阿骨打之心也。

阿骨打忙回,暗对母将李国志之言告之,均悲痛涕泣。阿骨打擦干泪痕,入内见父。劾里钵已气喘吁吁。阿骨打将辽派阿息保前来之事禀与劾里钵。劾里钵扯着阿骨打手问:"阿息保在何处?"阿骨打回答说:"他已回宁江州。"

劾里钵说:"我是不行了,意欲立汝为联盟长,你可同意乎?"

阿骨打慌忙跪下哀泣地说:"儿尚年幼,不胜此任。万万不可授命。"

劾里钵又问:"依你之见,谁能胜任?"

阿骨打回说:"依儿之见,国相颇剌淑可胜此任。"

劾里钵点头说:"我儿之识不差,国相颇剌淑自幼机敏善辩。身居国相后,尽心匡辅。可继此任,望儿协力匡辅之。"随召集亲人前来,临危遗嘱。

赫达氏进来,扯着劾里钵之手痛哭流涕。劾里钵劝赫达氏说:"汝勿哭,生死乃天定。人岂能逆之。汝不过唯后我一载耳。"涞流水一听更痛哭起来。

劾里钵说:"我死后,颇剌淑继之。望你们同心协力匡辅之。"

国相颇剌淑上前问后事。劾里钵瞧着颇剌淑说："可惜，你只能唯我后三年也。"颇剌淑一听，跪地痛哭说："我兄至此，亦不与我好言也。"劾里钵说："非也，天意难违。"劾里钵又拉着盈哥之手说，"颇剌淑后，由你继之，你后由乌雅束继之。乌雅束柔善，若办契丹事，阿骨打能之。乌雅束后，阿骨打继之。方能兴金灭辽，成其帝业。有此子我安矣！"说罢气滞痰涎，任凭呼唤，已失去知觉。真是生来欢喜，去时悲伤，合家悲恸万状。劾里钵五月十五日亥时卒，年五十四岁，任联盟长十九年。咽气时天昏地暗，日月星辰无光。

正在悲恸悲泣之时，阿骨打忍住悲泣说："国政事大，迅议国王继承大业之举，严防父丧叛逆乘机攻之。"

阿骨打提醒了众人。将劾里钵遗体停灵后，颇剌淑在灵前宣誓继承劾里钵之任。共议发丧还是不发丧，向辽报丧还是不报丧。经过反复议论，还是采纳了阿骨打之意，既发丧又报丧，以显完颜部强盛安定之兆，辽不敢轻视，叛逆不敢轻举妄动，一举三得也。一是父王死后，按国王丧礼安葬，均尽其孝；二是辽前来奔丧，继承父任取辽命合法，有辽暂做后盾，威慑各部依附之，联盟更加巩固也；三是叛逆见此举更不敢轻动，使其知力大方敢举丧，必有备也。反之，如不举丧，叛逆知我力虚而攻也。众人一听有理。令发丧晓知各部，号丧七天，禁止婚礼和娱乐等一切活动。并由盈哥督兵，分兵把守险隘要口，增派堵击麻产要塞。

分派已定，哀号齐鸣。在院内立一杆，挂上红布幡，高搭灵棚，孝子披麻戴孝。

三日入殓后，各部落长前来吊祭，孝子分男左女右守候在灵旁。这天，辽帝特派阿息保前来吊丧，并宣慰辽帝命颇剌淑为继承劾里钵的节度使。此时辽帝已按完颜部阿骨打之意行事了。

七天安葬。正如阿骨打所料的，辽帝不敢轻视，派人吊丧，按劾里钵安排的后事，只走道手续罢了。叛逆听到举丧凭吊。辽帝派员参加葬礼，谁敢轻举妄动，平安无事安葬了劾里钵。

从此，完颜部声威大振。又有很多部落归顺。正是：

天施帝王阿骨打，世祖含笑归西天。

乙未太祖兴金业，代代相传百余年。

第七十九章　智擒麻产

完颜部按照劾里钵的遗嘱，处理完后事。那时，威胁完颜部安全的只有叛逆麻产。麻产盘踞直屋铠水，招纳大批逃亡奴隶，建立很多营垒，朝日训练兵马。曾暗派人勾结辽帝，企图借辽兵援助为名，消灭、削弱和牵扯劾里钵兵力，他好乘虚而入。结果阿骨打单身赴辽，陈述利害关系，辽惧怕完颜部，特别是惧怕阿骨打这位龙颜不凡之人，只能联完颜部之强，拒联麻产盘踞一隅之弱，这使麻产大失所望。

在劾里钵逝世之际，麻产原想出兵攻之，见辽派阿息保去吊丧，完颜部举丧按国王之礼安葬劾里钵，麻产没敢轻举妄动，甚畏之。陶温水部落只有少数人助麻产，多数人持观望态度，麻产想统也统不起来。在这种情况下，七月十六日，颇剌淑为实现劾里钵临终遗嘱，兴兵讨伐麻产。在讨伐前，阿骨打夜观天象，见水星闪光，白雾升腾，又听传说龟鱼上树之兆，证明要涨水。阿骨打向颇剌淑建议，趁涨水之际，讨伐麻产。颇剌淑采纳阿骨打之意，遂决定七月十六日兴兵讨伐麻产。命盈哥从水路进发，包围麻产；令阿骨打从东路进兵，抄掠麻产家属。让麻产首尾不能相顾。分派已定，分路向直屋铠水进发。

单说阿骨打，早将肖达户调来，商讨进兵之策。阿骨打向肖达户提出神速进兵法是：轻骑兵，少而精；大化小，小化零；分散走，昼夜行；不显眼，不露风；神不知，鬼不觉；屋铠水，南集中；麻出战，我再攻；彼不备，疑神兵；抄其家，占老营；麻惊恐，受夹攻；无归奔，自残生；兵心散，各逃亡；捉麻产，立奇功。这是阿骨打第一次参加征战提出的"神速进军法"。

肖达户按阿骨打的神速进军法，反复琢磨，提出兵分四路：一路由他率领轻骑兵二十五人，认红绸为号，投宿之处，路投红石为标，以此作为进兵之引路石；二路由他妻子率二十五人，认蓝绸为号，顺遁红石之标进发，见红石投蓝石，为三路引标；三路由其女儿阿妹率二十五人进发，认白绸为号，见红蓝二石继进，并投留白石为四路引标；四路由少主亲率二十五兵丁，按路标前进，并认黄绸为号，集中点在胡刺温地方。

阿骨打完全同意肖达户的意见。决定以肖达户为开路先锋，肖达户妻和陪室为二路，肖阿妹与阿娣为三路，自己为四路，各带轻骑兵二十五名，伪装行猎装束，携带海东青和猎犬，不准走露半点风声，泄露军情者斩。号令认定，各路按时进发，直向胡刺温进发。

在阿骨打出兵时，天连降暴雨，江河涨水，道路泥泞，路上很少遇到行人。这对他们分散行军，严守军事秘密是有利的。单说这天阿骨打率领人马来到胡里改路时，忽见路旁投认白石。他大吃一惊，只见白石，未见红、蓝二石，说明三路兵马遇事。他顺着投扔白石处往前面一瞧，见往路西有股岔道。他带领兵士向岔道寻去，走不远，又见路上投以白石。阿骨打嘴没说心里想，这肯定三路兵马阿妹、阿娣遇到盗匪被拦截而去。事不宜迟，得赶快营救，催马加鞭向前赶去，边走边注意路上的石标。走有二里之遥，又见路上投以白石。阿骨打心中暗佩阿妹心细，在此慌乱之机，不忘投下路标，使我好寻找。又催马加鞭往前追赶。追赶一段路程，见路旁又投一白石，往白石前一看，不远处，在岔路上，又投块白石，顺白石举目一瞧，是座喇嘛庙。阿骨打勒住马，举目观望，难道她们被喇嘛劫去？想到这儿，阿骨打将马缰绳一提，奔喇嘛庙而来。到喇嘛庙门，果见又有块白石为证。阿骨打怒从心中起，火从胆边生。他跳下马来，走到喇嘛庙门，当当敲门。不一会儿，里边有个小喇嘛童声童气地问："谁呀？"阿骨打说："到喇嘛庙降香的。"小喇嘛咣当一声，打开庙门，口呼："施主请！"阿骨打留下在外看护马匹的，其余兵士全一拥而进。阿骨打走进庙门，一眼就见殿门外又投一白石，说明阿妹、阿娣人马就在此庙中。阿骨打感到奇怪的是，除白石标记外，其他看不出任何痕迹，而且庙内非常静寂。正在阿骨打凝望之时，忽听"当、当、当"钟声响亮。不一会儿，几个年岁大的喇嘛，从后殿匆忙而来，两手合揖，弯腰口念："阿弥陀佛。"将阿骨打迎进佛殿。阿骨打参拜佛像后，施了香火银子，和颜悦色地问："大师在上，请问可见二女子带二十几人来此庙乎？"

其中一位喇嘛禅师，面露惊恐地说："二女是你何人？"

阿骨打说："是我妻子带妹出来狩猎，晚未见归，故而寻找至此。"

喇嘛禅师说："昨日有名壮士，对部落不满，来此荒山占草为盗，遇见贵妇人带人狩猎，将其拦截在此，问其居处不详，故未放归，壮士意欲劝其同占荒山为王。"

阿骨打忙问："壮士在此乎？"

禅师说："现在后殿。"

阿骨打说："待我会来。"

禅师在头起引路，走进后殿，见马匹均在后院拴喂，周围一些壮士围守。阿骨打暗吃一惊，难道我兵全被缴械乎？随着禅师刚奔一屋，忽见一个壮士，惶恐地从屋内跑出，迎着阿骨打通跪在地下磕头，口称："不知少主驾到，罪该万死！"禅师站在一旁吃惊地望着阿骨打。

阿骨打扶起壮士问曰："壮士何名？怎认识我耳？"

壮士说："我乃乌古伦部人，名活腊胡，少主巡察降妖破案我见过也。只因忽沙军之子留可勾结奥纯、坞塔两部之民作乱，让我随同，是我不愿做此叛逆之事，拒绝参加，留可欲杀我，我才率领不愿作乱的青年族众逃亡至此，等待时机投少主尔。"

阿骨打问："昨日你可曾拦截二女带人狩猎乎？"

活腊胡说："然也，有二女领二十五名壮士，我劝他们与我共同抵抗叛乱者。"

"少主，我们在这儿哪！"

阿妹、阿娣从另一屋冲门而出，喊叫着向阿骨打跑来。

活腊胡惊得失魂落魄一般，脸色煞白，扑通跪在地下说："难道她……她是少主派来的？"

阿骨打说："此二人，是我妻和义妹也。"

活腊胡磕头如捣蒜哀泣地说："是我有眼无珠，冒犯少，少主亲眷，罪该万死！"

禅师也扑通跪在地下，口呼："阿弥陀佛！不知少主驾临，罪过！罪过！"

阿骨打双手扶起二人说："不知者不怪，快快请起。"

阿娣走上前来，向阿骨打说："此壮士乃仁义之士，将我们拦截至此，只通过禅师过话儿，从未和我们面谈过。"

禅师说："如此，何不早说，产生如此误会。"

阿骨打笑吟吟地说："她们身负军任，岂敢泄露军机耳。"阿骨打随同活腊胡、禅师走进西屋，阿骨打坐上座。其他人退出之后，阿骨打才将讨伐麻产，分兵两路进军向活腊胡述说一遍。

活腊胡一听又跪在地下说："我早欲投少主麾下，无机会也。今日巧遇，实乃天意之合，万望少主容纳，当效犬马之劳。何况我又认识麻产，愿做向导，共擒麻产，铲除叛逆，族众之幸也。"说罢叩头，苦苦哀求。

阿骨打扶起问曰："壮士有多少人丁？"

活腊胡说："随我逃亡至此，有四十余人。"

阿骨打一听大喜，高兴地说："欢迎你们随我共同讨伐叛逆麻产。如捉到麻产，按功受赏。"阿骨打说到这儿，又问禅师为何收留此占山之人？

禅师口念阿弥陀佛说："佛门以正为本，壮士反叛乱，顺正统，逆邪从善，故辅之。"

阿骨打甚感之，以礼相还说："大师认普济为本，慈悲为怀，真乃族众之禅师也。"

阿骨打收留活腊胡，随同共讨伐麻产。活腊胡又跪拜阿骨打，感谢阿骨打收为军士，随其征伐。向阿骨打建议，此地有捷径可通胡刺温。可阿骨打担心一、二路有变，故还按原路进发，阿娣先行，他和活腊胡合兵一处，押后进发。这天，他们先后到达胡刺温。令人探听麻产虚实。活腊胡愿往，让他而去。活腊胡走后，阿骨打与阿娣、陪室两位妻子说："我见活腊胡为人豪爽耿直，乃忠义之士，我有心将阿妹许配于他，你看如何？"

阿娣一听，拍手打掌笑嘻嘻地说："真想到一块儿去了，我不仅有此意，已暗和阿妹说了。她脸红脖子粗的，笑而不语。"

阿骨打说："你不是办事之人，你没问问她是同意呀还是不同意。稀里糊涂，咋当这个大媒人啊？"

阿娣将嘴一撇说："哪有你那么急的，一说就问，你同意呀还是不同意？叫人家格格怎说呢？哪有你和陪室妹那么干脆的？陪室妹心急火燎地问（装学陪室）：'阿哥你同意呀，还是不同意？'（学阿骨打）：'嗯，我早就同意了！'（学陪室）：'那你早同意还呆坐在那儿干啥？'"

"该死的，你不想活啦，拿我开心！"

还没等阿娣将话说完，陪室一步蹿过去，按倒阿娣又捏又胳肢，使阿娣上气不接下气地喊："快，快救救我呀！"

阿骨打坐那儿哈哈大笑说："该！自作自受，嚼舌根的人，应受的惩罚。"

阿娣被陪室弄得啼笑皆非，只好不住口地喊："我不说了，再不敢了，饶了我吧。"

陪室说："不行，到底儿这话是谁说的，你同意呀，还是不同意，等得我心欲碎，肝欲断，心急火燎奔庙儿岭！"

阿娣上气不接下气地说："是我！是我！"陪室才饶了阿娣。阿娣起来鼻涕眼泪地瞪一眼阿骨打说："解你恨了！"

阿骨打笑嘻嘻地说："咎由自取，怨得谁来。"

他们正在说笑取闹之机，活腊胡回来了。说盈哥自阿邻岗乘船已到帅水，弃船围攻上来，麻产带兵已去迎敌。乘其不备，攻他个措手不及。阿骨打一听大喜，按原路不变，肖达户率领三十五名兵丁（活腊胡四十人编入各路）攻打南门；肖达户妻和陪室攻打东门；阿妹与阿娣攻打西门；阿骨打和活腊胡攻打北门。并派人给盈哥送信，让其速围攻之。各路军兵均按原红、蓝、白、黄旗帜杀进。各路迅速出发了。

由于麻产将主力兵丁全带去迎击盈哥，守城的兵丁除老弱残外，有些是陶温水民众被招来的为其守城，这些人怎能打仗？阿骨打轻骑兵已到，就都吓跑了。阿骨打顺利地杀进城中，将麻产家团团围住。阿骨打令肖达户妻、阿妹、阿娣、陪室随他进内捉拿家属，肖达户和活腊胡在外组织兵力警戒。麻产家属四十余口，全被拿获。除麻产一妻二姿外，还有腊脱妻儿子女在此，真是哭叫连天，凄惨已极。阿骨打嘱咐肖达户妻和阿娣、陪室、阿妹要好生照看家属，不准虐待，并将贵重财物掠掳一空。

阿骨打正在指挥装载财物的时候，盈哥进来说，麻产抵敌不过，已逃跑了。阿骨打说："我去追拿。"盈哥说你认识麻产吗？阿骨打说他有两名向导。随唤过肖达户、活腊胡与盈哥相见。将麻产的财产物资全交盈哥处理，带几名轻骑兵，领肖达户、活腊胡追麻产去了。

麻产带兵出迎盈哥，还没等交锋就听到兵士报告，阿骨打带领人马，从东路杀来，已抄其家。麻产惊慌失措，又听盈哥带领大批兵马，麻产见兵单势孤，难以抵挡。正在麻产犯难的时候，兵士溃逃大半。麻产见大势已去，带领两名护卫，言说探察军情，趁机逃跑了。在逃跑中，麻产暗想，待我重新招兵，以报此仇。逃出几十里外，麻产则缓缰而行，盘算投奔何地。正在这时，忽见后面有人追来。眨眼工夫，已快追到，麻产则催马加鞭逃奔。

阿骨打按肖达户所说之情，急忙摘下弓弩，骑在急驰的马上，嗖地就是一箭。阿骨打这箭法真是百发百中，见一人滚鞍落马，其余两匹马飞驰遁去。阿骨打走到坠马者近前，急问曰："你是何人，麻产呢？"坠马者说："我随麻产出来探察军情，前者二人，就有麻产也。"阿骨打遂与肖达户、活腊胡急追之。追赶一段，见前边两人分东西而逃奔。阿骨打让肖达户追东去之人，自己与活腊胡追西逃者。阿骨打快马加鞭，追至直屋铠水，西逃者无踪无影了。他心里纳闷儿，难道说他土遁了。又往前追之，见草棵里有一胄甲，阿骨打明白了，这是脱身之法，顺迹急追。忽见前面一望无边的大泽，泥泞难行，里边芦苇丛生。见西逃者马已弃之，踏着泥泞水泽之地，钻入苇塘之中。阿骨打与活腊胡亦弃马追之。在这泥泞里阿骨打走不过活腊胡，跳跃不能施展，深一脚、浅一脚，在后边赶奔。活腊胡在前边刚要走到没人深的芦苇塘前，从芦苇塘里连射出二箭，射在活腊胡身上。活腊胡倒在地下。阿骨打在后边看得真切。急忙取弓在手，嗖的一声一箭射向苇塘之中，正中在其人头上，只听哎呀一声，倒在苇塘之中。阿骨打急忙将活腊胡扶起，拔去箭枝，问要紧否？活腊胡说没事儿。两人跳进苇塘里，擒住麻产，拽起头发问活腊胡："此人是麻产乎？"

活腊胡端详一下，用手扒开嘴唇，见其中豁牙子，高兴地对阿骨打说："真麻产也。"

此时麻产心里明白，睁开眼睛怒瞪着活腊胡和阿骨打，问阿骨打："你是何人？"

"我阿骨打也。"

麻产长叹一声说："名不虚传，你的事业定矣！此乃天意，人岂能逆然？"阿骨打拔出宝剑，杀麻产于苇塘中。

这时，欢都等带兵已追到此处，见阿骨打手提麻产之头，从泥泞的沼泽中走了出来，大喜。得胜而归。

在回来的路上，阿骨打和活腊胡并马而行，告之欲将肖阿妹许给他为妻。活腊胡甚是感激。正是：

　　　活剌浑水威名扬，兄弟逞能攻完颜。
　　　屡遭失败心不死，直屋铠水家灭亡。

第八十章　唆辽攻打塔塔尔

自从阿骨打父王劾里钵死去，他四叔颇剌淑由国相继承了王位。这年阿骨打已经二十四岁了，他见女真各部落还没有完全统一，塔塔尔还屡犯边境，同时塔塔尔已建立起联盟，他的联盟长磨古斯，时时刻刻都有侵略的野心。阿骨打就向四叔颇剌淑请命，要去辽朝，利用他收买的辽朝的掌权者去攻塔塔尔，以此达到借刀杀人之目的。颇剌淑很同意阿骨打的意见，不过再三叮嘱要多加小心，并仍让阿离合懑陪同前去。

阿骨打和阿离合懑两人化装成契丹人的模样，带着贵重的礼物奔辽朝去了。路上阿离合懑问阿骨打说："你收买的辽朝掌权是谁，我咋不知道呢？"

阿骨打笑笑说："八叔，你要知道还了得，这叫军事秘密！"

阿离合懑说："说正经的，你说的辽朝的当权者，到底是谁，我认不认识他？"

阿骨打说："认识，你太认识了！"

阿骨打这一说，反将阿离合懑弄糊涂了，他自言自语地说："你说的是谁呢？和辽官打交道，我都没离开过你，怎么糊里巴涂出来个掌权者，没听到这个名字呀！"阿离合懑又问阿骨打说，"阿骨打，你明说，到底是谁？"

阿骨打说："不能告诉，都说你记忆过人，今天，你怎么啦，反倒记性不好了！"

阿离合懑一听，突然所悟，在马上将屁股一颠哒说："我知道了，准是小延禧！"

阿骨打一听，还是暗暗称赞八叔的机灵劲儿，就说："正是他！"

阿离合懑接过说："他算啥当权者，不过是个梁王，有其名，无其权也！"

阿骨打说："八叔，你说错了，虽然延禧不是皇帝，可是道宗已被花天酒地所迷，朝廷的军政大权，都由延禧掌握控制，可说是当半拉家了！"

阿离合懑说："怪不得你弄个当权者，原来是这么一回事儿呀！那你就明说延禧得了，何必拐弯抹角呢。"

阿骨打说："这叫军事秘密，屋内说话，屋外有人听。我要说延禧，传扬出去，今后咱还咋进行暗察？再说，辽朝知道，对延禧也不利，要不咱俩干吗要化装成契丹人，就是要避人耳目。八叔，千万不要对别人说出去。"

两人晓行夜宿，这日来到辽朝京城，见天色已晚，他俩就找个招商客栈住下。

店小二见阿骨打和阿离合懑气宇不凡，格外殷勤招待。阿骨打还赏给他二两银子，更乐得店小二脚不沾地儿，端送洗脚、洗脸水，泡茶，送饭，显得更加热情。

阿骨打饭后，要到街上去游逛，就见阿离合懑一摆手，示意不要走动。阿骨打惊疑，见阿离合懑侧耳静听什么，因为时值七月，天气炎热，均都开着窗门，阿骨打蔫不悄儿地坐下，纳闷地想，阿离合懑又听到啥奇闻怪事，吸引住他？阿骨打侧身一听，隔壁店房里有两个汉人旅客在唠嗑儿，是一个向另一个介绍辽朝的事儿，就听一个人介绍说："张孝杰在大康七年就被道宗以私贩盐的罪名贬回安肃州，削职为民，死去了。"

另一个人说："张孝杰不就是那年考进士，名列前茅，后来当了北府宰相的那个张孝杰嘛！他因为啥呀？"

"咳！他真给咱汉人丢脸，这小子当上宰相，就投靠耶律乙辛，贪赃受贿，无所不为，还恬不知耻地说：'不剩百万黄金，白当一回宰相。'这还不说，他和耶律乙辛谋害了太子耶律浚，杀害了宣懿皇后。"

"听说耶律乙辛也死了？"

"被道宗皇帝斩首了，因他私藏武器，要投奔宋朝去，被捉获处死的。"

"坦思皇后哪去了？"

"坦思是被耶律乙辛害的，闹了个孤苦伶仃，被道宗废黜为惠妃，到医巫闾山去守乾陵了，死不死，活不活的，守活寡去啦……"

阿骨打听到这的时候，他也吧嗒一下嘴儿，替坦思惋惜，嘴没说心里话，可惜这个美人了！接着就听那人说："现在道宗皇帝的孙子，也就是耶律浚的儿子，主掌辽朝了。这不，道宗派他为天下兵马大元帅，还总管南北枢密院事。军政大权全落他手了。"

"这么说，延禧就是未来的皇上啦！"

"那还用说，秃头虱子，明摆着。不过，听说延禧是个酒色……"

隔壁两位汉人将声音压低到比蚊子声还小，阿骨打他俩想听也听不见了。

不过这两人的谈话，阿骨打听后心里非常高兴，尤其是听说延禧当了天下兵马大元帅，这还是刚听说，可能是近日任的。这样，阿骨打感到他这次来唆使辽朝攻打塔塔尔，就更有把握了。

第二天，阿骨打和阿离合懑雇人抬着貂皮、东珠等贵重物品，来至元帅府，对护卫军说："请通禀大元帅，就说他托人买的东西送来了！"

把门军不知咋回事儿，又见抬着这么多东西，他敢不通禀吗，立刻进去禀报延禧。

延禧听后，开始一愣，冷不丁想起来了，是女真阿骨打来了，因为这是他和阿骨打约定的，如果送东西来，要化装成契丹人，对门军要说我托汝买的东西送来了，我就知是你来了。这暗语是他订的，他今天当了天下兵马大元帅，高兴得忘在脑后了，所以才冷不丁想起来。知道阿骨打为他送珍贵之物来了，心想，阿骨打还够朋友，当即亲自出迎，他迎的不是阿骨打，迎的是珍贵之物。

延禧将阿骨打迎进密室，因为延禧怕这些珍贵之物让别人看见，才迎进密室。见阿骨打给他送来这么多好东西，将他可乐颠馅了，赶忙将貂皮、东珠收藏起来，令人拿水果招待阿骨打。不一会儿，丫鬟们端着苹果、梨，还有一个像小盆那么个绿圆大瓜儿。丫鬟用刀切开，里边是红瓤黑籽，阿骨打心里纳闷儿，嘴没说心想，这是个啥家伙？

丫鬟切成小块，送到阿骨打他俩面前后，延禧才说："来，请吃西瓜！"

阿骨打咬一口，水灵灵的，可真甜。心想，这玩意儿叫西瓜呀！他就悄悄地收藏几个西瓜籽儿，揣衣怀里了。

阿骨打吃了几口西瓜，才对延禧说："大元帅，这次没有给您带海东青来，因为塔塔尔听说我给皇上和大元帅海东青，磨古斯非常生气，就派兵来女真部落抢，说要将海东青抢光了，看你们还给不给辽朝啦！"

延禧一听，气冲斗牛地说："磨古斯真欺人太甚，他敢藐视我朝！"

阿骨打说："听说磨古斯还要向辽报仇雪恨哪！"

延禧说："待我马上派军前去征剿，不征服塔塔尔，我岂能算天下兵马大元帅！"

阿骨打见已激起延禧征剿塔塔尔的决心，感到此次前来，已达目的，就对延禧说："如这样，我女真也均感大元帅的恩德！"

延禧设宴招待阿骨打后，赐给阿骨打金质鎏金龙凤鞍辔一具，上面铸有精细的双龙吸珠纹，极为精美。赐给阿离合懑的是银质鞍辔一具，上边铸有精细的花草纹，并赐给绫、罗、绮、锦多匹。阿骨打和阿离合懑高兴而归。

阿骨打走后，辽延禧果然派突谷斯带兵前去征剿塔塔尔，突谷斯大败，被塔塔尔杀了。接着塔塔尔的联盟部落长磨古斯，率领大兵，前去攻打辽朝，阿骨打听到这一消息，心中甚喜，他们两下相争，必有一伤，我无西地之忧了，可放心地加速统一我女真的各部落。这就是阿骨打唆辽征剿塔塔尔的妙计，在女真中传颂。

第八十一章　协辽擒获磨古斯

阿骨打唆使辽朝攻打塔塔尔后，他对此非常关心，打发不少探子，为他打探双方胜负消息。

辽朝兵马大元帅延禧派员大将突谷斯前去征剿，被塔塔尔联盟长磨古斯杀了。延禧又派阿鲁前去征讨，还没等出兵，磨古斯率塔塔尔军队向辽朝攻打过来了。辽朝西北路招讨使阿率率大军慌忙前去迎敌，却中了磨古斯之计，被塔塔尔埋设的伏军包围聚歼，差点使全军覆灭。

延禧见辽军屡败，气得他呜呀嗥叫，又选派大将胡都锦为西北路招讨使，再去征剿塔塔尔。

胡都锦率领大军浩浩荡荡前去迎击塔塔尔。两军相遇，厮杀起来。塔塔尔的军队，被胡都锦军杀败，望风而逃。胡都锦率军追击，一直追到镇州西南大沙漠的地方，磨古斯率军投降。胡都锦一见大喜，将军撤回到镇州城外，抢下营寨，辽军连日作战也确实疲劳不堪，喝完庆功酒，一个个都醉入梦乡，连胡都锦都被磨古斯灌醉了。胡都锦做梦没想到磨古斯是假投降啊，就在这天半夜的时候，磨古斯率领塔塔尔军队，攻进辽营，将胡都锦杀了，辽军被杀死无数，酒喝得少者，算逃出活命，辽军又大败了。

辽朝兵马大元帅延禧气得暴跳如雷，又选名大将斡特剌率大军去征剿塔塔尔。

辽军屡次打败仗，阿骨打甚是担心。他怕打虎不死，反来伤人，就和联盟长盈哥请求说："五叔，让我暗带一队弓箭手，前去协助辽朝打败塔塔尔。"

完颜部国王盈哥一听，阿骨打要去协助辽朝打塔塔尔，沉思一会儿说："可要小心，千万别暴露身份，万一辽朝再吃败仗，磨古斯知我助辽击他，岂不引狼入室吗！"

阿骨打说："五叔放心，孩儿一定谨遵叔命，我只是暗助辽一臂之力，让磨古斯做梦也梦不到我领兵助辽。"

盈哥同意后，阿骨打才率领一队轻骑，弓射手奔塔塔尔而去。

辽朝斡特剌率军去迎击塔塔尔，他想出一条妙计，是诱敌之计，晓喻三军，与塔塔尔交锋后，只许败，不许胜，斡特剌在路两旁埋下伏兵，以逸待劳之计。将伏兵埋伏好后，斡特剌率军前去迎敌。辽军与塔塔尔两军相遇后，互相厮杀起来。大战有百十余回合，斡特剌败下阵来，率军溃退。就在斡特剌率军败退的时候，忽然天空下起大雪来。磨古斯一见，心中高兴，忙指挥塔塔尔军乘胜追击，哪知追至半路上，斡特剌埋下的伏军，将塔塔尔的军队包围起来，四面喊杀声响成一片，磨古斯知道中计，忙率军突围，他左冲右杀，好不容易才杀出一条血路，率残军败将，往回而逃。

再说阿骨打暗进塔塔尔境之后，天降大雪，阿骨打仰天望雪说："天助我也！"因为天降大雪，他们的足迹就被雪覆盖上了，塔塔尔发现不了。

阿骨打将马安置好后，率领弓箭手步行前去抄塔塔尔军队后路而攻之。阿骨打正在急行军时，听探子禀报说："磨古斯已中计被围歼！"阿骨打一听，心中大喜，嘴没说心想，这回磨古斯死难临头了。他忙令弓箭手在路上下绊马索，埋伏等候磨古斯败下阵来，好擒拿他。

阿骨打埋伏后，都趴在隐蔽处候等。你说等多长时间吧，阿骨打的兵士们全让雪埋上了，他们也一动不动地候等，终于将磨古斯等来了。

磨古斯败下阵来，他率残兵败将，冒着大雪往回逃跑，等他跑到阿骨打埋伏的地方，因为大雪覆盖，白雪皑皑，天连雪，雪连天。根本看不出来有伏兵。他就催马逃过来了，只听咕咚一声，连人带马栽倒雪地里。

阿骨打见磨古斯摔下马来，忙率人将磨古斯擒住捆绑起来。他的弓箭手也更显奇能，射死塔塔尔官兵无数。塔塔尔后边的兵士见势不好，都绕道而逃。

斡特剌率军赶到，听说已将磨古斯擒获，心中纳闷，这是谁擒获的？走至近前，一看，不认识。

阿骨打就将斡特剌拉到一旁，悄声说："我乃女真完颜部劾里钵次子阿骨打是也，听说将军出兵，特来暗助，请将军不要声张是我暗助，言说你暗派伏兵等候擒住磨古斯也。"

斡特剌一听，暗中高兴。可他又一想，世上还有不要功名的人，让他遇上了，也算是奇遇，就对阿骨打说："多谢将军相助，使我大功告成，以后有用着我的时候，只要给个信儿，尽力而助之。"说罢带着磨古斯回朝报功领赏去了。

阿骨打协辽擒获磨古斯，对女真来说，无有后顾之忧了。这就是阿骨打所求的大事，而且女真没伤一兵一将，就将威胁女真的劲敌铲除了。他心中非常高兴，率领轻骑兵，迅速返回完颜部。

第八十二章　夜追跋惑

颇剌淑死后，盈哥任联盟长。有人报告，唐括部落长跋葛被温都部跋惑杀死。盈哥大吃一惊。盈哥知道，跋葛素与跋惑相厚，彼此经常往来，而今杀之，必有反叛行为，随令阿骨打率军讨伐温都部跋惑。阿骨打遵命，准备择日出兵。夜间阿骨打观天象，寒风刺骨，群星冻得也直劲儿眨巴眼睛。忽见东南方红光骤起，直上云霄。阿骨打暗自高兴，此乃是我出兵克敌之兆也。随归寝入睡。

子时许，阿骨打梦见自己在山峦迷茫之中挣扎，辨不出东西南北，急得他直打转转。忽见前面有一道红光，奔去，却是一庙宇。他闯门而入，只见一漂亮俊俏姑娘，突然将阿骨打搂住，说："郎君，你让我等得好苦哇！"惊得阿骨打大喊："你是何人？"

女子说："天施钦宪救少主。纥石伴君立金基。"她话音刚落，只听一声巨响，满天红光灼，将阿骨打惊醒，原是一梦。第二天阿骨打在向盈哥辞行时说："昨见赤祥，此行必克敌。"盈哥大喜，手挽着手儿送阿骨打于城外，方归。

一〇九六年冬月十二日，阿骨打带兵出发。时寒风凛冽，刮脸如刀割，阿骨打催马加鞭而行。行军中，忽然风起，越刮越大。几朵白云连成一片，被风吹成一片浓云，陡然间，落起大块的雪片来，暗黑的天空同雪海打成一片。阿骨打率兵赶到温都部，在乌古伦部、唐括部兵丁配合下，迅速攻进温都部。跋惑见势不好，在大雪中逃跑了。阿骨打只带十数人追去。阿骨打追至阿斯温山。这大雪下得简直对面不见人。阿骨打举目一望，到处是白茫茫、灰蒙蒙的，没有一个路标，没有一堆干草，他变成了"盲人骑瞎马"，凭命由天乱闯起来。雪深平地二尺多厚，被风刮起的雪墙，有一人多高。天也快黑下来，跋惑逃跑的痕迹被大雪掩盖得一点儿也看不见了。阿骨打心想："哪管能找到个嘎珊，也可歇息一宿，明日再追寻跋惑。"无奈这大风雪之夜，无处寻找，决定继续追赶。阿骨打在前，后面十几个人尾随。风雪使人眼睛都睁不开。追呀追，突然，阿骨打的马陷在雪窝之中，他从马上跌落下来，顺着这道雪岭像滚球似的向下滚去。可吓坏了护卫兵士，齐声高喊："少主！少主！"暴风雪之夜晚，既听不到阿骨打的声音，又见不到阿骨打的人影儿。护卫将阿骨打乘骑费好大力气才拉上来，见陷马之窝好大，里边露出干草，众人甚喜，掘雪以栖。有几名胆大的，顺着阿骨打滚落之处寻去。他们边走边喊，"少主阿骨打，你在哪儿？"这喊声，一声接着一声，在大风雪中，随着怒吼的风雪，在阿斯温山中吹荡。

单说阿骨打身不由己地顺着雪岭滑滚，两手想抓住点啥，除雪花之外，既无一枝又无一草，整个是雪的世界。阿骨打用手紧紧攥住宝剑，只有凭天由命任其滑落。滚得阿骨打眼冒金花，头昏脑涨，越滚越晕，到后来他已昏迷不知。

不知过了多长时间，阿骨打才清醒过来。他睁眼一瞧，身旁站一女子，中等个儿，桃圆脸，眼睛水灵灵像闪亮的黑玉。她那红润的嘴唇，好像两片带露的花瓣，微凹的嘴角，隐约挂着一丝苦涩。她见阿骨打睁开眼睛，她的眼睛也一下子睁得更大啦，表露着关切的感情，不是感情的片段和暗示，而是全部的感情。泪痕在脸颊上未干，泪水仍在眼眶里转，弥漫着渗透灵魂的闪耀的湿气。阿骨打见她美丽极了，难道是仙女在梦中和我相遇？阿骨打坐起来，此时，阿骨打将从雪上滑落翻滚都忘了，被这俊俏的美人迷住啦。

"少主，你可醒啦，吓杀我也！"

少女的问话，将阿骨打唤醒，使他想起在雪岭滚下的情形，暗自茫然，我咋蹿到这里来了，这是何地？他将眼光从女子身上移向墙壁，见展堂上塑的伏魔大帝神像，想起和在涞流水白土崖上见的一模一样，慌忙叩拜伏魔大帝后，忙问女子这是何处？我为啥至此。这女子慢启朱唇，对阿骨打说："我乃纥石烈部人，名叫兰娃子，今年十七岁，自幼善骑射于山中。前日乘雪去捕猎，偶遇一道人，自称艮岳道士，他拦住我说：'你有大福大贵之貌，终身侍奉阿骨打，现你部阿悚勾结毛者禄，起兵叛乱，要拦截阿骨打杀之，也是前世姻缘今生现。你务于本月十九日，趁大风雪之夜，营救阿骨打于阿斯温山北麓深谷之间，听见有人呼喊少主，即是阿骨打遇难之时，到深谷去搭救，救到联缘寺，待他苏醒过来，将我话陈说一遍，让他慎防之。'并叮嘱再三，让我牢记在心，此机不可错过，还交给我一个皮条儿，让我交付与你。"兰娃子说完，从怀内掏出皮条，递给阿骨打。阿骨打展开一看，见上面写着：

> 联缘寺内见红颜，
> 倾吐真情避祸端。
> 盛德偏逢兰娃女，
> 天钦宪缘永不离。
> 风雪之夜来引路，
> 跋惑丧命在显水。
> 功成速奔霭建林，
> 众议讨叛发大军。

阿骨打读罢，跪在地下给艮岳真人叩头，感谢师父始终在暗中保护。站起来后，接着拉住兰娃子的手说："我师之言岂敢逆之，何况我在来之前，梦中已见，小小年纪，风雪之夜敢来救我，真乃我妻也。"遂携手同拜伏魔大帝，算是成亲之礼，阿骨打又问，"你是怎样搭救于我的，我咋不知呢。"

兰娃子说："按艮岳真人指点，我今天白天顶着大风雪就来到此地，傍黑时不顾暴风雪袭击，顶着凛冽的寒风在阿斯温山北麓谷候等。大约初更时分，听到呼喊'少主'之声不断，急视之，怎奈风雪之大，遮住天地，一片白茫茫，啥都看不见。正在着急之机，只见一个雪球儿从山岳上滚到谷中来，我蹲下一看，吓得我混身打战，是你滚成大雪球一般，呼叫不应，怕将你冻坏，我才拂去你身上的积雪，背起你来到寺中。见你牙关紧闭，昏晕不省人事，撬开你的牙齿，饮水后，见你慢慢苏醒过来。"

阿骨打忙施礼说："亏你搭救于我，不然早已冻成雪人矣。"说罢阿骨打偎在兰娃子怀中，两人潮湿的衣服贴在一起，都被这爱情浸透了，甜蜜的、深邃的、荒唐的爱情。阿骨打听见少女扑通扑通的心跳声，兰娃子沉醉于幸福之中，烧红了她的脸颊。

"嘭嘭嘭"敲门声，才惊醒了这对陌生人相遇的迷恋之爱，这才听见开门声、喊叫声："见少主阿骨打没有？"

阿骨打一步蹿出去："我在此。"护卫说："可吓死我们了。"阿骨打说："事不宜迟，快将护卫召集于此，好连夜捉拿叛逆跋惑。"几名护卫赶去召集其他护卫。庙上的和尚，听说是少主阿骨打，扑通一声跪下叩首，口念阿弥陀佛，说道："不知少主驾到，有失远迎，恕罪。"阿骨打说："请起。"阿骨打这才举目观望此庙，庙宁壮丽，前后三阁，谷虚静寂真仙境也。一问方知，此庙为啥取名联缘寺，原来这里既供奉毗婆尸佛、尸弃佛、毗舍浮佛、拘留孙佛、拘那含牟尼佛、迦叶佛、释迦牟尼佛七尊佛，还供奉除妖、伏魔大帝，故取名联缘寺。阿骨打心中暗自欢喜，我阿骨打今夜命合"联缘"二字。兰娃子与我的姻缘在此联结，真乃天意也。遂特多舍给联缘寺一些银两而去。

护卫来齐之后，阿骨打由兰娃子引路，直奔星显水去追赶跋惑。

阿骨打在马上，心里怒火烧膛，暗骂阿悚是忘恩负义之人，从我爷爷乌古迺就器重你们，常听阿玛说，我爷爷任阿悚父阿海为部落长，掌握实权。阿玛在打败乌春回来，阿海率官兵民众迎接阿玛于双宜大泺，献黄金五斗。阿玛对阿海说："乌春本微贱，我父抚育之，使为部长，而忘大恩，乃结怨于我，遂成大乱，自取灭亡。我与汝等三十部之人，自今可以保安休息。我大数已将终，我死，汝等当念我，竭力以辅我子弟，若乱心一生，则灭亡如乌春矣。"阿海与众跪而泣曰："盟主若有不幸，众人赖谁以生，勿为此言。"我阿玛故去，阿海亦亡，阿悚继任部落长。再说，阿悚从小就常到我家来，我奶奶非常怜于他，每次来，都在我家住月余才归，不怪我叔父说阿悚有异志，还特赐给他鞍马。这个忘恩的东西，今日果然要叛乱。我师如不暗示，吃其险诡计矣。阿骨打越想越气，咬牙切齿地说："待我捉住他，非将他碎尸万段不可！"

到天亮时大风雪才停，平地二三尺深大雪，阿骨打他们互相瞧视，都变成雪人雪马了，不觉哈哈大笑。忽然见前面星显水里趴着一匹马。兰娃子一见说："这正是跋惑骑的马，他准在此。"阿骨打一听，忙令护卫拉成网形，催马加鞭兜上去。发现在星显水崖旁有一雪洞，阿骨打到近前一看，里边畏缩一物，变成雪包堆在那儿。他唰地抽出金光闪闪的宝剑，大喝一声："快出来！"一声将蹲在雪洞里打盹的跋惑惊醒了，扑棱从雪洞里钻了出来。还没等他转过向来，兰娃子说："就是他，他就是跋惑！"阿骨打一剑将跋惑削在地上。跋惑两眼翻滚，嘴还嘎巴两下就呜呼哀哉了。正是：

> 叛逆容易征战难，
> 自不量力兵势单。
> 妄想篡权杀跋葛，
> 今日显水染黄泉。